序

  马运山同志历经10年数易其稿的反映海军航空兵舰载机部队生活的电视小说《激情飞越》就要出版了，要我为书作序，我没有推辞。原因有二：一是该同志从军近30年一直在舰队航空兵后勤部战勤部门工作，而我在海军航空兵后勤和装备部、在海军航空兵做过领导工作，算是一个系统和一个部队的战友；二是运山与我的兴趣爱好颇为相似，我理解作为业余作者为了这份坚持所付出的超乎常人想象的艰辛，尤其是在物欲横流、人心浮躁的今天，显得尤为可贵。

  运山同志一直从事军事行政工作，做了10年的战勤参谋，后来走上机关领导岗位。因为爱好文学创作尤其是影视文学创作，即使在机关事务性工作最繁忙的时候，他也一直没有放松和放弃。据我所知，他着手创作《激情飞越》的时候，也正是他事业如日中天之时。其任战勤处长4年，连续两年被评为优秀机关干部；也就是在这时，因一个文学朋友的推荐，加上央视影视部出函为其请创作假，让一向对文学充满热情与渴望的他毅然离开处长岗位专心去搞电视剧创作。这一是说明他对文学创作的热爱，二是说明他没把仕途看得太重。他为了自己的爱好和理想，作出这样的选择，我以为在当下社会是需要一点勇气的。

《激情飞越》是一部反映新世纪海军航空兵舰载机飞行员战斗、训练、情感生活以及完成亚丁湾索马里海域护航、提升完成多样化军事任务能力的海军当代现实生活题材的作品，作品以海军新世纪、新阶段现代化建设、装备建设发展、维护国家海洋权益和经济利益为大背景，通过男女主人公罗小海、刘长军、李燕、徐亚宁等为代表的年青一代军人和有志青年之间对待事业、爱情和人生观、价值观的执著追求、拼搏奉献，展示了他们翱翔海天、志在报国的远大志向和在关键时刻挺身而出的牺牲精神，在跌宕起伏的人物命运中，体现了军人的使命感、价值观，对爱情的忠贞不渝和对国家海洋权益至上的坚定信念，展现了中国海军不辱使命、走向大洋的豪迈情怀，也是一部风格清新、激情浪漫的当代中国军旅题材青春励志的作品，是一部真正接地气的文学作品。这一切，都源于作者长期扎实丰富的生活积累。运山同志在任参谋和处长期间，经常下部队蹲点或跟班飞行，零距离接触飞行员，他了解飞行员的训练和生活。书中广泛涉及了部队的作战训练、行政管理、政治工作、后勤保障和装备管理等部队工作的方方面面，但在作者笔下都好像是行家里手信手拈来，没有那种隔行如隔山的感觉，让有过部队经历尤其是海军航空兵部队经历的人看后都会感觉那么亲切。书中关于海洋战略和航空兵战术应用方面的描写，更是从"二战"到现代海上局部战争、从印度洋到太平洋、从外军到我军、从陆地到海洋，洋洋洒洒，激情四溢，既有军事知识的普及，又有海洋战略学术方面的思考，具有相当的专业水准和学术价值。而要做到这一点，若非战勤处长的履历和善于学习研究的精神，是难以做到的。这是他作为一个有文学修养的军事干部的优势。他曾亲口跟我说，将来他要写一部具有学术价值的战争题材的电影，就是要通过影片表现他这些年对军事、战略、战术和基层连队战斗精神的研究和理解。这部小说中有一段关于印度洋的战略地位的描

◎ 马运山 著

激情飞越
SOARING PASSION

中国海洋大学出版社
CHINA OCEAN UNIVERSITY PRESS

图书在版编目(CIP)数据

激情飞越 / 马运山主编. —青岛:中国海洋大学出版社,2013.8
ISBN 978-7-5670-0256-2

Ⅰ.①激… Ⅱ.①马… Ⅲ.①长篇小说－中国－当代 Ⅳ.①I247.5

中国版本图书馆 CIP 数据核字(2013)第 080018 号

出版发行	中国海洋大学出版社
社　　址	青岛市香港东路 23 号　　　邮政编码　266071
出版人	杨立敏
网　　址	http://www.ouc-press.com
电子信箱	harveyxyc@163.com
订购电话	0532－82032573(传真)
责任编辑	德馨
印　　制	青岛鑫源印刷有限公司
版　　次	2013 年 8 月第 1 版
印　　次	2013 年 8 月第 1 次印刷
成品尺寸	142 mm×210 mm
印　　张	21.75
字　　数	600 千
定　　价	39.50 元

述和分析,就很能代表他在这方面的军事素养和研究成果。

"……从拿破仑战争迄今两百多年世界霸权更迭史,我们发现,大国争霸,犹如下棋,不同的棋局用的却是同一个棋谱,棋谱围绕着的只有一个目标,那就是控制印度洋。这个'棋谱'可以总结为'一个中心,两个基本点'——一个中心,就是印度洋及其北岸地区;两个基本点,就是大西洋及其两岸地区与太平洋及其两岸地区。

"这一切都因为,印度洋作为世界第三大洋,不仅是连接太平洋和大西洋,贯通亚洲、非洲、大洋洲交通的纽带,也是世界上最为繁忙的海上贸易通道之一;从军事角度看,任何海洋大国在全球领域调兵遣将从来没有离开过印度洋这个'中继站'。

"……

"第二次世界大战实际上就是在第一次世界大战的基础上扩大了规模,或者说是从大西洋扩展到太平洋的复制。但大国争霸的空间扩大并未改变双方对弈的'棋谱'和路径。

"这就要从太平洋说起。当时日本争霸的线路几乎就是欧洲大国争霸路径在东方的复制:日本以日本岛为中心画圆,占领中国东部沿海地区后,先东袭珍珠港,继而南下占领菲律宾、英属马来亚、俾斯麦群岛、关岛、加里曼丹岛和苏拉威西岛,其目的首先是将美国赶出太平洋。这正如法国拿破仑的目的是将英国赶出欧洲地区一样;然后夺取爪哇岛和苏门答腊岛以控制马六甲海峡东口;接着就是占领缅甸控制安达曼群岛和尼科巴群岛,从西面出口再锁死马六甲海峡,最终实现与来自欧洲的德国从东西两面分割印度洋的战略目标。从美国方面看,它与盟国也是从东南亚突破日本在太平洋建立的环形岛屿链条开始,继而进攻日本本土,从而恢复了从美国经太平洋进入印度洋的海上通道的安全。太平洋战争结束后,日本地缘政治空间退回到明治时期,由于国际政治格局的演变,日本自此也就彻底失去了在亚太地区再次崛起为地区性大国的基本地缘政治条件。"

这是运山在几年前写下的,时至今日不但不过时,却更感到具有针对性,这不能不让人佩服他的远见卓识。书中还有一些关于海军战术和管理方面的描述都不乏独到之处,充分显示了作者深厚的生活积累和对部队生活的思考。如书中两个主要人物罗小海和刘长军关于一场演习的对话就很有代表性。

罗小海和刘长军一前一后从作战指挥所走了出来。

刘长军追上罗小海:"你今天的表现,用一句话概括:虽败犹荣。"

罗小海:"刘大队长现在讽刺人也不用打草稿了,我都败了还谈何犹荣?"

刘长军:"你的想法确实很大胆,如果最终能在败中求胜,那就更完美了。"

罗小海:"你说对了,如果再给我时间,我想我会的。我就觉得我们机关设置的演习方案都是几十年如一日,'我方'一战即胜,'敌方'一击就垮,对抗不激烈,战场无悬念。"

刘长军:"这么多年,我们的演习理念强调的是要树立敢打必胜的信心,因为我们在武器装备方面确实与一些军事强国存在差距,所以也有其中的道理。但现在有所不同了。"

罗小海:"我觉得,既然是练兵就要从难从严。都是自己人,胜败又如何?关键是通过练兵收获到了什么。兵法上说,练兵若难,进军就易;练兵若易,进军就难。都是一个道理。"

刘长军:"说到底,演习只是一种练兵的方式,更大的意义还在于体现出我们军队的传统、民族的精神。"

罗小海:"我们完全可以通过加大练兵难度,降低将来战争的成本,光大我们的传统和精神,这不是更重要吗?"

我在海军机关工作多年,后到海军航空兵做领导工作,一直分管和做着与文学艺术有关的工作,这几年我也策划和创作了《马本斋传奇》、《风雨满征程》、《血战千顷洼》、《天目山之恋》、《回族英雄之母》等影视作品,知道现在搞创作出成果是多么的困难。这几年，围绕着创作我和运山有过多次交流和沟通。我觉得他是一个有追求的人，一个善于思考的人，我相信通过他自己坚持不懈的努力，能写出更多更好的文学和影视作品，我也相信《激情飞越》会受到军内外读者尤其是年轻读者的欢迎和喜爱。

2012年10月于北京

（马国超，海军航空兵副政委，海军少将军衔，民族英雄马本斋之子，将军后代合唱团团长，全国第九、第十、第十一、第十二届政协委员。著有长篇小说《马本斋》、《民族英雄》，长篇传记文学《马本斋将军》，电视剧剧本《青年闯天下》，长篇叙事诗《青松长翠》，诗集《心泉》、《杏花雨》、《海之恋》等作品。其书法和绘画，多次在国内展出，许多作品被国内外名家收藏。同时在影视方面很有建树，其担任制片人先后拍摄电影《血战千顷洼》、《致命蜜月》，大型电视剧《风雨征程》、《马本斋将军》等）

第一集

某火车站长廊　晚上

长廊内,灯火通明,人头攒动;电子显示屏上的温馨提示和车次预告快速滚动着;广播声、话语声与铃声交织在一起,一片嘈杂。

罗小海身着一套夏日休闲酷装走在身穿飞行夏装的人群中间,他们一路说笑着走来。罗小海高挑的个头、英俊的形象在人群中显得格外引人注目。

前面不远处,走着几个身着07式海军官夏常服的女军人,同样扎眼。一袭白裙把她们衬托得更加青春和靓丽,吸引着上车和送行的人们的眼球,还不时地有人在羡慕地指指点点。

李燕斜挎休闲包,在几个姐妹的簇拥下,一路欢声笑语,其中一个扎马尾辫的女军官拖着一只军用迷彩旅行箱吃力地行走着。

某火车站站台　晚上

侯波拖着一只同样的军用迷彩旅行箱,一路小跑追上了为罗小海送行的人群。他气喘吁吁地对着前面,大声地喊道:"嗨,大哥,能不能慢点儿,我这还挂着副油箱呢。"

送客甲:"马上到空域了,你就可以卸载了。"

送客乙:"这么多人就你加挂副油箱,航程远,半径大,符合你轰炸机的特点,你偷着乐吧。"

罗小海笑着上前一步抓住迷彩箱的拉杆:"猴子,给我来吧。"

侯波挣脱道:"送战友,踏征程——你让我再表现一次吧!"

一旁的张教员附和道:"给侯波个机会吧。'拉杆'出身的拖个旅行箱还不是小菜一碟?"

众笑。

侯波也有几分得意:"怎么样,听见了吗?张教员这是变着法儿表扬我哩,谁叫咱原来是飞轰炸机的呢。"

罗小海(故作严肃地):"哎哎,别又轰炸机轰炸机的,你现在是改装舰载机,还没放单飞呢!"

侯波头一歪,说:"我也没说什么",便大步朝前走去。

罗小海等大步流星,很快走近了李燕所在的人群。

在经过一个台阶时,拖箱的女孩停顿了一下,她在考虑怎么把迷彩箱拖上去。没等她用力,李燕回转身过来帮她。她刚要伸手去提,却见罗小海就势弯腰,一把提起了迷彩箱。

李燕对罗小海说:"谢谢。"

罗小海敏捷地跳上台阶,调皮地回应道:"哦,小意思。"

这时,罗小海回头认真地看了看李燕,李燕不好意思地笑了笑,走了。

罗小海注视着李燕的背影。

侯波看到了这一切,他别有用心地捅了罗小海一把:"哎,小心触电!"

罗小海欲打侯波:"'猴子'找打啊你!"

侯波一溜烟跑到前面去了。

两拨人又各自说笑着分别走去。

侯波走得快,和前面的那帮女孩儿几乎并排着,而跟在后面的罗小海和张教员却在不知不觉中渐渐地放慢了脚步。

张教员看着罗小海:"小海,你可是我军第一批从歼击轰炸机飞行员改装到舰载机的,舰载机的未来,可就看你的了。"

罗小海点点头。

张教员："记得你刚从歼轰机部队到飞行学院改装舰载机的时候，还带着不小的情绪呢。"

罗小海不好意思地笑了笑。

张教员："哎，想什么呢？还记得当时我们探讨的问题吗？看来就要变成现实了。"

罗小海："张教员，我也注意到了这方面的信息。我们是海洋大国，我们应该拥有自己的航母，我早就期盼着这一天了。"

张教员："是的，中国不可能永远没有航母！不过，目前还是要从螺旋桨飞起——可不要小看螺旋桨哦，西方发达国家的舰载机飞行员大都是从飞螺旋桨飞机开始上舰的。"

罗小海："没有，我已经喜欢上螺旋桨飞机了。"

张教员站住，抓住罗小海的手："好，别忘了我们的约定。"

罗小海使劲地攥着张教员的手："大甲板上见！"

侯波跑过来："还有我呢。"

张教员："你跟着凑什么热闹？"

侯波："明年我也要去A团啊。"

罗小海伸出右手与侯波对击："我等着你。"

某火车站站台一隅　晚上

李燕等已走到站台一隅停下脚步，等候列车的到来。

侯波在一边向铁路工作人员打听卧铺车厢的位置，铁路工作人员向他身后的李燕指了指，侯波就拖着箱子靠了过来，把迷彩旅行箱放在了李燕的迷彩旅行箱的旁边，然后回过头来在人群中招呼着罗小海和张教员。

侯波（大声地）："哎，小海，卧铺车厢在这呢！"

由于他的喊声偏大，李燕和身边的几个女孩转身看了看他。侯波却依然故我地朝罗小海使劲地招着手。

罗小海扬起手摆了摆，作了回应，和张教员一路说着走了过来。

张教员依然没忘记留下临别前的叮嘱："对了，我还忘了跟你说，你的情况我打电话给他们都说了。"

罗小海有些不解："我的情况？你都跟谁说了？"

张教员道："你还不知道吧，你要去的A团的张团长——我们一家子,我们是一批招飞的——我跟他说了,希望你到A团后,能尽快让你飞上新机种。"

罗小海激动地一把抱起张教员转了一圈。

张教员推开罗小海:"注意影响。你先别高兴得太早,人家可是说了,要看你的表现再说。"

罗小海:"没问题,我是最棒的!"

这边,李燕也正和几个女孩说得热火朝天。

提旅行箱的女孩对李燕说:"燕姐,我太羡慕你了,你正好能顺道回家,哪像我,我们家在辽宁而我却要去海南,你说多别扭啊。哎,你准备在家住几天?"

李燕:"其实我就是回家看看,我爸我妈都上班,没什么事的话,住上几天我就回部队去。"

女孩甲:"喔,大姐,你怎么这么革命呀,住上几天就回部队去?要是我非得美美地睡上三天三夜,然后把各种小吃吃个遍。我可不能就这么委屈了自己。我要把集训半年的损失补回来。哎对了,你们济南都有什么小吃?"

李燕:"多了。你呀就知道吃了。哎,你不是要减肥吗?"

提旅行箱的女孩揶揄道:"她呀,叫得比谁都响,吃得比谁都凶,还减肥呢!"

女孩甲嗔道:"去去!哎,燕子,你说我们学了半年的飞行员心理学回部队能用得上吗?那些飞行员能配合吗?"

李燕:"教授不是说了嘛,要和飞行员交朋友啊。"

女孩甲:"你饶了我吧,我已经有朋友了。"

众大笑。

提旅行箱的女孩:"对了燕姐,咱们集训结束的时候,海军招飞办来要人,征求你的意见你为什么不去?能到大机关工作离家又近,何乐而不为?我都不知你是怎么想的。"

李燕:"你忘了咱们来参加集训时怎么说的,叫哪儿来哪儿去。我从A团来的再回到A团去,这有什么不好理解的。"

女孩甲(别有用心地):"燕子,不对吧?"

李燕:"怎么不对呀,你又想说什么?"

女孩甲:"说实话,是不是A团有你的牵挂啦?"

李燕扬手去打女孩甲,女孩甲早有防备地笑着躲开了。

李燕:"你瞎说什么呀你!"

一声汽笛长鸣,一列火车轻盈地开进站台。侯波急忙拖起迷彩旅行箱就走。

侯波拖着迷彩旅行箱来到罗小海和张教员身边,问道:"看看票,几号铺?"

罗小海从上衣口袋里拿出票看着:"9车厢,21号上。"

此时,列车已稳稳停靠在站台边,车厢乘务员整齐划一地走下列车,训练有素地站在车厢门口,迎接旅客。

罗小海向张教员行了个耍酷的军礼,又和送客甲、乙握手后健步上车。

在车厢门口,罗小海从侯波手里接过了迷彩旅行箱。

罗小海:"'猴子',再见。"

侯波恋恋不舍地跑到车门处(小声地):"小海,有了目标别忘了打个电话,你要是想省钱就发个短信,啊?"

另一节车厢门口,李燕从提旅行箱的女孩手里接过迷彩旅行箱,与提旅行箱的女孩等相拥,提旅行箱的女孩甚至还流下了眼泪。

李燕抽出面巾纸帮她擦干眼泪:"美女,乖啊,别哭,咱们还会再见面的。"

女孩又笑了。

一会儿,列车轻盈地启动了。

火车车厢、站台　晚上

9号车厢里,罗小海将迷彩旅行箱放到行李架上,然后透过车窗又向站台上送行的人群行了一个耍酷的军礼。

站台上,张教员、侯波,送客甲、乙等向罗小海挥着手,嘴里不停地喊着"再见、拜拜"。

李燕在10号车厢里向窗外不停地摆着手。车窗下,提旅行箱的女孩又是泪眼盈盈,依依不舍。

列车游龙般轻盈远去,瞬间消逝在夜色之中。

罗小海从筒包里取出掌上游戏机,坐在卧铺走廊的弹簧凳上玩了起来。

坐在下铺上的一对老年夫妻看着罗小海。

妻子说:"现在的年轻人都喜欢玩这些东西,可上瘾了。"

丈夫纠正道:"你说的那是上网。"

妻子:"这个也一样,上瘾。"

罗小海会意地报之一笑。

丈夫流露出有些不屑一顾的神情。

在另一节车厢的李燕对着车窗站立了许久,看着外面稀疏的灯光飞速地流逝,回想起自己参加飞行员心理学培训班的日日夜夜,心情格外复杂。

李燕(画外音):就这样,我和集训班的姐妹们分别了。我们是从海军三个舰队来到这里的。经过半年的强化集训,已经成为海军第一批舰载机飞行员心理医生。也就是说,回去之后我的工作就要直接和舰载机飞行员打交道了。就我们A团那帮飞行员,平时总是以天之骄子自居,骄傲的尾巴都翘到了天上,他们能不能接受飞行心理干预这门新鲜事物,对我来说,还是个谜……

罗小海正在聚精会神地玩着空战游戏,一当班的男列车员一路整理着窗帘走到他的面前。

列车员看着罗小海身旁的筒包:"哎,同志,这是你的包吗?不能放在过道上。我帮您放行李架吧。"

罗小海头也不抬地回答道:"啊,谢谢!"

列车员看了罗小海一眼,整理了一下行李架上的行李,把罗小海的包放在了迷彩箱边。

罗小海依然专注地玩着游戏。

列车员例行公事地提示道:"同志,马上熄灯了,回你的铺位上吧。"

罗小海"嘘"了一声:"等会儿,这一关马上过了。"

列车员好奇地看了一会,不禁一惊:"哇噻,你这都到了第七关了!"

罗小海(不耐烦地):"你小点声,我冲关呢。"

列车员连忙道歉:"对不起,我连第三关都过不去,你太棒了!"

下铺的男老者干咳了一声,以示抗议。

列车员看了老者一眼,小声对罗小海说:"哎,别的旅客有意见了,明天再玩吧,上床休息。"

罗小海有些悻悻地关掉游戏机,伸了个懒腰,爬到上铺。

列车员核对着罗小海的床位,自言自语:"21号上。"

原野　夜

夜幕下,列车疾速而去。

原野、河流　早晨

列车迎着朝阳驶过空旷的原野、黄河大桥。

车厢内　早晨

太阳已经拱出了东方地平线,温润的晨光透过车窗洒进车厢,已有三三两两的旅客下床洗漱。

李燕从行李架上拖出迷彩旅行箱,准备收拾自己的物品,列车员走了过来:"同志,您是8号下吗?"

李燕:"是。"

列车员看着迷彩箱好奇地打量着李燕:"当兵的,旅行箱是配发的吧?真漂亮。"

李燕笑了笑,没说话。

列车员:"请换票吧。"

李燕从包里取出卧铺牌,递给列车员。列车员抽出票交给李燕,又将卧铺牌插回原处。

列车员:"马上到济南了,准备下车吧。注意拿好自己的行李物品。"

李燕:"谢谢。"

车厢过道里已挤满了准备下车的旅客,罗小海却依然蒙头大睡。

那位男列车员走过来,看了看上铺的罗小海,抬手在铺沿上拍了拍，见罗小海没有反应，悻悻离去。

列车缓缓进站，车厢的过道上站满了人。
李燕一手拉着迷彩旅行箱，一手掏出手机，拨打着电话。
李燕有些激动地说："妈，我已经到济南了……对……噢，不用，我打个车回去就成了。哎，妈，你猜我给你买什么了？对，就在我的迷彩旅行箱子里呢……不，现在不跟您说，我要给你一个惊喜……"李燕拉着旅行箱跟着人流向前挪动着："哎，妈，我马上就要下车了，不给你说了，回家见，拜拜。"
李燕汇入下车的人流。
车站广播仍在重复地播送着"……下车的旅客请注意拿好自己的物品，以免遗忘在车上……"。
李燕下意识地回头看了看自己的旅行箱。

9号车厢最后一个旅客下了车，车厢内顿时松快了许多。男列车员兴致勃勃从车厢尽头走了过来。当发现21号上铺已没人时，问起下铺的老年夫妇："阿姨您好！请问上铺的旅客走了吗？"
妻子抬头看了看上铺："那个小伙子啊？刚起床，风风火火地……"她转头问丈夫："你看他到哪边去了？"
丈夫："我没注意。风风火火地，指定是上厕所了呗！"
妻子问列车员："你找他有事啊？"
列车员："没事、没事，谢谢您阿姨。"说完，他犹豫地朝车厢两头逡巡着，然后向一头走去。

车厢连接处　早晨

罗小海正在打电话："长军，你听出是我了？不愧是哥们。我告诉你我们马上就见面了！……噢，你听说了？你听说了怎么也不打个电话祝贺祝贺！咱们是什么关系？金牌搭档啊！好了，不跟你说了，详情见面再叙……好的，拜拜！"
罗小海合上手机，一副兴奋的神情，转头和男列车员差一点儿撞个满怀。
罗小海："对不起……"

列车员:"哥们,你在这啊!"

罗小海一脸懵懂:"怎么个意思?"

列车员不好意思起来:"不好意思,我已经下班了。我找你主要是想和你一起切磋切磋昨晚上你玩的空战游戏。不,其实就是向你学习学习。因为,在我的周围,我玩得就算不错了,昨天看你玩,才知道我初级,你是高手。"

罗小海打量着列车员:"你也爱玩空战游戏?"

列车员:"是啊,我也是个军迷。"

罗小海:"就冲你这态度,我可以和你切磋,走吧。"

两人朝车厢里走去。

车厢内　白天

列车员在前面走,罗小海跟在后头来到了罗小海的铺位前。

列车员:"不好意思,请问您用过早餐了吗?"

罗小海:"说实话,还真没有。不过,可以先切磋再吃饭。"

列车员:"那怎么好意思,您还是先吃饭,反正我下班了,有时间。"

罗小海:"也行。不过,你得等我一会儿,我先洗把脸。"

列车员殷勤地打着手势:"没关系,洗漱间在这头。"

罗小海转身到行李架上去取迷彩旅行箱。

某车站站台　白天

站台上,行人步履匆匆,人声嘈杂。

李燕拉着迷彩旅行箱行走在人群中,显得格外耀眼。

车厢内　白天

罗小海拉开旅行箱的拉链,首先映入眼帘的却是一张经过简单装裱和覆膜的李燕的时尚写真照片!他吃惊地瞪大了眼睛。

列车员:"嚯,这是你女朋友啊?长得真漂亮。"

罗小海没有答理,惊异地继续翻看着。当看到箱子表层的一件女式毛衣和一本英文原版小说后,罗小海确认箱子不是他的,就把书、毛衣和李燕的照片放回原处,有些茫然地合上了箱子。

列车员（疑惑地）："哥们，这不是你的箱子？"
罗小海愣怔地点点头。
列车员站起来："是不是谁下车拿错了？我去找车长。"
列车员快速跑去。
那对老年夫妻提醒道："快报警吧！""小伙子，光顾着玩游戏了，包丢了都不知道，真是的！""这种包很少见的。"
罗小海抓了一把头发，想："这是怎么回事……"
【闪回】

在他们的前面，身着07海军官夏常服的李燕，在几个女孩的簇拥下，欢声笑语地一路说笑着，一女孩拖着李燕的军用迷彩旅行箱跟在她们的后面走着。
在经过一个台阶时，女孩停顿下来，李燕刚要伸手去提，只见罗小海就势弯腰，一把提了过去。
李燕对罗小海："谢谢。"
罗小海敏捷地跳上台阶，调皮地回道："哦，小意思。"
这时，罗小海回头认真地看了李燕一眼，李燕不好意思地笑了笑，走了。
罗小海注视着李燕的背影。
【闪回完】

车厢内　白天
罗小海迅即又打开包，拿出李燕的照片看着。
罗小海（喃喃地）："是她？"
列车员气喘吁吁地跑过来："哥们，我到几个车厢问过了，就10车厢8号下铺的旅客提的箱子和你一样，只是……她已经下车了。噢，对了，是个女的。"
罗小海（似有所悟地）："就是她了。"
列车员："怎么，你认识她？"
罗小海赶紧回答道："不，不认识。"
这时，列车长和乘警拨开人群走了过来。
列车长："同志，是你的箱子被提错了吗？"

罗小海:"是……"

列车员(表功似地):"是我向列车长汇报的。"

乘警:"你的箱子是属于被盗窃还是被调包,还是互换——噢,就是提错了,我们要详细了解一下,请你配合我们的工作。"

罗小海:"警察同志,我想,没那么复杂吧。"

乘警指了指罗小海手中的箱子:"把你这个箱子打开让我们看一下好吗?"

罗小海下意识地把箱子拉上:"我想不必了吧。"

乘警(有所警惕地):"请出示一下你的身份证。"

罗小海有些不情愿地掏出军官证递给乘警,乘警接过打开。

乘警看看证件,又看看罗小海本人:"哦,军人,还是个飞行中队长。"

列车员(兴奋地):"什么,你是飞行员?怪不得你的空战游戏玩得那么棒,哎,你是飞战斗机的吗?……"

老年夫妻小声议论道:"看不出来,这小伙子还是个飞行员。""人家是飞行中队长!"

列车长指责列车员:"说什么呢你,你不是下班了吗?"

乘警:"怎么,你知道是谁提了你的旅行箱了?"

罗小海:"还不敢肯定。这样吧,我先打个电话吧。"

罗小海急忙掏出手机,快速地调出"猴子"名字,拨通电话:"喂,'猴子'——"

众人瞠目……

李燕家 白天
李燕有些吃力地提着旅行箱正在上楼。

李母听到上楼的脚步声,赶快开门,迎到楼梯口。李燕放下手中的旅行箱,上前抱住妈妈,娇声地叫道:"妈,我想死你了!"

李母轻轻推开李燕,拉过李燕的旅行箱:"哎哟,好了好了。"

两人相拥进了门。

李燕一进门就脱掉身上的双肩包,使劲地往沙发上一坐:"妈,我爸呢?"

李母:"你爸他忙着呢,昨天去上海参加一个学术会议去了。"

李燕："老人家还是那么爱学习嘛，不错。哎，妈，你今天上班吗？"

李母："我是下午有课，上午在家陪你。"

李燕："妈，你真的让我好感动哎！"

李母嗔怪地："还是女军官呢，好好说话。"

李燕松开手："这不是在家里嘛。"

李母："燕子，你这次参加集训半年，回来能住几天？"

李燕："怎么了，妈，你不会这么快就想赶我走吧？"

李母："傻孩子，妈恨不得你住下不走了呢。妈是想问你这次回来是不是应该考虑一下你的个人问题了。"

李燕："妈，你俗不俗，怎么一见面你就提这事。你现在怎么也变得像个家庭主妇似的。我可提醒您，您可是齐鲁大学遗传学的副教授。"

李母："不要忘了，你已经25了。用现在的话说，小心当剩女啊！"

李燕："剩女又怎么样！哎妈，我还没跟你说呢。我呀，通过这次学习还有新的想法了呢。"

李母一惊："什么新想法，说给妈听听。"

李燕打开冰箱："没什么，等以后再说吧。"

李母："你逗你妈玩呀！"

李燕："妈，要学会幽默啊。老师教我们的。"

李母收拾起餐桌："心理学也要求严谨啊！只要是学问，就要严谨。"

李燕喝着冷饮："什么学问也离不开幽默。"

李母："狡辩！好了好了，不说了，咱们先吃饭。"

李燕碎步跑向旅行箱："妈，饭等会儿吃，您先看我给你买的礼物。"

李母（好奇地）："什么礼物，这么神秘。"

李燕开着箱子："看看您就知道了。"

李母跟着走过来。

李燕双手摁住箱子，对妈妈说："妈，您先闭上眼睛。"

李母闭上眼睛。

李燕掀开箱子一看，愣住了——随着李燕焦急的双手的翻动，表面的《灌篮》杂志、杂志封面上NBA球星科比的图片、下面的飞行服展现出来……

李母依然闭着双眼。

李燕气得几乎要哭："怎么会呢……"

李母睁开眼："怎么啦燕子？"

李燕提起飞行服，一本通讯录掉在了地上……

舰载机A团外场停机坪　白天

停机坪上停满了飞机，外场一片忙碌景象。

张团长、何政委从一排飞机前走来。

何政委："从歼轰机改装来的罗小海是今天到吧？"

张团长："下午的火车，我已安排飞行大队接站了。"

何政委："团长，我考虑了一下，罗小海是我军第一批从歼轰机飞行员改装到我们舰载机的，听说他在歼轰机团就是中队长，把他分到一中队去当普通飞行员，他会不会有想法？"

张团长："政委，咱前几天不是研究过了吗？就按咱研究的意见办。"

何政委："我从电脑里调他的档案看，在歼轰机的时候他就很优秀啊。"

张团长突然想起了什么："哦，昨天，飞行学院的张教员，我们一批的战友还打电话跟我推荐呢，说是个好苗子。我说了，什么中队长不中队长的，来到舰载机A团都是普通飞行员。我已经通知刘长军接收人了。"

何政委："我原来不知道这个罗小海和刘长军是飞行学院的同班同学，而且一中队新员居多……"

张团长拉着何政委边走边说："同学怎么了，同学之间相互知根知底的更好嘛。"

何政委："团长，我想恐怕没你说的那么简单。是不是再征求一下刘长军的意见，你看呢？"

张团长笑道："还是你这个当政委的心细。好吧，我正好去一中队，刘长军的事我来谈。"

张团长、何政委分道而去。

舰载机A团地面训练场　白天

在一架训练器械前,杨光等几个年轻飞行员在做着训练,看见团长的吉普车开过来,纷纷举目望去。

张团长走下车,目光在杨光身上停住:"你们中队长呢?"

杨光:"团长,我们中队长,努,在那——"杨光用手指向一侧。

张团长:"去,叫他过来。"

杨光跑向刘长军(大声地):"中队长,团长找你。"

刘长军跑步来到车旁,向张团长敬了个标准的军礼:"团长,有什么指示?"

张团长:"天天见面,哪有那么多指示。"张团长拉刘长军走着:"来,还是罗小海的事。"

在训练场的这一侧,杨光等看到张团长与刘长军边走边谈,议论开了。

杨光既有几分得意又有几分神秘地:"同志们,你们猜大老板找咱们中队长研究什么国家大事去了?"

飞行员甲(不假思索地):"那还用说,肯定是飞行方面的事呗。"

杨光:"废话,谁不知道咱们中队长是A团第一飞,团长找他当然是研究飞行方面的事,研究跑道就找场站站长了。我问的是,他们是研究下周的搜反潜还是我们的开飞。"

飞行员乙"嗯嗯"了两声,清了清嗓子。

众人齐回头看他。

常少伟白了他一眼:"能不能有点创意,每次说话前都要重复你那个枯燥无味的铺垫,烦不烦?"

杨光却正经地说道:"小诸葛先生,你有什么高见?"

飞行员乙并不在意,一本正经地说道:"分析问题要注意抓住主要矛盾,在下以为,团长叫咱们中队长,既不是研究下周的搜反潜训练,也不是我们的开飞训练。"

飞行员甲:"那你说是研究什么?"

飞行员乙:"在下以为……"

常少伟不耐烦了:"行了,你就别拽了,快点说吧。"

飞行员乙:"今天,从歼轰机选秀改装舰载机的罗小海就要来了,而且被分配到了咱们一中队,我估计与此事有关。"

飞行员甲(不屑地):"那又怎么样?"

常少伟:"就是。你这都哪跟哪,你管他是歼轰机还是太空机,来就来了呗,有什么研究的。"

飞行员乙:"这你就不懂了吧。请注意我刚才说的一个词——选秀,因为这位罗大人是选秀来的,自然就对咱们刘中队长构成了压力。在压力下如何搞好我们中队的飞行训练,难道还不值得研究吗?"

杨光摇摇头,不无讽刺地说道:"太深奥了,听不明白。"

张团长:"怎么,有压力了?"

刘长军:"团长,没有压力。您放心,我和罗小海在飞行学院时配合得就很好。我欢迎他的到来。"

张团长:"既然你们俩配合得很好,那就这么定了。"

刘长军:"是!"

张团长:"不过,我听飞行学院的张教员说,罗小海可是一个很有性格的飞行员,这些你了解多少?"

刘长军:"团长,罗小海的性格我了解。我喜欢有性格的人。"

张团长捶了刘长军一拳:"好,和我一样,我也喜欢有性格的飞行员!"

舰载机A团空勤楼前　黄昏

杨光、常少伟等清一色运动打扮,拍打着篮球一路争论着从球场向空勤楼走来。迎面碰上了下楼去开会的刘长军。杨光等七嘴八舌一拥而上,团团围住了刘长军。

刘长军不明就里:"这是怎么啦?慢慢说,一个一个说!"

飞行员甲:"二中队凭什么在我们主力不在的时候约我们比赛?他们这是乘虚而入!"

常少伟："大纪也是，早不请假晚不请假，偏偏用着他的时候请假。好歹他也是我们的主力中锋。他不在，我们的战斗力大受影响！"

飞行员乙文绉绉地："这就叫'关键时刻掉链子，好钢贴在了刀背上。'中队完全可以不批大纪的假。"

杨光："大纪已经请假了，说这些有啥用？咱干脆推掉这场比赛不就完了嘛——哎，二中队明天要和咱们对抗赛这事中队长你知不知道？"

刘长军长喘一口气："就这事啊？"

众飞行员（几乎异口同声地）："这事还不大啊？"

飞行员甲："这牵扯到咱们中队的荣誉问题，我们已经三个月连续19场对二中队保持不败了！"

常少伟："问题是咱们也没有最佳第六人啊。篮球是个集体项目，就我和中队长也对付不了他们五个人啊。"

杨光："你别臭美了你！我的意见还是延期比赛，后天大纪就回来了嘛。"

刘长军做个手势让大家稳住："你们就这么没信心？这不是咱们一中队的作风啊！缺了大纪，我们仍然全力争胜！"

常少伟（疑惑地）："中队长，争胜要靠实力。我们现在……"

刘长军指指楼上："我们现在……来了强力内援。"

大家一齐抬头向楼上张望。

杨光："你说是新来的罗小海？"

常少伟："还是正式转会的呢。"

杨光："他行吗……"

刘长军："他行不行，晚上你们就会知道。现在我到团里去开会，通知罗小海，晚上咱们加练一场。"

篮球场　白天

篮球场上，由刘长军领军的一中队代表队和二中队代表队的比赛正在激烈进行。身穿5号球衣的刘长军不时地为身穿24号球衣的罗小海传着好球，罗小海几次投篮命中。一中队比分遥遥领先。

场边的飞行员甲等振臂高呼一阵呐喊。尤其是刘长军在后场的一次断球、与罗小海撞墙式传球的一次快攻，罗小海轻松上篮得分。场上，罗小海与刘长军激情撞胸；场下，飞行员甲等疯狂欢呼。

这一幕正好被骑车路经此处的苏成看到。

苏成支好车子，凑到飞行员甲跟前。

苏成依旧目不转睛："哎，一中队的24号是从哪儿借来的外援？"

飞行员甲回头看了一眼苏成："什么叫外援？他叫罗小海，正儿八经是我们一中队编制序列中的一员。怎么，苏记者，咱们A团也有你不知道的事儿？"

苏成："去！不过，他的球打得不错，很有点科比·布莱恩特的风格。"

飞行员甲："你说对了，他是科比的粉丝。你看，连他的球衣号码都是24号呢。"

苏成："看样子，他和刘长军的配合也很默契。"

飞行员甲（不无自豪地）："那当然啦！你知道吗，他俩当年在飞行学院打球还有个荣誉称号呢。"

苏成（好奇地）："荣誉称号？你也太夸张了吧？"

飞行员甲："真的，人称他们两个是篮球场上的'金牌组合'。"

苏成眼睛一亮："金牌组合？有点意思……"

空勤楼罗小海宿舍　白天

杨光、常少伟、飞行员甲、乙等依然沉浸在刚才的胜利之中，他们围着罗小海兴奋地谈论着。

飞行员甲："小海，你今天的表现太棒了！连咱们团的苏记者都赞不绝口。"

罗小海："苏记者？"

常少伟："就是电影组组长苏成，平时喜欢写写照照，没准你明天就上团里的宣传栏成为今日之星了。"

杨光："哎，跑题了。有了罗小海的加盟，咱们从此就可以打遍A团无敌手了，你们说对不对？"

常少伟："光在A团打还不行，咱们有了金牌组合，以后我们也可以开展横向交流了。我们的口号是冲出A团，走向舰队……"

罗小海急忙打断："我可是人不是神，你们不要说得太玄了；否则，我会发晕的。"

"这里很热闹嘛。"刘长军推门进来。

杨光："中队长，我们正在研讨咱们中队的篮球运动发展规划，有你和小海的……"

刘长军："一场球就让你们如此兴奋？昨天还有人对我们中队取胜产生怀疑呢，那个人是谁啊？"

杨光（故作姿态地）："是谁，谁这么没眼力见啊？"

大家一齐指着他："那个没眼力见的就是你呀！"

众人笑。

刘长军："好了，你们先回各自宿舍去吧，我跟小海说点事。"

杨光、常少伟，飞行员甲、乙等说笑打闹着离去。

刘长军拉罗小海一同坐下。

空勤楼走廊　晚上

杨光、常少伟，飞行员甲、乙在走廊里仍然沉浸在兴奋之中，继续议论着。

杨光："中队长和罗小海两人配合得的确默契。你说他俩都好几年没在一起打球了，怎么还那么默契？"

飞行员甲："人家是'金牌组合'嘛。"

飞行员乙："这就叫'心有灵犀一点通'。"

常少伟："可惜啊，我的主力位置就要风雨飘摇啦！"

飞行员乙："即使罗小海不来，你的主力位置也是危机四伏。"

常少伟（不满地）："没你什么事，你充其量就是个观众，还好意思说。"

飞行员乙："观众怎么了，观众也是战斗力。要不职业联赛还分主客场干什么？"

杨光："听说罗小海飞行上也有一套呢。"

常少伟："你们说，在飞行上他能与中队长'金牌组合'吗？"

飞行员甲："我看可以。"

常少伟（不屑地）："嗬，这口气，你以为你是谁啊？"

杨光："你们知道吗，罗小海改装前是飞歼轰机的，歼轰机飞的最多的科目是大编队，离不开配合。他与咱们中队长飞行配合绝对没问题。"

常少伟："那你说，罗小海与中队长飞编队，谁飞长机，谁飞僚机？"

杨光："当然是……这事别问我，我决定不了。"

常少伟："没词了吧？"突然小声地说，"你们等着瞧，这位罗大人和中队长之间将有一场好戏上演。"

飞行员甲："不会吧……"

空勤楼罗小海宿舍　晚上

刘长军端坐在罗小海面前，不无感触地说道："小海，我真的没想到，时隔几年之后咱们俩的配合仍然这么默契，你的球技也是越来越高了。"

罗小海并没有回答刘长军的话，只是愣愣地看着他。

刘长军终于不好意思起来："你干嘛这么看着我？你说话呀。"

罗小海微笑道："长军，咱俩老同学了，你随便点行不行。"

刘长军却一本正经地说道："军人嘛，就应该有个军人的样子。"

罗小海："好好，你是中国的标准军人。看来我拿你是没有办法。对了，长军，我想问你一个问题。"

刘长军斩钉截铁地回答："说。"

罗小海（诡秘地）："咱们……在飞行学院订的君子协定……"

刘长军："我就知道你会问这个，我还正想问你呢。"

罗小海双手一摊："我？这些年就没安稳过。先是飞歼击机，接着改装歼轰机，后来又去改装舰载机，这不就来到了这里。就这么简单。"

刘长军："这还简单？战斗机里这几年装备部队的新机型你都飞上了，改装舰载机时还到国外参加过交流，好运气啊。"

罗小海："说说你吧。是不是有了？"

刘长军笑笑："你呀！怎么说呢，只能说有个意向。"

罗小海："有照片吗，快让我欣赏欣赏。"说着，他就向刘长军身上乱摸。

刘长军推开罗小海："哎，向哪儿摸呢。我不像你那么浪漫，这事以后有时间给你细说。我找你是有正事要说。"

罗小海注视着刘长军。

刘长军："是这样，你的飞行计划我已经报上去了，你的体检报告我看了，没问题，下面可以参加飞行了。"

罗小海做了个健美动作："咱这身板，绝对没问题。说实在的，几天不摸飞机，手脚都有点发痒了。"

刘长军也站起来："小海，如果我没记错的话，想当初你最想飞的就是歼击机了，你说你就喜欢歼击机空中格斗的姿态，怎么舍得离开了？"

罗小海想了想："为了和你在一起拿金牌啊，我们是金牌组合嘛！"

刘长军："说正经的，你骗不了我。你肯定是嗅到了舰载机的什么气息。"

罗小海别有意味地看着刘长军："你说呢？"

两人心照不宣，会心地笑了。

刘长军握着罗小海的手："行了，以后咱们又要在一个锅里抡勺子了，有些问题慢慢探讨。我走了。"刚转身要走，罗小海的手机响了。

罗小海回身拿起手机，看了一眼显示的号码，按下静音，下意识地把手机藏在了背后。

刘长军笑道："我马上回避，不过我提醒你，手机要先登记，控制使用。"

罗小海一个立正："本人明白，中队长同志！"

刘长军出门。

罗小海急忙关上门，有点神秘地对着手机：" '猴子'，你怎么回事，才来电话！打听清楚了没有？……噢，她主动找的你，真的？她怎么知道你的电话？什么，我提供的？开什么玩笑！要不就是你小子有意捣的鬼……哦，是从我的通讯录上查到的。她也是A团的？太巧了！——你没骗我吧？……我马上就要参加飞行了。对，我的飞行服还在那个箱子里，你说我能不急吗？……"

罗小海在房间里转着圈：“什么牵红线，不惩罚你就不错了。……哦，她这几天就到。好，好，这我就放心了。下次你来，我一定请你吃海鲜，拜拜。"

罗小海合上手机，朝头上一扔，又用手接住，然后纵身一个鱼跃，扑到了床上。

舰载机A团卫生队办公室　白天

卫生队长王萍在翻看着业务书，门外响起敲门声。

王萍抬头：“进来。”

开门进来的是李燕，她进门先向王萍敬了个标准的军礼：“队长，卫生队护士李燕向您报到！”

王萍急忙站起来与李燕拥抱：“李燕，你可回来了，这些日子我们想死你了！来，让大姐好好看看，你是胖了还是瘦了？”

王萍松开李燕，仔细地打量着李燕：“嗯，有点瘦了……集训挺辛苦的吧？”

李燕：“队长，不辛苦，不过，你说我瘦了我很高兴。”

王萍：“你回来就好了，海军这几天是一个电话接着一个电话地打，要在咱们团搞舰载机飞行员心理辅导试点，就等着你呢。”

李燕：“真的？”

王萍：“试点的事我已经报告团里了，还牵扯到房子、设备、经费问题，需要团首长办公会议研究拍板。不过你放心，我给我们那口子吹过风了，让他支持。”

李燕（高兴地）：“队长，你太伟大了。你给团长吹风，肯定错不了。”

王萍：“也不能那么说，他那个倔脾气你还不知道。对了，你的医生命令已经下了，从现在开始你就是咱们团的心理医生了。”

李燕（有点不好意思）：“队长，还是说说搞试点的事吧。”

王萍站起来：“看你急的，我做了一个试点方案，你先看看。”

王萍起身到文件柜前翻找文件。

李燕（犹豫地）：“队长，咱们团里有一个刚分来的叫罗小海的飞行员吗？”

王萍想了想：“罗小海……有啊，怎么，你认识他？”

李燕连忙:"不,不认识……是别人,对,别人托我给他捎带的东西,我想交给他。"

王萍把方案放到李燕跟前:"前几天他来做体检了,小伙子很精神。"

李燕似乎在努力回忆着那天在火车站的情景,罗小海的形象逐渐清晰起来……

舰载机A团运动场　黄昏

转梯快速地翻转着。

在罗小海视觉中出现了变化中的树木、营房、夕阳。

"你就是罗小海吧?"李燕不知什么时候站在了转梯旁。

罗小海一个反作用力制动住转梯。

李燕并不看人:"罗小海,山东省荣成市石岛镇罗家滩人,1997年招飞入伍,2001年分配到歼轰机B师,2006年被选拔到飞行学院改装舰载机,2007年9月的一个星期前几乎是两手空空来到A团。"

罗小海跳下转梯,直视着李燕(冷冷地):"还有吗?"

李燕:"没了。你的通讯录和我最近整理的飞行员医疗档案上只提供了这么多的信息。"

罗小海:"还有。"

李燕:"还有?有待充实。"

罗小海:"现年28岁,至今未婚。"

李燕:"你……你!"

罗小海:"我怎么了?是你如数家珍报我户口的。"

李燕:"你、你简直是不懂幽默!"

罗小海:"幽默?对不起,今天我没有心情幽默,李燕小姐。"

李燕:"你也搜集我不少材料啊?"

罗小海:"我和你不一样。是你的07式军装胸前的信息告诉我的。"

李燕低头看了看胸前:"原来是这样,我想你也不过如此。"

罗小海单手转着滚轮,也不看李燕:"我知道有一个在事业上一直不安分的护士半年前参加了全军的一个培训班,现在又回到了A团。"

李燕却直视着他："我给你补充一下，是总部委托四医大举办的舰载机飞行员心理学培训班，专门对舰载机飞行员进行飞行心理辅导和干预的，其中包括你。"

　　罗小海："哦，当然，我还知道你回A团的时候，在中途提着别人的箱子下了车，我说的对吗？"

　　李燕一时情急："你……你说什么呢你！明明是你提错了我的箱子，还倒打一耙……没见过你这么赖皮的人！"

　　罗小海："别急嘛。你刚才说什么，我赖皮？这倒新鲜了。我没拿着别人的通讯录到处打听别人的下落。"

　　李燕："可惜你的通讯录上没有你自己的电话号码，否则我一定会大骂你一顿的。"

　　罗小海："我可是省了不少的电话费。不过，我有幸欣赏到了一张经过包装的还算美丽动人的靓女照，可惜穿得太多，不太暴露……"

　　李燕打断："你……我不跟你废话了！你快还我箱子。"

　　罗小海："对不起，你让我说完。我觉得你照片上的妆化得有点浓了，倒是掩盖了你本人的清纯和美丽。建议你以后再拍写真一类的照片，可以找我作个参谋。"

　　李燕（气呼呼地）："我想你大概是心理上出了毛病！"

　　罗小海："也许是吧。不过，你只是一个经过短期培训的护士；如果你是心理医生的话，我会找你咨询服务和诊断的。"

　　李燕："告诉你罗小海，本人现在就是舰载机A团卫生队有正式任命的心理医生，而且是有四医大心理学单科结业文凭的！"

　　罗小海（不屑地）："就你那个培训文凭？"

　　李燕："培训文凭怎么了？照样给你看病。我建议你赶快就诊，否则……"

　　罗小海："否则，我就不能向你这位自称为心理医生的护士小姐俯首称臣了是吧？"

　　李燕（气恼地）："你……你快把我的旅行箱还给我！"

　　说完，李燕气冲冲地走了。

　　看着李燕的样子，罗小海独自乐了。他拿起搭在一旁的衣服，吹着口哨朝营房走去。

舰载机A团营区一隅　黄昏

李燕骑着一辆粉色助力车在营区小道上行驶着，夕阳的余晖斑斑点点地撒在她的身上，映照着她青春秀丽的面庞。

李燕（画外音）："我和罗小海在A团见的第一面就这样不欢而散。尽管他在当天晚上就给我送来了旅行箱，也没留下什么好感。在接下来的工作接触中，我和他的关系更是不可开交……"

舰载机A团地面训练场　白天

纪天祥左臂带着值日袖标，带领一中队列队来到训练场，罗小海列排头，杨光、常少伟等紧随其后。

训练场一侧，停放着海猫、海豹舰载直升机，两名地勤机械师跨立在飞机前。

他们来到飞机旁，纪天祥调整队列，走到了队列前。然后一本正经地说道："在地面训练开始之前，我先说几句。"

队列中的常少伟忍俊不禁。

纪天祥（认真地）："严肃点！"

常少伟还是嬉皮笑脸："大纪，前天打球需要你的时候你不在，现在不需要你的时候你却出现了，我们都不太习惯。"

杨光："是有点儿不太习惯。"

纪天祥："这不要紧，习惯了你们就习惯了。"

常少伟（诡异地）："大纪，请假和嫂夫人又温馨了一把？"

纪天祥（情绪不高地）："别找不自在啊。"

飞行员甲："听说纪太太好靓，什么时候领来让我们参观参观吧。"

杨光："你小毛孩懂什么，要参观先到我这买票。"

飞行员乙："参观无权，独揽有罪，反对垄断！"

队列又是一阵哄笑。

罗小海也情不自禁地笑着。

纪天祥严肃地抬起双手向下按按："停！中队长到大队开会，让我负责上午的训练，请大家支持我的工作。按计划，今天上午的训练科目是：罗小海主要是熟悉座舱屏显，其他人进一步熟悉编队起落流程，重点是各阶段的工作程序。希望大家在训练中集中精力，认真对待，注意安全，收到实效。"

常少伟对杨光说："想不到大纪还挺能整词的。"

纪天祥（大声地）："废话少说，开练！"

舰载机A团办公楼　作战室　白天

张团长、何政委、许参谋长、刘长军等站在作战室大幅海图前，听着作训股沈股长的汇报。

沈股长手拿激光笔在航图上指示着："接舰队通知，本周三，法国军事代表团应邀到舰队交流访问。应法方要求，届时将在海上参观我舰机合练。舰队要求我团出动海猫型舰载机两架，参加舰机合练和航行着舰表演。舰队此次共出动三艘军舰组成驱护编队，其中一艘是观摩舰也是指挥舰。报告完毕！"

沈股长敬礼后站在一旁。

张团长："任务都很清楚了。时间紧迫，任务重大，我们首先要做的是确定下来任务机组。"

何政委："此任务既是军事任务，又是政治任务。代表着海军的形象和水平，机组选定要优中选优。"

张团长看参谋长："许参谋长，报告任务机组情况。"

许参谋长打手势示意站在一旁的沈股长："沈股长——"

沈股长拿起台面上的遥控器对着投影仪一按，全团的编制序列表立时显现在屏幕上。他接着点击菜单，任务机组动画图分列出一、二、三大队及下属的九个中队。

在屏幕翻页的过程中，随着任务机组分列显示，张团长的眉头也皱了起来。

沈股长重又拿起激光指示笔，在任务机组动画上移动着。"我团现有任务机组18个，二大队整体转训南海不计，三大队疗养未归，只剩下一大队的六个机组。其中，二中队本周轮流战备值班，三中队备份。现在可出动的只有一中队的刘长军、纪天祥两个机组。经我们向航医了解，驾驶、领航等机组人员身体均为1—4，飞机良好。具备执行任务的条件。"

许参谋长补充道："刘长军机组没有问题，纪天祥前几天请假，据说是处理家庭矛盾，如果本人情绪稳定，也应该没问题。"

张团长:"政委,这方面的问题请你定夺。你看纪天祥的情况影响不影响飞行。"

何政委:"纪天祥的家庭矛盾主要是由于他家属新近调换工作无暇照顾孩子引起的。大队做了做工作,基本解决了。只是昨天他岳母又找到了大队,闹着非要大纪转业。虽然这是个无理要求,但对纪天祥的情绪肯定带来一些波动。"

张团长(气呼呼地):"这个纪天祥,关键时刻给我节外生枝!"

何政委:"这也不能怪大纪,他的家庭确实面临一些实际问题,他的岳母对军人职业还缺乏一些理解和支持。我看这样吧,如果没有比大纪更合适的人选,我找他谈谈,还让他上。"

张团长犹豫了:"这可是外事飞行,他要是有个闪失,那人就丢大啦。"

许参谋长:"我们的团训可是'飞机有问题不上天,人有问题不上飞机。'"

何政委:"要不就请示上级动用战备值班机组?"

张团长(干脆地):"绝对不行。"他在投影屏上搜索着,自言自语着:"杨光、常少伟,不具备条件……"

张团长一时踌躇。

何政委灵机一动:"实在不行,团长你上。"接着他又否定了自己:"那谁指挥啊?"

张团长突然问:"改装来的罗小海呢?"

——第一集完

第二集

舰载机A团办公楼 作战室 白天

何政委灵机一动:"实在不行,团长你上。"接着他又否定了自己:"那谁指挥啊?"

张团长突然问:"改装来的罗小海呢?为什么没列编?"

许参谋长:"还没来得及添加呢。不过,他刚来,不可能让他执行这么重要的任务。"

张团长追问:"为什么不可能?你知道他改装期间都执行过什么任务吗?"

许参谋长:"哦,改装期间完成了舰载机的四种气象飞行,中间到国外见习交流时还飞过外军的舰载机。"

张团长:"我的参谋长,这还不够吗?"

众人面面相觑,不知如何表态。

何政委打破沉默局面:"张团长,罗小海的情况仅仅是听说和飞行档案记载,我们毕竟没亲眼见过他的飞行。"

张团长:"何政委,罗小海到咱们团里来不是分来的新员,而是人才。现在我们急需用人,罗小海是现成的人才,适应性训练也搞过了,具备所有条件,我们为什么不用?"

何政委:"耳听为虚,眼见为实。罗小海是骡子是马,拉出来遛遛？"

张团长："就这么定了，让罗小海上！刘长军飞长机，罗小海飞僚机。"

何政委："张团长，也就是你有这个胆量！"

张团长站起来："通知刘长军、罗小海按任务准备！"

外场停机坪　白天

螺旋桨飞速旋转，引擎轰鸣。

刘长军、罗小海分别在海猫716、718飞机座舱里做起飞前最后的检查。

塔台　白天

塔台上，蓝旗飘扬，风向标飘舞。

塔台内，各类战勤人员有序忙碌着，无线电呼叫声不绝于耳。

塔台下，各类值班、抢救车辆严阵以待。

王萍和李燕站在救护车旁，注视着停机坪议论着。

王萍："李燕，你知道吗？那个刚来的罗小海也参加今天的飞行呢。"

李燕一副无所谓的口气："那又怎么样。"

王萍纳闷："你不是认识他吗？"

李燕忙纠正："队长，我可没说认识他。"

王萍解释道："你是给他带过东西，是吧？我是说他刚来就能参加这么重要的飞行，肯定很优秀。"

李燕沉吟着，没说话。

王萍（疑问地）："李医生，你怎么了？"

李燕转身跳上车："没什么。"

王萍奇怪地摇摇头。

外场停机坪 716机舱　白天

刘长军做了检查之后，向飞机前面的机械师甲伸出右手大拇指，作出准备起飞的手势。

机械师甲伸出大拇指，做出可以起飞的回应。

同上 718机舱　白天

罗小海向飞机前面的丁世杰伸出右手大拇指,做出准备起飞的手势。

丁世杰伸出大拇指作出可以起飞的回应。

同上 716机舱内　白天

刘长军对话筒:"泰山泰山,101请示起飞。"

耳机传来指挥员的声音:"101可以起飞。"

刘长军:"101明白。"

同上 718机舱内　白天

罗小海对话筒:"泰山泰山,103请示起飞。"

他的耳机同样传出指挥员103可以起飞的指令。

罗小海兴奋地答道:"103明白。"

罗小海没忘记给他的好同学传递他此时的心情:他透过驾驶舱向刘长军挤了挤眼。

外场停机坪　白天

顷刻间,两架海猫飞机轰鸣着,扶摇直上云天,向指定海域飞去……

海空　白天

海上薄雾缭绕,空中低云弥漫。

海猫716、718编队低空飞行,由于受气流的影响,两架飞机都出现轻微的颠簸。

海空 716机舱　白天

刘长军紧握驾驶杆,向侧翼看了一眼,对着话筒道:"103、103,海上气象复杂,请注意修正飞机,与我保持距离。"

海空 718机舱　白天

罗小海兴奋地瞟着刘长军:"103明白。"

罗小海力图与"长机"靠拢。当他的视线与刘长军的视线相遇时，他向716上的刘长军翘了翘大拇指，表示自己没有问题。

舰载机A团塔台　白天
飞行指挥员手持话筒呼叫："101，101，我是泰山，听到请回答。"
话筒传来刘长军的声音："泰山，泰山，101听到，101听到。"
飞行指挥员："据气象部门报告，任务海区由于局地风向变化，形成涡旋，请注意保持飞机状态。"
刘长军的声音："101明白。"

海空　白天
一股气流袭来，罗小海的海猫718突然向下抖动。
刘长军发现后，急忙呼叫："103，拉住！"

海空　718机舱　白天
罗小海急忙用力控制住驾驶杆，飞机艰难地稳住。
罗小海咬牙切齿地回答："103明白。"
罗小海抬头寻找着716，发现刘长军的飞机也在气流中颠簸着穿梭。他忍不住骂道："靠，这该死的气流！"

海空　716机舱　白天
刘长军听到了罗小海的声音，他提醒罗小海："103，老天爷今天很不开面，它可能知道今天是你来A团的首飞，给你下马威呢。"
罗小海的声音："101，你怎么不说是老天爷送我的见面礼呢，我笑纳了。"
刘长军："103，你还是那么乐观和自信。"
罗小海的声音："你不是也一样吗？"
刘长军聚精会神地驾驶着飞机穿过一股气流："103，前面就是任务海区，请保持好飞机状态！"

海空　718机舱　白天

罗小海紧握驾驶杆,兴奋地对着话筒:"103明白!"

舰载机A团塔台　白天

飞行指挥员一边用红蓝铅笔在航图上勾画着,一边对着无线电话筒呼叫:"101,我是泰山,请报告飞行状态。"

刘长军的声音:"泰山,泰山,101报告,受气流影响,飞机颠簸得厉害,但飞机状态正常。"

飞行指挥员:"103的情况怎么样?"

罗小海的声音:"103正常。"

飞行指挥员:"好,保持好队形,随时掌握天气变化,及时与海指联系,接受海指的指挥。"

刘长军的声音:"101明白。"

海上　白天

薄雾笼罩的天空下,我舰艇编队威风凛凛,列阵航行在波涛汹涌的大海上。指挥舰上悬挂满旗,一派节日盛装。

指挥舰舰艏　白天

观摩席上,亨利在舰队吕司令的陪同下,端坐其中,神情傲然。

亨利看着天空耸了耸肩,对吕司令道（法语汉译）:"司令阁下,我知道今天的天公不作美,不知道你们的舰载机能否按计划实施。"

吕司令看了看手表:"亨利将军,我们的舰载机马上就到。"

亨利（兴奋地）:"马上就到?哦,太好了!我马上可以看到贵军的舰载机飞行了。请问阁下,我看到的是你们的海猫吗?"

吕司令对他会意一笑,竖起右手大拇指。潜台词是:您说得很对,等会儿你看到的,就是我们的海猫。

海空 718、716机舱　白天

穿过一股气流,飞机保持平稳飞行。

罗小海推杆调整着飞机的平飞状态。

刘长军侧目观察着罗小海的718，对老同学的首飞表示满意。

刘长军："103，马上就要进入任务区了，就这样，保持状态。"

罗小海（自信地）："OK，没问题！"

指挥舰舰艏　白天

吕司令看着亨利得意的神情，通过翻译向他问道："将军，据我所知，您当年也是贵国海军航空兵一名出色的舰载机飞行员？"

亨利（颇为自豪地）："那是20年前的事了，但在我心中一直凝聚着浓浓的舰载机情结。所以这次到贵国来，在交流计划里首先把观摩舰载机飞行列入其中。"

吕司令："我非常理解将军的心情，就像我出国访问必须参观潜艇一样。"

亨利（好奇地）："这么说阁下是潜艇出身喽？"

吕司令（自豪地）："正是。你在天上飞，我在海底游。我们是大路朝天、各走一边。"

亨利摆手道："No，no，在搜反潜上我们是对手。舰载机把潜艇追得无处躲藏。"

吕司令表示不服："你不要忘了，潜艇的无线电静默和施放的假信号也让你们舰载机丈二和尚——摸不着头脑哦。"

两人哈哈大笑。

亨利："司令阁下，我们两国是友好国家，作为一个舰载机飞行员出身的海军将领，我很想了解贵国海军航空兵的发展水平。因为，一个国家军事力量的强弱，在很大程度上体现在他的海军航空兵身上。"

吕司令："我们的海军航空兵起步较晚，不过，现在她已经成为我海防力量的主力兵种。"

亨利："我一直在关注着你们的海军和海军航空兵。我觉得近年来贵国海军的发展可以用'迅猛'两字来形容了，你们正在朝着与自己的海洋国土相匹配的目标前进。"

吕司令："将军，您过奖了。"

亨利站起来，向空中眺望着："阁下，我还有一个心愿，不知能否满足?"

　　吕司令走到亨利身边:"我们是朋友嘛,请讲。"

　　亨利:"如果您允许,我很想飞飞你们的海猫,找找我过去的感觉。"

　　吕司令哈哈大笑:"将军真是雄心不减当年。你要想飞海猫,可以,我们要按照飞行惯例,对将军的身体进行全面检查——我们要对您的健康和安全负责哦?"

　　亨利双手握拳捶胸:"我的身体,用你们中国话说——壮得像头牛!"由于亨利的动作过大,大沿帽差一点儿滑落,他急忙用手护住,然后拉下风带。

　　众人大笑。

海空 716机舱　白天
　　刘长军边驾驶边巡视着海面。
　　刘长军调整无线电转换开关:"浮岛,浮岛,101呼叫。"
　　张团长的声音:"浮岛听到,101请讲。"
　　刘长军报告:"海猫准时飞临任务区,海猫飞临任务区。"

指挥舰航空指挥部位　白天
　　张团长看了看表:"101,你们好样的。任务海区气象恶劣,请你们保持好飞机状态,注意听我指令!"
　　刘长军的声音:"101明白!"

海空　白天
　　海猫716和海猫718编队全速飞行。
　　海天之间,两架银白色的飞机在云雾中穿行。

指挥舰舰艏　白天
　　空中隐隐传来飞机引擎的轰鸣声。众人抬头向空中眺望。
　　亨利兴奋地站起身:"噢,海猫来了!"
　　吕司令示意亨利回到观摩席上。
　　吕司令:"请——"

海空 716机舱　白天
海猫716、718编队降低高度飞行,看得出飞机还在微微颠簸。
刘长军用力操纵驾驶杆,斜视着一侧的718:"103,集中精力,保持状态。"
罗小海回答道:"103明白。"

海面　白天
云雾缭绕的海面,波涛汹涌。
舰艇编队匀速航行在宽阔的海面上。

指挥舰航空指挥部位　白天
张团长手持话筒,仔细观察着桅杆上的风标。
桅杆上的风标快速旋转着,且忽快忽慢,标志着当前的风速过大而且不稳定。
张团长转向空中呼叫:"101,101,浮岛呼叫,请回答。"
无线电接收机传来刘长军的声音:"101听到,请指示。"
张团长接着呼叫:"103,103,请回答。"
无线电接收机传来罗小海的回答:"103听到。"
张团长:"根据舰上气象报告,任务海区的风力已达到6米/秒,甲板的摇摆度已超过航行状态着舰的要求。待请示编队指挥员后再确定飞行科目。"
刘长军的声音:"101明白。"
罗小海的声音:"103明白。"

指挥舰指挥室　白天
张团长与吕司令等紧急磋商着飞行方案。
吕司令:"两个飞行员的反应怎么样?"
张团长:"他们当然想按计划飞。"
吕司令伸脖子看看天气:"如果按计划飞航行着舰,究竟有多大把握呢?"
张团长犹豫了:"多大把握?理论上已经否定第一方案。"
吕司令看看表:"张团长,我想听听你最后的意见。"

张团长镇静了一下:"考虑到亨利此行的要求,如果指挥员定下决心,超气象条件我们也飞!"

一旁的田参谋长插话:"只要有可能就飞,这样更能展示我海军航空兵的风采。"

吕司令(冷静地):"超气象条件飞行,就意味着冒险。为了面子拿我们的装备和飞行员的生命去冒险,大可不必。况且,亨利也是舰载机飞行员出身,他应该能理解飞行计划的变更。"

田参谋长:"今天不飞航行着舰了?"

张团长(气急败坏地):"这个不争气的鬼天气!"

吕司令:"通知机组,执行第二方案!"

田参谋长、张团长同时立正回答:"是!"

指挥舰航空指挥部位　白天

张团长:"101,101,听到请回答。"

无线电传来刘长军的声音:"101听到,101听到。"

张团长又呼叫:"103,103,听到请回答。"

无线电里回荡着罗小海的声音:"103在,103在。"

张团长:"经请示编队指挥员,按2号预案实施。听明白了没有?请回答。"

海猫716机舱　白天

刘长军(严肃认真地):"101明白!"

刘长军调整驾驶仪表……

海猫718机舱　白天

罗小海(惊讶地):"怎么,不飞着舰了?"

张团长命令道(画外音):"103,注意飞行纪律!"

罗小海立刻严肃起来:"103明白。"

罗小海调整驾驶仪表……

指挥舰舰艏　白天

吕司令在向亨利等解释着。

吕司令:"我们也感到非常遗憾,不能按计划为您做航行中的着舰飞行了。"

亨利又习惯地耸耸肩,顿了顿说:"我知道编队在航行中,舰载机着舰难度很大,可这也正是考验舰载机飞行员飞行技术的时候。"

吕司令也摊开手:"赶上这种鬼天气,能不能飞航行着舰,我想将军比我更清楚。"

亨利(无奈地):"我清楚……遗憾了!"

吕司令:"不过,我们的第二方案仍然为您安排了舰艏通场飞行和伴随编队飞行,既是礼节,也是表示歉意。"

亨利流露出失望的神情。

指挥舰航空指挥部位　白天

张团长发出指令:"101,103注意,右舷90,高度100通场,注意进入高度,保持好飞机状态。"

无线电接收机先后传来罗小海、刘长军的报告声。

刘长军:"101明白。"

罗小海:"103明白。"

海空　白天

海猫716、718双机编队从指挥舰右舷呼啸而过。

罗小海飞至与观摩席平行时,向观摩席行了一个耍酷的军礼。

指挥舰舰艏　白天

亨利等观看海猫飞行。

看到罗小海的敬礼,亨利也回敬了一个潇洒的手礼。

海空　白天

海猫716,718编队通场飞行之后,在空中散开,分别建立航线,做伴随飞行。

刘长军的长机率先飞临编队的上空。

罗小海的僚机紧跟其后。

无线电里回荡着张团长的指令:"注意修侧风,保持状态。"

指挥舰舰艏　白天
看着上空的海猫,法国海军军事代表团的几个官员热烈鼓掌,亨利也抬起手,轻轻地拍了两下。
吕司令注意到了亨利不太满足的表情。
这时,编队值班员跑来报告:"司令员同志,按预定计划飞行结束,请示进入下一科目。"
吕司令回礼:"按计划进行。"
编队值班员答"是"后,转身跑去。
亨利却有点坐不住了,他询问身边的翻译,翻译告诉了他。
吕司令起身转向亨利:"将军,正像您说的,今天天公不作美,我也感到遗憾。请将军观摩下一科目。"
亨利似乎心有不甘。他正了正帽子,指着在编队上空盘旋飞行的飞机:"不,阁下,他们的飞行并没有结束。"
吕司令:"将军,他们是在为我们做护航飞行。"
亨利却很执拗:"司令阁下,我的意思你没听明白,我的意思是,我知道贵军有一批年轻而又技术精湛的舰载机飞行员,我很想欣赏他们在这种航行……对,航行状态下的着舰飞行。"
亨利的目光中充满了期待和挑战。
吕司令(踌躇地):"亨利将军,您是知道的,对于飞行,我是个外行。刚才我已经征求了飞行指挥员的意见。"
亨利似乎不理解。
吕司令对秘书:"呼叫飞行指挥员,叫他来向客人解释。"
秘书用对将机呼叫:"浮岛,浮岛,海洋呼叫。"

海猫718、716机舱　白天
罗小海、刘长军专注地驾驶着飞机,机舱的无线电里同步传来指挥舰对讲机的声音。
翻译的声音:"司令,亨利将军说,他知道这个科目即使是在发达国家的着舰飞行中也属于高难动作。如果我们的飞行员不能飞的话,就不勉强了。他还说……"

吕司令沉闷的声音:"他还说什么?"
翻译:"他还说,我们没有足够大的舰载机起降平台,他能够理解。"

指挥舰舰舷　白天
吕司令(脸色阴沉):"你告诉他,我们会有更大的舰载机起降平台的,我们的舰载机也会……"
翻译等待着吕司令把话说完。
吕司令催促:"翻译给他!"
翻译:"司令,您还没说完呢。"
吕司令:"真笨,翻!"
翻译:"是!"

海猫718、716机舱　白天
718上的罗小海脸上现出跃跃欲试的神情。
716上的刘长军使劲地咬着嘴唇。

指挥舰舰舷　白天
秘书把对讲机递给吕司令:"司令,张团长在里面。"
吕司令接过对讲机:"张团长,亨利将军在将我的军呢,第一方案还有没有余地?"
张团长(犹豫地):"司令,我再分析一下当前气象,再做决定。"
吕司令对身边工作人员喊道:"立即把当前海区气象报来。"
工作人员对着对讲机大声地喊:"报当前气象。"
法国军事代表团有人在小声议论。
亨利期待和挑战的神情。
吕司令跟前的对讲机在报着气象:"……海风6级,海况3级,舰面纵摇2度,横摇7度……"

指挥舰航空指挥部位　白天
指挥台上的对讲机在报着气象:"……舰面纵摇2度,横摇7

度……"

张团长拿起对讲机（心情复杂地）："司令，这种气象条件……不能飞。"

指挥舰舰艏　白天

吕司令又看了一眼亨利："张团长，既然如此，我向客人解释吧。"

对讲机里传来张团长的自责："司令，对不起！"

吕司令一时不知说什么好。

短暂的沉默之后，对讲机里传来了罗小海的声音。

罗小海铿锵有力地呼叫道："海洋，海洋，103报告，我能飞！"

刘长军急忙拦阻道："罗小海，你疯了！"

张团长急忙制止："103，注意飞行纪律！"

吕司令倒是眼前为之一亮，他急忙拿起对讲机："103，你说什么？请再说一遍。"

海猫718机舱　白天

罗小海驾机在指挥舰上空盘旋着。

罗小海目光炯炯，一字一句地回答道："103请示航行着舰。"

指挥舰航空指挥部位　白天

张团长（气呼呼地）："103，你知道现在的气象条件嘛！"

罗小海（平静地）："103明白，我刚才试过了侧风和气流，只要加强修正，再有自动驾驶仪的支持，就能飞！"

张团长再次提醒："罗小海，这样是很危险的！"

吕司令打断了他们的空地对话："张团长，103能飞太好了。请你加强指挥引导，争取成功！"

张团长（犹豫地）："司令……是！"

指挥舰舰艏　白天

亨利在一旁站了起来："103能飞？真是太了不起了，太感谢了！"

吕司令并没有答理亨利,他此时此刻的心情丝毫不比张团长轻松。

指挥舰航空指挥部位　白天
张团长坚定地对着空中声嘶力竭地吼叫了一声。
张团长:"103,飞!"

海空　白天
两架海猫迅速从编队上空散开飞去,先后进入三转弯,各自建立航线,艰难地对着指挥舰飞来。
刘长军呼叫道:"浮岛浮岛,101呼叫。"
张团长略显紧张地问:"101,请讲。"
刘长军:"101请示航行着舰。"
张团长:"101,你……感觉怎么样?"
刘长军(坚定地):"感觉……能飞!"
张团长:"好,做好准备,保持状态。"
刘长军:"101请示着舰顺序。"
张团长稍顿:"103在前,101跟进。"
刘长军显然不服:"浮岛,我是长机!"
张团长:"101,听从指挥!"
刘长军、罗小海几乎是同时回答:"是!101明白!103明白!"

指挥舰舰艏　白天
亨利显得异常兴奋。
吕司令的表情专注而紧张。

海空　白天
罗小海驾机做通场飞行。看得见他飞得很低,几乎擦着旗舰的右舷飞过。

指挥舰航空指挥部位　白天
张团长刚才几乎是目不转睛地观察着海猫718:"103,注意进入角度，拉开，稳住，转弯进入。"

罗小海（坚定地）："103明白。"

海猫718掠过海面，海面泛起雾浪。

指挥舰舰艏　白天

吕司令定睛看着海猫718的飞行，头也不回地问身边的秘书："了解一下103的资料。"

秘书胸有成竹："当时上报的是一个中队长，一个飞行员。"

吕司令追问："103是中队长，还是飞行员？"

秘书迅速打开电脑记事本，查出答案："报告首长，代号为103的飞行员，是刚从海军飞行学院舰载机改装班分配到A团的，他的名字叫罗小海。"

吕司令重复着："罗小海……"

海空　718，716机舱　白天

罗小海驾机再一次飞到观摩席对面时，突然飞了一个带速度旋转360度，这是一个高难度技巧飞行动作，如同电影里汽车在地面上原地360度旋转特技，他完成得非常漂亮。

刘长军在空中看到了罗小海的这个动作，脸上露出惊奇和一丝不易觉察的妒意。

指挥舰舰艏　白天

罗小海的带速度旋转360度技巧飞行，在法军代表团席引起一片惊呼。

亨利也禁不住吃惊地"啊"了一声。

愣了一会，亨利耸耸肩："带速度旋转360，太不可思议了！"

吕司令（自豪地）："他叫罗小海。"

指挥舰航空指挥部位　白天

张团长盯着罗小海的飞机，声嘶力竭地呼叫道："罗小海，这是什么时候，你还玩特技！下一个动作，着舰！"

海空 指挥舰甲板　白天

罗小海驾机与指挥舰平行跟进飞行。

张团长聚精会神地观察着飞机，嘴里不停地发出指令："跟进，注意平衡，保持，着陆。"

罗小海终于着舰成功。

指挥舰舰舷　白天

亨利带头站立起来鼓掌，他不停地在吕司令面前晃动着大拇指："中国飞行员，OK！"

吕司令也顾不上亨利在说什么，他和其他陪同人员一起站了起来，情不自禁地鼓起掌来。

指挥舰航空指挥部位　白天

张团长盯着甲板上的718飞机，终于舒了一口气。他松开指挥话筒，才发现手心已经攥出了汗。

张团长犹如沉浸在梦境之中，无线电突然传来刘长军的呼叫，他如梦方醒。

刘长军："浮岛，浮岛，101请求着舰。"

张团长回过神来："101，有没有问题？"

无线电里继续传来刘长军的请求："103没问题，我也没问题！"

张团长（谨慎地）："101，注意观察，有问题就随时拉起来。"

海空·指挥舰甲板　白天

刘长军全神贯注，沉着冷静，紧握舵杆，谨慎飞行。

张团长指挥引导的声音在海空回荡："101稳住，稳住，注意保持，注意观察甲板平衡。"

刘长军（坚决地）："101明白。"

飞机下降高度，出现微微的抖动。

就在刘长军准备着舰的当儿，甲板突然晃动起来。

舰舷下涌浪翻滚，雾气浊空。

张团长急令刘长军："101，拉起来，复飞！"

刘长军用力推杆拉起飞机，甩尾而去。

海空 718机舱　白天

罗小海驾718在上空盘旋。

罗小海对刘长军道:"101,加强修侧风,注意进入角度,加油,你会成功的。"

刘长军的回音:"谢谢。"

指挥舰舰艏　白天

看着海猫716甩尾飞去,亨利(疑惑地):"这架飞机为什么不着舰?"

吕司令:"将军,716会成功的。"

亨利期待着。

海空 甲板　白天

气流散去,刘长军驾驶飞机重新回到甲板上空。

张团长透过两层风挡看到了刘长军那张一贯镇静的表情。

张团长:"101,注意修侧风,稳住、对稳住,抓住舰体上浮的间隙,着舰!"

刘长军:"明白!"

受涌浪的影响,指挥舰舰体上浮和下落着。

刘长军观察到舰体上浮的刹那,驾驶716终于平稳地降落在甲板上。

指挥舰舰艏　白天

观摩席上掌声一片。

吕司令转脸对亨利:"亨利将军,你还要飞我们的海猫吗?"

亨利(幽默地):"不,我不飞了,我还要检查身体。"

吕司令、亨利等在场的人一起开怀大笑……

舰载机A团外场　黄昏

披着夕阳的余晖,海猫716,718平稳的降落在停机坪上。

飞机顶端的螺旋桨由快到慢,终于停了下来。

罗小海、刘长军先后跳下飞机,驱车赶来的何政委、沈股长等人急忙迎上前去,和二人亲切握手。

何政委有点激动地摇晃着双手:"小伙子们,行呵!我代表全团官兵向你们表示祝贺!"

沈股长也插言道:"小海,真有你的,带速度360度旋转?你是在哪儿练的?"

罗小海却显得有些调皮:"没什么,一般般啦。"

刘长军的神色有点失落,他暗暗地咬了下嘴唇。

何政委两只手一边揽着罗小海,一边扶着刘长军向场边走。

何政委接着说:"你们就不要谦虚啦,团长已经在电话里给我说了,你们今天给我们A团争了光。要知道,你们可是在超气象条件的情况下完成的航行状态着舰飞行,很了不起啊!"

罗小海:"嗨,完全是急中生智、逼上梁山。"

何政委:"逼上梁山,谁逼你们啦?"

罗小海:"那个叫亨利的啊。我在无线电里听出他步步紧逼的口气,我就不服老外这个劲。最后,我和长军还就飞成了。"

说着,罗小海拍了拍刘长军的肩膀,刘长军"啊"了一声算作回应。

何政委意犹未尽:"不管怎么说,你们今天成功了,我们A团成功了。我给空勤灶说了,今天晚上,改善生活!"

罗小海、刘长军、何政委等说笑着走上空勤班车。

同上 空勤餐厅 晚上

空勤餐厅内灯火辉煌,一片热闹气氛。

参谋长站起来(大声地):"大家肃静,肃静!下面请政委讲话!"

一旁的何政委端起酒杯:"同志们,今天是个值得纪念的日子,今天是个值得庆贺的日子。为了刘长军、罗小海圆满完成外事飞行任务,为了我们A团的荣誉,请大家端起酒杯,不管是啤酒还是饮料,干!"

众人响应,长吼一声,顿时整个空勤餐厅震耳欲聋。

渤海宾馆宴会大厅　晚上

宴会大厅内，人声嘈杂。

布满大厅的圆桌和横贯其中的展台上，放置着整洁的餐具和酒具，以及水果、生菜、沙拉、果酒、饮料等各种各样的冷餐食品，在一个显著位置临时搭设了一个发言席，支着两个立式无线话筒。

张团长和吕司令、亨利等在一张圆桌上，表情异常兴奋。

一主持人（海军上校）敲了敲话筒，发出两声沉闷的声响。大厅内立时静了下来。

主持人清了清嗓子，重又扶正话筒，以标准的普通话作着开场白："尊敬的亨利将军和法国军事代表团的朋友们，首长和同志们：冷餐酒会现在开始！"

大厅内掌声一片。

主持人："下面，请渤海舰队吕司令致祝酒词，大家欢迎！"

主持人看着吕司令带头鼓掌。

掌声中，吕司令手持半杯果酒走向发言席。

吕司令："尊敬的亨利将军，朋友们、同志们，为了中法两国的友谊，为了中法两国海军的合作交流，也为了亨利将军对我舰队的访问成功，我提议：大家干杯！"

大厅里的人齐刷刷地站起来，碰杯声欢笑声不绝于耳……

舰载机A团　空勤餐厅　晚上

罗小海、刘长军、纪天祥三人在一个桌上说着话。这时，杨光、常少伟，飞行员甲、乙端着酒杯走了过来。

纪天祥："你们来给中队长敬酒啊？"

杨光显然有些醉意："中队长……我们要敬，但是，这第一杯酒……我们先敬……带速度360度旋转的……英雄、超帅的罗小海先生！"

纪天祥纠正道："哎，懂不懂规矩？要敬也得先敬中队长，再说了，今天的任务，中队长是长机。"

刘长军听着有点别扭："大纪，什么长机僚机的，让他们敬吧。"

杨光一把拨开纪天祥："大纪，我们敬酒……你也干涉啊，哪有那么多的……规矩，你不就是想让中队长……批准你……多回家陪陪你媳妇嘛！"

常少伟、飞行员甲跟着起哄道："就是！"

纪天祥站了起来："你们几个新兵蛋子再胡说八道，我跟你们急！"

刘长军拉纪天祥坐下："你们给小海敬酒，怎么扯上大纪了？喝酒喝酒。"

罗小海举起酒杯邀请刘长军："长军，咱们一起喝吧？"

杨光固执地说："不！说敬你……就敬你，敬酒不能……吃大锅饭，单列、单列。你现在就是我的……心中偶像，我崇拜你！"说完，他顾自举杯干了。

飞行员甲："我也干了。"

常少伟犹豫了一下，终于没喝。

纪天祥看不下去了："哎杨光，你原来不是说中队长是你的偶像吗？你怎么见谁都偶像？那我也是你的偶像？"

杨光："你？对，也是我偶像——呕吐的对象。"

纪天祥欲抓杨光："你小子，看我不收拾你！"

杨光却一闪身躲开了。

常少伟倒显得很冷静："听说小海是在指挥员取消了第一方案之后又主动请缨飞的，而且是越级请缨。我的意思是，以后我们是不是也可以照此办理？"

杨光揶揄："你有那个实力啊？"

常少伟："我现在还不行，我是说以后。"

杨光："以后我看你的机会也不多，我还差不多。"

常少伟："你臭美吧你！"

刘长军站起来打圆场，举杯道："我们一中队是一个整体，我们都是战友、兄弟。来，我们一起干杯！"

"等等！"不知什么时候，苏成跑了进来："我也算一份。"苏成拿起桌子上的一杯酒就和大家碰杯。

何政委在一旁一直注意着他们的议论。

渤海宾馆宴会大厅　晚上

主持人:"下面请亨利将军致辞,大家欢迎!"

亨利精神矍铄地走上前:"尊敬的司令阁下,朋友们,今天是我访问贵国海军最高兴的一天,因为,今天我不但看到了贵舰队现代化的军舰,而且领略了贵国海军舰载机飞行员的高超技艺。说真的,今天我的要求有些苛刻了。据我所知,即使是在发达国家海军王牌飞行员中,能在如此恶劣的气象条件下完成平稳着舰的也是凤毛麟角,我没想到贵国舰载机飞行员居然完成了这么漂亮的飞行。当我看完他们的着舰飞行之后,我不禁自惭形秽!真的,他们太棒了!所以……"

亨利走到张团长身边:"我今天要敬他们一杯。我知道他们不能到这里来,我很遗憾。我请他们的团长,这位上校先生代他们喝了这杯酒。"

众鼓掌。

张团长与亨利碰杯。

张团长:"将军,谢谢你的夸奖。"

亨利:"上校先生,请问你平时就是这样训练你的飞行员的吗?"

张团长(支吾地):"哦……对,对呀,我们平时就要求从难从严,从实战出发。"

亨利(若有所思地):"从难从严,从实战出发,这个提法很好!"

舰载机A团　空勤餐厅　晚上

常少伟:"哟,苏成同志,你的嗅觉很灵啊,不愧是A团的常驻'记者'。"

苏成:"那当然。谁不知道你们空勤灶的伙食标准高啊。不过,我今天来是有公务,公务。"

常少伟:"别不好意思啦,哪有在饭堂谈公务的,赏你个鸡腿,下次也让我成为你的今日之星。"说着,就扯下盘子里的一个鸡腿塞给苏成。

苏成接过来拿在手里并不急于吃:"说实在的,我是来采访罗小海和刘长军的。稿子明天一早就播。题目都起好了，叫'昔日好同学，今日新搭档，罗小海、刘长军海天之间激情演绎金牌组合'。你们说怎么样？"

刘长军："小苏，稿子的事政委知道吗？"

苏成："刘中队长，这可是政委亲口跟我交代的。再说了，这是一件多么好的新闻啊，我还准备投海军报和解放军报呢。"

罗小海："长军，这位……哦对，苏记者，他想写就让他写呗，反正是给咱海军长士气的事。"

刘长军："小海，今天的飞行……我觉得还是慎重一点的好。"

苏成（疑惑地）："慎重？据我所知，现在各方反映都很好，没有什么别的说法呀？刘中队长，您是谦虚吧？您一贯谦虚。"

罗小海和苏成碰了下杯，说："苏记者，你想了解哪些情况，我给你说。"

刘长军用力夹了一口菜。

在苏成和罗小海谈兴正浓的时候，刘长军悄然离开了空勤餐厅。

张团长家　　晚上

王萍和上小学六年级的女儿倩倩正在吃饭，张团长开门进来。

王萍一愣："哎，你不是在舰队参加庆功宴吗，这么早就结束了？"

张团长脱下飞行服，向墙上挂着："庆功宴？你就别提那个庆功宴了，没几样能吃的东西。除了水果，就是生菜还有什么沙拉，乱七八糟，没法吃。"

王萍："是你自己老土，你别说那些东西不好吃，以后再参加这样的活动，你别让人家笑话啊。"

倩倩："就是的。爸爸，你不愿意吃，可以打包啊，我就愿意吃沙拉。"

张团长（没好气地）："没你什么事，快吃你的饭吧。"

倩倩小嘴一撇："嗯！"

张团长径自坐在了饭桌边。

王萍纳闷道："你这是干什么，还加餐啊？"

张团长："说了半天还没明白？快盛饭去。"

王萍起身去厨房："宴席不吃，专门回家来吃加餐，说出来都新鲜。"

倩倩把鼻子靠近张团长："爸爸喝酒了！"

张团长："你的鼻子真尖。"

倩倩："我讨厌爸爸喝酒。"

张团长："你懂什么，爸爸喝酒是为了工作，跟外国海军朋友喝酒是表示友好。"

倩倩："那为什么一定要喝酒呀？"

张团长一时不知如何回答："你哪有那么多的为什么？快吃饭，啊？"

王萍端着饭走出来，递给张团长："你们爷儿俩说什么呢？"

倩倩："妈妈，爸爸又喝酒了。"

王萍："好了，你快吃吧，吃完了还得做作业。"

倩倩不满地"哼"了一声。

王萍坐下继续吃饭，像是突然想起了什么，问道："哎，听说你们今天露脸儿啦？"

张团长不无自豪地："那是。"

王萍："看你高兴的，庆功宴上是不是还有小姐给你献花？"

张团长："你这个人，上点层次好不好？什么花花草草的，是亨利亲自给我敬酒了！那么多的人，有首长，有机关的领导、有舰长，那老亨利只给我一个人敬酒，知道是为什么吗？"

王萍："为什么？"

张团长："亨利原来也是一名舰载机飞行员。事实上，他今天是想给我们出个难题，没想到我们给解了。这一下老亨利算是服了。"

王萍："今天又不是你飞的。"

张团长一仰头："不是我飞的，是我指挥的，我是团长啊！"

王萍："我听说今天可是人家罗小海主动请缨的。"

张团长顿了顿："是的，是罗小海主动请缨的。我还没找他算账呢。"

王萍不解："算账？算什么账？"

舰载机A团 空勤餐厅 晚上

罗小海、苏成谈兴正浓。

罗小海:"苏记者,当时我真的没你说的那么复杂。"

苏成:"小海,你别跟着叫我记者,其实我就是个兵,"苏成指了指肩牌,"努,一级士官。以后你叫我小苏好了。"

罗小海:"对不起,我看他们都这么叫我也就跟着叫了。不过挺好玩的。"

苏成:"以后咱们慢慢也会熟悉的,还请您多多关照。"

罗小海:"彼此彼此。"

苏成:"哎对了,你刚才提到在超气象条件下着舰,既需要技术又需要胆魄。这飞行上的事我不太懂,你能说得具体点吗?"

这时,常少伟走过来:"大记者,还没采访完呢,你还让不让小海喝酒了?哎,中队长呢?"

罗小海、苏成这才注意到不见了刘长军。

罗小海举目四望:"对,这个问题你最好问刘长军,今天他着舰的时候气象条件更恶劣,他最有体会。"

苏成站起来在餐厅里巡视着,问:"刘长军呢?"

——第二集完

第三集

舰载机A团　空勤营院　　晚上

夏日的夜晚，空勤营院显得特别幽静。

月牙儿藏在一片浓积云的后面，忽隐忽现。

在一台石桌前，罗小海找到了刘长军。

罗小海走到跟前："长军，还没吃完，你怎么就走人了呢？走，回去再喝两杯！"

罗小海拉起刘长军就要走。

刘长军站住："小海，对于今天的飞行结果，你就这么乐观？"

罗小海："我感觉挺过瘾的，有挑战性。你怎么了？"

刘长军仰头看着云中的月亮："不知怎么，今天的事我总觉得不那么踏实。"

罗小海（不解地）："为什么？长军，你在想什么呢，我都看不懂了。"

刘长军："小海，我感觉团长今天在舰上的语气，说明他并不赞成咱们冒这个险——虽然我们都成功了，但我们确实是在冒险，你懂吗？"

罗小海："我为什么请飞？现场的情况你也听到了，我不知你怎么想，反正我受不了那样的刺激！再说，最后还是团长下的决心嘛。"

刘长军拉着罗小海向前走着。

刘长军:"我问你,团长为什么下这个决心?是你把团长推向了一个进退两难的境地,你知道吗?!"

罗小海打量着老同学:"长军……"

刘长军:"你不觉得你那样做,有点个人英雄主义了吗?"

罗小海:"个人英雄主义?我不这么看。"

刘长军:"那我问你,你今天那个带速度旋转360度是怎么回事儿?你能解释一下吗?"

罗小海:"我就是要飞给老亨利看看,让他看看中国舰载机飞行员的飞行技术,就这么简单。"

刘长军突然停下脚步:"就这么简单?我看没这么简单。"

罗小海也站住了:"长军,我确实就是那么想的,我不管别人怎么看。"

刘长军一惊:"你说什么,别人?我听出来了,你分明就是在飞给我看!"

罗小海愣住了:"长军,你怎么能这么想……"

刘长军(镇静地):"小海,我理解你的心情,刚来到A团想表现一下,可你也不能置老同学的交情于不顾吧?"

罗小海(冷静地):"我想告诉你的是,类似今天这种气象条件的着舰,我在国外飞过!另外,你尽管没飞过这么复杂的气象条件着舰,可你在复飞后不是也成功了吗?说明你也具备这样的技术,你应该感到高兴才是啊!"

刘长军:"我,那是被你逼出来的!"

罗小海:"这恰恰说明我们的训练还没达到'被逼'的程度。"

刘长军:"小海,你的心情我能理解,我想跟你说的是,舰载机不同于其他机种,在海上飞行,在舰上起降,其危险和复杂程度你不是不知道。"

罗小海:"长军,你……"

刘长军:"老同学的话,仅供你参考。"

说完,刘长军大步向营房走去。

罗小海愣在原地,看着刘长军走远。

张团长家　晚上

王萍："说了半天，就为这事？"

张团长："你不搞飞行，你不知道这里面的厉害。舰载机飞行，安全上要是出问题那就是机毁人亡的大问题！"

王萍："你当飞行员的时候不也是这样吗？'张大胆'不就是当时的老团长送给你的外号嘛。"

张团长瞪了王萍一眼："我那时不是年轻气盛嘛。"

王萍（不服地）："那你怎么还说罗小海。"

张团长："我知道你要说什么。你想说，罗小海很像当年的我是吧？我告诉你，正因为这样，我才希望他们少走弯路。"

王萍："你呀，'张大胆'快要变成'张小胆'喽！"

张团长："看看，年轻的时候我'大胆'，你整天在屁股后面嘟囔'安全第一、安全第一'，现在我讲安全了你又来这一套！"

王萍："那就跟你说说我们卫生队的事。"

张团长："我可提醒你，家里不办公。"

王萍收拾着碗筷："少来这一套，我跟你说，也算向你报告了，李燕回来了。"

张团长："李燕？"

王萍："她可是学飞行员心理学的，前几天我给你说的事，你可得快点研究，上边卫生部门要检查呢。"

张团长把碗一推："嗬，你这是汇报工作还是给我下命令啊？我郑重地提醒你王萍同志，谈工作即使是在家里也要摆正位置。"

王萍（嗔怪地）："哟，团长当到家里来了！"

舰载机A团　空勤楼门厅　晚上

文书正在接电话，看到刘长军进来。

文书做手势拦截："哎哎，您等等——刘中队长，正好您的电话。哥们有福气，听声音就知道，准是个贤妻良母型的。"

刘长军："去去！"

刘长军情绪不高地接过电话："喂……"

海鸥俱乐部 徐亚宁宿舍 晚上

身材高挑,一身运动打扮的徐亚宁对着手机:"长军,我是亚宁……"

刘长军的声音:"是你啊,亚宁!"

徐亚宁拿着手机在室内踱着步,埋怨道:"长军,你到哪儿去了?这可是我打的第三遍啦。"

刘长军在电话那头解释说:"亚宁,对不起。我刚才……和中队的同志谈点工作上的事。"

徐亚宁:"这个周末,正好我没有比赛……对,我们队轮空。我妈叫你来我们家吃饭。"

舰载机A团 空勤楼门厅 晚上

刘长军压低了声音:"亚宁,先谢谢你啊,也谢谢王姨。"

刘长军看了文书一眼,文书对刘长军做了个鬼脸,端着脸盆出去了。

刘长军:"你告诉王姨,要是没事,我一定去。"

徐亚宁(画外音):"你什么意思?我告诉你,可是我妈请你的。"

刘长军急忙解释道:"亚宁,看你说的。我是说,我们部队最近工作特别忙,如果不放假我真去不了。"

徐亚宁(画外音):"我可提醒你,你已经有一个多月没有到我们家去了,你要是再不去啊,我妈可要找我算账了。"

刘长军:"亚宁,我保证,这个周末有时间我一定去看王姨和你,好吧?"

海鸥俱乐部 徐亚宁宿舍 晚上

徐亚宁躺在床上(娇嗔地):"这还差不多。"

刘长军(画外音):"谢谢你的宽容,好,到时我和你联系。"

徐亚宁"呼"地坐起来:"哎,你想干什么,说这么两句就要挂机啊!我还有事要问你呢。"

刘长军(画外音):"亚宁,你说。"

徐亚宁:"今天电视里,有你们A团的新闻,表扬你们了呢。"

舰载机A团 空勤楼门厅　晚上

刘长军（平淡地）："是吗？我也参加了今天的飞行。"

徐亚宁（兴奋地）（画外音）："我猜就有你，你太棒了！我就喜欢看你们舰载机飞行，飞舰载机最有挑战！哎，听语气你好像不太高兴啊？"

刘长军勉强笑着："没有啊，我挺高兴的。"

徐亚宁想了想（画外音）："我还觉得你应该像我们赢球那样高兴呢，我问你，那架飞机是谁飞的？"

刘长军："哦，刚来的一个战友，还是我一期的同学呢。以后你会认识他的。"

舰载机A团　卫生队走廊　白天

王萍刚走到一个房间的门口，李燕拍打着白大褂出来，暴着一股灰尘。

王萍躲闪着："李燕，你慢点儿。"

李燕停下拍打："队长，你到这儿来干吗，快躲开。"

王萍："你真是个急性子，这就干开了，要不要找人帮帮你？"

李燕："暂时不用，等机器设备来了再说。"

王萍："团长说了，房子我们自己调整解决，经费、设备、器材由团里帮我们筹措。"

李燕（兴奋地）："什么时间到位？"

王萍："这两天团里事多，忙过这一阵吧。我们那口子昨晚9点多才从舰队回来。"

李燕："听说团长昨天出彩儿啦。"

王萍："他出什么彩，是罗小海的功劳。要不是罗小海自告奋勇，他昨天在外宾面前就没面子啦。"

李燕："那也离不开团长的指挥啊。"

王萍（故作姿态地）："喂，不会是说给我听的吧？你说罗小海才来A团不久，昨天又是超气象条件飞行，他居然敢飞航行着舰。这得需要什么样的心理素质啊？李燕你是学心理学的，你说说。"

李燕沉思着。

舰载机A团　营区甬道　俱乐部宣传栏前　　白天

张团长在通往团部的路上走着，几个战士在路边打扫卫生，与他打着招呼。

广播喇叭声在营区回荡："下面播送苏成采写的稿件，题目是：昔日好同学，今日新搭档，罗小海刘长军海天之间激情演绎金牌组合……"张团长走着听着，发现苏成正在宣传栏前忙碌着，便拐弯走过去。

苏成在忙着更换宣传栏。他先是卸下橱窗的木板，揭下原来的版面，把配有罗小海和刘长军照片的稿件贴在了"今日之星"的版面上。

张团长走近前看着，苏成没有发觉。

苏成贴好后，退后几步眯缝着眼得意地审视着。

在用广告色简单勾画的两架直升机旁，两行通栏标题映入张团长眼帘："昔日好同学　今日新搭档　罗小海刘长军海天之间激情演绎金牌组合"。

张团长冷不丁地叫了一声："苏成。"

苏成吓了一跳，忙转身，一看是团长忙立正道："哦到！团长……报告团长，一级士官苏成正在更换橱窗，请指示！"

张团长阴沉着脸，指着苏成手中新换的内容："把这个给我换下来！"

苏成（情急地）："团长，这……这是我昨天晚上写的！"

张团长："让你换你就换，广播稿也停下来！"

张团长掉头就走，苏成一头雾水，愣在了原地……

舰载机A团　政委办公室　　白天

何政委正在办公桌前操作着电脑，张团长推门进来。

张团长："政委，看来你的电脑操作水平远远超过我啦。"

何政委转过身来："你们驾驶舱的仪表罗盘，顶几个电脑啊，那才是高科技呢！"

张团长："写材料呢？"

何政委："坐吧，我把罗小海的资料充实一下。"

张团长不坐，边走边说："罗小海……一提罗小海我现在还后怕呢。"

　　何政委笑了："我能理解你昨天在舰上的情形。好在一切都过去了，而且结果堪称完美，这还不够吗？"

　　张团长站住："政委，我正想给你说这事呢。"

　　何政委不明白张团长要说什么，愣着看他。

　　张团长掏出一支烟点上："刚才我路过俱乐部，广播稿我叫停了，今日之星也暂时撤换了。"

　　何政委（不解地）："为什么？"

　　张团长："昨天的任务是完成了，也得到了舰队首长的表扬，为咱们中国海军争了光。可是，越想这些，我越觉得心神不安，怀里就像揣了个兔子。"

　　何政委："团长，我怎么越听越糊涂了。"

　　张团长一甩手："说白了，我觉得昨天的成绩有侥幸的因素。"

　　何政委也站起来："你说侥幸？可罗小海在国外同等气象条件下是飞过这种科目的。事实也证明，刘长军的技术也是过得硬的，尽管他复飞了一次。问题是，舰队首长对这件事已经给予了肯定，当地的媒体也作了宣传报道，你的意思是……"

　　张团长："不，我的观点是：功归功，过归过，功过分明。具体地说，成绩给予肯定，问题也不能掩盖，尤其是对罗小海在飞行过程中暴露出的冒险、过于自信等问题，要指出来，不能作为今后效仿的对象。"

　　何政委："你觉得这样，罗小海能服气吗？"

　　张团长："他有什么不服的，问题明摆着嘛。我的意见是，在一大队安排一个整顿。"

　　何政委沉思了一会："昨天会餐的时候，在空勤当中我听到也有两种截然不同的议论……"

　　张团长："这说明整顿就更有必要了。这样对于整个空勤队伍都好做工作，尤其是对即将上机的新员，是个很好的时机。对了，刘长军对这件事是怎么看的？"

　　何政委："会餐的时候我跟他交谈过，他说，要不是你下决心，他不会冒这个险，也不会同意罗小海冒险的。"

　　张团长："刘长军的特点就是稳重，你说他要是和罗小海均匀一下该多好啊。"

何政委笑笑:"大胆的想象。"

张团长:"整顿的事就这么定下来吧。"

何政委想了想:"团长,安排整顿可以,但要把握好两个方面的问题。一是对于罗小海这种在关键时刻能够挺身而出、敢于迎接挑战的做法,要给予肯定;二是对他在飞行中所表现出的一些不合常规的行为进一步地规范,但也不要挫伤了他的积极性。"

张团长:"还是你考虑得全面,整顿动员咱们一起参加。"

何政委:"好吧。"

舰载机A团 运动场　白天

众飞行员在做着转梯、滚轮等训练项目,场内不时传来年轻飞行员轻松的说笑声。

纪天祥手握秒表和常少伟等四五名飞行员围在一架滚轮旁,观看着杨光转滚轮。

杨光快速地转着滚轮。

纪天祥看着秒表,突然大喊一声:"停!"

一旁的飞行员甲被吓得打了一个激灵。

杨光控制住滚轮,喘着粗气跳了下来,脸上挂满了胜利者的神情。

杨光:"怎么样,破纪录了吧?"

纪天祥:"破纪录?好好练吧。来,下一个。"

杨光向纪天祥手上看着:"不是秒表有毛病吧?"

纪天祥故意把秒表送到杨光眼前:"看清楚了,现在回零了,从零开始,懂吗!下一个——常少伟,上!"

常少伟一个箭步冲到滚轮前:"是!"

常少伟敏捷地上了滚轮。

杨光无精打采地坐在了一旁。

常少伟猛地发力,滚轮迅速进入快转状态。

纪天祥目不转睛地看着秒表。

飞行员甲等喊着加油。

杨光见状,忍不住站起来凑到跟前看秒表。

滚轮在常少伟的努力下快速旋转着，他的主观视觉出现旋转的天地、满目的树木和林荫下的甬道……突然，他的视线中出现了一辆疾驶过来的红色甲壳虫车。在他还未来得及判断的瞬间，徐亚静驾驶的甲壳虫停在了滚轮前的路边上。车的副座位置坐着她的好友白鸽。

众飞行员诧异的当儿，常少伟也制动住了滚轮。只见徐亚静潇洒地解下安全带，摘下墨镜，走下车，在众飞行员中寻找着。

常少伟跳下滚轮，和飞行员们打量着徐亚静——显然，他们被她的美丽和风度所吸引了。

徐亚静的眼里闪过一丝神秘的笑意，向白鸽一摆头，两人又上车驶向不远处的二中队人群。

众飞行员方如梦初醒。

飞行员甲（羡慕地）："哇噻，真靓啊！找谁的呀这是？"

飞行员乙："老纪，莫非是来找你的吧？"

纪天祥头一拧："找我的又怎么样？找我说明我有魅力。"

常少伟："大纪，拉倒吧你，还找你呢，瞧人家牛的，简直如入无人之境！"

杨光不服地："就是，这哪儿来的疯丫头，居然跑到咱们这儿耀武扬威的，太过分了！"

常少伟这才反应过来："说的是啊，她们竟敢在咱们天之骄子面前耍威风，太不像话！"

纪天祥举目四望："你说这纠察队哪儿去了？平时我越怕碰到他们是越碰到他们，现在用到他们了，反而看不到人了。"

飞行员甲似有点怜香惜玉："大纪，你找纠察队干什么？人家也没犯什么错嘛！"

常少伟陡添了几分勇气："还用什么纠察队，她们胆敢再回来，我去收拾她们！"

飞行员乙："真的？君子一言既出，驷马难追啊！"

常少伟不屑一顾："那还用你说，大丈夫说到做到，不放空炮。"

飞行员甲用手一指："哎，你们看，她们真的又回来了！"

徐亚静的甲壳虫真的又向这边驶来。

飞行员乙:"少伟,这下可就看你的了。"

纪天祥模仿动画片:"小牛,往前冲!"

徐亚静和白鸽驾车驶近前来。

纪天祥在后面使劲推常少伟上前,常少伟却有些怯阵,向纪天祥求援:"大纪,您是负责人,这事最好您出面……"

纪天祥把脸一拉:"怎么?自己说出来的话想收回啊?我可没说那个大话。再说了,我临时负责,也管不着这一段呀。"

杨光(着急地):"那也不能没政府啊!"

徐亚静和白鸽驾车从他们一旁驶过时,徐亚静又挑衅般地向他们扫了一眼。

罗小海走过来:"怎么回事?"大家都没有注意,不知罗小海什么时候来到了他们身边。

常少伟像见到救星似的,急忙拉住罗小海说:"小海,你可来了,这事是不是你出面管管,她们可有点太……太不像话了!"

纪天祥也跟着帮腔:"是啊,小海,你毕竟也干过中队长,你出面比较合适。"

罗小海:"别说了,我都看到了。"

罗小海瞪了常少伟一眼,向徐亚静和白鸽的车追出几步,然后大声地喊道:"开车的,停下!"

徐亚静的车开得不像来的时候那样快,听到喊声,一个急刹车,傲然迎视着走上来的罗小海。

舰载机A团 办公楼前 白天

刘长军手拿笔记本,快步走出办公大楼,脸上一副严肃的神情。

宋大队长等也都拿着本子,先后走出来。

同上 运动场 甬道 白天

在运动场的甬道上,徐亚静已经停稳车,双手搭在方向盘上,无所顾忌地迎视着走上前来的罗小海。

罗小海冷峻地对着徐亚静:"小姐,这里是军营,不是撒野的地方。"

徐亚静似乎早有准备,不慌不忙地应对着,丝毫没有怯场的感觉：“阁下，这里是文明之师，语言文明是最起码的行为规范。”

罗小海："撒野是一个中性词。"

徐亚静："但你的语气和表情使它带上了贬义的色彩。"

罗小海："是吗？可惜我看不见自己的表情。"

徐亚静："那我可以描述给你——盛气凌人！"

罗小海："不错，这是天之骄子的职业特征。"

徐亚静："这么说，我也是盛气凌人了？"

罗小海："你并不属于蓝天，充其量是目空一切。"

徐亚静别有意味地一笑："是盛气凌人还是目空一切，让蓝天作证吧！白鸽，咱们走。"说完，转动钥匙启动引擎，挂到前进挡，猛一脚轰油，车急驰而去。白鸽挑衅地回头看了罗小海一眼。

罗小海眼巴巴地看着她们驶去，疑惑地自言自语："让蓝天作证……"

常少伟、杨光等迫不及待地走过来，杨光向罗小海伸出了大拇指。

常少伟："小海，看样子没降服下来啊？"

罗小海："你怎么知道没降服下来？"

常少伟："看上去，她们还是那么趾高气扬的。"

罗小海："趾高气扬什么，还不是让我训走了。"

飞行员甲："什么？你把她们训走的？太残酷了……"

纪天祥："管她怎么走的，走了就行。关键是她们在这有点涣散军心，咱们接着练！听我的口令，向后转，跑步走！"

众人说笑着跑回去，飞行员甲却呆呆地站在原地没动。突然他大叫一声。

飞行员甲（惊奇地）："哎哎，你们看呐！"

众人急忙回头，顺势向前看去——前方不远处，徐亚静的车停在了刘长军跟前，徐亚静和白鸽下了车，徐亚静正和刘长军说着话呢。

常少伟有些纳闷："敢情她是来找刘中队长的？"

纪天祥也不解："奇怪，长军什么时候钓了这条美人鱼，怎么没听说呢？"

在营区甬道的另一边,刘长军对徐亚静说道:"亚静,你怎么到这儿来啦?"

徐亚静很随便的样子:"怎么,不欢迎是吗?"

徐亚静指着白鸽介绍说:"这是我的好朋友白鸽。"

刘长军对白鸽点点头:"你好。"

白鸽也礼貌地答道:"你好。"

刘长军看了看手表,问:"亚静,有什么事吗?"

徐亚静(调皮地):"找你还不行吗?"

刘长军:"有什么事你快说,我们马上要开会。"

徐亚静:"真不凑巧,看来你是不想请我们吃饭啦。"

刘长军(焦急地):"亚静,真的。"

白鸽扯扯徐亚静:"帅哥有事,咱们改日再来吧。"

徐亚静显然不太高兴:"那你忙吧。我们今天主要是来侦察侦察。"

刘长军纳闷:"侦察,侦察什么?"

徐亚静:"不告诉你,我们走了。"说完有些失望地驾车驶去。

刘长军目送她们去远,罗小海迎了上来。

罗小海:"哎——,长军!"

刘长军:"小海,怎么了?"

罗小海朝刘长军的肩上捣了一拳:"你这家伙,太不够哥们了吧!"

刘长军:"怎么啦?"

罗小海:"少给我装蒜!你老实交代,刚才那位开甲壳虫的美女是你什么人?"

刘长军:"小海,你误会了,我……"

罗小海打断刘长军的话:"什么我,我前几天问你你还不说,今天人家都找上门来了!你还有什么好隐瞒的?"

刘长军拉着罗小海就走:"小海,现在我没有时间跟你解释这些。走,马上开会。"

罗小海(不依不饶地):"别打岔,回答我的问题。"

刘长军站住(神情严肃地):"小海,你严肃点,现在不是开玩笑的时候,走!"

罗小海紧跟刘长军,加快脚步向训练场走去。

舰载机A团 空勤教室 白天
张团长、何政委、许参谋长坐在主席台上。
宋大队长、刘长军、罗小海等坐在前排。
张团长:"根据飞飞整整的原则,团党委决定,从今天起,停飞整顿。"
何政委:"为什么要开展这次整顿,刚才都讲了,希望大家能理解团党委的良苦用心,正确处理好飞行安全与提高战斗力之间的辩证关系,真正把认识统一到团党委的决定上来。"
稍顿,何政委看着罗小海、刘长军,接着说:"一时还想不通的问题,会后可以通过个别交流等形式消化、解决。"
罗小海举手要发言,被刘长军用手在下面使劲拉住。

舰载机A团 会议室 白天
罗小海、刘长军及其他飞行员围坐在会议圆桌前,主持席上尚未坐人。
纪天祥:"这下好了,又得面壁数日、闭门思过。这可都是罗小海同志给咱们找的差事呐!"
飞行员甲:"看来大老板还心有余悸呢。"
常少伟:"嗨,实际上也没那么复杂,飞就飞了呗。飞机没事人没事,不就结了嘛。真是的!"
纪天祥:"说到这,我打个比方,这就好比是用热脸亲了个冷屁股。对不对,罗小海同志?"
罗小海:"要亲你回家亲去,别在这污染环境。"
纪天祥:"就是这个事嘛!你想呵,你一腔激情完成了你来A团的惊艳一飞,本来是想壁虎掀门帘——露一小手,没想到却招来了停飞整顿。难道我的比喻还不恰当吗?"
杨光出来打抱不平:"大纪你不冷不热地说些什么呀你?你是不是表示不服啊?"
纪天祥:"不服倒是谈不上。再说了,我和长军都是飞原型机出身的,他是改装来的,我有什么不服的。"

刘长军不满地瞪了纪天祥一眼。

杨光："那你敢飞带速度旋转360度吗，而且是超气象条件下？没词了吧？"

纪天祥："你小子，你也敢跟我叫板！"

见众人嘻嘻哈哈，飞行员乙不满地清了清嗓子。

飞行员甲："大家静一静，诸葛学究要发表演讲了。"

飞行员乙："本人提醒诸位不要忽视这么一个不容忽视的问题：编队飞行中长、僚机的协同配合或者说责任问题，应该如何看待？"

常少伟："嘀嘀，玩什么深沉啊？有什么香屁放出来。"

飞行员乙："你们看，一提到这个敏感问题，马上就有人坐不住了吧？"

常少伟："那是啊，你明明知道咱俩练双机我是你的长机嘛！"

飞行员乙："其实，你大可不必反应如此强烈，我这里要说的长僚机，是特指刘罗金牌组合。我的问题是，由于僚机的主动请缨，使本应处于主动地位的长机变为被动。那么，我想请教诸位，僚机越俎代庖，是一种什么性质的行为呢？"

大家的目光不由得集中到刘长军身上。刘长军气哼哼地站起来。

刘长军："得了得了，别在这瞎扯了。团结稳定压倒一切。好好准备发言吧。"

飞行员甲刚要说话，宋大队长、教导员从后面进来。

舰载机A团　团长办公室　白天

张团长正在接着电话，门外有人喊"报告"。

张团长移开话筒对着门答了一声"进来"，继续接听电话。

沈股长开门进来，对着正打电话的张团长敬了个礼。

张团长接完电话，沈股长走上前，把手中的电话记录递过去："团长，舰队要我们上报接装试飞人员名单。"

张团长看着电话通知，犹豫了一会儿："先放在这，我和政委碰头再说。"

沈股长还想说什么，他看团长的脸色不好，就转身出去了。

舰载机A团 运动场　黄昏

刘长军见罗小海老跟着自己,折身走到篮球架下。

罗小海跨上一步:"再躲啊!我看你还能躲哪去?"

刘长军气鼓鼓地不理他。

罗小海:"长军,下午讨论,你怎么一言不发?其实,你蛮可以像大家那样对我的问题发表意见。"

刘长军还在气头上:"哼!你还好意思说。"

罗小海却不在乎:"我感觉这没有什么,真的。团长也是首先对我们进行肯定的,即使有问题也是我的问题,我一人做事一人当,与你没有关系。"

刘长军:"小海,真有你的!……"说完,转身就要走。

罗小海却一把拉住他:"长军,你这是干什么!"

刘长军长叹一声:"罗小海同志,你让我说你什么好呢!那天我说你,你还不服,怎么样,现在你还有什么好说的?"

罗小海:"这是两回事嘛!"

对罗小海这种不在乎的态度,刘长军气不打一处来:"我看到了,整个A团,就你罗小海行。你是英雄,好了吧?世人皆醉唯你独醒,你为我们敲响警钟,给我们指引前进航向!"

罗小海(惊诧地):"长军,这不像是你的话呀!咱们当初在飞行学院时……"

刘长军毫不让步:"噢,现在我变得庸俗了,是吧?"

罗小海:"这不是庸俗和高尚的问题。我总觉得,人做任何事,总要有一股激情才行,尤其是军人,应该说尤其是我们飞行员——万里海空,犁天牧云,这本身就是激情的事业。那天,要是没有激情和挑战,我们不可能完成那样的飞行,你说难道不是这样吗?长军,这也是我们在飞行学院时常说的话呀。激情可能使我们犯错误,但失去了激情,我们就会像雄鹰失去翅膀。"

罗小海的话对刘长军有所触动,但片刻间又恢复了对罗小海的敌视:"哼,我们都失去激情了,只有你罗小海是位激情英雄。"

罗小海:"其实你也是位激情英雄,只不过表达的方式不同罢了。我敢说,那天你要不是凭着一股激情,你绝对也做不出那样的飞行!长军,难道我说的不对吗?"

刘长军："你是选秀来的,我是土生土长的,我可不敢跟你相提并论。小海,我觉得你这样下去是要付出代价的。"

罗小海："长军,我不这么认为。"

刘长军："小海,你知道吗,当我听说你改装舰载机后分配来A团,你知道我是多高兴吗?我想我们又可以一起飞行了,我们又能在一个场地上打球了。团长让你到一中队我也是高兴了半天,没想到你来了这么几天,就惹了这么多的麻烦……更让我不能容忍的是你居然很会宽容你自己,老同学的话一点也听不进去。看来你说得对,我们都不是飞行学院时的你我了。"

说罢,刘长军转身走开了。

罗小海喊了一声"长军——"。

刘长军头也不回地走了。

罗小海愣愣地望着刘长军走远。

罗小海低着头,不时地飞起一脚胡乱踢着脚下的石头,漫不经意地来到转梯旁,愣了愣神,便脱下外衣,攀上去就发力快速转动起来……

舰载机A团 营区一隅 黄昏

刘长军和何政委一路走着说着,看表情谈得并不轻松。

何政委："怎么,你们谈崩了?"

刘长军："也不是。"

何政委："是啊,你们是老同学嘛!对了,听说你们还是铁哥们呐。"

刘长军："在飞行学院时我们俩关系最好。"

何政委："那你现在怎么想起来调动的事啦?因为罗小海在飞行中没顾及你的情面,抢了你的头彩?"

刘长军："政委,你说到哪儿去了,哪儿能呢。"

何政委："小刘,你应该知道,在这次整顿中,我们之所以集中在你们一大队,就是在小范围内解决一种倾向性的问题。要我说,成绩还是主要的。你想想,要不是罗小海主动请缨,团长也很难下这个决心;要不是你和罗小海在现场有那么复杂的情感交织着,说白了你们是在较着劲飞,所以才完成了那么精彩的飞行。"

刘长军："政委，你知道，正因为我们两个人的这种关系，所以有些话我不好说。我怕时间长了会影响中队的工作……而且，我的性格和小海的性格反差也比较大……"

何政委站住了："小刘啊，这我就纳闷了，你和小海的性格原来没有反差吗？你们不一直是好朋友嘛！是的，罗小海外向，甚至于说有点张扬；你的性格内向、含蓄，办事和考虑问题比较沉稳。我刚才还在想，正因为这样，你们两人的性格达成了互补，才使你们成为好朋友的。"

刘长军只是低着头听着。

何政委："至于你说调动的问题，现在三个飞行大队九个中队的中队长都已经满编了，也没有可调整的位置。让你到一中队来也是我和团长经过深思熟虑的。尤其是一中队新员的培养，任务很重啊！"

刘长军："我的意思是说，别看罗小海这次飞行时有点偏激行为，但他的飞行技术确实没的说，在新飞行员中的威信也很高，如果有可能，我到别的中队去，把一中队交给他也一定能行。"

何政委拉着刘长军走着："小刘，你这样考虑问题很好，我明白你的意思了。条件成熟时我会考虑的。同时我想你的这些想法，有空给团长也汇报汇报。他是飞行员出身，最了解你们飞行员。"

刘长军："嗯。"

何政委："罗小海那边，你们两人再好好沟通沟通。军人嘛，没有过夜的冤仇，即使今天吵下天来，呼呼一大觉，明天早晨什么都没了。更何况你们还是好朋友！"

何政委的一番话，似是让刘长军轻松了许多。

何政委："对了小刘，接试新飞机的通知到了。"

刘长军："真的？"

何政委："当然是真的。上级来通知了，你有什么想法？"

刘长军情绪有些激动，但还是说："政委，我听组织安排。"

何政委："你回去给罗小海通报一下，也征求一下他的意见。"

刘长军敬礼道："是！"

舰载机A团 团长办公室 晚上

张团长在办公桌前操作着电脑，指法显得不太熟练，不时用手抓着自己的头发。

罗小海在门外敲门，喊："报告！"

张团长（头也不抬地）："进来。"

罗小海推门进来，脸上露出灿烂的笑。

罗小海："团长，您加班呢？"

张团长转过身："小罗？这么晚了你来找我什么事？"

罗小海向电脑显示屏上扫了一眼，说："团长，您打什么我帮您打吧。"

张团长："我就打你。"

罗小海："团长，您还生我的气是吧？"

张团长："我可不是那种小肚鸡肠的人。再说，哪有领导跟部下记小账的！我这真的是在打你的飞行档案。是政委整理好了拷给我的，我整理一下。可惜我这个拼音基础太差，打五笔又没那么多的时间练。唉，还不如让我去飞行呢！"

罗小海凑上前："团长，我打得快，一会儿就好。"

张团长（严肃地）："不行。"

罗小海："为什么？"

张团长："机关的参谋干事打字员打得都比我快，都让他们干，我永远学不会，那我不就成了电脑盲了？"

罗小海："你是首长嘛。"

张团长："首长怎么啦？现在我们的飞机仪表盘全都换成屏显的了，下一步新一代舰载机的信息化处理更是全部电脑化，我得抓紧练。"

罗小海（调皮地）："首长所言极是，据说海龙舰载机的信息化程度可与世界最先进的舰载机媲美了。"

张团长："有人说你那个带速度旋转360度最先你是从电脑上练的，真有那么回事吗？"

罗小海："团长，有这事。"

张团长兴趣盎然："我就纳闷了，玩电脑游戏能练出飞行技术？你给我详细说说，这里面究竟怎么回事。"

张团长指着对面的椅子："坐下说。"

罗小海立时来了精神："有一部游戏叫《海空旋风》，制作得十分逼真，游戏里有上百架飞机供你选择。你可以驾驶这些飞机升空作战、玩特技，其操作程序和真飞机完全一样，稍差一点儿就会导致机毁人亡。比如，你在甲板上起飞时如果油门推得不到位，发动机由于没有充足的航煤的支持，螺旋桨的升力达不到，你驾驶的飞机就不能升空而坠落大海，造成机毁人亡的一等事故。"

张团长听得入神了："问题是在电脑上怎么驾驶飞机？"

罗小海："当然不是用键盘，要玩这样的游戏必须购置一套飞机驾驶杆形状的电脑游戏操作器。"

张团长："那得需要多少钱？"

罗小海："就三四千块吧。"

张团长："还就三四千块吧？这还便宜啊？"

罗小海："对于一个真正的电脑游戏迷来说，这点钱算不了什么。"

张团长："我看你小子口气倒是不小，是不是你那点飞行补助都让你玩了游戏了？"

罗小海笑了笑："也不尽然。"

张团长（若有所思地）："你说的这些要是果真如此的话……"

罗小海期待地："团长？"

张团长："什么时候也让我看看。"

罗小海："团长，我宿舍的电脑里现成的，您要是感兴趣现在就可以去看。"

张团长看看手表："走，现在就去。"

营区道路　晚上
张团长和罗小海并肩走着。

罗小海："团长，我有个请求？"

张团长："你先别请求，我先问你，要如实回答。"

罗小海警惕地："是！什么事？"

张团长："我问你，你和李燕原来认识吗？"

罗小海："不认识。"

张团长:"不认识？那你们俩提错箱子是怎么回事？"

罗小海挠挠头:"说不清楚。不过，现在已经物归原主了。"

张团长:"拿错了交换过来就完了，还强词夺理，像个男子汉吗？"

罗小海:"团长，没有，我只是给她开个玩笑。"

张团长:"开玩笑？有时间去给人家道个歉。"

罗小海:"团长，我……我已经给她送去了。"

张团长:"你小子，道个歉影响不了你的光辉形象。照我说的去做没错。好了，说你的事吧。"

罗小海立正道:"团长，我申请去接装试飞海龙。"

张团长:"我就知道你找我有事，不会是交换条件吧？"

罗小海:"绝对不是，也不敢。"

张团长:"说说你的理由。"

罗小海:"没有理由。"

张团长想了想:"没有理由，就是你最充分的理由。"

空勤楼 罗小海宿舍　晚上

罗小海引张团长走进宿舍。

罗小海急忙搬来电脑椅:"团长请坐。"

张团长坐下。

罗小海接通电源打开电脑。

罗小海给张团长介绍操纵杆:"这个操纵杆和飞机上的驾驶杆，原理是相通的。"

罗小海装入游戏盘，输入命令点击开始，显示屏出现《海空旋风》。

显示屏上，航空母舰的甲板上，几十架舰载直升机整装待发……

罗小海操作舰载直升机特技飞行、起飞降落的几组镜头……

张团长看得津津有味。

罗小海点击暂停，让给张团长:"团长，您上来试试。"

张团长到了电脑前，罗小海敲击任意键，程序立即启动，画面一片忙乱。

张团长赶紧操作驾驶杆，却因动作太大，鼠标几次出屏，导致

"场面"失控。

张团长按下任意键:"不行不行,还是你来。"

罗小海:"主要是您玩的不熟练,动作过大。"

张团长:"有点意思,但和实际飞行毕竟还有差距。"

罗小海:"当然,尤其是信息处理,它是没有的。主要是开发智力,培养兴趣,辅助训练。"

张团长:"这就叫飞行不是游戏,游戏也不是飞行。但只要对飞行有帮助,我也不拒绝。"

舰载机A团 营区一隅 白天

一辆军用吉普车在外场通往营区的道路上急驶着。

张团长坐在车内,发现了在前面走着的何政委。

张团长:"停车!"

司机一个急刹车,在何政委跟前停下。张团长走下车。

张团长:"政委,你这是……怎么不坐车?"

何政委:"几个连队都在机场里面,走走挺好。哎,你有事你就先走吧。"

张团长:"没事,咱一块走走吧,成天忙的,也难得走一走。"

张团长示意一直缓缓跟在后面的司机把车开走。

司机开车离去。

何政委:"地勤那边的情况怎么样?"

张团长:"有几架不完好的飞机正在排故,我已经给他们立下军令状,让他们想办法,无论如何不能影响新飞行员上机。"

何政委:"是啊,上边要求这批新飞行员当年完成改装当年形成战斗力的目标,时间上的确有点紧张了。"

张团长:"听说HM计划已将我们舰载机新员的培养纳入进去了,看来是时不我待啊。"

何政委:"是啊,这样一来,我们的压力就大了。我知道在这之前包括刘长军这一批都是至少三年才上舰飞行的,现在缩短到一年,我们是得想点办法才行。"

张团长:"政委,我倒有个办法。"

舰载机A团 训练中心门前　白天

年轻飞行员们三五成群地从训练中心走出来,个个精神焕发,朝气蓬勃。

杨光、常少伟和飞行员甲、乙等说说笑笑,蹦蹦跳跳地走在一起。

杨光:"哥们,听说了没有,咱们团马上装备海龙了?"

飞行员甲:"是吗?"

杨光:"我发布的消息还值得怀疑吗?"

飞行员甲:"哦……不,你是我们的消息灵通人士嘛。这样,我们就能飞上数字化装备啦,吔——"

常少伟冷视着飞行员甲:"我劝你,不要高兴得太早了。"

飞行员甲:"怎么了?"

常少伟:"你也想飞海龙?等着去吧。"

飞行员乙:"此话差矣。"

常少伟:"你又有什么高见?"

飞行员乙:"据我所知,海龙是我团将要装备的主战机种,而未来10年乃至20年,我们应是A团的中坚,你不认为这二者之间存在着某种必然联系吗?"

常少伟:"你这都什么乱七八糟的,我说的是马上——马上,你听明白了没有?"

飞行员乙:"马上?笑话,真是天大的笑话。就是咱们中队长也不可能马上飞上海龙飞机。"

杨光:"前几天我就在中队长房间看到海龙的资料了。看来中队长早就有所准备,海龙的接装首飞,我看非刘中队长莫属。"

飞行员乙:"我看未必。"

杨光:"为什么?"

飞行员乙:"此类接装试飞,事关使用单位的权威意见,以前大都是团首长或大队领导亲自出马,而且海龙的高科技成分如此之高……当然,正因为如此,也许会委派优秀中队长担当此重任,但是你们不要忘了,有一匹黑马,不可小视……"

舰载机A团　穿场公路　白天

何政委走着走着突然站住了："你说是罗小海？"

张团长："罗小海飞行技术好，心理素质过硬，有胆魄，接装试飞这样的任务，他完全可以胜任。"

何政委："说实话，开始的时候我考虑的也是罗小海，可是新飞行员的训练我觉得他挺合适。"

张团长猛拍何政委一下："要不人说搭档胜夫妻呢，咱们想到一块去了！"

何政委躲闪："罗小海对信息化也有一定的研究，正好对新员训练有所帮助。"

张团长："还有罗小海的电脑辅助训练，也有点意思呢。"

何政委："现在的年轻飞行员对电脑游戏如此偏爱，自然有他的道理。如果我们巧借东风，对他们的训练说不定能收到意想不到的效果呢。"

张团长："精辟。"

何政委："接装试飞就定下来吧。"

张团长脱口而出："刘长军。"

何政委："刘长军去，一中队的工作谁来接呢？"

张团长："干脆就让罗小海顶起来，你看怎么样？"

何政委："好吧。"

舰载机A团　运动场　白天

田径场和篮球场上，有几拨飞行员在跑步、打球。

转梯旁，罗小海刚把外衣脱下，李燕骑着那辆漂亮助力车来到他的跟前。罗小海装作没看见，顾自攀上转梯。正要发力，李燕上前抓住转梯。

李燕："看来罗中队长对转梯情有独钟？"

罗小海（不无讥讽地）："李医生同志，你又有什么高见？"

李燕并不在乎："从心理学的角度看，大凡性格张扬的人在旋转状态下，很大程度是为了排遣一种心情。"

罗小海："亲爱的心理医生，你说错了，我在排遣心情的同时还在享受心情。"

李燕："既排遣又享受，当然有意思。"

罗小海："有意思吧？不像有些人到首长那里去排遣，待首长批了别人她才享受，太麻烦！"

李燕听出罗小海话里有话（气愤地）："罗小海你说明白点，什么首长首长的，阴阳怪气的算什么本事！"

罗小海的语气愈加尖刻："急了不是？俗话说为人不做亏心事，半夜叫门心不惊。既然怕人家说，那为什么还要做呢？"

李燕（恼怒地）："我究竟做什么了，有本事你说出来！"

由于李燕的声音太大，引来田径场上的几个飞行员驻足观望。

罗小海压低声音："那我问你，是谁到团长那里告状说我提错了箱子还胡搅蛮缠的。"

李燕如释重负："原来你是为这个。"

罗小海："这个还不够吗？"

李燕："罗小海，我没想到你如此小肚鸡肠。我现在告诉你，箱子的事我只给我们队长提起过，团长怎么知道的你应该明白！"

"李燕，电话——"王萍在卫生队的楼上喊着。

李燕应道："来了。"

李燕跑去。跑出几步，又回头说道："你要是男子汉，想明白了就给我道歉！争取我对你的原谅。"

罗小海重又攀上转梯，转了起来。

舰载机A团　团长办公室　白天

张团长、何政委和刘长军在说着工作的事。

张团长："长军，交给你一项重要任务。"

刘长军噌地站起来，立正。

张团长示意刘长军坐下："国产海龙型舰载直升机已经研制成功，准备定型生产。为了使海龙更加完善，根据上级要求，团里安排你去担任接装试飞任务。有关海龙的详细资料和试飞计划，作训部门再给你交代。"

刘长军（激动地）："谢谢首长对我的信任。"

何政委："小刘，这项任务，艰巨而又光荣，具有一定的危险性，当然也具有挑战性。你要充分做好思想和技术方面的准备，把困难想得多一些、复杂一些。试飞期间，向专家和工程技术人员多学习、多请教，有什么情况，及时向团里汇报。怎么样，有什么困难吗？"

刘长军站起来："没有。"

何政委（关切地）："小刘，还没找女朋友吧？这次出去又要一段时间，回来也该考虑一下你的个人问题了。"

刘长军不知怎么回答。

何政委："小刘，你走之后，一中队的工作暂时交由罗小海负责，走之前把工作向小罗交接一下。"

刘长军："是！"

张团长："好了，你到作训股去吧，沈股长在等着你呢。"

刘长军敬礼后出门。

城市街头　海鸥篮球馆门口　　白天
罗小海和杨光身着便装一路走来。
罗小海："杨光，这一带你熟吗？"
杨光看看周围："不熟。"
罗小海（煞有介事地）："这座城市的上空就是我们的空中走廊，不了解地形地貌怎么能行。"
说着，他们来到了海鸥篮球馆门口。
罗小海用手一指："哎，这是什么地方？建得挺漂亮的嘛。"
杨光："这是海鸥篮球俱乐部新建的篮球馆啊。"
罗小海："你小子，你不是说没来过吗？你怎么知道？"
杨光："去年八一节，我们到这里打过一场球。"
罗小海："海鸥主场，走，进去看看。"
两人走进篮球馆。

舰载机A团　空勤楼门厅　　白天
刘长军快步从楼梯走下，来到值班室。
刘长军："文书，看到罗小海了吗？"
文书："罗小海请假外出了。"
刘长军："看到他，让他找我。"

文书:"是。"

海鸥篮球馆　白天

罗小海、杨光从入口处走进场馆,徐亚宁、吴小丽在半场内互练攻防,他们站在场边看了一会儿,杨光看得有点发愣。

杨光:"小海,你看,到底是专业球员,玩得真溜。"

罗小海双手抱臂,静静地看着。

吴小丽发现了他们,抱着篮球走了过来:"喂,你们是哪个队的,也是来练球的吗?"

罗小海:"对不起,我们……随便看看。"

杨光附和道:"就是,我们随便看看。"

吴小丽:"你们不说,我们会认为你们是球探的。"

杨光:"搞没搞错,我们是球探?"

吴小丽:"看你们也不像。那就上来跟着我们一块儿练吧,也好让我教你们两手。"

徐亚宁:"小丽!……"

没等徐亚宁说完,吴小丽已经把篮球扔向罗小海。

罗小海并没有用手接,而是用脚尖一勾,把球接住,又用脚挑到手上,把球还给了吴小丽。

徐亚宁不满地看着罗小海。

罗小海也直视着徐亚宁。

徐亚宁熟练地用脚将球挑了起来,猛地一个直传,球直奔罗小海而来。

罗小海猝不及防,球砸在了小肚子上,身体一个趔趄。

罗小海回过神来,报复性地将球猛地回传到场内,被早有防备的徐亚宁伸手将球轻松接住,转身一个鱼跃,将球投进篮筐。

罗小海生气地拉起杨光转身离去。

徐亚宁、吴小丽得意地笑了起来……

——第三集完

第四集

舰载机A团 空勤宿舍门厅 白天

罗小海、杨光从外面进来,刚才的"遭遇"使罗小海神情显得有点沮丧。

文书看到罗小海,急忙叫住了他:"罗小海,你等一等。"

罗小海(无精打采地):"什么事?"

文书:"刘中队长找你呢!"

杨光顾盼着走上楼梯。

罗小海:"他在哪里?"

文书:"在房间。"

罗小海:"知道了。"

罗小海大步上楼去了。

海鸥篮球馆 白天

徐亚宁、吴小丽抱着球走到场边的休息席,穿上外衣。脸上写满了"胜利者"的喜悦。

吴小丽激动地说:"徐姐,你刚才那套活真是太无敌了,什么时候偷着练的哎?我太崇拜你了!"

徐亚宁倒很平静:"小意思。"

吴小丽："你的力量可真大啊，差一点儿让他来个猪拱地。平时你要是这么给我传球，我可受不了。"

　　徐亚宁向大筒包里胡乱塞着东西："看着他那个盛气凌人的样子，我就是想给他点颜色瞧瞧。"

　　吴小丽（突然心生怜惜地）："徐姐，你说他俩会不会是咱们的球迷？"

　　徐亚宁："什么球迷，不知是从哪里来的野小子。"

　　吴小丽："如果是球迷，那就怪对不起人家的了。要知道，我们女篮的球迷本来就不多的。"

　　徐亚宁："怎么，你还真的以为是你的球迷？你总是这么自作多情。"

　　吴小丽（小声地）："即使不是我们的球迷，我觉得也不能那样对人家。你下手也忒狠了点了吧？"

　　徐亚宁："好了，我的吴小姐，快走吧，再晚就赶不上开饭啦。"

　　徐亚宁背起包，拉着吴小丽就走。

舰载机A团　空勤楼　刘长军宿舍　　白天

　　刘长军在收拾着资料，响起敲门声。刘长军转身去开门。

　　刘长军："小海，我就知道是你。"

　　罗小海（情绪不高地）："你找我了？"

　　刘长军打量着罗小海："看样子情绪不高呀，怎么，你要买的盘没买到是吧？"

　　罗小海向刘长军床上一躺："买到了。"

　　刘长军坐下："那还有什么不高兴的？像霜打了似的。"

　　罗小海（有气无力地）："霜没打着，路上遭遇了一小股游击队。"

　　刘长军（警觉地）："游击队？什么游击队？小海，你不会是在外边和人家打架了吧？"

　　罗小海坐起来，装作若无其事的样子："看你扯到哪儿去了，我堂堂现役军官上尉飞行员，怎么可能干那事呢！"

　　刘长军（急切地）："那你究竟碰到谁了？"

海鸥篮球馆　白天

吴小丽一进房间，就把筒包和篮球向地上一扔，躺到了床上。

吴小丽长叹一声："我的妈呀，想打个主力可真不容易，还得开小灶加练半天。"

徐亚宁："你以为球星是什么人都能当的。"

吴小丽："谁说不是呢！你还整天要打到国家队去。天哪，那要多难！"

徐亚宁："我不管，进国家队是我的目标。不要忘了，代表国家打球才是咱们职业的最高境界。"

吴小丽："我也想，可我没有信心。"

徐亚宁放好东西："我先洗啦，洗完咱们去吃饭。"

徐亚宁走进卫生间。

吴小丽一个激灵坐起来，跟着到了卫生间门口："徐姐，你说这个周末主场对水星，我们都能作为主力首发吧？"

徐亚宁洗着脸："差不多吧。要不我们这半天不是白练了。"

吴小丽："徐姐，你周末打比赛要是能像今天下午练球时的状态就好了。"

徐亚宁："你什么意思？你是说我最近的表现不好是吧？想说就直说行了，干吗还转弯抹角的。"

吴小丽调皮地："我哪儿敢呐。不过，徐姐你恕我直言——我说了你不要对我有意见啊？"

徐亚宁："还恕我直言呢！你说不出什么好听的。"

吴小丽："我觉得，你每次打水星状态都欠佳，连我都跟着着急！"

徐亚宁："我也搞不清是怎么回事，也许……我不太适合她们的打法？"

吴小丽："也许是吧。哎，徐姐，我有一个好办法。"

徐亚宁："什么好办法？"

吴小丽："你看，我们每次主场看球的连半面看台都坐不满，更没有像样的拉拉队，主场的一点气氛都没有，打起球来也没有情绪……"

徐亚宁："你还惦记着你的球迷呢？"

吴小丽："哎呀，我哪有铁杆球迷呀，我是说你！"

徐亚宁："说我？我怎么了？"

吴小丽："唉，你怎么就不明白呢！我是说你的那位老飞哥为什么不能带着一大帮球迷来给你加油打气呢？人家说情人当然也包括对象到场看球最有动力！"

徐亚宁："其实他的球打得也不错，只是……"

吴小丽："只是什么，你的主场他都不来看，说明他爱你爱得还不深。这个主场让他来，正好考验考验他。哈哈，我这个主意不错吧？"

徐亚宁："小丽，你不知道，他的职业很特殊，而且他又是一个很敬业的人……"

吴小丽："你有没有搞错，这就是你爱他的理由啊？"

徐亚宁："是的，他的职业也是我喜欢他的原因之一。"

吴小丽："你这么理解他，可他理解你吗？我们现在最需要球迷，他要是能来看球才是最实际的。"

徐亚宁为难："小丽……"

吴小丽："徐姐，你要是不好意思打，我打。"

吴小丽转身去拿手机。

徐亚宁追了出来，夺下手机："小丽，你疯了！咱们快走，吃完饭我打还不行吗？"

吴小丽抱住亚宁："徐姐你真棒，来拉钩。"

两人拉钩。

舰载机A团 空勤楼 刘长军宿舍　白天

罗小海漠然一笑："没碰到谁，我跟你开玩笑的。"

刘长军："小海，你可是有这方面的历史。你忘了在飞行学院的时候，有一次你上街看到几个小流氓调戏一个女的，你就上去制止，那几个小流氓一围齐上，最后你还打伤了其中的一个。"

罗小海："那小子还打110报了警，说他是正当求爱交朋友，解放军打人，要求赔偿。我最气不过是那个女的，派出所让她作证她愣是不敢说实话！小流氓就把她吓成那样，真是悲哀！"

刘长军："要不是公安在那小子身上破获一个团伙抢劫案，

你的见义勇为还不知怎么说呢。"

　　罗小海："这都是什么时间的事了，今天可绝对没有啊。"

　　刘长军正正身子："没有就好。小海，给你谈点正事。"

　　罗小海："看你这架势，就知道是正事。你呀，受你家老爷子的影响太根深蒂固了。"

　　刘长军："嗨，军人嘛，就要有个军人的样子。"说着，他下意识地向门口看了看，"小海，在别人面前少说这个啊，A团可是很少有人知道我老爷子的事儿。"

　　罗小海疑惑："怎么，这还保密啊？"

　　刘长军道："也不是，为什么要说这些呢？"

　　罗小海："不愿意接受老头的光环照耀，靠个人奋斗实现人生价值！"

　　刘长军："你呀！别逗了，我给你说说新飞行员的情况。"

海鸥女篮俱乐部 徐亚宁宿舍　白天

　　吴小丽一进门，就把外衣脱掉顺手扔在了椅子上："不行，今天出汗窝囊死了，我先洗澡。"

　　徐亚宁在后面接听着电话，看到吴小丽的样子（故意地）："注意影响，教练来了！"

　　吴小丽赶紧又拿起衣服胡乱裹在身上："他来干什么，不会吧？"

　　徐亚宁（得意地）："逗你呢，当真啦？"

　　刘长军在电话里问："亚宁，你在跟谁说话呢？"

　　徐亚宁急忙对着手机解释："哦，对不起，我在跟小丽说话呢。那咱就说好了，你一定来啊？……好，到时候我等你啊！"

　　吴小丽拿起浴巾（不无调侃地）："看样子，有点失控啊！"

　　徐亚宁并不在意："小意思。"

　　吴小丽又像是想起了什么，突然问道："徐姐，你说，爱情这东西，是追人好，还是被人追好？"

　　"这谁说得清。"徐亚宁顿了一下，"除非追过人，又被人追过，才好比较。"

　　吴小丽（认真地）："我觉得，从理论上说，追人富有主动性和进攻性,应该比被人追有意思,也更显得浪漫。"
　　徐亚宁悟道:"你是不是被球迷追烦了?"
　　吴小丽:"有点儿。那些球迷,顶没劲了,他们总是……"
　　徐亚宁:"好了,又要唠叨了,快洗去吧你,没准儿一会教练真的进来了。"
　　吴小丽把毛巾被裹在胸前跑进了卫生间。

　　海鸥篮球馆　白天
　　一场女篮联赛即将开始,现场的观众热情洋溢,这也是海鸥女篮主场少有的火爆场面。
　　随着双方女篮球员入场,观众席上响起拉拉队的狂热的呐喊,间或还夹杂着怪异的口哨声和尖叫声。
　　趁裁判为双方队长抛硬币时,徐亚宁往看台上寻找刘长军。看台上的刘长军显然一直在注视着徐亚宁,他连忙向徐亚宁挥手致意,徐亚宁也向他挥手致意。
　　主裁、副裁和双方队员开始向球场中心走去。

　　舰载机A团　空勤俱乐部　白天
　　俱乐部的电视上,正在播映成龙的一部武打片。飞行员甲、乙等聚精会神,看得津津有味。这时,常少伟晃晃悠悠地走了进来。他看了电视一眼,有点纳闷。
　　常少伟:"哎,怎么不看球赛,今天是海鸥队的主场啊!"说着,就要去拿遥控器。飞行员甲早有提防,抢先一步拿到了遥控器。
　　常少伟:"哎哎,打打闹闹的,有什么意思,快换成球赛!"
　　飞行员甲:"篮球有什么看头,又不是NBA!"
　　常少伟:"就你还NBA,整个一个球盲!快换——都快开赛了!"
　　飞行员甲连说带比划:"换什么换——你看龙哥的身手,多过瘾!"
　　常少伟上来抢遥控器,与飞行员甲闹到一起。
　　这时,罗小海走了进来。

罗小海故作严肃状:"干什么干什么,吵吵闹闹的,像什么话?"

常少伟:"对了,中队长,你也是球迷呀——今天有海鸥队的主场!"

罗小海疑问:"海鸥队?什么海鸥队?"

飞行员乙依然目不转睛、似也不屑一顾:"他说的是女篮。"

罗小海装作恍然大悟: "哦,女篮呀——女篮有什么看头?技术含量太低。真正要看球,还是看NBA联赛。"

飞行员甲:"他哪是要看球赛,他是想看球员!"

罗小海:"看球员?球员有什么好看的——要看看模特表演啊!"说着,罗小海学着走了两下"猫步"。

看着他滑稽的样子,众人哈哈大笑。

罗小海:"你们不要再争了,我给你们出个主意——抓阄定频道。"说罢,出门去了。

舰载机A团　空勤俱乐部外　白天

罗小海出了俱乐部,听到俱乐部里抓阄的嚷嚷声,独自乐了。他自言自语道:"女篮,竟然喜欢看女篮,笑话……"忽然间,他一下想起了什么,猛然站住:"女篮?……"

【闪回】

海鸥篮球馆

徐亚宁熟练地用脚将球挑了起来,猛地一个直传,球直奔罗小海而来。

罗小海猝不及防,球砸在他小肚子上,身体向前一个趔趄。

罗小海回过神来,报复性地将球猛地回传到场内,被早有防备的徐亚宁伸手将球轻松接住,转身一个鱼跃,将球投进篮筐。

罗小海生气地拉起杨光转身离去。

徐亚宁、吴小丽得意地笑了起来……

【闪回完】

罗小海:"海鸥女篮!……"

罗小海转身,急切地返回俱乐部。

舰载机A团 空勤俱乐部　白天
电视画面仍被锁定在成龙的武打片上。
罗小海急匆匆地走进来,二话不说,拿起桌上的遥控器搜索起频道来。
飞行员甲着急了:"哎哎,罗中队长,这是经过抓阄决定的呀!"
罗小海仿佛没有听见,急切地搜台。
屏幕上节目和广告画面一闪而过……突然,跳出海鸥篮球场的比赛。罗小海锁定频道,凑到屏幕前急切地看起来。
众人面面相觑,大惑不解。

海鸥篮球馆　白天
比赛已经开始了。
还算爆满的看台上,拉拉队奏着激昂的军乐,把现场气氛烘托得十分热烈。
身穿24号球衣的后卫徐亚宁灵活运球,表现十分抢眼。
观众席上的刘长军在一心想着自己的试飞任务,对场上的球赛却显得有点无动于衷。
客队组织进攻,小丽断球,一个长传将球传给前场的徐亚宁——观众席上立即响起震天的助威呐喊——对方防守队员马上上来围抢,徐亚宁与助攻的队友做了个二过一配合,摆脱了围抢,带球突破上篮,本应是必进之球碰着篮筐却弹出了筐外。
全场一片嘘声。
刘长军察觉到什么,左右看看,不知所然;再去看场上的徐亚宁,见她跪坐在篮下,无比懊丧。刘长军情急。
吴小丽跑到徐亚宁跟前,拉起她。徐亚宁向看台上的刘长军看看,又投入到比赛之中。

舰载机A团 空勤俱乐部　白天
电视上播放着徐亚宁上篮的慢镜头回放。

罗小海不相信似的摇了摇头。

海鸥篮球馆　白天
计时牌显示离终场结束还有5分28秒。
看台上已有一些观众陆续退场。
徐亚宁仍然不放弃,抢到一个后场篮板后,和吴小丽来了个二过一配合,抢投三分,命中了!
场内有限的观众还是把鼓励的掌声送给了徐亚宁。
对方接着传球出现失误,徐亚宁接球后,大声吆喝着队友加快进攻节奏。
徐亚宁一个长传,到了前场,可惜队友没有接到。

舰载机A团　空勤俱乐部　白天
罗小海为徐亚宁感到遗憾:"多好的长传球,太可惜了!"
杨光:"是啊,看,24号一直没放弃呢!"
罗小海:"我就喜欢这样的球员。"
飞行员甲:"都要输了,你还喜欢啊?"
罗小海:"对,我就喜欢她这种不服输的精神。"
飞行员甲不解。

海鸥篮球馆　白天
电子屏幕特写:海鸥79:90水星。
比赛仍在进行。但随着主裁的一声哨响,比赛结束了。
垂头丧气的徐亚宁在球迷的遗憾声中退场。
刘长军关切地望着徐亚宁的背影消失在球员进出通道。

某咖啡厅　晚上
刘长军和神色黯然的徐亚宁喝咖啡。
刘长军不停地在安慰着徐亚宁:"想开些,亚宁。说实话,你们今天打得也不错,尤其是你最后的发挥。"
徐亚宁默默地喝着咖啡。
刘长军:"不就是一场球赛嘛,胜败乃兵家常事。"

徐亚宁仍然沉浸在那场比赛中："主要是我们前三节失分太多。其实，我们的实力不比她们差。"

刘长军："你也努力了，到最后时刻还不放弃比赛，我都被你感动了，球迷也会理解的。"

徐亚宁（心情沉重地）："要知道，我们队已处在保级的边缘了。"

刘长军："我看过你们的赛程，后面的比赛，对手大部分都比较弱。再说，你的技术在这儿，只要把心态调整好，后面的比赛应该不成问题。"

徐亚宁的心情似是轻松了许多："说起来简单，可做起来怎么就那么难？真是让小丽给说着了。"

刘长军："小丽说什么了？"

徐亚宁："不，这次她说的好像有道理。其实，前几天我和小丽练的蛮卖力的，我感觉也可以，可不知怎么上了场就是不行……"

刘长军："亚宁，振作起精神来，你会打好的，以后再有你的主场时，我带一大帮战友来为你助威。他们，还不知道我有一个漂亮的球星女朋友呢！"

徐亚宁："人家都打输了，你还说这个。"

刘长军："我说的是真的，亚宁。他们有很多是球迷，他们知道了，一定会羡慕我的。"

徐亚宁有些感动，刘长军深情地看着她。

徐亚宁（沉吟片刻）："下个主场你还能来看我打球吗？"

刘长军："亚宁，我……好像不能来了，我要去执行一个艰巨的任务。"

徐亚宁一惊："艰巨的任务？"

刘长军："我要到外地出差一段时间。"

徐亚宁（急切地）："一段时间，是多长时间？"

刘长军："哦，多长时间还不知道，要看具体情况再说。"

徐亚宁（情绪不高地）："主场没你看我打球，我恐怕又要发挥不好了。"

刘长军安慰道："不会的亚宁，其实你的球技很棒，可能是压力大了些。忘了你也有单场得20多分的时候了？"

徐亚宁心情释怀了许多。

徐亚宁："你准备什么时间走？"

刘长军："就这几天吧。中队的工作我都交接完了。"

徐亚宁（深情地）："哪天走一定提前告诉我，我去送你。"

刘长军攥住亚宁的手，久久地注视着她。

舰载机A团　空勤楼　罗小海宿舍　　白天

罗小海正在看书，响起敲门声。

罗小海："请进。"

刘长军进来。

罗小海赶忙起身："长军！来，坐。准备得怎么样了？"

刘长军："差不多了，明天晚上的火车。"

罗小海："好，明天我去送你。"

因为头一天已经和徐亚宁有约，刘长军赶紧谢绝罗小海的热情："哦……不，不用了。明天，我……我也没带什么东西。"

看着长军吞吞吐吐的架势，罗小海心领神会："噢，你不说我也知道，明天有人送，对吧？"

刘长军为了回避罗小海的穷追不舍，还是找个话题岔开了："小海，北京那边有事没有？"

罗小海："北京那边能有什么事？海军司令也不认识我。"

刘长军："看，又来了，我跟你说正经的呢。"

罗小海拿过《舰船知识》："好，就正经的。刚才我正在看这本杂志，这篇文章介绍了国外最新的潜艇降噪音技术。一些国家为对抗搜反潜，在原来安静型潜艇的基础上又研制了超安静型潜艇，隐蔽性极强，传统的声纳技术根本拿它们没办法。"

刘长军："最近我也看过一些资料，包括你从飞行学院带回来的那些，只要提到反潜机或涉及未来战争，必然提到潜艇。尤其是核潜艇被作为一个国家的战略攻击性武器，它那种强大的威慑已被世人所瞩目。"

罗小海："长军，我一直在想，未来战争海战场辽阔，如果我们的搜反潜技术和武器装备不解决好，一旦跟敌方交战，我们的舰艇、军港乃至城市，就将会受到潜艇肆意攻击。所以，我想，海龙的意义就非同一般了。"

刘长军沉默了一会儿："是啊，海龙在海猫的基础上不但改进了武备系统，关键是突出了反潜功能和信息化处理功能。等到海龙形成战斗力，那些隔三差五到我们近海游荡的潜艇们可就无处藏身喽。"

罗小海："长军，真的希望你早日改装成功，飞着海龙回来。"

刘长军："团长和政委说了，这仅仅是HM计划中的一部分，大头还在后头呢。"

罗小海："我期待着HM计划的全面实施。"

刘长军拍着罗小海的肩膀："小海，上次是我误解了你。"

罗小海："好了，长军，那些都过去了，其实我的毛病也不少。我等你从北京回来。"

刘长军走到窗前："也好，等我回来咱俩再好好聊。"

街头报亭　白天

罗小海来到报亭前，对里面的老大妈说了声："篮球报"。

老大妈（笑容可掬地）："小伙子，最新的《篮球之星》到了，你要不要？"

罗小海："什么内容？拿给我看看好吗？"

老大妈递给罗小海一本。

罗小海接过，封面是一幅飒爽英姿的徐亚宁出手投篮的彩色照片。

罗小海兴奋地边掏钱一边说："我要了。"

老大妈笑眯眯地接过钱。

罗小海看着徐亚宁的照片，一时出神。

舰载机A团　营门口　白天

罗小海拿着报纸回到营房，在营门口正好碰上出门的刘长军。

罗小海："嘀，西装革履，收拾的这么精神，去哪呀？"

刘长军："我去……"

罗小海："哦，我知道了，跟甲壳虫告别去，对吧？……哎，长军，目标的情况，是不是该透露一点了？"

刘长军："等我回来吧。"

罗小海："也好，那时候，说不定我也有个惊人的消息告诉你！"

刘长军："惊人的消息？你又在这闹什么玄呐。"

罗小海："真的，我搜到了一个重量级的目标。"

刘长军："重量级的？进行战术识别了吗？"

罗小海："还没呢。不过，只要被我锁定，就跑不了她！好了，不耽误你宝贵的时间了，你快去吧。"

罗小海往军营走去，刘长军望着他的背影，突然想起什么。

刘长军："哎，小海，你说的目标，不会是她吧？"刘长军双手一抬作驾驶汽车状。

罗小海扬了扬手里的报纸："是她！"

刘长军："是她……"

刘长军别有意味地笑了。

舰载机A团　空勤楼门厅　白天

罗小海一进门，就发现门厅的记事板上写着自己的名字。他走上前。

记事板上写着：罗小海请给潜支姓高的回电话（871485）。

看着记事板上的留言，罗小海自言自语道："是老高？他怎么知道我的？"说着，他把报纸夹在腋下，拿起了门厅的电话。

某潜艇支队　艇长办公室　白天

高洪兵正在和对面坐着的两个人说着话，电话铃响。高洪兵一把抓过电话。

高洪兵："喂，你好。"

罗小海在电话里说："你好，是潜艇支队吗？请问高艇长在吗？"

高洪兵："我就是，你是哪位？"

舰载机A团 空勤楼门厅 白天

罗小海:"哎呀老高,还你是哪位呢,我是罗小海。"

高洪兵:"小海,你调到A团来也不跟我打个招呼?害得我到处找你!我是看海军报才知道你到了A团的。"

罗小海:"我这不是还没来得及嘛,恕罪恕罪。"

某潜艇支队 艇长办公室 白天

高洪兵:"你少来这一套,看我见面怎么惩罚你!"

高洪兵拿开话筒对坐着的两个人:"我在海军指挥学院合成班的同学。"又对着话筒:"小海,你到A团来了就好了,以后我们会经常合作的。报道上说的那个刘长军……"

罗小海:"他是我好朋友,我们在一个中队。怎么,你认识他?"

高洪兵:"岂止是认识,我们可是打过多次交道了!"

对面坐的两个人起身要走,高洪兵忙示意坐下。"……小海,这些事咱以后再慢慢聊。今天找到你就好。现在我这有人,说好了哪天我请客,我们好好叙叙,啊?"

舰载机A团 空勤楼门厅 白天

罗小海:"好了,下次见面再聊,再见。"

罗小海调皮地向上甩了一下电话听筒,又赶紧接住放好,才拿起板擦擦掉记事板上的留言,上楼去了。

徐家客厅 白天

徐亚宁和母亲包着饺子,徐亚静在一旁一边吃着零食一边看着韩国电视剧。

徐母看了一眼徐亚静:"回家就看这些连续剧,这么大的姑娘了,也不知帮妈妈干点活。"

徐亚静不停地向嘴里塞着东西:"那不是有我姐嘛。"

徐母埋怨道:"你姐、你姐,你姐不就比你大几分钟嘛。再说了她打球多累呀。就这点你不如你姐。"

徐亚静:"哎哟,妈呀,你好偏心哦,大几分钟她也是姐!

我说过多少次,我们那个动力伞多重啊,整理一个就能把人累趴下。"

徐母:"还说呢,一个姑娘家学什么不好,偏偏鼓捣什么伞。再说,那也不是什么正式的职业啊。"

徐亚静:"妈,我们可是正儿八经的航空俱乐部,很有发展前途的。什么都不懂!"

徐母:"不懂,妈什么不懂?我就知道那个动力伞人吊在上面多危险!动力伞、动力伞,万一它没动力了呢?"

徐亚静:"什么叫吊在上面,我们也叫飞行员。你不是就喜欢飞行员才让我姐找刘哥的吗?"

徐母:"说清楚了,是你姐喜欢飞行员!你能跟人家长军比呀,人家是……"

徐亚宁不耐烦了:"好了好了,你们烦不烦啊,饺子还包不包?"

徐母和徐亚静都不说话了。

这时,门外响起敲门声,徐亚静别有用心地看着徐亚宁,却不动。

徐母:"还愣着干什么,还不快点开门去。"

徐亚静晃着头:"这个机会还是让给我姐吧。"

徐亚宁摊开双手:"你看我能去吗,就在那贫嘴。"

徐亚静"哼"了一声过去开门,刘长军进来。

徐亚静打量着:"刘哥你穿西装也很精神哎,只是你这双排扣的西装显得太正规了点。"

徐母嗔怪:"静静,别和你刘哥没大没小的。"

刘长军笑了笑,走到徐母跟前:"王姨你好。"

徐母(笑容可掬地):"长军,你来了,快坐。静静,给长军倒茶。"

徐亚宁:"我妈说你今天要出差,要给你吃送行的饺子,非要包饺子吃。你说这都什么年代了,真是的。"

徐亚静端上茶来。

徐母:"什么年代人也得吃饭。这俗话说送行的饺子迎客的面,是有讲究的。再说这饺子还就是自己包的香。外面那些冻饺子,我吃着没味。"

刘长军："我去洗洗手，一起来吧。"

徐母："快包完了。长军，你歇着吧，就别沾手了。"

徐亚宁："妈，您就偏向他。"

刘长军出去洗手。

徐母："亚宁，不是妈絮叨，你们的关系该定下来了。"

徐亚宁："妈，刚说完你又来了！"

徐母："你们正式交往也有两年多了，总得有个期限吧？"

徐亚宁："好，给您个期限——我打完这个赛季再说，行了吧？"

徐母刚要说话，刘长军回来了。

徐亚宁："你擀皮还是包？任你选吧。"

刘长军："都行。在飞行学院当学员的时候，轮流帮厨，这些活在空勤灶我都干过。"

徐母："哎，亚静，家里好像没有醋了，你到门口的超市去买瓶醋去。"

徐亚静："哎哟，妈，你就是不想让我闲着，咱今天不吃醋行不行？"

徐母："你呀，在家里就懒死了。"

刘长军："王姨，还是我去吧。"

刘长军说着就往外走。

徐亚静："刘哥你太善解人意了，我拥护你和我姐结婚。"

刘长军笑着出了门。

徐母向门口看着说："也不知小刘身上带钱了没有？静静，快拿钱送去。"

徐亚静不情愿地站起来说："飞行员，有钱。"

徐母生气了："有钱也不能用小刘的啊。"

徐亚宁："妈，不就是一瓶醋嘛，至于这么认真啊！让他买行了。"

徐亚静做了个鬼脸，跑里屋去了。

徐家　徐亚静房间　白天

徐亚静在自己的包里和桌子里翻找着什么，最后终于在桌子的一个抽屉里找到了一份打印好的材料。

徐家客厅　白天
徐家母女已经包好饺子，母女二人收拾着面板。
徐母："我看小刘就是不错。常言说三岁看老，打从小你们在一起上幼儿园的时候，我和他妈去接你们，我就看出来这孩子懂事。"
徐亚宁："这都是哪跟哪儿呀，你又翻出来了。"
徐母："后来，他爸调到军区工作，他们家就搬走了。转眼这孩子都当飞行中队长了。"
徐亚宁："好了，妈，你这些话我都听了N遍啦！"
徐亚宁起身走进厨房。

舰载机A团　空勤教室　白天
空勤教室里，杨光、常少伟等十几名飞行员已坐在下面，等候上课。
投影幕上，一张在甲板上的舰载机照片上，跳出压题字幕："舰载机的使命任务及其发展趋势。"
罗小海从听课席上站起来："投影屏幕上显示的字幕就是我们今天学习的内容，不同的是，我们改变一下一人讲、大家听的上课方式，改成大家讲、大家听。"
下面开始小声议论。
罗小海："可能大家还不太习惯，试试看好吗？"
杨光还是不明白："怎么试啊？"
常少伟："有这么上课的吗？这叫讨论吧？"
罗小海："这节课的软件我已经做好了，纲目和内容都隐藏在里面，如果谁说对了，在相应的位置就会作出显示。来，我先做个示范。"
罗小海点击鼠标进入下一步，投影显示"舰载机的使命任务"。在这一栏的下面，有数块突起的方框。
罗小海："比如我说，反潜——看，电脑上作出回应，程序里有，证明我说对了。"

罗小海说的同时，投影的一个方框自动翻开，出现"反潜"。

下面来了兴趣，七嘴八舌议论开了。

杨光："原来是这么回事啊，有意思，我也会了。"

常少伟："猜谜语啊？"

飞行员甲："我喜欢这种形式！"

罗小海："来，就围绕舰载机的使命任务，看大家知道的有多少。谁接着说？"

杨光站起来："我说，侦察——有没有？"

投影屏幕上一个方框自动翻开，显示"侦察"。

杨光自己兴奋地带头鼓掌。

其他飞行员也为他鼓掌。

常少伟（不屑地）："就这个，我也来一个，预警——怎么样？"

投影上一个方框自动翻开，显示"预警。"

大家鼓掌。

常少伟（骄傲地）："小意思，我再说一个，'打击'，看有没有？"

投影屏幕上没有反应。

杨光等带头起哄。

常少伟纳闷："应该有啊……"

罗小海："有可能是不准确，即使是内容相近，电脑都会作出反应。"

飞行员甲："轮到我说了，我说巡逻——有没有？"

投影上一个方框自动翻开，显示"巡逻。"

飞行员甲跳了起来。

飞行员乙也不示弱："我讲一个肯定有，'救护'——大家看！"

投影上一个方框果然自动翻开，显示"救护。"

杨光："我再说一个，'超视距引导'——有吗？"

投影上一个方框自动翻开，显示"超视距。"

杨光（自豪地）："怎么样，百发百中！"

常少伟不服："我再来，'护航'、'布雷'、'扫雷'、

'两栖突击',看吧!"

投影屏幕上几个方框相继自动翻开,显示相对应名词。

常少伟:"大家还不来点掌声啊!"

大家鼓掌,罗小海也给他掌声。

杨光走到罗小海跟前:"中队长,他说的也不是舰载直升机的使命任务,怎么也亮牌了?固定翼舰载机的也算啊?"

罗小海:"我们也没限制在舰载直升机上啊,只要是舰载机的使命任务都算。"

杨光:"问题是我们现在还没有固定翼舰载机嘛。"

常少伟:"我们现在没有,不证明我们以后没有,我们会有的,大家说对不对?"

众齐声应道:"对!"

罗小海打断:"好了,今天的课要的就是这个效果。其实,大家对舰载机的使命任务都有所了解,用这种方式,更容易加深大家的印象。我宣布,课间休息!"

大家反倒围了过来。

徐家客厅　白天

刘长军看完了徐亚静给他的那份材料。

刘长军:"这是你们全年的训练计划?"

徐亚静:"是啊,怎么样?"

刘长军:"不错啊,挺正规的,快赶上我们部队的材料了。"

徐亚宁在一旁插话道:"你也太抬举她们了,一个刚成立半年的动力伞俱乐部,能和你们部队相比啊。"

徐亚静不愿意了:"哎,姐,你什么意思,不要小看人好不好?我们也是按军事化管理的模式来的。这份训练计划就是我们新来的郑总亲自做的,听说他也是军人出身呢。"

刘长军:"我说嘛!非军人出身是做不出这样的训练计划的。如果我没说错的话,你们这个郑总还应该与飞行打过交道。"

徐亚静:"可能吧,他刚来不久,我还不知道。"

刘长军:"这么说你那天到我们团去就是侦察我们的训练场地去了。"

徐亚静:"准确地说是提前踩点去了。"

刘长军把材料递给徐亚静:"不过,你们的训练方法和飞行模式与我们还是有很大区别的。"

徐亚静:"刘哥,你不想帮我是不是?"

刘长军连忙说道:"不不,我很想帮你,可这事要公事公办,我没有权力答应你。"

徐亚静:"我不管,到时候我就找你了。你要是不答应,我姐这边你可要当心啊。"

徐亚宁:"喂,别把我扯上。"

徐亚静:"哎,姐,你现在胳膊肘就向外拐啊,不要忘了,你是我姐!"

这时,从厨房那边传来了徐母的吆喝声:"小静,快过来帮忙。"

徐家厨房　白天

徐母在厨房里忙着下饺子。

徐亚静颠着碎步来到徐母跟前:"亲爱的母亲,你能不能小点儿声?你叫你女儿我究竟有什么事?"

徐母嗔道:"你这么大了,怎么一点眼神都没有?"

徐亚静:"我又怎么了?"

徐母:"小刘就要走了,你让你姐和长军他们两个人说说话,你老是在那跟着掺和什么。"

徐亚静:"妈,我掺和什么了?我不就是向刘哥请教请教飞行方面的事嘛。"

说完,徐亚静转身走了出去。

徐母又喊:"小静!"

徐家客厅　白天

徐亚静回到客厅不见了刘长军和徐亚宁,看着徐亚宁房间,故意放大了电视机的声音。

徐家　徐亚宁卧室　白天

听到客厅传来的声响,徐亚宁和刘长军会意一笑。

刘长军:"亚宁,你们姐妹俩的性格怎么反差这么大?"
徐亚宁:"我怎么没觉得呀?"
刘长军:"开个玩笑。"
徐亚宁:"开玩笑?你可不是个善开玩笑的人。想说什么,说吧。"
刘长军:"亚宁,亚静找朋友了?"
徐亚宁:"不知道。你今天是怎么了,关心起亚静来了?"
刘长军:"哦,我有个战友……"
徐亚宁大悟地:"噢,你是想给亚静介绍对象?那我可提醒你,她的事你可不要瞎操心啊,她可是新新人类。"
刘长军:"新新人类?怎么,新新人类就不能找飞行员?"
徐亚宁:"我不是那个意思,我是说亚静她……和我不一样。"
刘长军:"好了,咱不说这个了,亚静的事等我从北京回来再说吧。"
徐亚宁温情地拥着刘长军:"长军,我不希望你走……"
刘长军爱怜地看着徐亚宁:"亚宁,你怎么突然变得像个小孩子似的?是不是还是为了那场球?"
徐亚宁俯到刘长军身上:"也不是的……小丽说得对,我们现在就缺自己的球迷。"
刘长军抚摸着徐亚宁:"等你到北京打客场,如果我有时间,一定去到现场为你加油!"
徐亚宁感激地点了点头。

滨海大道　晚上
大道一侧,霓虹灯、广告灯箱斑斓多彩;另一侧,海水荡漾,潮声阵阵。
灯影互映之间,刘长军与徐亚宁漫步而行。
徐亚宁:"哎,你这次出差究竟多长时间?"
刘长军:"大概两三个月吧。"
徐亚宁:"要两三个月啊!……"
刘长军(愧疚地):"这两三个月我就不能陪你了,请你理解。"

徐亚宁顿了顿:"你放心去吧,我虽然没当过兵,也是在部队大院听着军号声长大的。"
刘长军(感动地):"亚宁,谢谢你!"
徐亚宁深情地看着刘长军:"我等着你……"
刘长军:"我也等着你。"
两个人在灯影下就这么注视着,良久,徐亚宁突然扑上来,抱住了他,两人甜蜜地相吻……

火车站站台 晚上
随着一声汽笛响,列车轻盈启动。
车窗旁的刘长军和站台上的徐亚宁互相挥手告别。
列车渐渐远去。
徐亚宁留恋而落寞的目光……

舰载机A团 地面训练场 白天
罗小海带杨光、常少伟和飞行员甲等分两人一组,手持飞机模型在场地上做着双机编队空中动作演练。转了两圈后,罗小海走到场地边上。
罗小海指挥常少伟:"你上。"
常少伟指着杨光问:"我和他?"
罗小海:"对,这回你飞僚机位置,杨光飞长机,开练。"
杨光(兴奋地):"中队长,你是说,我飞长机?"
常少伟不服:"我是一直飞长机的!"
罗小海一脸的严肃:"僚机怎么了?僚机的位置是进能攻、退能守的位置,僚机飞好了也不简单。僚机要是跟得紧、卡得准,无形中给长机施加了压力。"
常少伟:"说来说去,看来还是长机重要。"
飞行员乙停下动作走过来:"你越说越新鲜,要排序,长机是老大,僚机应该是老二。"
罗小海:"好了好了,领导的意图都让你们歪曲了,什么老大老二的,抓紧训练。"
常少伟不情愿地走近杨光,杨光显得趾高气扬。

舰载机A团 地勤大队部 白天

地勤大队长郝刚陪同张团长、沈股长走出地勤大队部。

张团长对沈股长说道："你先上车，我跟郝大队长说个事。"

沈股长先上了车，张团长把郝刚拉到一边。

张团长："丁世杰提副大队长的事，你不要着急，等我有空跟政委碰个头再说。这些日子你就辛苦点儿吧。"

郝刚凑上去："团长，您是不是对丁世杰还有看法？"

张团长（生气地）："我对他的看法，平时该批的批了，该说的都说了，我再有看法就是计较了！"

郝刚赶紧解释："小丁以前是有乱拆乱卸的小毛病，现在他注意多了。而且，他的技术在我们地勤大队绝对是大腕级的。"

张团长："这些我都知道，你还想说什么。"

郝刚："没了。"

张团长："你们地勤虽然不直接飞行，可它却直接影响着飞行。你们和飞行员交接飞机，大到发动机，小到螺丝钉，都要记录在案。乱拆乱卸的毛病，一定要改，等出了问题就晚了。对了，刚才你汇报中提到的飞机良好率，有那么高吗？"

郝刚："团长，这不是您下的军令状嘛，我们不敢怠慢。现在只有飞虎534正在抢修，没有特殊情况，保证新员明天开飞没有问题。"

张团长拍拍郝刚："好了，看你的了。"

吉普车扬尘而去。

舰载机A团 穿场公路 白天

军用吉普车在穿场公路上快速行驶。

同上 地面训练场 白天

杨光和常少伟动作并不是很协调地做着地面演练。

"编队"螺旋上升时，常少伟的左手干脆搂在了杨光的腰上。

飞行员甲看着忍不住笑出了声。

旁边场地上的飞行员也指手画脚地笑了。

此时，张团长乘坐的军用吉普车从地面训练场外的道路上驶来。

车内的张团长看到了杨光的滑稽动作：常少伟的左手搂在杨光的腰上，作"编队"螺旋上升状。

众飞行员们看着大笑。

张团长令司机："停车！"

沈股长重复一句："快停车！"

吉普车在训练场外嘎然而止。

张团长走下车，径直朝一中队场地走来。沈股长跟在后面。

罗小海站在一边对场上的一切无从察觉，抬头看天。

"罗小海！"张团长一声断喝，使罗小海一惊。

罗小海："团长！"

张团长（生气地）："你的人就是这么练的？"

罗小海解释道："团长，我正在变换阵容，尝试一种新的组合。"

张团长："新的组合？我怎么看着像摔跤！"

罗小海："团长，说实话，我觉得这种训练方法该变一变了。"

张团长："怎么变，都搬到电脑上去练吗？"

看张团长生气的样子，罗小海不知怎么回答。

张团长："我听说，你的理论课受到新飞行员的好评，可现在是实践科目，理论和实践还是有区别的。他们下周就要带飞了，你这样能保证训练的进度和质量吗？"

罗小海（充满信心地）："团长请放心，保证完成任务！"

张团长："集合部队，重新操练！"

罗小海："是！"

舰载机A团 运动场　白天

杨光、常少伟等几个飞行员脚下盘带着足球说笑着走来，迎面碰上了一身休闲准备外出的罗小海。杨光上前拦住了他。

杨光："中队长，你这么潇洒干什么去？我们踢球吧。"

常少伟："就是，踢球多过瘾。"

罗小海："对不起，今天我有任务。"

杨光（急切地）："你去勘察地形地貌，是吧？为我们开飞准备好了吗？"

罗小海笑笑："你们玩吧。不要忘了，咱们飞行员的第一运动可是篮球。"

常少伟："我们踢完足球再打篮球，总行吧？"

罗小海（开心地）："祝你们玩得开心。"

常少伟："Yes,sir！"

杨光等欢快地向足球场走去。

海鸥篮球俱乐部前　白天

俱乐部门前竖着一幅海鸥女篮队员合影的超大喷绘。

身穿便装的罗小海站在喷绘前，看着上面的徐亚宁，向她敬了个军礼。

海鸥篮球俱乐部 训练场　白天

海鸥女子篮球队在教练的指导下做二人攻防训练。

吴小丽看到站在隔离网外看训练的罗小海。她感到面熟，可一时又想不起在哪见过，不断盼顾间手脚连连出错。

教练（厉声地）："吴小丽！集中注意力！"

吴小丽终于想起了罗小海，趁防守徐亚宁时小声地对徐亚宁说："哎，你看那位……认出来了吗？"

徐亚宁向罗小海看看："有点面熟……谁呀？"

吴小丽："就是差点让你一球砸个猪拱地的那位！"

徐亚宁又向罗小海看了一眼："嗯，是他！"

两人会心地发笑。

教练发觉："哎哎！你们俩嘀咕啥呐？"

吴小丽小声对徐亚宁："你跟我配合一下，我过去瞧瞧。"

徐亚宁："别胡闹！"

吴小丽哪管那么多，抢下徐亚宁手中的球，瞄准罗小海，将球扔了过去。

教练："吴小丽，你疯了你？"

吴小丽："对不起，教练，我去捡回来。"

球落地后，向罗小海跟前滚去。

吴小丽追了过来，快到罗小海跟前时，放慢了脚步。

罗小海："嗨！你好！"

吴小丽："你好！让你见笑了。"

罗小海："不，你这是别有用心。"

吴小丽："别有用心？……"

吴小丽明白他看出了她的意图，会心地笑了，从罗小海眼前捡起球："你真的是球迷？"

罗小海："差不多。"

吴小丽："什么叫差不多？"

罗小海："以前，我只是NBA的球迷，现在情况有所改变。"

吴小丽："迷上我们WCBA了是吗？"

罗小海："追根溯源，从遭到你们突袭那一天开始的。"

徐亚宁远远地向这边喊："小丽！"

罗小海看了徐亚宁一眼："请代我向她致意！"

吴小丽："向她……致意？"

罗小海："对，你们的24号。"

吴小丽："啊？这么说，你是她的球迷？"

罗小海笑了："还有你，你们的球迷。"

教练在那边狂喊："吴小丽，你在那干什么？快回来！"

吴小丽应道："来了！真讨厌。"转而对罗小海："你要我签字吗？请不请我吃饭？对了，要不我请你吧……"

教练厉声地又喊道："吴小丽！"

吴小丽："你在这等我一等，训练结束我给你签字，请你吃饭！"

吴小丽边说边拍着球回到场中。

教练（脸色阴沉地）："你在那干嘛？"

吴小丽（瑟瑟地）："哎呀，我的一个铁杆球迷，硬缠着我给他签名，还要跟我照相呢，烦死人了！"

教练："现在开始分组对抗训练。吴小丽，你给我把注意力集中到球上！"

吴小丽："是，教练！"

分组对抗训练。

隔离网外的罗小海看了看表，悻悻离去。

吴小丽抽空向罗小海的方向看，不见了罗小海，大为失望，双腿一软坐到了地上。

徐亚宁慌忙赶过来。

徐亚宁："小丽！你怎么了小丽？……"

海鸥篮球俱乐部 游泳馆　白天

女篮姑娘们在池中自由游泳。

吴小丽坐在池边，痴然出神。徐亚宁游到她身边向她身上洒了一捧水。

徐亚宁："哎，你今天犯什么病了？"

吴小丽（心不在焉地）："相思病。"

徐亚宁："相思病？哈哈，吴小丽也能得相思病？"

吴小丽转向徐亚宁："真的，徐姐，这回绝对是真的！你没看到，他是多么有男子汉的气质！成熟，幽默，潇洒，睿智，坚毅，勇敢，率真，帅气……不不不，所有这些词用在他身上都俗！"

徐亚宁许是听惯了吴小丽这一套，并不理会："得了得了，我看你还是先进精神病院住两天吧。"

吴小丽："人家说的是真的，从他的眼神中我看出来了，他已经爱上我了，爱上我啦！"说着，突然站了起来，张开双臂："啊，亲爱的，让我投进你爱的怀抱吧！"

吴小丽迷上眼，扑进泳池中，水花四溅。

——第四集完

第五集

舰载机A团　外场机库　黄昏

郝刚驾车来到开着便门的机库门前，走下车。

郝刚走进便门，四下张望，只有一架飞虎型直升机（机身号0534）静卧其中，却不见人。

郝刚围着飞机转一圈，眼睛不停地在机身下面寻找着。

冷不防传来一声金属的撞击，把郝刚吓了一跳。

郝刚定了定神，料定就是丁世杰了，于是他大声叫道："丁世杰，你在哪？"

此时，丁世杰正在飞机顶部的发动机舱内，拆卸着机器。发动机的包皮正好挡住了他，也遮挡了下面的视线。

郝刚变换着角度搜寻着声源，终于把目光锁定在飞机顶部。他走到工作梯前，爬了上去。见丁世杰满手油污，将一套部件取下。

郝刚俯视着丁世杰："丁世杰，早下班了，你在捣鼓什么？"

丁世杰回过神来："哦，大队长，我把活塞系统给拆下来了。"

郝刚（惊诧地）："什么，你把活塞系统拆了？！"

丁世杰倒很平静："不拆明天怎么飞行？"

郝刚（气急地）："我倒要问你，拆了明天怎么飞行？丁世杰呀丁世杰，你今天可是给我闯下大祸了！"

舰载机A团 空勤教室 黄昏

宋大队长站在讲台上布置第二天的飞行计划，飞行员们坐在下面认真地听着。罗小海、纪天祥等在前排坐着。

宋大队长："……明天的飞行任务是新员带飞，科目是起落、航线，8点开飞，7点半到场。通信联络使用主三备四方案，新员要记住自己的代号。"

新飞行员在笔记本上认真地记着。

宋大队长继续说道："你们在飞行学院都有过飞行体验，再加上有罗小海、纪天祥等老员的带飞，我相信你们会成功的。飞行准备会就开到这里，请同志们回去之后，再消化消化我讲的内容。要注意放松心情，争取明天飞个开门红！"

杨光、常少伟等在航图上认真地比划着。

宋大队长对坐在前排的罗小海说："值班员把部队带回。"

罗小海站起来："是！"

舰载机A团 外场机库 黄昏

郝大队长和丁世杰走下飞机，丁世杰满手油污，狼狈地站在郝刚跟前。

郝刚火气未消："丁世杰呀丁世杰，你还有点数没有，我给你说过多少遍了，我们地勤的职责是维护飞机，不是修理飞机，修理飞机的活由修理厂负责，你怎么就听不进去呢？"

丁世杰辩解道："我是在维护飞机，不拆掉活塞怎么能解决漏油的问题？"

郝刚："那也不能随便拆呀！这是飞机，是作战装备，不是你家的DVD，成系统拆卸要经过大队以上领导批准，你懂吗？"

丁世杰（嗫嚅地）："大队长，你不都看到了么，就算你批准了。你放心，我既然能拆下来就保证能把它装上去。"

郝大队长无奈，他抬手看看表："我真是拿你没办法，现在都6点多了，明天新员上机，534这个样，怎么保证明天的飞行？"

丁世杰："大队长，534活塞漏机油几次排除不了，报给修理厂，他们说是我们地勤的事，又退了回来，没办法，我只好采取措施。"

郝大队长："那你也不能擅自拆卸嘛！退一步说，即使你今天晚上把它重新装配起来，按规定还要经过验收……"

丁世杰："活塞已经拆下来了，要批过后再批吧。现在我只要你给我派两个人当助手，我保证明天飞机上天。"

郝大队长埋怨道："你呀，关键时刻就给我捅娄子！提你当副大队长的事，刚报上去你就……"

丁世杰（激动地）："提我当副大队长？"

郝大队长："怎么，你还不想当吗？"

丁世杰："怎么不想，做梦都想。我爹还让我扛个黄牌牌回家呢。"

郝大队长："就你还想当将军？先改掉你乱拆乱卸的毛病！"

舰载机A团　空勤楼前　黄昏

杨光、常少伟并肩从空勤教室走来，继续争论着。

杨光："罗小海带飞政策宽，我的自由度就大，发挥的空间也大。"

常少伟："纪天祥性格好，到了空中好商量。"

杨光："性格好有什么用？飞行技术、飞行状态才是衡量咱们成绩优劣的标准，懂吗？"

常少伟："明天上天就知道了，小心我给你点颜色看看！"

杨光："你有没有搞错，我们明天是常规飞行，不是战术科目？"

常少伟加快脚步，甩下一句："你等着瞧吧。"

杨光疑惑不解地看着常少伟进了空勤楼。

舰载机A团　外场机库　黄昏

郝大队长和丁世杰走出机库。

郝大队长："我可要提醒你，给罗小海当机械师可得留点神，别看他是改装来的，我听说他玩飞机可是高手。"

丁世杰（不服地）："高手？他能高到哪去！难道他比刘长军还高？"

郝大队长："两码事，他和刘长军就不是一个类型的人。"

丁世杰："明天是新员第一个飞行日，罗小海肯定带飞，我倒要领教领教。"

郝大队长："你领教什么？地勤和空勤不是较劲的对手，是保姆！"

丁世杰："这个道理我懂，我是说534的老毛病，等他飞完看他要能说出个子午寅卯，我就服了他。"

郝大队长："飞机没有毛病比什么都好！走吧，跟我去吃饭。"

丁世杰："大队长，534怎么办？"

郝刚嗔怪："怎么办？还能怎么办？吃完饭我和你一块干呗！"然后快步走去。

丁世杰高兴地追赶上去："还是大队长够意思！"

丁世杰和郝大队长出门上了车，开车驶去。

外场停机坪　白天

一列飞虎型直升机整齐排列，威武壮观。

地勤机组在飞机前列队，迎接飞行员，交接飞机。

丁世杰在534飞机前，站立队首。

一辆军用大巴从内场驶来，在停机坪一侧停下。

罗小海、纪天祥、谢晨、杨光、常少伟、杨玉林等先后下车列队。杨光、常少伟等显得有些兴奋。

罗小海、纪天祥等率新飞行员在几架飞机前自动转向，与地勤人员交接飞机。

罗小海率杨光走到534飞机前转向，与丁世杰互致敬礼，检查飞机。

罗小海与丁世杰交接飞机。

霎时间，整个外场螺旋桨飞转，引擎轰鸣。

罗小海坐在带飞座上，打开机内通话，提示杨光："111，检查完毕，就可以请示起飞。"

杨光："知道了。"

罗小海："要回答：'明白！'重来！"

杨光郑重地："是！111明白！"

外场　空中　白天

外场停机坪上，提前到场的地勤人员已经完成了飞机升空前的各项准备,与空勤完成了交接,现在空勤开始开车,飞机的螺旋桨开始由慢到快地旋转起来,发动机的轰鸣声也由弱渐强。

杨光在机舱里对站在飞机前面的丁世杰竖起大拇指,意思是准备完毕、一切良好。机头前面的丁世杰照例回了一个大拇指手势,意思是可以请示起飞了。

杨光正了正送话器:"泰山,泰山,111请示起飞。"

宋大队长在塔台上下达了指令:"111,可以起飞。"

飞虎534在螺旋桨的强大作用下,平地拔起。

纪天祥带常少伟驾机起飞;

谢晨带杨玉林驾机起飞;

蓝天白云间,几架飞虎穿梭飞去。

丁世杰坐在场边,搭起手罩,遥看着空中的534飞机,心情释然。

郝刚来到丁世杰身边,看着丁世杰轻松自得的样子,拍了拍他的肩膀。

郝刚:"看来这个班没白加。"

丁世杰:"郝大,你尽管放心,今天两次试车都很正常。"

郝刚(严肃地):"说好了,下不为例。"说完走去。

丁世杰(大声地):"大队长,你就放心吧。"

舰载机A团 外场指挥塔台　　日内

宋大队长坐在指挥席上,仰望着空中散去的飞机,用手指在旁边的标图上重重地点了点。

标图员领会,立即在图上标注了几个飞行元素。

坐在跟班席上的张团长、何政委也起身上前看着。

宋大队长回转身来:"团长、政委,今天这批新员的首飞,开局不错。"

张团长:"这才刚开始呐。"

何政委:"俗话说,好的开始就是成功的一半嘛。这批小伙子,材料不错。"

张团长突然问宋大队长:"指挥员,534起来了吗?"

宋大队长看着飞行计划表:"534,罗小海带杨光。"

张团长像是自言自语:"前几天郝刚还跟我叫苦连天,这不也上天了。"

何政委接过话茬:"你给人家立下了军令状的嘛。"

张团长得意地"哼"了一声:"534现在在什么位置?"

宋大队长拿起话筒:"111,111,泰山呼叫,请回答。"

空中　534飞机座舱　白天

534飞机在云中穿行。

杨光回答:"泰山,泰山,111听到。"

宋大队长:"报告你的位置。"

杨光:"泰山,泰山,111正在三号空域穿云飞行,马上到达机场上空。"

罗小海看见杨光的额上沁出了汗珠,问道:"111,紧张吗?"

杨光答道:"不紧张。"

罗小海已经启动连动驾驶系统,他边驾驶边说:"注意放松。好,你休息一下,我来。"

罗小海握驾驶杆的手感到有点沉重,他又用力拉了一把,飞机立即呈跃升状态,罗小海皱了皱眉。

舰载机A团　外场指挥塔台　白天

宋大队长看到了534飞机突然爬高,不禁纳闷。

宋大队长:"111,报告情况。"

罗小海答道:"103报告,一切正常。"

宋大队长:"103,你不要忘了今天的科目。"

罗小海:"新员带飞,103明白。"

张团长:"罗小海飞,难道杨光有什么问题?"

宋大队长:"不会的。"

张团长看着空中:"这个罗小海,三天不摸飞机他的手就发痒。"

空中　536飞机座舱　白天

常少伟驾驶着536飞机在534的后侧飞行,纪天祥坐在带飞座上。

常少伟也发现了534飞机突然爬升,有些惊诧:"哎,105你看，534突然爬升，啥意思？"

纪天祥："又是罗小海，不知他在玩什么花招！"

常少伟："咱们跟上去看看吧？"

纪天祥（犹豫地）："113，你怎么样？"

常少伟（坚定地）："没问题。罗中队长带我们练过双机编队，看我怎样给他压力。"

纪天祥咬着嘴唇："跟上他。注意保持距离，关键时刻要听我的。"

常少伟用力拉杆，飞机跃升而去。

空中 534飞机座舱 白天

杨光首先发现了跟上来的飞机，心里一惊。

杨光："103，上来一架飞机。"

罗小海侧脸看去，他看到是536跟了上来。

罗小海调整好话筒，看着536飞机："113，你离我太近了，注意保持距离！"

常少伟明显带着调侃的语气答道："长机，你们感到有压力了是吧？"

罗小海（声色俱厉地）："什么压力？113注意，我命令你立即退出，重新加入你的航线！"

舰载机A团 外场指挥塔台 白天

无线电接收机传来罗小海训斥常少伟的声音。

宋大队长自言自语："罗小海叫唤什么？"

何政委望着空中："你们看，这两架飞机怎么飞得这么近？"

张团长顺势看去："这不是刚才罗小海那架534吗？旁边那架是谁？"

何政委："今天的计划上没有双机编队呀？"

张团长（生气地）："让他们赶快散开，简直是乱弹琴！"

宋大队长："是纪天祥带常少伟的536。"

张团长夺过宋大队长手中的话筒："103，你以为这是你的游戏！泰山令你们赶快恢复航线！"

空中　白天

飞虎534，536分别回答"明白"后散开，各自飞去。

舰载机A团　外场停机坪　白天

飞虎534飞机率先着陆。

丁世杰率地勤机组上前迎接。

杨光、罗小海走下飞机。

丁世杰和罗小海互致敬礼后，上前握住杨光的手："祝贺你首飞成功。"

杨光满头是汗（兴奋地）："谢谢。"

丁世杰："感觉怎么样？"

杨光："感觉良好吧，老丁同志。"

丁世杰（心存疑虑地）："你感觉好，我就放心了。"

罗小海拍拍丁世杰："说什么呢，还签不签字？"

丁世杰回过头："签字，签。"

丁世杰拿过本子，交给罗小海。

罗小海边签字边说："我可跟你说，534今天喘气有点粗。"

丁世杰（警觉地）："喘气有点粗？"

罗小海把笔还给丁世杰："我说是534今天喘气有点粗，我今天的手感有点沉。"

丁世杰："小海，你说的是真的？"

罗小海："我的机械师，飞行无小事，我难道还会跟你开玩笑吗？"

丁世杰思考着："不会吧，起飞前我试了两次车都很正常？"

罗小海："你的意思是我的感觉出了问题？我知道你的技术很过硬，请你也相信我的感觉。"

这时，丁世杰的对讲机传来张团长的声音："丁世杰，通知罗小海立即到塔台来！"

丁世杰在罗小海跟前亮了亮对讲机："团长找你。"

罗小海接过对讲机："团长，我马上就来。"

丁世杰（心有疑虑地）："不会是飞机的事吧？"

罗小海："飞机？飞机有什么事？"

丁世杰:"你没在无线电中给团长汇报?"
罗小海:"丁机械师,在我的印象中你是一个敢作敢为的人,没想到你居然也胆小如鼠啊。"
丁世杰:"看你说的,保证飞机质量,是我们机务工作的生命线嘛。"
罗小海:"好了,飞机的事咱不说了。说真的,我欣赏你这样的机械师。"
说完,罗小海向停在场边的中巴车跑去,刚跑几步又回过头对丁世杰大声说:"找到原因别忘了跟我打个招呼。"
丁世杰看着罗小海离去的背影,自言自语道:"罗小海,真有你的……"

舰载机A团　外场指挥塔台　白天
罗小海气喘吁吁地闯进塔台,向张团长敬礼:"团长。"
张团长还礼后并没搭理罗小海,而是对旁边正在操作微机的李参谋说:"李参谋,把飞行记录给他看看。"
李参谋从打印机上撕下一张纸递过来,罗小海接过仔细地看着。
张团长点燃一支烟,闷闷地看着罗小海。
看着看着,罗小海突然一惊:"团长,为什么要扣常少伟的分?"
张团长:"你问我,我还要问你呢!"
罗小海:"他并没有做错什么呀?"
张团长:"没做错什么?那我问你,今天的计划明明是起落、航线,常少伟怎么飞起编队来了?"
罗小海:"团长,他飞的是航线呀,只不过是和534靠得近了些,可是……又马上散开了。"
张团长:"亏你还说得出口!为什么散开?塔台不指挥你们能散开么?还指不定飞出什么花样!"
罗小海解释道:"团长,在塔台下令前我已经指令536保持距离,恢复航线了。"
张团长:"罗小海,你就不要再解释了,当时你和536就在我们上面,我们都看得清清楚楚。听,这里还有无线电监听的录音。"

张团长按下无线电接收机的放音键，录音带就转动起来——

罗小海的声音："113，你跟我太近了，注意保持距离！"

常少伟的声音："长机，你们感到有压力了是吧？"

罗小海的声音："什么压力？113注意，我命令你立即退出，重新加入你的航线！"

张团长关上录音："你还有什么好说的？前几天刚刚整顿完，今天你们就把电脑上的东西搬到蓝天上去了，无组织无纪律！"

一直站在一旁的何政委插言道："小海，快签字吧，回去给同志们讲一下，地面和空中是两个概念，切不可把地面训练中一些情趣的东西拿到飞行上去，那样是很危险的。"

罗小海："政委，我只是觉得在第一个带飞日就扣小常的飞行技术分，怕对他以后的飞行热情产生影响；而且他今天之所以敢向前靠着飞，说明他有这种自信。从这个角度说，即使扣分也应该扣带飞人也就是大纪的分。"

纪天祥不愿意了："凭什么扣我的分？"

罗小海发现了站在塔台门口的纪天祥和常少伟。

罗小海（心平气和地）："大纪，如果我没说错的话，小常向前靠534飞肯定是得到了你的允许，否则他不会贸然提速前靠；即使他贸然提速前靠你有权力也有能力纠正他。扣你的技术分难道还冤枉你吗？"

常少伟低下了头。

纪天祥还是表示不服："小常提出来向前靠我没制止，这是我的问题，但我也提示小常注意保持距离，安全有我保驾；问题是，小常为什么这样做？还不是有人训练的时候给他灌输了什么僚机怎样给长机压力的狗屁理论，他才跃跃欲试的。"

常少伟拉了纪天祥一把，示意他不要说了。

纪天祥却更来了情绪："这就叫有什么样的师傅就有什么样的徒弟！"

罗小海（吃惊地）："大纪，你怎么能这么说……"

张团长坐不住了："你们都别说了，回去继续整顿！"

舰载机A团 空勤教室　黄昏

罗小海正在组织一中队的飞行员们学习讨论。

读完最后一段，罗小海放下手中的飞行条令。

罗小海："飞行条令的有关章节我们先学到这里，下面大家开始发言。"

新飞行员们面面相觑，没人发言。

纪天祥把脸转向一边。

杨光把目光投向常少伟，看得常少伟很不自在。

常少伟终于忍耐不住："你老是看着我干什么？"

罗小海提示道："杨光，你先说。"

杨光被点将，一时没有准备，支吾着："今天飞行，我的感觉是……很好……"突然他灵机一动，用肘部推了推坐在他旁边的飞行员甲，"你的感觉怎么样？"

飞行员甲："我？我的感觉是……感觉好极了。"

飞行员乙："你们的感觉都太直白了，太没有激情了。我认为飞行就是一种释放，是一种陶醉，一种意境，是一种无拘无束，一种居高临下，是一种……"

纪天祥打断他的话："好了好了，你在那做诗呢！"

常少伟："我看你就是一种病态！"

罗小海："让他说完吧，我感觉他说的虽然不是我们今天发言的主题，但他对飞行的体会还是对的。其实，飞行就是一项激情的事业，我们飞行所要体会的就是这种感觉，我相信这种感觉大家可能都有过，只是没认真总结罢了。"

飞行员乙更是来了精神："今天当我飞完第一个架次走下飞机的时候，我在想，在飞行学院第一次起飞的瞬间，也感觉很伟大，很空旷，但没有今天这样让人热血沸腾。"

飞行员甲："那当然啦，在飞行学院飞的是教练机，现在飞的是什么，是能携带鱼雷和导弹的作战直升机嘛。"

杨光："现在你就大发感慨，等到将来我们在航空母舰上飞行，你就光写诗行了。"

飞行员乙还要发言，却被文书进来打断了。

文书站在门口："报告！"

罗小海抬头："进来。"

文书走到纪天祥跟前小声嘀咕了几句，把手中的纸条叫交给纪天祥，向罗小海礼貌性地点了点头出去了。

杨光、常少伟等飞行员开始小声议论。

纪天祥把纸条递给罗小海，面露难色："小海，你看，我是不是去一趟？"

罗小海看着纸条上的记录："以前也有类似的情况吗？"

纪天祥急忙地："有的，有的。"

罗小海把纸条还还给纪天祥："那你就快去快回吧，我们等着你。"

纪天祥起身道："不好意思呵，我马上回来、马上回来。"

纪天祥出门去了。

杨光："我敢肯定，大纪一定是接到了夫人的圣旨。"

常少伟："自从纪夫人调到这家外企，孩子的事基本上是大纪全包了，这样的人能做咱们飞行员的家属吗？"

飞行员甲："不过，纪夫人长得还是蛮漂亮的。"

罗小海："我也有个发现。"

杨光："中队长，你发现什么了？"

罗小海："我发现一谈起女人有人就特来情绪！"

杨光、飞行员甲等摇头："没有。""没有啊。"

罗小海："现在书归正传，我先来检讨。"

众人瞠目。

舰载机A团 空勤楼前　白天

罗小海送张团长出门。

张团长："对于带飞整顿，部队有什么反应？"

罗小海："大家对飞行的感觉还是对的，操作上也没有大的疏漏。"

张团长："我问的是飞行纪律！"

罗小海："对飞行纪律的严肃性和违反后的严重性，有了进一步的认识。"

张团长："不能光停留在口头上，而是要落实在行动上。"

罗小海:"在会上我作了检讨。"

张团长(语重心长地):"十几年前的时候,我也犯过和你一样的错误。后来,我再不这么做了。"

罗小海:"为什么?"

张团长:"有一次出早操的时候,我在想:部队几乎要天天出操,可是齐步走和稍息、立正,从古到今在打仗时有什么用呢?但你发现有哪个当兵的会提这样一个问题?"

罗小海摇头又点头。

张团长:"因为每一个军人都知道,军队必须具备严格的纪律才能打仗。而纪律在战争中既不是一种战术,也不是一件武器,而是一种素质!而一种素质在关键时刻比100种战术、1000件武器都重要!你不觉得是这样吗?"

罗小海明白了张团长的话:"团长,我明白了。"

舰载机A团 卫生队心理测试室 白天

李燕领王萍进来。屋里摆放着测试仪、电脑等设备器材。

李燕指着满屋的设备器材:"队长你看,这些东西都是上边配发的,都进行了安装调试。"

王萍兴奋地看着、摸着:"不错,像是那么回事啊。"

李燕拿起桌上的光盘:"明尼苏达,卡特尔,SJY飞行员心理——队长,这些软件我都学过。"

王萍:"李医生,下面的事就看你的了。"

李燕:"队长,飞行员心理健康服务,在我们团还是个新项目。"

王萍:"怎么,房子和经费都批了,你还有什么顾虑?"

李燕:"关键是飞行员,他们的配合很重要。"

王萍:"这倒是,他们向来爱跟咱卫生队找别扭。"

李燕:"所以我想,您回家还得好好跟团长说说,争取快点把试点的事定下来。下个星期卫生处就要来检查了。"

王萍:"你说的是,不过他是越在家里越说不了事。走,李燕,咱们这就找他去!"说完拉着李燕出了门。

舰载机A团团长办公室 白天

王萍和李燕刚汇报一半，张团长就显得不耐烦起来："你们说什么……飞行员心理健康……服务？"

王萍埋怨："你看你这人，没听明白还是装糊涂，前些天我不是刚跟你汇报过嘛！"

张团长想了想："嗨，我还以为……"

王萍："以为什么？以为我们是说着玩的？"

张团长敷衍道："我是说，现在空勤那边正在忙着新员上机，马上还要新机种改装，大事一个接着一个，你们这事，过些日子再说吧，啊？"

李燕（急切地）："团长，您说的这些，与我们开展飞行员心理健康服务并不矛盾呀！这个就是为飞行员的飞行训练服务的。"

王萍帮腔道："对，我们就是为飞行员的飞行训练服务的。"

张团长："为飞行训练服务？现在啊，我对你们的话都得考虑着听。"

王萍："你说什么？对我们的话考虑着听？你什么意思，你！？"

张团长："就在前两天，罗小海说他的电脑游戏对飞行有如何如何的帮助，我虽然有点半信半疑，但还是信了。结果怎么样，昨天飞行差一点儿给我惹出乱子来。你们这个，我不得不考虑考虑。"

李燕（激动地）："团长，这是两码事。飞行员心理学早在'二战'时候，就被西方的空军应用于战争了。还有，科索沃战争中，当F-117隐形战机被南联盟击落后，那么精锐的北约空军一下子元气大伤，以至于一周内竟无人再敢驾机升空。为及时消除飞行人员的心理压力，美国出动了19名高级专家组成的'心理干预小分队'，对其反复进行心理疏导后，才使其得以重返战场。团长，飞行员心理学对安全飞行和提高战斗力很有帮助。新员上机、部队改装，正是推行这个项目的好时机呢。"

李燕连珠炮似的一通话，张团长听得更加不耐烦了。

王萍帮腔道："老张，李燕说的没错。再说，这也是上级机关交给我们的任务啊！"

张团长摆摆手："好了好了，这些我都知道，问题是……你们想，部队正忙于训练、改装，你们突然一下子搞什么心理健康测试，部队会怎么想？"

李燕却耐下心来："团长，您有这方面的担心，可以先选一个中队作试点，待有了成效以后，再在全团推广。你看怎么样？"

王萍劝说道："就是，给我们一个中队就行。"

张团长一听是上级机关下达的任务，也不好再说什么，于是顺水推舟地说道："那好，就给你们一中队吧，先测测他们，看看他们都给我想些什么。"

李燕（警觉地）："一中队？"

张团长："对，一中队新飞行员多，容易配合，你们找罗小海具体商量吧。"

李燕犹豫起来："罗小海……"

王萍觉得丈夫就这么一说恐怕不行，靠卫生队去协调联系还要碰钉子。考虑到李燕也不是外人，她不得不以妻子的身份对张团长说："老张，你得给他们打个电话。"

张团长看了看李燕，又看了看王萍，无奈，拿起了电话。

舰载机A团　营区甬道　白天

空勤一中队在值班员的带领下列队向运动场走去，罗小海走在队伍的最前头。

舰载机A团　运动场　白天

运动场上，地面上早用石灰水洒出一条20厘米宽的白线带，旁边放着一条30公分宽的长枕木，距地约有10厘米高，还有一辆自行车。前面站着宋大队长、李燕、王萍和护士文霞。

苏成扛着摄像机急急地跑来。

苏成气喘吁吁地："王队长，李医生，文护士，你们好，按你们的要求，我来了。"

王萍看看表，有些不满："小苏，你就不能提前点到？"

苏成解释道："刚才李参谋找我拷一个录像资料，耽误事了吗？"

李燕走上前："没有。苏成，你先歇会儿。待会儿测验，你把测验的过程录下来就行了。注意，要尽量抓点他们的一些细节、包括表情。"

苏成来了精神："您放心吧，李医生，我保证让您满意！"

王萍看到一中队进场，叫道："宋大队长，今天是我们的第一次测验，给你们一中队说说，可要好好配合啊！"

宋大队长（轻松地）："没问题，您放心吧。"

值班员带一中队进运动场，在宋大队长面前停下，整队。

值班员跑步到宋大队长面前报告。

值班员："大队长同志，一中队集合完毕，请指示！"

宋大队长："稍息。"

值班员向队列下达"稍息"口令后归队。众飞行员看到一边的李燕等人，开始窃窃私语。

宋大队长："今天的科目……"

由于精力不集中，队列零乱地立正。

宋大队长："哦，稍息。今天的科目是……是……"他真的没想出来怎么下达这个科目，终于憋不住，自己先笑了。他转头对王萍道："王队长，李医生，还是你们来讲吧。"

众飞行员越发大惑不解。

王萍看到了队列中的反常，她提醒道："我们当然要讲，但你得先宣布一下纪律，免得有人捣乱。"

宋大队长好不容易忍住笑："今天，由卫生队来安排训练科目。"

众飞行员开始窃窃私语。

纪天祥："新鲜，卫生队安排训练科目？"

飞行员乙疑惑："什么科目？卫生防疫还是保健操？"

飞行员甲（煞有介事地）："保健操，八成是保健操。"

宋大队长不得不故作姿态："大家要遵守纪律，听从卫生队同志的要求，做到令行禁止，保持严肃，不准捣乱。听到了吗？"

队伍（有些起哄地）："听到了！"

宋大队长（谦恭地）："王队长，您看这样行吗？"

王萍当然很严肃："哦，行。李燕，该你了，给他们下达科目内容吧。"

李燕稍显局促地走到队列前。

李燕振作精神道："一中队的……同志们……"

纪天祥等夸张地立正。

李燕（一本正经地）："今天，主要是请同志们来做个游戏……"

队列中出现小小的骚动。

纪天祥："做游戏，开什么玩笑！"

常少伟看了文霞一眼："说不定挺有意思的。"

文霞用赞许的目光看着常少伟。

飞行员乙："我们岂不成了幼儿园的小朋友了。"

飞行员甲："如果是这样，站在我们面前的就是我们的阿姨。"

飞行员丙："报告阿姨，我请求稍息。"

队列中哄然大笑。

王萍不满地对罗小海大声说："罗小海，管管你的人！"

罗小海装作没听见，冷眼旁观。

宋大队长也看不下去了："有点过了啊，大家严肃点！"

队列的秩序稍有改观。

李燕："我问一下，有没有不会骑自行车的？……不会骑自行车的请举手……"见队列中没人举手，李燕接着说："好，都会骑。现在，请大家轮流骑上车子，从那条石灰带上走一趟。"

队列中又是大笑，又是嘻嘻哈哈的不满。

纪天祥："骑自行车，原来是让我们开飞机的来骑自行车！"

杨玉林："这算什么训练科目嘛！"

飞行员甲："看样子，真把我们当小朋友了。"

飞行员乙："天之骄子练自行车，可笑可笑。"

常少伟："我先来吧。"

李燕："好。"

文霞赶紧把自行车推到常少伟跟前，杨光吹了一声口哨。

李燕看了看一副漠不关心神态的罗小海一眼，突然提高声音："一中队全体人员，开始！"

音乐中，飞行员们嘻嘻哈哈骑自行车走石灰线，车轮压线的特写，苏成录像，李燕在花名册上作记录……

苏成认真地变换角度拍摄，寻像器里不时地出现李燕青春靓丽的面部特写。

李燕:"刚才,我们16个同志骑车做了这项测试,除罗小海和陈伟两位同志骑车时出了线外,其他同志都从线内经过了。下面,我们开始进行第二项测试:按刚才的次序,骑车从这条'木板'上通过。"

纪天祥:"啊?这又什么意思嘛。"

杨光:"这有什么,我在家还玩过滑板呢。"

飞行员甲:"有没有搞错?这不是要表演杂技嘛!"

杨玉林:"这么高,掉下来摔伤了胳膊腿的谁负责?"

飞行员乙:"如此看来,今后应该到杂技之乡吴桥去招飞了。"

罗小海似乎明白了李燕的用意,默默地看着她。

常少伟从一开始就在揣摩李燕的用意,现在完全明白了。

常少伟:"哎哎,大家听李医生说完嘛!"

杨光(别有用意地):"看,还是少伟同志善解人意。对吧,文护士?"

文护士头一昂:"他就是善解人意,怎么了?"

常少伟"白"了杨光一眼:"杨光你瞎扯啥呢?我的意思是说既然团里安排这个项目,总是有道理的嘛。"

宋大队长:"好了,你们都别扯了!李医生,请继续下达科目。"

李燕比刚才镇定了许多:"注意,给大家说明一下。刚才我们骑的石灰线是20厘米宽,现在要走的这条'木板'是30厘米宽,多出10厘米,相信同志们都会安全通过。好,开始!"

罗小海走过来(冷冷地):"慢着。李医生同志,我们从来没有进行过这方面的训练,很不得要领,能否先请您给我们作一下示范?"

众飞行员起哄:"对!""太好了!"

李燕轻蔑地看了罗小海一眼:"既然罗中队长提出来了,同志们也有这个要求,那我就给大家示范一下。"

文护士(惊讶地):"哎,李医生!"

王萍上前轻声道:"李燕,你行吗?"

李燕点点头。

苏成也情不自禁地走向李燕。

苏成:"李医生,这不行!你一个女同志怎么……"他说这句话的时候察觉众人的异样反应，便连忙掩饰，"我的意思是，这……这木板挺高的，你让同志们骑车上去，不太安全嘛。"

李燕不满地瞪了苏成一眼，推起自行车。她骑上后，绕了半个圈，对准了那条枕木，加速后，上了斜坡，然后稳稳地通过，从另一头的斜坡上下来。

众人唏嘘不迭，罗小海依然不动声色。

李燕支好自行车，带点挑衅意味地看了罗小海一眼："大家看到了吧？就这样，谁先来。"

杨光推了常少伟一把："少伟同志想表现，还是让他先来吧。"

常少伟："领导先来，领导先来。"

罗小海瞪了常少伟一眼："常少伟，领导命令你先来！"

常少伟夸张地一并腿："是，我来就我来。"

众飞行员大笑。

音乐中，飞行员们紧张地骑自行车过枕木，王萍和文护士两侧保护，车轮特写，不时有人掉下来，苏成录像，李燕在花名册上作记录……

其他飞行员都骑完了，最后只剩下罗小海了。

李燕冷冷地："罗中队长，该你了。"

罗小海站着没动。

李燕："你走石灰线时出了界限，现在过'木板'，是不是害怕了？"

罗小海轻蔑地一笑，推起自行车，来了个上马式的上车动作，骑出一段后，一个后轮立停，180度转身，对准枕木冲来，上了斜坡后，又一个后轮立停，然后用一只后轮经过枕木，下了另一头的斜坡。

众飞行员欢呼。

李燕："值班员同志，集合队伍。"

值班员（大声地）："集合！"

飞行员们列队。

李燕站到队列前面："谢谢同志们的密切配合。大家都已经看到了，开始走地上20厘米宽的石灰线时，我们只有两名同志出了界限，其中有一名同志似乎还有捣乱的成分；后来我们过30厘米宽的

'木板'时,却有9名同志掉了下来。是骑车的技术问题吗?显然不是。其中的道理,就是我们这次小测试的目的。最近,我们卫生队进了一台心理测评仪,准备先搞一个试点,总结经验后,在全团开设飞行员心理健康服务,团首长将试点定在咱们一中队。接下来,请大家到卫生队二楼心理测试室,接受心理测评仪的有关咨询。"

队列里顿时炸开了锅。

纪天祥:"啊?心理健康服务?这么说我们心理都不健康啦?"

飞行员乙:"心理不健康,就是精神病。"

杨玉林有所顾虑:"谁有精神病?精神病还让咱们开飞机?你们要去你们去,反正我不去。"

飞行员乙:"可笑可笑,实在是可笑!"

常少伟:"哎哎,同志们,刚才的骑车试验很能说明问题,我们应该主动配合……"

杨光故意看着常少伟:"是啊,再说这也是团里安排的工作嘛。"

常少伟拍着杨光的肩膀:"够哥们,明天我请你吃饭。"

纪天祥:"看啊,到底是卫生队的同志,马上就有缴械投城的。"

队列里又是一阵乱。

王萍:"罗小海,管管你的人!"

罗小海向她笑笑,没吱声。

李燕:"罗中队长,我们在心理测试室等你们!"

罗小海冷笑不语。

舰载机A团 卫生队心理测试室　白天

心理测试室的桌凳作了简单的布置,桌上摆放着电脑和心理测评仪。

李燕和王萍、文霞在等一中队的人到来。

文霞看看表:"这么长时间了,怎么还不来?"

李燕:"没准,他们不来了。"

王萍:"不来?那能行?这是团里安排的训练科目!"

李燕:"哼,与飞行没直接关系,他们才不管那么多呢。天之骄子，他们有骄傲的资本嘛。"

宋大队长进来。

王萍："大队长，人来了吗？"

宋大队长："王队长，李医生，他们都不愿来啊。"

文霞（不平地）："飞行员有什么了不起的！"

王萍："也是啊，他们不愿来就不来了？"

宋大队长有些为难："照我看，就算了吧，也没什么必要嘛。再说了，人的心理是件很复杂的事情，就这玩意儿，能保证测得准确？一旦测得不准，搞乱了思想，屁股还不得我们自己擦？"

王萍："哎我说大队长，你这一句说不来就不来，我们的项目怎么办？"

李燕："王队长，算了，强扭的瓜不甜。心理测评需要受测者自愿配合，他们不愿来，硬是要他们来了，效果也不好。"

宋大队长："你看，还是李医生体谅我们。"

王萍："去你的吧，小心你们落到我手里！"

宋大队长："哎哟！你看你看，忘了看病这茬儿了！"

舰载机A团　空勤楼前　　白天

罗小海一身运动装束走下楼，迎面碰见匆匆回来的纪天祥。

罗小海："哎，大纪，你怎么活动这么一会儿就回来了？"

纪天祥："我这不是正要找你嘛。"

罗小海："找我？什么事？"

纪天祥："小海，不好意思，我……我还得请会儿假。"

罗小海："现在？"

纪天祥："今天是儿童节，幼儿园放半天假，我得把孩子接出来先放在邻居家。一会儿就回来。"

罗小海："这是体能训练，你去就去吧，要是飞行你怎么办？"

纪天祥："飞行就没办法了，孩子就遭点罪吧。"

罗小海："大纪，嫂子在哪家外企上班？她就没有时间照顾孩子吗？"

纪天祥："嗨！就别提她的外企了，尤其是她干了财会之后，经常加班，有时还要陪着应酬，忙死了。我几次劝她换个工作，她又舍不得那份高薪。唉！我也没办法。"

罗小海把纪天祥拉到一边："大纪，说实在的，你连续请假一是牵扯你的精力，二是影响也不太好。前些天大队长还跟我商量，二中队长最近要去南海执行任务，准备让你到二中队负责一段时间的工作，你这样，能不影响工作吗？"

纪天祥："小海，我也没办法，过了这段时间也许能好些。"

罗小海："哎，你怎么没想着找个保姆？"

纪天祥："想过，可我老婆……你不知道，找个年纪大的她怕影响孩子的教育成长，找个年纪小的她又……唉，家庭两口子的事，不好说。"

罗小海笑了："不至于吧？"

纪天祥："你结了婚，就知道了。"

罗小海："让你这么一说我都不敢结婚了。不过，哪天有机会你把嫂子请来，我跟嫂子聊聊，怎么样？"

纪天祥看看表："可以啊。那我去了。"

罗小海："快去吧。"

纪天祥跑去，罗小海看着他，摇摇头。

舰载机A团 卫生队楼前　白天

李燕正在招呼几个战士吃力地搬运桌椅，罗小海从远处走来。

罗小海本想绕过李燕，却被李燕的话"拉"住了。

李燕并没看罗小海："见荣誉就上，见困难就让，有忙不帮，躲躲闪闪的，算什么英雄。"

罗小海停下脚步："据我所知，心理学讲究的是接近和交流，不知道应用起来变成了背后打黑枪。那天我和弟兄们幸好没来，否则一大群无辜青年会造成非战斗减员。"

李燕转过身："既然有人这么说，我可以补充我刚才的形容。'见困难就让'说的其实就是一群逃兵。"

罗小海："这只能说明大家的自我保护意识在逐步增强，现在我才意识到这是多么聪明的选择。"

李燕："最终有人会对所谓'聪明的选择'付出代价的，因为你的一中队是团首长确定的试点，作为代理中队长有责任有义务配合我的工作。"

罗小海:"究竟是自愿、配合,还是恐吓、要挟,我彻底晕了。"

李燕:"你放心,心理学的开展还有多条渠道,总有一条适合于你,使你不请自来。不信等着瞧。"

罗小海:"我拭目以待。"

李燕:"不过,现在还得请罗中队长到卫生队办公室去一趟,是王队长让我通知你的。"

说完,李燕头也不回地"噔噔"上楼去了。

罗小海犹豫了一会,跟了进去。

舰载机A团 卫生队办公室　白天

王萍在写着什么,门外响起敲门声。

王萍:"请进。"

罗小海推开门,敬礼:"队长同志,罗小海遵命前来报到!"

王萍起身:"小罗,你好。你那么正式,都把我吓着了。"

罗小海:"队长,你叫我来,有何指教,请吩咐。"

王萍:"你看,还越说越来劲了。坐吧,是大姐我给你道歉。"

罗小海:"王队长,这可万万使不得,罗小海若是不经意得罪了您的人,那不是我的本意,请您见谅。"

王萍:"看你油嘴滑舌的,还让大姐说话嘛。"

罗小海立正:"洗耳恭听。"

王萍:"团长批评你拿错箱子的事,你错怪李燕了。"

罗小海:"怎么,我又错了?"

王萍:"不是这个意思,要怪你就怪我吧。"

罗小海:"箱子的事在我记忆里已经删除了,我不会错怪任何人,要怪只怪我自己了。"

王萍:"那你为什么还跟李燕没完没了?"

罗小海:"那是她多想了,我只是想考察一下心理医生的心理素质,仅此而已。"

王萍:"别开玩笑啦,我看你们俩是不打不成交,以后你还得支持李医生的工作,啊?"

罗小海夸张地答道:"是!"

舰载机A团 幼儿园门口 白天
纪天祥领着女儿丹丹(5岁)向外走着,一女老师送到门口。
纪天祥拉着丹丹的手摇晃着:"丹丹,给老师说再见。"
丹丹回头摆着小手:"老师再见。"
老师:"丹丹再见。"
没走几步,纪天祥蹲下身子:"来,丹丹,爸爸背着你。"
丹丹(高兴地):"噢,骑大马喽——"说完就要向纪天祥的肩膀上迈。
纪天祥拉了女儿一把:"大白天的,骑什么大马,爸爸背着。"
丹丹不情愿地"哼"了一声,趴在纪天祥的后背上。
丹丹:"爸爸,你今天不开飞机吧?你不开飞机在家陪我玩好吗?"
纪天祥:"爸爸今天不开飞机,但是爸爸还有好多好多事,等下个星期天爸爸领你去海底世界怎么样?"
丹丹:"好,还有妈妈。"
纪天祥:"对,还有你妈妈,咱们全家一起去。"
丹丹:"我要找我妈妈。"
纪天祥:"丹丹听话,你妈晚上加班,一会儿就回来。"
丹丹:"我讨厌妈妈加班。"

某通讯公司办公室 白天
田琳在电脑前打印着报表,在撕下一张报表后,田琳用她那纤细的手指捋拭着自己秀丽的长发,我们看清了她的面庞。仅从外表上就可以看出,这是一个因自己漂亮而对生活充满无限幻想的多情少妇。
牛总从她身后走了过来,抓住了她的手。
田琳拨开牛总的手:"牛总,别这样!"
牛总微笑着坐上电脑桌:"怕什么?他们都走了,这里只有我们两个人。"
田琳撕下最后一张报表,整理好递给牛总:"牛总,报表全部打印好了,您看看吧。"

牛总接过，并没有看，而是直直地看着田琳："你辛苦了，收拾一下咱们走吧。"

　　田琳（为难地）："我……还是回家吧，孩子在家没人照顾。"

　　牛总站住："小田，我就不愿意听你说这个。在公司里是孩子重要还是工作重要？"

　　田琳（头也不抬地）："八小时以外当然是孩子重要。我也没耽误工作呀。"

　　牛总（亲切地）："是啊，我对你的工作一直是很满意的，要不然我能把你从车间调上来，又送你去学会计嘛。收拾一下，走吧。"

　　田琳："牛总，最近我在公司的活动太多了，孩子经常放在邻居家。你知道我老公是搞飞行的，他很少有时间照顾家的。"

　　牛总脸沉了下来："我可不管你那口子是干什么的，我也不是拥军模范，也没那么高的觉悟，我只考虑公司的利益。今天晚上的活动就直接关系到咱们公司的利益和形象，你必须去。"

　　田琳（无奈地）："每次时间都很晚，我都不好跟我老公和孩子解释。"

　　牛总立马换了个人似的："你放心，这次时间不会太长，两个小时之内保证结束。"

　　田琳："这还不长？"

　　牛总："小田啊，你在公司参加这样的活动也不少了，你咋就不明白，酒桌上那是在吃饭吗？那是在交易！官场有官场上的交易，生意场有生意场上的交易。在咱们中国有好多问题要在酒桌上解决。再说了，让你去不只因为你是公司的主管会计，你还是咱们公司产品的形象。上次喝完酒南方的老总说了，准备把你包装成中国的宋慧乔，作为咱们公司产品的形象代言人隆重推出呢！"

　　田琳（羞涩地）："我可不行，人家多年轻。"

　　牛总："这你就不懂了吧，年轻的少妇最招人爱，也最有魅力。小田，跟着我在公司干，没你的亏吃。走吧……"

　　牛总拉起田琳就往外走。

——第五集完

第六集

舰载机A团 电教室 白天

罗小海在利用多媒体给新飞行员上课。黑板一侧的屏幕上投放着海猫型反潜机的彩色图片。

罗小海:"航空反潜是以声学和非声学的多种探潜定位手段,使用各种空对海攻击武器,专门猎捕、控制和消灭敌潜艇的军事行动。由于现代潜艇尤其是核潜艇不仅是攻击水面舰船、封锁海上通道的重要武备,还是战略导弹的发射平台,所以反潜作战便成了非常重要的作战任务。而航空反潜具有搜索速度快、作业范围广、火力强、潜艇难以发觉和难以对付等优点,从而成了潜艇的克星……"

杨光、常少伟等新飞行员在认真地听讲。

罗小海继续讲道:"舰载机飞行员在搜反潜作战中,必须具有清醒的头脑和良好的技战术意识,争取在最短的时间内搜索到目标,进而识别目标,然后锁住目标,最终击中目标。我把它总结为搜反潜'三步曲'。"

屏幕上显示着反潜作战的部分画面。

杨光重复着:"'三步曲',有点意思。"

常少伟问杨光:"哪'三步曲',我怎么只记了两步?"

杨光不耐烦地："你起来走一步,就三步了。"

常少伟向杨光做了个发狠的动作。

罗小海继续说道："航空反潜概论部分我们今天就学到这里,下次我们学习世界典型反潜直升机。我们除了对国产海龙型反潜直升机进行重点介绍外,还将对美国的海字号、俄罗斯的卡型机和法国的黑豹系列反潜机进行了解。好,今天就讲到这里。"

罗小海收拾教材,杨光、常少伟走上台帮助收拾多媒体。

其他新飞行员陆续离去。

杨光问罗小海："中队长,你说从搜潜到识别,到锁住再到击中目标,哪一个环节更重要?"

常少伟接茬："要我说,哪个环节都重要。"

杨光(没好气地)："你都少一步,我没问你,问中队长呢!"

常少伟："别找不痛快啊,你也有求我的时候。"

罗小海："你们不集中精力听课,较什么劲呢?我都看到了。"

杨光急忙掩饰："中队长,我们没事。"

罗小海："刚才是少伟说的对,哪个环节都重要。不过,要是从战术应用来看,搜潜和识别显得更为重要。因为,潜艇尤其是核潜艇作为战略性攻击武器,一般都是单艇隐蔽作战,要在偌大的海洋中搜索到它,就如同在大海中捞针,自然不是一件容易的事情。固然我们有侦察卫星和雷达的支持和保障,但具体的方位和最后的攻击还是要靠反潜机来完成。所以首先要搜索到目标,然后再识别其真假,防止上当受骗。"

杨光："我看了一些资料,我发现潜艇只要是被我反潜机抓住,就像是老鹰抓住了兔子,跑不了它。"

罗小海："你不要忘了,任何战争武器都是一把双刃剑。反潜机的搜潜设备技术先进、性能灵敏,对搜索目标很有好处,但它对沉船和假目标有着相同的反应,你不认真地加以识别,自然就会上当受骗。"

常少伟："杨光,你跟中队长谈反潜机,根本不是一个重量级的。"

杨光(不服地)："我这叫学术研讨,你懂吗?"

常少伟不屑一顾："还学术研讨呢!我跟你这么说吧,这搜潜就好比找对象一样，首先是要找准目标，然后再看看她是不是你要找的目标，再然后才能锁住和攻击。你要是连目标都找不准，指定是要上当受骗的。"

　　杨光："谈这个，我肯定和你不是一个重量级的。"

　　罗小海笑着："你们慢慢探讨，我先走了。"

　　罗小海刚要离开，又被常少伟叫住了。

　　常少伟："中队长。"

　　罗小海回头："怎么了？"

　　常少伟："我想起一个事，想提醒您。"

　　罗小海："什么事？说。"

　　常少伟："李医生搞的那个心理测试……我们还去不去？"

　　罗小海："你想去是吗？"

　　常少伟："不，我……我就是随便问问。"

　　杨光转过身："少伟，你别不好意思了，你不是一直想去测试的吗？"

　　常少伟："我只是觉得，上次她们搞的骑自行车测试还蛮有意思的，心理测试仪肯定也错不了——那套设备好几十万块钱呢！"

　　罗小海："你是怎么知道的？"

　　杨光："文护士是他的眼线，他的搜索目标。"

　　常少伟（不满地）："就你多嘴！"

　　杨光向常少伟伸伸舌头。

　　罗小海拍拍胸："少伟，去不去做心理测试是本领导考虑的事，你呀就老老实实地学你的反潜概论吧。"

　　常少伟（怯怯地）："什么领导定的事？分明是你和李医生有过节，故意跟人家找别扭……"

　　罗小海（生气地）："你说什么？你再给我说一遍！"

　　常少伟装作没事似的："我什么也没说。"

　　罗小海又要发火，丁世杰来到了跟前，他不得不将要发的火收了回去。

　　丁世杰："罗中队长，我找你有点事。"

　　罗小海："找我？"

　　丁世杰："咱们出去说吧。"

罗小海犹豫了一下："好吧,走。"

罗小海让丁世杰在前面走,他又回头小声对常少伟说道:"你,把反潜概论的问答题连做3遍!"

常少伟(惊讶地):"啊!"

电教室走廊　白天

罗小海出门追上了走廊里的丁世杰。

罗小海:"老丁,有什么指示,说。"

丁世杰:"小海,你本末倒置了,是我有事向你汇报。"

罗小海:"别客气了,什么事说吧。"

丁世杰:"那天飞行结束你说534飞机的'喘气粗'的问题……"

罗小海急切地:"原因找到了,还是我说错了?"

丁世杰:"你说对了!"

罗小海:"这么说,534的动力系统有问题?"

丁世杰:"534的动力系统没有问题,是我为了排除油泵的渗油问题,前一天晚上我把活塞系统拆下来了……"

罗小海:"然后你又装上了,因为密封条件不高,所以有点喘粗气。"

丁世杰:"你是怎么知道的?"

罗小海:"接你的话茬说呗。"

丁世杰:"小海,我服你了!"

罗小海:"不要盲目崇拜……跟你开个玩笑。"

丁世杰:"现在密封的问题已经彻底解决了,这件事就到此为止好吗?"

罗小海:"没问题。"

丁世杰紧紧握住罗小海的手。

舰载机A团　卫生队心理测试室　白天

李燕在电脑前操作着,文霞坐在她的旁边目不转睛地观看。

李燕把鼠标移至"选择"栏,屏幕一侧跳出张团长、罗小海、刘长军的彩色照片。

李燕:"小文你看,我们把几个研究要素一输进去,就出现了他们三个人。这说明按照软件上列举的内容,目前我们团只有他们三个人符合重点研究的条件。如果我们再进一步筛选的话,就只剩下罗小海一个人了。"

李燕说的时候,不停地操作电脑,屏幕上只留下罗小海的头像。

文霞(不服地):"再看看团长吧。"

李燕从存储中调出张团长,对文霞说:"团长的硬件部分当然很有代表性,大的任务完成得也多,只是团长现在的主要任务已由驾机飞行转为组织指挥了,对于我们的研究就大打折扣了。"

文霞(执拗地):"那刘长军呢?"

李燕又点击出"刘长军":"刘长军的各项指标也比较高,但很平均。你看,他的性格部分非常平稳,跳跃不大,最后的数据基本都是平均值……"

文霞:"嗯……"

李燕:"这样一比较,怎么样,还是罗小海最有特点。"

屏幕上又出现罗小海的头像。

文霞:"罗小海才到咱们A团多长时间,研究他……"

李燕:"你别看他来A团时间不长,但他来了以后就完成了几项大的任务,而且他的经历非常丰富,加上他在飞行中张扬的性格,在关键时刻总是有超常发挥,包括他打球。"

文霞:"李医生,你别把他说得像朵花似的。他对你的态度……那样!"

李燕:"小文,别小心眼啊,他越是这样我越是要研究他,我倒是要看看他罗小海究竟是一个什么样的人!"

舰载机A团 营区甬道 白天

罗小海抱着一个篮球低头朝篮球场走着。冷不防李燕挡在了他的面前。

罗小海没有思想准备,他直愣愣地看着李燕。

李燕:"罗中队长,我想跟你谈谈。"

罗小海:"谈什么?骑自行车的体会吗?"

李燕:"不,谈一个人,一个患有狂傲症的人。"

罗小海把球踩在脚下，双手叉腰："狂傲症？这是在说谁呢？我听不明白。"

李燕也直视着罗小海："确切地说，是带有一定偏执狂性质的狂傲症。"

罗小海大笑着把球又挑了起来。

李燕更加咄咄逼人："在心理学上，属于阳性思维形式障碍。"

罗小海（不无揶揄地）："阳性思维形式障碍？嗬，没看出来，短短六个月时间，把自己从一个卫生队护士包装成自以为是的心理医生，请问这是患的什么症？"

李燕丝毫不退让："目前还没有发现有这种病症的人。如果她的行为使别人产生这样的误解，问题可能出在对方患有一定程度的多疑症上。"

舰载机A团　篮球场　白天

篮球场上，常少伟、飞行员甲和飞行员乙停下练球，向罗小海这边看着。

常少伟："哎，同志们，请往那边看——"

三人一齐把头甩向常少伟手指的方向，他们看到罗小海和李燕谈得热烈。

飞行员甲："大有情况啊！也不对呀，中队长不是和这位心理学医生为了旅行箱的事闹掰了吗？"

飞行员乙："这就叫不打不成交，懂吗？"

常少伟："据我观察，这回是李医生修炼成了，一两个回合就把咱们小海同志拿下了。"

飞行员乙："要我说正常，此乃英雄难过美人关也。"

常少伟看了看飞行员乙，作难捱状："学究，你别酸了好不好，那我问你，看明白了没有？"

飞行员乙："看明白了怎么样，没看明白又如何？"

常少伟："嘿，你小子，我看你是榆木脑袋不开窍啊！"

飞行员甲："少伟你是说他……不会吧？"

常少伟："我是说，卫生队这边的情况你们都看到了，当然也包括文护士那边的情况，你们就不要有什么多余的想法了，有想法的也尽快打消，免得自寻烦恼。"

飞行员甲："原来是这样！"

飞行员乙（不屑一顾地）："真是此地无银三百两！"

说完，飞行员乙夺过常少伟手中的篮球向篮板大力掷去。

舰载机A团 营区甬道 白天

罗小海以往的傲气似乎被李燕降住了，不无惊疑地看着李燕。

李燕："据我初步推测，你的童年有过不快或不幸的遭遇，在潜意识中形成强烈的自卑感和逆反心理，反映到行为上，就是这种攻击性和激越性行为，心理学上称为偏执狂性质的狂傲症。"

罗小海："这就是你学的全部内容？"

李燕："请正面回答我的问题，我说得对还是不对？"

罗小海："我要是不想回答呢？"

李燕："那是你没有勇气。"

罗小海似乎被说中了心事，愣了一愣，突然冷笑一声，踢着脚下的篮球悻悻离去。

李燕望着他的背影，得意地笑了。

"喀嚓"一声，李燕吃了一惊，寻声看去——只见苏成手举相机，还在选取角度，被李燕呵住。

李燕尖声叫道："苏成！"

苏成直起身来，满脸涨红。

李燕（不满地）："你刚才，是不是照我了？"

苏成（羞窘地）："李、李医生……"

李燕见他羞窘，缓和语气道："随便给人照相，可是侵犯肖像权呢。"

苏成："对不起，李医生。我这不是为了宣传橱窗么，不过照片用过以后，连同U盘一起还给您。"

李燕："好吧。这还差不多。"

文霞在远处喊："李医生！"

李燕："哎，来了！对了，苏成，那天测验骑自行车的录像你帮我剪辑好了没有？"

苏成："好了好了，真对不起，这两天我光忙着拍照片了，回头我就给您送去。"

李燕："好吧，那我先走了，等会儿你给我送到心理测试室来吧。"

苏成："好嘞，李医生。"

李燕向卫生队方向走去。

苏成出神地看着李燕的背影走远。

舰载机A团　篮球场　白天

飞行员乙等看到这边的一幕，笑了起来……

常少伟："你笑什么？"

飞行员乙："现在是我要提醒你了，万万不可掉以轻心，随时随地都有黑马杀出，机会均等，稍纵即逝啊！"

常少伟愣愣地看了一会，对飞行员乙："神经过敏！"

飞行员乙："你当真了？哈哈！"

舰载机A团　卫生队心理测试室　白天

李燕在电脑前整理着资料，门外传来敲门声。

李燕转头对门："请进。"

苏成拿着一个光盘开门进来。

李燕："小苏你的动作够迅速的，这么快就送来了？"

苏成（谦恭地）："李医生，看您说的，这不是您吩咐的事嘛。对了，为了您看着方便我刻到光盘上了。"

李燕接过光盘："谢谢你小苏，不知效果怎么样？"

苏成："剪辑的时候我看了，效果没问题，您放心吧。"

李燕："那是啊，那得看是谁给录的。"

苏成不好意思了："也不能这么说，反正我觉得该拍的都拍了。"

李燕："苏成，你也不用谦虚了，在A团谁不知道你是这方面的专家。就是我们集训时看的许多教学片，也有你拍的舰载机镜头。我还跟他们说起你呢。"

苏成有些激动："谢谢。"

李燕："谢什么，你是咱们A团的人嘛，我当然要宣传你啦。"

苏成："对对，您说得太对了，这叫集体主义精神。"
李燕把光盘放在一边："小苏，我这还有点事，等我看了录像再说好吗？"
苏成："好的，以后有录像照相方面的事您尽管吩咐就是了。"
李燕："好了苏成，那我就先谢谢你了。"
苏成发现了柜子上的书："李医生，您的书能借我看看吗？"
李燕："借书？你需要哪方面的书？"
苏成："您可能不知道，今年我准备报考解放军政治学院新闻系，这也可能是我的最后一次机会……"
李燕："这是好事啊！需要哪本书你就拿吧。"
苏成："那我就不客气了。"挑了几本后，"就这几本吧。"
李燕："小苏，先预祝你心想事成。"
苏成："李医生，谢谢您。"
说完苏成出门走了。

舰载机A团 卫生队门口　白天
苏成低着头看着从李燕那里借来的书，兴高采烈地向门外跑去，差一点儿与进门的王萍撞个满怀。
苏成忙抬头，见是王萍（不好意思地）："队长，对不起。"
苏成转身要走，王萍伸手拉住了他。
王萍："小苏，你从我们卫生队抢什么呢，跑这么快？拿来我检查检查。"
苏成（急忙掩饰地）："没什么，我来借……借本书看看。"
王萍（不依不饶地）："借书干吗还躲躲闪闪的？不会是黄色书刊吧？"
苏成："什么？黄色书刊？王队长，你开什么玩笑。你看，这些书是我刚从李医生那儿借来的，我复习考试用的。"
苏成把手中的书递到了王萍面前。
王萍接过书，抹了一眼又交给苏成："大姐跟你开玩笑呢。对了，李医生在上面吗？"
苏成："在在，我刚从她的心理测试室出来。"
王萍："好了，我正好找她有事呢。"

苏成也正想快点脱身，王萍的话刚说完他就一溜烟地跑了。

舰载机A团 卫生队心理测试室　白天
李燕打开光驱，放入光盘，播放。
电脑屏幕上出现李燕在一中队队列前讲话的场面。
李燕点快进键，画面快速前进，出现飞行员骑自行车走石灰线的镜头时，李燕点了播放键。
几个镜头过后，是李燕在花名册上做记录的镜头。李燕皱了皱眉头，等了一会镜头没变，李燕又点快进键，结果往后画面几乎全是李燕的镜头。李燕生气地取出光盘。
李燕拿着光盘要出门，却迎面碰到王萍推门进来。
王萍："你这是要干什么去？"
李燕："我去找苏成。"
王萍："苏成刚走，你找他……"
李燕："哦，那天测试的录像苏成刚才送来了，我想……让他再编辑一下。"
王萍："录像效果怎么样？你看了没有？"
李燕掩饰地："还可以吧。"
王萍："那好，等他编辑好了，给我看看。噢，对了，我找你是想告诉你，咱那个飞行模拟器计划到了，你抓紧给团里写个报告。"
李燕："队长，报告怎么写？我是说经费从哪出？"
王萍："这个你不用操心了，文件上说了，经费一律从各单位训练费中解决。"
李燕（欣喜地）："我知道了，队长。报告我回来就写。"

舰载机A团 俱乐部门前　白天
李燕手里拿着光盘步履匆匆地走进俱乐部的大门。

舰载机A团 俱乐部　白天
俱乐部内间的资料室里，苏成从信封里取出七八张李燕的照片，欣赏间，挑出一张李燕与罗小海交谈的照片。
冷不丁传来李燕的声音，把苏成吓了一跳："苏成！"

苏成一惊，赶快放下照片。

李燕气冲冲进来，将手里的光盘扔在苏成面前："苏成，你看你，拍的是什么！"

苏成愣了："拍的……不是那天骑车……"

李燕："是骑车，可谁让你拍我啦？不是让你拍飞行员吗？"

"飞行员……"苏成明白是怎么回事了，嘿嘿笑道："李医生，你看吧，这个拍飞行员呢……那天的场面……首先是确立主题，对吧……你是主持人，主题应该是你这也没错吧？意思就是，你呢，是红花，他们呢，是绿叶……"

李燕（似有委屈地）："什么红花绿叶，你知道你耽误我多少事！"

苏成挠头："那，要不，下次我给你补上？"

李燕："下次？你拉倒吧你！你知道组织飞行员搞这么一次活动有多难吗？我问你怎么样你还说没问题，没想到你录成了这样。你真是的！"说罢，气恼地甩门而去。

苏成（纳闷地）："突出主题，这没错啊……"

海鸥俱乐部训练场　白天

队员们围着教练笑成一团。

教练脸一沉："笑，笑什么笑？有什么可笑的？"

队员们连忙绷住笑容。

教练："在所有动物当中，猫的本事最大，扑跃腾跳闪躲挪移，样样精通，心理素质又好，要不连老虎都得拜它为师？真要学好了猫那几手，何至于我们见了蓝箭队和水星队就先自怵三分？"

徐亚宁低下了头。

一女队员站起："一位伟人也说过，不管白猫黑猫，抓住老鼠就是好猫。"

教练（不屑地）："坐下。具体到我们篮球运动上，就是不管白猫黑猫，能赢球就是好猫。"

吴小丽故意问："教练，您家里一定养猫了吧？"

教练（没好气地）："养了，你想干什么？"

吴小丽："什么时候下崽，每个人分给我们一只，我们好跟猫学啊——喵！"

教练大发雷霆："别的事说三遍你听不进去，下崽的事你倒不说自通。"

众人大笑。

某飞机制造公司机库　白天

刘长军和领航员在几名工程技术人员的陪同下走进机库。

机库里停放着一架海龙型舰载直升机。

刘长军等来到直升机前。

总工介绍说："这就是我们的第一架海龙型舰载直升机。"

刘长军和领航员先后爬到驾驶舱前看了看，又走下飞机。

刘长军："金总，真是百闻不如一见，你们现在的制造工艺完全可以和世界先进水平媲美了。"

金总："海龙型舰载直升机和海猫的区别，主要在信息化系统配置上，其引导攻击系统全部实现数字化，应用于作战，可直接将搜索或侦察到的情报通过数字化系统传输至我海上指挥所，从而引导我舰艇兵力对敌海上目标实施有效打击。另外，在搜反潜配置上，增加了雷达搜潜和磁探搜潜。不瞒你们说，该机从设计到制造，全部实现了国产化。小刘，你们有时间可以去车间看看我们的生产线。"

刘长军："当然。不过，我更关心什么时间安排飞行？"

金总："外场计划，就在下个星期。"

舰载机A团　俱乐部前　白天

苏成在宣传栏前更换着贴有李燕和罗小海交谈照片的展板，司机小袁开车路过，在宣传栏前停下。

小袁下车："苏成，星期天也不休息啊？"

苏成招呼着："小袁，你来得正好。来，帮我扶着我看看效果。"

小袁过去接过苏成手中的展板："你抓公差呢！"

苏成离开几步看着效果："你这叫'来得早不如来得巧'，我正好要用人你就送上门了。"

苏成走过去帮小袁一起把展板挂上，得意地审视着："怎么样？指导指导。"

小袁看着李燕和罗小海的照片："你这是什么意思？他俩……那个啦……"

苏成："什么就那个啦，你不会看啊——飞行员心理学走进飞行员心里！"

小袁摇摇头："看不出来，我看就像那个啦。"

苏成："我费了半天劲，到你这全白费了，没劲。"

小袁："我听说他俩一直呛着，现在……和好了？"

苏成："从气氛上看，我觉得是。照片为证。"

小袁："他俩要是真的成了，你功不可没啊！"

苏成："我看有戏。"

小袁突然想起什么："那天我看李燕从俱乐部气呼呼地走出来，你怎么得罪她了？"

苏成装作没事的样子："没有啊，我苏成在A团的人缘，怎么可能……"

海滨马路　白天

罗小海骑车行驶在海滨马路上。

海鸥篮球俱乐部训练场　白天

场上，女篮队员们正在队长带领下，做训练前的跑圈活动。

跑在队尾的吴小丽突然发现了隔离网外的罗小海。

队伍快要经过罗小海跟前时，吴小丽装作系鞋带出了队列，待与队伍拉开距离后站了起来，走到了罗小海跟前。

吴小丽（兴奋地）："你终于来了——我知道你一定还会来的！"

罗小海："当然，我是超级球迷嘛！"

吴小丽："那天你怎么走了？我不是说过要请你吃饭嘛！"

罗小海："很抱歉。"

吴小丽："那就今天吧——要知道，球星请球迷吃饭，这可是闻所未闻呢！"

罗小海:"谢谢!18号小姐,你能为我叫一下24号小姐吗?我有几句话,想跟她说。"

吴小丽(惊讶地):"啊?原来你是为她来的!"她顿感大失所望,但继而又道:"你忘了,那天她一球扔过去,差点砸你个猪……"

罗小海:"嗯?"

吴小丽:"对不起,我是说,她的手劲儿可狠可凶呢!人也凶,对球迷烦得很,我看你还是别惹她了——惹恼了她,再给你一下,可就没上次那么便宜了!"

罗小海做接球状:"我倒还想再挨她一球呢!"

吴小丽:"哦,上帝,你是个被虐狂啊……"

队长朝这边叫喊:"吴小丽!快过来!"

罗小海:"18号,请你转告24号一声,你们休息的时候,请她过来一下。"

吴小丽:"那不行,我们有纪律!"说着,向队伍跑去。

罗小海有些悻悻。

吴小丽跑到队伍里。

队长(不满地):"吴小丽,教练一会就来了,小心再挨训!"

吴小丽吐了吐舌头,表示认错。

队长:"好了,现在自由活动,等教练来安排训练,注意不要走远。"

队伍散开。吴小丽拉着徐亚宁来到一边。

吴小丽向罗小海方向示意一眼:"坏了,他又来了!"

徐亚宁看一眼罗小海:"哦,你不是日日盼夜夜想吗?趁教练还没来,快去突破上篮呀!"

吴小丽:"嗨,猴吃麻花——拧了!"

徐亚宁:"怎么又拧了?"

吴小丽:"原来,她不是为我来的,他是来找你的!"

徐亚宁:"找我?神经病嘛!"

吴小丽:"是啊,我说你很凶,吓唬他了一通,也没把他吓倒,还是要见你。哎,徐姐,你就过去一趟吧!"

徐亚宁:"你这个人,真的有病是不是?"

吴小丽："求求你了，徐姐，就算是为了我，过去拦挡两下……你要不去，他伤了心，再不肯来了我怎么办？"

罗小海从远处看到吴小丽在徐亚宁面前比比划划，最后，竟然拉着徐亚宁走了过来。罗小海笑了。

吴小丽和徐亚宁来到罗小海跟前。

罗小海望着徐亚宁，笑而不语。

吴小丽小声对徐亚宁："你看，帅哥啊。"

徐亚宁看着罗小海（冷冷地）："你找我有什么事？"

罗小海："看了你的比赛直播，有三句话想跟你说。"

吴小丽紧张地看着他。

徐亚宁："我没时间、也没耐心听你说完三句话。"

罗小海（无所畏惧地）："第一句——上一场你们对水星队的比赛，前三节你十五投仅四中，尤其是第四节时你接的一个长传球，几乎是在无人防守的情况下没能投进。其实，你的个人技术是一流的，也不乏灵性，只是失误在心理素质上。"

徐亚宁轻蔑地一笑："哼，没看出来你也懂球？小丽，走！"

说罢，徐亚宁转身就走。吴小丽跟了两步，回头看罗小海一眼，紧赶两步追上徐亚宁。

吴小丽："天呐，他没说出'我爱你'来，真是太善解人意了！"

徐亚宁一声不吭地走着，看得出，罗小海的话触到了她的痛处。

罗小海望着她俩走远，脸上是轻松的自信。他知道，她已经无法再轻视他了。他坐了下来，隔着隔离网，平静而饶有兴致地看里面的训练。

场上，教练安排战术配合训练。

徐亚宁看上去还是先前那样一丝不苟地训练，但在没球的时候，会不时地侧脸看一眼罗小海。

罗小海吹起了口哨，脸上是那种大孩子般的微笑……

舰载机A团　俱乐部门前　白天

苏成让小袁帮忙扯绳用粉笔在俱乐部前的空地上画着与李燕那天画线骑车几乎相同的白线。

小袁看着纳闷:"你这是折腾什么呢,大星期天的,你让我歇会儿好不好?"

苏成在画好的线上又重重地描成粗线状,直起腰身说:"好了,还得请你帮个忙。"说着,从旁边推来一辆自行车。

小袁依然不明就里:"你这葫芦里究竟卖的什么药啊?"

苏成把自行车交给小袁:"来,从这条线上骑过去。"

小袁:"我骑?从这条线上过去?这简直是张飞吃豆芽——小菜一碟!"

小袁接过自行车,跨了上去。由于原地起步,速度不够,骑得歪歪斜斜。

苏成:"不行,重来。"

小袁:"刚才我是速度没起来,我的技术你是知道的,当年上中学的时候,咱们班谁能比得上我?"

苏成:"别吹了,重来。"

小袁重又蹬起车,骑到了白线的延长线上,向白线冲过来,这次不偏不倚,从白线正中通过。

小袁一个急转弯把自行车停在苏成身边,得意地:"怎么样?不服你来试试?"

苏成却不理会他,又跑到旁边的一块木板旁,招呼着小袁:"来,请再帮帮忙。"

小袁不耐烦地:"你还有完没完?"

苏成:"帮人帮到底,明天让你上'今日之星'。"

小袁:"你可说话算数。来来,快说往哪儿搬。"

两人把木板搬到了与白线平行的空地上,苏成在木板的一端还铲了两锨土垫了个斜坡。

苏成这次没说话,示意小袁骑着自行车从木板上通过。

小袁也不含糊,跨上自行车骑到了木板的延长线上,对着木板就冲了过来。没到中间就颤颤抖抖着歪了下来,小袁也被自行车别在了下面。

苏成赶紧上前把自行车扶起来:"你没事吧?"

小袁若无其事地拍打着身上站起来:"没事,再来。"

小袁重复着刚才的动作,同样又掉了下来,所幸自己没摔倒。

小袁不服地摔打着自行车："嘿，我还就不信了！"

苏成在一旁一直观察思考着。

当小袁再一次冲击失败之后，苏成顿时恍然大悟，他上前拉住自行车把："小袁，你知道你为什么在线上骑车能自如通过，而在仅高出地面几厘米的木板上却总是往下掉吗？"

小袁："为什么？"

苏成："同样道理，舰载机在机场停机坪上起飞降落都没有问题，而在军舰甲板上却要难得多。而且军舰甲板还是随着海浪晃动的。我知道李医生让飞行员画线骑车的用意了，我犯了个大错误！"

小袁越发糊涂："小苏，你怎么了？"

苏成从小袁手里夺过自行车骑上就跑："你在这等我一会儿，我到李医生那儿去一趟，晚上请你吃饭啊！"

小袁对着远去的苏成："吃饭事小，别忘了明天'今日之星'的事！"

海鸥篮球俱乐部门外　马路　白天

徐亚宁和吴小丽出了俱乐部大门。

没走多远，吴小丽突然惊叫一声站住了。

——他们前面，罗小海站在他的自行车前，正微笑地看着她们。

吴小丽缓过神儿来："天哪，你怎么在这儿！？"

罗小海看了看徐亚宁："我还有两句话，没跟24号小姐说完。"

吴小丽："哇！好执著啊！徐姐，你快听他说完吧！"

徐亚宁没说话，但已是一副"洗耳恭听"的神态。

罗小海推起自行车，一边引着她们走上一条幽静的马路，一边侃侃而谈。

罗小海："第二句话不是我的话，是引用一位英雄人物的。1984年，一个细雨霏霏的秋天的上午，确切地说是上午9点30分，这位英雄从一幢漂亮的别墅里出来，坐上一辆豪华轿车，驶往首都一所著名的大学……"

徐亚宁："小丽，你知不知道，吉尼斯纪录中有没有说啰唆话的世界纪录？"

吴小丽："啰唆话？……哦！"小丽明白过来，"哎，话有长有短,总得让人说完嘛!再说……"她附到徐亚宁的耳边,"你听出来了吗——他的嗓音特像解说足球的蓝健翔。"

她转对罗小海:"哎,你接着讲,那位英雄干什么去了?"

罗小海微微一笑:"他来到了那所大学。那所大学里,有许多他的崇拜者,他被邀请来作演讲。他的演讲精彩极了,礼堂里时时爆发出雷鸣般的掌声。最后,他说……"说到此,罗小海支好车子,表演道:"孩子们,我和你们一样相信这样一句古老的格言——使你疲惫的不是前面的高山,而是鞋里的一粒沙子。但是,同时请允许我再告诉你们另一条真理——使你登不上顶峰的不是你的鞋子,而是被你丢在半山腰的自信。去找回你的那份自信吧,然后继续攀登,因为此时你离顶峰,只有一步之遥!"

罗小海讲完了,吴小丽还在等着他往下讲,连徐亚宁也显得有些意犹未尽。

但是,罗小海却微笑着打住了话头。

罗小海:"这就是我的第二句话。很抱歉,我不想加入吉尼斯纪录。"

吴小丽(执著地):"那么,你还有第三句话呢?"

罗小海盯着徐亚宁:"现在说吗?"

徐亚宁侧了侧脸,避开他的目光:"你读过《贝利传》?"

罗小海:"从上次你们与水星队比赛之后。"

徐亚宁:"可他是个足球运动员。"

罗小海:"我想,这并不重要。人类所从事的许多职业包括运动,乃至于世间的万事万物,在道理上都是相通的。你完全可以把他理解为激情小飞侠科比·布莱恩特,或者是生猛小皇帝勒布朗·詹姆斯。"

徐亚宁:"不过,贝利的那段话,并不是在大学里讲的。"

罗小海:"这更没有必要去考证。"

此时,徐亚宁手机响,徐亚宁接听:"喂……知道了,我马上回来,再见。"

吴小丽:"徐姐,他还有第三句话呢!"

徐亚宁:"小丽……"

罗小海看着徐亚宁手中的手机:"24号小姐,能借用一下您的手机给你们教练打个电话吗？"

吴小丽："天哪，你还认识我们教练？"

罗小海："我们是好哥们。"

吴小丽："徐姐，给他打吧。"

吴小丽拿过徐亚宁的手机递给罗小海："给。"

罗小海刚伸手去接，却被徐亚宁抢先拿了过去，她注视着罗小海："说吧，我来替你打。"

罗小海一仰头，做思考状："13906422……"

徐亚宁在手机上拨号，按了几下她停了下来："我们教练没有这个号码"。

罗小海："这是他的私人电话。"

徐亚宁（半信半疑地）："说吧。"

罗小海一边说徐亚宁一边快速地拨号。

罗小海把手伸进腰间，在振动着的手机上按下了拒绝键。

徐亚宁向罗小海眼前亮了一下手机："对不起，我们教练拒绝接听。"

吴小丽："我们教练的私人电话，我们怎么不知道？"

罗小海："谢谢。"

徐亚宁轻轻拉了小丽一把，转而对罗小海："再见。小丽，咱们走。"

罗小海："什么时候，想听第三句话，随时打电话——这是我的电话号码，手机号码也在上面。不过，我的职业要求不能随便开机，所以，有事找我尽量打座机。"说着，递上一张用电脑自行设计的精美的电话卡。

徐亚宁犹豫了一下，伸手接了，目光往电话卡上一扫的工夫，不由得吃了一惊："啊？你是……"

罗小海："是什么？"

徐亚宁："哦……没，没什么……"

罗小海为徐亚宁的变化而疑惑时，徐亚宁拉上吴小丽匆匆走开了。

罗小海莫名其妙地摇了摇头。他又突然想起了什么，急忙从腰间取出手机，调出"一个未接电话"，得意地吹起了口哨。

在另一条马路上，徐亚宁在前面匆匆走着，吴小丽从后面追上来。

吴小丽："徐姐！……徐姐，你这是怎么了？起码得跟人家道个别吧！"

徐亚宁回头看一眼只有吴小丽自己，站住了："小丽，以后，我们不要再理他了，无论他使什么花招。"

吴小丽："他使花招了吗？我怎么没看出来……嗨，就算使了，还不是为了接近我们吗！"

徐亚宁（坚决地）："我们，不要他接近！"

吴小丽纳闷："那为什么呀？……其实，我看出来了，他主要是为了接近你……"

徐亚宁："你胡扯什么？你没看出来吗，他一副油腔滑调的嘴脸，一看就不是好人！"

吴小丽："油腔滑调？天哪，你懂不懂，那叫口若悬河！"

徐亚宁一时语塞。

吴小丽："我看看他的电话。"

徐亚宁："看什么看！"徐亚宁看看手里的电话卡，两下撕碎。

吴小丽欲制止："徐姐！……"

徐亚宁（义无反顾地）："我说了，以后不要再理他了！"说罢，将手里的纸片扬向空中。

吴小丽看着纸片被风刮走（怨恨地）："你太过分、太残酷了！"

徐亚宁也愣了。

舰载机A团 卫生队心理测试室　晚上
李燕正在伏案写着什么，响起轻轻的敲门声。

李燕由于专注写东西，半天才辨出有人敲门："谁呀，请进。"

苏成轻轻地进来："李医生，我来向您承认错误了。"

李燕不明白："什么事儿啊，小苏你怎么了？"

苏成："录像的事儿。我知道我错在哪儿了，是我没吃透您的意图。"

李燕："嗨，我还以为什么事儿呢，过去就过去了。你是专门来找我说这事儿的？"

苏成:"是的,我下午来了一趟,您不在。"
李燕:"要这么说,也是我当时没给你交代清楚,错也是我错了。"
苏成:"下午我和司机小袁在俱乐部前像您那天一样画线,还架了木板,骑车实验了一下,我才明白的。"
李燕(感动地):"小苏你做事这么认真!不过,组织飞行员测试一次也很不容易,所以前天我对你的态度也不好。"
苏成:"不不不,是我不好。我影响了你的大事。哎,李医生,听说你这还要进心理学的新设备是吧?"
李燕:"不愧是苏记者,消息真灵通。我这不正给团长写报告呢。"
苏成:"到时候需要我干什么请尽管吩咐,我保证不再犯同样的错误。"
李燕:"咱们说好了,一言为定。"
苏成:"没问题,一言为定!"

海鸥篮球俱乐部 徐亚宁宿舍　晚上
电视上正在转播一场CBA联赛,徐亚宁和吴小丽饶有兴趣地看电视。
手机铃响,徐亚宁接手机。
徐亚宁:"喂……啊?是你!?"
罗小海在电话中说道:"是我——那个还有一句话没说完的人。感到意外吗?"
徐亚宁:"你……你怎么知道我的手机?"
吴小丽诧异地看着她。

舰载机A团 营区甬道　晚上
罗小海:"我是一个极其自信的人。对于一个自信的人来说,没有他想干而干不成的事。"

海鸥篮球俱乐部 徐亚宁宿舍　晚上
徐亚宁:"从来,从来没见过你这样的人……无聊!"

徐亚宁气恼地关上手机。
吴小丽:"谁的电话?"
徐亚宁(没好气地):"不知道!"

舰载机A团　营区甬道　晚上
罗小海对着话筒(无奈地):"无聊?哪有这样对待球迷的……"然后将手机合上,往前走几步,忽然想起什么,又打开手机……

海鸥篮球俱乐部　徐亚宁宿舍　晚上
吴小丽仔细打量着徐亚宁:"是不是,那位帅哥打来的?"
徐亚宁:"哼,他要是再来电话,我非骂他一顿不可!"

舰载机A团　电影组　晚上
苏成独自一人在复习功课。桌子上摆着从李燕那里借来的书,书上还放着李燕的一张照片。
张团长推门进来。
苏成急忙将李燕的照片夹在书里。
苏成站起:"团长,这么晚了,您还没休息?"
张团长:"这么晚了,你也没休息啊?我到连队查哨回来,看你这里灯亮,进来看看。"
苏成:"今天是周末,我想多复习一会。"
张团长:"小苏,学习要注意劳逸结合,不要太晚了。"
苏成:"平时,九点半我就回宿舍休息,晚上机关也是要查铺的。"
张团长:"噢……我给你们股长说说,以后这样,你在复习期间可以适当延长学习时间。记住了,是适当延长。"
苏成:"知道了。谢谢首长的关心。团长,您坐吧。"
张团长走到苏成桌前,拿起了夹着李燕照片的那本书:"你复习你的。"
苏成急了:"哎,团长,你等会儿。"
张团长:"怎么了?"
苏成从张团长手里拿过书,擦拭着:"这书上有水……"

海鸥篮球俱乐部 徐亚宁宿舍 晚上

徐亚宁一人躺在床上听ipod。

突然，手机铃响。

徐亚宁腾地坐起来，抓过手机，看看上面的来电显示，犹豫了一下，摁下了"拒绝"键。

舰载机A团 营区电话亭 晚上

听到对方拒绝接听，罗小海并不失望，照例对话筒做个鬼脸将电话挂上。

海鸥篮球俱乐部 徐亚宁宿舍 晚上

徐亚宁斜躺在床上，手里拿着耳机，声音放到最大，显得心烦意乱。

扔在床边的手机铃声又响。

徐亚宁一把抓过手机，看着来电显示的号码，接通了手机，却不讲话。

罗小海："对不起，海鸥24号。因为看了你打球，我才有感而发。如果我说错了什么，请你原谅。不过，凭我的直觉，你现在正处在一个坎上，迈过这道坎可能就是一片蓝天……"

徐亚宁专注地听着。

罗小海："……另外，作为球星，我觉得你不能如此对待你忠实而热情的球迷，否则你成不了大球星的。我的工作很特殊，要求我必须准确寻找到潜在的目标，然后便锲而不舍地咬住目标不放，最后一举击中它。就这样，时间一久，职业特征默化为性格特征。"

徐亚宁对着手机，一时沉默。

舰载机A团 营区电话亭 晚上

罗小海："所以，你的球迷我当定了——为了使你成为一个大球星……对了，我还有第三句话……"

海鸥足球俱乐部 徐亚宁宿舍 晚上

徐亚宁拿手机的手微微有些颤抖。

舰载机A团 营区电话亭 晚上

罗小海:"我想你已经猜到了。这句话,不像我的第一句话那样揭短,也没有第二句话那么啰唆,只有四个字……"

海鸥足球俱乐部 徐亚宁宿舍 晚上

徐亚宁慌忙在手机屏上点下"×",烫手似的扔到床上。

舰载机A团 营区电话亭 晚上

罗小海听到电话里的忙音,对着电话一笑,放回到架盒上。他看看手表,转身向营门走去。

海鸥足球俱乐部 徐亚宁宿舍 晚上

徐亚宁盯着床上的手机,按下开机,等着它再次铃响,她的神情,似乎既害怕它响起,又希望它响起……等了半天,手机一直未响,她幽叹了一声,像是在庆幸自己躲过了一场灾难,又隐隐显出几分失望……

她躺在床上,用被子蒙住脸……突然,她烦躁地掀开被子,拢了两把头发,看看闹钟,气恼地拿起手机。

徐亚宁拨了号:"喂,小丽呀,你怎么还不回来?……马上回来!没你叽叽喳喳絮叨,我睡不着觉!"

——第六集完

第七集

舰载机A团　办公楼前　白天
张团长的车驶来，在楼前停下。
张团长下了车，刚要进楼，被李燕喊住。
李燕："团长——"
张团长："李燕，又什么事？"
李燕："上个星期我送给您的报告，您批了没有？"
张团长："什么报告？你什么时候给我送的报告？"
李燕："团长，您一点也不重视我们——上飞行模拟器呀！"
张团长："好了，我知道了，你回去等着吧，开会研究完了我让机关通知你们卫生队。"边说边走进大楼。

舰载机A团　办公楼内　白天
李燕随后追进来，跟在张团长身后。
李燕："又叫我回去等着！这回您得明确答复我，等多长时间？"
张团长："行了行了，什么飞行模拟器，差不多就行了，好好干你的正事去吧。"
李燕惊诧："怎么，团长，难道这不是正事？这可是上边要求的！"

张团长烦躁地站住："李燕呀李燕，你还有完没完？就说你那个心理健康服务，谁心理不健康了？你想把我们团搞成精神病医院？好了，回去吧，别再闹腾了！"说罢，甩下李燕，进了接待室。

李燕看着接待室的门，倔强地咬起了嘴唇——她打定了一个主意……

舰载机A团　办公楼前　白天

李燕出了办公楼，一拐弯，迎面碰上披挂着照相机的苏成。

苏成叫道："哎，李医生！"

李燕："苏成，干嘛呐？又拍照去了？"

苏成："李医生，《军中玫瑰》要搞摄影大赛，我想参加，我正要征求您的意见呢。"

李燕纳闷："军中玫瑰……什么军中玫瑰？"

苏成："李医生，是这样，《水兵画报》准备发一期当代女兵风采的照片，我想把你那张发过去。这关系到你的肖像权问题，必须征得您本人的同意。"

李燕（无心地）："你看着办吧。"说完，转身便走。

苏成（大声地）："谢谢您，李医生！还有，您的新设备什么时间到了，一定跟我打个招呼！"

舰载机A团　心理测试室　白天

李燕一进门，把大沿帽向电脑桌上一掼，拿起电话拨号。

李燕："喂，是梁副司令吗？我是舰载机A团卫生队的李燕……司令，您想起来了……对，我参加集训的时候您还去看过我们的……谢谢司令……司令，有件事我想给首长汇报……"

舰载机A团　卫生队办公室　白天

张团长坐在王萍的对面，一脸的严肃。

王萍："究竟是什么事，脸拉得那么老长，你非得把人吓倒几个，才显出你这个当团长的威风！"

张团长（不耐烦地）："你少啰唆，快去把你们的李燕给我叫来。"

王萍："刚才不是派人找去了嘛，你急什么！"

王萍起身趴到窗口去看，门外响起了敲门声。

王萍："请进。"

李燕推门进来。

李燕："团长，您在这……"

张团长仍是一脸的严肃，只看着李燕，也不说话。

李燕（坐立不安地）："队长，团长这是……"

王萍看不下去了："有什么指示就快发吧，我可告诉你，我们卫生队的人都胆小，你别把我们给吓着。"

张团长："你们卫生队的人胆小？为了飞行模拟器把首长都搬出来了！根本就没把我这个团长放在眼里，这个胆还小啊！要是胆大，还不把我这个团长给吃了！"

王萍："首长？什么首长？"

张团长看着李燕："让她自己说吧。"

李燕（委屈地）："团长，您可能是误会了……"

张团长瞪着眼："误会？是你误会我还是我误会你？我跟你直说吧，首长给我打电话了，还……批评我不重视飞行员心理学。"

李燕不好意思起来："团长，对不起。不过，这件事我可是先给您汇报的，您就是有点不重视。"

张团长："那也不能随便给首长打电话嘛。首长工作那么忙，连这样的事都找首长不是给首长添乱吗？再说，咱们团的事要力争在我们团里解决，这是基本的常识，不能动不动就向上反映，知道了吧。"

王萍终于明白过来："原来是这么回事啊，老张你就是有点不太重视我们卫生队的工作。找司令怎么啦，司令也比你好说话。"

张团长："就你们卫生队的事多！"

王萍："我们还不是为了团里的飞行训练？对了李燕，司令是怎么说的？"

李燕向张团长努了努嘴。

张团长："是啊，司令发话容易，可钱从哪来？"看王萍要插话，伸手打断，"我不是怕花钱，要花钱年初必须有预算，财务上有规定,不能说买就买。"

　　李燕:"司令说了,让我们追加个预算就可以。"

　　张团长:"你倒是什么都懂!"

　　李燕(兴奋地):"团长,这么说你同意了?"

　　张团长又恢复一脸的严肃:"告诉你们,下不为例!"

　　李燕上去用双手握住张团长的手,又感不妥,退后一步,敬了个礼,轻盈地冲出门去。

　　王萍看着张团长:"我看你是典型的刀子嘴、豆腐心。"

　　张团长:"这下你该满意了吧?"

　　王萍:"去你的!"

　　张团长:"好了,你满意了,我也该走了。"

　　王萍:"你轻易不到我们卫生队来,送送你吧。"

　　张团长:"你跟我还客气什么!"

　　王萍:"您是首长,这是礼节啊!"

　　张团长:"你少来这一套。"

　　两人说笑着出门。

舰载机A团　卫生队楼前　白天

　　张团长、王萍两人来到楼前小径树下。

　　王萍:"你别不当个事,人家航医都找我了,说你两年没去疗养了,今年无论如何你得去。"

　　张团长:"眼下这么多大项工作在这摆着,尤其是HM计划一启动,工作都是倒计时,你叫我怎么走得了?"

　　王萍:"噢,离开你地球就不转了?"

　　张团长:"你这话说的,还像个卫生队长说的话吗?我是一团之长,我要对A团负责,你不懂吗?"

　　王萍:"那也得先把身体搞好,不要忘了你还要飞行的。"

　　张团长:"我这个身体,没事。你就不要管了。"说着走了。

　　王萍:"你也要支持人家航医的工作。"

　　张团长回头:"嘿,你管得越来越宽啦!"

某购物广场　白天

徐亚宁和吴小丽一身休闲，在开架服装区并肩走着。她俩高挑窈窕的身材引来众人羡慕的目光。

她们二人走到女装商场边的休闲吧旁，吴小丽扯住了徐亚宁。

吴小丽："徐姐，逛了一上午了，累死我了，咱们在这坐会儿吧。"

徐亚宁："正好我也想喝点什么，那就休息一会儿。"

两人走到一个对桌前坐下。

吴小丽拿起徐亚宁的购物袋，翻看着里面的衣物。

吴小丽拿起一件吊带裙："徐姐，你怎么每套衣服都买两件？"

徐亚宁："不是都跟你说了吗，有我妹的一份。"

吴小丽惊讶地："不会吧？你买一件就给你妹妹带一件？太让人嫉妒了！我怎么就没有你这样的一个姐姐？"

徐亚宁："我们不是双胞胎嘛，我穿的她都能穿，现在我挣钱比她多，照顾照顾她吧。"

吴小丽："哇噻，你妹妹的确有福气。不对，你妹妹不是在……航空俱乐部吗？她们俱乐部效益不错，好多大活动都有他们，旅游、摄影、拍广告、散传单、拉条幅，很时尚的，她还用你照顾？"

徐亚宁："她呀，月光族。"

吴小丽："谁不是月光族啊！我现在每个月都要我爸爸赞助。"

徐亚宁："你还真好意思！"

侍应生走过来（彬彬有礼地）："二位小姐，请问你们需要点什么？"

徐亚宁："我要一杯咖啡。"

侍应生问趴在桌面上的吴小丽："这位小姐，您要点什么？"

吴小丽："给我来杯橙汁。"

侍应生："请问小姐，您是要大杯还是要小杯？"

吴小丽抬起头："大杯是多大？小杯是多小？"

侍应生被问得有点不好意思，他递给吴小丽一张菜单："对不起小姐，你看看这个。"

吴小丽看了一会儿，把菜单还给侍应生："就大杯吧。"

侍应生记完："好的，请稍等。"侍应生去了。

徐亚宁："你装什么厉害啊！"

吴小丽："是他没说明白嘛。"

徐亚宁："不过我劝你，以后出来还是淑女一点，别让人家一看咱们就是个打球的。"

吴小丽："打球的怎么了？现在球星最火暴，收入也最高。"

徐亚宁："你说的是足球吧？而且是那些男星们，咱们女篮的人可没有那么幸运。"

吴小丽："谁说的？国家女篮的隋菲菲打完亚洲锦标赛之后，光求爱信就收到了两麻袋呢！"

徐亚宁："这些你都是听谁说的？"

吴小丽："所以，徐姐你不要悲观，我觉得在咱队里你可是最有希望成为球星的呀，也是最有希望打进国家队的！"

侍应生端着两杯饮料走了过来。

徐亚宁拍了一下吴小丽的手："你小声点！"

侍应生放下饮料："二位小姐慢用。"

侍应生刚离开，吴小丽就急不可耐地对着吸管猛吸了两口："好舒服啊！哎徐姐，刚才我还没说完呢——最近我有个发现！"

徐亚宁："发现什么了？"

吴小丽："我发现自从那位帅哥说了三句话之后，你的状态有明显的回升。"

徐亚宁极力掩饰："你净在那瞎说，什么帅哥，我不知道你说的什么。"

吴小丽接过话茬："就是我们的那位超级球迷呀！徐姐，你别给我装了，我看出来了，你已经对他精彩的演讲发生了兴趣。我也觉得他的话很有磁性，他要是能经常和我们在一起就好了。可惜，他的名片让你丢在风里了，要不然我现在就给他打电话。"

徐亚宁："小丽，你少说两句吧……"

舰载机A团 外场 白天

罗小海和领航员身着飞行服，手提飞行图囊在飞机前快步走着。

背景中，已有几架飞机在飞行。

罗小海走到一架海猫反潜机前，丁世杰等地勤已在列队等候。

丁世杰:"罗中队长,今天的例行性战备巡逻任务由你来担任啊?"
罗小海:"主班的1号身体突然出现小毛病,我是副班。"
丁世杰:"飞机一直处于良好状态,你签个字吧。"
一地勤士官拿签字本到罗小海面前,罗小海拿过笔,照例检查了一遍飞机,然后在上面签上自己的名字。
罗小海和领航员登上飞机。
丁世杰等地勤快速撤到安全距离,指挥飞机地面起飞。
罗小海回了个手势,迅速拉起飞机。
海猫飞机拉起后转向海上飞去。

闹市 公交车站 白天
徐亚宁和吴小丽来到公交车站。
一架直升机飞过头顶,徐亚宁下意识地仰脸观望。
飞机远去。
一辆公交车进站。
吴小丽拉了徐亚宁一把:"看什么呢?车来了。"
徐亚宁回过神来,跟着吴小丽上了车。

空中 机舱 白天
罗小海驾驶海猫飞机全速飞行。
领航员在看航图。
飞机掠过城市、海空。

海鸥篮球馆 白天
徐亚宁走进篮球馆,这是她初识罗小海的地方……
【闪回】

徐亚宁熟练地用脚将球挑了起来,猛地一个直传,球直向罗小海奔去。
罗小海猝不及防,球击中他的小腹部,身体向前一个趔趄。
罗小海回过神来,报复性地将球猛地回传到场内,被早有防备的徐亚宁伸手将球轻松接住，转身一个鱼跃，将球投进篮筐。

罗小海生气地拉起杨光转身离去。

徐亚宁、吴小丽得意地笑了起来……

【闪回完】

徐亚宁回想着当时的情景，不由得独自乐了。

徐亚宁的心声："我和他就是在这里初识的……吴小丽说的没错，他热情、幽默、智慧、帅气、博学、多才，他的声音的确富有磁性，也很有感染力。但他那张自制名片所透露的信息，却让我惊讶和顾虑重重——他和刘长军竟然是一个部队的！其实，我当然希望拥有自己的球迷，尤其是像他这样的铁杆球迷就更加弥足珍贵了。但他的目光却像是一团火，烤得人喘不过气……"

海猫机舱　海上　白天

罗小海集中精力驾机飞行。

罗小海向下看去，飞机已在海上飞行。

海上薄雾缭绕，飞机穿雾飞行。

领航员："雷达开机、传输系统工作正常。"

罗小海："2号，注意标图。"

领航员："2号明白。"

徐家门前　白天

徐亚宁刚要开门，又一次听到飞机的轰鸣，她抬起头，久久地寻找着的飞机的踪影。

良久，她收回目光，转身准备进门，身后突然传来急促的刹车声，把徐亚宁吓了一跳。转头一看，徐亚静得意地坏笑着。

徐亚宁气不打一处来："死丫头，你吓死我了！"

徐亚静下车锁上中控，走到徐亚宁身边（别有用意地）："向天上看什么呢，想刘哥了，是吧？"

徐亚宁一脸的不快："你从哪里冒出来的？吓死人了。"

徐亚静看到徐亚宁手中的购物袋："又买什么好东西了，拿来我参观参观。"说着就伸手去要。

徐亚宁躲着不给:"先进家,再给你看。"

徐家客厅　白天
电视里播放着京剧。徐母在津津有味地跟着电视哼唱。
徐亚宁姐妹推门进来。
徐亚静(大声地):"妈!"
徐亚宁:"妈,我回来了。"
徐母惊奇地:"今天这是怎么了,两人一块回来了?"
徐亚宁:"我们队里补休。"
徐亚静用力把自己甩在沙发上,赶紧拿过遥控器换成韩国电视剧。
徐母嗔道:"问你话也不回答,回家就整天看这些,前几年看港台剧,现在又换韩剧,你也看看咱们中国自己的传统文化。"
徐亚静(不服地):"妈,现在都什么年代了,谁还看这些'咿咿呀呀'的,就你怀旧。"
徐母:"我听着还就是京剧顺耳,快换过来。"
徐亚静:"那不行!哎,我姐来了,咱们举手表决吧?同意看宋慧乔的请举手。"
徐亚静率先举起手,她催促亚宁:"姐,快举手啊?"
徐亚宁举起手:"在这方面我支持亚静。"
徐母:"你们两个是连起手来气我。"说完,走向厨房。
徐亚静向徐亚宁伸出大拇指:"姐,下次我请你去吃哈根达斯冰淇淋,怎么样?"
徐亚宁:"太奢侈了吧?"
徐亚静看着徐亚宁:"反正又不要你掏钱。哎,姐,你们今天……是不是又输球了?"
徐亚宁:"就你乌鸦嘴,没有比赛输什么球!"
徐亚静直视着徐亚宁:"对了……是想刘哥想的。"
徐亚宁怕被亚静说破心事:"你烦不烦?再胡说八道看我……"
徐亚宁顺手拿起放在沙发旁边的购物袋,扔向徐亚静。
徐亚静用手挡在一边,不依不饶:"姐,你瞒不了我。"说着学徐亚宁打眼罩看空中飞机状。

徐亚宁:"你别贫了,我可是心烦啊。"

徐亚静看着徐亚宁:"姐,你不高兴了?告诉你吧,明天我上动力伞,刘哥要是在家我可以跟他请教请教,可惜,他不在家。"

徐亚宁:"他在家也不懂你们的动力伞。"

徐亚静:"原理是一样的,我再次警告你不要小看我们动力伞飞行员!"

徐亚宁:"那动力伞和滑翔伞又有什么不一样?"

徐亚静"嗯"了一声(故作姿态地):"注意听啊,滑翔伞是一种双足起降、以充气软翼为主体的飞行器。其飞行动力是风力、重力和飞行员的操纵力;动力伞又叫动力滑翔伞,由滑翔伞或硬制伞翼加装发动机及载人挂架组成。按载客人数可分为单人和双人,按飞行方式可分为背式和轮式……"

徐亚宁打断了她的话:"简单点,那么专业谁记得住。"

徐亚静:"姐,我这就够简单的了,你要不听就算了,我还懒得说呢。"

徐亚宁:"给你点面子,说吧。"

徐亚静:"刚才说到哪儿了——对,动力伞,动力伞的最大优点是起降灵活,受场地限制小,能在马路和操场上随时起飞,较为方便。适用范围很广,可用于飞行培训、旅游观光、航空摄影及商业广告飞行等。

"近几年,西方国家的这项运动发展很快,像瑞士、奥地利、德国、西班牙等发达国家都拥有众多的飞行高手。人们驾着滑翔伞,在山坡奔跑起飞,在空中遨游;与山野对话,与白云握手,身心融入大自然,尽情挥洒着人类的勇敢与坚强。怎么样吧?"

徐亚静几乎是一口气说完,赶紧端起茶杯喝了口水。

徐亚宁(惊讶地):"看不出来,你是怎么背下来的,真惊人!"

徐亚静:"什么叫背下来的,早就融进我的大脑和血液了。"

徐亚宁:"佩服佩服,我决定给你发奖。"

徐亚静:"姐,你奖我什么?"

徐亚宁指着徐亚静跟前的购物袋:"在那呢,自己看吧。"

徐亚静拿起购物袋,一股脑儿倒了出来翻看着,她拿起那件吊带裙在自己胸前比划着："姐,这是我的吗?"
徐亚宁:"你看呢?"
徐亚静高兴地扑向徐亚宁:"姐,我太爱你了!"

海上 海猫飞机内 白天
罗小海驾海猫飞机在海上飞行。
领航员:"1号,马上飞抵我们的领海线了,进入平飞航线。"
罗小海:"1号明白。"
罗小海调整飞机,进入平飞。
雷达显示屏上不时有黑点跳动。
罗小海注意观察。
罗小海:"2号,最近海上低空方向有无敌情。"
领航员:"我们机组值班的这周,没有发现。"
罗小海:"你看,像是目标,还不小呢!"
领航员:"不会是海上的船只吧?"
罗小海:"不像,船只不会有这个速度。"
领航员:"把信号传到指挥所吧,看看对海雷达有没有发现。"
罗小海:"传走。今天海上有雾,对海雷达信号肯定也弱。"
雷达显示屏上黑点显然大了许多。
罗小海:"从速度上判断,确定是飞机了!"
领航员:"飞机能飞得那么低,不会是民航飞机迷航了吧?"
罗小海:"再观察一下。"
罗小海打开导弹待命开关。
领航员:"用不着吧,咱们担负战备值班这些年,还从来没在低空发现过目标,他们基本上都在中高空活动。"
罗小海:"多个心眼吧。看,离我机不远了。"
罗小海抬头透过驾驶窗向前看去,果然发现有一架大型海上侦察巡逻机向我领海方向飞来。
领航员:"怎么办?"
罗小海:"迎上去!"
罗小海调整飞机对着敌大型侦察机飞去。
敌大型侦察机没想到有海猫埋伏,显然减速飞行。

罗小海驾机到我领海线附近时,敌大型侦察机突然转向平飞。

罗小海:"狡猾的家伙,如果我们不在这个海域飞行,他们可要得寸进尺了。"

领航员:"这是他们的惯用伎俩——你向外逼,它就向外飞,你不在场,它就往里靠,尽打擦边球,没劲!"

海猫飞机和敌大型侦察机并排着沿我领海线飞了一段,敌大型侦察机的飞行员还不时地向罗小海扬手打招呼。

罗小海:"来而不往非礼也,咱也回他一个。"

罗小海不冷不热地回了一个"6+1"的手势。

敌大型侦察机突然拉了起来,无聊地飞走了。

领航员:"溜了!"

罗小海(冷笑):"不管它了,上面有咱们的歼击机等着呢。"

领航员:"咱们怎么办?"

罗小海:"怎么办?沿领海线继续巡逻!"

某飞机公司试飞场　白天

金总等在地面专注着海龙飞机归来。

刘长军驾海龙飞机在试飞场平稳降落。

金总等走向飞机。

刘长军和领航员身着飞行服,手提飞行图囊,走下海龙飞机。

金总等迎上前与刘长军和领航员握手问候。

金总:"辛苦了!"

刘长军敬礼:"不辛苦。"

金总边走边问:"怎么样,性能上有什么感觉?"

刘长军:"金总问的是飞机性能还是系统性能?"

金总:"我们当然想全面听取使用单位的意见。"

刘长军:"飞机性能本身很优良,改动不大;主要是机载自动化、信息化系统更复杂了,也更先进了。"

金总:"具体点说。"

刘长军:"首先是搜索雷达的距离远了,这是最实用的。等于飞机的眼睛甚至使我舰艇编队的眼睛一起加长了,为我发现敌目标增加了提前量,为赢得胜利争取了主动权。"

金总:"说得对啊,走,到会议室慢慢说。"

舰载机A团　外场停机坪　黄昏

常少伟和杨光等飞行员走下飞机后,列队走向停在一旁的大巴车。罗小海叫住了纪天祥。

罗小海:"大纪,少伟今天飞得怎么样?"

纪天祥:"没问题,有我给他压座呢。哎,听说你今天立功了?"

罗小海:"例行性值班巡逻,立什么功。"

纪天祥:"指挥所说了,你冷静果断,把当面敌情处理得恰如其分,还把所有图像和数据都传到了指挥所。"

罗小海:"那是飞机的功能。"

纪天祥:"那也要人操纵啊,立功请客啊!"

罗小海:"别光想着吃啊!他们再有两个飞行日就要放单飞了,团长要我们抓住最近的可飞天气,使他们的训练计划整体上提前了一个星期。"

纪天祥:"我看没问题,不过……"

罗小海:"不过什么?"

纪天祥:"谢晨那个组的杨玉林好像有点问题。"

罗小海站住:"杨玉林究竟有什么问题?"

纪天祥(小声地):"杨玉林这小子,好像有点底气不足。"

罗小海:"底气不足?这叫什么问题!"

纪天祥:"最好没问题,我也就是随便一说。不过,他们的训练计划提前一星期……是紧了点。"

罗小海:"现在的训练条件多好啊,飞机也好,加上电脑和模拟器材,没问题!"

大巴车上　黄昏

众飞行员叽叽喳喳走上大巴。

杨光在车里巡视着:"哎,中队长呢?"

飞行员甲向停机坪努了努嘴:"看,在那儿呢。"

常少伟:"据我观察,没有特殊情况,下个星期我们就能放单飞了。"

　　飞行员甲看着杨玉林："他是怎么知道的？"

　　杨玉林摇摇头，没有说话。

　　常少伟："你们难道还看不出来，中队长这几天表现出来的少有的严肃，就说明我们的飞行已经到了一个攻坚阶段。"

　　飞行员甲把手套扔到车棚顶："我要单飞了——"

　　飞行员甲找手套，却发现已弹到杨玉林身上，杨玉林竟无动于衷。

　　飞行员甲轻轻地拿回手套："小杨，你怎么了？"

舰载机A团　外场停机坪　黄昏

　　罗小海边走边对纪天祥说："飞完这两个飞行日你就可以到二中队去了，谢谢你在新员训练上给我的大力协助。"

　　纪天祥："小海，瞧你这话说的，说远了不是？"

　　罗小海："哦对了，大纪，前几天我碰见嫂子了。"

　　纪天祥："回家跟我说了，看你这么帅，你嫂子要帮你介绍对象呢？"

　　罗小海："像嫂子一样漂亮？"

　　纪天祥："不，一定要超过她。"

　　罗小海："先谢谢嫂子的美意。关于家庭孩子，嫂子似乎也很矛盾。如果你到了二中队，协同任务更多，你怎么办？"

　　纪天祥仰面看着天空："说实在的，我老婆这个人我还是了解的，她争强好胜，自尊心强。她现在的工作，效益还不差。她矛盾，我也很矛盾。"

　　罗小海（若有所思地）："哦……"

　　纪天祥："小海，你也别费心了，我再考虑考虑，实在不行，二中队就考虑别人吧。"

舰载机A团　空勤楼门厅　黄昏

　　杨光、常少伟等走进空勤楼，文书把头伸出来："杨光，你们看着纪天祥了吗？"

　　杨光手向后一指："后面。"

文书刚把头缩回去,看到纪天祥和罗小海一块进来,又把头伸出来:"纪天祥,你快给你家属回个电话,找你有急事——每次都是急的,我都习惯了。"

纪天祥对罗小海:"我回个电话。"

罗小海笑着上楼去了。

纪天祥拿起电话拨号:"喂,琳琳……飞行嘛,刚从外场回来,找我什么事,说。"

田琳的声音:"天祥,晚上你回来吃饭吗?"

纪天祥看看周围:"我明天有飞行,晚上当然不能回家,这是飞行纪律!"

纪天祥家　黄昏

田琳(不满地):"你凶什么凶,别拿纪律吓唬人。你说你究竟回来不回来?"

纪天祥放低了声音:"不能回去,饭后要开飞行准备会的。"

田琳:"你真讨厌!过来,丹丹——"田琳一把拉住女儿,把电话塞过去,"告诉你爸,晚上他不回来,你去找他。"

舰载机A团　空勤楼门厅　黄昏

纪天祥看到有人从楼上走下来(小声地):"琳琳,别耍小孩子脾气好不好,等忙完这阵,我再回去陪你和孩子,啊?"

这下田琳火了:"你讨厌死了,你和你的飞机过去吧!"

纪天祥听到田琳撂下电话,无奈地放回电话。

舰载机A团　电影组　晚上

苏成和小袁在说话,桌子上放着小袁探家带回的东西。

苏成的表情显得凝重。

小袁:"那天我到你家去的时候,你爸你妈都在家。现在还没安排。"

苏成:"我妈工厂效益不好,下岗我知道;我爸是有技术的,他下岗我没想到,他们一直瞒着我。"

小袁:"实际上你爸年初就下岗了,工厂被兼并后更新了数控设备，你爸的技术就用不上了。"

苏成："前些时候我打电话的时候，我妈还说他们上班都挺好的，效益还可以。"

小袁："你爸你妈就是怕影响你考学。"

苏成长叹一声："小袁，你要是不说，我还蒙在鼓里呢。"

小袁："本来，你爸你妈是不让我告诉你的。不过，你也不必难过，这次我回去才知道，像你们家这种情况还不少，政府也采取了不少办法，你们家也享受低保补助。"

苏成情绪有些低落的胡乱翻着桌子上的书，显得心事重重。

小袁像是做错了什么，检讨似的："都怪我，不该跟你说这些。"

苏成咬咬牙："我一定努力考上军校！"

海鸥俱乐部 徐亚宁宿舍 晚上

徐亚宁躺在床上想心事。

突然，手机彩铃响起一支世界杯的主题曲。

徐亚宁腾地坐起来，抓过电话，看看上面显示的电话，却犹豫着不敢接。

舰载机A团 营区一隅 晚上

皓月当空，星斗满天。

罗小海在月光下拿着手机在原地打着转，听着。

海鸥俱乐部 徐亚宁宿舍 晚上

床上，手机彩铃绵绵不断。

徐亚宁手捏一枚硬币，喃喃自语："正面不接反面接。"然后像足球场上的裁判那样将硬币抛向空中，合掌接住。张开手一看——正面。

她似乎有些庆幸，又有些失望，拿起仍在响铃的手机，不情愿似地关上了。

舰载机A团 营区一隅 晚上

听到对方关上电话，罗小海不无失望。

罗小海在原地打了一个转，仰望天上的明月，不禁触景生情，独自哼唱道："十五的月亮升上了天空哟，为什么旁边没有云彩……"

纪天祥从旁边的路灯下走过来："谁呀，这是谁在这唱歌呢？"

罗小海："哦，是大纪呀？今天你不是回家陪老婆么，跑出来干什么？"

纪天祥："我正问你呢？大家都在打牌，你在这发什么神经。喔，给谁对歌是吧？人呢？"

纪天祥煞有介事地四处寻望着。

罗小海照着纪天祥的屁股打了一下："干吗呢，大纪，我自己练还不行吗？"

纪天祥："你肯定有好事在瞒着我？"

罗小海："快说你这是干什么来了？"

纪天祥："嗨，别提了，刚才我老婆打电话说她喝多了，老总开车送她回来，怕营门卫兵不让进，让我下来接。"

罗小海："哦，是这样，快去呀！"

纪天祥心事重重地又四周巡看着："我去了？"

纪天祥向营门走去。

罗小海原地站着看着纪天祥走去。

舰载机A团 营门 晚上

一辆豪华轿车开到营门前，执勤卫兵持旗示意停车。

牛总伸出头："小兄弟，我是送你们飞行员家属的。"

执勤卫兵并不答话，将小绿旗向路边示意其停靠一边。

牛总下车朝营门里面看着，带班班长走上前："同志，这里是军事重地，请把你的车开到一边。"

牛总趁着酒劲："我可是送你们飞行员家属的，出了问题你们负责。"

带班班长言辞铿锵："我再说一遍，请把你的车开到一边，否则我就采取措施了！"

牛总被带班班长的气势所震慑，不再多言，有点不情愿地回到座位上，开始倒车。

纪天祥看着车要开走，急忙跑出营门。

纪天祥摆手叫道："停车！"

牛总停下车，急忙下来："是小纪吧？是这样，小田今天多喝了几杯，我本来是想亲自开车送她到你府上的，可你们的卫兵小战士说什么也不让进，还让我把车开到一边。"

纪天祥："好了，牛总，你别说了，卫兵做得没错。田琳呢？"

牛总点头哈腰："那是，那是。小田在后面躺着休息呢。"

牛总忙去开车门。

田琳已是烂醉如泥，嘴里咕咕噜噜说着什么。

牛总伸手去架田琳，被纪天祥拨开。

纪天祥艰难地把田琳抱了出来。田琳微微睁开眼，含糊不清地嘟囔着："不倒了，谁倒我也不喝了……"

纪天祥瞪了牛总一眼，把妻子的一只胳膊挎在自己的脖子上，揽着妻子的腰向营区走去。

罗小海一直躲在营门一侧看着，心里不免一阵酸楚。

海边　黄昏

海滩的黄昏，夕阳西照，晚霞如火。

徐亚宁独自一人坐在海边的礁石上，眺望着远方。

徐亚宁的心声：长军，你最近好吗？怎么走了以后，就来了一次电话就再没有音信了呢？难道你只知道你的飞行吗？

徐亚宁踏着海浪，踽踽而行。

徐亚宁继续想着心事："长军，你回来吧，等你一回来，我们就结婚……不，你最好马上就回来……"

某飞机公司试飞场　黄昏

海龙飞机披着晚霞款款飞行归来。

刘长军驾海龙平稳地降落在试飞场停机坪上。

刘长军和领航员走下飞机。

也许是心灵感应，刘长军也思念着远方的徐亚宁：亚宁，我这次执行的任务比较特殊，对外界的通信都有严格要求，我们的试飞日程安排的也很饱满,飞行的感觉真是太好了……

刘长军、领航员登上空勤班车。

刘长军:一旦试飞结束,我马上就飞回你的身边,等着我……

海鸥俱乐部训练场　白天

海鸥女篮在场上分红白两队进行对抗训练。

徐亚宁、吴小丽等身着红色队服,显然为主力阵容。

在接下来的对抗训练中,徐亚宁所在的主力阵容一方居然不占任何优势。徐亚宁的传球助攻也显得没有章法。

教练在场边不时地大声吆喝着、比划着。

助理教练吹响了暂停的哨音,队员们懒懒散散地走到场边。

教练拍着巴掌,把队员招呼到一块,围成圆圈。"刚才场上训练比赛,你们自己说,都打成了什么样子?尤其是主力控卫徐亚宁,你前两天不是调整的不错吗?事隔才几天你怎么又不在状态了?啊?!你这个样周末怎么打蓝箭,这可是咱们的保级之战!"

徐亚宁:"教练,我……"

教练:"你怎么啦?难道我还说错了吗?"

徐亚宁:"我最近……感觉不太好,我怕……"

吴小丽(小声地):"徐姐,你是不是来例假了?也不对……"

教练:"就你多嘴!"

吴小丽:"我什么都没说。"

教练:"徐亚宁,你是主力,后天打蓝箭这样的强队,你肯定首发,而且要打好。你的问题就是心理素质不稳,解决的办法就是给我把自信拿出来!"他指了指吴小丽等队员:"你、还有你,一起帮她找自信!你们听清楚了吗?"

众队员(有气无力地):"听清楚了。"

徐亚宁咬牙切齿,飞起一脚,将球踢向空中。

徐家客厅　白天

徐母从厨房走出来:"亚宁,快起来,不吃饭怎么能行!"

徐亚宁没有应答。

徐母走向徐亚宁房间,嘴里不停地念叨着:"人是铁饭是钢,打球多累呀，这孩子！"

徐家　徐亚宁房间　白天
徐亚宁和衣躺在床上。
徐母走向前摸摸徐亚宁的额头，自言自语："不烧呀……"
徐亚宁在床上翻了个身。
徐母："这也不知是唱的哪一出，饭都热了两遍了！"
或许是受了母亲的感动，徐亚宁"腾"的坐了起来："妈，我不想再打球了……"

舰载机A团　空勤楼前　白天
罗小海边走边看晚报体育版。突然，一个版块的标题刺入他的眼帘："主力控卫临阵言退役　海鸥女篮保级梦难圆"。
罗小海接着往下看时，神色顿时疑惑起来。他收起报纸，向空勤楼跑去。

舰载机A团　空勤楼门厅　白天
罗小海急忙拿起电话拨号……耳机传来"对不起，您拨打的电话已关机，请稍后再拨"。
罗小海更加焦急起来……

海鸥篮球馆大门　晚上
罗小海急匆匆走进大门。

海鸥篮球馆　晚上
空旷的篮球馆内，徐亚宁独自一人拿着篮球发呆。
罗小海进来，他静静地走向徐亚宁。
看到罗小海来到自己面前，这似乎在徐亚宁的意料之中，她并不看他，淡淡地问道："你怎么知道我在这？"
罗小海直视着徐亚宁："凭我的感觉。"
徐亚宁沉默不语。
罗小海："告诉我，为什么？"

徐亚宁沉默良久也没找到合适的理由："我……"

罗小海："我知道，你爱篮球——甚至胜过爱你的青春和你的美丽。"

徐亚宁："现在，我脑子很乱……"

罗小海："你今天的举动还告诉我，你并不像小报上说的，你已经向俱乐部递交了辞呈。"

徐亚宁："可我已经向教练明确提出，对蓝箭队的比赛我不想上场。"

罗小海："这是真的？"

徐亚宁点了点头。

罗小海："我不明白，你这究竟是为什么？"

徐亚宁："请你不要再问了！"

罗小海："你知道吗，作为一个主力控卫——全队进攻和防守的核心，你的缺阵，将会给全队带来多大的损失。而这之后的压力也不会因为你的缺阵而减轻！"

徐亚宁双手插进头发里（烦躁地）："不！我状态不好，上场也不能保证海鸥队的胜利……"

罗小海："状态可以调整，重要的是自信！"

徐亚宁："我说了，我不上！"

罗小海（气急地）："你！……"

徐亚宁（大声地）："不上、不上，就是不上——你给我走开！"

情急之下，罗小海将手中印有徐亚宁封面照片的《篮球之星》杂志用力摔在徐亚宁跟前，气愤地说道："还明日之星呢，你不配！"然后愤然离去。

徐亚宁看着罗小海远去的身影，拾起地上的《篮球之星》杂志，一时茫然。

舰载机A团 空勤楼 罗小海房间　晚上

罗小海躺在床上，翻来覆去睡不着。

突然，他坐了起来。

海鸥篮球馆　晚上

空旷的篮球馆内，徐亚宁与罗小海一攻一防，煞是激烈。罗小海的贴身防守几次将徐亚宁逼得无法出手，最后徐亚宁干脆抱着篮球坐在了地上。

罗小海拉起徐亚宁："累了吧？歇会儿。"

徐亚宁："你的动作未免太凶狠了吧？"

罗小海："球场如战场，你别指望别人给你机会。"

徐亚宁："有时候还耍赖皮！"

罗小海："非职业球员，动作可能不太规范，可以理解。"

徐亚宁："不给你说了！"说完向场边走去。

海鸥篮球馆大门外　晚上

罗小海与徐亚宁并肩而行。

罗小海："把杂志还给我好吗？那是我特意收藏的。"

徐亚宁："不，我不配。"

罗小海："还生我的气呢，是吧？"

徐亚宁："不，确实是我不配。"

罗小海："作为球迷，我希望你能成为明天的篮球之星，而这对你来说并不是没有可能。"

徐亚宁看着远方，掩饰着复杂的心情……

罗小海："有什么心事不妨把它说出来，人有时是需要释放的。"

徐亚宁："别说了，我的心事你不知道……"

罗小海："究竟有什么心事，能用牺牲你自己所热爱的事业作代价！"

徐亚宁："昨天晚上，我也想了很多……你知道吗，从小到大，还没人这么伤过我的自尊。"

罗小海："我想，你当年爱上篮球并不是为了赢得胜利和荣誉，仅仅是喜欢，因为你的身体条件对于打篮球来说并不出众，靠着你的兴趣和坚持，终于打进了人才济济的专业队。"

徐亚宁："我也十分怀念小时候打球的那种感觉，那时候只有快乐，没有忧伤和痛苦……"

罗小海："那是因为，现在你长大了。"
徐亚宁："人为什么要长大呢？"
罗小海："别说傻话了，明天不管输赢，我都愿意分享你打球的快乐。"

舰载机A团　外场停机坪　白天

旋转的螺旋桨……透过被缆索固定的飞虎536驾驶舱玻璃，可以看到里面罗小海和常少伟在做着起飞前的准备。

这是一个训练日，外场一如往常。

李燕从场边走了过来。

飞虎536机舱　白天

常少伟坐在正驾驶座上检查着各种仪表，罗小海坐在副驾驶座上观察着。两人做着起飞前的准备。

李燕在丁世杰的协助下，打开舱门，上了飞机。

罗小海："哎，懂不懂规矩？这不是你们卫生队的救护车，你想上就上？这是飞机！"

李燕（理直气壮地）："对不起，这是团长批给我的特权，可以登临任何一架地面的飞机。"

罗小海（不无讥讽地）："哦，原来是特权阶级。"

李燕："罗中队长，这是工作需要，与特权无关。"

罗小海："工作需要？哦，我明白了，飞行员心理学。"

李燕："对，跟踪你们，观察你们，进而研究你们。"

罗小海："但愿，我们不使你失望。"

李燕："没关系，我已经有充分的思想准备了。"

舰载机A团　外场停机坪　白天

丁世杰和几名地勤人员在飞机前注视着里面。

地勤兵甲："机械师，你怎么把女人放进去了？"

丁世杰："你知道什么，你没看到她拿着团长的手谕吗？"

地勤兵乙："李医生研究飞行员这就开始了。唉，也没有人来研究研究我们地勤，真不公平。"

地勤兵甲:"你以为你是谁呀。"

地勤兵乙:"我怎么啦?我就是我。没有咱们地勤,他们还上不了天哪。"

地勤兵甲看着飞机里面:"机械师,我怎么看着不对呀?"

丁世杰:"怎么不对?"

地勤兵甲:"我怎么看着里面呛起来啦。"

丁世杰:"你那是咸吃萝卜淡操心吧,人家又不是研究你。"

地勤兵乙:"他们要是在飞机上谈恋爱,那可称得上是高水平呢!"

地勤兵甲:"不会吧?里面还有个电灯泡呢⋯⋯"

飞虎536直升机驾驶舱　白天

李燕:"罗中队长,我真诚地希望你,帮我完成这项研究。"

罗小海:"我乃一介武夫,能帮你完成什么研究?"

李燕有些火了:"罗小海!跟你说真的呐!"

第一次见她发火,罗小海不由得一愣。看着她那被执著和倔强绷紧了的面容,罗小海不忍再为难她了,随之抱歉地笑笑:"说吧,什么事?愿效犬马之劳。"

李燕长长地出了口气:"我发现,在我们全团的飞行员当中,你的心理素质最好。按照心理学的原理讲,一个人的个性因素和心理形成,不是一朝一夕的事,是和他的人生经历密切相关的。所以,我想请你谈谈你的童年、少年,以及后来的经历,找出形成你现在这种心理素质的必然因素,然后,结合理论把它条理化、科学化,将来对指导飞行员的心理素质训练会有帮助的。"

罗小海听得有些忘神。

李燕:"你看,行吗?找个机会,你给我讲讲。"

罗小海:"不,我的童年,糟糕得很⋯⋯对别人,没有什么指导意义。"

李燕没注意罗小海脸上的变化,以为他又是在轻看她的研究,大伤自尊心:"罗小海,我知道,你对我抱有成见,甚至是敌意。但,这不是我自己的事,也不是我李燕有什么事求你。看你平时的所作所为,我还以为你对部队、对飞行事业多么有责任感呢——算我看错了人！你以为我非得找你不行吗？没有你的配合，我照样研究下去，搞出成果！"

说罢，李燕擦一把就要流出来的眼泪，转身跳下了飞机。

罗小海："李燕！……"跟着跳下飞机。

舰载机A团　外场停机坪　白天
罗小海向前追着："李燕，你听我说！李燕——"
李燕顶着两眼泪花，向场外跑去。
罗小海站下，望着李燕的背影，一时愣神。

——第七集完

第八集

舰载机A团 外场停机坪 白天
罗小海向前追着喊着:"李燕,你听我说!李医生——"
李燕顶着两眼泪花,向场外跑去。
罗小海站下,望着李燕的背影,一时愣神。

这边,地勤兵甲向丁世杰挤挤眼:"怎么样?我说得没错吧。"
丁世杰瞪了他一眼:"瞎琢磨什么,到你的位置上去!"
罗小海转过脸来,与三人相视。
丁世杰等面面相觑,不知说什么好。
罗小海向丁世杰坚定地摆了摆手:"老丁,开飞!"

舰载机A团 团长办公室 白天
沈股长站在张团长面前。
张团长看完手中的电话记录,对沈股长说:"刘长军汇报的这个情况很好,抓紧向政委和范副团长报一下;另外,通知部队做好接装准备。"
沈股长答:"是!"开门出去。
沈股长刚出去,接着又响起了敲门声。

张团长头也不抬地说:"进来!"

李燕顶着一双哭红的眼进来,她站在张团长面前也不说话。

张团长纳闷,抬起头见是李燕,就说:"又怎么了,不是同意你上飞机了吗?"

李燕(冷不丁地):"团长,我要请假。"

张团长这才细打量起李燕来:"请假?请……哎……"他终于发现了李燕的表情不对劲:"你怎么了?谁惹你了?"

李燕镇静地:"谁也没惹。我请一个星期假。"

张团长:"请假你也找我?找你们队长去呀。"

李燕:"找了。队长说,她不敢批。"

张团长:"她不敢批我就敢批了?逐级申请,这是规定。"

李燕:"队长说,您要同意,她就敢批了。"

张团长哭笑不得:"嗨,好人都让她给为了!请这么长假干什么?回家?"

李燕:"不是。"

张团长:"不回家,一个星期你干什么去?"

李燕:"我去看个亲戚。"

张团长:"亲戚?不是年不是节的,你看什么亲戚?回去老实待着去!"

李燕:"不,你不同意我就不走。"

张团长把手中的材料一放,站了起来:"嘿,你算是跟我较上劲了!"

高速公路　白天

一辆大巴车在现代化高速公路上疾速行驶着。

身着07式海军官藏青秋常服的李燕,坐在车上,观赏着田野里初秋的风光,心情怡然。

旁边座位上的几名旅客指点着李燕的军装,小声议论着。

旅客甲:"这是什么制服,挺漂亮的。"

旅客乙:"像是海员吧?在电视上看过,我有点印象。"

旅客丙:"什么呀,是海军新式军装。"

旅客甲:"海军?怎么没有肩牌啊,军衔在哪儿?"

旅客乙:"就是,官衔怎么看不出来?"

旅客丙:"嗨,那不都在身上挂着嘛。"

旅客甲从后面站起来,伸头看李燕:"嗯,是海军,臂章上有。"

旅客乙也起身,被旅客丙拉住:"文明点,人家是个女军官。"

旅客乙:"是个什么官衔?"

旅客丙:"海军中尉。"

旅客甲:"你怎么看出来的,我怎么没发现?"

旅客丙:"都在袖口上呢,那两条黄杠就是军衔袖章,细的是尉官,粗一点的是校官,更粗的是将官。你看她是两条细杠,就是中尉。"

旅客甲:"哎,你怎么这么明白,你也没当过兵?"

旅客丙:"不知道了吧,告诉你吧,我小舅子也是个军官,他找了个对象也是当兵的。"

旅客甲:"原来是这么回事。"

旅客乙看着李燕的背影"啧啧"称赞:"精神,真精神!"

旅客甲:"你是说人还是说军装?"

旅客乙:"都精神!"

旅客甲:"等我孩子大了,也让他当海军!"

旅客丙"嘘"了一声:"小声点!"

李燕并没有留意后面的议论,思绪慢慢地又回到了她的心理学上。

李燕(画外音):罗小海的不配合,愈发使我对他的童年产生了兴趣。我暗暗下决心,一定要把罗小海的心路历程研究出来。团长批假的第二天,我就按照飞行员档案上登记的地址,去了罗小海的老家。就是这么一次普通的调查研究,所带来的影响和我得到的收获,同样都令我始料不及……

山间公路　白天

一辆中巴车行驶在山间的公路上,两侧是典型的胶东丘陵风光。

车上的李燕好奇地望着窗外山清水秀的景色。

公路停车点　白天

中巴在一个路口边停下。

李燕下车。

一个骑摩托车拉脚的迎上来兜揽生意。李燕谢绝了，走上一条岔路。

市区　白天

车水马龙、繁华热闹的海滨城市。

车身上贴着海鸥俱乐部徽标和字样的大巴车驶过街头。

大巴车上　白天

大巴上坐着海鸥女篮的教练和队员，徐亚宁和吴小丽并肩坐在最后一排的座位上。

吴小丽："徐姐，这两天你跑到哪里找自信去了，你真的找到了？"

徐亚宁："我呀，去做了一次冒险运动。"

吴小丽："冒险运动，什么冒险运动？冲浪，漂流，攀岩，还是蹦极？你怎么不叫着我去？"

徐亚宁："险可不是人人都能去冒的，我劝你还是好好当你的小前锋吧。"

吴小丽："哎，你是不是去找那位帅哥啦？"

徐亚宁急忙掩饰："找他……找他干什么？"

吴小丽（小声地）："他怎么好久不来看我们训练了？"

徐亚宁："你花痴啊！昨天——不，算昨天才五天，那就是好久。"

吴小丽："啊？才五天？我怎么觉得像是50天似的——哎？不对呀，你怎么记得这么清楚，五天他没来？"

徐亚宁一愣，她意识到自己说走了嘴，有些尴尬地辩解道："谁记他了？光我自己的事还记不过来呢。"

吴小丽却并没有在意亚宁的表情变化。"上一次咱们得罪了人家，你说，他以后还会来吗？"

徐亚宁装作无所谓的样子："他来不来我怎么知道？"

吴小丽:"可是,他不来,我感到生活马上失去了目标。"
徐亚宁:"你呀,也不知失去多少回目标了。"
吴小丽:"徐姐!人家这一回是真的——向科比和梅西保证!"
徐亚宁:"得、得,这保证我见多了。"
吴小丽:"看你,人家不是想他嘛!"
徐亚宁:"想他你不会去找他?"
吴小丽:"找他?我知道去哪儿找他?"
徐亚宁:"去……"
吴小丽:"去哪儿?你知道他是什么单位的?"
徐亚宁稍一迟疑:"天知道。"
吴小丽:"你看你,不知道你拿我寻开心啊?讨厌!"

乡间小路 白天
李燕翻上一个坡岭,对面展现出一片碧波荡漾的海面和一个不大却洋溢着现代气息的渔村。
李燕站住了,望着前面的景色,心里充满了一种兴奋而奇异的感觉。

罗家滩村 白天
这是一个典型而现代的胶东渔村。
李燕走进村子,街上的大人和小孩用好奇的目光打量着李燕。
李燕走向一位老大爷:"老大爷,请问罗小海的家住在哪儿?"
老大爷:"哦,去小海家啊。从这往前走……"老大爷指点的工夫发现了小宝,"小宝,过来——这是小海的大哥大海的孩子。"
小宝和另外两个孩子跑了过来。
老大爷:"小宝,这位大沿帽——哎,姑娘,你是工商,还是税务?"
李燕:"大爷,我是海军。"
老大爷:"哦,海军,是小海部队上的。海军姑娘,刚才你别见笑,如今这也大沿帽,那也大沿帽,我们乡下人,闹不清楚呐。小宝,这位海军是去你们家的,你带她去。"
李燕:"谢谢您,老大爷。"

老大爷:"不谢不谢。"

小宝和另外两个孩子已经跑到前面等着了,李燕向他们笑笑,加快步伐跟上去。

街两侧是富裕的胶东渔村的民房和浓郁的民风民情,李燕边走边观赏着。

罗小海家　黄昏

孩子们带领李燕来到一座普通的门楼前。

小宝说一声"这就是我家",就跑进门去了。

李燕站下,仔细打量了一下在门楼上钉的"光荣之家"门牌,笑着随后走了进去。

李燕刚进院门,小宝领着罗母从屋门口出来。

小宝指指李燕:"就是她。这是我奶奶。"

李燕敬礼:"大婶!"

罗母:"您是……"

李燕:"我是小海部队的,叫李燕。"

罗母:"啊,李同志,快进屋坐!"

海鸥俱乐部　徐亚宁宿舍　晚上

徐亚宁躺在床上想心事。

徐亚宁腾地坐起来,抓过电话。

舰载机A团　空勤楼　罗小海宿舍　晚上

罗小海脸憋得通红,在房间里练着拉力器,嘴里不停地数着:"……45、46、47……"

突然,枕头下的手机响了,罗小海把拉力器向床上一扔,从枕头下面掏出手机。看着手机上显示的号码,罗小海忽然眉梢一扬。

海鸥俱乐部　徐亚宁宿舍　晚上

徐亚宁抑制着自己急促的呼吸:"是,是吴小丽让我给你打的……她说,她上次听了你的一番话,很受启发,觉得……觉得很受鼓舞……她还说,请你打开你的信箱,查看你的邮件……"

舰载机A团 空勤楼 罗小海宿舍　晚上

罗小海关上手机，迅即打开写字台上的电脑。

罗小海熟练地操作电脑，把鼠标点至收信，信箱打开。

罗小海的双手敲击着键盘，屏幕上跳出字幕，并伴罗小海画外音："她还让你问我，为什么在对强队比赛时，她总是缺少应有的自信？为什么在那可以铸造光荣也可能蒙受屈辱的球场上，她总是把握不好那稍纵即逝的机会，让即将到来的光荣变成屈辱的泪水？……对此，她十分苦恼，倍感无助。她常常把自己比喻成一只翅膀受伤的雄鹰，望着辽阔的蓝天，发出渴望而痛楚的哀鸣。突然有一天，她遇上了一个很自傲的人。这个人极富进攻性，甚至是侵略性。他对她说过，'我是个极其自信的人，对于一个自信的人来说，没有他想干而干不成的事'。这句话，还有他的强烈的进攻性和侵略性，感染了她，震动了她。因为这一切，正是她所缺少的和需要的。她很想见到他，更多地被他感染被他震动，但是，她好像还有一份难言的苦衷……"

海鸥俱乐部 徐亚宁宿舍　晚上

徐亚宁在电脑前，只是静静地看着，任凭泪水滚过脸颊。

罗小海（画外音）："你告诉她，她的那位朋友是一个很有耐心的人，如果她真的有苦衷，他愿意以一个球迷的身份和她交往。他的职业是一种与蓝天打交道的职业，是一种尤其需要自信、需要激情的职业，他可以帮她治好翅膀的伤，在蓝天翱翔。"

徐亚宁几乎将脸贴在屏幕上，仿佛在倾听罗小海的呼吸。良久，她终于敲击出如下字幕（画外音）："后天就是她们与蓝箭队的比赛，她想在明天见一见你……谢谢……"

徐亚宁身子向后一仰，闭上了眼睛，如释重负似的长长地出了一口气……突然，她一头扑到床上，蒙着被子哭起来。

罗小海家　晚上

罗小海家院子里吊着一只临时换上的大功率电灯泡，把满院照得通明。小宝一蹦一跳地进了院门，向屋里喊道："奶奶，老爷爷，姑姑和女海军，他们回来了！"

李燕和罗小海的妹妹罗海霞带着渔具进院门。

罗母迎出屋门（心疼地）："李同志，你看你这细皮嫩肉的，刚一来就跟着忙活，哪能吃得了这份子苦。"

李燕："大婶，我姥姥家也在农村，上学的时候每年暑假我妈都让我到姥姥家住些日子的，干这点活累不着。"

罗母："怪不得，这么习惯俺们农村的事。来，李同志，快洗洗手准备吃饭。"说着，把门口的脸盆端了过来。

李燕："大婶，您就叫我小李吧。"

罗海霞："就是，同志同志的，都啥年代了。"

罗母："你懂啥呀？"又对李燕："俺就觉着，这同志，叫起来又觉着亲热，又觉着敬重。"

李燕："敬重，我怎么担待得起？还是叫小李好。"

罗母："好，小李就小李。海霞，把你那啥洗脸奶拿出来。"

小宝："在这。"小宝从身后的脸盆里拿出来一瓶洗面奶递过去。

李燕接过来："小宝真乖，谢谢你。"

小宝开心而不好意思地挠挠头。

李燕和罗海霞洗脸。

李燕："你们卫校有多少学生？"

罗海霞："200多人。"

李燕："真不少。"

罗海霞："僧多粥少，人越多，毕业后就业越困难。"

罗小海家属于典型的胶东农村，一进屋是一个大炕间，炕边放着一架破旧的轮椅，炕角上坐着罗小海的爷爷。小宝蹲上炕，挨老爷爷身边坐下。随后罗大海进来，站在炕边候客。

罗母和李燕、罗海霞进来。

罗母："小李，脱鞋上炕吧。"

李燕上炕，和罗海霞挨着坐下。

桌子上已经摆上了几盘有胶东特点的青菜、地瓜、芋头和小海鲜。

李燕："大婶，不要太麻烦了。"

罗母（兴高采烈地）："不麻烦不麻烦。大婶呀，高兴还高兴不过来呢！"

罗大海："娘，差不多就行了。人家小李在部队上什么没吃过。"

爷爷（不满地）："你这话说的！小李在部队吃是部队的，现在是在咱们家里。明天捞点你养的鲍鱼、海参，做给小李吃，别光养舍不得吃。"

罗大海不停地眨着他的一只眼："爷爷，都准备了。"

爷爷："这还差不多。"

罗海霞："爷爷，您还不知道俺妈，只要来客人，恨不得把家底都拿出来吃！"

罗母（嗔怪地）："你知道什么，来人不吃什么时候吃？"转身又去炒菜。

李燕抬头看见墙上的照片，问罗海霞："海霞，那张穿飞行服的照片是罗大叔，还是……"

爷爷连忙抢过话头："是他？那时候还没他呢！"

罗大海："爷爷！你又开始了。"

李燕（兴奋地）："爷爷，您也当过飞行员？"

爷爷（自豪地）："当过。不但当过，我还打过仗呢！"

李燕越发感到惊奇："真的？爷爷，您能讲给我听听吗？"

爷爷拍了拍自己那条残废的腿，指了指炕下的轮椅："还是一等甲呢！这不，都是政府发的。"

罗海霞："爷爷，您还是别讲了吧。您的话匣子要是一打开，那就是评书连播。"

爷爷："你这丫头，就是缺乏学习。"

罗海霞："爷爷，您那段光荣传统革命历史我都听了百儿八十遍了。"

罗母端菜进来："怎么，你爷爷又讲打仗了？让他讲吧，你爷爷讲这些他能吃饭，能吃饭身体就好。"

罗海霞："妈，咱们还是先吃饭吧，不能让人家李医生老饿着，是吧？"

罗母："对对，先吃饭。"

罗母夹了一只大螃蟹递到李燕碗里。

郊外　白天

罗小海和徐亚宁、吴小丽骑着山地自行车，说笑着行驶在青山秀水之间。

罗小海骑车一会儿发力，把徐亚宁、吴小丽甩在了后面，招呼着她们；一会儿又放慢速度"掉队"，再奋力去追，逗得徐亚宁、吴小丽两人开怀大笑。

三人一路溢情，开心无比。不长时间他们来到郊区河滩，三人将山地车支在泛黄的河岸上，然后动作麻利地支起一顶三色遮阳伞，席地而坐吃起野餐。

吴小丽："啊，真开心哪！没想到这次教练这样皇恩浩荡，居然恩准了我们的请假！"

罗小海喝了一口啤酒："你们教练呀，只要说是为你徐姐树立自信的，你要天上的星星，他也给你去摘。"

吴小丽："真的吗，徐姐？"

徐亚宁："他已经带两支球队降级了，现在他最怕输球。"

吴小丽："那太好了！以后我们就经常这样出来玩！"

徐亚宁："只能再一再二，不可再三再四。"

罗小海："你们要是再不赢球，你们再去请假，教练非抽你们耳刮子不可。"

吴小丽："妈呀！你别吓唬我们好不好？哎，帅哥，玩了半天，你究竟是什么人、在哪工作，怎么老是不说呀？"

罗小海看了徐亚宁一眼："至少在目前，这是秘密。"

吴小丽："秘密就秘密吧，反正那些东西也不重要。"

吴小丽从包里向外掏着吃的，带出了她和徐亚宁的"大头贴"。

吴小丽把"大头贴"递过去："徐姐，咱俩的合影，还有你单独的，都在我这儿，给你。"

罗小海抢了过来："让我参观参观。"

徐亚宁伸手要："不许看。"

罗小海："为什么？"

徐亚宁："照得不好，洋相百出，巨难看。"

罗小海端详着照片，照片上的徐亚宁做着怪像。"我看挺本色的，而且富有动感。这张归我了。"说着就装进了上衣口袋。

徐亚宁（急忙地）："哎！——"

罗小海："怎么了，不舍得还是不愿意？"

徐亚宁："那倒不是……"

吴小丽："嗨，徐姐你什么时候也变得这么小气了，帅哥要你就给他呗。街头有的是照的，哪天我请你再照去。那好，我也送给帅哥一张，这回你平衡了吧？" 吴小丽说着就从包里找出一张自己的大头贴塞到了罗小海的手里。

罗小海接过看着："谢谢。"

吴小丽："不必客气啦。哎，帅哥，你有没有大头贴也送给我们一张？"

罗小海："这个好像都是女孩子玩的东西，男孩子很少照这些的？"

吴小丽："什么男孩子女孩子，塞上钱往镜头前一站，爱怎么照就怎么照，特自由特洒脱。要不下次你跟我们一起照去吧？"

罗小海思索着："是个好主意。"

吴小丽："那咱们说定了！"说着，将手扬在了正中。

徐亚宁、罗小海伸手与之相击。

徐亚宁别有用心地看着罗小海："是不是……你小的时候特别野，有点天不怕地不怕的。"

罗小海："不，正好相反。"

徐亚宁："相反？难道我说错了？"

罗小海："是的，相反。小时候，我的胆子特小，因为我哥有一只眼睛不好，我妈就特别娇惯我，把我打扮得像小姑娘似的。天一黑就不让我出堂屋的门。那时，有一只蚂蚁爬到身上，吓得哇哇大叫，都不敢把蚂蚁弹下去。大人把我抱到凳子上，也只会双腿发抖哇哇哭，甚至连往地下看都不敢看一眼。当时，我爷爷就对我妈说，整天这么娇惯这孩子，这么小的胆儿，长大了会有什么出息，一定是个废物。奶奶则说——哦，那时我奶奶还活着——这孩子是王母娘娘身边的玉童降世，在天上时娇生金贵惯了，没见过地上的虫啊狗的，能不胆小害怕吗？"

吴小丽："哈……王母娘娘身边的玉童降世……嗯，像！真是像！"

罗小海："我爷爷不这么看。"

吴小丽："你爷爷怎么说？"

罗小海："我爷爷说，这孩子不能让你们这么带，以后就交给我了，我要让我的孙子长大也当……"

吴小丽："你爷爷让你当什么？你快说嘛！"

罗小海："当……当英雄，对，当英雄。"

吴小丽："什么英雄，是偶像吧？你爷爷真是个预言家，真的很伟大吧！"

徐亚宁瞪了吴小丽一眼："后来呢？后来你怎么会变得这样——对什么事都充满自信？好像天底下没你所怕的事？"

罗小海："因为一次经历，和我爷爷。"

徐亚宁："一次经历？什么样的经历，能使一个人前后判若两人？你爷爷怎么了？"

罗小海家院内　白天

李燕和罗海霞准备着下海的装具，罗大海忙着往摩托车的货架上装着干鲜海产品。

李燕："罗大哥，您进城啊？"

罗大海："我和小海的大嫂在城里开了家海货店，我去送点货。"

李燕："我来之前，特地找了一些咱这里的报纸看了，报纸上说，咱这里很富裕，人均收入都过万元了呢。"

罗大海："生活上，真是比以前富裕多了，可也没报纸上吹得那么邪乎。中央的政策真好，这咱看电视就看得出来。结果呢，这也要钱，那也提价。乡下人挣的多，交出去的也多，到年底算算，其实没俩钱落自个腰包里。"

罗母："如今就这风气，你跟人家部队上的说干啥？"

罗大海："娘，这不是李同志问嘛，咱总不能撒谎吧？"

爷爷在屋里喊："撒谎？谁撒谎了？"

罗海霞："爷爷您听错了，没人撒谎！"

爷爷："哦，没人撒谎就好，做人要说实话。"

罗母："哎，小李，小海在部队上表现咋样？"

李燕:"小海呀,在我们团的飞行员当中,可是数一数二的,是出了名的罗大胆儿呢。"

罗母:"罗大胆儿?该不是总捅乱子,大家才这样叫?"

李燕:"不是。是说他胆子大、技术好,什么样的天气,什么样的飞行条件,他都敢飞。"

罗母:"哦……我还怕是他在部队上犯了什么错,你来调查他呢。"

李燕:"大婶,您想到哪里去了。"

爷爷:"小海大胆儿,好,好!"

罗母:"还好呢,都是他爷爷把他吓出来的!"

李燕:"吓出来的?"

罗海霞:"也不能这么说,不过,反正与我爷爷有关系。"

李燕:"有什么关系?"

罗母:"那是他们爷儿俩之间的事,谁也不知道。"

李燕:"为什么?"

罗海霞:"不知道,我爷爷和我二哥谁都不说,都成了我们家的一个谜了。"

李燕:"大婶,小海他是不是从小胆子就特大?"

罗大海:"从小?嘿,你就别提他小时候那点胆儿了。天一黑,他自己连去院子撒趟尿都不敢出去。"

罗海霞:"大哥,啥事你不好说,单说这事。"

罗大海意识到自己言语失当,罗母接过去说道:"小海小时候,真的是胆小,怕天黑,怕刮风,怕下雨,怕打雷,怕上高,怕下水,什么都怕,乡下各种虫子多,没有他见了不害怕的,尤其是怕他爷爷那条截肢的腿。"

李燕:"哎?这倒奇了,小时候他这么胆小,为什么后来就那样胆大了呢?"

罗母:"除了他爷爷这里面的事,好像……就是在十一二岁的时候,不知为啥,猛一下子就啥都不害怕了。"

罗大海:"何止不害怕,胆子简直大得惊人。我们也奇怪呀,问他原因,他啥也不肯说。后来我听人说,他不知跟啥人打啥赌,一个人到后山沟的一个山洞里,一下子就把胆子给练出来了。"

"哦……"李燕若有所思。

海边　白天
海滩上，一群妇女嬉笑着挑拣着小海鲜。
罗海霞领着李燕走了过来。
忙碌的妇女停下手里的活，好奇而羡慕地打量李燕。
妇女甲："瞧人家，当个女兵，也不知前世是咋修的！"
妇女乙："她来小海家干啥呀？"
妇女丙："除了来看公公婆婆，你说还能来干啥？"
妇女乙："要真是小海的媳妇，怎么小海不一起回来？"
妇女丙："说你一根筋吧你还不愿意，不信我给你问问——海霞，跟你二嫂来忙海啊？"
罗海霞看看李燕："别瞎说，人家是我二哥的战友。"
妇女丙："嗨，还哄我们呀！谁不知道，男女战友就是两口子！"
李燕羞得红了脸。
罗海霞："你啥也不懂，不跟你说了！"
"哈……"妇女们大笑起来。
罗海霞领李燕来到一条小船前，让李燕上去，她起了锚，把船推进深水里，然后自己也跳上船，撑向扇贝养殖区。

海上　白天
海上，扇贝养殖区里风景如画。
养殖区的漂浮瓶，反射着太阳的光芒，李燕不时地用手遮蔽着。
罗海霞一边摇橹，一边意味深长地看着李燕。
李燕（遮掩地）："你看什么呀！"
罗海霞："你告诉我，他们说得对不对？"
李燕："什么对不对呀？"
罗海霞（有意地）："二嫂呀？"
李燕捞起船边的水向罗海霞淋去："你也这么坏！"
罗海霞此时却笑个不止。

小船摇到孙老师的船前，孙老师正在检查扇贝的生长情况。

罗海霞大老远地就打招呼："孙老师，您都退休了，还忙啊！"

孙老师见是海霞，回应道："在家闲着没事，来帮女婿照看照看扇贝。海霞你们放假了？"

罗海霞："实习呢，放十天假。孙老师，这是我二哥部队来的，李军医，来跟您打听点事。"

李燕（礼貌地）："孙老师，您好！"

孙老师："啊，您好，您好。我这条船大，上我这条船吧。"

海边上的几名妇女看着他们议论开了。

妇女甲指着他们说："哎哎你们看，他们上了孙老师的船！"

妇女丙："看你大惊小怪的。孙老师是罗小海的老师，他们上去说说话，还不应该啊？"

妇女乙："要说这小海，人家就是有出息。"

妇女丙："这话说的！没出息，能找这样的媳妇？"

孙老师在船上谈兴正浓："哦，那次打赌啊，好像与他爷爷有关。有一次学校请罗大爷讲革命传统教育，他提到过罗小海的性格问题，后来我问过小海，不知出于什么原因，小海就是没说。小孩嘛，埋在心底的事都是不愿意让人知道的，用现在的话说叫隐私。所以，当时我也就没再问。哎，海霞，这事你哥当兵之后就再也没说起过？"

罗海霞："没有，我爷爷也不让问。"

李燕："孙老师，我们就是纳闷这点。在这之前，凭他的胆子，无论如何他不敢打这个赌呀。"

孙老师哈哈大笑："这是因为，在这事之前没几天，已经发生过一件事，那事给小海壮了胆子，所以他才敢这么去做。这两件事下来，他就开始变得天不怕地不怕了。后来，我发现罗小海的性格里有一种不服输的东西。那年要开运动会，我知道他的田径不错，就刺激他，结果他也不住校了，一天三顿饭来回往家跑，就这么练。开运动会的时候，他就拿了100米、400米两个第一。其中，100米的学校纪录现在还是他保持的呢！"

李燕若有所思地问道:"哎,孙老师,你刚才说的那是一件什么事呢?"

孙老师:"那事啊,是我们俩一起干的,说起来,能把你们笑死。"

罗海霞也感惊奇:"啥事这么可笑?"

孙老师:"我们俩呀,联手吓跑了一只大狼狗。"

李燕:"吓跑大狼狗?"

郊区河滩　白天

罗小海站了起来,在河滩上边走边说:"说起来,是一次很荒唐的经历,但的确深深地影响了我。那是我刚上初一那年,有一天晚上,我的一位语文老师到我家家访,完事后,让我带他去看我们村里的他的一位同学。老师的同学家刚在村头盖了新房,建了院墙但还没建门楼,也没有院门,老师仗着熟,在门口喊了一声,就带我进了院子。没想到我们到屋门口时,才发现屋门上上了锁,老师的同学全家都出去串门去了。就在这时候,一件可怕的事情发生了……"

徐亚宁、吴小丽就这么一左一右地跟着听他说。

吴小丽:"可怕的事情?什么可怕的事情?"

罗小海:"原来,老师的同学家养了一条十分凶悍而又老练的大狼狗,个头有一头小牛犊那么高,它在我们进院门时一声不吭。待我们进了院子来到屋门口时,它突然窜了出来,先到院门口截断我们的退路,然后低吼着向我们逼了过来。我天生就怕狗,一看那条凶悍的大狼狗,顿时就软了腿肚子,吓得一阵儿没了知觉。你们说,这时候我们该怎么办?"

吴小丽一下窜到罗小海的面前:"抄家伙啊!铁锨、棍子、扫把什么的都行,要不就赶快越墙逃跑!"

罗小海:"幸亏我们没照着你说的这样去做。后来老师的同学告诉我们,若是当时我们抄家伙或是逃跑,那可就惨了,因为那狼狗是一条退役的军犬,任何的抵抗和逃跑都会惹来它锐利的攻击。"

徐亚宁:"那你们是怎样脱身的?"

罗小海:"不是脱身,而是吓跑了它。"

徐亚宁:"吓跑了它?你们?"

吴小丽:"哎呀,你就别卖关子了!到底是怎样吓跑那条大狼狗的?"

罗小海:"就在我感到脊梁骨发凉的时候,只见我那位老师突然趴下身子,四肢着地,学着那狼狗一样的低吼,慢慢向狼狗逼过去。"

徐亚宁:"学狗?"

吴小丽:"那多危险呀!"

罗小海:"这就叫出其不意。在那狼狗看来,一个直立的动物突然趴下身子做出要扑出去的动作,一定是大出它的意料的。以往的经验使它弄不清这是什么奇怪的动物,所以它倒有些害怕了,不敢再往前逼近了,脖子上的毛乍着,身子往后缩着,与老师互相比着低沉的吼声,对峙在那里。老师见一个人吓不走它,想到了身后的我,倒气的工夫喊我快学他那样。我不能不听,尽管很害怕,但还是趴下身子。"

说着,罗小海真的趴下身子,再玩了那时的情景。"我一边发着低吼,一边爬到老师身旁。狼狗离我们只有一尺多的距离,它嘴里血腥腥的热气喷到我的脸上。我清楚地看到它尖利的牙齿和绿莹莹的双眼。开始还怕得不行,到后来不知怎么就忘了害怕。由于我的加入,那狼狗想必感到了力量的悬殊,吼声开始软了下去,四脚也开始往后退缩。它往后退缩,我们就向前逼进。快到院门口时,那狼狗终于抵不住内心的恐惧,突然汪汪惨叫一声,夺门而逃……"

罗小海也一屁股坐在了地上。

"哈……"吴小丽和徐亚宁放声大笑起来,笑得前仰后合。

笑过一阵,徐亚宁擦着笑出的眼泪。"从此以后,你就不再胆小了?"

罗小海:"不但不再胆小,而且还特别胆大了,你说怪不怪?"

徐亚宁陷入了沉思。

吴小丽:"我知道是什么原因了?我听我爸说过一句谚语,说'老虎我都打死了,还怕你这小野猫吗'?"

罗小海看着徐亚宁:"这谚语说得好!"

徐亚宁盯住罗小海,用目光告诉他,她明白他讲这个故事的用意了。

海边沙滩　白天

李燕和罗海霞已经回到了岸边，两人手提着凉鞋，高挽起裤腿，赤脚走在海边松软的沙滩上。

李燕："这么说，爷爷的战功还不小呢？"

罗海霞："可不！"

李燕："对了海霞，爷爷的腿是什么时候致残的？"

罗海霞："你问这个呀……"罗海霞学说评书似的："那是1952年的冬天，在朝鲜战场上，我爷爷驾驶歼五型飞机与老美的四架F-86战斗轰炸机在空战中，不幸被敌击伤。"

李燕笑了："海霞，你累不累？好好说吧。"

罗海霞："不过，我爷爷当时也打下一架美国飞机。"

李燕："爷爷绝对是有战功的，怎么回家了呢？"

罗海霞："你问这个，我也不知道，我想可能是想我奶奶了。"

李燕："你演绎的吧？那你爷爷和你二哥他们俩之间究竟发生了什么，你就一点儿不知道吗？"

罗海霞："确实不知道，我也试着问过我爷爷，可我爷爷就是不说，他一般不对我发火，一问起这事他吹胡子瞪眼，我也就不敢再问了。还有，他的炕底下藏着一件什么宝物，也是谁也不许看。"

李燕："宝物？"

罗海霞："哎，李燕姐，你不妨问问我爷爷，他最亲部队的人了，兴许会给你说的？"

李燕思索着："我看还是不要难为老人了，他不说，自然有他不说的道理。这说不定就是你爷爷和你二哥之间的秘密呢。"

罗海霞："秘密？他们之间能有什么秘密……"

郊区田陌　日外

两侧是大片成熟的玉米地，泛黄的枝叶在微风中摇曳着，沙沙作响。

罗小海和徐亚宁、吴小丽推着自行车漫步在田间的小路上。

徐亚宁："为什么就不能说呢？难道你和你爷爷之间还有什

秘密?"

　　罗小海:"是的,这是我和爷爷之间的秘密。再说了,我说了怕影响了我们郊游的兴致。你们看这里多美啊!连空气中都荡漾着激情的诗意!"

　　吴小丽:"哎,帅哥,你会写诗吗?"

　　罗小海:"会,我是个激情诗人。"

　　吴小丽:"激情诗人?"

　　罗小海与徐亚宁相视一眼,指指天空:"看到了吗,蓝天白云间,有我写过的诗句。"

　　吴小丽仰脸看天:"在哪呀?我怎么没看到?"

　　罗小海与徐亚宁大笑。

　　罗小海:"其实,你们也应该是诗人,篮球场上的激情诗人。你们知道,为什么篮球会拥有那么多如醉如痴的球迷吗?"

　　吴小丽:"为什么?"

　　罗小海:"因为篮球是一项充满激情的运动,球迷看球,其实就是为了去感受激情的。一个内心没有激情的人不会爱上篮球。一个内心缺少激情的球员,即使技术再好,也成不了那种光芒四射的球星。"

　　徐亚宁看了他一眼,若有所思。

　　罗小海看着徐亚宁:"包括你选的球衣号码,知道你为什么选24号吗?"

　　徐亚宁想了想:"我喜欢科比打球的风格。"

　　罗小海:"他是什么风格?"

　　徐亚宁:"技术好,不服输……"

　　罗小海:"还有一条,就是他打球有激情!越是有人逼抢、越是有人挑战,他越是能将球打进。你可以说他有些球投进的都毫无道理,因为在常人看来那是根本不可能的。为什么?一是技术过硬,二是有自信,关键是他有激情!"

　　徐亚宁听得入神。

　　吴小丽:"你去过NBA现场看球吗?"

　　罗小海:"其实,我也是科比的'粉丝',只不过,我还不能到现场为他加油。但是,我看到了另一个24号身上的潜质。"

吴小丽疑惑："另一个24号？你说的谁呀，詹姆斯？他是23号啊……"

徐亚宁（内疚地）："她和他没法比，她愧对24号球衣……"

吴小丽："你们说的谁呀？"

徐亚宁："小丽，你别捣乱。"

罗小海："不，她打球也很有灵性，也不乏技术和激情，缺少的就是稳定的自信！如果再把握好传球、运球、投篮这'三步曲'，她也会成为一个伟大的球星的！"

徐亚宁："传球、运球、投篮，'三步曲'？……"

罗小海："作为组织后卫，传球一定要隐蔽、准确，不要让对方看出你的传球意图，达到声东击西、出其不意的目的；运球要做到行云流水、勇往直前；投篮要做到出手果断、一举命中！"

吴小丽："帅哥，你说得对啊，你是怎么总结出这'三步曲'的？"

罗小海："我的职业也要求我把握好'三步曲'。"

徐亚宁："'三步曲'说起来容易，做起来……好难。"

罗小海："是的，但对于一个不乏技术和激情、而且还有梦想的球员来说，也不是不可以。为什么有的球员一遇上强敌，平常的技术就发挥不出来了？心理素质是个不着边际的词，依我说就是杂念太重，放不开胆子。胜人先胜己，要想战胜自己，最好的办法就是在心中烧起一把火……"

海鸥篮球馆　白天

气氛空前热烈的球场。

比分牌特写：海鸥43：45蓝箭。

看台上的罗小海，晃动着双手展开的一幅漫画——一个龇牙怒目、匍匐作狗状的人——"手"里举着"三步曲"的牌子为海鸥队加油。

海鸥队与蓝箭队的激烈比赛。小前锋吴小丽断球，一个长传传到后场的徐亚宁身后，徐亚宁与对方前锋追球，速度更快的徐亚宁抢到球后，带球直突篮下，对方两名队员上来回防……

罗小海前场的话转为画外音："……一把激情之火，一上场，就感到激情在心中燃烧，在体内激荡和奔涌。此时此刻，什么杂念都没有了，甚至感觉不到自己的存在，只感到自己被激情燃烧着的勇气、斗志、信念、信心和对胜利的渴望。你所有平常刻苦训练出来的技术，自然而然地、淋漓尽致地发挥出来了。你被激情燃烧着，推动着，声东击西，出其不意，行云流水，勇往直前，出手果断，一举命中。越进球你的激情越热烈，你已经不是在打球，而是把你的激情投入你的渴望，把你的信念投向胜利。"

慢镜：徐亚宁出神入化的传球、运球，不断撕开对方的防线，组织有效的进攻。海鸥队外围远投、篮下强攻、中距离跳投频频得手……

沸腾的球场。

热泪盈眶的徐亚宁奔向看台，向看台上挥手致意。

看台上的罗小海，晃动着双手展开的一幅漫画，向她祝贺。

激越的军乐和观众的欢呼声中，一组徐亚宁进球、不断变化的电子记分牌和罗小海打出的漫画相互交替的切换镜头。

主裁判吹响比赛结束的哨声。

比分牌特写：海鸥84：81蓝箭。

欢腾的球迷，激动的徐亚宁和吴小丽……

海鸥俱乐部 徐亚宁宿舍　晚上

徐亚宁架着醉醺醺的吴小丽进来。

吴小丽："徐姐，我们被蓝箭压得、压得三年喘不过气来，今天，我们终于报仇雪恨了……"

徐亚宁把吴小丽放到床上，为她脱去鞋子，盖上被子，又用热毛巾为她擦了擦脸，吴小丽嘟嘟囔囔地睡去。

屋里静了下来。徐亚宁坐在桌前，看着镜框里自己的一张运球的照片，陷入了沉思。

吴小丽（梦呓般地）："帅哥、帅哥你好棒啊，徐姐听了你的话，才这样换了个人似的……要不是她已经有了她的那个他，为了海鸥队，我就牺牲自己，把你让给她……"

吴小丽的话，使徐亚宁突然烦恼起来。她站起来，来回踱了几趟，像下定什么决心似的，从包里拿出手机。

某招待所 刘长军房间　晚上

床上桌上到处是铺开的图纸和资料，刘长军和领航员在一张航图上用红蓝铅笔标注着。

电话铃响。

领航员："这么晚了，谁来电话？"

刘长军接起电话："喂，哪里？……请讲话……"

听着仍然没有声音，刘长军摇摇头，无奈地放下了电话。

领航员（打趣地）："不会是骚扰电话吧？"

刘长军："你想什么呢，不管它。来，我们继续计算机载雷达的搜索距离。"

海鸥俱乐部　徐亚宁宿舍　晚上

徐亚宁对着手机，张了张嘴，却什么也说不出来，就这么拿着手机，愣愣地站在那里一动不动……

篮球训练场　晚上

皓月当空，星斗璀璨。

徐亚宁身披一件运动装，静静站在篮球场的中圈内。

徐亚宁的心声："我自己也搞不明白，以往比赛，头前两三天，就开始一遍又一遍地叮嘱自己，要保持好状态，要有自信，上了场更不用说了，一心想着要把球打好，可最终，往往事与愿违。今天在场上，我感到特别轻松，有些没有把握的球，却出手就有……"

天上，悬挂着一轮圆月。

徐亚宁围着篮球场漫无目的地走着。

徐亚宁的心声："就是这样，自从打球以来，我从来没有像今天这样酣畅淋漓过。这感觉真好，我终于真正体会了一次篮球……这其中，当然是另有原因。其实这样的话，教练们以前没少说过，可是怎么都没有他说出来的那样富有感染力——隐隐约约中，我感到……他热情洋溢，像一团火，我拼命地抵抗，可是，总也抗拒不了……其实，我也知道，长军是个很好的人，他像父亲，又像大哥，呵护着我。从他那里，我虽然得不到像罗小海给我的这般激情和自信,可我并不讨厌他。我信任他,尊敬他,他也深深地爱着我。无论如何,我不能……我不能呀,我是不是变坏了……"

月光下,徐亚宁已是泪流满面……

夜空　晚上
皓月当空,星斗璀璨。

一架夜航的直升机飞过晴朗的夜空。

海鸥俱乐部 篮球训练场　晚上
徐亚宁抬起头来,望着天上的飞机融入茫茫夜空。月光照耀着她脸上的泪痕,照耀着她泪莹莹的双眼……

——第八集完

第九集

舰载机A团 卫生队心理测试室 白天
李燕坐在电脑前,专注地看着电脑屏幕。
纤细的手指在键盘上熟练地跳动着。
屏幕上出现"明尼苏达多相个性测验"软件系统的内容,音箱语音提示罗小海资料输入结束。
李燕停下操作,伸了个懒腰,开门走了出去。

舰载机A团 卫生队走廊 白天
李燕刚带上门,一抬头,吃了一惊——罗小海正双手抱臂站在前面。
罗小海目光犀利地盯着她,脸上的表情带有明显的敌意。
由于太突然,李燕显得有些慌乱。"罗、罗中队长,是找我吗?"
罗小海冷冰冰地"哼"了一声。
李燕马上意识到了罗小海的来意,于是镇静地说道:"请吧。"

舰载机A团 心理测试室 白天
李燕和罗小海进来,此时的李燕已显得十分镇静。

李燕直视着罗小海道:"是兴师问罪吗?那就开始吧。"

罗小海气不打一处来。"李燕同志,你是不是也太自以为是了?"

李燕:"什么意思?"

罗小海不无嘲讽地说:"即便你真的就是心理医生,也没有私闯民宅的权利吧?"

李燕:"私闯民宅?这罪名倒是不小。不过,请问我私闯何人的民宅了?"

罗小海:"行了,李燕,别作秀了。我只想问你一句,你跋山涉水不辞劳苦地去我家,到底想干什么?"

李燕:"罗小海,我看你才是自以为是呢。我去你家了吗?我去的是罗大婶家、是罗海霞的家。我是去拜访他们的,这与你有何相干?"

罗小海:"你……"

第一次看到罗小海被噎,李燕不禁有些暗暗得意。

罗小海有点急了:"可是,去冒充人家的……那个,总有些过分吧!"

李燕:"罗中队长说话怎么也这样吞吞吐吐了。我替你说——冒充人家的媳妇——是吧?"

罗小海对李燕前所未有的镇静和坦荡不免一惊。

李燕:"是海霞打电话跟你通报了对吧?这个情况,需要说明一下。在整个我去罗家滩期间,本人自始至终没有冒充人家媳妇的任何言行,甚至是暗示,不信你可以进一步调查核实。至于许多善良人的善良的猜测,除了跟他们解释说'你们别乱猜,我们只是普通的战友',其他的我无能为力。"

罗小海:"可是……你到处打听别人小时候的事,这是什么意思?"

李燕:"哦,说了半天,原来是为别人知道了你的少年经历呀。"

罗小海:"这涉及个人的隐私权!"

李燕将桌上的一张纸条推到罗小海面前说:"请看,这是隐私权的司法解释。"

李燕预先就有了防备，这令罗小海大为惊疑。

李燕："我进行的是一项飞行心理学的研究。之所以对一个叫罗小海的飞行员产生兴趣，是因为他的心路历程对此项研究更具有标本意义。"

罗小海："什么？你把我当标本？"

李燕直视着他："不当标本，那么你想让我把你当什么？"

罗小海被她直视得扭过头去："我是人，不是蝴蝶呀蜻蜓什么的！"

李燕："哈……原来罗中队长也有孤陋寡闻的时候呀！我来告诉你，广义的标本是统指某项研究的特定对象，并不是只有蝴蝶呀蜻蜓什么的才可以充当标本，人也可以，曾经以学狗吓狗练出胆来的飞行心理学研究标本罗小海就是一个例子。"

罗小海："你，你简直是……"

李燕开怀大笑。

王萍进来，左右瞧瞧二人："什么喜事，这么开心啊！"

罗小海羞恼地出去了。

王萍（纳闷地）："这怎么回事呀？"

李燕（得意地）："哼，这一回，我终于敲掉了他的几分傲气。"

舰载机A团　卫生队楼前　白天

罗小海悻悻地走出卫生队的大楼，碰上纪天祥。

纪天祥凑上来，观察着罗小海的脸色调侃道："喂，可喜可贺啊！"

罗小海（没好气地）："什么可喜可贺，去去！"

纪天祥（不依不饶地）："缴械之后，是不是要接受收编了？"

罗小海有些急了，要抓纪天祥。纪天祥早有准备，拔腿逃之夭夭。

罗小海大声说："大纪，你别跑，我有事给你说呢！"

说完，罗小海追了上去。

舰载机A团 心理测试室　白天

王萍听完李燕的叙说，有点忍俊不禁："也难怪罗小海发火，追人也没有这么个追法的呀——他家里人肯定误会了！"

王队长的态度使李燕感到委屈："队长！连你也这样不理解人！我去可是跟您和团长请假的。"

王萍看李燕有些情急，连忙纠正："好好好，不是为了追人家，而是为了研究人家才跑到人家家里去的——这成了吧？"

李燕更急了："队长，你……"说着时，泪水竟在眼里打转。

王萍："我说过的么，你们两个说不定还不打不成交呢！"

李燕一扭头："队长，你说什么呀，我不理你了！"

王萍："哎，你还真认真了？我知道，你这项工作虽然有难度，但由于你的认真和执著，进展很快，连卫生处都来电话表扬你了。"

李燕掉转身子抹泪。

王萍纳闷不解，想了想，突然笑了："你看，大姐刚才是给你开玩笑。罗小海要是再来找事，我给你挡着！"

李燕被逗得破涕为笑。

王萍："说真的，你这次去他老家有收获吗？"

李燕用纸巾擦着眼睛："收获么，还是蛮大的。队长你知道吗，罗小海的爷爷也当过飞行员，还有过战功呢！"

王萍："你是说，他遗传了他爷爷的一些东西？"

李燕："不能完全这么说，但他身上肯定有他爷爷的影子。"

王萍："废话！他还有他爷爷的基因呢。"

李燕："队长，我不是这个意思。我是说，这次到罗小海老家去我才知道，其实罗小海小时候胆量特小。"

王萍："那后来怎么就练的胆大了呢？"

李燕："与他的一次经历有关，可我觉得最有关的应该是他爷爷……"

王萍："他爷爷？他爷爷怎么了？"

李燕："他爷爷和罗小海之间肯定有点什么事，而且对罗小海性格的形成起了决定性的作用。可这么多年了他爷爷一直守口如瓶，就是不说……我想这也是我这次调查留下的遗憾。"

王萍："那你问罗小海了没有？他也不说？"
李燕："他和他爷爷好像有什么约定似的。"
王萍："什么约定，那是没到时候，有一句话是怎么说的？叫……什么铁鞋无什么处……得来全不费工夫。"
李燕："喔，队长你说的是踏破铁鞋无觅处，得来全不费工夫。"
王萍拍拍脑门："对对对，你看我这个猪脑子，到了嘴边就是想不起来。哎李燕，光顾着说罗小海了，还有一件事差点儿忘了跟你说了呢。"
李燕："什么事？"
王萍："什么事？你也猪脑子了？你说的要个助手的事，我和副队长研究了，就把文霞文护士给你了，她以后就归你指挥了。"
李燕高兴地抓住王萍："太好了。"

舰载机A团 营区一角 白天

罗小海和纪天祥走进凉亭。
罗小海："大纪，明天飞完最后一个带飞，你就要到二中队去了，我准备给你安排一个小型的欢送仪式。"
纪天祥："别别，千万别，我也就是到二中队临时负责一段，你搞得忒正式了我承受不起。"
罗小海："临时负责怎么了？临时负责也是一种荣誉。我现在不也是临时负责吗？一想到杨光、常少伟他们在我临时负责期间就要放单飞了，我就感到说不出的兴奋。"
纪天祥："你的心情我完全理解。不过，我和你不一样。"
罗小海："有什么不一样的？"
纪天祥："道理其实很简单。我这个临时负责确实是临时的，你的临时肯定也是临时的，只是此临时非彼临时也。"
罗小海："嚯，纪天祥现在说话也会绕圈子了！"
纪天祥："这算绕什么圈子。你想啊，二中队长到南海执行任务，如果老天爷配合，天气没有问题，两个月就归建了，即便是老天爷不配合，撑死大不了半年的时间；你就不一样了，你的临时其实才是真的临时，不出意外马上就会把你的临时去掉，给你扶正。

就是刘长军回来，也不会威胁到你在一中队地位的稳固。他接装试飞回来，根据A团的惯例，必定另有重用。"

罗小海点点头："长军就要回来了，他回来就意味着海龙也要装备咱们A团了，我就想早点飞上海龙。"

纪天祥："谁不想飞海龙，问题是第一批改装还不知道是哪些人呢。小海，别看你和长军是同学是哥们，还什么金牌组合，你不该来到就和他较劲！这次改装海龙，长军的意见可是很重要。"

罗小海："大纪，你扯到哪儿去了？我什么时候跟长军较劲了？你不要挑拨我们老同学的关系啊。"

纪天祥拉罗小海坐下："我哪是那个意思。我这不是为了你早点飞上海龙嘛。"

罗小海："你也要争取啊。"

纪天祥："争取争取，当然争取。"

罗小海："哎，大纪，那天嫂子没事吧？"

纪天祥（有点难堪地）："你……都看到了。"

罗小海（依然气愤地）："当时我真想上去把那老小子给揍扁了！嫂子喝成那样，他倒没事开着大奔。我最痛恨那些在酒场上灌女人喝酒的男人！"

纪天祥："我也给我老婆说过，酒场上要适可而止，可牛总总是把她推到一线，我老婆这个人天生的又不抗嚷嚷，不喝多才怪呢！"

罗小海："大纪，我有个想法。"

纪天祥："你说。"

罗小海："实在不行，我给团里反映反映，让团里出面到市里协调一下，给嫂子换个工作，不在那个鬼地方干了，你看怎么样？"

纪天祥："小海，你刚来A团时间不长，有些事你不知道，咱们这地方虽然是个双拥城，可部队家属的安置也确实困难。"

罗小海："总部文件都说了，对飞行员家属要特殊照顾嘛。"

纪天祥："怎么照顾？现在连大学生找工作都困难，整个一人才过剩。问题是，我老婆本身也是大学学历，又是个要强的人，你就是真的给她安排个不合适的工作，她还不来呢。"

罗小海若有所思："哦……不过，我还是提醒你到二中队以后，尽量把家里的事弄利索了，别影响了飞行。"

纪天祥："你放心，我尽量吧。"

罗小海站起来："走吧，咱们也得去准备准备。"

纪天祥跟着站起来："小海，下一步二中队有什么事你还得多多指教。别看我兵比你老，在管理上要向你学习。"

罗小海边走边说："互相学习，共同提高！"

两人说笑着走向空勤楼。

舰载机A团 空勤楼门厅　白天

罗小海进门，看到文书抱着一摞报纸下楼，就急走两步，从文书手里夺过一卷报纸，翻到了其中的体育版。

他抽出其中的几张，对文书："这几张归我了。"说完上楼去了。

文书："哎，你也让我瞧一瞧嘛。"

罗小海一边上楼一边打开报纸。

体育版上登着徐亚宁突破上篮的大幅照片，上面是大号字体的通栏标题：激情24号激情四射　巾帼海鸥狂胜蓝箭。

罗小海开心地笑了："激情24号，这个命名不错。"

海鸥俱乐部 徐亚宁宿舍　白天

吴小丽："徐姐，吃水不忘打井人，翻身不忘共产党是不是？帅哥帮你找到了感觉调好了状态，怎么的咱得请人家一顿啊，是不是？有道是……"

徐亚宁："行了行了，你有完没完？"

吴小丽："哼，难怪人家说，好了疮疤忘了疼，三天两头乱哼哼。"

徐亚宁心烦地不行，拿起包就走："快点吧，教练都下去了，车可只等教练不等你啊。"

吴小丽在后面嘟囔着："你呀，这才刚做明星呢！"

舰载机A团 训练中心门前　白天

罗小海在前面走着，纪天祥、常少伟、杨光、谢晨等赶了上来。

纪天祥："罗中队长，今天的仪表练完了、体能也练完了，你是不是带领大家放松放松?"
　　罗小海:"你又想出了什么馊主意?说吧,想怎么放松?"
　　纪天祥:"我们商量了,下面的时间咱们'够级'去。"
　　罗小海:"打牌啊?那可不是我的强项。"
　　常少伟:"对,咱们够几把吧,好长时间没玩牌了。"
　　纪天祥:"我们现在是五缺一,你不参加多不够意思?啊?"
　　说着,向常少伟等一示意,几个人像绑架似的将罗小海架起就走。

舰载机A团　幼儿园门口　白天
　　田琳领着丹丹走出幼儿园。
　　丹丹高兴地围着田琳跑着:"妈妈,今天你怎么下班这么早呀?"
　　田琳:"妈妈今天到银行办完事,顺便让司机叔叔把妈妈送回来了。"
　　丹丹:"妈妈,以后,你都来这么早好吗?"
　　田琳:"丹丹,妈妈想啊,可是妈妈公司忙,不可能每天都来这么早的。"
　　丹丹撅起小嘴:"我讨厌妈妈忙。我要妈妈陪我玩。"
　　田琳领着丹丹的手:"今天妈妈就陪丹丹玩,好吗?"
　　丹丹:"好!"
　　田琳蹲下把脸靠近丹丹:"那你应该怎么办?"
　　丹丹上前亲了田琳。
　　田琳拎起手中的塑料袋:"好宝贝。走,回家妈妈给你做好吃的。"
　　丹丹看着塑料袋:"妈妈买的什么好吃的?"
　　田琳:"妈妈给你买的你最最喜欢吃的小活虾。"
　　丹丹:"妈妈真好。"
　　田琳领着女儿走去。

同上　空勤俱乐部棋牌室　白天
　　罗小海等六人摸扑克牌,纪天祥一方头上都戴上了纸帽子。

纪天祥摸着牌："人在运上马在阵上。这人要是交了好运，一顺百顺。"

对门罗小海："得了，别给自己的臭牌找借口了。"

常少伟："就是，大纪你臭不要紧，还连累了我也跟着你戴帽子。"

纪天祥："就是不来好牌，我有什么办法？！就像美国打伊拉克一样，打得什么？打得是装备！没有先进的装备，技术再好也不行。"

常少伟："上一把四个大王你抓了仨，装备还差嘛，怎么也打输了？典型的技不如人！"

罗小海："少伟这话说到了点子上。装备固然重要，还要靠人使用。一位伟人说过，决定的因素在人而不在物。打牌也一样，也要讲技战术，同志们说对不对？"

常少伟等起哄："太对了！"

纪天祥："行了！什么技战术？打牌就是个运气。我看你这阵子，桃花运带来了好牌运。"

罗小海整理着牌："借你的吉言，这回我再赏给你一顶纸帽子。"

纪天祥："别光纸帽子呀，将来真的拿下了团花，得好好请请兄弟们。"

罗小海："好好打牌，别胡说八道。"

常少伟："中队长，我们可是都听说了。"

罗小海："听说什么了？"

常少伟："还是让大纪说吧，有些词我还说的不太专业。"

纪天祥瞪着常少伟："你小子，这样的事你们都推给我啊！"

常少伟："你是过来人，你多专业啊。"

纪天祥猛地甩下一套牌："拉倒吧你。我就爱讲个小笑话，活跃活跃气氛，与黄段子可不沾边啊。"

常少伟："我是说你口才好。"

杨光："以后再有演讲这样的任务就由你承担了。"

纪天祥："去去，你别跟着瞎起哄！好好打你的牌。"

常少伟："说正事呀，怎么跑题了？"

罗小海："少伟，我看你是唯恐天下不乱。"

常少伟："好玩嘛。"

纪天祥："其实，不就是说未婚妻上门认公婆了嘛。"

罗小海拉下脸："大纪，这样的玩笑开不得。"

纪天祥："这怎么成了开玩笑了？团里好多人都知道李医生到你老家去了，谁不知道啊？"

罗小海："去了又怎么样？"

纪天祥："是啊，去就去了呗，我们也没说什么嘛！"

罗小海使劲甩下几张牌："扣牌，看我怎么收拾你！"

纪天祥家　黄昏

田琳带着围裙从厨房出来，抬头看了看厅里的挂钟。

时钟指向五点三刻。

丹丹："妈妈，几点才能吃饭呀？我要吃虾。"

田琳："一会儿就好，再等一会，啊？"

茶几上的电话铃响，田琳走过去拿起了电话。

田琳："喂……哦，是牛总啊？……对，我今天搭便车早回来一会，我正做饭呢，怎么……"

某通讯公司办公室　白天

牛总："南方的老板也是刚到，晚上的活动他点名要你参加。"

田琳（画外音）："牛总，我正给孩子做饭呢，你是不是帮我解释解释……"

牛总："我解释了，没有用，人家非要你来。小田，你听我给你说，他这次来可是带着订单来的，你要是不来恐怕对咱们公司不太有利……干脆，我这就开车去接你？（看一下手表）小田，我看还是这样吧，为了节约时间，干脆你打的赶过来吧，车票我给你报销！"

纪天祥家　白天

丹丹愣愣地看着妈妈："妈妈，你又要加班？我不要你去！嗯……"

田琳抚摸着女儿:"牛总,要不然……我把孩子带着吧?"

牛总(画外音):"这样不太合适嘛……再说也会影响你自己的形象嘛。今天时间不会太长,晚上还要签合同,孩子你就让你老公先带一下嘛。这边一结束我马上亲自开车送你回家,你看怎么样?"

田琳(犹豫地):"那好吧……"

丹丹极不情愿地:"妈妈,你别走……"

田琳:"丹丹听话啊?妈妈一会儿就回来。"

丹丹拉着田琳:"我就不让你去嘛!"

田琳看看表:"哎呀,快来不及了。我打电话叫你爸爸回来陪你。"

田琳拿起电话拨号。

舰载机A团 空勤楼门厅　白天

文书刚要出门,电话铃响。

文书回去接起电话:"喂,空勤楼,请问你找谁?"

田琳(画外音):"请找纪天祥接个电话吧?"

文书:"你是嫂子吧?你又有什么急事?"

纪天祥家　白天

田琳:"这次我真的有急事,麻烦你快点叫他接电话。"

文书(画外音):"嫂子,他们正在学习……学习'54号文件',不让叫人。"

田琳:"我不管几号文件,你赶快去叫。我告诉你,我可是飞行员家属,我们家有大事,你要是耽误了我们家的事,你要负责的!"

文书(画外音):"那你等一会吧。"

舰载机A团 空勤俱乐部棋牌室　白天

罗小海、纪天祥等6人正在打扑克,文书急急忙忙跑进来。

纪天祥头上戴着报纸叠的纸帽子,情绪本来不高,也生怕别人看到此情此景,不耐烦地问:"文书,你跑这么快干什么,着火了似的。"

文书说:"对,就是你家着火了。"

纪天祥摘下帽子，放下牌："什么？是真的假的？"

文书："是你家嫂子发火了，你快去接个电话吧。"

纪天祥长喘了一口气："你小子，把我吓着了。去，告诉她我有事。"

常少伟："别拿劲了，去接吧。"

罗小海："大纪，去接吧，反正咱们马上开饭了。"

纪天祥（不满地）："我这把牌不错，能翻身的！"

众人站起来，纪天祥下楼。

纪天祥来到空勤楼门厅，拿起听筒："琳琳，又怎么啦，文书成天就为你一人服务了。"

田琳（画外音）："天祥，牛总刚才来电话，公司有急事，要我去一趟……"

纪天祥（没好气地）："又是牛总，告诉他你不在家！"

纪天祥家　白天

田琳："说什么胡话呢，我都接电话了还不在家？牛总说了，今天晚上的活动对我们公司很重要，我必须参加。你能回来照看一下丹丹吗？"

纪天祥（画外音）："我明天有飞行啊，晚上要求是不能回家的，这个你不是不知道，再说我也不好意思老是请假……"

田琳："光你的事重要，我的事就不重要！"

纪天祥（画外音）："田琳，你怎么这么说话？"

田琳："我怎么不能这么说话，丹丹我放在家里，你看着办吧！"

田琳重重地放下了电话。

舰载机A团　空勤楼门厅　白天

纪天祥无奈地看着听筒，摇摇头。

罗小海等人下楼，拉着纪天祥一起出门。

舰载机A团　外场停机坪　白天

按照飞行训练计划，今天是最后一个带飞训练日，外场显得格外繁忙。

张团长和郝刚从一排飞机前走过来。

张团长:"飞虎534不是已经改成救护机了吗,怎么今天也拉出来了?"

郝刚:"到南海的飞机走了以后,飞机就显得紧张了。今天又是个大场次飞行,除了战备值班的飞机,全部出动了。"

张团长:"上级要求,从下个月起,海上救护也正式列入训练计划。"

罗小海、杨光和空中机械师一起登上了飞机。罗小海带杨光在飞虎534号飞机驾驶舱内做起飞前的准备。罗小海在他的副座前粘贴着徐亚宁的"大头贴"。

丁世杰攀上飞机:"怎么样,有什么问题吗?"

杨光:"中队长检查了一遍,我又检查了一遍,没什么问题。"

丁世杰:"没什么问题,下来签字吧。"

说着,丁世杰就要下飞机,他发现罗小海没有反应,又回过头叫道:"小海,下来……哎?你在那贴什么呢?"

丁世杰凑到罗小海跟前看着徐亚宁的"大头贴":"小海,你这是从哪弄来的港台明星照,怎么往飞机上贴?快揭下来。"

罗小海:"你不知道我是一个追星族嘛,贴在这不影响什么。"

杨光趴过来看着:"这是谁呀?有点面熟,冰冰?不是,玲玲?也不对,到嘴边了就是叫不上名字来!"

丁世杰催促道:"管她是谁也不能贴,这要是让领导发现了你我都得挨批。快,快揭下来。"

罗小海:"别别,挺好看的。贴在这,为枯燥的仪表盘增添了几分活力,还可以为飞行增加动力,效果不错。"

丁世杰:"罗中队长,你别胡闹,你把女人像贴到飞机上,这可是违反规定的!"

罗小海:"哪有这个规定?"

丁世杰:"怎么没有?连飞行员宿舍都不准贴女人像,更何况是飞机上!"

罗小海:"老丁,这不是画,只是个小饰物。没关系,上次我为你……"

丁世杰话到嘴边又咽了回去……

"马上开车了，你们还在说什么？"

不知什么时候，张团长站在了机舱门口。

丁世杰回过头，一时手足无措："哦，团长，没什么，马上开车。"

张团长向机舱里探着头："丁世杰你怎么了？飞机有问题吗？"

丁世杰赶紧伸下一只脚，"堵住"张团长："报告团长，飞机没问题！"

郝刚："没问题啰唆什么，抓紧试车。"

丁世杰："是，马上就试车。"

丁世杰走下飞机，把张团长挤开了。

张团长对丁世杰"不礼貌"的举动有些莫名其妙。

丁世杰对机舱（大声地）："罗小海，签字！"

张团长和郝刚怕影响他们工作，遂走向别处。

丁世杰向罗小海交接飞机。两人签字。

罗小海签完字和丁世杰对击了一下手掌。

罗小海："哥们够意思。"

丁世杰："还够意思呢，我差一点儿吓出尿来！"

杨光已坐在驾驶座上，罗小海照例坐在了带飞座上，领航员坐在领航席。

罗小海问："准备好了吗？"

杨光："准备好了。"

罗小海："请示起飞。"

杨光："泰山，111请示起飞。"

指挥员（画外音）："111可以起飞。"

伴随着指挥员的一声令下，534飞机的螺旋桨飞速旋转起来。

杨光看着飞机前面，伸出大拇指。

丁世杰站在飞机前面，看着飞机里的杨光，也伸出大拇指。

飞虎534起飞离地。

丁世杰等迅速跑向场边。

飞机在缓缓爬升，罗小海仔细观察着杨光的飞行动作。

少顷，罗小海看看指示表，又向舷窗外望去——

在罗小海的主观视觉中，城市，楼群，海区……飞掠而过。

东海国际饭店　白天

矗立在前海湾畔的东海国际饭店，巍峨壮观。

富于节奏的迪斯科舞曲从大楼内飘然而出。

在大楼顶层的东海国际饭店健美厅里，徐亚宁、吴小丽和另外几名队友在健美教练的带领下，正在伴着迪斯科舞曲的节奏进行四肢力量练习。

徐亚宁大汗淋漓，吴小丽却偷工减料。

健美教练大声地提醒："动起来，动起来，注意节奏。对，不要停下！"

吴小丽加速运动。

突然，一人慌慌张张撞门而入，与此同时一股浓烟涌进门来。

来人："不好啦！下层楼起火啦！"

众人大惊，呼喊着奔向门口，又被浓烈的烟火顶了回来。

来人："不行，下层楼火太大，冲不下去的！"

吴小丽和另一名女孩吓得哭起来。

徐亚宁："哭什么！快打开窗户通风！"

一中年妇女："看看有没有绳子什么的，我们从窗户下去！"

室内一片尖叫声。

从楼房外面可以看到，饭店最上两层的窗户浓烟滚滚。

楼下是驻足观看的人群和停驶的车辆……

飞虎534直升机正在按飞行计划飞行在航线上。

罗小海不时指导着杨光的驾驶动作。

罗小海："断开自动驾驶仪，爬高2000。"

杨光："明白。"

领航员向下观察着，不时地在航图上勾画着。

这时，罗小海、杨光耳机里传来塔台指挥员的呼叫："103，103，报告你们现在的位置。"

罗小海:"泰山、泰山,103马上飞抵6号空域。"

塔台指挥员(画外音):"103,103,东海区一高层饭店发生火灾,有6人被困顶楼,情况紧急,泰山令你们立即改变航线,尽快飞赴目标,见机实施营救!"

罗小海:"103明白!"转而对杨光:"转飞市区,全速飞行,下降高度"。

杨光蹬舵,推驾驶杆:"111明白。"

于是,飞虎534紧急掉转方向,朝市内方向全速飞去。

海面、岛屿、船只等景物在飞机下面飞速退去。

马路　白天

几辆消防车一路鸣笛,疾驶而来。

车辆、行人纷纷避让,消防车风驰电掣驶往发生火灾的地方。

此时,东海国际饭店健美厅里已经浓烟弥漫,尖叫声、咳嗽声此起彼伏。

被困的人用衣服捂住口鼻,爬在窗前等待营救。

吴小丽:"徐姐,我们完了,我们会被烧死的……"

徐亚宁:"小丽,坚强一些!刚才楼下不是喊过了吗,已经向驻地海军的飞机求援了!"

吴小丽:"徐姐,我还想进省队、进国家队、入选世界女篮最佳阵容。我还有好多好多理想,我想和帅哥结婚、生孩子,生一个最漂亮最聪明的孩子……"

徐亚宁大吼:"你闭嘴!"

飞虎534直升机已经飞临东海国际饭店上空,并开始下降高度。

楼下的人群发出一片高呼。

一手持喇叭的负责人喊住众人,向直升机喊叫:"解放军同志,请向顶楼营救,被困人员全在顶楼……"

罗小海探出半个身子观察了一下地形,指挥杨光靠近着火的楼层。

罗小海向爬在窗户上的待救人员喊:"里面的人注意,你们赶快找到通往楼顶的通道!……"

徐亚宁和吴小丽几乎同时看清了罗小海，惊喜地向他打着手势，呼喊着。

吴小丽（急切地）："帅哥，我在这呢，快来救我——"

徐亚宁不住地摆手。

罗小海也看清了她们："亚宁！小丽！下面火势太大，飞机不敢靠前，你们快去找到通往楼顶的通道！快带大家到楼顶来！"

一位中年妇女声嘶力竭地喊道："找到了！有一个通口！"

健美教练提示她："你再大声点，上面听不见！"

中年妇女明显没劲了："我喊不动了，你来吧！"

健美教练把中年妇女拉到后面，伸出半个身子，上半身几乎裸露："有一个通口，我们马上就去！"

健美教练发现自己的不雅，赶紧提着身上的健美背心。

罗小海一边喊叫一边打着手势："亚宁！快带他们上楼顶！"并提醒杨光："1号，控制好飞机！"

看到此情此景，领航员纳闷："怎么，他们认识？"

飞机缓缓爬升。

罗小海指挥飞机飞临楼顶上空。

东海国际饭店楼顶　白天

被困人员开始一个个爬上楼顶。

飞机悬停在楼顶上空，罗小海手抓吊篮，打开升降开关，迎着滚滚浓烟，将吊篮送到楼顶。

罗小海命令众人："快上吊篮！下面火势太大，再晚就危险了！"

中年妇女赶紧抓住吊篮，跨了上去。

罗小海和徐亚宁帮着其他四人上了吊篮。

罗小海："还能再挤一人——你也上去！"

徐亚宁："不！你上。"

罗小海："快上！"

徐亚宁："你上！"

健美教练："都什么时候了！别再让了！"

吴小丽焦急地看着徐亚宁和罗小海。

杨光看看四周涌起的浓烟和火苗,探出头向下焦急地大喊:"中队长!"

罗小海瞪了徐亚宁一眼,然后指挥飞机上的机械师升起吊篮——钢索缓缓收缩,吊篮被吊离楼顶,升空,接近飞机舱门。

楼下爆发出一片呼喊。

几辆消防车鸣着警笛急速向楼下驶来。

楼顶上,浓烟包围中的罗小海和徐亚宁深情地对视着。

吊篮再一次由钢索送了下来。

烟火更大了,罗小海先扶徐亚宁进了吊篮,然后自己进去。

罗小海对飞机打着手势,喊叫着:"快爬升,脱离危险地带!"

飞机慢慢爬升,将罗小海和徐亚宁吊离楼顶。

飞机继续升空,吊着罗小海和徐亚宁飞离火灾现场。

直升机吊着罗小海和徐亚宁飞在城市的上空,寻找着陆点。

吊篮里的徐亚宁,由于紧张而紧紧抱住罗小海,罗小海则带着他那大孩子般的微笑目不转睛地盯着她。徐亚宁猛然惊觉,往外推他,却被罗小海抱得更紧。徐亚宁轻吟一声,放弃了努力。两人面对面地注视着。吊篮一个摇摆,徐亚宁眼前发花,连怕带窘,慌忙闭上眼睛。

罗小海(镇静地):"看着我,睁开眼睛看着我!"

徐亚宁睁开眼睛,大胆地看着他。

罗小海平静而自信的目光。

机舱里,中年妇女畏缩在一边,其他人焦急地向下张望。

领航员看着吊篮里的情景,感慨道:"是英雄救美,还是天赐良缘?"

吊篮里,徐亚宁也渐渐地平静下来。

罗小海:"还害怕吗?"

徐亚宁用眼睛回答他:不,不害怕了。

杨光看着下面吊篮里紧紧抱在一起的罗小海和徐亚宁,别有用意地笑了。

良久,罗小海青春的面孔慢慢凑了过来,徐亚宁在镇静之后表现出了出奇的坚定,用手腕的暗力阻滞了罗小海动作的继续。与此同时，两颗晶莹的泪珠滚落而下……

罗小海诧异地看着徐亚宁，但他还是尊重了她，一如既往地抱住她，向空中升去。

飞机上，吴小丽趴在舷窗上，看到下面吊篮里拥抱在一起的罗小海和徐亚宁，哇的一声哭了起来："笨小丽！为什么当初你不用球击他？为什么刚才你不留在最后？笨呀傻呀死小丽！……"

杨光回过头来训斥："哭什么哭！要哭回去哭！"

吴小丽看着杨光，虽然憋住，仍不服地说道："你干嘛那么凶！"

杨光又转回头看了吴小丽一眼（似曾相识地）："你是？……"

吴小丽也大悟："不会吧？……"

吴小丽有些犹豫地移到驾驶舱门口，打量着杨光："真是的，哎！"她又好奇地扫视着驾驶舱，突然眼睛一亮："哎！这不是徐姐的大头贴吗？他怎么不贴我呀！"

音乐中，飞机吊着罗小海和徐亚宁远去……

海边　白天

波涛一道接一道地汹涌而至，撞击着岸边的礁石，浪花四溅。

徐亚宁站在观海亭下，凭栏远眺，心潮难平。

吴小丽来到她的身边。

吴小丽："难怪人家说，爱情这东西，就是有心栽花花不开、无心插柳柳成荫。"

徐亚宁："你胡说什么？"

吴小丽："谁胡说了？傻瓜也能看得出来。"

徐亚宁转头看向大海，半晌才说："其实，并不像你看到的那样。"

吴小丽（疑惑地）："不是那样，是哪样？空中历险，多刺激、多浪漫，分明就是美国大片中才有的场面。我羡慕你，嫉妒你！"

徐亚宁："好了，小丽，有些事你不知道，以后我再跟你说。"

吴小丽："不，我现在就要说。徐姐，我知道你在强迫自己说不爱他，但是没用。无论是谁，无论是多么骄傲的人，都得向他投降，你抵抗不了他……"

徐亚宁："够了！你少给我提他，别跟我提他！……"

吴小丽："你还不知道吧，他把你的大头贴都贴在飞机上了！这是多么经典、多么动人、多么高水平的爱呀……"

徐亚宁激动了，她还想说什么，却又无从说起，情急之下，眼里盈着泪花掉头跑去。

吴小丽看着徐亚宁的背影，大叫一声："徐姐，我还没说完呢——"

——第九集完

第十集

舰载机A团 机库门前　白天

罗小海和丁世杰从机库门前并肩走来。

丁世杰："你还没说呢，昨天飞改装的飞机感觉如何？"

罗小海："没想到第一个架次就派上了用场。"

丁世杰："是不是还成全了你的一桩美事？"

罗小海："巧合，完全是巧合。"

丁世杰："我关心的是，我改装的救护吊篮好不好使？"

罗小海："蛮实用的。只是觉得，吊篮靠电机向上拉，自动化程度低了一点。如果能改成电脑控制，再分出快慢挡似乎更好。"

丁世杰："嗯，这个意见不错，有空我再琢磨琢磨。对了，你贴的那个粘贴我可要给你揭去了？"

罗小海："别别，请丁机械师手下留情。"

这时，苏成挎着照相机从远处跑来。

苏成边跑边喊："罗中队长，请等一等——"

罗小海、丁世杰放慢脚步。

苏成气喘吁吁地来到二人跟前："罗、罗中队长，你让我好找。请你配合一下，走，咱们到前面的飞机前，我给你拍张工作照。"

罗小海："苏成，拍什么照，我没有兴趣。"

丁世杰跟罗小海打声招呼先走了。

苏成:"罗中队长,是这样的,昨天你救人的事迹,我准备向报社投稿,进行宣传报道。"

罗小海要走。"你不要搞错了,昨天是杨光飞的,要宣传你找他去吧。"

苏成上前拉住罗小海:"哎——罗中队长,那飞机上的明星照又是怎么回事?"

罗小海(不耐烦地):"什么明星照?那是我女朋友!"

苏成(执拗地):"那就谈谈你未婚妻吧。"

罗小海:"对不起,这是我的私事,无可奉告!"

说完,罗小海追丁世杰去了。

苏成愣愣地站在那里,不满地嘟哝道:"天之骄子,就这么牛?"

同上 卫生队楼前 白天

一辆军用卡车开到卫生队楼前停下。

文霞和一个男卫生员在车上押运着几个木箱。车停稳后,男卫生员放下车后挡板,跳下车。

李燕从副驾驶座上下来,对文霞说:"你们先在这等一下,我去找人。"说完,兴冲冲地进楼。

同上 卫生队办公室 白天

办公室的门敞开着,李燕径直走进办公室。

李燕:"队长。"

王萍:"哟,这么快就回来啦,飞行模拟器拉来了?"

李燕:"拉来了,在楼下呢。"

王萍:"招呼几个人,卸车吧——你看好的那所房子,已给准备好了。"

李燕:"上哪招呼人?那么重一个大家伙,咱们卫生队这几个人能卸下来?"

王萍:"还挺大的吗?(从窗户探出头去向下看了看)哎哟,果然!这样,我跟警卫连要几个棒小伙子。"

李燕:"队长,那我先下去了。"

李燕转身出门。

王萍:"等一等李燕!"

李燕回来:"队长,还有什么事?"

王萍:"你听说了没有?罗小海把他未婚妻的照片都贴到飞机上去了!你说,这个罗小海还是个中队长呢,他怎么能这么干,啊?"

李燕一惊:"什么,他未婚妻?他有未婚妻?"

王萍:"李燕,你怎么了?"

李燕觉察到了自己的失态(故意轻描淡写地):"没什么……我是说,这也没什么稀奇的,罗小海的性格,他能做得出来。"

王萍(惊讶地):"李燕,你怎么能说没什么稀奇?这在咱们A团我可是第一回听说,够稀奇的!你研究研究他是不是有点心理变态?"

李燕:"队长,不会吧?我估计,他贴的极有可能是哪个明星的照片,因为包括我到他家里都没说起他找对象的事啊?"

王萍:"是啊,他来A团才一年,我也没听说他找对象呢。不过苏成说,这可是罗小海亲口给他说的,还能有假?"

李燕犹豫片刻:"管他呢!哎队长,我先下去了。"

李燕说着就跑出了门。

王萍(不解地):"哎,李燕……"

舰载机A团 政委办公室 白天

张团长坐在何政委对面,脸上的表情阴沉沉的。

张团长(生气地):"简直是胡闹!等两天我看他能把女朋友也带到飞机上去!分散精力,影响安全,这可不是小事!"

何政委:"团长,这个情况我找罗小海谈过了。"

张团长:"他说什么?"

何政委:"嗨,就是年轻人情趣上的一些东西。我了解了一下,罗小海贴的不是他们说的什么大照片,是一种叫大头贴的东西,像一块钱硬币这么大小。"何政委说着比划着。

张团长似乎松了口气:"哦……不过那也不行,不管多大,性质是一样的。这个罗小海,飞行技术是不错,就是在这些小节上不太注意。"

　　何政委："这就是罗小海和别人的不同之处。"

　　张团长："政委,你又在护着他。"

　　何政委笑道："好了,还是先说说你开会的事吧。有什么新精神?"

　　张团长："新精神还真不少。会议中间休息的时候,梁副司令特意把我叫到他办公室,又给我们下任务啦!"

　　何政委向沙发示意着:"哦?来,坐下慢慢说。"转身对门外喊:"公务员。"

　　公务员(画外音):"到!"

　　公务员敲了两下推开门:"政委,您叫我?"

　　何政委："去把团长的茶杯拿过来。"

　　公务员："是!"转身跑去。

　　公务员打开团长的办公室,拿起团长的茶杯,颠着碎步跑出门。

　　何政委："首长对我们A团这么关心,想必是另有考虑。"

　　张团长："让你猜着了!"

　　何政委："你是说HM计划中组建E团的方案已获通过啦……"

　　张团长："E团的新编制马上就下来了,在A团的基础上组建完成!"

　　何政委激动地站了起来,在室内踱着步:"老张,真是这样的话,我想无论是对我们A团,还是对我们国家的海洋战略,这都是一个令人振奋的消息啊!"

　　张团长也从沙发上站起来:"政委,我想了,为了适应这个调整,我们的训练形式和进度也必须作相应调整。我的意见,让作训部门先拟个计划,然后咱们再研究,你看怎么样?"

　　何政委："我同意。把电脑编程和李燕新上的飞行模拟器一并开发利用,训教合一,多管齐下。"

　　张团长："抽时间在空勤开个座谈会,也听听空勤的想法,尤其是罗小海的意见,看他有什么鬼点子没有。"

　　何政委："团长,我听出来了,你对罗小海……怎么说呢,还是有点良好的偏见的。"

　　张团长："也许是吧,可也不太准确。"

何政委:"罗小海的最大特点,他对飞行、对生活都充满着一股激情,这很可贵。前几天的空中救护,在咱们A团包括社会上,几乎是一夜之间编织成了一个经典的爱情故事,我听了很感动。"

张团长:"政委,就这个你还鼓励啊,我还没来得及批评他呢。"

何政委:"这回我替他求情了,这是一桩美事啊!这次经历要是真的成就了他的婚事,倒是让我这个当政委的省心了呢。"

张团长:"前提是不能影响飞行。"

何政委:"当然,总体目标上,咱俩是一致的,不矛盾。"

张团长:"这两天有没有刘长军的消息?"

何政委:"空勤大队汇报说,小刘试飞基本结束了,现在正忙于理科材料的准备,回来就可以辅导全团的改装。"

张团长:"好!"

某招待所 刘长军房间 晚上

蓬头垢面、脸色憔悴的刘长军在电脑上打完最后一行字,将鼠标移至存盘,点击了一下,然后身子向后一靠,长长地出了口气,伸了个懒腰。

领航员推门进来,看到刘长军疲惫的样子,不无关心地说:"长军,今天该早点休息了吧,要是再这么熬下去,你回去的第一项任务就是疗养。"

刘长军(有气无力地):"没那么严重吧。"

领航员:"你也别不当回事,咱们飞行员的身体再好,可也不是铁打的。我们好多飞行员吃亏就吃在这上面。好了,我走了,你也早点休息吧。"

刚到门口,电话铃响,领航员又兴奋地折回来:"长军,别动,这个电话我来接。"

领航员拿起电话(拿腔捏调地):"喂——请问你找谁呀?"

徐亚宁(画外音):"请问刘长军在吗?"

领航员沮丧地把话筒塞给刘长军:"是找你的。"

刘长军接电话:"喂……啊?亚宁,是你?"

领航员向刘长军"拜拜"一声,出门去了。

刘长军："亚宁，哦，刚才是我们的领航员。对，他走了。哎，亚宁，我正好要告诉你一个好消息，这几天我就要回去了，我们很快就可以见面了！亚宁……亚宁，你怎么不说话？"

徐亚宁迟疑着（画外音）："我现在，也在北京……"

刘长军："啊？你也在北京？你什么时候来的？"

徐亚宁（画外音）："明天，我们客场打北京华奥队……在五棵松篮球馆，你能来现场吗？"

刘长军："来！我一定来！给你加油助威！亚宁，我怎么感觉你……"

刘长军从电话中感觉有些不对，拿着话筒愣了。

思忖片刻，终无所解，放下了话筒。一起身时，突然一阵眩晕，刘长军倒在地上……

海军总医院病房　白天

画面在输液器的观察瓶部清晰起来。

刘长军清醒了，观察一下房间，喊道："护士！"

一医生和一护士进来。

刘长军："医生，我这是在哪儿？"

医生："海军总医院。现在，你感觉怎么样？"

刘长军："我得什么病了？"

医生："别紧张，只是因为劳累过度而引起大脑轻度缺氧，休息两天就好了。"

刘长军："大脑轻度缺氧……我什么时候进来的？"

医生看了看手表："再有一个半小时，就正好12小时了。"

刘长军："再有一个半小时，就正好12小时……"猛然想起什么，从床上坐起来。"哎呀！差点误了大事！"

医生："哎？你干吗呀！？别了针头怎么办？躺下！"

护士过去检查针头。

刘长军："我有事呀！这场球我不能不去！"

医生："哦，飞行员，也是个球迷呀……躺下！"

刘长军执拗地不躺。

护士同情地看了一眼刘长军："张医生，我有办法……"

球场休息席　白天

比赛到了暂停时间。

海鸥队的球员们神情沮丧，徐亚宁更是显得精神不振。

教练（恼火地）："你们自己说，你们这是在打球吗？咳？徐亚宁，你上一场打蓝箭队的那股劲头、那种状态哪去了？激情24号，你的激情在哪里？球接不住，传不出，投不进，你的'三步曲'怎么也不奏效了？而且，居然连你最拿手的罚球都罚不进！过去我们对华奥队还能稍占上风，今天简直就是被人踩在脚下。要不是中锋篮下表现还可以，我们的外围和中距离都没有进攻点了！最后两节再这样打，我们就不是仅仅输场球的问题了，明白吗？看你们垂头丧气这样子，都给我振作起来！……"

海军总医院病房　白天

护士送来一台掌上电视，刘长军激动不已，他斜靠在床头上观看比赛实况。

掌上电视里正在播放比赛实况："北京电视台，各位听众，各位观众，现在我们在北京五棵松篮球馆，为您现场直播全国女子篮球甲级联赛第17轮华奥队主场迎战海鸥队的比赛。前两节华奥队凭借主场优势和全队密切的配合以及整体的发挥，以9分的优势暂时领先海鸥队……"

听到这里，刘长军猛地欠起身来。

护士："哎，别乱动！"

刘长军抱歉地向她笑笑，塞了塞耳机，又听转播。

掌上电视："随着主裁判的一声哨响，第三节的比赛开始了。第三节双方出场的球员基本没变，仍然是第一节的首发阵容。现在是海鸥队控球。在前两节的比赛中，华奥队发挥出色，战术运用灵活，而海鸥队则表现得不尽如人意。她们的24号主力控卫徐亚宁，与上一场对蓝箭队的比赛简直是判若两人。在上场对蓝箭队的比赛中，她激情四射，一人独得24分，另外还有4次抢断、6次助攻，她拿手的'三步曲'，给大家留下深刻印象。但在今天前两节的比赛中，她的表现却大失水准，传球连连失误，甚至连罚球也罚不进……"

听着解说,刘长军显得着急起来。

掌上电视:"……好,18号队员吴小丽抢断成功,迅速将球传给后场,海鸥开始打反击,速度很快,二打三,8号上篮,对方队员上来防守,没有机会,把球又交给徐亚宁,24号徐亚宁跟前没有人防守,华奥队防守出现空当,这是个投篮的好机会啊,投了!——嘿!又没投进……"

刘长军攥起的拳头无力地垂下了。

护士:"喂,你这样激动,影响血液正常循环,对输液不利。我要给你关了啊?"

刘长军:"别别,我不激动了还不行吗?"

掌上电视:"海鸥队请求换人,19号孙耀华换下24号徐亚宁。徐亚宁懊丧地走到休息席,比赛继续进行……"

刘长军拔下耳机:"护士,麻烦你关了吧,谢谢。"

护士:"怎么,不听了?还没结束呢?"

刘长军:"不听了。"

护士关掉掌上电视:"你好像是专为了听那个24号徐亚宁的。"

刘长军看看她,未置可否。

护士:"听起来,她打得不太好。"

刘长军:"不,她打得很好。她是一个很有潜质的篮球运动员……说不定,她今天是因为我没去看球……"

淋浴间　白天

哗哗的水流浇淋在徐亚宁的脸上,分不清哪是浴水,哪是泪水……

海军总医院营院　白天

刘长军和徐亚宁并肩走着,徐亚宁显得抑郁不振。

刘长军:"亚宁,是不是因为我,影响了你昨天的发挥?请你不要生我的气……"

徐亚宁低头走着,闷闷不语。

刘长军:"不过,已经输了,再想也没用,要往前看,下一场争取打好。"

徐亚宁犹豫了半天:"长军,都是我自己不好。"

刘长军继续劝慰道:"竞技项目,谁也不能保证每场球都保持最佳状态,你不要给自己太多的压力。"

徐亚宁:"不是这样的。有些时候……"她不知道怎么跟自己心爱的人解释已经发生的一切。

刘长军突然想起了什么:"对了,亚宁,上次打电话,你说让我早些回去,我们……我们就结婚?你怎么突然作出了这个决定,现在能告诉我吗?"

徐亚宁一愣,站住了。

刘长军也站住了,直视着徐亚宁:"亚宁,告诉我,究竟发生了什么?"

徐亚宁:"不……"

刘长军:"亚宁……"

徐亚宁:"我说不清楚……"

刘长军:"为什么说不清楚?有什么说不清楚的?"

徐亚宁:"长军,我求求你别再问了。"

刘长军没再向下追问。

徐亚宁深情地注视着刘长军,泪花在眼里打转:"长军,咱们……咱们回去再说吧……"突然,她转身跑开了。

刘长军:"亚宁!亚宁……"

铁路　白天

蜿蜒的铁道上迎面驶来一列客车。

火车如巨龙般在城市立交桥下穿越而过。

火车站出站口　白天

徐亚宁心神不定地等在出站口,不时向里观望着。

车站广播:"车站工作人员请注意,从北京开来的D81次动车马上就要进站了,请做好接车准备……"

徐亚宁向接站的人群靠去,心情显得更加慌乱……

火车站站台　白天
刘长军走出车厢,在车门处向站台上张望着。
刘长军随着下车的人流出站。还没到出站口,就开始在接站的人中寻找徐亚宁。

火车站出站口　白天
徐亚宁心慌意乱地在出站的人流中寻找刘长军。

火车站　出站通道　出站口　白天
刘长军来到出站口,验票出站。
刘长军四处目寻,不见徐亚宁。
刘长军:"亚宁!亚宁!……"
徐亚宁躲在广场不远处的一根柱子后面,看着着急的刘长军。
刘长军不见徐亚宁,悻悻地走向出租车场。
徐亚宁望着他的背影,黯然神伤。

火车站　出租车场　出租车上　白天
刘长军走到一辆出租车前,司机热情地为他打开车门。
刘长军又向出站口的方向望了望,从后门上了车。
司机开车:"军官先生,上哪?"
刘长军:"黄海二路。"
司机刚把车开出车场,突然刹车,从车窗探出头去:"干吗呀你,找死?"
刘长军抬头望出去——
徐亚宁站在车前。
刘长军惊喜而又有点埋怨地喊:"亚宁!"连忙下车,"亚宁,你怎么在这儿?"
徐亚宁看了看他:"走吧。"
两人上车。

市区街头　出租车上　白天
出租车行驶在市区街头上。

出租车上，徐亚宁神情显得黯淡，刘长军联想到在北京见徐亚宁的一幕越发纳闷。

刘长军："亚宁，到底发生了什么？请你告诉我……"

徐亚宁："没有……"

刘长军："你肯定有什么心事，你说嘛！"

徐亚宁："长军，真的没有……"

刘长军："亚宁，我看得出来，你有心事。上次在北京的时候，你就……有点反常。"

徐亚宁："哦……那是我的球没打好，心里烦……"

刘长军看着她，突然间像是在看着一个陌路人。

出租车驶上了一条沿海马路……

徐家客厅　白天

徐亚宁和刘长军进屋。

刘长军："王姨你好。"

徐母迎上前来："小刘回来了，快坐下歇会儿。"

刘长军："王姨，我不累。现在的动车组和飞机座位基本上没有区别，很舒适，原来需要十几个小时，现在六个小时就到了。"

徐亚静接过刘长军手里的迷彩旅行箱，刘长军脱掉外衣。

徐母："亚宁，让小刘休息一会，咱们就吃饭。"

徐亚宁把刘长军的衣服拿进了自己的房间。

徐亚宁房间　白天

徐亚宁："长军，你什么时间回部队？"

刘长军："吃完饭就回去，团首长都在等着我呢。"

徐亚静闯了近来："刘哥，着什么急嘛。我还准备跟你切磋切磋呢。"

刘长军："怎么，你拿到滑翔员证了？"

徐亚静："还是中级A证。"

刘长军："不简单，你要是拿到高级A证，是不是就不要到我们那里去学习啦？"

徐亚静："那是我们老板的事。不过，上次去你们那儿给我的第一印象可不是太美好。"

刘长军："怎么？这都多长时间了，你还记得？"

徐亚静："当然忘不了。尤其是那个扮酷的飞哥，那副盛气凌人、趾高气扬、自以为是的样子，还大言不惭地跟我说只有他属于蓝天……"

刘长军："好了好了好了，我知道你说的是谁。"

徐亚静："知道就好，我说得没错吧？"

刘长军："他叫罗小海，是我的好朋友。"

徐亚静："什么？你居然和他是好朋友？！"

刘长军："怎么，我为什么就不能和他成为好朋友？"

徐亚宁制止道："亚静，你少说两句好不好！"

徐亚静诧异："姐，你怎么了？"

徐亚宁急忙掩饰："哦……没什么，我是说，该吃饭了……"

舰载机A团　空勤教室　白天

教室内黑板上写着：飞行中特殊情况的处置。

罗小海站在讲台上，手拿备课本，讲道："飞行中的特殊情况，是指突然发生的、直接或间接危及飞行安全的情况，主要有：

一、发动机部分或完全停止工作。

二、飞机或飞机上某些设备发生故障或损坏，以致不能保持正常飞行。

三、……"

杨光、常少伟等新飞行员聚精会神地听讲。

徐家厨房　白天

徐母和徐亚静在准备碗筷。

徐母："你这么大了，还不懂事？"

徐亚静："我又怎么了，妈？"

徐母："装什么糊涂，让你姐和小刘多说说话，他们好几个月没在一起了。"

徐亚静："妈，就这个？告诉你吧，现在是信息时代，手机短信、网上视频聊天就像面对面一样，你别以为还是你们那个年代，靠书信传情。"

徐母:"你以为都像你!小刘可不是那种缠缠绵绵、卿卿我我的人,主要精力都用在了工作上。"

徐亚静:"妈,请问你怎么知道的?"

徐母:"我看出来的,这次回来他明显瘦了。"

徐亚静伸出大拇指在徐母眼前晃动着:"妈,佩服,您真是火眼金睛!麻烦您也给我介绍一个怎么样?"

徐母:"你呀,成天风风火火的,谁敢找你!"

徐亚静擦擦手:"妈,这可是您说的。我宣布:我独身主义了!"转身走进了客厅。

徐母仍然絮叨:"这孩子……"

舰载机A团　空勤教室　白天
罗小海:"我再强调一下,按照飞行条令的规定,飞行中对特殊情况的处置方法,应根据情况的性质、飞行条件和可供进行处置的时间来确定。任何情况下,飞行员均应主动、沉着、正确、果断地进行处置。

同志们,今天这一课是你们放单前的最后一课。明天是你们来到A团的第一个单飞日,祝你们成功。"

罗小海的话音刚落,杨光、常少伟等新飞行员便围上来,把手搭在一起,高呼了一声:"加油!"

徐家客厅　白天
徐家已经吃完了饭,亚宁、亚静正在收拾碗筷。刘长军要帮忙,被徐母拦住。

徐母:"小刘,让她们干行了,你坐下喝水。"

徐亚静朝徐母做了个鬼脸。

徐母倒了一杯水:"小刘,等你把工作上的事处理差不多了,也该商量商量你们的大事了。"

刘长军:"就看亚宁的了。"

徐母:"唉,你知道,你徐叔叔走得早,从小我有点惯着她们。亚宁这些日子也不知怎么了,掉了魂似的,打球也是时好时坏。我看着着急。"

刘长军："王姨，亚宁的性格我还是知道一些的，她可能是遇到了什么困难，过一阵就好了。"

徐母："有空你们好好谈谈吧。对了，小刘，前几天你陈叔叔到军区参加全军的一个现场会，见了你爸，还到你家去看了你妈，你妈比我还急呢。"

刘长军："王姨，我妈你是知道的，她喜欢亚宁。"

徐母追忆着："当时，我们军部医院护理部的几个姊妹，就我生了女孩，还是一对双！当时你妈就跟我说，你一下生了两个得给我们一个，咱们两家轧亲家吧，我说可以呀。小时候你和亚宁玩得可好呢！后来你爸调到军区机关工作，你们全家就都搬走了。前年你陈叔叔来看我，看到亚宁，提起这事，也算了了我和你妈的一件心事。"

从厨房走出来的徐亚静接过了话头："原来是这样，这究竟是属于父母包办还是媒妁之言，是青梅竹马还是自由恋爱呢？"

徐母呵斥道："没你什么事！"

徐亚静："看来我姐和刘哥的爱情故事也太传统了，没劲！"

随后出来的徐亚宁推开徐亚静："你浪漫，回你屋浪漫去！"徐亚宁连推带搡地将徐亚静赶进了房间。

徐母灵机一动："啊哟，外面还晒着东西呢，早该收了。"说着就知趣地出门去了。

徐家　徐亚宁房间　白天

刘长军跟徐亚宁进了房间。

刘长军揽过徐亚宁，深情地看着她。

徐亚宁也直视着刘长军，试探地："……长军，我们球队都有自己的球迷的。"

刘长军："当然，现在各篮球俱乐部的拉拉队都是经过严格挑选和训练的呢，否则还怎么体现主场优势。这个我懂。"

徐亚宁："一些球星还有自己的球迷……"

刘长军："对对，好多球迷都有自己崇拜的球星，粉丝。"

徐亚宁："有些球迷是很疯狂的。"

刘长军："有有，敲锣打鼓的、唱歌跳舞的，什么样的球迷都有。亚宁，你不会是让我也去敲锣打鼓、唱歌跳舞吧？"

徐亚宁："不不，不是的。"

刘长军："那你跟我说这些是什么意思？"

徐亚宁："没什么意思，你回来了就没事了。"

刘长军爱怜地看着徐亚宁："亚宁，你放心，等我们接来新飞机，我一定带着我的好多球迷战友到现场为你加油助威！"

徐亚宁(急忙地)："别别，你一个人来就行。"

刘长军(不假思索地)："好，咱们说定了，就我一人去。"

两人拉钩后，拥抱在一起。

舰载机A团　外场　白天

一组新飞行员放飞镜头：

一架架飞机在牵引车的牵引下，从机库依次而出，停放在停机坪上。

丁世杰指挥着飞机牵引。

飞行指挥塔台上，蓝旗飘舞，雷达旋转，通信导航车天线耸立。

宋大队长坐在指挥台前，调试着无线电。

张团长、何政委站在一旁，注视着停机坪。

罗小海对新飞行员作最后的交代。

新飞行员整装待发。

丁世杰试车、启动飞机。

螺旋桨由慢到快地旋转起来。

停机坪上的飞机上先后启动，整个外场一片轰鸣。

一辆豪华中巴在停机坪停下，杨光、常少伟等走下来，列队步向飞机，与地勤机械师交接飞机。

飞行指挥塔台下面，罗小海、纪天祥、谢晨等聚精会神地观察着跑道上的动向，更多的是把精力集中在自己带飞的新飞行员身上。

杨光在飞机内向在停机坪上指挥的丁世杰竖出右手的大拇指，丁世杰向他回了一个大拇指手势。

罗小海的表情立即严峻起来，两只手暗自攥得紧紧的。

杨光驾驶的飞机的螺旋桨加速旋转，飞机离开地面，爬升后顺航线飞去。

  罗小海的两只手也渐渐地放松下来,纪天祥、谢晨上来与他握手。罗小海顺势在自己的裤子上擦了擦手。

  纪天祥:"祝贺、祝贺!"

  谢晨:"成功!"

  罗小海如释重负却表现的轻松自信:"谢谢!"

  常少伟机组在做起飞前的最后检查。

  纪天祥踮起脚尖观察着。

  常少伟向地勤作出起飞的手势,地勤回复可以起飞的手势。

  常少伟推大油门,飞机起飞。

  纪天祥长长舒了一口气,但两只手依然握得紧紧的。

  罗小海、谢晨等过来与纪天祥握手祝贺。

  谢晨发觉了纪天祥手心的汗水:"不会吧?出这么多的汗啊?!"

  纪天祥似有觉察:"可以理解,可以理解。"

  杨玉林等顺利完成起飞。

  飞机依次起飞。

  在此起彼伏的无线电对讲中,伴随着主题音乐,飞机群完成了一批又一批起飞降落。

  杨光、常少伟等喊着口号把罗小海抛向空中。

舰载机A团　外场塔台　白天

  张团长和何政委走出塔台。

  何政委:"新员放单成功,罗小海功不可没。"

  张团长欲言又止。

  何政委看着团长的表情(不解地):"怎么,还有什么不满意的地方?"

  张团长:"我在想,根据调整后的训练计划,下一步新员就要飞着舰科目了,中队长以上的要参加海龙的改装,时不我待啊,我的政委!"

  何政委:"还有,刘长军回来后暂时回到了一中队,他的工作安排你有什么考虑?"

  张团长稍加思索:"暂时就让他在一中队吧,他这一段的任务就是辅导全团的海龙的改装。"

何政委："一中队的工作仍然以罗小海为主。"

张团长："当然。"

舰载机A团 空勤楼 刘长军房间　白天

刘长军的电脑上显示着海龙的平面剖图。

罗小海坐在刘长军的旁边。

罗小海："长军，你怎么去了以后打了一次电话，就再也没有音信了？"

刘长军："那里电话不方便，还得通过总机转。再说，上边有要求，不准在明语通信中谈及海龙。所以……"

罗小海："所以你就只顾自己飞新飞机，把老同学忘到了脑后。"

刘长军："怎么会呢。"

罗小海："对了，那件事你还没说清楚呢。"

刘长军："哪件事？"

罗小海呈驾驶汽车状，模仿甩长发的样子："还有哪件事，甲壳虫啊！"

刘长军半晌才反应过来："小海，你怎么还念着这事。"

罗小海："好奇，那样一个另类女孩，竟然跟你这个中规中矩的人搞上了，实在是好奇。"

刘长军情绪不高："你说什么呢，我说过，你误会了。"

罗小海却不依不饶："还狡辩！"

刘长军："真的，小海。我的情况不出意外快要确定下来了，到那时请你做我的伴郎。哎，你这么关心她，是不是你对她有了意思？"

罗小海："拉倒吧，我绝不挖老同学的墙脚！"

刘长军看了看罗小海，突然别有意味地笑了。

罗小海："你笑什么？"

刘长军："小海，说实话，你到底是不是对她有意思了？"

罗小海："你别瞎扯，我只是对你们觉着好奇。"

刘长军："我说真格的，你要是真对她有意思，没准，我们可以完成非常意义的金牌组合。"

罗小海："非常意义？越说越玄了！"

刘长军："到时候，你就明白了。"

罗小海（懵懂地）："我明白什么？"

舰载机A团　营区一隅　白天

纪天祥拉着罗小海来到一片树荫下，边走边谈。

纪天祥："刚才进刘长军房间干什么去了，走后门遇阻了是吧？"

罗小海："你说得完全……错误！"

纪天祥："骗人？我知道刘长军正在忙着海龙改装准备，你们老同学，没提前给你开个小灶？"

罗小海："大纪，你俗不俗！"

纪天祥："小海，我的意思是，长军首飞了海龙，再加上他的背景，你和他可要搞好关系。"

罗小海不耐烦了："大纪，你叫我就是为了说这个？"

纪天祥急忙解释："哎，你不要误会。我是说，你抓新员改装放单飞也很漂亮，你和刘长军打了个平手，机会均等、均等。"

罗小海："我听得可是有点儿晕！要我说，你还是管好你自己的事吧，把家庭的事处理好，不要影响了飞行。建议你跟嫂子谈谈，让她离那个混蛋老板远一点。"

纪天祥："小海，你没结婚不知道，家庭的事，有时也说不清楚……"

"罗小海！"

罗小海寻声望去，原来是张团长坐在车上大声喊他。

罗小海没等纪天祥说完就向张团长的车跑去。

纪天祥一个人愣愣地站在那里。

舰载机A团　营区甬道车上　白天

张团长铁着脸在车前站着，罗小海走到跟前。

罗小海有些纳闷："团长，您有什么指示？"

张团长侧目看看他，自己先乐了："你小子，也知道紧张啊！？"

　　罗小海："不是紧张，就是有点纳闷。"

　　张团长："纳闷什么？有什么好纳闷的？"

　　罗小海看张团长的脸色轻松下来，说话便随便了："首长突然召见，能不纳闷吗？"

　　张团长收起脸上的笑容："我领你去见一个人。"

　　罗小海："见一个人，谁？"

　　张团长："李燕，李医生。"

　　罗小海站住："见她？我不去。"

　　张团长："不去？为什么？"

　　罗小海："不为什么。"

　　张团长："不为什么你为什么不去？她还能把你吃了？要不然就是你小子心里有鬼。"

　　罗小海："我……能有什么鬼？"

　　张团长(故意地)："哎对了，你前几天往飞机上贴的不是李燕的照片吧？"

　　罗小海："团长，都过去好几天了，你怎么又提起这事？"

　　张团长："不是我旧事重提，我最近在空勤大队也听到一些议论，如果大家说的情况属实，也不失为一件好事。俗话说，肥水不流外人田嘛！"

　　罗小海："团长，你……这都什么乱七八糟的。"

　　张团长："我问你，有人说你周末经常外出看球又是怎么一回事？还买了全年的套票，你是不是在追一名打球的女队员？"

　　罗小海："目前也不好说，现在仅仅是'三步曲'中的第二步，等发展到了第三步，我一定向您汇报。"

　　张团长："你小子，谈恋爱找朋友我不反对，可你也不能找个打球的，打球的女孩都野巴巴的。再说，这打球与飞行也不搭界嘛！"

　　罗小海："团长，您怎么说不搭界？打球和飞行相似的地方太多了！首先都需要技战术，都需要战胜对方。此外，打球与飞行都需要激情，也需要过硬的心理素质。"

　　张团长："嘿，你小子还真能联系。"

　　罗小海："就是嘛。"

张团长:"不跟你扯这些了。咱们赶紧去吧,要不然李医生又对我提意见了。"
罗小海:"团长,究竟是干什么去?"
张团长:"快上车吧,去了你就知道了。"

卫生队心理训练室　白天
宽敞的飞行心理训练室内,一台飞行模拟器摆在房间中央。模拟器的主体是一个仿真驾驶舱,连接着两台电脑和打印机等设备。
此刻,张团长已经换上飞行服,做着飞行前的准备。
文霞拿过一张表格递给张团长:"团长,您签字吧。"
张团长签字:"嚯,手续很严格嘛。"
文霞接过团长的表格:"谢谢。"
罗小海却不以为然:"我当是什么宝物呢,不就是个模拟器嘛。"
文霞不满地瞪罗小海一眼:"哼!"
李燕:"静一静。01,准备好了吗?"
张团长:"准备完毕,请示登机。"
李燕:"01登机。"
张团长在文霞的协助下坐进了驾驶舱,罗小海坐在李燕身旁,看她操作电脑。
电脑上出现了相关提示。
李燕:"01,指挥塔台的代号是雪山。飞行科目:夜间复杂气象。请按语音提示,做好飞行各阶段的操作。"
李燕按下一个开关,灯光全部熄灭。
李燕:"01,准备起飞。"
张团长:"雪山,01请示起飞。"
李燕:"01可以起飞。"
张团长做起飞操作。
模拟效果(张团长的主观镜头):机场效果,飞机爬高的动态效果。
张团长的神情顿时变得严肃起来,全神贯注地驾驶飞机。
李燕面前,一台电脑上出现心律、情绪波线,一台电脑上出现飞机的飞行动态效果图。

罗小海侧脸看看聚精会神的李燕，目光里充满好奇。

模拟效果（张团长的主观镜头）：夜间复杂气象飞行效果。

张团长全神贯注地驾驶飞机。

模拟效果（张团长的主观镜头）：飞机遇上强大气流，机身剧烈颠簸……飞机进入云层，能见度骤降……飞机进入更复杂的气象条件……

电脑上的效果变化。

聚精会神观看电脑的李燕和罗小海。

……

李燕："01，飞行科目完成，可以返航了。"

张团长："01明白。"

模拟效果（张团长的主观镜头）：天空顿时晴朗一片，下面是碧波万顷的大海……

张团长绷着的脸放松了下来。

模拟效果（张团长的主观镜头）：飞机飞临机场上空的航拍效果。

张团长："雪山，01请示着陆。"

李燕："01可以着陆。"

模拟效果（张团长的主观镜头）：飞机着陆时的机外效果。

灯光齐亮。

李燕站起来："团长，飞机已安全着陆，您可以下飞机了。"

张团长出了驾驶舱。

李燕："感觉怎么样？"

文霞："团长，你好棒哎！"

张团长脱着飞行服，用手刮了一下文霞的鼻子。

张团长走到罗小海跟前："逼真极了，简直就是真正的飞行啊！"

李燕："团长，你在飞行过程中的心律、情绪、状态等各项心理资料和飞行状况，都经过数据化后保存在电脑里，还需要心理学分析，然后，对受测飞行员提出科学的训练方案，最终经过声控、效果的变化作用于飞行员的心理，从而有效地指导训练，提高飞行员的飞行心理素质和飞行技术。"
　　张团长："果真如此的话，十几万块钱就没白花，我看是物有所值。"
　　李燕："团长，模拟直升机着舰的科目，下次再飞。"
　　张团长（高兴地）："我随时听从你的安排。"
　　李燕："下一步还有固定翼飞机在甲板上滑跑起降的软件下发，到时候一定第一个把团长请来。"
　　张团长："好，好啊！我希望能赶上这辆头班车。"
　　罗小海："团长，您会的。"
　　文霞一直拿着表格在一旁等着（着急地）："按规定，每次模拟飞行都要有团首长的签字，因为，电脑储存分析的资料都要装入本人的飞行技术档案，有问题的还可以建议停飞。"
　　罗小海："太恐怖了吧？"
　　李燕："文护士说得对，飞行模拟器使用有规定的。"
　　罗小海（心有余悸地）："看来，以后在李医生跟前，我真的要俯首称臣了。"
　　李燕纠正道："错，在飞行上，我们的职责是保驾护航。103，该你了。"
　　罗小海顺从地登上"飞机"。
　　李燕在电脑的飞行员姓名栏，输入了"罗小海"。

舰载机A团 空勤楼 刘长军宿舍　白天
　　刘长军关上电脑，刚站起身，电话铃响。
　　刘长军拿起电话："喂，喂……"

海鸥篮球俱乐部 院外　白天
　　徐亚宁背着双肩包，心事重重地边走边打着手机。
　　刘长军（画外音）："哪位，讲话呀。"
　　徐亚宁："长军，是我。"
　　刘长军（画外音）："亚宁，是你啊，你怎么了？"
　　徐亚宁："这个周末有我的比赛，你能来吗？"
　　刘长军（画外音）："这个周末？"

舰载机A团　空勤楼　刘长军宿舍　　白天
刘长军："亚宁，太不凑巧了。我刚回部队，工作很忙，实在对不起。"

海鸥篮球俱乐部　院外　　白天
徐亚宁（情绪不高地）："那好吧。"合上了手机。

卫生队楼前　　白天
张团长和罗小海说笑着从卫生队楼内走出来。
李燕从后面追了上来："团长，请等一等。"
张团长回头："李医生，还有什么事？"
李燕："我有个想法再给首长汇报一下。"
张团长："什么想法，说。"
李燕："既然新飞行员的训练要提速，我们有现成的设备，为什么不能充分利用它来辅助训练呢？"
张团长："你这个想法很好，我和政委已经考虑了，你等着，有你的用武之地。"
李燕笑了。

舰载机A团　卫生队心理训练室门前　　白天
常少伟、杨光、杨玉林、飞行员甲、乙等十几名新飞行员列队等待。飞行员甲显得神色紧张。
罗小海从卫生队楼内出来，走到队列前。"按照团里的安排，今天的飞行训练内容是模拟飞行驾驶。训练科目为夜间静止着舰。希望你们把今天的模拟飞行当是一次普通的飞行训练，重要的是把它作为一种体验，不要紧张。听明白了没有？"
众飞行员："听明白了！"
在罗小海的带领下，飞行员列队走进卫生队，飞行员甲心神不定地回头张望，不小心踩了杨光的脚。

舰载机A团　飞行心理训练室　　白天
杨光登上"飞机"。

电脑上显示杨光个人资料。
一架飞虎型飞机起飞，升空。
电脑显示屏上完全是夜间飞行效果：湛蓝的天空下，一架飞虎型直升机闪烁着指示灯，甩尾而去。
杨光驾驶飞机，向模拟平台飞去。
俯拍下的模拟平台：特殊的灯光效果下，平台四周海水荡漾，微微摇动的模拟平台很像夜航中的舰船甲板。
罗小海观看着显示屏上飞机着舰的情景。
飞虎飞机在模拟平台上空徐徐降落，最后，三个轮子平稳地降在降落圈内。

舰载机A团 飞行心理训练室 休息室 白天
新飞行员们在议论着。
飞行员甲："你们说，那玩意儿能行吗，像个电动玩具似的？"
常少伟："你还惦记着玩呐？你以为那是你爸给你买的玩具？那叫高科技，十几万块钱呢！"
飞行员甲："这么大的玩具，我家放不下。"
杨光："你家这么有钱，你还来当兵干什么？"
飞行员甲："这你就不懂了吧？跟你说吧，我爸年轻的时候一直想当个飞行员，可体检到了最后关头，说我爸是中耳炎，我爸爸想当飞行员的梦就这样破灭了。高考时，我的预考分数达到了一本录取线，我爸说，就考飞行员。就这样，我成了咱们舰载机的一员。"
常少伟："没看出来，你小子还有点志气啊？"
飞行员甲（自豪地）："我是什么人！"
众飞行员学东北话："你不是一般人。"

舰载机A团 飞行心理训练室 白天
常少伟在文霞的协助下穿好了飞行服，常少伟兴奋地看着文霞。
李燕催促："113，动作迅速点。"
常少伟进入模拟机舱。
瞬间，模拟平台上的飞机升空，甩尾而去。
不多一会，早在高空盘旋的另一架"飞虎"飞来，在模拟平台上空徐徐降落，最后也平稳地降在降落圈内。

罗小海（情不自禁地）："好！"

李燕瞪了罗小海一眼，示意他不要说话。

记分表上的113栏记下"5"分。

舰载机A团 飞行心理训练室休息室　白天

常少伟一进门，就把飞行图囊甩到了空中，然后跳起来接住："同志们呐，我的感觉是：好玩、刺激！吔——"

杨光："少伟你是受刺激了，还是醉翁之意不在酒？"

常少伟："文护士没给你整理行头，嫉妒了吧！"

杨光刚要反击，文霞进来。

杨玉林悄悄地躲到了一边。

常少伟赶紧上前："文护士，找我么？"

文霞大声叫道："下一个！"

在一组叠化效果中，出现下列画面——

飞行员甲虽然有些紧张，但经过镇静之后还是完成了模拟飞行着舰；

飞行员乙和其他新员也驾驶飞虎或海猫降落模拟平台，有的在降落圈内，有的偏离降落圈，有的压上了危险标志线。记分栏里不断显示变化的分数……

杨玉林开始时表现得很是镇静自若、信心十足，但当俯视着波动的海面时，开始出现神情紧张、动作机械。显示他的飞行画面上，越来越逼近的模拟平台剧烈地摇晃起来。

杨玉林愈加紧张，海水在他的眼里骤然变成了深不见底的一口井！他连忙拉动驾驶杆。

杨玉林愈加紧张，连忙拉动驾驶杆。

罗小海警觉地观察着屏幕。

飞机出现颠簸、倾斜。

李燕启动了程序中的特情处置。

此时，杨玉林已是大汗淋漓，飞机摇摆得更加不稳……

——第十集完

第十一集

舰载机A团 卫生队心理训练室　晚上

杨玉林俯视着波动的海面,神情紧张,动作机械。显示他的飞行画面上,越来越逼近的模拟平台剧烈地摇晃起来。

杨玉林愈加紧张,海水在他的眼里骤然变成了深不见底的一口井!他连忙拉动驾驶杆。

罗小海警觉地观察着屏幕。

飞机出现颠簸、倾斜。

李燕启动了程序中的特情处置。

此时,杨玉林已是大汗淋漓,飞机摇摇摆摆更加不稳……

李燕点击了终止飞行。

罗小海(疑惑地):"你为什么终止他的飞行?这不就是模拟吗?"

李燕:"他的心律显示,已超过极限,我有权终止飞行。"

罗小海:"他有什么问题?"

李燕:"初步判断是心理素质问题,确切的结论要等评估结果出来再说。"

罗小海半信半疑地摇了摇头。

模拟驾驶舱灯光大亮,如同白昼。

杨玉林满头是汗地走出来……

舰载机A团 卫生队

罗小海带领空勤一中队的飞行员走在路上，每个人的脸上都显得严肃而凝重。

罗小海带领队伍来到卫生队楼前，与已经在门口等候的王萍和李燕用目光做了短暂的交流，然后停留在李燕身上。李燕也默默地看着他，目光的交流使两人都明白了对方的心情。

李燕声音低沉而又舒缓地对罗小海说："测试仪一次只能测试一人。"

罗小海几乎是同样的语气和表情，但却多了一份坚定："走吧，我先来。"

罗小海跟着李燕走进了心理测试室，李燕打开仪器和电脑，在电脑前坐下。

罗小海坐到测试座位上。

李燕并不看罗小海："为什么主动想到了心理测试？"

罗小海（心情有些沉重）："杨玉林的表现，我始料未及。"

李燕停下操作，抬起头来注视着罗小海。

罗小海："小杨平时的飞行技术并不差，那天的问题，主要是出在他的心理素质上。上一次，假如我们接受了你的心理测试，说不定能及早发现问题，然后进行针对性的训练。但是，那天，我却带头抗拒了你……"

李燕："为什么，你要抗拒？"

罗小海看看李燕，避开了她的目光。

李燕："为了给我一个难堪，是吗？……其实，这也是你的一种心理机能障碍，接近于临床的报复狂。"

"你！……"罗小海刚要急，却又忍住了。

李燕耐心地说："据国家心理学学会最近公布的一项数字表明，我们国家有近3000多万的中小学生处于心理亚健康状态。现在的飞行员大都是独生子女，尤其是离异和留守家庭的子女，难免存有心理机能方面的障碍，进行系统的心理辅导很有必要。"

罗小海:"李医生,你说得对,现在心理战已成为继陆、海、空、天、电之后的第六种作战样式,对未来战争胜负发挥着不可替代的特殊作用!"

李燕:"你也作过研究?"

罗小海:"这几天我想了很多,也看了很多……李医生,你说,杨玉林着舰时的心理障碍能消除吗?"

李燕沉思片刻:"我试试看吧。"

罗小海:"那就先谢谢你了。"

李燕暗自一乐,然后正襟危坐:"好了,开始吧。一会儿显示屏上会出现提问字幕,音响也会有相应的语音提示。这是回答键。每一个题目都有A、B、C三个答案供你选择,你认为是A的就按'A',是B的就按'B',是C的就按'C'。答案本身没有对与错、好与坏之分。请不要有任何顾虑,也不要对题目花时间考虑,看清题意就立即回答。明白了吗?"

看得出,罗小海对此时两人的这种关系很不习惯,但他还是认真地点了点头。

李燕在电脑上打开"飞行员心理测评"文件,在菜单中选择了"飞行员心理测试题"。

显示屏和音响开始提问,罗小海按回答键。

李燕深情地注视着他。

李燕(画外音):"以前那个桀骜不驯、傲气十足的罗小海不见了,代替他的,是一个突然之间成熟起来的罗小海……"

舰载机A团 营区甬道 白天

李燕急匆匆地往卫生队走去,苏成拿着几本书跑过来。

苏成:"李医生,等一等。"

李燕一惊:"哦,是苏成。有事吗?"

苏成晃了晃手中的几本书:"李医生,上回借您的,还给您。"

李燕:"哦,你考完了是吧?"

苏成:"是,考完了。"

李燕:"那我就先预祝你了。"

苏成:"谢谢。不过,还不知怎么样呢。"

李燕:"有志者事竟成,你没问题。"
苏成:"但愿吧,谢谢李医生的鼓励。"
李燕:"别客气。我正好回去,把书给我吧。"
苏成:"李医生,这些书太沉了,还是我给您送上去吧。"
李燕:"不用了,你别那么客气。"
李燕伸手到苏成手中拿书,苏成一松手,书掉了一地。
苏成赶紧弯腰捡书。

舰载机A团 篮球场 白天
场上正在进行着空勤大队与场站的一场球赛,两边分别是空勤大队和场站的观众及拉拉队。
罗小海显然是空勤队的主力队员,打得生龙活虎。
空勤队进球,空勤大队的观众和拉拉队为之鼓掌喝彩;场站队进球,场站的观众和拉拉队为之鼓掌喝彩。王萍和李燕在场站部队的观众群里。
罗小海中场断球,连续突破对方几名队员的防守冲到篮下,然后纵身跃起,完成一个极富表演的上篮。
这个动作太漂亮了,空勤大队的观众热烈鼓掌。
李燕也情不自禁地鼓起掌来。
李燕身边的场站观众不解地转脸看李燕,王萍一巴掌打在李燕的手上。
王萍嗔怪道:"为谁鼓掌呢!"
李燕先是一愣,继而明白过来,一时情窘,连忙将手背到身后。

同上 卫生队楼前 白天
卫生队值班员带队到楼前,下令解散。
李燕刚要进楼,被王萍喊住:"李医生,等一等。"
李燕停下:"队长,什么事?"
王萍打着手势:"你过来,我有话问你。"
李燕走到王萍跟前,两人来到一个花坛前。
李燕静等着队长问话,王萍却不张口,"别有用心"地盯着李燕，看得李燕不好意思起来。

　　李燕："队长，瞧你那眼神，看得人心里怪发毛的。"

　　王萍哈哈大笑起来。

　　王萍的笑声引来卫生队楼前几个医生和护士的目光。

　　李燕情急地阻止她："队长！你要没什么事，我可走了。"

　　王萍收起笑，又盯了李燕一会，一本正经地问道："李燕，跟大姐说实话，是不是爱上他了？"

　　李燕不好意思起来："你说什么呀！爱上谁呀？"

　　王萍学着李燕在球场上的鼓掌动作："爱上他呀！"

　　李燕："谁说的？"

　　王萍："这还用谁说？眼睛是心灵的窗户，大姐的眼再钝，也看得出你'窗户'里的那点秘密！"

　　李燕羞窘地低下头："哼，孙悟空也有看走眼的时候……"

　　王萍（认真地）："看走眼？你忘了他还能钻到铁扇公主的肚子里去了？……其实，这没有什么好难为情的，你要是真的看上他了，我做红娘！"

　　李燕低下头："队长……他，挺牛的……"

　　王萍："牛？他在天上牛，在女人面前牛什么？当初，你们团长不也是牛气冲天的吗？"

　　李燕低头不语……

　　同上　穿场公路　白天

　　杨玉林心情沉重地独自一人行走在机场的穿场公路上，走到停机坪附近的时候，脚步慢慢停了下来，看着朝夕相处的飞机，流露出几分恋恋不舍。

　　同上　空勤教室　白天

　　刘长军推开了空勤教室的门，看到罗小海正在组织飞行员学习，就向他打了个手势让他出来。

　　罗小海对大家说了声"请大家稍等"，便走了出去。

　　罗小海问刘长军："长军，有事？"

　　刘长军："你给大家说一声，让他们先看看书，我找你有事。"

罗小海又走进教室。

刘长军在教室门口踱着步,神情显得焦躁不安。

罗小海复又出来,刘长军道:"走,到宿舍去说。"

舰载机A团 空勤楼 刘长军宿舍　白天

一进门,刘长军就关切地问:"怎么,杨玉林就这样停飞了?"

罗小海也感到无奈:"是啊,我也感到很惋惜。可是……"

刘长军有些激动:"可是杨玉林平时飞得并不差呀!平时他只是有些腼腆,哦,到了着舰这一关,心理素质怎么就有问题了!"

罗小海用手扶着刘长军双肩:"长军,你冷静点。开始,我也是这么认为,现在看来小杨飞着舰科目心理上有非常的畏惧感,尤其是从空中向下看海,他就莫名地畏惧,总以为飞机随时要掉进大海。如果要是真的飞着舰,要不他就根本不敢在舰上降落;要不就是由于高度紧张导致动作变形,造成飞行事故。"

刘长军在室内踱着:"要知道这对杨玉林该是一个多么大的打击!小海,是不是由于训练进度加快,使他不能适应?"

罗小海:"我想不会……在前段时间的改装过程中,我听大纪反映过,说杨玉林虽然性格内向,但飞行还是很平稳的。"

刘长军进而问道:"他的情绪怎么样?"

罗小海:"挺正常的。"罗小海考虑此事已有定论,他们二人再这么探讨下去意义不大,就对此事作了进一步说明:"长军,杨玉林的停飞已经过团里的鉴定,而且李医生的心理测试都有明确的记载,我也找他谈过,也印证了李医生心理测试的结论。"

没想到这一说明却激怒了刘长军:"你一口一个李医生,她的模拟器就那么神奇?"

罗小海不解:"长军,你什么意思?"

刘长军明显带着情绪:"对不起,我没别的意思。"

罗小海也有些激动了:"是的,我也曾带头抗拒过她的心理学测试,正因为出了杨玉林的问题,我才觉得心理学对飞行员的重要。现在我更关心的是杨玉林还有没有恢复的可能。"

刘长军:"小海,杨玉林停飞,我心里挺不是滋味的,一个从飞行学院毕业并到作战部队参加过初期改装的飞行员,在我们手里遭到淘汰,你不觉得这是我们一中队的损失或者说是耻辱吗!"

罗小海:"我说了,我很惋惜。但是,没有办法,飞行员从招飞到真正生成战斗力的过程,就是一个不断淘汰的过程,就这么残酷。"

刘长军:"可是我不想让任何一位到一中队来的人就这样被淘汰!"

罗小海:"可是,我们更应该相信科学。"

刘长军:"我当然相信科学,但是我更相信人。我觉得,小杨对水的惧怕是不是还另有原因,李医生她分析过没有?"

罗小海:"这个……不过,现在我和李医生正在制定一个辅导治疗计划,帮助杨玉林调整和恢复。"

刘长军:"小海,请原谅我的冲动。需要我做点什么?"

罗小海拍拍刘长军:"咱们一起努力!"

舰载机A团 机场跑道 晚上

一轮弯月斜挂在天边,跑道两侧的草丛里传出秋虫稀疏而悠扬的鸣叫,罗小海与杨玉林肩并着肩从跑道尽头走来。

杨玉林(心事重重地):"罗中队长,我真的不能飞行了么?"

罗小海:"你现在是'身体停飞',能不能飞,要看你的恢复情况。"

杨玉林:"我……"

罗小海:"小杨,平时场内飞行,甚至飞起落、航线、仪表科目,你的表现都很稳定,怎么刚飞着舰就出问题了呢?你是惧怕标的物摇晃,还是不适应模拟器这种形式?"

杨玉林犹豫了一会:"都不是。"

罗小海:"你是怕与军舰的桅杆相撞?"

杨玉林:"也不是。"

罗小海又想了想:"是降落的甲板太孤立、太小,对吧?"

杨玉林摇了摇头。

罗小海:"我知道了,因为军舰的甲板是浮动的……不对。上次,骑车过枕木你骑的也不错,李医生让我们骑车的游戏就是这个用意啊……"

杨玉林还是不说话。

罗小海急了:"那你究竟是什么原因呢,难道你对大海过敏不成?如果是这样,那你干脆别干海军了!"

杨玉林(难为情地):"中队长,你别费心思了,我可能就是不适合舰载机。"

说完,杨玉林加快脚步,朝内场走去。

罗小海不解地摇摇头,看着杨玉林的背影在夜色中越来越模糊。

海边　白天

阴霾的天空下,海水泛着乌光,海浪的声响也显得沉闷。

李燕与杨玉林坐在海边的沙滩上,就这么默默地看着海,一言不发。

可能是因为坐得太久了,杨玉林站起来拍打着身上的细沙,不耐烦地对李燕说:"李医生,咱走吧。"

李燕依然抱膝未动,直直地看海。

杨玉林焦躁起来:"李医生,我理解您的良苦用心,您带我看海,以为就能解决我的着舰心理障碍,可我……我不愿意看海。"

李燕抬起头:"没有啊。不过,我注意到了,你在一个多小时的时间里很少专注地看海,精力显得极为分散。"

自己的心事被李燕点破,杨玉林不想再解释什么。

李燕站起来:"哪位名人说过我记不清了,大致意思是说,人在痛苦或烦恼的时候,看看大海,心情就会释然多了。我自己由于最近工作太多,也有看海的心理需求。"

杨玉林:"对不起李医生,我可能让您失望了。"

李燕拉着杨玉林在沙滩上走着:"没关系,你没必要自责。其实决定来看海,我昨天专门征求过你的意见,当时你并没有表示反对呀?既然你不愿意看海,咱们换个地儿放松怎么样?"

杨玉林点点头。

李燕:"能跟我说说为什么吗?"

杨玉林又抬起头看着天,并不做声。

李燕(耐心地):"小杨,心理辅导和治疗需要被辅导者的密切配合，完全建立在主动、自愿的基础上才能发挥效用。我不会勉强你说什么，更不会勉强你做什么。如果你相信我，哪天你觉得有必要跟我说点什么，你尽管找我好了，时间上随便。"

杨玉林："李医生，谢谢你……我，没什么……"

李燕："我知道你不愿意放弃飞行，可从你的心理训练测试来看，又着实不能继续飞行，尤其是着舰科目。现在，组织上对你同样也是不放弃、不抛弃。希望你要有信心，咱们一起努力、加油，怎么样？"

杨玉林点了点头。

嘉年华游乐城售票处　白天

李燕与杨玉林来到嘉年华游乐城门口售票处，杨玉林精神状态显得好了许多。

李燕："这里的嘉年华共有多少个项目？"

售票员："43个呢，买通票还是选票？"

李燕："通票。"李燕掏钱递进去。

李燕、杨玉林二人来到被称为"疯狂旋转盘"的场地跟前。

李燕向杨玉林介绍："'疯狂旋转盘'是全场最让人眩晕的机器，它考验着每一个人的胆量和肠胃。人坐在座舱里，机器开动后，座舱会疯狂转动起来，更为惊险的是大转盘在转动的同时会剧烈地倾斜，最大角度能接近于70度，游客坐上去后以不同倾斜度急速旋转，挑战你的心理极限。"

杨玉林惊奇地问："李医生，你怎么知道得这么清楚？"

李燕说："你可能不知道，我们在舰载机飞行员培训班的时候都体验过。怎么样，想试试吗？"

杨玉林看了看机器："没问题。"

李燕拉着杨玉林："走，咱们一起！"

"疯狂旋转盘"由慢到快疯狂地旋转起来，惊叫声、呐喊声响成一片。

李燕和杨玉林也在其中，他们的表现却显得镇静了许多。

李燕观察着杨玉林。

杨玉林兴奋却淡定的神情。

"疯狂旋转盘"剧烈倾斜、旋转,李燕也禁不住尖叫起来。

机器缓缓地停下,李燕、杨玉林走下来,李燕明显比杨玉林反应强烈。

李燕弯着腰走了几步,不得不蹲在地上。

杨玉林试图安慰李燕:"李医生,你没事吧?"

李燕半天才抬起头来:"没事……没事,下一个。"

"惊天动地离心转"入口处,三三两两的游客正在入场,杨玉林放慢了脚步。

杨玉林拉住李燕:"李医生,我看说明,这'惊天动地离心转'也是比较刺激的项目,你的身体吃得消吗?"

李燕:"我虽然比不上你们飞行员,但我的精神还吃得消。再说,咱们可是买的通票!"

杨玉林笑笑:"佩服!"

两人入场。

舰载机A团 卫生队楼前　白天

李燕刚要进楼,被跑过来的罗小海叫住了。

罗小海:"李医生,请留步!"

李燕回头(调侃地):"哟,原来是罗中队长,别人叫我李医生我还在慢慢适应,你叫出来我总有点……说不上来的感觉。"

罗小海当然也不示弱:"原来心理学有着超强的记仇功能,看来你对我的小辫子是抓住不放了。"

李燕(轻松地):"我说的是内心感受,你却是借题发挥。"

罗小海收起笑意:"别开玩笑了,你叫我来有什么指教,说吧。"

李燕:"罗中队长别本末倒置,是我向你汇报工作。走,上去说吧。"

罗小海:"室内太闷,边走边说走吧。"

李燕笑笑:"听你的。"

两人向外场走去。

两人说着,来到了机场穿场公路。

李燕的表情比刚才沉重了许多，一边走一边对罗小海说："这两天的情况就是这样，在嘉年华所有惊险刺激的项目中，小杨都表现得十分稳定，唯独看海的时候情绪有明显起伏。我怀疑他对水……"

　　罗小海提示："尤其是从空中看海，他的反应更为强烈。"

　　李燕似乎也意识到了什么："我问过小杨，他似乎在回避什么。"

　　罗小海："还需要我做点什么？"

　　李燕："我回去先把他的这些元素输进程序，看情况再和你商量。"

　　罗小海用期待的目光看着李燕："我等着。"

舰载机A团　作训股　白天

　　沈股长正在整理着资料，办公室一端的传真电话响起，李参谋起身接起。

　　李参谋："你好，A团作训股李参谋，请问您是哪里？……哦，舰队作战处姚处长，您找沈股长？他在，请稍等。"

　　李参谋把电话递给沈股长。

　　沈股长接过电话："姚处长您好，有什么指示？请讲——哦，是！是！好的，我马上给您信号。明白，收到传真后我马上向团长报告。是，再见！"遂按下"传真"键，接着传真纸开始滑出。

　　沈股长耐心地等着传真纸出来，拿起来扫了几眼后便对李参谋说："海龙就要到了，让我团做好接装准备！"

　　李参谋（兴奋地）："太好啦，终于盼来了！"

　　沈股长在传真上签署了办理意见，交给李参谋："马上送给团长政委。"

　　李参谋接过："是！"跑出门去。

同上　团长办公室　白天

　　张团长看完电话记录，还给站在一旁的李参谋："通知全团部队，做好接装准备。"

　　李参谋："是！"转身要走。

张团长:"等等!"

李参谋驻足。

张团长:"考虑军列夜间抵达专用线,要求部队做好安全保卫工作。"

李参谋:"是!"

舰载机A团 空勤楼 刘长军房间 白天

刘长军将放在床边的一摞资料交给丁世杰。

刘长军:"海龙动力系统的详细资料全部在这,你拿去吧。"

丁世杰接过:"我复印一份吧,原件还是还给你。"

刘长军:"丁机械师,你心够细的,怪不得你搞了那么多技术革新项目。"

丁世杰:"长军,海龙与海猫真正意义上的不同,除了机载设备外,就是动力系统功能的增强,我说的对吗?"

刘长军:"非常对。机载设备的更新换代,从根本上增强了舰载机的作战功能,尤其是超视距引导这块,等于在海天之间架起了一道遥控指挥的数据链,使我舰艇编队在后方即可对敌海上目标实施有效打击;而动力系统的增强,则大大提高了舰载机的作战半径,解决了舰载机因'腿短'过分依赖作战平台的不足。"

丁世杰:"太好了,海龙装备我团后,空勤都准备理科改装了,我们地勤也不能拖后腿,我得赶紧走啦。"

刘长军钦佩地看着丁世杰:"丁机械师,需要什么尽管来找。"

丁世杰拿着资料走出刘长军的房间。

舰载机A团 卫生队 心理测试室 白天

李燕坐在电脑前,把杨玉林的名字输入进去。

舰载机A团 空勤教室 白天

大屏幕上,投放着海龙舰载机的立体画面,参谋长、宋大队长、罗小海等坐在下面,刘长军站在教室门口。

张团长走上讲台:"同志们,从今天开始,我团中队长以上空勤进入海龙理科改装。下面请刘长军同志为大家介绍海龙型舰载机在性能及信息化系统的改进情况,大家欢迎!"

众鼓掌。

刘长军在掌声中走上讲台。

舰载机A团 办公楼前 白天

纪天祥忐忑不安地走来走去,不时地抬头看看二楼政委办公室的窗户。

张团长从车上下来,发现纪天祥:"纪天祥,你过来!"

纪天祥踌躇着走过来。

张团长:"怎么,你媳妇还在这儿?"

纪天祥忐忑地看看政委办公室的窗户,点点头。

张团长:"瞧你这点儿出息!你拿出点男子汉的气派来好不好?"

纪天祥:"团长……"

张团长:"怎么,天下这么多女人,你就再找不着啦?"

纪天祥:"不为别的,也得为孩子嘛……"

张团长:"就这样的娘们儿,你还指望她教育好孩子?照我说,离就离!身上长了疮,留在身上天天流脓淌血的,倒不如一刀割了去痛快!"

纪天祥:"团长,总是,总是夫妻嘛……一日夫妻百日恩……"

张团长:"嗨!你呀,两个字——窝囊!"

说罢,张团长丢下纪天祥,气冲冲地进了办公楼。

同上 政委办公室 白天

此时,何政委正在做纪天祥妻的工作。

何政委(苦口婆心地):"……现在呢,你们家庭的矛盾,已经直接影响到了纪天祥同志的飞行,影响了我们部队的工作和训练。而根据我们掌握的情况看,造成现在你们夫妻关系不和的主要原因,出在你身上。小田同志啊,作为一个部队飞行员的家属,有时就意味着奉献,我们希望……"

田琳(情绪激动一副趾高气扬的架势):"政委,你甭说这么多了。你不提这部队飞行员的家属还好些,一提我就来气……"

这时，张团长推门而入。

田琳显然没认出张团长，看了看他，继续对何政委说："部队家属就不是女人了？部队家属就该受这份活寡是不是？部队家属……"

张团长猛然间大吼一声："闭嘴！"

张团长的一声断喝，喝住了田琳。

张团长（厉声地）："你是干什么的？在这儿胡说八道！"

田琳显然被眼前这个刚烈汉子震住了，怯懦地说："我……我是纪天祥的家属……"

张团长："哦，你就是纪天祥的家属！有什么事，你说，我是团长。"

田琳（嗫嚅地）："团，团长……我，我是来离婚的。"

张团长铁青着脸："离婚？为什么离婚？"

"为什么离婚……"田琳很快镇定了下来，"离婚还能为什么，不想在一块过了呗。"

张团长："这也叫理由？——不行！"

田琳一听，以为团长也是来劝和的，顿时来了精神："你说不行就不行了？婚姻法规定婚姻自由，我们过不下去了，就是要离！"

张团长依然铁青着脸："离？你离离我看看！我告诉你，你别以为我们不知道你那些糗事。要不是看在纪天祥苦苦哀求的份上，我早把你那个臭老板告上法庭，治他个破坏军婚罪了！还有你，也便宜不了你！你给我听着，回去先给我跟那个臭男人断绝关系，好好跟纪天祥过日子。要不然，别说我不客气！"

小田一副无所谓的样子："你凶什么凶？不就是个团长吗……"

张团长火了，"啪"的一掌拍在桌子上："我是团长，你是什么东西？你觉着你那个东西值钱是不是？我告诉你，别人稀罕，我们当兵的还不要这样的破烂货！来人！"

一名战士应声而入。

张团长："去把楼下的纪天祥叫上来！"

战士（大声地）："是！"转身跑步出去了。

何政委知道团长的脾气，欲劝阻，却被张团长抢先打断："政委,你给公安局打电话,先把他们抓起来,判了刑,到那时不用她说,给她和纪天祥离婚!"

田琳看到团长似乎要玩真格的,顿时有些慌了。

何政委:"团长,还不到这一步嘛,小田同志并不是不思悔改,再说也不能全怪小田嘛,主要是他那个老板……"

张团长手一扬:"政委你别替她说话了,俗话说苍蝇不叮无缝的蛋。"

田琳剜了张团长一眼。

纪天祥在门外喊"报告"。

张团长(没好气地):"进来!"

纪天祥进来(小心翼翼地):"团长,政委……"

张团长指着纪天祥:"纪天祥,给你两天假,回去跟她把财产分一分。两天内让她搬出飞行员家属宿舍楼。这样的臭娘们儿,不要了!"

纪天祥不知刚才这里发生了什么,惊诧地说:"团长,这……"

张团长(厉声地):"纪天祥!"

纪天祥就地一个立正。

张团长:"听命令!"

纪天祥有些手足无措:"是……"看看自己的妻子,"走,走吧……"

田琳怯懦地站起来,跟着纪天祥出去了。

何政委也被团长的阵势所震慑:"老张,这样……"

张团长(一副如释重负的样子):"不管那么多!不能惯她这毛病!你再给纪天祥做做工作,强扭的瓜不甜,长痛不如短痛,三条腿的蛤蟆没有,两条腿的女人有的是!"

何政委不禁笑了:"你这些比喻——朴素的真理啊。"

门外纪天祥喊:"报告。"

何政委:"进来。"

纪天祥推开门,和田琳一起进来。

张团长和何政委不解地相视一眼。

纪天祥:"团长,政委,我们不离了,是她说的。"

张团长盯着田琳:"嗯?是吗?"

田琳低着头点了点头。

何政委:"小田啊,你能这么想,说明你是一个自重自爱的人。"

张团长:"不用跟她说这么多!(转对田琳)不离也行,不过你得记着我刚才的话:跟那个臭男人一刀两断,跟纪天祥好好过日子,听到了吗?"

小田又点了点头。

张团长对纪天祥:"再给你加一天,三天假,陪着你媳妇好好玩玩。走吧。"

纪天祥带着自己的妻子出去了。

何政委看着张团长,突然忍俊不禁笑了起来。

张团长:"你笑什么?"

何政委:"这应了一句俗语——鬼怕恶人。"

张团长刚要笑,突感胸部一阵不适,顺势趴在桌子上。

何政委急忙上前扶住张团长:"团长,你怎么了?"

张团长强忍着:"没事!让他们两个给气的……"

同上 办公楼前 白天

纪天祥和田琳走出办公楼,田琳还不时地回头张望两眼。

纪天祥拉了一把妻子:"快走吧,别在这丢人了。"

田琳似乎还有些不服,似乎还没明白过来究竟刚才发生了什么,有点不情愿地跟着纪天祥走去。

同上 政委办公室 日内

何政委继续纪天祥的话题:"这样的话,二中队的工作是不是先安排个人负责一下,短期内我看纪天祥是没有那么多的精力了。"

张团长挠挠头:"哎政委,你看让刘长军过去怎么样?"

何政委:"刘长军?那怎么行。他现在的命令还是一中队长。再说,我们原来的意见不是等二大队长年底调学走了以后,给他安排的嘛。"

张团长:"还要等到年底啊?二中队长一时还回不来,要不然就把罗小海调过去。"

何政委:"不行不行,罗小海这几个月在一中队干得不错,现在新员又处于着舰飞行的关键时刻,不能打断这种连续性。"

张团长拍拍脑门(兴奋地):"哎,对了,政委,就刘长军啦!"

何政委:"刘长军的使用是迟早的事,关键是没有合适的位置。"

张团长:"这个位置我看就很合适。你想啊,政委,刘长军到二中队后,自然和罗小海的一中队劲较得更紧了,对于训练提速大有好处啊!"

何政委笑笑:"不失为一着好棋。问题是,这样一来对纪天祥的打击也不小,恐怕纪天祥一时还不好接受。"

张团长:"有什么不好接受的,连自己的媳妇都管不了,还怎么带好部队?"

何政委:"原来曾想通过职务上的变化,给纪天祥增加点自信和压力,没想到效果并不明显。"

张团长无奈地摇摇头:"大纪的婚姻,真是头疼啊!"

何政委:"不过,今天你给他壮了胆了,这也许是纪天祥的翻身之日。"

张团长:"但愿如此。"

何政委:"抽空还是要做做纪天祥的工作。"

张团长大包大揽:"我给他谈。"

舰载机A团 空勤楼门厅　白天

罗小海下楼,文书探头叫住了他。

文书:"小海,快给卫生队李医生回个电话。"

罗小海(兴奋地):"她没说什么事?"

文书:"你们之间的事,她怎么能跟我说。"

罗小海使劲摸了一下文书的脑袋:"你小子。"遂拿起电话拨号。

舰载机A团 卫生队 心理测试室　白天

李燕正在操作电脑，电话铃响。

李燕伸手接起："喂，你好。"

罗小海（画外音）："你好！听说心理医生有指示，我是登门聆听还是原地静候？"

李燕："罗中队长，严肃点好不好，我找您是要跟您汇报小杨的事。"

电话那头的罗小海一听说是杨玉林的事，顿时认真起来。"杨玉林的情况？快说，有什么最新发现！"

李燕从电脑中调出杨玉林的资料看着："综合分析，只有对水的反应最为敏感。只是，小杨为什么对水有如此反应，找出根源才能对症下药，制订下一步的心理辅导方案。"

罗小海说："小杨探家快归队了，等他回来我再给他谈谈，你看怎么样？"

李燕（爽快地）："没问题，我们一起努力。"

舰载机A团　营区一隅　白天

纪天祥拉着罗小海来到一片树荫下，边走边谈。

纪天祥（有些激动地）："我当初说什么来着、说什么来着，团长说把我的中队长撸了这就撸了，也太不以人为本了！"

罗小海说："哟，这帽子不小啊！原来你这么计较中队长这个官。"

纪天祥一副委屈的样子："不是我计较，关键是为了给某些人腾位置，我想不通。"

罗小海："别拐弯抹角的，什么某些人，你想说什么直说！"

纪天祥犹豫着："直说就直说，有什么了不起。刘长军就是不够意思！他不就仗着他老爸是军区参谋长，还有海军的陈叔叔……"

罗小海制止道："大纪，这可不能乱说。我了解长军，他不是这种人。再说，用谁不用谁，是组织上的事。"

纪天祥："小海，我知道你们是老同学，你别替他说话。"

罗小海："大纪，在这件事上，我想你是误会他了。"

纪天祥："小海啊小海，没想到你也这么不理解我。郁闷啊！"

罗小海:"大纪,别把中队长这个位置看得太重了,想开点。现在都忙着海龙改装,你不能再分心了。"

纪天祥:"我也不想分心,可是……"

罗小海:"据我所知,这还仅仅是航母计划的第一步,后头还有许多大的动作呢。你不要因此影响了改装。"

纪天祥沉默一会儿:"我准备找牛总谈谈;否则,我还算什么男人!"

罗小海:"我觉得,你和牛总直接谈效果不见得好。就你现在的情绪,我建议过一段时间再说。"

纪天祥想了想,觉得罗小海说的有道理,点了点头。

海滨露天酒吧　晚上

潮声阵阵,海水荡漾。

轻松而抒情的音乐中,海水倒映着沿岸斑斓多彩的灯光,如梦似幻,显得诗情画意,极富情调。

罗小海和徐亚宁对面而坐。

徐亚宁:"三个星期不见,你好像变了许多。"

罗小海:"是变好了呢,还是变坏了?"

徐亚宁:"说不上变好,也说不上变坏。"

罗小海:"那不是没变吗?"

徐亚宁:"不,变了。以前,你好像是一团火苗,一团要把自己和别人都燃烧起来的火苗;现在……现在好像是一块烧红了的钢,火苗没有了,却更烤人。还有,你以前是个热情奔放的大孩子;现在,好像是一个成熟的男人了。"

罗小海:"那么,你是更喜欢以前的火苗,还是更喜欢现在这块烧红的钢?"

徐亚宁:"哦……小海,我知道你为什么会有这样的变化……"

罗小海:"你还没有回答我。你是更喜欢以前的那个大孩子,还是更喜欢现在的这个男人?"

徐亚宁:"我知道,你也经历了一次洗礼。"

罗小海只是注视着她。

徐亚宁:"人难道真的像歌中唱的,不经历风雨,怎么见彩虹……"

　　罗小海直视着她："告诉我，为什么你总在逃避？……总在自己欺骗自己？"

　　徐亚宁："我……没有……"

　　罗小海："你在拼命地抗拒，这说明了一切……亚宁，如果你并不喜欢我，也就罢了，我也绝不会勉强你。但是，你分明是喜欢我的。你有苦衷，这我知道，可是为什么不能说出来，让我和你一起来面对呢？"

　　徐亚宁："不……我希望我们还是在球员与球迷的层面上……"

　　罗小海："难道球员与球迷之间就不能有爱？"

　　徐亚宁："也许，但我们之间不可能。"

　　罗小海："为什么？"

　　徐亚宁："现在有些事我不想跟你说，如果说出来，你就会……"

　　罗小海："我就会离开你？"

　　徐亚宁："你会的……"

　　罗小海："不，亚宁，不会的，无论如何我不会离开你——只要你不愿意我离开！"

　　徐亚宁："不，小海，谢谢你以前对我的关心和支持，等将来条件成熟了，我会告诉你一切。请你理解。"徐亚宁别过脸去，擦了擦将要流出的泪。

　　罗小海看她这样，也不再追问了，只是默默地看着她。

　　两人来到了景色绚丽的沿海大堤上。

　　罗小海向徐亚宁诚挚表白道："作为你的球迷，我希望我能带给你积极的东西。在感情上我尊重你的选择。"

　　徐亚宁温情道："你给了我许多积极的东西。"

　　罗小海："我知道，因为我的'得寸进尺'，也给你增添了一些我意想不到的麻烦。"

　　"不，不能全怪你。"徐亚宁情绪复杂。

　　罗小海："那你为什么这么不稳定呢？"

　　徐亚宁："我也搞不清为什么，就是发挥不正常。这一场会打得特别好，下一场可能就打得特别糟。有时甚至在一场比赛的四节里，发挥也不稳定。对强队倒是不害怕、不打怵了，但有时在对弱队时也发挥不出来。状态时好时坏，打得顺的时候，怎么打怎么有；打得不顺的时候，怎么打也没有。我的心情糟透了，如果没有你，我早就对自己丧失信心了……"

罗小海："说到家，还是个心理素质问题。"

徐亚宁："谁说不是呢！"

罗小海："心理素质，是影响一个人出大成就的主要障碍。我的那位被淘汰的战友，也是因为心理素质……"突然，罗小海站住了。

徐亚宁："小海，你怎么啦？"

罗小海一拍脑门："我们团，有一位心理学……心理学医生，还有一套先进的测试仪器和应用软件，我帮你联系一下，请求她的帮助，怎么样？"

徐亚宁："心理医生……"

罗小海："她能行！"

徐亚宁："北京奥运会前，国家男足倒是请专家做过一次心理测验，不过……"

罗小海："没问题，我去代你请她！"

舰载机A团 卫生队 心理测试室　白天

李燕在电脑上整理飞行员心理测试数据。

敲门声。

李燕："进来。"

罗小海推门进来。

李燕（站起来）："欢迎光顾。"

罗小海故意装出苦大仇深的样子："唉，世风日下，乾坤倒转啊！"

李燕知道罗小海又在耍花招："这什么意思？"

罗小海："每次踏进这个门，我总有一种缴械投降的感觉。"

李燕："没关系，解放军优待俘虏。"

罗小海："再怎么优待，俘虏还是俘虏，滋味不一样。"

李燕:"尤其是喜欢别人做他俘虏的人。"

罗小海笑了笑,一本正经起来:"哎,李医生,我请教个问题。"

李燕也表现得一本正经:"罗大中队长不必客气。"

罗小海:"以前,你是那个样子;现在呢,变成了这样——这其中的心态,不知你是怎样调整的?"

李燕:"你的话,我听不大懂——以前,我是哪个样子?"

罗小海:"是……嗨,怎么说呢,你自己清楚。"

李燕:"以前,我软弱可欺——是不是?"

罗小海未置可否地笑了:"现在,轮到我了?"

李燕:"轮到你?罗中队长,我可要提醒你,对于一个过于自信的人来说,这种心态有点危险。"

罗小海:"这未免有点危言耸听。"

李燕:"一点都不危言耸听。其实,只需把心态放平,才能消除这种失衡感。"

罗小海:"李医生,得饶人处且饶人吧。"

李燕:"那就快说吧,有什么事要找我帮忙?"

罗小海:"我给你,找了个很有研究价值的标本。"

李燕:"有价值的标本?哈哈!……"李燕笑起来,"说说看,怎么有研究价值?"

罗小海:"别着急呀。"掏出两张球票,递给李燕一张,"先请你看场球再说。"

李燕:"看球?你请我?"

罗小海:"怎么,只打网球,对篮球不感兴趣?"

李燕:"罗中队长一番盛情,可以例外。"

罗小海:"谢谢。"起身就走。

"哎!……"李燕情不自禁地喊住他。

罗小海站住,回过身来:"还有事吗?"

李燕遮掩自己的窘态:"那个……哦,你说的那个标本……"

罗小海眉毛一挑:"看完球再说。"然后向李燕点点头,出了房间。

徐家 徐亚宁房间 白天

桌子上放着一幅刘长军身穿飞行服屹立在直升机前的照片。

徐亚宁坐在桌前,凝视着照片上的刘长军,心事重重。想了一会儿心事,徐亚宁拿起刘长军的照片,擦拭着又放回原处。

徐母轻轻地推开门:"亚宁,你感冒了,今晚就别回球队了吧?"

徐亚宁:"那怎么行,明天有比赛,晚上必须归队。"

徐母:"别忘了带上感冒药。"

徐亚宁:"妈,知道了。"

舰载机A团 卫生队走廊 白天

罗小海出了心理测试室,走向楼梯口。

测试室门口,李燕深情地望着他。

罗小海拐下了楼梯。

李燕看看手里的球票,转身进了测试室。

同上 卫生队心理测试室 白天

带上门,李燕倚到门上,双手将球票贴在胸前,眼里充满了欣喜。

徐家 徐亚宁房间 白天

徐母打量着徐亚宁,在她对面的一把椅子上坐下:"亚宁,你跟妈说实话,你和长军是不是闹矛盾了?"

徐亚宁:"没有啊。"

徐母:"没闹矛盾,那到底是怎么一回事?是不是因为上次救火的那个人?"

徐亚宁:"妈,你别问了,一切都结束了!"

徐母云山雾罩:"结束了?和谁结束了?"

客厅里,徐亚静把电视机的声音调得更大了。

徐亚宁不得不提高嗓门:"妈,你放心,我和小刘挺好的,等这个赛季一结束,我们俩就结婚。"

徐母（欣喜地）："这还差不多，到时候，把你陈叔叔请来为你们当证婚人。"

徐亚宁干笑了一声，算是答应了。

徐母意犹未尽："长军人稳当，爱学习，也很有理想，对你打球也支持。说实话，小刘也就是在部队，现在像他这样本分、敬业、克己的人，打着灯笼也难找！"

黄海航空俱乐部训练场　白天

两架滑翔伞在空中不规则地飘动着，徐亚静、白鸽神色略显紧张。

郑万奇在地面打着眼罩观察着，不停地打着手势指挥着。

不长时间，徐亚静、白鸽先后操纵着滑翔伞跌跌撞撞地降落在地面。

郑万奇迎上前去，帮徐亚静解开锁扣，又来到正在收拾滑翔伞的白鸽跟前，讲评开了："你们的问题还是感觉不对，太紧。不要总是往下看，眼睛保持平视，地貌地物用两眼的余光就够了。总往下看，就容易紧张。知道嘛！"

白鸽（有气无力地）："知道了。"

郑万奇对一旁的徐亚静："你，也是这个问题！"

徐亚静："郑总，我觉得飞机的驾驶环境是封闭的，而滑翔伞的驾驶环境是开放的，不往下看都不可能。"

郑总："别狡辩了，今天就到这里。下一步我就安排你们去体验飞机飞行的感觉。"

徐亚静（迫不及待地）："什么时间？下个星期怎么样？是不是到A团？"

白鸽双手合十："谢天谢地，郑总开恩。"

郑万奇："你们耐心等待吧，具体情况还要看我这个老军人的面子。"

徐亚静、白鸽二人吐舌头，却被郑万奇发现。

郑万奇："怎么，不服是吧？不要忘了，本人也是飞行1000多小时的战斗机飞行员，你们能比嘛！"

徐亚静："我们没法和郑总您比，您是什么人啊！"

白鸽:"郑总不是一般人!"
郑万奇:"少说废话,收工!"

徐家客厅　晚上
徐亚静一进家连人带包一起摊在了沙发上。
徐母端着炒好的菜从厨房出来,瞥了一眼沙发上的徐亚静:"吃饭了,大小姐!"
徐亚静半睁半闭着眼(有气无力地):"当年您老人家要是让我早出来几分钟我就是大小姐,现在我是二小姐,谢谢!"
徐母:"姐妹俩,没有一个让我省心的。"
徐母放下菜,转身又进厨房去了。
徐亚静半起身:"妈,我可没惹着你吧?"

徐家厨房　晚上
徐母一边做菜一边唠叨:"好不容易把你姐的思想工作做通了,你回来又给我添乱。我伺候完大的伺候小的,不让你们气死也让你们累死了。"
徐亚静跑过来(殷勤地):"妈,您老这么大年纪可别生气。来,您说我帮您干点什么。"
徐母把切菜的刀一放。"耍嘴皮子一个顶俩,给,你把剩下的活干了。"
徐亚静:"老妈,从明天开始怎么样?今天还劳您亲自操刀。对了,妈,刚才您说把我姐的思想工作做通了,她和刘哥和好如初了?"
徐母继续切着菜:"她同意和小刘结婚了。前一阵子也不知闹的什么妖,小刘刚走,救火的、看球的都来了,你说怎么就赶得那么巧!"
徐亚静不着边际地想哪说哪:"八成是那些看球的捣的鬼,在英国好多球迷那就是流氓!"
徐母惊讶:"啊?那得赶紧结婚,这球我看以后也别打了!"

舰载机A团 营区一角　夜

一钩弯月被一片薄云遮住，夜色顿时朦胧迷离起来。

罗小海和刘长军漫步在营区的小路上。

罗小海："长军，你是不是还为杨玉林停飞的事不高兴？"

刘长军："不是的。"

罗小海从刘长军的表情中猜到了几分："哦，是不是为女朋友的事？"

刘长军长叹一声："难怪有人说：女人的心，天上的云。"

罗小海："怎么了，她变心啦？"

刘长军叹了口气："也没那么严重。"

罗小海："没那么严重？是不是另攀高枝去了？"

刘长军烦恼地将脚下的一块石头踢到路旁。

罗小海："妈的，叫哪个王八蛋给勾走的，咱们找他干一架去！唐志强、王晨、刘爱国，对，还有大纪，这都几起了！墙脚连连被挖，阵地屡屡失守，搞得我们当兵的也太没脸面了！好像当兵的就不该找个漂亮老婆似的，找一个，丢一个。大老板有什么了不起的，不就是有俩臭钱吗？"

刘长军："这年头，有钱才是最可爱的人。"

罗小海："要不我说，中国的女性是世界上最缺少英雄感的女性。普京是俄罗斯总统，他驾驶飞机上前线，成为全美国女性崇拜的偶像。有人在好莱坞女影星中作过一次问卷调查，其中有一个选择题是：你最想嫁给的人是——下面列了飞行员、富翁、艺术家、政府官员等七八个选择答案，结果你猜怎么着，83%的好莱坞女影星选择了飞行员。为什么？因为人家的女同胞有英雄崇拜意识，而飞行员正是英雄的事业。我随舰出访过美洲、欧洲，跟外国的飞行员聊起来，人家娶的，差不多都是本国最优秀的女性。天之骄子嘛！"

刘长军："我也听说过，外国的女孩都以嫁飞行员为荣。"

罗小海："咱们的女同胞呢？她们的心目中才没有'英雄'这两个字呢！最可笑的是那些青春少女们，专爱追那些哼哼唧唧、癫癫狂狂的唱歌的！咱们的女同胞，两个字——堕落！"

刘长军："你说得也太吓人了，我想还不至于这么阴暗。难怪你到现在不谈对象……"

　　罗小海:"不过,这是个基本评价,也有例外的嘛。"

　　刘长军:"怎么,你现在谈上了?"

　　罗小海:"没有。想谈没谈成。"

　　刘长军:"据我掌握的情况,显然也不是她了?"(呈驾驶状)

　　罗小海:"开什么玩笑,我不会挖老同学的墙脚。"

　　刘长军:"差不多就行了。毕竟,这世上没有十全十美的人,也没有十全十美的事。"

　　罗小海抬头望望从云层中钻出来的弯月,默然无语。

海鸥篮球馆　白天

　　大部分球迷已经入场就座。罗小海领着李燕找座位,从李燕好奇的神情中看得出,她这是初次现场看球。

　　找到座位后,两人坐下。

　　罗小海:"第一次看球,是吧?"

　　李燕:"嗯。"

　　罗小海:"感觉如何?"

　　李燕环顾了一下四周的球迷,微笑着摇了摇头。

　　罗小海:"感觉他们,都有些不太正常是吧?"

　　李燕:"有点儿。"

　　罗小海:"那你得先有个准备,一会儿打起球来,小心吓跑了你。"

　　李燕:"你也太小看人了吧。"

篮球场休息席　白天

　　海鸥教练对球员们:"关键是防守上不要漏人,注意抢前场篮板。战术上就是这样,大家明白了吗?"

　　球员们:"明白了。"

　　教练:"徐亚宁,拿出你的'三步曲',怎么样?"

　　徐亚宁:"还可以吧。"

　　教练:"什么叫还可以吧?"

徐亚宁:"还可以吧,就是没问题。"

教练:"好,没问题就好。这是主场,我希望你还能像上次打水星队那样,保持最佳状态!有信心吗?"

徐亚宁:"有!"

——第十一集完

第十二集

海鸥篮球馆　白天

篮球馆内，律动的音乐有节奏的鸣响着，夹杂着"乌拉"的吹奏声和不规则的鼓点，震耳欲聋，却动感十足。

李燕看看表："快开始了吧？"

罗小海指指场内电子记分牌："再有几分钟比赛就正式开始了。"

在部队看惯了男子篮球比赛，李燕对即将开始的女篮比赛充满好奇，她转头问罗小海："女篮比赛，一定别具一格吧？"

罗小海并不正面回答李燕，只是说："一会儿看比赛时，你多注意海鸥队也就是穿蓝色比赛服的24号。"

李燕不明白罗小海什么意思："24号？她打得好吗？"

罗小海："打得好不好，你多注意看不就知道了？"

李燕："我可不太懂球啊。"

罗小海："那没关系。她是控球后卫，主要任务是组织全队的进攻和防守，你注意看她的意识、情绪、状态、心理素质就行了。"

舰载机A团 卫生队门前 白天
苏成把一张报纸递到王萍手上,王萍接过看着。
苏成指着报纸上的一篇文章:"就这篇。"
王萍惊喜:"这是你写的?行呵你小苏!"
苏成虽然高兴却极力掩饰着。"谢谢队长的鼓励。"
王萍看着报纸嗔怪苏成:"你写我干什么,都是李医生的功劳。"
"队长,瞧你说的,你是队长,没有你的支持,李医生能把飞行员心理学辅导开展得这么有成效吗。"苏成的辩解等同于表扬领导,他很得意。
王萍:"好了,这张报纸放在我这里了,等李燕回来我让她也看看。"
苏成:"李医生到哪儿去了?"
王萍:"她好像是和罗小海一块出去了。哎,对了,小苏,你考军校考得怎么样?"
苏成:"谦虚点说,大有希望吧。"
王萍:"就这还谦虚?你要是考上军校可不能忘本啊!"
小袁跑过来:"苏成,我到处找你,你怎么在这?"
苏成:"我正跟队长汇报工作呢,你找我什么事?"
小袁:"快走吧,你爸爸来了。"
苏成跟王萍打了个招呼,跟着小袁走了。

海鸥篮球馆 白天
场上,篮球比赛正在激烈地进行。
徐亚宁出手投篮不中,篮板被对方抢到。
李燕遗憾地拍了一下自己的腿。
旁边的罗小海看到她的举动,不禁乐了。

舰载机A团 营区甬道 白天
苏成和小袁快步走着。
小袁:"你爸打电话找不着你,才打到我们连找我的。"
苏成:"我爸现在在哪里?"

小袁:"在火车站等着呢。"
苏成:"我爸怎么也不提前来个电话?"
小袁:"现在别说这些了,赶快想办法去接你爸。"
苏成:"有什么办法?我们宣传股那个破面包早就趴窝了!哎,小袁,你帮忙跑一趟不行吗?"
小袁:"不行不行,首长的车能随便动嘛。再说,首长随时都可能有事,我可不敢私自出车。"
苏成:"这大星期天的,团长也得在家陪陪老婆孩子不是?没事。"
小袁犹豫着:"让你爸打个的士不行吗?"
苏成:"那多没面子啊……哎,小袁咱们还是老乡呢,你就帮个忙吧,回来我跟团长说,怎么样——团长对我挺好的。"
小袁犹豫了:"你确定跟团长说啊!"
苏成打包票:"没问题,你放心。"

海鸥篮球馆　白天

一场激烈的女篮比赛结束了,观众都已离场,篮球馆转眼间寂静了许多,只有赛场边上扔下的的纸条、矿泉水瓶等还在显示着刚刚结束的一场激战。罗小海和李燕还没有走,他们在等徐亚宁。

徐亚宁已换好运动服从球员通道走了出来,来到罗小海和李燕跟前,一句"您好"算是见面礼。

罗小海:"我给你们介绍一下——海鸥女子篮球队主力控卫徐亚宁,心理学专家李燕。"

徐亚宁向李燕伸出手:"你好!"

李燕与徐亚宁握手:"你好!"

两人礼貌性地握手后,相互打量着对方和罗小海,两人的目光里都显得敏感而复杂……

市区　高架路上　黄昏

一辆军用吉普车高速行驶着,那是A团团长的座驾。
苏成坐在前排右座上,不断地指挥着小袁开快点。
小袁加油提速,吉普车疾驶而去。

海滨公路上　黄昏

一辆出租车在海滨公路上疾驶着。

出租车上，坐着罗小海和李燕。看得出，李燕的心情有些不快。

罗小海看着李燕，笑了笑说："在我的印象中，李医生可不是一个沉默寡言的人。"

李燕却将脸转向窗外，任凭被树枝切割的夕阳闪耀在她的脸上。

罗小海："看球的时候，你还说，你看出了篮球和飞行之间的某种相通之处，怎么后来又说你对篮球不感兴趣了呢？你还说篮球之所以容易感染观众……"

李燕打断了罗小海的话："你跟那位24号，已经认识很久了吧？"

罗小海："认识的时间并不长，开始时我只是很欣赏她的打球风格，后来渐渐发现她还是一个很有潜质的球星。怎么说呢，算是她的粉丝吧。"

李燕又不做声了。

罗小海似乎很投入刚才的那场球赛。"她的发挥很不稳定，状态时好时坏，主要就是心理素质问题。李燕，你帮她分析一下，我知道，你的研究已经很有水平了。"

李燕并不配合："我研究的是舰载机飞行员心理学，谢谢。"

罗小海："你说过，飞行和运动有某种相似之处。我也觉得，飞行员和篮球运动员，在心理素质方面，要求应该是相似的。你研究一个篮球运动员的心理标本，对你研究舰载机飞行员的心理也有帮助嘛。"

李燕看着窗外，咬起了嘴唇……

夕阳被飞速倒退的树木切割着，光影纷乱，李燕此时此刻的心情正如这纷乱的光影一样……

张团长家　黄昏

张团长正在和女儿倩倩下五子棋，王萍穿着一身碎花无袖连衣裙从卧室走出来，微微发福的体态倒也与她的年龄相称。

王萍扯着裙角摆着Pose："哎，你看这身怎么样？"

张团长随意一瞟:"都漂亮!"

王萍(不满地):"你好好看看。"

张团长不得不转过身,上下打量着:"两个字:漂亮!"

王萍:"你一点都不认真,这关系到咱们全家明天拍写真的效果!"

张团长:"都什么年纪了,还写真!咱说好了,明天拍照我就穿军装,什么燕尾服、凤尾服的我可不穿。"

王萍:"写真是一套呢,我穿婚纱你也穿军装,单调不单调?再说了,现在的影楼里,老头老太太花枝招展拍金婚、银婚写真照的多着呢,你讲点情调好不好?"

张团长:"你穿什么我不管,我就是军装,不变应万变,这身军装多漂亮,别人想穿还没有呢!"

王萍顺手抄起沙发上的另一件裙子进了里屋,嘴里不停地嘟囔着:"你现在说什么都没用,明天到了影楼就由不得你了。"

张团长苦笑一声,重重按下一枚棋子。

倩倩:"爸爸,你使那么大劲干什么?"

张团长:"看我怎么把你围住!"

电话铃响。

张团长(头也不抬地):"接电话。"

王萍(仍然气不平地):"在家里,我就成你的秘书了。"

王萍拿起电话:"喂……参谋长啊,你等等,他在。"把电话递给张团长:"你的。"

张团长接过电话:"什么?好,太好了,我马上去。"

张团长又拿起电话拨号:"小车班,派车到我家里来一趟,接我去外场!"

王萍:"什么事,你这么火急火燎的?"

张团长:"二大队转训结束归建,飞机马上到。我要亲自接他们。"

王萍:"你等等,外场风大,你多穿件衣服。"说着,走进里屋。

待王萍拿着衣服出来,却不见了张团长。

市区 高架路上 黄昏

军用吉普车高速行驶在返回的高架路上。

高架路两旁快速闪过的高楼、广告灯箱、电视塔……

车内,小袁的手机断断续续响了起来。

小袁掏出手机(紧张地):"短信,班长发的。"

苏成的脸色也难看起来。

舰载机A团 外场 停机坪 黄昏

空中有多架飞虎陆续飞来,晚霞映照着飞机的剪影,画面威武壮观。

丁世杰等地勤推着扶梯率先上前接机。

张团长与走下飞机的飞行员一一握手。

张团长叫来一旁流动带班的警卫连长。"曹连长,飞虎都回来了,要及时增加哨位,加强警戒!"

曹连长立正:"是!"

舰载机A团 俱乐部前 黄昏

军用吉普车在俱乐部大门前戛然而止。

苏成和他爸爸拿着行李下车。

小袁透过车门对苏成说:"苏成,我就不陪苏叔叔了,我得赶紧到外场。"

苏成挥挥手:"你快去吧。"又趴到车窗上小声说:"团长那边有我呐,你放心吧。"

小袁开车离去。

苏成提起包:"爸,走吧。"

两人走上台阶。

苏父(疑惑地):"是不是耽误小袁的事了?"

苏成:"没事。听说你来,团长亲自派他的车给我,很重视。"

苏父:"你们团长这么关心下级,真是不错。你得好好感谢你们团长。我带来一些家乡的土特产,晚上你给团长送去。"说着,从包里掏出几袋干鲜果品。

苏成看了看袋中的东西:"这个哪能拿得出手!"

苏父:"那怎么办?我来得很仓促,也没买什么大件礼品……"
苏成:"爸,你不要管了,我自有办法。"
看着长大了的儿子,苏父欣慰地笑了。

舰载机A团 外场机库 黄昏
外场机库已摆满了飞机,地勤兵甲、乙等关上机库大门,与警卫交接飞机。
地勤兵甲在交接本上签字后,交给警卫签字。
地勤兵乙在交接本上签字后,交给警卫签字。
交接完毕,地勤兵甲、乙向营房走去。

舰载机A团 俱乐部 晚上
苏成的爸爸在翻看着苏成桌子上的书。在其中的一本书里掉下了李燕的一张照片,他顺手拣了起来,仔细端详着。
苏父:"儿子,这是谁的照片?"
苏成:"我们卫生队的医生。"
苏父仔细端详着李燕的照片:"挺漂亮的,你怎么拿人家的照片?"
苏成:"爸,我负责团里的摄影报道工作。"
苏父(欣慰地):"你拍得真不错。你考军校的事有通知了吗?"
苏成:"还没有。"
苏父:"儿子,爸相信你。"

舰载机A团 外场机库 晚上
月光下,一警卫战士持枪在机库门前巡逻值勤。
空旷的机库里,传出几声清脆的金属碰撞声。
警卫警惕地留神倾听,碰撞声消失,警卫继续巡逻。

舰载机A团 外场道路 晚上
苏成陪着爸爸一路走来。
苏成:"爸,你和妈妈真的都下岗了?"

苏父:"现在我们厂实行轮休,也算是对我们这些老工人的照顾。福利还不错的。"

苏成(半信半疑地):"轮休和上班,工资不会一样吧?"

苏父:"有差别……不过,我在社区还找了一份水电维修工作,补贴家用。家里的事你不用操心,经济上没有问题。你考军校在这边需要给首长意思意思什么的,给家里说,现在社会上兴这个。"

苏成:"爸,我们团首长都挺好的,很支持我。"

苏父:"那就好。孩子,爸祝你心想事成!"说着,从上衣口袋里拿出一个信封,递给苏成,"拿着,这是爸妈给你准备的800块钱,你先用着,以后需要再给你寄。"

苏成:"爸,我真的不需要钱。我现在是士官,每月也拿1000多块,够用的了。"

苏父:"你跟爸还客气啥?快装起来。"

苏父将钱硬塞进苏成的口袋,接着说,"还是部队好啊,稳定,锻炼人。"

苏成的眼里噙着泪花,久久没有说话。

舰载机A团 外场机库 晚上

还是那个警卫再次巡逻至18号机库门前,里面又传来金属声响。

警卫看了一眼手表,指针指向9点一刻。

警卫顿时警觉起来。

舰载机A团 俱乐部 晚上

苏父:"既然这样,爸爸就放心了。我想好了,明天我就回去。"

苏成:"爸,您住几天,没事的。"

苏父:"爸就是想来看看你,现在看到了,就放心了。我住这里就会影响你工作,再说,爸爸回去也要上班。"

苏成:"爸,其实,我知道,您和我妈都不容易,就盼着我出息……"说到这,苏成心头一阵酸楚。

苏父:"儿子,家里没有你要操心的事,我和你妈都很好。"

苏成:"爸,我送您到招待所早点休息吧,明天还要坐车。"

苏成趁爸爸不注意，从兜里掏出爸爸给的信封，塞到了旅行包里。此时，他再也控制不住自己的情感，豆大的泪珠落了下来……

舰载机A团　外场机库门外　晚上
警卫战士在18号机库门口检查着，当手电筒照到机库的小便门时，发现便门虚掩着，不禁惊住了！

警卫战士动作熟练地下了枪，警惕地拨开便门，厉声叫道："谁在里面，快出来！"

无人应答，只听到金属轻微的碰撞声。

警卫打开枪的保险，子弹上膛，警惕地冲了进去。

舰载机A团　外场机库　晚上
警卫端着枪，顺着声响和灯光搜寻，当他发现机舱里有人后，大声地："谁？快出来！再不出来我就开枪啦！"

丁世杰从飞机上伸出头来："别开枪，别开枪，是我！"说着往下走。

警卫厉声道："不许动！双手抱头，回答你是谁！"

丁世杰："我是机械师丁世杰，你把枪放下！我看着怪瘆人的……"

警卫依然端着枪，语气缓了许多："我不认识你，请你下来。"

丁世杰下来，走到警卫跟前："我在加班，把时间忘了。"

警卫："你说你在加班，有批件吗？再说，规定加班必须两人以上，怎么就你一个人？"

丁世杰："我下班就没回去，哪里来的批文我还没吃晚饭呢！"

警卫："你吃没吃饭我管不着，你要是拿不出批文，又找不着证明人，我就认定你是在破坏装备！"

丁世杰："什么？你说我破坏装备？给你说吧，老子破坏装备的时候，还没你呢！"

警卫："你不服警卫，还骂人……你等着！"说着，拿出对讲机叫道："班长、班长，3号哨位有情况，速来增援！"

同上 俱乐部　晚上

苏成回到房间，心情依然显得沉重。

不知什么时候，张团长站在了他的面前。

苏成一惊："团长？"

张团长："这么晚了，还没休息，陪你爸爸了，是吧？"

苏成："团长，今天用您的车接我爸爸，是我不对，处分我吧！"

张团长："处分？你要是背个处分就没有院校录取你了。"

苏成："团长，我……"

张团长顿了一下："其实，你只要打声招呼我会同意的，或者给你安排别的车接站。你小子，平时看着挺机灵的，怎么关键时刻也犯迷糊了，啊？咱们A团是应急机动作战部队，随时都可能有任务。你是老兵了，应该懂得这些。"

苏成："团长，我错了。"

张团长："我从空勤大队回来，路过这里，我就知道你小子还没睡。记住，下不为例！"说完就走。

苏成上前："团长，您等一下。"

张团长站住："还有事吗？"

苏成从抽屉里拿出两条中华烟："团长，这是我爸从老家给您带来的……"

张团长："小苏，我听司机小袁说过，你家里并不富裕，你爸你妈双双下岗，这两条烟要花去他们多少钱？"

苏成无言以对。

张团长："听我的，明天把烟拿到生活服务中心卖了，把钱给你爸带回去。在A团用不着这个！"

张团长把烟放在桌子上，走了。

苏成怔怔地站在原地……

同上　卫生队　心理测试室　白天

李燕坐在电脑前整理着徐亚宁的信息资料。文霞风风火火地闯了进来。

文霞："李医生，您忙着呢，我干点什么？"

李燕目不转睛："你,过来看一个人。"

文霞顺手搬个椅子坐在了李燕身边,伸头看着屏幕上不断滚动的字幕。在研究对象一栏,文霞发现了徐亚宁的名字。

文霞："李医生,这个人是谁呀?"

李燕："一个篮球运动员。"

文霞："篮球运动员?不会吧?你怎么研究起篮球运动员来了?"

李燕停下手中的操作,转过脸来:"其实,运动员和飞行员在职业活动中的心路历程有很多相似之处。一个优秀飞行员或运动员,首先要有过硬的技术,还要有非凡的胆识,再就是稳定的心理。"

文霞："李医生,你是怎么认识这个徐亚宁的?"

李燕："我不认识她,我是受咱们团里一位飞行员之托,才对这个人进行研究的。"

文霞："咱们团里的谁呀,他是怎么认识这位女篮球运动员的?"

李燕："你这是干吗呀,查户口似的,刨根问底。"

文霞："问问嘛。哦,如果是你的有偿服务对象,我就不问了。"

李燕："小文,你瞎说什么呀!这是罗小海介绍的。"

文霞："什么!罗小海介绍的?那……她和罗小海是什么关系?"文霞指着屏幕上说。

李燕："你管那么多干什么。"

文霞别有用心地看着李燕:"李医生,您不会那么崇高吧?据我所知,你也是喜欢罗小海的,您不会用这种方式去讨好他吧?"

李燕转过身去:"文护士,你再胡说我不理你了!"

文霞站起来抚着李燕的双肩:"李医生,您生气了?我觉得现在光我们团里的人还研究不过来呢,哪有工夫研究她!"

李燕："小文,只要对我们研究人的心理有价值,而且能更好地为飞行服务,我们就应该积极地去研究。对于你我来说,这也是一个学习的过程。"

文霞："我不管这些,反正你喜欢的人,我觉得就不能让他再喜欢别人！哪天本小姐情绪不好的时候，我就把她从我们的程序中请出去。"

李燕："文霞，你不许胡来呵！"

同上 地勤大队门口 白天

郝大队长陪着张团长边说边走向门外。

郝大队长："团长，丁机械师昨天晚上确实是为了工作，他是想通过分解海猫的燃油调节系统，找出与海龙在加力上的不同，从而进一步研究海龙动力系统的调节性能……"

张团长不耐烦了："好了，什么分解调节系统，那不就是拆卸！要不是警卫及时发现，他能把整个飞机大卸八块！"

郝大队长（赔着笑地）："鉴于还没造成什么后果，我的意见是，让他在地勤大队连以上干部会上作个检查，然后我们再搞个整顿，您看……"

张团长（斩钉截铁地）："不行！丁世杰拆卸装备已经不是第一次了，这次要是再不给他点教训，下次还不知他会拆什么呢。就按条令办，该处分就要处分。"

郝大队长："团长，你要处分就处分我吧，是我批准他拆的。"

张团长："郝刚啊郝刚，你还学会护短了是吧？你当然有责任，你要负领导责任！"

同上 外场塔台 白天

塔台全景。

塔台门口的记事板上写着——

时间：9月25日

科目：海上救护训练

机组：罗小海

飞机：飞虎534号

备份：飞虎536号

机组：刘长军

张团长和李参谋匆匆走进塔台。

李参谋："团长，今天的任务不是刘长军吗，怎么你给换成罗小海了？"

张团长："怎么，罗小海不行吗？"

李参谋："当然……我只是觉得……"

张团长停下脚步："觉得什么？"

李参谋："我觉得今天的任务本来是刘长军的，把罗小海作为备份，就等于给刘长军的改装穿插了机会，没想到你又把罗小海推到了一线。"

张团长继续上楼："任务分工只是相对的，没有绝对的，以后你们做飞行计划也要注意这个问题。我要通过这种训练改革，使每个机组都有均等的机会，一旦有紧急情况，拉出哪个机组都能上。"

李参谋顿悟："是，团长！"

两人进了塔台。

塔台内已有气象台台长等人在等候。

张团长："气象情况有没有变化？"

气象台长："预定海区出现大范围中低云层。预报上午10点钟后，预定海区云底高200到250米，能见度3千米，东南风，风速5到6米，海况4级，海浪2到2.8米。"

气象台长报告完后，众人将目光投向张团长。

张团长点了一支烟，犹豫着。

李参谋："团长，我们原来做的计划是简单气象海上救护，现在海上可是接近于复杂气象的条件了……"

张团长瞪了李参谋一眼，猛吸两口烟，狠狠将烟按到烟缸里："我问你们，我们的训练方针是什么？"

李参谋："从难从严，从实战出发。"

张团长："今天的训练计划不变！"

同上 外场勤务保障区　白天

塔台上，标志着今天飞行的蓝色旗帜迎风飘扬。

塔台下，救护车、消防车、抢救车等保障车辆整齐地排放着。

文霞和陈医生在救护车前说着什么。

同上 外场停机坪 白天

丁世杰站在飞机前面,与机舱里的罗小海打了个伸大拇指的手势。

飞虎534救护直升机地面开车。

引擎轰鸣中,螺旋桨飞快旋转。

飞虎534机舱 白天

罗小海:"泰山,534请示起飞!"

耳机(塔台指挥员画外音):"534可以起飞!"

罗小海推油门,拉驾驶杆。

机内其他人员:领航员、空中机械师和身着作训服、臂带红十字袖标的王萍、李燕及另外两名救护人员。

舰载机A团 外场停机坪 白天

丁世杰率地勤兵甲、乙等跑向停机坪边线。

飞虎534离地升空,向远处飞去。

同上 外场塔台 白天

张团长望着远去的飞机,心神忐忑。

塔台下的救护车旁,文霞用手打着眼罩遥望着飞机(不无遗憾地)"多好的机会呀,我又错过了。"

陈医生:"你以为上去是旅游观光的?是要训练的。那个滋味我是尝够了。"

文霞:"可你知道吗,我毕业分配来A团一年了,还一次没坐过咱们的飞机呢!"

陈医生:"谁让你晕机呢?"

文霞(大声地):"谁说我晕机?我不晕,我就是不晕!"

陈医生:"你冲我吆喝什么,又不是我不让你上机的!"

飞虎534机舱 白天

罗小海全神贯注地驾驶飞机,这个时候,与在地面上的罗小海简直判若两人。

后舱里，卫生员甲显然是第一次参加这种演习，显得有些紧张。

王萍（大声地）："第一次参加海上救护训练，是不是有些紧张？"

卫生员甲（故作轻松地）："不，不紧张，只是感到有些兴奋。"

王萍点点头，鼓励他："好样的！"王萍指指上面，"发动机声音太大，你说话得大点声，听不见！"

李燕大声对卫生员甲："想想别的事，把心放松。训练内容和地面没什么差别，只是在飞机摇晃或者颠簸时，注意保持身体平衡。"

卫生员甲："飞机颠簸得厉害吗？"

李燕："不一定，气象条件不好，摇晃颠簸得要重一些。不过，罗小海飞，没问题！"

王萍不禁一乐。

李燕（不好意思地）："队长，你笑什么？我说的不对吗？"

王萍："怎么，笑都不让笑啊？"

李燕："谁不让你笑了？你笑得太坏。"

王萍哈哈大笑。

领航员回过头来："王队长，小声点。"

王萍赶快憋住笑，觑了李燕一眼……

海空　白天

波涛汹涌的海面上空乌云笼罩。

飞虎534穿云飞行。

罗小海全神贯注地驾驶飞机。

领航员打开机内通话，对罗小海说："今天报的训练科目是昼简，没想到到了海上变成昼复了。"

罗小海："也没那么复杂，我觉得也就能算个擦边球吧。"

领航员："这鬼天气，会不会影响卫生队的训练？要不要问问王队长？"

罗小海："你可以征求一下王队长的意见。"

领航员从领航席站起来，移开耳机，大声地对后舱："王队长，现在海上的气象比预报的复杂，你们还敢不敢下海？"

王萍大声地回答:"你们敢飞,我们就敢下海。"

领航员:"我们是四种气象机组,当然敢飞!"

王萍:"你们就看我们的吧。"

领航员:"王队长,你什么时候也把胆量练大了?"

王萍:"噢,光你们从难从严啊,我们也从难从严。"

领航员:"队长,你这是夫唱妇随呀。"

王萍:"别贫嘴了,好好领你的航吧。"

领航员转过身,对照着航图,俯瞰海面:"1号,飞机到达指定海域。"

罗小海:"机械师,通知救护队,按计划实施。"

机械师:"明白!"转身对后舱的王萍,"王队长,飞机已到达指定海域,可以按计划实施你们的救护训练科目了。"

王萍:"明白!"

王萍转过身来,对救护队:"海上救护训练马上开始,现在作训练前最后检查!"

救护队成员各自检查自己的器械装备。两名卫生员穿上橡胶救生衣,模样颇似"蛙人"。

李燕:"设备良好,检查完毕!"

卫生员甲:"设施良好,检查完毕!"

卫生员乙:"设施良好,检查完毕!"

王萍:"投掷救护目标!"

机械师打开舱门,将两个橡皮人投了下去。橡皮人先后落到海面上,随波浪起伏漂动。

在机械师的遥控感应下,橡皮人携带的拉烟管开始施放烟雾,那是飞行员或其他在海上失事落水人员发出的求救信号,从空中看去格外明显。

罗小海的飞机当然看到了"求救信号",他们驾机超低空盘旋飞行一会儿,在"目标(橡皮人)"上空悬停,然后从飞机上缓缓放下吊篮,里面坐着两名卫生员。

舰载机A团 外场塔台 白天

标图员在一张航图上标着飞行线路图。

作训、领航、计时等部位的值班人员在按部就班地工作。
领航参谋:"534已飞抵训练海区,展开救护训练。"
指挥员:"让机组再报一下海区天气。"
气象台长拿过卫星云图,递给指挥员:"这是值班室刚刚接收的2号海区的天气实况"。
指挥员接过来,展开看着。
跟班席上的张团长起身从指挥员手中拿过卫星云图,眉头紧蹙。
张团长:"早八点的卫星云图为什么没抓到2号海区的这块天气。"
气象台长:"2号海区的这块天气主要是高压槽遗留的一个风面,大系统过去后,局部海区天气变坏,云图显示不出来。"
张团长不满地看了气象台长一眼,点燃了一支烟,犹豫着。

海空 海面 白天
吊篮已从飞机吊至海面,两名卫生员分别下水,寻着烟雾游向橡皮人。
由于海上涌浪较大,卫生员甲一时难以接近目标。
卫生员乙游到橡皮人前,用力拖向吊篮。

舰载机A团 外场塔台 空勤休息室 白天
刘长军机组和几个新飞行员在休息室待命。杨玉林身着军装坐在刘长军一旁,表情木然。
刘长军看出了杨玉林情绪不高,安慰道:"小杨,今天如果我们备份机起飞,我就带你到海上体验一次。"
杨玉林心有余悸:"……中队长,我确实怕水,在陆地怎么飞都可以,一到了海上就……"
刘长军:"好了,你越说怕水就越怕水,你只有从根源上解决对水的恐惧,才能解决你的怕水问题。"
杨玉林不好再说什么。
大家就这么继续待命。有的看着飞行计划;有的小声议论着;更多的是盯着跑道上升空、降落的飞机,只要有飞机升降,他们便知道相关的机组飞到什么进度了。

这时，杨光有点坐不住了，对刘长军说："刘中队长，咱们A团的主要任务是作战，这海上救护……"

刘长军："海上救护也是我们的一项重要任务。特别是在战时，直升机目标小、速度快、机动性强、低空性能好，搜救在海上跳伞的落水飞行员和失事的舰艇员，意义非常重大。"

杨光辩解道："我是说，我们要练海上侦察、练搜反潜，忙不过来嘛。"

常少伟似乎永远跟杨光作对："我愿意练救护，只是现在还排不上队。"

杨光不屑一顾："谁不知道你是醉翁之意不在酒，可惜，听说咱们可爱的文护士具有天生的晕机症。"

常少伟："不许你对文护士有任何攻击性言行！"说着，常少伟站起来，去抓杨光，杨光一个闪身，倒在了刘长军怀里。

刘长军推开杨光："好了，你们别闹。海上救护以后都要练，前些时候我去试飞看了他们的科研计划，将来他们还准备生产专门用于海上救护的直升机，和舰队的医院船配套装备部队。"

杨光："到那时候，我们少伟同志就是救护团的团长。"

常少伟："你的意思，你就是反潜团的团长？"

飞行员甲："原来你们是惦记着当官呐！"

常少伟："俗，忒俗！你应该说，我们有远大理想。"

杨光："不想当将军的士兵不是好士兵，不想当团长的飞行员不是好飞行员。"

飞行员甲："都是一个意思。"

常少伟："是一个意思也不能这么说呀，你说对不对，中队长？"

刘长军："你们有理想是好事，但要靠脚踏实地的艰苦训练。舰载机的发展前景，你们会有机会的。"

常少伟："中队长，真是到了那个时候，你就成了我们舰载机旅的旅长了！"

杨光："还有罗中队长呢？"

常少伟："罗中队长……就让他干副旅长吧。"

杨光："副旅长？和我们同级呀！不行不行，那时候罗中队长至少应该是师长了呢！"

舰载机A团　外场塔台　　白天

无线电接收机（罗小海画外音）："泰山，534完成全部训练科目。"

张团长大释，从椅子上站起来，对指挥员："立即返航！"

指挥员对无线电话筒："534，立即返航。"

海空　　白天

在海上飞行的罗小海回答道："534明白。"

飞虎534掉转方向，返航。

后舱里，两个橡皮人已被打捞上来，其中一个躺在救护床上。

王萍、李燕在为橡皮人紧急包扎、止血，准备"手术"。

卫生员甲、乙往下脱救生衣。

王萍："好几年没进行这样的救护训练了，挺刺激的。"

李燕："团长上次开会说了，海上救护训练也列入了飞行训练计划。今天的天气变成了这样，团长还坚持放飞，可见他对救护训练的重视。"

王萍："你别说，这要是搁在一个月前，就今天这天气，他怎么可能下令飞呢！"

李燕："这一回，团长也成'张大胆'了。"

王萍："嗨，可真让你说着了——十来年前，他可不就是这个外号嘛！"

李燕："真的？"

王萍："那怎么的！"凑在李燕耳旁小声地说："你以为光你有个'罗大胆'？"

李燕："去你的！"

王萍捂住嘴笑。李燕情不自禁地去看罗小海。

驾驶舱里，全神贯注驾驶飞机的罗小海。

突然，罗小海的双目一凝："2号，你看下面！"

领航员往下看去——

波涛汹涌的海面上，一艘渔船大幅度倾斜，摇摇欲倾。

领航员画外音："好像是渔船遇险！1号，降低高度！"

随着飞机的下降，渔船上的情景越来越清楚，七八名慌乱的渔民看到飞近的飞机，狂喜地向飞机挥手呼喊。

罗小海说："我们应该赶快报告！"

领航员："对，向塔台报告。"

罗小海："泰山，泰山，534在返航途中发现一艘遇险的渔船，地点在33号海区，东经……"

后舱的王萍和李燕等闻之大惊，连忙趴到舷窗上往下看。

舰载机A团　外场塔台前　白天

随着一声尖厉的刹车声，一辆小车停在塔台前。

匆匆上台阶的脚步。

何政委和项副市长等一溜儿小跑进了塔台。

舰载机A团　外场塔台　白天

何政委："张团长，这是项副市长。"

项副市长："张团长，我们的一艘渔船在海上遇险，地方和海军正在组织船只前往营救，时间上恐怕不能保证，听海上搜救中心说你们刚好有一架飞机在海上训练，我就赶了过来。"

张团长："我们这里刚刚也接到机组的报告了。"

何政委："啊？534发现遇险的渔船了！"

众人连忙奔到航图前。

张团长手指航图："大概就在这个位置。"

项副市长："能不能尽快实施营救？"

张团长抓起无线电话筒："534，详细报告情况！"

无线电接收机（罗小海画外音）："通过无线电我们已与遇险船只取得联系。船上报告，船舱已经进水1米多深，船体大幅度倾斜，已经开始下沉，船上有9名渔民，情况危急。"

张团长："能不能实施营救？"

飞虎534机舱　白天

罗小海看了看油量指示表："如果实施营救，现有的油量将无法支持返航。"

卫生员甲把目光从舷窗收回:"太恐怖了!"
王萍:"大家镇静,做好救护准备!"

舰载机A团　外场塔台　白天
众人听完报告,不由得面面相觑。
张团长对李参谋:"问一下地勤加油记录。"又对标图员:"534距最近海岸有多远?"
标图员手拿军用量角尺在航图上快速测量着。
标图员:"标图报告,534距最近海岸220千米,按巡航速度约需50分钟。"
李参谋:"534油量满载。"
张团长看着项副市长和何政委,摇了摇头。
项副市长:"团长,政委,人命关天哪!"
何政委:"让536赶去营救吧!"
项副市长:"能来得及吗?"
张团长:"来不及也没办法。"对指挥员:"536立即起飞,534返航。"
指挥员对无线电话筒:"536立即起飞——目标:33号海区……"

舰载机A团　外场塔台　空勤休息室　白天
空勤休息室音柱:"任务:营救遇险渔民!马上进场!"
刘长军等竖着耳朵注意听着。
刘长军等手提飞行图囊立即跑向外场。
杨光(惊讶地):"这说来就来了……"

舰载机A团　外场停机坪　白天
刘长军和领航员、杨玉林等快速登机。
刘长军按下"快速启动"按钮。
536飞机地面开车,螺旋桨立即进入线速旋转。
536紧急起飞。

舰载机A团 外场塔台　白天

指挥员:"534,遇险渔民已派536赶去营救……"

项副市长看到停机坪上还有两架飞机(哀求似的):"张团长,多派两架吧,保险系数大一点……"

张团长白了项副市长一眼:"那是战备值班飞机,不能动!"

项副市长不敢再往下说。

飞虎534机舱　白天

罗小海驾驶飞机。不知什么时候李燕已站到罗小海的身后,此时正焦虑地看着他。

耳机(指挥员画外音):"……534,立即返航。"

罗小海与领航员相视一眼,向下看去——

海面　白天

俯拍:渔船倾斜下沉得更厉害了,有的船员正用盆子、铁桶等工具往船外舀水自救,船上的渔民挥舞着双手,急切地呼救。

指挥员(画外音):"534返航,534回答!"

飞虎534机舱　白天

领航员查看航图。

罗小海:"泰山,我是534,现在遇险船只十分危险,536赶来营救恐怕来不及……"

飞虎534在遇险渔船上空盘旋,渔民们向飞机急切地呼救……

舰载机A团 外场塔台　白天

室内的气氛焦灼不安。

罗小海通过无线电回答道:"泰山,我们查看航图发现,在距我们约90千米处有一个小岛,航图标的是百尺岩,不知那里有没有降落条件?"

众人急忙去看航图。

李参谋:"百尺岩,在这儿。"

张团长:"百尺岩我8年前在那里降过。现在的资料拿来。"

领航参谋在电脑上搜索百尺岩资料。

屏幕上跳出"百尺岩"三个字,接着出现一组数据。

无线电接收机传来罗小海的回答:"泰山,渔船即将沉没,情况十分危急。如果百尺岩有降落条件,我们可以立即营救遇险渔民,然后迫降百尺岩。"

指挥员:"534沉住气,听候指令!"

领航参谋看着电脑上的图片和文字资料报告:"最近的勘察资料是2005年10月份的——百尺岩,东经123度49分54秒,北纬35度50分18秒,11.7平方千米,最高点海拔400米,岩石林立地势险要,无居民,东北部有一块约300平方米的岩质平面,可供海猫、海豹、飞虎等型直升机降落和起飞。"

张团长:"同意534的方案!"

指挥员对话筒:"534,百尺岩具备起降条件,营救渔民后立即飞百尺岩降落,等待给你们补充燃料。"

罗小海回答:"534明白!"

——第十二集完

第十三集

飞虎534机舱　白天
罗小海："立即对遇险船只施救！时间不能超过20分钟！"
后舱早就严阵以待的救护队迅速投入营救工作。
王萍指挥着："下！"
卫生员乙上了吊篮。

海空　海面　白天
飞机在即将沉没的渔船上空悬停，用于救护的吊篮和身着蛙装的卫生员被缓缓放下。
营救场面：
——卫生员乙吊在吊篮里，用升降器慢慢往下放。
——大风吹着卫生员乙在空中摆来摆去，他瞅准渔船正好在浪尖上悬停的空隙，一松收紧器，成功落在遇险的渔船上。落船后，迅速用双套法救助，每次将绳索分别穿在三名遇险船员的腋下，然后在王萍的指挥下，机械师迅速卡到飞机上。
如此反复三次，将遇险船员全部救上飞机。
罗小海看看表："用时13分钟，卫生队真棒！"
最后一次吊起人来后，渔船主机一头缓缓沉入海中。

飞虎534机舱　白天

被救上飞机的渔民看着渔船沉没，有的哭了起来。

渔民甲对王萍和李燕："谢谢解放军同志！谢谢亲人同志！要不是你们及时赶来，我们就没救了……"

王萍："这也是赶巧了，我们刚训练完救护，返航时发现了你们。"

渔民乙："我说今天不能出海，你们偏不听，结果怎么样？命都快没了！"

渔民甲："你胡说什么呀！还不是你光知道挣钱，你的船没按规定进厂大修？你等着吧，回去我们再向你索赔！"

领航员回头（大声地）："后舱静一静！都坐好了！"

罗小海："泰山，泰山，534已安全救起9名渔民，现正向百尺岩飞行。"

舰载机A团　外场塔台　白天

张团长接过话筒，神情严肃地："534，我是张振武，我问你，油量够吗？"

无线电接收机（罗小海画外音）："飞到百尺岩降落没问题。"

张团长："百尺岩的降落点在东北部，寻找降落点时注意观察。"

无线电接收机（罗小海画外音）："534明白。"

张团长："536，536，直接飞百尺岩，协助534迫降。"

无线电接收机（刘长军画外音）："536明白。"

海空　白天

飞虎534向百尺岩飞行。

飞虎536向百尺岩飞行。

罗小海全神贯注地驾驶飞机。

李燕出现在罗小海身后，看着他操作。

领航员："1号注意，马上就到百尺岩了。"

李燕趴到舷窗上向外看——

海岛 百尺岩　白天

　　百尺岩是大海之中一座怪石林立的孤岛，因周边立面陡峭百尺而得名。岛上没有居民，偶有渔船在此避风避险，但由于该岛结构险要，并无太大使用价值。

　　罗小海驾机从岛的上空掠过。

　　飞虎534飞临百尺岩，降低高度。

　　领航员提示罗小海："1号，飞往东北部，迫降场在那边。"

　　罗小海回答："1号明白。"然后全神贯注地驾驶飞机，在百尺岩上空寻找降落点。

　　领航员也探头向下寻找着。

　　飞机的主观视角中，礁石、沟壑等景象清晰而快速闪过……

　　随着飞机高度的降低，百尺岩更加清晰起来：林立的石笋尖岩、密布的峡谷深壑……镜头寻找到东北部一块平缓的地带，却见上面被纵横交错的几条裂沟分隔得面目全非。

　　罗小海不禁大吃一惊。

　　领航员也不由得倒吸一口冷气。

　　领航员一时不知如何是好："图上标的就是这里，怎么办？快向塔台报告吧？"

　　"别急，再到别处看看。"罗小海操纵飞机一个急速转向。

　　机舱里的人身体突然一晃，发出一片惊叫。

　　飞虎534在百尺岩上空盘旋着，此时传来指挥塔台指挥员的声音："534，534，报告迫降场的情况。"

　　罗小海的额上出现了汗珠，身后的李燕也意识到问题的严重，更加关切地看着罗小海。

　　但罗小海依然回答坚定："泰山，534已飞临百尺岩。这里可能发生过地震，东北部的降落点裂沟纵横，无法降落。"

舰载机A团 外场塔台　白天

　　听到罗小海的报告，塔台里的人不禁捏了一把汗。

　　张团长对话筒："其他地方呢？有没有降落条件？"

　　罗小海报告："已经看过了，没有降落条件。现在飞机的燃料即将用完，只有超条件迫降一条路了。"

张团长:"有把握吗?"

罗小海那边沉默了。

张团长狠狠地瞪了项副市长一眼,焦灼地踱了两步,抓起话筒:"534,同意你超条件紧急迫降。如果感到把握不大,先保证机上人员的安全。"

罗小海回答:"534明白!"

张团长站了起来,似是当面对着罗小海:"534,你是最优秀的飞行员,泰山相信你!相信你们!"

罗小海应道:"534明白。"

张团长打开另一路无线电通道:"536,536,你现在在什么位置?"

刘长军回答:"536已飞临百尺岩。"

张团长命令道:"534要在百尺岩上寻点迫降,注意保持与它的距离,随时营救机上人员!"

刘长军应道:"536明白!"

百尺岩　白天

飞虎534在百尺岩上空掉转方向,一个下滑动作,飞向百尺岩一片有些泛黄的可能的浅海区。

534飞机后舱里,领航员对众人交代着:"飞机悬停后,大家要迅速顺着钢缆下去,越快越好!下面是浅海区,上面有536飞机接应,听明白了吗?"

众人有些紧张:"听明白了。"

罗小海(头也不回地):"开始吧!"

机械师打开舱门,放下钢缆。

王萍:"先让渔民下飞机。"

几个渔民激动地欲说不能。

飞虎534在离水面20米的高度悬停,领航员指导着渔民们先后顺着钢缆滑下飞机,并在接近水面时跳入水深齐腰的海中……

飞虎536飞来,绕飞虎534盘旋飞行。

已跳入海中的渔民向536飞机呼救着。

最后两名渔民滑下了飞机。

领航员对身边的王萍和李燕以命令的口气说:"王队长,李医生,你们快下!"

王萍由于早有预备,顺着钢缆滑了下去。

领航员拉李燕一把,意在催促李燕快下,李燕却站在罗小海身后一动没动,她命令两名卫生员:"你们两个先下!"

卫生员甲推托:"李医生,您是女同志,还是您先下吧。"

此刻,飞机仪表盘上的油量指示灯开始报警。

罗小海吼道:"油快没了,别啰唆,快下!"

两名卫生员和机械师顾不上爬钢缆了,直接从舱门跳了下去。

领航员再次催促李燕:"李医生!快下!"

李燕:"我是飞行员心理医生,你先下!"

罗小海盯着油量指示表大吼:"快!"

李燕猛地一下将领航员推下飞机,往下看了看,向罗小海喊:"收钢缆!"

罗小海一面收着钢缆,一面驾机爬升着向百尺岩上空飞去。

飞虎536一直观察着534的动作,534飞离后,536立即在跳水的人员上空悬停,向下投放吊篮。

王萍和两名卫生员指挥渔民们爬上吊篮。吊篮收起后,这时王萍才环顾四周寻找着,却不见李燕,她惊恐地问:"哎?李医生呢?李燕!李燕哪去了?"

领航员游了过来:"李医生她没下来……"

王萍急忙去看飞虎534:"啊?她没下来……"

飞虎534的油量指示灯连续报警。

罗小海全神贯注地驾驶飞机,额上冒出豆大的汗珠。

一只拿手帕的手轻轻按在罗小海的肩上。罗小海回头一看,又惊又怒:"你!?……"

舰载机A团 外场塔台 白天

无线电接收机(罗小海画外音):"你怎么没下去!?……"

众人面面相觑。

无线电接收机(罗小海画外音):"混蛋!"

何政委用眼睛问张团长:"用不用问一下情况?"
张团长摇了摇头。

飞虎534 机舱　白天
李燕用手帕为罗小海拭去额上的汗珠,在领航员位置上坐下。
罗小海狠狠地瞪了李燕一眼,开始寻找迫降点。
油量指示灯不停地闪烁报警。

百尺岩上空　白天
飞虎534在百尺岩上空盘旋。
石笋林立、峡谷密布的岛礁。

飞虎536机舱　白天
刘长军驾驶536紧紧"咬"住罗小海的534。
领航员（着急地）:"201,你快帮他一块寻找迫降点吧。"
刘长军:"你不要激动,我这不是正在找嘛!"
领航员:"什么时候了,你还这么稳呀!"
刘长军提高了嗓门:"越在这个时候越要保持冷静,2号,注意集中精力!"
领航员（嗫嚅地）:"2号明白。"
杨玉林悄然向下觑了一眼,神色紧张。
王萍泪流满面地趴在舷窗上往外看。

百尺岩上空　白天
飞虎536从后上方超过了飞虎534。
刘长军（画外音）:"534,你保持经济时速飞行,我加速寻找,等我的消息。"
536飞机甩尾而去。

飞虎534机舱　白天
油量指示灯不停地闪烁报警。
李燕已戴上了领航员的耳机,关切地看着罗小海驾驶——

罗小海的手紧紧握住驾驶杆。

罗小海的脚猛地一蹬，李燕的身体猛地一抖。

突然，罗小海的眉头轻轻一皱。

李燕向下看去……

百尺岩　白天

俯拍下的百尺岩上，一个高出其他岩笋的岩峰顶端，有一个小小的平面。

随着飞机高度的降低，青石平面越来越清晰。

飞虎534机舱　白天

油量指示灯仍在不停地闪烁报警。

李燕："罗中队长，这个平面不就是你平时训练降落的迫降场吗？"

罗小海恶狠狠地瞪了她一眼："你害怕了，是吧？"

李燕："你错了，我要是害怕我就不会留在飞机上了。我是想与你一起经历一次成功！"

罗小海："太幼稚了，你以为这是你的模拟器吗！"

"你！"李燕刚要发火，马上又恢复了镇静，"你倒是可以作为一次游戏。从心理学的角度，当你处于游戏心理的时候，你的神经系统也是空前的轻松，成功的几率也就越大。"

一团低雾袭来，飞机颠簸了一下穿雾而过。

罗小海急令李燕："坐好了！"

舰载机A团　外场塔台　白天

众人的目光盯着无线电接收机，室内的气氛像凝滞了一样。

无线电接收机（罗小海画外音）："李医生，你真的该下去，我自己怎么都好说……"

无线电接收机（李燕画外音）："不，你能行！我相信你一定会安全降落的！因为你有技术，有信心，还有激情！"

无线电接收机又没有声音了。

张团长忍耐不住，手指颤抖着掏出烟，打了几次打火机没有打着,气愤地将打火机扔掉……

苏成挎着照相机满头大汗地跑上来:"这么好的机会我没赶上,太遗憾了!"

"苏成,你别添乱了!"张团长生气的一声喝,苏成悄悄地躲到了一边。

百尺岩上空　白天

飞虎534在那个较高的岩峰上空悬停,调整角度。

飞虎536又飞回534的上空,与534保持一定距离和高度,绕飞虎534盘旋。

刘长军(画外音):"534,也只有这里能迫降了,你大胆降落吧,有我在你的上空,不要忘了,我们是金牌组合……"

飞虎536机舱　白天

刘长军:"……现在,你是长机,我是你的僚机!"

罗小海(画外音):"谢谢,僚机!"

领航员趴在舷窗上,望着外面的飞虎534和它下面的岩峰,攥紧的拳头微微颤抖起来。

王萍泪流满面地趴在舷窗上:"小海,李燕,你们千万要小心啊!……"

杨玉林神色茫然。

渔民乙"扑通"一下跪在机舱里,嘴里不停地叨叨:"菩萨保佑!菩萨保佑!"

"起来!搞什么搞!"领航员喊了一声,渔民乙赶紧站了起来。

飞虎534号机舱　白天

油量指示灯不停地闪烁报警。

李燕目光坚毅地看着罗小海。

罗小海紧握操纵杆的手,罗小海稍带恐惧的目光……

百尺岩　白天
俯拍：岩笋林立中的峰顶平面……

飞虎534机舱　白天
罗小海撤回稍带恐惧的目光，转头去看李燕——李燕用平静而坚毅的目光给他信任和鼓励。
罗小海的目光诧异地一颤，眼中那一丝不易察觉的恐惧淡弱下去。他回过头，开始选择角度迫降。
油量指示灯不停地闪烁报警……突然，指示灯尖叫一声熄灭，与此同时机身猛地一震，摇晃起来。
罗小海不由得"啊"了一声。

舰载机A团　外场塔台　白天
在场的人也情不自禁地"啊"了一声。
无线电接收机（刘长军画外音）："泰山，534好像燃油用完了，突然丧失了动力，正依靠螺旋桨的惯性往下降落。"

百尺岩上空　白天
飞虎534失控般地向下"掉"落。

飞虎534机舱　白天
罗小海紧紧扳住驾驶杆，又出现了一丝惶恐的目光。
李燕用坚毅而鼓励的目光看着罗小海，用平静而充满信任的语气说道："沉住气，不要慌，你是罗小海，是坚毅而沉着的罗小海，我信任你，泰山信任你，所有的人都信任你……"
罗小海眼睛中的那一丝慌乱和恐惧在渐渐淡弱。

百尺岩岩峰　白天
渐渐逼近的岩峰顶面……
李燕（画外音）："你行，一定会行的，因为你曾经在一个阴森森的黑夜里和孙老师一起战胜过一只大狼狗。同样，现在我和你也能战胜这次空中险情。"

李燕（画外音）："那是你十一二岁的时候，是一个勇敢的男孩的故事，十几年过去了，现在你已经是一个优秀飞行员了，对了，你是白羊座，你的特点是勇敢、坚毅和自信……"

飞虎534机舱　白天

李燕看着罗小海，突然改变语气说道："我还记得，你的爷爷说，你和他之间有个约定……"

罗小海紧咬牙齿，眼里充血："请你不要再说了，我知道应该怎么做！"

紧握驾驶杆的罗小海渐渐恢复着自信。

百尺岩岩峰　白天

俯拍：越来越近的扑向镜头的岩峰顶面……

飞虎534机舱　白天

罗小海坚毅而自信的眼睛。

看着罗小海所表露出的神情，李燕大慰。

百尺岩岩峰　白天

俯拍：渐渐扑向镜头的岩峰顶面……

百尺岩上空　白天

飞虎536在飞虎的侧上方盘旋飞行。

飞虎536的角度——飞虎534落向那个峰顶……

刘长军（画外音）："534，你进入的角度很正，就这样，稳住，一定要稳住。"

百尺岩峰顶　白天

特写：飞虎534的起落架渐渐接近了岩顶……仿佛奇迹般的，飞机像一只栖枝的大鸟，准确地停落在仅仅能容下三个起落架的岩顶上。

飞虎534机舱　白天

机身猛地一震，不动了。

李燕愣了片刻，终于回过神来："罗小海，你成功了！"

罗小海转过脸来，一边大口大口地喘着粗气，一边直瞪瞪地盯着李燕。

李燕的泪水夺眶而出……

百尺岩上空　白天

飞虎534像一只大鸟栖息在高耸的岩峰顶上。

飞虎536在飞虎534的侧上方盘旋飞行。

飞虎536机舱　白天

激动的人们。

王萍向外大声呼喊："罗小海！李燕！你们太了不起了！罗小海！李燕！……"

领航员擦了把额上的汗珠，长长地吁了口气。

杨玉林看着激动的人们，似有所感……

刚才跪下磕头的渔民乙双手合十，祈祷着。

飞虎534机舱　白天

罗小海摘下飞行帽，他的头发早已被汗水浸湿，他激动地看着李燕趴在前面的机身上哭泣——她后背的衣服也被汗水濡透。

罗小海轻轻地抓住了她的手。

李燕抬起身子来，泪流满面地看着罗小海。

罗小海深情地看着她，喉头蠕动了一下。

李燕像失去了全身的力气似的歪倒在罗小海怀里……

舰载机A团　外场塔台　白天

无线电接收机（刘长军画外音）："泰山，534已安全迫降百尺岩！534已安全迫降百尺岩……"

在场的人惊呼一声，不少人跳了起来，李参谋等还将作训帽扔向空中……

张团长抑制住自己的感情,擦了把沁满额头的汗珠,赶紧掏出一支香烟点上,吸了一大口。

舰载机A团 外场塔台 白天
张团长来到塔台外的平台上,蹲了下来,眼泪再也抑制不住地流了出来。
苏成上前挽住张团长:"团长,您没事吧?"
张团长:"没事……"
塔台门口,何政委激动地看着他。
项副市长走到张团长跟前,抓起张团长的手就握……
塔台上方的训练标志旗迎风飘扬……

塔台下,文霞兴奋地跳了起来:"哇,太经典啦!回去我一定把它写成小说,让韩剧迷们都给我发晕……"

海空 黄昏
绚丽的晚霞中,飞虎534和飞虎536披着彩霞,编队返航。

飞虎534机舱 黄昏
李燕站在罗小海身后,深情地看着他驾驶飞机。
此时的罗小海一脸轻松,吹起了口哨。

舰载机A团 外场塔台 黄昏
无线电接收机里响起罗小海的口哨声。
指挥员诧异地看看张团长和何政委。
张团长皱了皱眉头:"这就是罗小海!"
何政委却轻松地笑了:"没错,这就是罗小海!"

海空 黄昏
轻松欢快的口哨声里,飞虎534和飞虎536一前一后,飞翔在绚丽的晚霞之中……

舰载机A团 礼堂　晚上

潮水一般响起的掌声……

"军民联欢晚会"的会标赫然醒目。大幕徐徐拉开，李燕在聚光灯的照耀下款款上台。

苏成将摄像机固定在三脚架上，带领周围几个战士异乎寻常地鼓掌，被一值班干部制止。

李燕报幕："军民联欢晚会现在开始！"

掌声。张团长、何政委、项副市长及被救渔民代表等军地观众鼓掌。

苏成始终将镜头聚焦在李燕的特写上。

李燕向台下的罗小海"特别关照"了一眼："首先请欣赏：市歌舞团的大型歌舞《鱼水情深》。"

舞台上表演歌舞《鱼水情深》。

台下：何政委与项副市长亲切地耳语；罗小海、刘长军在空勤坐席，王萍在场站坐席里观赏节目；丁世杰在地勤坐席里坐着。

苏成录像。

歌舞结束，观众鼓掌。

李燕再次上台报幕："下面请欣赏：由舰载机A团业余文艺演出队自编自演的相声《长机与僚机》"

掌声中，两名男演员穿着飞行服走上台。

甲：（先敬礼）各位首长，各位战友，我在这给大家敬礼了。

乙：（跟着敬礼）各位首长，各位战友，我也……

甲：（拉了乙一把，示意他往后站）

乙：（上前走）你这是干吗呢？

甲：（继续示意他往后站）

乙：（生气地大步向前）你说话好不好？

甲：（指指乙）急了。

乙：我能不急嘛！我还没给在座的各位首长和各位战友敬个礼呢。（举手敬礼）

甲：（上前拉住）你等会儿。

乙：又怎么了？

甲：我问你，咱们这是干什么来了？

乙：干什么来了？还用问吗，说相声来了。大家都看出来了。

甲：我知道说相声来了，我问的是咱们今天要说的是什么相声？

乙：对口相声呵。两个人说叫对口相声，三个人说叫三人相声，四人以上叫群口相声。相声讲究四门工夫……

甲：好了！你打住吧！我问的是我们说的相声的名字是什么！

乙：噢，你是问这个，你倒是说清楚喽。我们相声的名字叫"长机与僚机"。

甲：知道就好。那我跟你说，现在我就是长机，你就是那僚机。所以，你得往后边站。

乙：我是僚机怎么就得往后边站？

甲：你是真的不懂？（用手比划长僚机编队状）长机在这，僚机在这——明白吗？

乙：不明白。

甲：这人真笨！

乙：说谁呢？

甲：这么跟你说吧，我在前，你在后，这就叫长机与僚机。

乙：就这么个长机与僚机？没听说过。

甲：这位终于明白了。

乙：谁明白！告诉你，长机与僚机是我们航空兵部队在战术飞行时的编队配置，并不像你说的什么前呀……后的。

甲：不管怎么说，我就是长机。

乙：那你就长机吧。我问你，长机与僚机在战术飞行中最重要的一条是什么？

甲：你问我这个，算你问着了。我告诉你，就两个字：配合。

乙：作为长机，你的战术指导是什么？

甲：头脑冷静，思维敏捷，卡位要准，进攻要狠……

乙：你这是打球呀。

甲：差不多吧，他们体育运动的名词都是从我们这儿拿过去的。

乙：拿过去的，像话吗。

观众席上，众人大笑。

甲：我今天重点要介绍的就是僚机。

乙：那就是我。
甲：（推了乙一把）臭美吧你，我说的是9.25救助渔民行动中的僚机，有你什么事。
乙：我以为你是说我呢。9.25？9.25救助渔民行动是任务飞行，不分长机、僚机呀？
甲：有，你猜！
乙：刘长军？
甲：（拖腔）不——对。
乙：那天只有刘长军驾536号飞机前去支援，没有别的飞机？
刘长军听得有些不耐烦。从座位上站起来。
甲：猜不出来吧？告诉你吧，那天的僚机就是咱们卫生队的心理医生李燕。
乙：（急忙制止）不能乱说。
甲：为什么？
乙：在咱们航空兵部队，有一个不成文的说法，僚机用在生活中，特指那个？
甲：特指哪个？你倒是说呀。
乙：（作羞怩状）我说不出口。
甲：瞧你这点出息！你不说，我可是接着说了。那天，李医生利用她所学的心理学，配合罗小海同志树立信心，点燃激情，那就是最好的僚机……
乙：你怎么又说出来了？
甲：怎么了？
乙：僚机指的就是家属的意思！
台下一片哄笑。
罗小海觉得没劲，悄悄离开座位，出了礼堂。

同上 礼堂前　晚上
罗小海走出礼堂，看到正在门口徘徊的刘长军。
罗小海："长军。"
刘长军："哎，你不好好看节目，怎么跑出来了？"
罗小海："你不也一样吗！"

刘长军:"怎么能一样呢,这台节目的主题是你。"

罗小海:"看你,说到哪儿去了。再说,那天的事,也有你的一份功劳。"

刘长军:"两码事。你没听相声说,你是长机嘛。"

罗小海:"你听他们编去吧,什么长机僚机的。不过,要说起来,我还真得感谢你。要不是你及时赶到,机上的人下不来,我的飞机上的燃料消耗的更快。"

刘长军:"那天正好我是备份,要我说,你真得感谢人家李医生,这恐怕不仅仅是为了心理学吧?"

罗小海:"你怎么也跟着起哄?"

刘长军:"起哄?你听——"

礼堂里爆发出的掌声打断了他们的谈话,他们同时看了一眼礼堂。

刘长军:"走吧,集体活动,咱们出来时间长了不好。"

两人转身向礼堂走去。

舰载机A团 礼堂　晚上

掌声中,相声演员退场。

李燕上台报幕:"下面请欣赏——"突然看到罗小海的空座,不由得一愣。

苏成从寻像器里看到李燕的表情变化,很是着急。

台下有了嘘声,还有人喊"僚机"。

李燕一时羞臊,支吾着忘了词。

台下嘘声大作。

罗小海、刘长军回到原来的座位上。

舞台监督焦急地给李燕提词:"男声四重唱!"

李燕抱歉地向观众嫣然一笑:"下面请欣赏空勤大队演出的男声四重唱:海鹰之歌。"报完,急忙跑下。

手风琴伴奏的男声四重唱《海鹰之歌》。

同上 篮球场　晚上

明月当空,繁星满天。

杨光和杨玉林并肩坐在篮球场边。

杨光："一家子,那天上机在海上的感觉怎么样?你可不要辜负了罗、刘两中队长的一片苦心。"

杨玉林仰望着天上的星星:"就像是经受了一次生死考验……"

杨光:"玉林,你真的像他们说的,你受到过水的刺激吗?"

杨玉林:"我不愿意别人问我这些。"

杨光:"为什么?……哦,对不起,我不是有意的。"

杨玉林沉默了。

杨光:"哎,那你说罗中队长是不是太棒了?"

杨玉林:"我不知道。"

杨光:"哎,你这人怎么这样!?罗中队长海上救渔民、百尺岩迫降多厉害!"

杨玉林:"我那天在飞机上,什么也没看,什么也不知道……"

某潜艇支队艇长办公室　白天

高洪兵正在看着电报,一水兵拿着一沓报纸敲门进来。

走到办公桌前,水兵熟练地将报纸放在办公桌的右上角,又拿起茶几上的暖瓶为高洪兵的茶杯续了水,这才转身离开。

高洪兵合上电报夹,叫住了水兵:"小陶!"

小陶:"到!"

高洪兵把电报夹递给小陶:"把电报送回机要室。"

小陶:"是!"

小陶带上门出去。

高洪兵摊开报纸,挑了一份都市报看着。

突然,一行通栏标题映入他的眼帘:海空历险救渔民,军民情深传佳话。副标题是:某舰载机团空中援救纪实。

再往下看,高洪兵兴奋地拿起电话拨号。

高洪兵:"你在呢?这两天我出海不在家,出了这么大的事你也不告诉我,我首先得祝贺你……你不要谦虚了,报纸都登出来了。"

罗小海(画外音):"那都是记者们的妙笔生花,其实,没那么惊天动地。"

高洪兵:"你别看写得神了点,但我还是看出来了,这种生死考验的高难动作飞行,是非你莫属。"又拿起桌子上的报纸,一边看着,"对了小海,报道中最后提到的那个医生,还给你力量……等会,我看看在哪——在这——给你智慧,给你激情,这都是什么意思?什么给你激情,干脆给你爱情不就完了嘛!老实交代,是不是患难见真情了?"

罗小海(画外音):"嗨!……这样吧,现在我跟你说不清楚,等下次咱们见面的时候,我慢慢跟你说。"

高洪兵翻看着日历:"哎,还等什么下次,今天就是星期五了,明天就是双休日,干脆咱晚上聚一聚,你要是没事的话,我一会儿就开车去接你……好,就这么说定了。"

海滨大道 军用吉普车 黄昏

军用吉普车在海滨大道上行驶。

一会儿,靠边停靠在了停车带上。

罗小海、高洪兵下车交换位置,罗小海坐在了驾驶员的位置,高洪兵坐到了副驾驶的位置上。

高洪兵:"在你还没上路之前,本人友善提示,你现在驾驶的是越野吉普车,不是飞机;正前方是限速行驶的环海高速公路,也不是你们的飞机跑道。完毕!"

罗小海:"谢谢,你可是给我坐好了。"

罗小海话还没说完,车已迅速启动向前冲去。

环海高速公路 军用吉普车 黄昏

军用吉普车在环海高速公路上疾驶。

一路快速闪过的路标、立交桥、海滨风光……

高洪兵(画外音):"你还记得咱们在海军指挥学院合成班上的车辆驾驶课吗?"

罗小海(画外音):"记得,怎么能忘呢。"

高洪兵(画外音):"你总是把车开得像飞机一样快,那个车管助理后来干脆不让你开了。"

罗小海(画外音):"他呀,就是怕他的教练车在我手里五马分尸。"

高洪兵（画外音）："他说，你还是回去开你的飞机去吧。"

两人大笑（画外音）。

军港大道 车内 黄昏

军用吉普车在军港大道上行驶着。

透过车窗，可看到潜艇映着夕阳，海水泛着金黄。

罗小海把车停靠在路边："这里面你熟，我该完璧归赵了。"

高洪兵走下车："从你刚才开车的情形看，我感觉你还是像在开飞机。"

罗小海走下车来，绕到右侧："我不知道高艇长这是在批评还是在表扬？"

高洪兵坐到驾驶位置，对重新回到副驾驶位置上的罗小海说："既有批评也有表扬。小海，你知道吗？你开车的时候我一直在为你担惊受怕。"

罗小海："这么说，你是不相信我啦？"

高洪兵："那倒不是。"

罗小海："那是为什么？"

高洪兵挂挡起步："据我所知，你们飞行员是不准开车的，而我却给你开了口子。"

罗小海："原来你想说这个。不错，是有这么一个规定，主要是从安全角度考虑的。我可以而且保证安全了，也无所谓违反规定了。"

高洪兵："狡辩！你要真是出点什么问题，我可承担不起啊。"

罗小海："你就放心吧。我开歼击机的时候，在跑道上滑跑时速达到四五百千米，开你的吉普车，毛毛雨啦。"

高洪兵："到底是在天上飞的！"

罗小海向窗外看着（纳闷地）："老高，你这是到哪？"

高洪兵："水兵餐厅。"

罗小海："不说好在家吃的吗？"

高洪兵："都什么年代了，还在家里折腾。"

高洪兵一按喇叭，吉普车开到了水兵餐厅的门口。

高洪兵、罗小海下车，走进餐厅。

某潜艇支队水兵餐厅　晚上

小餐厅内，罗小海、高洪兵相对而坐。着一身水兵服装的女服务员热情地端盘上菜。

罗小海看着丰盛的海鲜："老高，你这是……艇长特权？"

高洪兵："说到哪儿去了，民间行为，个人买单。"

罗小海："那我看你有点摆阔，你说咱们整天空勤灶、潜艇灶的，肚子里还缺什么。一切从简，太复杂了我可是坐不住。"

高洪兵："那也不能让你这个天之骄子笑话我这个老水兵吧。再说，这些海鲜都是几个水兵钓上来的。"

罗小海："看看，还是特权。"

高洪兵："想想咱们在海院的时候，每逢周末，吃个包子都抢呢！"

罗小海："那时你总欺负人家女学员，让人家少吃包子多吃醋，美其名曰可以减肥加美容。就这事，我还没来得及给嫂子汇报呢。"

高洪兵："不用你汇报了，我已经不打自招了。"

罗小海笑道："其实，我真是觉得那段日子是很有意思的。"

高洪兵为罗小海倒上酒："说正经的，那个李医生和你不是那层关系？"

罗小海："我刚才不是跟你说过了吗？我只是她的研究对象。你说的那个绝对没有。"

高洪兵别有用心地打量着罗小海："小海，看来今天不把你拿倒你就不说实话了，来，干！"

两人碰杯。

舰载机A团　卫生队心理测试室　白天

李燕进来后，把书放下，坐到电脑前，开始在电脑上整理研究资料。

王萍进来。

李燕："王队长。"

王萍没应声，站在李燕身旁，"别有用心"地打量着她，直看得李燕不好意思起来。

"队长,你又来了!"李燕白了她一眼,重新坐到电脑前,掩饰自己的心情。

王萍伸手给她把电脑关上了。

李燕:"哎,你……"瞅一眼王萍,忙又避开她的目光。

王萍:"李燕,这一回,这个红娘我当定了!我先问你一句:你到底愿不愿意?"

李燕:"我愿意什么呀?"

王萍:"嫁给罗小海。"

李燕大窘:"队长!……"

王萍:"李燕,都到了这份上了,还遮掩什么?虽说当兵的不能像地方的小青年那样火辣辣地表白,但当兵的也有一份火辣辣的感情,是不是?那天在百尺岩,那场遭遇,那番情景,谁见了会不感动、不揪心,会不为你们祝福?那就是一场生死恋啊!当时我就想,这样的一对人儿若不能结为夫妻,天理难容!你还等什么?还遮掩什么?爱情对一个女人来说只有一次。"

李燕的眼圈发红了:"队长……"

王萍:"有情人终成眷属,你就等我好消息吧!"

舰载机A团 空勤楼 罗小海宿舍　白天

罗小海在房间里来回踱步,看得出他的内心里十分矛盾。

王萍坐在一边,目不转睛地盯着他,等着他的回答。

王萍终于不耐烦了:"罗小海,你别这么走来走去了好不好?我都被你转得头晕了!"

罗小海看了王萍一眼,踱到窗前,望着窗外默然无语。

王萍有些气恼地站起来:"你还是罗大胆呢!这有什么好难的?行,还是不行,不就是一句话吗?"

罗小海(为难地):"王队长,你这像逼债似的……"

王萍(揶揄地):"罗小海呀罗小海,你还男子汉呐,那天的精神头都哪儿去了?"

罗小海转过身来,真诚地看着王萍:"王队长,我知道,你这次来,是有李医生的衷情在里面的。那天在百尺岩,假如没有她在我身边，给我鼓励，给我自信，给我勇气，给我沉着，后果是不堪设想的。当时，当我确认飞机已经安全着陆，那一刻里，我把她当做我的亲人，最亲最爱的人，把她当做我的上帝。如果不是在飞机上，我会抱起她，把她抛向空中，再张开双臂把她接住……是的，无论从哪方面说，我都没有任何理由拒绝她，我都应该好好地去爱她、珍惜她、宝贵她。特别是，她当时对我进行心理引导的那些话传回塔台，一传十十传百，现在全团的人都在当成传奇故事渲染。这时候，如果我拒绝了她的一片真情，对她，将是多么大的打击……你刚才说她太含蓄，不敢大胆地表白自己的感情，你知道是为什么吗？她是怕我一旦拒绝她，而承受不起这份感情的打击啊！"

王萍："可我就不明白，你为什么要拒绝她？她哪儿不称你的心？人品，相貌，工作，为人，气质，业务……"

罗小海："不，不是这些。"

王萍："那是因为什么？是你觉得她对你还爱得不深吗？"

罗小海："不。那天在百尺岩她没有跳下飞机，她肯冒着生命危险和我在一起，这说明了一切……"

王萍："那么，你到底是为了什么？莫非，莫非是你……"

罗小海："我是觉得……我对不起她。"

王萍："对不起她？你都干了什么对不起她的事了？"

罗小海摇了摇头："不是，队长……"

舰载机A团外场一隅　黄昏

罗小海在外场一隅独坐，霞光照在他忐忑不安的脸上。

一个修长而美丽的身影出现在他的眼前，他抬起头来——是李燕。

两人默默地对视。

良久，罗小海终于开口道："王队长都跟我说了。"

李燕垂下了眼。

罗小海："请你原谅……"

李燕："是因为那位球星？"

罗小海："不，我仅仅是她的粉丝。"

李燕："可我感觉你分明是爱她的。"

罗小海："是的，我曾经有过爱的念头，她似乎有她的苦衷，并不接受我的爱。"

李燕："既然你爱她，还矛盾什么呢？"

罗小海："你是说，我是在你们两者之间进行权衡么？不是的……她对我来说，是一个我想揭而未揭开的谜，而你则不同……"

李燕："我有什么不同？"

罗小海："你是一个令我敬重的人！"

李燕："敬重？我可承担不起。"

罗小海："我想了好多词句，最后还是感到这两个字最合适，或者说最能表达我的心情。"

李燕有些失望："说了半天，你就是为了给我说这个？这才是你要跟我表达的心情？我觉得你不像是我研究重点的罗小海，更不像那天空中历险的罗小海，这不是你的一贯风格。"

罗小海还想解释什么，李燕却极力控制着自己的感情，含着眼泪转身跑去。

罗小海追出几步："李燕，你听我给你解释……"

李燕已拐入通往营房的道路。

罗小海愣在那里，夕阳的余晖把他的影子越拉越长……

——第十三集完

第十四集

舰载机A团 卫生队长办公室　白天

王萍出诊回来,把药箱向桌子上一放,对跟在后面的李燕说:"李燕,来,快跟大姐说说,昨天约会,把你们的事都挑明了吧?"

李燕有些羞涩:"队长!"

王萍(执著地):"细节就不要说了,怎么样?"

李燕犹豫着,不知怎么说好。

王萍:"怎么,好事给你们促成了,难道要把大姐忘了不成?"

李燕(故作姿态):"队长,你以为你的医生是人见人爱的,是爱情女神的宠儿吗?其实,我只是一个被人敬重的角色。"

王萍:"敬重?敬重也是爱呀!——这是罗小海给你说的?"

李燕:"不是他说的还能是谁啊?"

王萍:"后来呢,他还说什么了?"

李燕:"没有后来,后来我就走了。"

王萍:"啊?!不欢而散啊?李燕啊李燕,你们究竟是一对鸳鸯还是一对冤家呢?"

张团长家　白天

张团长回家拿起包就要出门。

王萍满脸喜悦，把大沿帽递给张团长。"这次到北京开几天会？"

张团长并没注意王萍的喜悦。"一天半的会，然后参观总装备部组织的国际航空装备展。"

王萍依然喜悦。"军官证带了没有？"

张团长（不耐烦地）："带了，带了！我一出门你怎么像叮嘱孩子似的，没241我走了。"

王萍终于收起喜悦。"哎，你等等——罗小海找对象的事你知道吗？"

张团长并不知道王萍说的是李燕与罗小海的事，顺口道："罗小海找对象？正常啊。男大当婚，女大当嫁嘛！"

王萍（自豪地）："我找他谈了。"

张团长（疑惑地）："什么？罗小海找对象你也要管？你是卫生队长，还是婚姻介绍所所长？"

王萍："我不管什么长，是好事我就做。"

张团长转身要走："我可告诉你，你不要影响了卫生队的工作。我走了。哎，家里还有没有胃药，给我带着。"

王萍："你少抽点烟，少喝点酒什么事都没有，说你就是不听。"

王萍从抽屉里拿出两瓶药递给张团长。"这是专门给你们空勤进的进口胃药，说好了，等开会回来到中心医院好好检查检查。"

张团长把药装起来："什么事要是都听你们医生的，只怕连饭都不敢吃了。"

说着，张团长出门去了。

王萍追到门口："你呀，别把身体不当回事！"

当天晚上，王萍提到的男、女主人公，一位在空勤宿舍，一位在卫生队心理测试室，他们正通过短信热乎地聊着呢。

罗小海在床上半躺着，脸上依然是惯常的一副轻松而调皮的神情。他熟练地操作着按键，不大一会儿工夫，写好一条短信，笑了笑，按下发送键。

李燕正在操作电脑，放在一边的手机响起了短信提示音。李燕顺手拿起，见是罗小海的信息，咬了咬嘴唇。

手机上显示：昨天应该是我们真正意义上的第一次约会，没想到我发自内心的"敬重"二字竟成了你扬长而去的导火索，请问：从心理学角度怎么解释这种行为？

看完罗小海的短信，李燕点回复。

随着李燕指尖的快速移动，手机屏幕跳出以下字幕：我说过，'敬重'二字我承受不起，而且……我不愿成为只让你敬重的角色。

罗小海似乎始终在期待着短信的回复，所以当手中的手机突然响起短信提示时，他迅速按键收信。

罗小海的心声：敬重在我心中最重要！难道你非要我说出那三个字吗？

李燕的心声：这不是你的一贯风格！

罗小海：我是什么风格？

李燕：你知道的，别装糊涂。

罗小海：我的风格是不善于总结，请赐教！

李燕：你在耍赖！

罗小海：我的字典里没有"耍赖"两个字。

李燕："敬重"二字你不觉得太正规、太正统、太正式了吗？

罗小海：哈哈，是我错了好吗？

李燕：你终于低下你高傲的头了。

罗小海在发短信：纠正一下，在你面前，我那叫仰视！

李燕回短信：耍赖！现在你再查查你的字典，已经添加了新的词组。等你看到新词组的时候，我准备关机了。

罗小海看到短信后，急忙拨通李燕的电话："对不起，你不要关机，我还有许多话想对你说。"

李燕在电话里似乎在等待。

罗小海："我想跟你说的是，我尊重了那位球星的选择，但我还是她的球迷。"

李燕（平静地）："这个对我来说已经不重要了。"

罗小海真诚的声音："对我来说很重要。"

李燕："谢谢。"

罗小海似酝酿了许久，又似脱口而出，终于说出了"我爱你"三个字。

　　李燕看到自己期待了许久的情感引信终于被点燃。她紧握着手机，沉默了许久，便趴到桌子上哭起来。

舰载机A团　外场　白天
　　天气晴朗，风轻云淡。又是一个飞行训练的好天气。
　　罗小海、刘长军等乘空勤中巴经过塔台。罗小海与李燕的目光相遇，两人的表情明显出现了一丝不易觉察的微妙变化，被王萍发现。
　　王萍："看谁呢？"
　　李燕回过头来："没有啊。"
　　王萍："还不好意思啊，我说过嘛，有情人会终成眷属的。"
中巴车一闪而过。

舰载机A团　卫生队　心理测试室　白天
　　李燕在调试着模拟飞行软件，突然响起轻轻的敲门声。
　　李燕停下操作，确认有人敲门后，前去开门，却见杨玉林站在门口。
　　李燕一惊："小杨？快进来！"
　　杨玉林跟着李燕走进测试室。
　　李燕让杨玉林坐下："小杨，你探家回来，那天坐飞机赶上了海上救援，感觉怎么样？"
　　杨玉林："李医生，说实话，那天我并没有勇气往下看，尽管你和罗小海表现得那么优秀。"
　　李燕："你在老家住了几天，你爸爸身体还好吧？"
　　杨玉林："我爸爸又有了新的家庭，我看了看他，就到我姥姥家去了。"
　　李燕："你还不能接受你爸爸的选择……"
　　杨玉林："不是，是我不愿意看到我家门前的那口水井。"
　　李燕眼睛一亮："水井？什么水井？"

【闪回】

杨玉林家门前 水井边 白天

上小学的杨玉林背着书包和几个同学走在回家的路上，快到家的时候，发现他家门前的水井旁围满了人。好奇心促使他也跑了过去，钻进人群才知道是他妈妈跳井自杀了！

小杨玉林扔掉书包，挤到井边，看着幽深的井水，哭着喊着叫着妈妈。哭着哭着，小杨玉林眼里的井水变得恐怖狰狞，深不见底……

村干部组织人下井打捞，把小杨玉林抱到一边，却见他已晕倒在井边……

杨玉林（画外音）："还是我上小学的时候，那天我和同学放学回家，快到家的时候，发现我们家门口的水井边围满了人，好奇心促使我也跑了过去。到了跟前，才知道是我妈妈跳井自杀了！对一个小学生来说，这无疑是一个晴天霹雳！我当时只想看到妈妈，便挤到井边，我看啊看啊，觉得井水是那么可怕，那么恐怖，就是它吞噬了妈妈，就是它淹没了妈妈！我恨那口井，我恨井水……当然，后来我知道，我妈妈当时因为和奶奶闹矛盾又受到爸爸的责备而不堪重负，选择了一种最简单、最致命的自杀方式。后来我到姥姥家去上学，就再也没看过那口水井。"

【闪回完】

舰载机A团 卫生队 心理测试室 白天

李燕（心情沉重地）："小杨，对不起，又勾起你那段伤心的记忆。"

杨玉林："不，是我主动说的，我不能再欺骗自己，也不想欺骗您。"

李燕："在飞着舰之前，没发现你对水的恐惧？"

杨玉林："没有。我刚才说了，自从我搬到姥姥家就没看过那口水井，有时碰到水井我也会绕开走的。而且，不俯视水面我似乎也没有太大反应，比如游泳，我也没有特别的感觉。"

李燕："这段经历你没给任何人说起过吗？"

杨玉林:"没有。我觉得妈妈离去的方式毕竟不太正常,我不愿意让别人知道,虽然领导都知道我是单亲家庭。"

李燕:"我知道了。小杨,也谢谢你对我的信任!"

杨玉林:"李医生,我还要飞行。这些日子我的压力非但没减,反而更加沉重了。我知道,我要是再不跟你说,说不定哪一天我就崩溃了。"

李燕:"小杨,现在你不必这么想了,我会尽快帮助你制订摆脱那段阴影的方案。这相当于人身上有脓包一旦被戳破,跟上及时的消炎和治疗,很快就会痊愈的。只要你有信心,我保证你一定会重返海天。"

杨玉林举手敬礼:"李医生,谢谢您!"

舰载机A团 办公楼前 白天

罗小海、刘长军从办公楼出来,迎面碰上了骑车过来的李燕。

李燕:"二位请留步。"

刘长军指指自己:"还有我?"

李燕:"当然,缺一不可。"

罗小海:"是下任务,还是提要求?说吧,绝对配合。"

刘长军别有用意地看着罗小海。

李燕也不好意思起来,但还是镇静了一下。"是这样的,因为你们两个人都十分关心杨玉林的停飞,现在情况有了进展。我已为他制订相应的心理辅导方案。"

罗小海急忙地:"是否与我之前的判断相吻合?"

李燕:"只能说差不多吧,有些情节因为牵涉当事人的隐私,我就不详细给二位汇报了,等着我的好消息吧。"

刘长军一阵欣喜:"李医生,你辛苦啦!"

李燕骑车离去:"你们辛苦!"

舰载机A团 卫生队 心理测试室 白天

李燕为杨玉林单独做心理辅导和心理干预的一组画面:

——李燕为杨玉林作心理测试;

——李燕为杨玉林作意念转移干预;

——李燕为杨玉林作心理引导；

——李燕带杨玉林看海；

——李燕带杨玉林参观高台跳水；

——李燕带杨玉林练习游泳；

——杨玉林在游泳池边独自扎猛子……

李燕与杨玉林握手，祝贺他！

舰载机A团 地勤大队部 晚上

丁世杰操作着电脑，打印报表。

最后一页终于打完了，丁世杰取下报表，整理后送到郝刚面前。

丁世杰："大队长，质检报告出来了，你签个字吧。"

郝大队长："飞虎的完好率依然这么高，真是难得呀。"

丁世杰："政治处的材料上说，这是老装备又焕发了新青春。"

郝大队长："我只听说人有第二次青春，还有这么形容装备的？"

丁世杰："崔干事说，飞虎的完好率上不去，是因为提前进入了更年期。他们简直太有才了。"

郝大队长："还别说，他们还真能琢磨。不过，有些事还真离不开他们。比如罗小海救人的事迹，他们宣传得就很有力度，市政府一下子送来了20台电脑，为我们团的电化教学解决了大问题。"

丁世杰："对了，那天罗小海驾驶534号飞机，仅靠螺旋桨的惯力，就迫降在了青石岩上，不能不说是个奇迹。"

郝大队长："要我说，罗小海就是个创造奇迹的人。"

丁世杰："罗小海固然神勇，从另一方面说明，飞虎的安全系数是不是也要重新认识……"

郝大队长把报表推给丁世杰："你又在瞎琢磨什么呢？我告诉你，要认真汲取教训，再不要乱来了。你的副大队长已经报上去了。"

舰载机A团 营门 白天

苏成提着一个文件袋，在营门前不停地张望着。

小袁开着吉普车停在了跟前。

苏成连忙后退两步，让开车道，犹豫地向车里面看着。

小袁按下车窗玻璃，问苏成："你到哪去？"

苏成（小声地）："车里没人吧？"

小袁："没有。"

苏成胆子大起来，大摇大摆地走到车旁，拉开车门就要上车。

小袁："哎，你先说你上哪，要是顺路就拉着你，不顺路你还不能上呢。"

有了上次的教训，苏成这次有所收敛："我到舰队文化工作站去领光碟，顺路吗？"

小袁一甩头："上来吧。"

苏成上车。

苏成上车后就打开了话匣子："团长不在家你也这么忙？"

小袁："上边来人多，工作组一个接一个。"

苏成："你去接人，是吧？"

小袁："接干部部的。"

苏成："什么意思，与我考学有关系？"

小袁："你做梦去吧。告诉你，听说是来考核团长的！"

苏成："哦，团长要提升了……"

舰载机A团　空勤楼　晚上

张团长在走廊里与迎面过来的两名飞行员打过招呼，来到刘长军的门前。敲门后等了一会，刘长军才开了门。

刘长军："哦？团长！"

张团长随刘长军进了宿舍："看样子，又准备开夜车了。怎么样，海龙的反潜系统没问题吧？"

刘长军："这两天我和丁机械师一块研究了一下，只要磁探仪到货，可以和声纳系统同步装机、同步使用。"

张团长："这我就放心了。"

刘长军："团长，还不知道这次潜机合练的规模和对抗的模式具体是什么样子的，我建议将罗小海列入任务组。我想，罗小海一是开过小灶，进入的比较早，二是他在战术方面很有想法。"

张团长："开小灶？你们同学之间走后门了是吧？"

刘长军笑了笑。

张团长:"任务嘛,现在还只是框架,具体的对抗实施方案还要专门以正式文件下达。至于罗小海进任务组,我会认真考虑你的意见。"

这时,外面文书喊:"刘长军电话!"

刘长军开开门:"来啦!团长您坐,我去接个电话。"

张团长:"时间不早了,你也别熬得太晚了,接电话去吧,我走了。"

两人一同出门,来到楼下,文书从里面把电话筒递给刘长军,张团长独自出门走了。

刘长军接过话筒:"你好!哦,是你啊……明天休息,对,好的,明天见。"

海鸥篮球场　白天

徐亚宁沿着台阶走上来,在铁栏旁站住,抬眼向看台看去。空旷的看台上坐着刘长军。

徐亚宁嘴角挂着一丝难言的苦涩,迈开步子走过去。

坐在那里的刘长军看见徐亚宁,站起身来,看着她走过来。

徐亚宁来到刘长军跟前站住。

刘长军勉强地笑了笑:"哦,亚宁,你来了。"

徐亚宁:"对不起,我约的你,我自己来晚了。"

刘长军:"怎么那么客气,不过,我们是该谈谈了。"

徐亚宁:"知道为什么选在这个地方吗?"

刘长军想了想:"当然,这里是咱们第一次约会的地方。"

徐亚宁长叹了一声,没有说话。

刘长军:"你说吧,无论什么情况,我想听你跟我道出实情。"

徐亚宁为难地:"长军……我不知道应该怎么跟你说。"

刘长军:"亚宁,这些日子,究竟发生了什么使你这么为难?你不觉得折磨着你也折磨着我吗?"

徐亚宁坚定了一些:"我想,这一切都结束了。"

刘长军凝视着徐亚宁:"亚宁,不会像你说的这么简单吧?为什么不能说出来咱们一起面对呢。"

徐亚宁欲言又止,终于开口:"以后我会一五一十地全部告诉你的。"

　　刘长军（有些失望地）："好吧，你要是觉得不好说或不愿说，我不会勉强你的。没别的事，我先走了。"

　　刘长军转身走开了。

　　徐亚宁："长军，请你相信我！"

　　刘长军头也没回地出门去了。

　　看着刘长军的身影在出口处消失，徐亚宁终于反应过来，对着刘长军大声喊道："长军，我是爱你的！"

　　徐亚宁喊完后将双手插进自己的头发，痛苦地坐在了台阶上。

　　舰载机A团　空勤楼前　白天
　　刘长军神情落寞地走回来，迎面碰上出门的罗小海。

　　罗小海："怎么，又碰钉子了？"

　　刘长军苦笑一下，没有作答。

　　罗小海："强扭的瓜不甜。实在挽救不了，干脆拉倒！"

　　刘长军："不，你不知道，她也很痛苦……"

　　罗小海："如此看来，此女子一定魅力非凡喽！"

　　刘长军："这些日子，我试图把她忘了，毕竟，咱不能为一个女人活着。可是，我办不到……一闭眼，她的样子就出现在面前。这些日子，我的心乱极了……"

　　罗小海："她到底是什么人，会让你这样一个冷面郎君如此大乱方寸？"

　　刘长军："唉……小海，今天星期六，你陪我去喝两杯好吗？"

　　罗小海："借酒浇愁？算了吧你！你什么时候喝过酒？"

　　刘长军："不知为什么，今天，我特别想喝……对了，那次会餐，你说的李白的那句诗……怎么说来着——什么马，什么愁的？"

　　罗小海："五花马，千金裘，呼儿将出换美酒……"

　　刘长军："……与尔同销万古愁——走！不知为什么，今天我就是想喝一气！"

　　海鸥俱乐部　徐亚宁宿舍　白天
　　淋浴的喷头喷出细散的激流冲击着徐亚宁的脸，她想借此使自己烦乱的心绪有所好转。水流太细了,她感到心绪难解,伸手把喷头拔掉,让水管的水直接流出来,哗哗砸击到她仰起的脸上……

洗完澡,徐亚宁穿着睡衣疲惫地走出来,用毛巾胡乱擦了两把头发,便倒在了床上。

响起敲门声,脸上蒙着毛巾的徐亚宁以为是吴小丽,没好气地说道:"要进就进!少装神弄鬼的!"

门轻轻推开了,进来的是李燕和文霞。

徐亚宁脸上蒙着毛巾,懒得搭理。

李燕默默站在床头,打量着床上的徐亚宁和房间里的摆设。

过了一会,徐亚宁感到不对劲儿,扯掉头上的毛巾,一看是李燕和文霞,不禁大为诧异……

徐亚宁:"啊,是你?李小姐,对不起,我以为是同室的吴小丽回来了。不好意思,坐吧,请坐……"

李燕态度不冷不热地坐下:"在部队里,我的职务是医生,这位是我的战友,也是我的助手文护士。"

徐亚宁:"文护士你好。"

文霞冷冷地:"你好。"

某酒店小雅间　白天

酒桌上已上了两个菜,服务员端着几瓶啤酒进来。

刘长军:"怎么,喝啤酒?"

罗小海:"白的劲大,喝点啤的就行。"

刘长军:"劲大过瘾,还是喝白的。"

罗小海:"好吧,白的就白的。不过,总量控制,就一瓶。服务员,给我们换瓶白酒。"

服务员:"请问你们喝什么白酒?"

刘长军:"高度的就行。"

罗小海:"伙计,别忘了我们的身份啊?"

海鸥俱乐部　徐亚宁宿舍　白天

徐亚宁已换了一身运动休闲装,规规矩矩地坐在李燕的对面。

李燕从挎包里取出一个系统光盘，装进笔记本电脑里。文霞在一旁看着。

李燕："一会儿，电脑会有一组语音提问。每一个题目都有A、B、C三个答案供你选择，你认为是A的就回答'A'，并重复一下答案。B、C也是这样。还有有答题说明，请注意听，不明白的，可以提出来。"

徐亚宁点了点头。

李燕操作电脑，电脑上出现了"卡特尔16种个性因素（16PF）测验题"字幕，继而出现"卡特尔16种个性因素（16PF）测验说明"。

电脑语音提示："本测验包括一些有关您个人的兴趣与态度等问题。每个人对这些问题会有不同的看法，因此就会有不同的答案。对这些问题如何回答，并没有好与坏、对与错之分。请您不要有任何顾虑，也不要花时间去斟酌，看清或听清题意就立即回答。"

李燕异样的目光盯着眼前的徐亚宁，徐亚宁显得有些不大自在。

语音提示继续："请你在回答时注意以下四点：一，要实事求是，怎么想的就怎么回答；二，每个题都要回答，不要有一条遗漏；三，每个题只能选择一个答案，不能选择两个或三个答案；四，尽量少选择中性答案，即'介于A、C之间'或'不确定'的答案，也就是选择题号中的B。"

李燕："听明白了吗？"

徐亚宁："听明白了。"

李燕："没有需要再问的了吗？"

徐亚宁："没有了。"

李燕："好，马上开始。"

李燕操作电脑，开始对徐亚宁进行"卡特尔16种个性因素测验"，徐亚宁每回答一题，李燕随即将答案输入电脑予以确认——

电脑语音及字幕提问："我很明了本测验的说明——A. 是的；C. 不是的； B. 不一定。"

徐亚宁："A，是的。"

电脑："如果我有机会的话——A. 我愿意到一个繁华的城市去旅游；C. 我愿意游览清静的山区；B. 介于A、C之间。"

徐亚宁："C，我愿意游览清静的山区。"

电脑："我有能力应付各种困难——A.是的；C.不是的；B.不一定。"

徐亚宁："B，不一定。"

电脑："即使是关在铁笼里的猛兽，也会使我见了惴惴不安——A.是的；C.不是的；B.不一定。"

徐亚宁："C，不是的。"

电脑："我总是不敢大胆批评别人的言行——A.是的；C.不是的；B.有时如此。"

徐亚宁："B。"

李燕："也就是'有时如此'？"

徐亚宁点头确认。

某酒店小雅间　白天

罗小海："如此什么如此，我不信！我罗小海到什么时候，也是这个样！"

酒桌上上了六个菜，罗小海与刘长军对坐而饮，两人已显得有些醉意了。

刘长军："我看，正好相反。比起在飞行学院的时候，你罗小海的变化最大。"

罗小海："我变化最大？此话怎讲？"

刘长军："在飞行学院的时候，你热情、单纯，咱俩那时的关系多铁；你第一个放的单飞，理科我是No.1！那时候我们虽然处处较劲，但没人不说我们是最好的朋友，你我也是无话不谈。现在呢……小海，我发现你真的变了。"

罗小海："叫你这么说，现在我变得有城府了？"

刘长军："什么叫有城府？是很有城府！"

罗小海："我很有城府？哈哈哈……有意思，我居然得到这样一句评语！"

刘长军："你还不服是吧，我说的绝对没错。"

罗小海："长军，我早说过，我是渔民的孩子，是吃咸鱼饼子长大的，不知道什么城府不城府，有什么事说完就完。一句话，我罗小海还是罗小海。"

刘长军："小海，我们是老同学，没必要这么演戏嘛。"

罗小海："演戏？长军，自打飞行学院毕业，我们老同学俩还没有像今天这样坐一起酣畅过。今天，酒助谈兴，你得好好给我说说我这城府的事！"

刘长军："嗨，什么事大家心照不宣就行了，说破了就没意思了。"

罗小海："不行，今天你不给我说破，才叫不够意思。"

刘长军："嗨，其实，事情明摆在这儿。就说你找对象这事吧，我来A团这么长时间，你捂得多严实，我是一点都不知道！后来我还是听别人说起，你居然是两线作战！"

罗小海："两线作战？"

刘长军："你别打岔，我说得还不对吗？你一手抓着咱们团的团花，一手伸向地方的健美模特！你说有没有这么回事？没想到啊小海，你一直对我保密，说什么不明朗、不明朗，还口口声声老同学呢，拉倒吧！我佩服你，老兄可以说是要战略有战略，要战术有战术。来，我先预祝一杯。"

罗小海早已听得脸红脖子粗了，看到刘长军举起杯来，负气地端起杯猛碰一下，一饮而尽。

刘长军倒酒的工夫，罗小海说道："要不有人说，中国是个盛产谣言的国家——这回我信了！"

刘长军："还包哪？难道还怕我挖你的墙脚不成？"

罗小海："长军，说实话，我跟李燕的事，开始时真的没有像大家传的那样，这一点我敢对天发誓。所以以前你问起我……至于什么地方健美模特，我今天还是第一次听说，现在已经是过眼烟云了，不说了。"

刘长军："哎，这不就得了。"

罗小海："不过，我还得感谢老同学今天能这样坦诚相告。"

刚才一大杯酒下肚，此时刘长军又加深了一层酒意。"坦诚相告，坦诚……不错，我今天是该坦诚一把了。这些日子，我憋了一肚子话啊，小海！要知道，在你没来A团之前，我是最优秀的，现在呢？"

罗小海:"现在你仍然是A团最优秀的,你去试飞海龙,就是说明。"

刘长军:"拉倒吧,你,现在咱们团乃至全海军,谁不知道你是英雄!"

罗小海:"长军,你越说越玄了。"

刘长军:"我刘长军从当兵的那天起,只想当个最优秀的军人。我老爸跟我说,文无第一,武无第二……军人在战场上没有第二这么一说!所以,我只有争第一。"

罗小海给刘长军倒了一杯水。

刘长军接过来喝了一大口:"我灰心的是,一直非常爱着我的女朋友突然就不对劲了……"

罗小海:"我记得,你接装试飞前不还好好的吗?怎么……"

刘长军:"说的是嘛!到现在我也是不明不白。"

罗小海:"要我说,为这事你没有必要这么压抑自己、跟自己过不去。实在没有挽回的可能,当断就断。"

刘长军:"当断就断?你说得简单!真的要像你说得那么简单就好了。这几天我曾经试图把她忘了,可是不行。"

罗小海:"长军,你喝点水,我不知道你爱她爱得这么深。"

刘长军:"嗨,你当然不知道了。"又端起酒杯,把杯子里的酒一口喝干。

刘长军去拿酒瓶,被罗小海拦住:"长军,咱不喝了!"

刘长军:"不喝?为什么不喝?难得咱老同学俩坐在一起,让我一吐为快,怎么能不喝呢?酒逢知己千杯少,倒,你给我倒!"

罗小海拗不过,便给刘长军倒酒。

刘长军:"倒,倒满!哎,你呢?你不喝了?"

罗小海:"喝!"端起酒杯一口喝干,又给自己的酒杯倒满酒,"长军,既然说到这个份上,今天我也豁出去了,舍命陪君子!"

刘长军:"你少来这一套,谁陪谁呀?你不要以为我刚才说了你几句就不高兴,不是哥们我还不说呢!"

罗小海:"你小看我了,这点承受能力我还是有的。"

刘长军的酒意益发深了:"刚才说多了,老同学别介意。"

罗小海:"介意我就不坐在这儿了。来,喝!"

海鸥俱乐部 徐亚宁宿舍　白天

电脑："在取回或归还借人的东西时,我总是仔细检查,看东西是否保持原样——A.是的;C.不是的;B.介于A、C之间。"

徐亚宁："C,不是的。"

电脑："我相信我没有遗漏或不经心回答上面的任何问题——A.是的;C.不是的;B.不确定。"

徐亚宁："A,是的。"

李燕："好了,卡特尔16PF测验的187道测试题你都做完了。过两天我再来给你做明尼苏达多相个性测验。两个测验做好后,我会尽快地对照研究,作出你的心理测评诊断,并提出自我调理方案。"

徐亚宁："谢谢你!"

李燕取出系统光盘,装进挎包里。"测评诊断书和心理训练方案,我会交给罗小海,让他转交给你。"

徐亚宁："他……"

李燕："请讲。"

徐亚宁："哦,没……没什么。"

文霞轻蔑地看着徐亚宁。

李燕站起来拉着文霞："那我们走了。"向外走了两步,又转回身来,"刚才你是想问,为什么罗小海今天没来吗?"

徐亚宁默认了。

文霞知趣地走在前面。

李燕："我来的时候,没有告诉他。"

徐亚宁："这么说,他不知道你来?"

李燕："是的,他不知道我今天到你这里来。"

徐亚宁面现意外之色。

李燕："徐小姐,我可以问个问题吗?"

徐亚宁："请尽管问,我一定还像刚才那样认真回答。"

李燕浅浅一笑："哦,这不是测试题,是题外话,你可以有所保留。"

徐亚宁对李燕的问题有所察觉:"李小姐——哦,李医生,我没有什么可保留的。"

李燕注视着徐亚宁:"你真的,很爱他吗?"

文霞在前面故意大声喊叫："李医生，快走吧。"

李燕向文霞扬起了手，但没说话。

徐亚宁没马上回答李燕的话，而是迎着她的目光，像在探究她的心迹一样注视着她："你也是……是吗？"

李燕："你为什么会这样认为？"

徐亚宁："有人说，恋爱中的人是最敏感的。况且，他那样的一个人，没有他身边的女孩会不爱上他的……我们第一次见面时，我就看出来了。"

李燕："可是，你的心里，却还另有所爱。"

徐亚宁："对不起……"

李燕："没什么，我能理解。"

徐亚宁："我……"

李燕："我知道你有苦衷。"

徐亚宁："……"

李燕："徐小姐，我和罗小海的关系，正如你所看到和想象的一样。我知道你和他之间曾经有过感情的萌动，后来还是理智战胜了感情。"

徐亚宁（惊讶地）："李医生，请原谅，我不是有意的。"

李燕："没关系。"

沉默了一会儿，徐亚宁终于抬起头来。"李医生，你说得对。我和罗小海之间曾经萌生过爱意，因为他对我打球真的起到了神奇的作用。但那一切都发生在一瞬之间……而且，也是在你和他确定关系之前……"

李燕："这个并不重要。"

徐亚宁："就是这样，只是……"

李燕："只是你还珍视着另一份爱。"

徐亚宁默认，但没表态。

李燕观察着徐亚宁："徐小姐，据我初步观察和分析，你性格中的犹豫不决和情绪波动既影响了你打球的稳定性，也造成了你今天的情感负担。你似乎在刻意回避着什么，为什么不能把你的苦衷说出来呢？难道你与罗小海之间还有着某种不可想象的利害关系吗？不管怎么样，我觉得只有坦坦荡荡，方能如释重负。"

徐亚宁似乎听呆了，半晌没有反应。

李燕："再说了，你这样模棱两可、左右不定，不但对另一个人是不尊重的，同时对罗小海也是不尊重的；还有，你对你自己，也不够尊重。徐小姐，尊重，才能负责任，对爱情负责任。"

徐亚宁听愣了。

李燕打量她一眼，悄悄走了。

徐亚宁（怔怔地）："尊重，才能负责任……"突然大声地喊道，"尊重，才能负责任！……"

海鸥篮球馆　白天

空旷的篮球馆内，回荡着徐亚宁的喊声。

外面传来刺耳的雷声。

徐亚宁拿起一只篮球，发疯似的用脚踢去，然而她却一脚踢了个空，扭伤了脚踝，痛苦地摔倒在地上……

舰载机A团　空勤楼　刘长军宿舍　晚上

窗外，雷雨交加，雨点儿密密麻麻地打在窗户的玻璃上。

罗小海扶着醉步踉跄的刘长军回到宿舍，开开灯，把刘长军扶到床上。

此时，两人的衣服都被雨水浇湿。罗小海赶紧帮着刘长军脱掉外面的西装。

刘长军嘴里不停地咕哝着："没事，小海，我自己来。"

罗小海扶他躺下："好了，躺下睡一觉，明天一醒，所有的不快就都烟消云散了，这就是男人要喝酒的原因。"

刘长军："对对，酒有这好处……"

罗小海："来，把裤子也脱下来。"

就在帮刘长军脱裤子的当儿，罗小海不小心，把放在凳子上的刘长军的西服碰到了地上，口袋里的手机也滑了出来，张开落在罗小海眼前。罗小海扶刘长军躺好，给他盖上被子，然后过去捡拾手机——就在捡拾手机的一瞬间，罗小海不知触到了哪个按键，手机的显示屏上出现了一张照片——徐亚宁的照片。

罗小海猛吃一惊，愣了片刻，连忙去喊刘长军："长军！长军！

你醒一下！这是你女朋友的照片吗？"

刘长军（朦胧地）："是，就是她……"

罗小海："是不是打篮球的？海鸥队的那个？"

刘长军笑了笑："你小子，到底是球迷……"

罗小海完全愣住了……

刘长军："等她打主场的时候，你们跟我去助威，给她加油，我答应过她的，一定……"

刘长军咕哝着睡去。

良久，罗小海清醒过来，看看手机上的徐亚宁，再看看嘴里仍在咕哝着"亚宁，亚宁"的刘长军，意识到自己遭遇了一件怎样棘手的感情事件。

稍作思忖，他把手机轻轻地掖到刘长军的枕下，走到窗前拉上窗帘。然后，他脚步沉重地走了出去。

舰载机A团　空勤楼走廊　晚上
外面的雷雨声似乎更大了。
罗小海的手微微颤抖着掏出手机，按键。
罗小海惶惶不安地听着耳机里的振铃声。

市立医院病房　晚上
徐亚宁的手机在包里鸣响。
吴小丽从徐亚宁的包里取出手机，看了看上面的显示，交给病床上的徐亚宁。
徐亚宁正在输液，左脚上捆着夹板，她接过手机，看看显示的电话，犹豫着不接。
吴小丽："这又是哪一个呀？现在连我也分不清了！徐姐，你为什么不接？"
徐亚宁瞪了她一眼，仍然没接电话。
铃声阵阵，振荡在她的心头。

舰载机A团　空勤楼走廊　晚上
罗小海边走边听着电话。

又一声振铃后,耳机里语音提示:"对不起,你拨打的用户无人应答,请稍候再拨。"

罗小海仿佛躲过一劫似的长出了口气,挂断了。

市立医院病房　晚上

伴着窗外一声滚雷的炸响,徐亚宁心烦意乱地看着手里的手机,蓦然下定了什么决心似的关了手机。

舰载机A团　空勤楼走廊　晚上

罗小海走着走着,突然放慢了脚步,他思忖片刻,又一次拿出手机,快速按键。

耳机里语音提示:"对不起,你所拨打的电话已关机,谢谢使用,请挂机。"

罗小海不由得愣了片刻,挂断手机。

他走到走廊的灯光下,看看手表,心情沉重地往自己房间走去。

市立医院病房　晚上

徐亚宁把手机丢到了枕头边上。

吴小丽:"你烦不烦呀!当断不断,必有后患。你再这样下去,非得把这只脚也搭进去不可!"

徐亚宁:"你懂什么!"

吴小丽:"我懂什么?哼,不看你崴了脚,我非得说你脚踏两只船不可!"

徐亚宁:"你这还没说呀?"

吴小丽:"我说什么了?……哦,你看我这嘴,真是少了个把门的!不过,说真的徐姐,我真担心你再这样拖下去,把自己拖垮了,也把人家拖垮了。你要真舍不得那前来的,就干脆把那后到的让出来,也给咱姐妹个机会是不是?"

"唉……"徐亚宁似乎没在听吴小丽的啰唆,暗自幽叹一声。

吴小丽:"还有,那位给你做心理测试的年轻貌美的医生,对你来说也是个潜在的威胁,你可要小心她取而代之。"

徐亚宁:"你胡说什么呀,他们的关系已经明确了。"

吴小丽惊讶地:"啊?你是怎么知道的?"

徐亚宁:"小丽,你就别问了。"

吴小丽:"哦,你就是为这个在折磨自己,是吧?"

徐亚宁:"亏你说得出口,咱们还是好朋友呢!"思忖了一会,接着说道:"她不愧是心理医生,把我的心事看了个透。"

吴小丽云里雾里。

静了一会,徐亚宁像是在对吴小丽,又像是在对自己:"其实我早就知道会有这么一天,我要是早说出来就没那么多心事了。开始时是我不忍心伤害他,现在可能要伤害他们两个人了。我怎么这么没出息呢!"

吴小丽(似懂非懂地):"你是说他们两人早就认识?"

徐亚宁:"你知道吗,他们俩,是同一个单位的战友……"

吴小丽:"什么?他们俩在同一个单位?帅哥也是飞行员!?"

徐亚宁:"是的,而且在同一个飞行大队……"

吴小丽:"哇噻!天哪,这么巧合!"

徐亚宁:"迟早有一天,他们会知道真相的……"

吴小丽:"那才好玩呢!那多刺激!唉,这么刺激的爱情,我怎么就碰不上!"

徐亚宁:"还刺激呢!想起这个结果,我就害怕。真的,我好害怕。我不知道,我该怎样去对待这迟早要来的一天……"

舰载机A团 空勤楼 晚上

电闪雷鸣,大雨如注。

罗小海躺在床上,闪电的强光不时地映在他的抑郁烦躁的脸上……

市立医院病房 晚上

徐亚宁重又打开手机,调出一个号码,按下拨出键。

舰载机A团 空勤楼 晚上

刘长军正在呼呼大睡,枕下的手机铃声大振,他都全然不知。

市立医院病房　晚上

徐亚宁的手机发出"嘟——嘟——"的声响,她执著地期待着对方接听,直到手机中传来"您拨打的手机暂时无人接听,请稍后再拨",停了一会儿,徐亚宁再次按下重拨键。

舰载机A团　空勤楼　晚上

枕下的手机铃声依然大振,刘长军的呼噜声却更响了。

市立医院病房　晚上

徐亚宁的手机依然发出"嘟——嘟——"的声响,依然无人接听。

良久,徐亚宁慢慢将手机合上,失望地放到枕边。

然后她赌气地和衣而卧,却因为动作过大扯动了伤脚,徐亚宁痛苦地"唉哟"了一声。

吴小丽急忙上前:"怎么了你?"

舰载机A团　空勤楼　白天

刘长军一觉醒来,睡眼惺忪,蓬头垢面。他揉了揉眼睛,拉开窗帘,发现已是晨曦满天。

他慢慢踱回到床边,在努力回忆着昨天晚上发生的一切,想着想着,却独自乐了。像是突然想起了什么,刘长军拿起自己昨天晚上穿的衣服翻找着,当确认没找到他要找的东西时,把衣服随手向床上一扔,又把被子掀起,最终在枕头下面发现了手机。

刘长军拿起手机,看到两个未接电话,犹豫了一下,还是拨打了过去。

市立医院病房　白天

徐亚宁富有个性的手机铃声鸣响着,吴小丽急忙拿起送到卫生间门口:"接不接?"

徐亚宁在里面:"谁这么早就来电话啊?"

吴小丽并不看手机:"还能是谁,帅哥呗。"

徐亚宁:"还是不接了吧……"

吴小丽犹豫着，自言自语道："帅哥的电话，为什么不接。"接着按下通话键："请问哪位——"

舰载机A团　空勤楼　白天

刘长军："亚宁，昨天晚上我和战友喝得有点多，睡着了，没听到你的电话……"

市立医院病房　白天

吴小丽并不知道也不认识刘长军，她以为电话里的人就是罗小海："帅哥你还好意思说，在徐姐最需要你的时候你却大吃大喝去了，还算什么朋友！"

刘长军在电话里："对不起，亚宁她找我有什么急事吗？"

吴小丽："当然，没有急事能找你吗？你要好好地作检讨，否则，徐姐饶不了你！我也饶不了你！"

舰载机A团　空勤楼　白天

刘长军："请问你是……"

市立医院病房　白天

吴小丽得意地："我是谁你就不要问了，你要还是喜欢徐姐，请你赶快到医院来，否则……"

刘长军在手机里："否则怎么样？"

吴小丽："否则……否则她再也不见你了！"

舰载机A团　空勤楼　白天

刘长军听着电话，猛吃了一惊："啊！她怎么了？在哪个医院？……"

吴小丽在电话里一字一顿地答道："市立医院骨外科！"

市立医院病房　白天

吴小丽得意地合上了手机。

舰载机A团 空勤楼 白天
罗小海显然也没休息好，一脸的疲惫。他在房间里踱了几圈后，犹豫着还是拨通了手中的电话。

市立医院病房 白天
吴小丽刚要放下，手机突然又响了起来，吴小丽以为又是"帅哥"，看也没看就接了起来。
吴小丽："要来就来，你烦不烦啊！"

舰载机A团 空勤楼 白天
罗小海（惊喜而凝重地）："你再说一遍，你现在在哪里？"
吴小丽在手机里不耐烦地："刚才不是跟你说了吗，市立医院骨外科！"
罗小海惊异："啊？她受伤了！"

市立医院病房 白天
吴小丽用力合上了手机。
徐亚宁拄着单拐从卫生间走出来。
徐亚宁："谁呀，你跟人家这么说话！"
吴小丽把手机交给徐亚宁："估计就是帅哥了，让我好好地教训了他一顿！"
徐亚宁调出通话记录，一惊："什么电话你都敢接！"
吴小丽："怎么了？"
徐亚宁："还有他！"
吴小丽懵了："不是帅哥啊？他是谁？"
徐亚宁："哎呀，小丽，你真是添乱！"
吴小丽知道自己捅了娄子："是你让我接的，我怎么知道……"
徐亚宁平静下来："我让你接，也没让你那么跟人家说话嘛。这下好了，旧伤没好，又添新痛。"
吴小丽："徐姐，那你说该怎么办？你再打回去圆个场吧。"
徐亚宁想了想："不用了。"

舰载机A团 办公楼前　白天

刘长军一边穿衣一边急匆匆地走向营门，与跑步过来的张团长相遇。

张团长放慢脚步："小刘，一大早这么着急出去干什么？来来，正好跟我到办公室看个东西。"

刘长军驻足却有点为难："团长，我……"

张团长："你什么你，还耽误你谈对象不成，走吧！"

刘长军不好再作解释，只好跟着张团长走进办公楼。

舰载机A团 空勤楼　白天

罗小海心情凝重地从楼上下来，问文书："文书，看见刘长军了吗？"

文书："刚才出去了。"

罗小海："他没什么事吧？"

文书不解："他有什么事？"

罗小海："没事就好。"

罗小海转身出门。

文书挠头："出了什么事儿了？"

舰载机A团 团长办公室　白天

张团长从文件柜里取出一个文件夹，打开里面的文件推到刘长军面前。

张团长："看看吧。"

舰载机A团 空勤楼　白天

李燕刚拐进空勤楼前的甬道，就看到罗小海一路小跑过来，李燕兴奋地迎上前去。

李燕："怎么，至于这么隆重么，还需要出门迎接啊？"

罗小海却没有心情："好了，没时间开玩笑了，我得去趟医院。"

李燕："怎么了，谁住院了？"

罗小海："回来再给你说吧。"说完就要走。

李燕:"等一等,我想告诉你的是,你吩咐的任务我已经落实了,有时间到机房,我把她的资料盘给你。"

罗小海顺口答应了一声:"好了,谢谢!"就小跑而去。

看着罗小海远去的背影,李燕愣怔了半天,才转身向卫生队方向走去。

舰载机A团　团长办公室　白天

刘长军认真地翻看着合练计划,流露出兴奋的神情:"团长,计划里点名要用海龙呢!"

张团长拍着刘长军的肩膀:"这回就看你的了!有信心吗?"

刘长军:"当然有。飞机性能的提升,加上这么好的反潜设备,反潜对抗我们占优。"

张团长:"我的小刘同志,据我所知,人家潜艇也是新接的装备!"

刘长军:"这才叫对抗呢。"

张团长:"哦对了,你推荐罗小海参加这次合练的事,我批准了。"

刘长军:"真的,团长?"

张团长:"军中无戏言,我什么时候骗过你们?"

刘长军:"没有。我代表罗小海谢谢您!"

张团长:"好了,就是提前给你打个招呼,下周就要开始准备了,罗小海那边你要是见到他也可以跟他个别吹吹风。"

刘长军:"是,团长!"

张团长:"耽误你的休息时间了,忙你的去吧。"

刘长军看看表,拔腿就向外跑去。

——第十四集完

第十五集

马路 出租车上　白天
出租车行驶在马路上。
车上，罗小海心事重重。

市立医院门前　白天
出租车在市立医院门口停下。
罗小海拿着一束鲜花下了车，走进医院。

马路边　白天
前后脚的工夫，刘长军来到同一条马路边，神情焦急地等候出租车。
连续过来几辆，刘长军急忙走到马路上招手拦车，见已载客，又回到路边。好容易过来一辆空车，刘长军坐进去，指示向市里方向驶去。
马路上疾驶的出租车。

市立医院走廊　白天
罗小海手捧鲜花走在走廊上，脚步由快到慢，最后终于踌躇着站住了。

一位护士走过来:"先生,请问您探望哪个病房的病人?"

罗小海:"哦,809房间。"

护士顺手一指:"从这儿拐过去,左边第四个门。"

罗小海:"谢谢。"

罗小海拐过走廊,来到了809房间门前。想了想,终于下定决心推开了门。

市立医院 徐亚宁病房 白天

徐亚宁正在看书,听到开门声,抬起头来,她似乎早有预感,对罗小海的到来并不感到意外:"早上接电话的是我的队友。"

罗小海走到床边,把花束放到床头柜上,又看了看徐亚宁的伤处:"伤得厉害吗?"

徐亚宁:"没事,就是崴了一下。不过,两个星期不能打球了。"

罗小海看她一眼,又看了她伤的地方,想说什么又不忍心。

徐亚宁不由得有些意外:"你怎么了?"

罗小海:"没、没什么。"

徐亚宁越发感到不对,情不自禁地欠起了身子。"小海,你今天不对劲儿,出什么事了?……告诉我,到底出什么事了?小海!……"

罗小海沉默着,良久,他抬起头来:"为什么……你为什么不早告诉我?"

徐亚宁猛地一震,怔住了。她明白了一切,她所担心所害怕的一刻终于来临了。然而,恐惧和慌乱只像火星一样在她的目光中一闪,就被陡然涌出的勇气所代替了。她的目光告诉他,她不再逃避了,心情渐渐平静下来。

徐亚宁:"为什么我不早告诉你……开始的时候,我认为我们之间没什么关系。可到后来,这关系就大了,大得我无法开口,更无法抗拒。当我知道我要身不由己掉进去的时候,我拼命给你泼冷水,这你知道;我一直躲着你,甚至挖苦你嘲弄你,一个劲儿打击你,这你也知道。我想尽办法控制自己的感情,可是……"

罗小海:"这样对他太不公平。"

徐亚宁:"我知道。正因为我知道,还知道你们的关系,所以才迟迟地不敢告诉你、也不敢告诉他这其中的真情,尽管你和他都再三追问我有什么苦衷。"

徐亚宁哽咽了。

罗小海(抑制地):"其实,他不仅是一个很优秀的军人,也是一个很优秀的男人。你的理由无法说服我,更无法使我原谅自己。我今天来,就是想告诉你,我收回以前我跟你说过的话。我们,到此为止。"

徐亚宁(惊诧地):"到此为止?你说的是球员与球迷,还是心理学?"

罗小海:"都是,到此为止。他爱你,需要你,我希望你们回到以前那样去,像我们认识以前那样。"

徐亚宁注视着他的眼睛:"我怕的就是这样,为什么?"

罗小海躲开了她逼人的目光。

徐亚宁(平静地):"不错,他是很优秀,我也很爱他。可是,我总觉得在打球上你给了我很大的支持和鼓励,还有你和她的心理学……你们为什么偏偏在一个部队呢?!"

罗小海沉默了一会儿:"什么都别说了,我们不能欺骗他,我们得告诉他……"

"这没有必要了。"早就站在门口的刘长军看到和听到了刚才的一切,此时抑制着震惊与痛苦,冷冷地说道。

意外的出现,使房间里出现了短暂的静默。

罗小海走向刘长军,意欲解释什么,刘长军却并不理会,径直走到徐亚宁床边。

罗小海跟到床边(虔诚地):"长军,我真的不知道,要不是昨天晚上我看到你手机……"

刘长军(仍然气不平地):"什么都不要解释了,还老同学、'金牌组合'呢!全是假的!没想到挖我墙脚的就是你!"

罗小海恳切地大声叫道:"长军!"

刘长军(情绪激动地):"现在我请你出去,出去!"

一直沉默不语的徐亚宁反倒恢复了平静。"请你们别吵了好吗?

你们谁也别怨,都是我一个人的责任,都是我的错!你们要骂就骂我吧……"说完,抑制不住掩面而泣。

刘长军急忙从床头柜上抽出面巾纸递给徐亚宁,擦拭她的泪眼。

值班护士也走进来:"病房不准大声喧哗,你们注意点!"

刘长军、罗小海几乎同时:"对不起。"

护士"哼"了一声走了。

罗小海意识到自己的多余与尴尬,主动伸出手欲与刘长军握手。"长军,对不起!"

刘长军并没有回应罗小海,而是专心地照顾着徐亚宁。

罗小海:"再见,保重!"

罗小海出门去了。

徐亚宁抬起头来,目送罗小海出门。

刘长军追到门口,看着罗小海背影消失。

罗小海眼里含着泪水走出走廊。

刘长军失望地闭了一会儿眼,转身回到病房,与床上的徐亚宁对视着……

良久,徐亚宁像是在求刘长军:"长军,请你原谅他……"

刘长军沉默许久,没有回答。

舰载机A团 训练中心　白天

众飞行员在各种模拟器上进行训练。

飞行员丙做完一套训练,来到纪天祥跟前,向罗小海方向示意一眼:"哎,听说了吧?"

纪天祥:"听说什么?"

飞行员丙:"嗨,你这几天在家里休假,团里的事一点都不知道。"

纪天祥:"怎么了,团里出什么事了?你看,我一不在就出事。"

飞行员丙:"行了!你就别臭美了。告诉你,咱们大队,又一位预备家属被打了埋伏。"

纪天祥一听,不由得火了:"什么?!又被截了老婆?谁的?"

纪天祥的声音太大,连一旁的新飞行员都听到了,都停下训练,向这边窥视着。

罗小海向新飞行员方向看一眼,继续训练。

杨光朝着纪天祥:"哎哎,小声点哎,这是训练中心,不是集贸市场。"

常少伟:"大纪,你吃了枪药了,把我吓了一跳!"

飞行员乙暗暗拉杨光一下(小声地):"他的后院也正浓烟滚滚,老婆似有朝不保夕之虞,能不闻风而动吗?"

这边,纪天祥追问丙:"哎,怎么又哑了?谁的老婆被打了埋伏?"

飞行员丙见纪天祥的火气这么大,怕把事情闹大。"这个嘛……只是有这么个情况,详细情报请注意下一步的追踪报道。哎哎,大家继续操练,继续操练!"

纪天祥打量一番众人的表情,心里纳闷:"什么毛病!究竟出什么蹊跷事了……"

飞行员们三三两两地边做训练,边窃窃私语,还不时地向罗小海这边扫一眼。

飞行员丁:"哎,他不是有个李燕了吗?怎么还……"

飞行员丙:"是啊,李团花是要才能有才能,要长相有长相,凭着近水楼台先得月的好姻缘不牵,却去挖革命战友的墙脚……"

飞行员丙万般不解地大摇其头。

飞行员乙:"嗨,你们哪!道理很简单——刘的那一位,若非有倾国倾城之貌,必有倾城倾国之势。怎么,明白了吧?"

飞行员丁表示赞同地点头。

飞行员丙则以摇头表示怀疑:"什么就明白了吧,乱七八糟的。"

罗小海看在眼里,停下了训练。

纪天祥环顾着众人正想找人搭话,见罗小海停下训练,向他走过去。

此时,在训练中心门外,刘长军刚好走上楼梯,正要推训练中心的门,却传来纪天祥的声音:"罗中队长,到底出什么事了?谁的预备家属遭埋伏了？"

刘长军一怔，站住了。

罗小海镇静地对纪天祥说："是刘长军。"

众飞行员停下训练，目光全都集中过来。

纪天祥惊讶："刘长军？他有对象了吗？是那位时髦女郎？"

飞行员甲："不会吧……"

飞行员丙："就是，怎么一点信息也没有？"

罗小海："有了。他们，还是发小呢。"

门外听话的刘长军情不自禁地咬了咬牙。

纪天祥追问："那，又叫哪个王八蛋老板给勾走了？"

众飞行员一齐看着罗小海，看他怎样回答。

罗小海："这回，不是叫什么老板给勾走的。确切地说，女朋友铁杆球迷勾走的。"

刘长军的眼里充满了怨气和恨意。

何政委轻轻走上楼梯，看到门前的刘长军，也在他身后站住了。

只听纪天祥埋怨："罗小海，看你平时，够君子的嘛，怎么干起这种缺德事来了？"

一个不熟悉的飞行员的声音："是嘛，有本事打敌人去啊，打内战算什么本事！"

杨光的声音："不是说了吗，就是球迷与球星的关系，没你们想象的那么复杂。"

纪天祥依然带着情绪："你说得轻巧，男女之间什么球迷球星，时间长了没好！"

罗小海转过身，面对着众飞行员。他的目光缓缓扫过众人，心情沉重地说道："不错，我是干了一件愚蠢透顶的事。我伤害了长军，也伤害了大家的感情，这是我的错，我感到十分的惭愧和不安……"

门外的何政委和刘长军侧耳仔细听着。

罗小海平静地说道："作为战友，大家对此事猜测也好，议论也好，其实是表示关心，但我希望不要因此影响我们的工作和训练。所以，我在这把事情的真相向大家说一说，也算以释众疑吧……"

刘长军听到这里，就要开门进去，被何政委拉住。

刘长军："政委？"

罗小海依然平静："长军两年前就谈了女朋友。我不妨透露一点这个女孩的情况，她就是海鸥女篮的24号……"

众飞行员惊诧不已。

杨光："啊？是那个24号？"

常少伟："怎么，你也认识？"

杨光："哦……不，不认识……"

纪天祥："女篮24号？"

飞行员丁："他的球迷水平也就是两三段呀，倒追了个女球星！"

罗小海："长军是个比较内向也比较注意的人，他谈对象的事一直没有声张，所以大家都不知道他有这样一位女朋友，包括我在内。细究起来，事情得从有一天我到篮球馆说起……"

何政委和刘长军来到一片幽静的营区，边走边谈。

刘长军："……政委，事情的大概就是这样。实事求是地讲，小海在这之前并不知道她是我的女朋友。"

何政委："哦，原来是这样。俗话说'无知者无罪'，希望你能把这件事情处理好。"

刘长军沉默了一会儿："话虽这么说，但心里还是有点别扭。政委，你是知道的，我们俩一直是关系最好的朋友。正因为这样，才让人难以接受。"

何政委："是啊，说起来容易做起来难。小刘啊，我能理解你此时的心情。出了这样的事，你能保持冷静，这很好。我没让你进去向大家解释，是想让罗小海亲自说出来，现在他的思想压力最大，说出来反而是种解脱。你自己呢，要想得开，尽快从这件事的阴影里走出来。说到底，就是一场误会嘛！而且你女朋友也向你坦白了一切，足以说明她爱的还是你。"

刘长军低头应允着。

何政委与刘长军一路走去。

这边，罗小海也给大家作了详细的解释和忏悔，最后他说："……这些，就是事情的基本经过。现在，令我最感到遗憾的是，因为这件事给我的好朋友刘长军造成了不必要的误会和伤害。好在没有酿成大错；否则，我将无法面对刘长军和战友们了。"

众飞行员面面相觑，默默无语。

罗小海进一步解释道："我说这些，并不是要为自己开脱。良心的债务是无论怎样也开脱不了的。我只是想让大家了解了事情真相后，再不要在这件事上多分神了。还有，我和李医生已经确定了恋爱关系，也请求大家不要再乱猜乱说了，成熟的时候一定请大家吃喜糖、喝喜酒，拜托大家了！"

罗小海郑重地向众飞行员敬了一个军礼，然后又双手抱拳一拜，随后拿起自己的外衣出去了。

众飞行员面面相觑，一时愣怔。

不一会儿，便又你一言我一语地议论起来——

飞行员丙一脸释然："阴差阳错，看来，这是一场误会。"

纪天祥却不依不饶："什么误会？说一千道一万，他罗小海就是乘刘长军试飞不在家，想夺人家老婆，没得逞罢了！"

杨光道："老纪，别带上自己的情绪评价人嘛。依我说，小海在这事上也没什么太大的不对，是吧？不知者无罪嘛！"

纪天祥："你怎么知道他不知？再说了，他以前不知，后来知道了还跑到医院找人家刘长军对象黏糊？他罗小海就是有毛病！"

飞行员乙凑过来："爱情这玩意儿，有它自己的逻辑。在它的逻辑里，作为爱情主体的双方及其周围的效应群……"

纪天祥："好啦好啦，什么乱七八糟的，你别雷人了！"

飞行员乙："唉，道不同，不相与谋。"说罢，又回到了自己的训练位置。

飞行员丁："世界的格局正在急剧变化之中，真是东边日出西边雨，几家欢乐几家愁。球星物归原主了，团花的事也浮出水面了，未婚男士们，现在是狼多肉少，一旦目标出现可要抓紧啊！"

舰载机A团运动场　白天

罗小海独自一人在飞快地转着滚轮，转着转着，在旋转的天地楼房树木间出现了李燕的身影。于是，他慢慢控制住了滚轮，最后干脆停了下来。

罗小海与李燕对视，用目光交流着内心的情感。

李燕："有好久没看你转滚轮了。"

罗小海漫无目的的看着远处。

李燕："记得你在这儿跟我说过，每个人有自己排遣心情的方式。"

罗小海收回目光："谢谢你这么不记仇。"

李燕："你错了。不记仇的人是没有的，只不过，记仇的方式因人而异。"

罗小海："其实，你应该换一种方式。比如说埋怨、打击、冷战等等，也许那样我的内心能更释然一些。"

李燕："不，你错了。我知道很多时候，人的行为是不由自主的。对此，你的感触要比我深。"

这句话使罗小海不由得怦然心动。

李燕："我都知道了，你也不要过于自责，让时间消化一切吧。"

罗小海："我和他毕竟是那么多年的好哥们，出了这样的事真的是既不好说也不好听，尤其是在这之前，在他为他们的感情莫名其妙的时候，我还替他大骂特骂那个抢走他女朋友的人，没想到这个人就是我！你说我究竟在扮演一个小丑还是混蛋！……"

李燕："我不这样认为，我相信你俩的友谊还不至于这么脆弱。你要执意这样认为，既看低了刘长军，也看低了你自己。"

罗小海沉吟一会，待再次抬头看李燕的时候，眉宇间似乎晴朗了许多，他使劲攥住李燕的手。"谢谢你！知识改变人，现在我相信这句话了。"

李燕被攥疼了，使劲向外抽手。"你什么意思啊？"

罗小海仍然抓住李燕的手不放（郑重而严肃地）："现在，我得把过去对你的敬重，改为敬佩！"

徐家客厅　白天
　　徐母提着一个装满了食品和水果的环保袋，朝里屋催促着："快走啊，都喊了几遍了，你还有完没完？"
　　里面传来徐亚静的声音："啊呀，老妈，我姐住院没大事，几天就好了，你就不要去折腾了！"
　　徐母："几天就好了？说得轻巧！俗话说伤筋动骨一百天，发生这么大的事你们还想瞒着我，你们眼里还有没有我这个妈？！"
　　徐亚静走出来："多么大的事啊，这在现在都很正常，别大惊小怪的。"
　　徐母："你真好意思说。我们是什么人家，革命军人家庭！从小我是怎么教育你们的？脚踏两只船，对得起人家小刘吗？我怎么向他爸妈交代？"
　　徐亚静（无奈地）："老妈你饶了我吧，我拉你去还不行吗？"
　　徐母："别啰唆了，快走！"
　　徐亚静拿起茶几上的车钥匙（一本正经地）："先说好了，去可以，你不能对我姐发火。她现在的压力也很大，你不能火上浇油，出了问题你后悔都来不及。"
　　徐母怨气未消："她有什么压力？都怨她自己。"
　　徐亚静："其实就是一个小插曲，真的没你想象的那么严重。"
　　徐母："你说得轻巧，走！"
　　徐母拉着徐亚静就往外走。

市立医院　徐亚宁病房　白天
　　徐亚静开车拉着母亲来到医院，轻轻地推开了徐亚宁病房的门。看到徐亚宁担起的伤腿，徐母早就心软了三分，她急忙走向徐亚宁床前。
　　徐亚宁一惊："妈，你怎么来了？"
　　徐母忙扶徐亚宁躺好："没事吧，还疼不疼？"
　　徐亚宁："没事，就是扭了一下，明天拍完片子就可以回家了。"
　　徐母没忘来医院的目的。"都是你自己折腾的，你以为我什么都不知道啊！告诉妈，小刘那边怎么办？"
　　徐亚宁："什么怎么办？"

徐母继续嗔怪道:"还不跟妈说实话,我问的是你们现在的关系怎么办?"

徐亚宁平静地:"还能怎么办,还那样啊。"

徐母:"我不信,人家小刘就不生你的气?"

徐亚静凑上来:"妈,没事就得了呗,你还非得生出点事儿不成?"

徐母把徐亚静拨到一边。"没你的事,你少插嘴。"

徐亚静做了鬼脸一边去了。

徐母:"小刘他原谅你了?"

徐亚宁:"妈,我俩的事我们自己解决行了。你就别操心了。"

徐母:"要我说,等你伤好了,就马上结婚!"

张团长家客厅　黄昏

王萍端着炒好的菜从厨房出来,正好张团长开门进来。

王萍:"今天怎么回来这么早,少见啊。"

张团长挂好衣服:"今天飞行结束没搞讲评,明天接着飞。"

王萍招呼女儿:"倩倩,吃饭了。"

倩倩在里面答应:"知道了。"

王萍问张团长:"你还跟着我们吃点吧?"

张团长打开电视调到体育频道,电视上播放着《体育新闻》,音量也调大了。

倩倩走出来坐到桌前吃饭。"电视吵死了!"。

王萍朝张团长:"声音小点儿行不行?装那个体育迷——对了,你们那个罗小海不就是因为球迷惹出事了吗?"

张团长气不打一处来:"你还说呢,还不是你张罗的?"

王萍:"我是张罗他和李燕,也没张罗他和球星!而且是刘长军的女朋友,你这个当团长的也有责任啊。"

张团长:"我有什么责任?"

王萍:"什么责任?领导责任!对部属个人大事不关心,不摸底……"

张团长:"好了好了,别瞎扯了。这事现在基本上稳定了,你就不要扯老婆舌头了。"

王萍："我是为我们李燕鸣不平。"
倩倩："你们烦不烦啊！"
王萍："是你爸烦——你吃你的饭。"又转对张团长："我正要问你，这几天你开会都按时吃药了没有？"
张团长："吃了。"
王萍伸手道："拿来我看看。"
张团长："什么？"
王萍："药啊！"
张团长："药？吃完了，药瓶子也扔了。哦，没吃完的，可能落在车上……你怎么不相信人呢？"

舰载机A团 办公楼前　白天

张团长的吉普车停在办公楼前。
司机小袁坐在吉普车里神情专注地看着DVD影碟。
苏成从远处走过来，来到车前，小袁依然陶醉在影片故事里，对车窗外的苏成无从察觉。
苏成终于忍不住，抬手敲起了车窗。
小袁一个激灵，暂停播放，落下车窗。
苏成趴在车窗边上："怎么，看爱情片呢？"
小袁（不屑一顾地）："什么爱情片，上点档次好不好——大片！"
苏成："嚯，你什么时候也阳春白雪了，没看出来。"
小袁："受你的影响啊。"
苏成："佩服、佩服！"
小袁："闲着没事，消遣呗。你，准备上军校了？"
苏成："八字没一撇呢。"
小袁："干什么去？"
苏成举起手中的信封："准备发几张照片，让领导审查审查。你呢，团长要出去？"
小袁："让我在这待命。上来坐会儿。"
苏成抬眼向办公楼里扫了一眼，才又转到车的右侧，开门上车。
小袁笑道："现在你也太小心翼翼了吧？"

苏成:"瞧你说的,关键时刻嘛,可以理解。"
小袁:"怎么样,快来通知了吧?咱先说好了,你要是被录取了,得好好请我一顿。"
苏成:"小意思。"
小袁:"有一条,不准请加州面,也不准肯德基和麦当劳,这些都过时了。"
苏成:"想吃什么,你说吧。"
小袁:"我听说东部新开了一家比萨店,必胜客,全世界连锁,咱去试吃一下怎么样?"
苏成:"行呵,你说了算。不过,我要是考不上,你要以同等条件慰问受伤的心灵!"
小袁:"没问题。"
苏成掏出烟,递给小袁一支:"先请你一支烟吧。"
小袁用手挡回:"少给我添麻烦啊,首长一上车,这么大的烟味,我还想不想干了。"
苏成自己点上,抽了起来。
小袁伸手夺过苏成手中的烟,打开车上的烟灰盒捻灭了。
苏成:"你这是干什么?"
小袁:"我说了,首长上车闻到烟味,还以为是我抽的呢。"
苏成:"嗨,我还以为什么呢,团长也不是不抽。"
苏成又打开烟灰盒,小袁伸手又按了下去。
苏成拿出了里面的小药瓶,晃动一下,药瓶发出声响,苏成好奇地打开看着:"还有药啊,怎么都是外文,这是谁吃的药?"
小袁:"是团长吃的。"
苏成:"团长吃的药?治什么病的?"

舰载机A团 地勤大队部 白天

苏成来到地勤大队部门口,把脸贴在玻璃上向里面看着,见只有丁世杰一人,便推开门走了进去。
苏成走到丁世杰跟前:"丁机械师,忙着呐?"
丁世杰抬头:"哦,是苏成,怎么,拍我们地勤来了?"
苏成:"老丁,你别逗我了,我大兵一个,首长指哪我打到哪。"

丁世杰："今天是谁指示你打过来的？"

苏成："没，没谁指示，是我路过这里特意来找你的。"

丁世杰："你找我？"

苏成："想请教你一个问题。"

丁世杰："飞机的事还可以，照相机录像机的我可不懂。"

苏成看看左右没人，掏出那个空药瓶："老丁，麻烦您给看一下，这是什么药？"

丁世杰接过药瓶转着看着，见瓶签上印的全是英文，摇了摇头："怎么，你吃的？"

苏成："不，是……是治什么病的？"

丁世杰："全是外文，谁看得懂？"顺手把药瓶还给了苏成。

苏成："哎，老丁，你整天看说明书鼓捣机器，你居然看不出来？"

丁世杰打量着神情怪异的苏成："我听说治性病的进口药特别多，该不是你小子也得那病了？"

苏成："性病？老丁，你开什么玩笑！"

丁世杰哈哈笑起来。

苏成羞涩地走出地勤大队部。

舰载机A团　卫生队　心理测试室　白天

从地勤大队部出来，苏成又来到卫生队，他径直走上二楼心理测试室。

李燕在电脑前，正整理着罗小海的资料，听见有人敲门，应声"来了"，起身去开门。

李燕一见是苏成，忙问："苏成？有事吗？"

苏成："李医生，我想麻烦你点事……"

李燕："这么客气，进来吧。"

苏成凑到桌子前，看着电脑屏幕："李医生，又在忙你的心理学呢？"

李燕："快说你有什么事吧。"

苏成急忙掏出那个药瓶："我找了好几个人，都不行，您的英语好，看看，这是什么药？"

李燕看了看瓶签："是……这是治胃病的药，怎么，你胃不好？"

苏成："哦，没，没有……"

李燕："这种药咱们卫生队就有，只供首长和空勤。你要是需要，可找队长批个条，尽量不要到外面小店去买。现在市场上的假药可多呢，吃了假药可不是小事。"说着，把药瓶还给苏成。

苏成看着手里的药瓶："胃药……"

舰载机A团　政委办公室　白天

何政委办公室的门敞开着，他伏在办公桌上写着什么，沈股长喊了声"报告"急匆匆地走了进来。

何政委："什么事把你急成这个样子？"

沈股长："政委，作战处长带几个人来了，在接待室呢。"

何政委："军事方面的事我就不过去了，我手头正好有个材料要修改，你给机关的领导解释一下。"

沈股长："这个事你和团长最好都能参加一下，而团长又不在。"

何政委："他们来什么事？"

沈股长："专门来下达任务的，下个月海龙和潜艇搞合练。"

何政委："你怎么不早说，这可是个大事。你们抓紧时间去把团长叫回来，要不然他就走了。"

沈股长："团长在哪里？我们找了半天了……"

何政委戴上帽子站起来："在卫生队。"

舰载机A团　卫生队办公室　白天

王萍把手中的X光片又对着窗户看了看，然后才装进袋子。

张团长从对面的椅子上站起来："没事就行了，我走了。"

王萍："哎，你等等。舰队医院我都联系好了，你还是去做个胃镜检查，X光对一些局部的小毛病是看不出来的。"

张团长："我说你是非得给我检查出来点病你才罢休是吧？老飞行员了，有什么问题，看把你急的。"

王萍拿好袋子:"走,我陪你去。"

张团长夺过王萍手中的X光片袋:"拉倒吧,你别跟我去,还是我自己去吧。"

王萍:"你直接到舰队医院空勤科找于主任就行了。"

张团长(不耐烦地):"谢谢,我知道!"说完,张团长呲呲地出了门。

舰载机A团 营区 白天

张团长从王萍办公室出来,司机小袁早已在楼下等候他了。小袁见团长下楼急忙打开车门,待张团长钻进了车,小袁关上车门,开车离去。

刚拐进营区主干道,迎面驶来了作训股的213吉普车,坐在车里的沈股长早已发现了张团长的车。沈股长急令司机:"停车!"

司机一个急刹车,把车停在了路边。

沈股长跳下车,在路边站着,向张团长的车扬起了手,示意停车。

小袁把车停在了沈股长身旁。

张团长落下车窗,探出头来。

沈股长走上前敬礼。

在张团长出卫生队大门的时候,王萍就拨通了舰队医院的电话,她对于主任说道:"我那口子一会就到了……哦,他不让人陪着……你真会开玩笑,好,好,那就麻烦你了。再见,再见。"

放下电话,王萍才算了了一件心事,她想这次总算把老公逼到医院去了,有没有事也好心中有数,她绝对没想到今天的安排还会节外生枝。

舰载机A团办公楼 白天

张团长听说作战处领导亲自上门是为"海龙"的事,上医院的事只好放在一边,准确地说,马上就忘到脑后去了,立即赶往办公楼来。在上楼梯的工夫,张团长吩咐沈股长:"通知刘长军也过来。"

沈股长:"下达任务叫他参加不太合适吧?"

张团长:"有什么不合适的,他是海龙的专家,让他列席。"
沈股长:"是!"
沈股长快步跑下楼。

张团长家　晚上
张团长开门进屋。
王萍从厨房走出来,伸手道:"拿来。"
张团长:"什么?"
王萍:"你到舰队医院拍的片子?"
张团长:"片子、片子放在车上了。"
王萍(生气地):"你根本就没去,到现在你还想骗我!"
张团长用手在王萍胸前上下抖着(学京剧道白):"妇人息怒。"
王萍:"说,你想怎么办?"
张团长:"明天一定去。"
王萍:"明天是周末,仪器根本不开,你找谁去?"
张团长"叭"的一个立正:"下个星期,一定!"

舰载机A团　作战室　白天
大屏幕上,一艘现代级核潜艇在海中游弋。
核潜艇在水下发射导弹;
导弹命中大型军舰;
导弹击中地面目标。
伴女声解说:"现代潜艇不仅是运输船的克星,也给强大的水面舰艇以严重威胁;潜艇不仅是袭击海上舰艇的有效兵力,也能对陆地纵深的战略目标实施有效打击。例如,海湾战争中,美国的核动力潜艇对伊拉克境内的重要目标发射了数枚战斧导弹,为实施对伊拉克的战略轰炸发挥了重要的作用。因此,未来海上局部战争将首先面临'三反'作战,即反潜、反导弹和反水雷……"
圆桌后面,罗小海、刘长军、沈股长等在观看。
刘长军的脸色在屏幕火光的映照下,显得很难看。
大屏幕上,出现直升机在海上搜索反潜的镜头。

解说继续:"航空反潜在现代海战中,有着极其优越的特性。首先是它的快速反应能力强,其次是搜潜效率高,三是攻潜效果好……"

沈股长不时地向邻座的罗小海、刘长军瞟去,两人分外严肃。

舰载机A团外场停机坪　白天

地勤机组和场务排正从机库向停机坪上牵引飞机。外场一片忙碌。

郝大队长心情沉重地从一排飞机前走来。

走到飞虎534前,郝大队长停了下来。

地勤兵甲:"大队长。"

郝大队长:"丁世杰呢?"

地勤兵甲指指飞机顶部:"在上边呢。"

郝大队长:"把他叫下来。"

地勤兵甲爬上飞机:"丁机械师,大队长叫你下去。"

郝大队长心事重重地看着上边。

丁世杰便和地勤兵甲一起下了工作梯。

丁世杰在工作服上蹭着油污的双手,来到郝大队长面前:"大队长,怎么啦?"

郝大队长(不满地):"怎么啦?我还想问你呢!在会上我不是说了吗,飞虎型机全部要在今天中午12点前检查完毕,怎么又出毛病了?"

丁世杰:"今天拉出来一试车才发现的,我再试试看吧。"

郝大队长抬手看看表:"昨天你怎么不先试试车?"

丁世杰:"昨天……昨天你不是让我和刘长军一起研究在海龙上加装磁探仪去了吗?"

郝大队长:"那就这样,你先检查检查,等会儿我从海猫那儿回来,咱们一起干。"

舰载机A团　作战室　白天

沈股长向李参谋打了个手势,大屏幕停止播放。

李参谋拉开窗帘,室内大亮。

罗小海、刘长军两人都显得不太自然。

刘长军顺手拿起圆桌上的《航空反潜概论》翻看着。

罗小海看了刘长军一眼,扭身看向窗外。

沈股长:"长军,这次搜反潜合练是你牵头,你得说话呀。"

刘长军犹豫了半天:"这个头我……我看还是你牵吧。"

沈股长:"那哪儿行,这可是团长亲自交代的。再说,我们对海龙的这套搜反潜系统还没有接触呢,怎么能牵得起来。"

刘长军长叹一声:"沈股长,我……现在有点乱……"

刘长军把手中的书向圆桌上一摔,起身走了。

沈股长急忙叫他:"哎,长军——"

见刘长军已走出门,沈股长回头瞪了罗小海一眼:"你呀!还不快主动点?"

沈股长做了个出去追的手势。

罗小海却把头一扭,向窗外看去。

舰载机A团　政委办公室　白天

何政委接完电话,刚要出门,迎头碰上沈股长。

沈股长(气喘吁吁地):"政委,看到团长了吗?"

何政委:"团长到外场去了,什么事?"

沈股长(大声地说道):"刘长军和罗小海他们捏不到一块去……"

何政委:"你先压压音量,来,进来说。"何政委顺手把门关上。

舰载机A团　运动场　白天

刘长军一人在运动场边踽踽独行,不时地踢飞脚下的石子。

舰载机A团　政委办公室　白天

沈股长:"我在那坐着都试着别扭。"

何政委:"行了,我知道了。是啊,谁碰到这件事恐怕一时都难以接受。这也是人之常情。"

沈股长:"政委,那……合练的事怎么办?"

何政委："合练的事你先不要急。昨天我给刘长军简单谈了谈，我感觉他对这件事还是比较理智的；至于罗小海，他的性格我也摸个八九不离十了，等他们都冷静下来，我想他们两个人能分清哪头轻哪头重。"

舰载机A团 运动场 白天

罗小海跑出办公楼，四处张望，看到刘长军的身影，跑了过来。

刘长军继续一人绕场走着。

罗小海从后面追了上来："长军！"

刘长军站下，回头看了他一眼，又继续往外走去。

罗小海："长军，你等一下。"

刘长军脚步加快，罗小海干脆快跑几步，超到刘长军前面，拦住了他。

罗小海："长军，我想跟你谈谈。好好地谈谈。"

刘长军："你觉得有必要吗？"

罗小海："有必要——无论对我们俩，还是对马上就要开始的舰机协同训练。"

刘长军（稍带揄揶地）："既然马上就要开始舰机协同训练，现在谈这些个人私事合适吗——罗中队长？训练结束后，我愿意跟你谈，怎么谈都行。"说罢，转身走开。

深负愧疚的罗小海怔怔地望着刘长军的背影走远。

舰载机A团 外场 白天

外场一片忙碌景象。

牵引车从机库拉出海猫型飞机开往停机坪。

停机坪上，又整齐地停放着一排海龙直升机。

张团长在装备处长的陪同下依次检查飞机。在一架飞机旁，张团长上前询问着什么。

苏成肩扛摄像机对着飞机拍摄着。

装备处长上前拉过苏成："你老拍飞机干什么，飞机都是一样的，多拍拍团长检查的镜头。"

苏成："团长说过，叫少拍他，我怕团长批我。"
装备处长："没事，我让你拍你就拍，最后编片子，做多媒体有领导的镜头说明领导重视，拍。"
苏成跑到团长的前面，调焦拍摄。

舰载机A团 卫生队办公室 白天
王萍和李燕走到办公室门口，李燕拐弯向走廊另外一边走去。
王萍叫住了她："李医生，你来一下。"
李燕走过去，跟着进了房间："队长，还有事吗？"
王萍坐在自己的座位上，让着李燕："坐，你也坐。"
李燕不解地看着王萍："队长，您这么客气，我都有点不好意思了。"
王萍（试探地）："罗小海和刘长军女朋友的事，你……都知道了？"
李燕（平静地）："知道了。"
王萍："罗小海不是有意的……而且也没进展到那个程度……"
李燕："队长，您今天是怎么了，您叫我就是为了给我说这些啊？"
王萍："不不，李燕你别误会，我没别的意思。我的意思是说，罗小海这个人还是不错的，人哪有不犯点错误啥的。再说，罗小海这也不叫错误，是吧？"
李燕故意咬了咬嘴唇："这还不叫错误啊？我看是罪大恶极，不可饶恕！"
王萍："别别，有句话叫……得饶人处……且饶人，李燕，你心胸开阔，大人大量，你原谅他吧。"
李燕："队长，该不是罗小海让你当说客吧？"
王萍急忙地："没有、没有，绝对没有。"
李燕站起来："没有？我非要找罗小海问个清楚。"
李燕佯装生气地走了。
王萍追到楼梯口："李燕，罗小海真的没有，我是怕你们……"
看着李燕下楼走远，王萍还在自责："我这不是帮倒忙嘛……"

舰载机A团　外场　白天

在一架飞机前，张团长停下来。

机械师甲："团长同志，540号机组正在检修，请指示！"

张团长："继续检修。"

机械师甲："是！"

张团长进了驾驶舱，仔细检查了一遍各种仪表，然后走下飞机。

张团长对装备处长："需要配备的零部件，要尽快到位。"

装备处长："请团长放心，马上到位。"

张团长等继续往前走，来到飞虎534号机前。

地勤兵甲："团长同志，534号机组正在检修，请指示。"

张团长："报告检修情况。"

地勤兵甲："机械、电子等良好，只是发动机升温太快、温度高的原因还没找到。"

张团长："你们机械师呢？"

地勤兵甲："在上面，正在查找原因呢。"

张团长向上面喊："丁世杰，怎么样？"

飞机顶上的丁世杰："团长，试了几次了，车开一会儿，温度就超过750度了。"

张团长："原因找到了吗？"

丁世杰摊了摊手："各部位都检查了，正常呐。"

张团长摘下帽子交给装备处长："我上去看看。"

装备处长："不用了吧，我们自己再仔细查查。"

张团长没言声，抓住了工作梯。

苏成发现了，急忙上前阻止："哎！团长，你小心！……"

张团长："你咋呼什么呀？好好录你的像去！"

说罢，上了工作梯。

地勤兵甲小声调侃苏成："摄影师，马屁拍歪了不是？"

苏成狠狠瞪了他一眼："去你的！"

言罢，关切地抬头去看张团长——张团长已在飞机顶部的发动机包架上了，正在与丁世杰一起查找原因。

苏成肩扛摄像机往后退着取景，让脚后的一个工具架一绊，差点摔倒,平衡身体时还没忘将摄像机紧紧抱住。

装备处长和地勤兵甲笑起来。

苏成:"哈哈哈——有什么好笑的?"

装备处长:"苏成,要摔你摔自己,可不能摔了你那宝贝疙瘩啊!"

苏成:"处长放心,我历来把机器看得重于自己!"

苏成绕过工具架,往后退了几步,取景录像。

录像里:张团长从丁世杰手里接过工具,动手干了起来。

烈日炎炎。张团长整个身子几乎趴到发动机上,双手在下面鼓捣着,他像个主刀的外科大夫似的,不时地伸出手来,叫一声工具的型号。丁世杰则像是一个护士,准确地找出工具,放到他手上。

地勤兵甲:"没想到,团长不光会开飞机,还会修飞机。"

装备处长在下面喊:"团长,先下来吧,回头我们自己解决。小丁,天太热了,让团长下来。"

丁世杰:"团长,我来吧。"

张团长仿佛没有听见,继续工作着,他的脖子上满是汗珠,后背的衣服也被汗水溻透了。

苏成的镜头从飞机的下部摇到顶部。

张团长直起身子,满脸汗水:"好了。下去开车,再试一次。"

丁世杰:"团长,我服你了。"

张团长:"少啰唆,快去吧。"

张团长起身的工夫,突然眼前一阵眩晕,他赶忙一手扶住机身,一手按住胸口,僵在那里。

丁世杰:"团长!您怎么了?"

张团长(气喘吁吁地):"哦,没事,趴得时间长了。下去,试车吧。"

丁世杰搀扶张团长站好,踏到工作梯上:"团长,小心点。"

张团长:"没事,你松手吧。"

苏成的寻像器里:丁世杰松开了手,张团长手抓工作梯的把手,一只脚伸下来找梯板,突然,他的身子一颤,一只手下意识地去按胸部,与此同时身体失去了平衡,向后张下来。

"团长!"苏成大喊一声,扔下手里的摄像机冲上前去。

"团长,快抓住我!"丁世杰弯腰去抓张团长。与此同时,张团长手抓工作梯仰倒下来。

张团长仰张下来,苏成张开双臂飞也似的跑到张团长身体下方……"嘭"的一声,张团长仰摔在苏成的怀里,将苏成砸倒在地,苏成的后脑勺猛地磕到工具架上,顿时鲜血直流。

众人惊愕之余,纷纷上前抢救。

苏成已处于昏迷状态。

装备处长夺过地勤兵甲手中的对讲机呼喊:"救护车!……"

——第十五集完

第十六集

城市高架路　白天
警灯闪烁，警笛鸣叫，救护车一路疾驰。
救护车后面，一辆小轿车紧跟疾行。
救护车上躺着昏迷的苏成，苏成的头上包扎着绷带。
李燕坐在苏成的身旁，一只手搭在他的脉搏上，观察着输液瓶的滴液。
前面的王萍焦急地催促司机："快！再开快一些！"
司机一脚油门，时速表上的指针转向120迈。

救护车一路疾驰着下了高架路，来到了一个十字路口，值勤交警看到鸣笛疾驶中的军用救护车，连忙打手势指挥其他车让路。
救护车迅速穿过十字路口。

救护车上，李燕聚精会神守着苏成，昏迷中的苏成，嘴唇似乎蠕动了一下。
李燕忙安慰道："苏成，苏成，坚持住，一定要坚持住，马上就到医院了。"
苏成的眼眉又蠕动了一下，慢慢睁开了眼。

李燕俯下身去："苏成……"
李燕的脸庞在苏成的视线中渐渐清晰起来。
李燕捧起他的手："苏成，坚持住，你会没事的。等你好了，我配合你拍照，拍好多好多，拍多少都行，啊？"
苏成感激地看着她，两颗泪珠滚出眼眶。
李燕轻轻为他拭着眼泪："苏成，坚强一些，我们马上就到医院了……"
苏成抽动了一下手，同时眼睛看向自己的怀里。
李燕好像明白了什么："苏成，你想说什么，慢慢告诉我。"
苏成的嘴唇嚅动了一下，说不出话来，他用力抬起另一只正在输液的手，指指自己的胸前。
李燕明白了他的意思，她放下他的手，解开他的衣扣，从他怀里取出一个大信封。
王萍投过来好奇的目光。
苏成激动地看着李燕。
李燕从大信封里取出一本摄影杂志，封面上是李燕和罗小海在飞机上交谈时的照片。
李燕激动地转脸看着他："照得真棒，谢谢你。"
苏成用目光告诉她后面还有。
李燕快速地翻看杂志——中间有两个连版的照片，是李燕不同场合的照片，中间是花体的标题：兵花风采，作者苏成。
李燕："兵花风采？"
王萍也转过身来看着，李燕把杂志递给了王萍。
苏成露出了欣慰的神情……

舰载机A团　卫生队　空勤病房　晚上
张团长躺在病床上输着液，一脸的沉痛。
王萍坐在病床边，劝慰着他："你也不要太难过了。"
张团长："小苏他怎么样了？"
王萍："神志还不大清醒。不过，现在基本稳定了。"
张团长哀叹一声："唉，都是为了我！你说我这个空勤体格究竟是怎么了？"

王萍："你呀！就是累的。这一年来你像是跟谁抢什么似的，没白没黑地干，光飞行的事就够多的了，现在又干起修飞机的活儿来了！要不是苏成手疾眼快，后果真是让人不敢想象。"

张团长："是啊，你别看小苏平时稀稀拉拉，有时还油嘴滑舌的，谁都和他开玩笑，没想到关键时刻他能挺身而出。是小苏给了我一条命啊！"

王萍："我可是早就看出苏成是个好兵。"

张团长："你不是因为小苏救我才这样说的吧？"

王萍："才不是呢！你不信可以到我们卫生队去问问，我守着好多人就说过，苏成好学上进，有才，要是能考上军校，出来肯定是个优秀的宣传干事。哎，对了，也不知道苏成考得怎么样？如果考上了他的伤会不会影响他？"

张团长："但愿他能如愿以偿……如果因为我影响了他上军校，我一辈子都对不起他！"

王萍："你别想这些了，我相信苏成会没事的。我现在担心的倒是你的身体，前几天我都联系好了让你去检查，你……"

张团长打断她的话："你别说了，等我处理完手头上的这几项工作，不用你说，我自己去住院检查休养。"

王萍："你呀，早就该这样了。你以为A团离开你飞机就不飞了？训练就不搞了？"

张团长："你这叫什么话，像是个基层主官说的话吗！"

王萍："这两年国家的大事、A团的大事全让你赶上了，对吧？我替你说了，行了吧？可你想过没有，要是拖垮了身体怎么办？"

张团长："身体？我身体怎么了？平时我不就是胃有点小毛病嘛！没什么大不了的，死不了人！"

王萍上前捂住张团长的嘴："不许你胡说！"

张团长："年底还要让这批新员全部上舰，这是我给梁副司令立得军令状。吊瓶明天我不打了，我得上班。"

舰载机A团 机场跑道 晚上
弯月西悬，繁星点点。
机场跑道映着银光，夏夜的机场，出奇的静。

刘长军独自一人在跑道上漫步。

刘长军（画外音）："苏成，一个士官，在A团，他好像是无处不在，又好像是无足轻重，就是这么一个兵，在关键时刻却能挺身而出，他真是不简单！我这几天究竟是怎么了，难道我还不如一个兵嘛！"

跑道上，刘长军的脚步走得更快了。

舰载机A团 团长办公室 白天

张团长、何政委二人正在议事。

张团长说："既然像反映的那样，干脆把罗小海换下来算了。"

何政委想了想，有点犹豫："临阵换将，这是一大忌啊。再说，上报的计划方案和机组人员名单都已经批下来了，再调整上报，上边会不会说我们……"

张团长也犹豫了："那怎么办？他们俩现在这种关系，能配合好吗？能圆满完成任务、确保安全吗？"

何政委道："我分别找他们俩谈过。看起来，情绪都还比较稳定，特别是刘长军，尽管打击不小，但基本还是冷静的。还有，这次训练主要是检测海龙在搜反潜方面的性能，刘长军熟悉海龙，罗小海的飞行技术和战术意识好，他们俩以往的配合很默契，把他们调开，会不会影响海龙的检测效果？"

张团长："夺妻之恨，这不是小事。我听说他们俩现在都互相不说话，到了空中怎么配合？上级对这次合练十分重视，万一出点纰漏怎么办？"

何政委："老张，我的意思是再慎重考虑考虑……"

张团长没好气地："政委，别再考虑了，正好也借这个机会，给罗小海敲敲警钟！"

何政委："老张……"

张团长抬手止住了他："就这样吧。再不敲他一下，这家伙今后还不知要惹出什么事来呢！"

何政委："那么，海猫716的1号，让谁来飞呢？"

张团长略一思忖："干脆，我飞！"

看到团长如此坚定，何政委没再说什么。

两个主官决定了的事项，将由机关职能部门把首长的指示精神传达下去贯彻执行。罗小海第一时间知道了这个决定，他先是惊讶，接着跑进团长办公室要问个究竟。

罗小海劈头盖脸地问张团长："你是团长，在这次合练中你是飞行指挥员，你的任务和职责是协调舰队和指挥飞行。"

张团长一愣："嘿，你小子倒教训起我来了。"

罗小海："批评与自我批评，是我们部队的光荣传统。"

张团长没好气地："你想飞，是不是？但你为什么不想想为什么不让你飞的？"

罗小海头一低："想了。因为我和刘长军的关系。"

张团长："什么关系？"

罗小海："我曾爱上他的女朋友——他不在家的时候。"

张团长指着罗小海："亏你还好意思说！天底下有多少漂亮姑娘你不能爱，非得去跟自己的战友、跟自己的同学争对象？"

罗小海："团长，这是……这是另外一个问题，是个人问题嘛……"

张团长："个人问题？你跟二中队长争对象，造成两人关系紧张，能不影响训练中的合作吗？这都影响飞行训练了，还是个人问题？"

罗小海："尽管如此，但是，我想，这不会影响我们的配合。因为，作为军人，我们的使命会使我们抛开一切，即便是个人之间的恩怨情仇。"

张团长手一扬："拉倒吧你，大道理谁都会说，真到了具体配合的时候，就不是这么凭空说说的事了。你罗小海的脾性，我还不知道吗？"

罗小海："团长，我以军人的名义向你保证……"

张团长："保证什么？保证你们一定能配合好？"

罗小海："是！"

张团长："是什么是？就算你罗小海想积极配合，刘长军呢？人家不在家，你横插一杠子——我都说不出口，你能保证他积极与你配合？"

"团长……"突然传来刘长军的声音。

张团长和罗小海寻声看去,刘长军和政委不知什么时候已站在门口。

刘长军走近张团长:"我可以保证,我会积极与罗小海同志配合的。"

张团长一时不知该说什么。

舰载机A团 办公楼 白天

刘长军和罗小海前后脚走出团部大楼。

罗小海追上走在前面的刘长军,伸出手来:"长军,谢谢你!"

刘长军的反应十分平淡,没跟罗小海握手:"你言重了,罗中队长。我为的是海龙。"说罢,转身走了。

罗小海收回伸出的手,看着刘长军渐渐走远。

同上 政委办公室 白天

何政委正在改着一份材料,政治处魏主任敲门进来。

魏主任把手中的一摞信递给何政委:"政委,军校的第一批录取通知书到了。"

何政委接过:"有苏成的吗?"

魏主任犹豫了一会儿:"没有,我打听了,就差三分。"

何政委不相信似的:"就差三分?他的优秀士兵、班长,还有个三等功不是还加分吗?"

魏主任:"都算上了。"

何政委:"能不能跟学校商量一下,照顾照顾呢?"

魏主任:"这个……恐怕不行,现在都是网上录取,透明度很高。"

何政委无奈:"唉,这么好的兵,可惜啊!"

魏主任:"不过,小苏的年龄明年还可以考。"

何政委:"好。不就是三分嘛,鼓励他,明年再考!"

同上 作训值班室 白天

张团长和沈股长走出作训值班室。

张团长:"你们抓紧时间召集参训机组研究制订反潜方案,同时还要考虑一个预案；装备的使用上以刘长军为主，战术应用多听听罗小海的意见。"

沈股长："团长，知道了。可是……"

张团长："可是什么？"

沈股长："刘长军和罗小海他两个人能捏到一块儿嘛，我担心……"

张团长："你别担心啦，他们都表态了，说他们能合作好。"

沈股长疑惑地看着张团长。

张团长像是对沈股长，又像是自言自语："以军人的名义担保，我没有理由不答应他们。"

舰载机A团　作战室　白天

罗小海、作训股长和李参谋等围坐在指挥桌前。

刘长军手持激光指示笔，站在反潜实施方案图前讲解着。

刘长军："根据舰队下达的任务，团首长的决定是，我部出动海龙型反潜直升机两架，与水面舰艇一起在指定海区实施搜反潜。鉴于这次合练主要是检测海龙的搜反潜系统及其战术应用，根据该系统的技术性能和战术使用特点，我拿个初步意见，请大家讨论：一……"

罗小海手扶笔记本电脑，认真听着，不时地敲击着键盘。

沈股长也在认真听着，并用余光观察着刘长军、罗小海的表情变化。

刘长军："在到达指定海区后，按照航空反潜的一般原则，双机根据战术分工，首先使用机载雷达进行搜索；第二，使用被动吊放声纳实施搜索。"

在同步播放的动画示意图时，刘长军的声音继续："第三，发现目标后，立即投放主动声纳浮标或直接使用磁探仪，对潜艇实施精确定位并测其运动要素；第四，利用数字传输引导我水面舰艇实施攻击。下面，请大家发表意见。"

罗小海在电脑上查看着记录。

沈股长环顾一下左右，率先发表意见："我看还可以吧？啊，比较符合海龙的实际情况。大家看呢？"

沈股长用脚在下面踢了踢罗小海，他希望罗小海能顺着他的意思往下说，以缓和他和刘长军之间的紧张气氛，而罗小海却没理会沈股长的"好意。"

沈股长着急地看着罗小海。

罗小海停下电脑操作，终于作出反应，他站起来："我有不同看法。"

刘长军没有说话，但已做好洗耳恭听的架势。

沈股长怔怔地看着罗小海。

罗小海："不同意见有两点。首先，在搜潜战术的应用上，应取消开始时的雷达搜潜。"

听到这里，沈股长低着头拽了拽罗小海的衣角，罗小海依然故我。

罗小海："理由是，虽然搜潜雷达具有发射频率高、天线转速高、方位变化快、作用距离远的优点，但它只用于常规检查性搜索在通气管和潜望镜状态下航行的潜艇，并不适用于我们这次带有战术背景的应召反潜。而且……"

刘长军站不住了："请你注意……"

罗小海一摆手："对不起，请允许我说完——而且，对于在指定海区执行待机任务的潜艇，它也绝不会在昼间浮出水面。第二点，现代潜艇，尤其是核动力攻击型潜艇，大都是以单艇作战为主，在反潜机发现潜艇并对其实施精确定位后，可立即投放反潜自导鱼雷或航空深弹实施攻击，无须再引导我水面舰艇实施攻击……"

沈股长看不下去了："小海，你少说两句吧！"

刘长军制止他的话："不，让他说。"

罗小海："谢谢，我说完了。"

刘长军："那好，我对有关问题再解释一下。"

舰队中心医院　普外科病房　白天

苏成显然已经知道了高考结果，显得情绪不高。魏主任和王萍对苏成做着安慰工作。

魏主任苦口婆心，引经据典："小苏，振作起来，这点打击算什么？古代的许多书生才子，也都是落难以后才考中状元的。"

王萍帮腔:"就是,孙悟空到西天取经还经过九九八十一难呢。"

苏成头也不抬:"我总觉得……我对不起团长,对不起大家对我的鼓励和期望。"

王萍:"怎么能说你对不起团长呢,关键时刻你救了他,他感谢你还来不及呢!再说,他是团长,你是他的兵,他鼓励你、希望你考上军校是他当团长的义务。魏主任,你说对吧?"

魏主任接过话茬:"对、对,是团长的义务,也是我们的义务。政委说了,希望你不要灰心,明年再接着考。"

王萍:"俗话说,有志者事竟成嘛,小苏,加油!大姐相信你明年一定能心想事成。"

苏成终于抬起头来,露出了自信的神情。"谢谢主任,谢谢王队长!"

舰载机A团 作战室 白天

刘长军接着说:"如果把这次合练仍理解为平常的合练,罗小海同志的观点是成立的。问题是我们这次合练的诸多元素,都是双方未知的。比如说,潜艇的潜入时间、待机海域,甚至包括潜艇型号。这样的话,利用反潜雷达提前进入,与搜反潜的整体行动并不矛盾。至于第二点,用什么方式攻击、由谁来攻击我想并不重要,我的方案中突出的是检测海龙的反潜功能。"

沈股长和李参谋点着头。

罗小海:"长军,即便像你说的双方未知,但我们至少知道指定海域有潜艇,现代潜艇水下生存已是游刃有余,短时间内根本用不着水面状态获取情报,雷达搜索只会过早地将我反潜机暴露于敌人的电子干扰之下,搞不好还会贻误战机。"

罗小海还要接着说,被沈股长打断了:"这样吧,有关学术层面的问题,咱们以后慢慢探讨,还是应该把焦点集中在海龙搜反潜上。"

罗小海:"沈股长,怎么,学术问题就不能探讨了吗?"

沈股长:"当然可以,我是说,放在以后探讨更为合适嘛。"

刘长军:"还是让他说完吧。"

沈股长看了看两人的表情："那，那就说吧。"

舰载机A团　办公楼前　白天
张团长准备上车，何政委从外面回来，他叫住了张团长。
何政委知道张团长要到舰队开会，但不知道具体什么时间开会。便问道："几点的会？"
张团长："上午11点，梁副司令先到潜艇基地落实参练的艇，回舰队开最后一次协调会，把方案定下来。"
何政委："梁副司令抓作训，抓得真紧啊。对了，咱们的反潜战术方案研究的怎么样了？"
张团长："刘长军、罗小海机组正在研究呢，我主要是给他们确定个原则，让他们自己的事情自己办，团里不再大包大揽。"
何政委："这个主意好，也好调动他们的主观能动性。"
张团长看看表："我得走了，现在路上堵车。"
何政委说："赶紧走吧，你明天上舰身体没问题吧？"
张团长："没问题！"
何政委："我要是能指挥该多好，也好替你分担一下。"
张团长："你的事也是一箩筐，工作、学习、生活上的事还不是全靠你啊。"
何政委："好了，快走吧。"
张团长上车。

作战室里，反潜战术方案还在认真研究之中。
刘长军："在搜潜的战术运用上，我同意罗小海的意见，但对于新装备和新设备，我们没有现成的经验可借鉴，在步骤上还是要按部就班，防止因操作失误而导致程序混乱。"
罗小海一脸的严肃："在这一点上，我没有异议。"
沈股长看到刘长军、罗小海二人终于出现了合拍，马上就坡下驴，生怕他们准确地说是生怕罗小海再节外生枝搞点什么不和谐。
"就这样，你们两个机组回去再熟悉一下设备和程序，好好配合，争取明天的合练合作愉快，马到成功！"

舰载机A团 外场　白天

飞行部队通常把生活区域即营房部分包括办公楼、宿舍区、卫生队（医院）、礼堂（俱乐部）、幼儿园、食堂、军人服务社、地面运动场等服务保障场所称为内场，把用于飞行训练的跑道、机库、停机坪、防吹坪、指挥塔台等称为外场。在今天的指挥塔台上，蓝色标志旗迎风飘扬，标志当日飞行；塔台一侧的救护车前，王萍、李燕翘首待命，她们的职责是负责紧急或突发情况下的医疗救护。

在停机坪上，参加飞行的飞机包括预备飞行的飞机都整齐地停放着，加油、充氧、充冷、充电及地勤机务人员最后检查飞机，人员车辆来回穿梭，显得格外繁忙。

就像是舞台上两个舞蹈的交替，外场秩序在一阵忙乱之后，完成了阶段性组合，地勤机组以及各种保障车辆在飞机前列队，准备试车和向空勤交接飞机。

丁世杰、郝大队长分别在海龙176、178飞机上地面开车。

罗小海、刘长军两个机组列队朝飞机走来，并与地勤机组签字交接，然后登上"海龙"176和178飞机。

罗小海和领航员甲、声纳员在海龙176飞机上各就各位。

罗小海检查了各种仪表、开关指示后，拿起话筒向塔台报告："泰山、泰山，176请示起飞。"

随后罗小海的耳机里就传来指挥员的指令："176可以起飞。"

与此同时，刘长军机组的领航员乙及声纳员完成了起飞前的各项准备。在罗小海机组请示起飞后，刘长军也向塔台指挥员请示道："泰山、泰山，178请示起飞。"

刘长军机组得到了同样的起飞指令。

随着指挥员的一声令下，外场塔台两颗绿色信号弹腾空而起，这是开始起飞的信号。

顿时，外场一片轰鸣，地勤人员迅即撤到停机坪外。

海龙176、178先后起飞，在空中编队后远去。

救护车前的王萍和李燕各怀心事，深情地望着飞机在视线中变得越来越小，消失在茫茫蓝天之中……

海上　白天

碧波万顷的大海上，我一现代化驱逐舰（舷号193）在一艘护卫舰的护航下向远海航行。

海龙176、178直升机分别停落在驱逐舰和护卫舰的后甲板上。

在193舰后侧机库旁边，有一个简易飞行指挥塔台，用于指挥舰载机在军舰上起降。此时，张团长、沈股长、罗小海、刘长军、领航员、声纳员、气象员等在海图前研究着。

沈股长指着海图介绍水文情况："这一海区的水文情况非常复杂。首先，由于项链群岛大陆架的不规则延伸等自然条件的影响，这一海区的海水温度和盐度比较低，并呈负梯度水文，这直接影响到声波在海水中的传播速度和反射方向。与此同时，内波及水跃层等方面的表现，也构成了有利于潜艇而不利于反潜的水文因素。其次，这一海区的海底地貌构成复杂，历史上曾经是通往东南亚的黄金航道，海底有大量的暗礁和沉船，海底噪音和杂波辐射情况复杂，对我们的搜潜也十分不利。尤其是，我们这次要进行的应召反潜，有相当的难度。"

刘长军和罗小海相视一眼，但刘长军马上又将目光移开。

张团长和沈股长也对望了一眼。

沈股长："看来，上面选在这片海区检测海龙的反潜系统，真是煞费苦心的。"

张团长："是啊，以前训练大多是安排在近海，这次到公海来，想不到有这么复杂的海区呢。"

刘长军："不过，这样也好，海龙的反潜系统是搜反潜的升级换代装备，并不像声纳一样完全依靠声波分析，条件越复杂，越容易显示它在遥感技术和精确分辨方面的优越性能。"

张团长点了点头，转向气象员："再报报当前气象情况。"

气象员报告："上午10点到下午6点，少云，能见度4至6千米，东南风2至4级，合成风180度、6至7米，海况3级，符合飞行条件。"

张团长松了口气："嗯，天气还不错。机组还有什么问题？"

罗小海:"没有。"

张团长转对沈股长:"你呢?"

沈股长对刘长军:"我们机关的意见,搜潜开始后,一定要用磁探仪和声纳同步进行,并多注意比较两者在信号接收方面的差别,所有的技术数据要做到全程全息记录。有什么问题及时向指挥员汇报。"

刘长军:"明白。"

这时,193舰的黄舰长、孙政委敲门而入。

黄舰长一进来,看到张团长等一行围在海图前看得那么认真,打趣道:"哎呀,你们航空兵真是分秒必争啊,值得我们193好好学习。啊?政委,你看看人家航空兵的作风!"

孙政委微笑。

张团长本来就是一个爱开玩笑的人,听黄舰长如此打趣也不示弱。"过奖了,黄舰长。这次又麻烦你们跑一趟,听说你们海上考核刚靠码头,就赶上我们这次训练了。真不好意思啊,耽误你们回家靠码头了。"

黄舰长:"嗨,不都一样嘛。这次协同,你们也不能回家飞夜航了嘛。"

"回家靠码头"和"回家飞夜航"分别是舰艇部队和飞行部队开玩笑的"俗语",大家都熟悉,所以两个领导说完之后大家一阵哄笑。

孙政委:"哎哎,二位注意点啊,这跟前还有不少处男啊!"

张团长:"他们啊,比你我知道的还多,你以为他们还像我们那时候啊!"

罗小海(急忙说):"你们领导们的对话,我们听不懂。"

张团长对刘长军、罗小海等:"好了,别装了,按刚才的部署,准备去吧。"

沈股长:"我也去看看。黄舰长、孙政委,我们去准备了。"

张团长:"好,你去吧。"

沈股长打个敬礼,出门去了。

张团长:"黄舰长,你还有什么指示?"

黄舰长:"老张你别搞错了。这次你们是主角,我们是配角。"

张团长:"一家人嘛,什么主角配角?"

孙政委:"世界上不少国家,航空母舰的编制就在航空兵。没准,将来有一天,我们就编到你们的序列里了。"

张团长:"那我们是求之不得啊!"

黄舰长:"说实话,在现代战争条件下,水面舰艇部队没有航空兵的护航,战斗力要大打折扣啊。所以,没有比我们水面舰艇更渴望你们航空兵强大的了。"

张团长:"这倒是。海军航空兵嘛,我们的使命和任务就是协同你们舰艇部队作战。不过,远航出海,总得让你们驮着我们,不好意思啊。"

黄舰长:"这个呀,用你刚才那句话,我们也是求之不得啊!只可惜,我们的军舰还小了点,如果你们A团的飞机都能上来,那该有多好!"

张团长:"这一天,难道还很遥远吗?"

黄舰长:"说好了,到时候咱们还合作,怎么样?"

张团长:"没问题!"

两人握手相约。

沉默了一会儿,张团长:"对了,不知今天协同我们的潜艇,是哪个级别的?"

黄舰长看着张团长,笑了:"说实在的,哪个级别的我们也不知道,但我知道它的艇长是谁。"

张团长恍然大悟:"噢?艇长是⋯⋯"

黄舰长用手势打断了张团长的话:"今年舰队考核的状元秀——高洪兵,高艇长!"

海面下 白天

幽深的海水中,一艘巨型潜艇在游弋。

从侧面看到它的舷号是水獾05。

在水獾05机舱内,高洪兵和副艇长、韩参谋在指挥舱内工作着。

高洪兵抬手看看表:"现在下潜深度?"

韩参谋:"200。"
高洪兵随即对话筒下达指令道:"各部位继续做好准备。"

193舰后甲板　白天
193驱逐舰和护卫舰进入战术编队航行。
193舰上的海龙176已舰面开车。
张团长注视着甲板上的176飞机,拿起一瓶矿泉水将药吃下。
沈股长顺手拿起张团长的药瓶看着。张团长见状,一把夺过来,装进了自己的口袋。
张团长(故作严肃状):"药没见过?有什么好看的。"
沈股长有点不好意思:"看您吃的什么好药,我也想沾沾光,享受点空勤待遇。"
张团长:"你别跟着瞎凑热闹,我告诉你,是药三分毒,没事别吃药。"
沈股长:"你这是治什么病的,团长?"
张团长:"我……我这是治抽烟的病的。"
沈股长半信半疑:"戒烟药?"

舰载机A团　外场塔台　白天
王萍在救护车上坐了半天,也是无所事事,但按要求飞行没结束又不能离开。她从救护车上下来,对车上的李燕说道:"李医生,你在这盯着,我到塔台上去看看情况。"
李燕:"哎,队长,团长今天又不在上面,你上去找谁呀?"
王萍:"他在我才不去呢,我去问问,我们中午是回内场吃饭,还是在外场送饭吃。"
李燕笑着看王萍径直走上塔台。
指挥员看王萍上来,招呼道:"王队长,想团长了是吧?我给您接通电话,你和团长聊几句?"
王萍:"去你的!我是来请示中午在哪里吃饭的。我们地面跟班人员比不上你这个飞行指挥员。你们肚子饿了,餐车会随时随地把饭给你们做好送去,我们还得回去吃干部灶。"
指挥员:"这个意见您得给团长提呀!"

王萍："没少提，他说政策是上面定的，要提给上面去提。看，等于没说。哎，中午究竟在哪吃饭？"

指挥员："海上的合练才刚刚开始，上级要求我们在原地待命。看来中午饭只能在外场吃了。哎，王队长，您别下去了，我把团长的那份分配给您了。"

王萍："我可不敢揩你们空勤灶的油水，我看还是我们干部灶的伙食香。"

说完，王萍走出塔台。

海上　白天

罗小海和领航员等已经上了飞机，做好了随时起飞的准备。他把目光从飞机的仪表盘转向领航员。

常年的飞行配合和习惯，已使他们有了这方面的默契。领航员从余光中领会到了罗小海的意图，点点头，以满脸的严肃表示已经准备就绪。

罗小海将胸前的话筒向上提了提："黄河，黄河，176请示起飞。"

张团长观察着舰面和舰桅上的风标，果断地下达了飞行指令："176航行状态起飞。"

沈股长在一旁记下了开飞时间。

罗小海在驾驶舱内向甲板上的指挥员伸出了右手大拇指。

甲板指挥员看到后，向罗小海回应了一个伸大拇指的信号，随即指挥解除系留，然后向罗小海举起手中的绿旗。

罗小海将目光从甲板上收回，接通了自动驾驶仪，上提变矩杆，操纵驾驶杆。

飞机轰鸣着平稳上升，在舰艇处于航行状态下缓缓飞离甲板。

甲板指挥员放心地放下了手中的绿旗。

张团长站起来，和沈股长注视着海龙176号跃升而去。

无线电响起刘长军的画外音："黄河，黄河，178号请示起飞。"

张团长和作训股长随即向一侧的护卫舰看去。

护卫舰航行在驱逐舰的右后方，后甲板上，海龙178号已经舰面开车。

张团长下令:"178起飞。"

同样,甲板指挥员向飞机举起了手中的绿旗,刘长军驾机飞离甲板。

甲板指挥员放下手中的绿旗。

刘长军驾驶178转弯飞去。

张团长收回目光,坐了下来。

沈股长又打开了一瓶矿泉水放在张团长的面前。

沈股长:"团长,我认为这次合练的长机应该让刘长军飞呀!"

张团长:"说说你的理由。"

沈股长(嗫嚅地):"个人意见,不见得正确……"

张团长:"我看你就是坐机关坐长了,吞吞吐吐的还像个战勤人员吗?说。"

沈股长:"其实,理由也很简单。刘长军第一个改装的海龙,这套反潜系统刘长军又提前测试过……"

张团长:"还有呢?"

沈股长:"还有……就是他们两个人最近的个人问题,多多少少让大家对刘长军有点同情……"

张团长:"开始的时候,我也这么想过,后来我和政委反复考虑,还是决定让罗小海来飞这个长机。"

沈股长还是一脸的不解。

张团长:"不明白吧?罗小海的特点是什么?罗小海的特点是富有攻击性,刘长军的特点是大局意识、配合意识比较强,这样组合更为合理。刘长军虽然第一个改装海龙,这套反潜系统他也提前测试过。你要知道,我们参加这次合练不是单纯为了A团的成绩,更不是为了培养一个人,我们是借这次合练培养更多的驾驭新型装备的人才。至于他们的个人感情问题,你放心吧,他们能飞越这道坎的!"

沈股长(若有所思地):"是这样……还是首长站得高,看得远。"

张团长:"作为作训股长,你应该能看出来,未来几年,他们才是A团的主宰。"

海面下　潜艇　白天

高洪兵看着罗盘，对着话筒："继续下潜。"

扬声器："是，继续下潜。"

各部位熟练而又专业的一系列战术动作后，艇身立马出现倾斜，表示潜艇正在下潜。只有在潜艇上干过的"老潜"才能看明白。

航行中的水獭05一个大幅度转向，在海底翻起一堆浪花，然后向深海下潜航行。

高洪兵的神情显得很镇定。

海空　白天

飞行中的罗小海问领航员："2号，现在我机位置。"

领航员盯着显示屏："马上就到指定海区，可以适当降低飞行高度。"

罗小海："明白。"

罗小海侧脸看了在右侧飞行的海龙178，对话筒："178，178，马上到指定海区，我机马上降低飞行高度，请注意跟踪。"

对方没有立刻回答。

罗小海提高了嗓门，把刚才的话重复了一遍，并强调："178听到请回答。"

罗小海的耳机终于响起刘长军的声音："178明白！"

罗小海冷笑了一声，推杆蹬舵向低空飞去。

海龙176降低高度，超低空飞行。

海龙178紧随其后，俯冲一跃。

海上　白天

此时，193舰指挥室里也是跃跃欲试。黄舰长的目光从海图上抬起来，笑对旁边的孙政委："我们的声纳搜潜，也好开始了吧。"

孙政委："你还真想跟海龙比试比试啊？"

黄舰长："这片海区的水文条件这么复杂，对我们的声纳系统也是一次难得的机会嘛。"

黄舰长打开指挥仪："声纳部位注意！开始声纳值更，搜索扇面：左舷90右舷90。"

扬声器："声纳开始值更。搜索扇面：左舷90右舷90。"

海空　白天

罗小海的海龙176已经飞得很低，进入战术状态。而一旦进入反潜战术状态，则由领航员负责指挥反潜战术动作。

领航员要求罗小海："1号注意测点，50米悬停。"

罗小海："1号明白。"

领航员："3号准备投放声纳。"

声纳员："3号明白。"

领航员："打开里码转换开关。"

罗小海伸手按下里码转换开关："里码转换开关已打开。"

领航员拿起红蓝铅笔在航图上作着标记，自言自语道："千米转海里，真麻烦。这么先进的设备，怎么不把里码转换的程序设计进去，不可思议。"

罗小海觉得领航员此时议论与反潜任务无关的话题显然没有意义，遂提醒也是制止："2号，现在不是发牢骚的时候。"

领航员（不情愿地）："2号明白。"

罗小海却又像突然想起了什么："2号，你刚才说的什么？"

领航员（揶揄地）："现在不是发牢骚的时候。"

罗小海："也对，回头再说。"转对话筒："178，178，176已开始投放声纳浮标，请注意探测点，然后作扇形搜索。"

刘长军回答："178明白。"然后提醒罗小海："176号，请你尽快确定第一个探测点。"

罗小海故意加重语气（画外音）："178，176明白！"

海龙176悬停，投放"吊声"入水。

海面上有规则地漂浮着声纳浮标。

海龙176，178作扇形搜索飞行。

海龙176的领航员打开磁探仪开关，磁探仪的显示屏启亮。

领航员："3号注意监听信号，及时报告战术分类。"

声纳员："3号明白。"

领航员调试磁探仪频率。

海面下　白天

幽暗的海底世界，一群金枪鱼游来，海草微微地摇动着。

突然，鱼群逃散，海草摇晃。

水獾05深水航行而过。

一片水泡升腾着。

水獾05指挥舱里，扬声器发出信息报告："发现三组信号，其中一组波长频率异常。"

高洪兵命令："继续监测。"

扬声器里回答："是，继续监测。"

高洪兵："驾驶部位：左满舵，注意水跃层变化。"

驾驶舱操舵指挥员："是，左满舵，注意水跃层变化。"

驾驶舱各战位按指令展开战术动作，接着水獾05形成大幅度转向，周围海水顿时一片混浊。

海上　白天

193舰在机动航行中。

护卫舰紧跟193舰机动航行。

海上撒下两道白练。

193舰指挥室的扬声器里传来报告："目标突然消失。"

黄舰长命令："继续监测。"

航海长："这一带水跃层十分活跃，加之负梯度水文高，声波在水中传播速度慢，折射偏差太大，水獾05想必是利用了这一有利条件。"

黄舰长："那高洪兵，可是出了名的小泥鳅！不知航空兵的磁探仪怎么样？"说着，向舷窗外看去。

海龙176的领航员认真观察着磁探仪显示屏上的波线变化，声纳员聚精会神地辨听信号。

少顷，声纳员描述道："信号非常乱，原来的信号消失后没有再出现。"

罗小海转脸看领航员："磁探仪呢？"

领航员："信号很清楚，几乎没受干扰。"

罗小海："好！"

领航员："建议收'吊声'。进入下一测点。"

罗小海："稍等，我了解一下178的情况。"他调整话筒后问："178，你的声纳信号回收的怎么样？"

刘长军冷冷的声音："信号不规则……"顿了一会，他继续说道："听测不清晰，但有接触。报告你的声纳信息。"

罗小海回应道："长机的声纳信号很乱，磁探信号很清楚……"

刘长军（不满地）："什么长机僚机，现在要紧的是尽快确定目标的位置，然后用磁探仪进一步验证和精确定位。"

罗小海不情愿的语气："176明白！"

接着，海龙176一个跳跃动作，飞向下一定测点，海龙178则按扇形线飞向另一个方向。

海面下　白天

水獭05谨慎地在水下航行。

声纳兵报告："两组声波信号消失，现在只有那组异常信号，但非常微弱。"

高洪兵瞪大眼睛："严密监测！"

声纳兵："是，严密监测。"

高洪兵对身边的副艇长："副艇长，看来，那两组异常信号，就是海龙的磁探仪了。"

副艇长："为什么是两组呢？"

高洪兵："航空兵今天很可能是双机反潜。"

副艇长："哦……我们连续大幅度转向，并利用了一切水文条件都没有甩掉它。看来，这磁探仪的确非同寻常。"

高洪兵："磁探仪的设计指数是核潜艇，拿来对付我们常规潜艇，自然了。"

副艇长："照这么说，我们就拿它毫无办法了？"

高洪兵："哼，我们还没到黔驴技穷的时候呢！"

副艇长："发射潜艇模拟器？能规避得了吗？"

高洪兵："要知道，我们的潜艇模拟器，完全可以以假乱真呢。"

扬声器:"异常信号加强,同时出现一组声波信号。"
副艇长:"咬上来了。"
高洪兵:"各部位注意,听我的命令:右满舵!四车进三!发射部位准备1号模拟器!"
扬声器:"右满舵!四车进三!""准备1号模拟器!"

海上　白天
海龙176在新的定测点上悬停定测。
海龙178在作往返飞行。
海龙176的领航员注视着磁探仪显示屏上的波线变化。
声纳员聚精会神地辨听信号。
声纳员:"信号再次出现,肯定是潜艇。"
领航员:"注意它的动向。"

海上　白天
193舰扬声器里报告:"目标消失后,始终没再出现。"
黄舰长不服。"继续监测。发现目标立即报告。"
在193舰塔台,张团长看看表,有些焦急地问道:"这么长时间了,怎么还不报告?"
沈股长:"他们不报告,说明他们咬住目标了嘛。"
张团长:"哎,不会是系统有问题吧?"
沈股长:"我们研究方案的时候,我听刘长军讲,这套系统技术性能很先进。即使有问题,整个过程在系统内也会作全程全息记录,回头一对照水獭05的航行记录,就全出来了。"
张团长:"刘长军那么肯定,应该问题不大。"
沈股长:"团长,凭我的直观感觉,现在到了我们A团露脸的时候了。"
张团长:"瞎说,为什么?"
沈股长:"我发现,一个单位跟一个人一样,要是顺了就一顺百顺。你看,咱们团今年赶上了多少大事喜事,新装备到了,百尺岩迫降成功了,还救了渔民。这单位好了,就该出干部了。"
张团长:"你乱七八糟一大串,出什么干部?"

沈股长:"团长,你就别给我保密了,前些时候海军干部部门来咱们团考核你,机关好多人都知道,说你要提升了。"
张团长:"瞎说,你们群众任免处又在任免干部了?"
沈股长:"团长,无风不起浪,相信群众的眼力吧。"

海面下　白天
幽暗的海水中,一个奇怪的噪音传来,越来越近,越来越响。
一个尖长影的黑影冲了过来,像一头巨鲸。
只见它快速从193舰下方悄然掠过。
这是一艘不明国籍的核潜艇。

而在空中的海龙176的磁探仪显示屏上的波线幅度突然增大,引起了领航员的警觉。
罗小海也注意到了:"什么情况?"
领航员瞪大眼睛盯着显示屏,顾不上回答罗小海的话。
正在监听水下信号的声纳员:"不知为什么信号突然加强。"
领航员:"注意,水獾要耍花招了!"
罗小海不由得皱了皱眉:"耍花招?现在它还能耍什么花招?"
与此同时,178的领航员也发现了异常,他几乎惊叫起来。
刘长军(警觉地):"2号,冷静点,抓住它!"

水下的水獾05大幅度转向航行。
在193舰的下方,那艘不明国籍的核潜艇再次回首悄然掠过,193的声纳部门终于发现了异常:"发现一种特异信号,很弱,瞬间又不见了。"
黄舰长不明就里,还以为是高洪兵在玩什么把戏,但却引起孙政委的警觉:"舰长,最近一个时期的敌情通报显示,这一带的国际环境很复杂……"

海面下　白天
水獾05副艇长向艇长建议:"艇长,是时机了!"
高洪兵看一下表:"准备发射1号模拟器。"

韩参谋:"是,发射1号模拟器。"

模拟器被释放出来,水獴05继续大幅度转向航行。

忽然,那艘不明国籍的核潜艇从水獴05侧下方悄然掠过,巨大的涌浪使水獴05的艇体受到波动,但艇身波动一下后,又趋于平稳。

雷达显示屏上突然杂乱一片。

雷达兵一惊:"报告艇长,雷达突然失灵!"

——第十六集完

第十七集

水下 海空 白天

水獭05艇身波动一下,又趋于平稳;雷达显示屏上突然杂乱一片。

雷达兵一惊:"报告艇长,雷达突然失灵!"

指挥舱里的高洪兵等在场的人顿吃一惊。

扬声器里雷达兵又报告:"又恢复正常了!"

高洪兵眉心一揪:"暂停发射模拟器!"

韩参谋接着传达下去:"暂停发射模拟器!"

几乎同时,海龙178机组也发现了异常。领航员注视着磁探仪显示屏:"不对呀!"

刘长军:"什么情况?"

领航员:"突然多了一种信号。"

刘长军疑惑:"多了一种信号?"然后呼叫:"176,176,178发现异常,你的信息如何?"

罗小海(冷冷地):"176正在跟踪,2号,盯住它……"

刘长军对罗小海的冷淡顿时消于无形。"176,请你注意,这是突然多出来的一个信号。"

罗小海立即回应："会不会是水獴05发射的潜艇模拟器？"

刘长军："不像，潜艇模拟器不会有这样的速度和机动性。"

声纳员："刚才有一种类似金属回波的信号，很弱，两三秒就消失了。"

刘长军观察着磁探仪显示屏的信号变化："不对，它在绕水獴05航行，目的性很强！"

罗小海（警惕地）："目的性很强！？"

水獴05指挥舱里的人顿时紧张起来。

"会不会是其他国家的潜艇？"副艇长猜测。

高洪兵并没回应，而是指令潜艇立即上浮水面，向旗舰发报！韩参谋意识到问题的严重性，马上打开记事本，等待艇长口授电报内容。

罗小海也呼叫刘长军："178，请你立即向指挥员报告！"

刘长军接着做出反应，紧急呼叫道："黄河，黄河，178报告……"

海上　白天

刘长军继续向指挥舰193报告："磁探仪在训练海区水獴05目标之外发现一新目标，战术分类初步判断为'很可能是潜艇'。潜深约350米，目前航速超过25节，似乎在围绕水獴05和193航行，半径在8到15海里之间。现在我和176正在跟踪它。"

这一意外情况使张团长和沈股长等大吃一惊。

众人的神情立刻紧张起来。

张团长沉默了一会儿，指示罗小海、刘长军两个机组："176、178继续跟踪，随时报告情况。"

罗小海、刘长军分别应道："明白！"

海空　水下　白天

海龙176低空飞行。

海龙178随176低空飞行。

不明国籍核潜艇似乎发觉自己被跟踪，快速下潜并作大幅度转向航行，想甩掉空中的跟踪。

海底翻起一股巨浪，气泡升腾。

海龙176降低高度，作"之"字形超低空飞行。

罗小海机组报告："黄河，176报告：目标战术分类进一步判断为'肯定是潜艇'，目前潜深约400米，航速超过30节，它似乎发觉了我们的追踪，正在极力规避。"

张团长令："176、178，我命令你们，紧紧地咬住它！"

此时，只见水獭05的天线猛地浮出水面。

电报员将提前编好的电报信号发出。

电报员报告："电报已发出！电报已发出！"

高洪兵即令："紧急下潜，跟上目标！"

韩参谋传令："紧急下潜，跟上目标！"

水獭05快速下潜，海面顿时泛起一片混浊。

水獭05在海中快速航行。

海上　白天

193舰指挥室内，除黄舰长、孙政委、193舰作训股长外，张团长、沈股长也悉数到齐，围在指挥桌前，气氛紧张。

作训参谋把一张电报稿递给黄舰长。

黄舰长接过电报稿："经过核实，在作业海区，我方除水獭05号之外，再没有其他任何潜艇……"

这边话音未落，电报员手执电文又来到指挥室门口："报告！"

孙政委："进来。"

报务员进来报告："水獭05发来的电报！"

作训股长接过后，交给黄舰长。

黄舰长看过电文："水獭05也报告发现潜艇。"说着，把电报递给了张团长。

张团长看后说道："综合176和水獭05的报告，可以肯定，这艘潜艇是冲我们来的。"

孙政委："按照《海洋法国际公约》和国际惯例，它具有搜集情报嫌疑并已经对我们构成严重威胁,我们可以对它行使紧追权。"

黄舰长向孙政委:"立即向上级报告请示!"又转向作训股长:"命令部队进入一等战备状态!"最后向张团长:"命令176、178双机咬住目标,必要时引导我舰艇实施攻击!"

张团长(兴奋地):"不用费事了,今天我们的双机也挂雷了!"

海空 水下 白天

海龙176机舱内的罗小海听到指挥员的指令后,显得异常兴奋,他通知机组其他人员:"立即启动超视距引导系统!"

刘长军也很激动,在无线电里主动与罗小海沟通:"176,没想到,海龙这回遇上真正的对手了!"

罗小海回应道:"启动超视距引导,会不会真打呢?"

刘长军口气坚定:"哼,那得看水下的这只大鲨鱼规不规矩、老不老实!"

不明国籍核潜艇大幅度转向快速航行。

水獭05快速紧追航行。

由于水獭05的速度明显慢于不明国籍的核潜艇,渐渐拉开了距离。

操舵指挥员(心急地):"它的速度太快,机动性又好,我们根本靠不上它。"

高洪兵瞪了他一眼:"切内径!"

操舵指挥员:"哦……左舵60!"

操舵兵:"左舵60!"

副艇长:"靠上它怎么办?"

高洪兵:"人不犯我,我不犯人——可是,人若犯我呢?"

海上 白天

193舰指挥室内,黄舰长、孙政委、193舰作训股长、张团长等守在无线电接收机前,焦急地等候上级指示。

沈股长也抑制不住内心的激动,显得坐立不安。

张团长突感一阵胃酸,他下意识地皱了皱眉,将反上来的酸水咽下。

沈股长见状提醒道:"团长,您的胃病是不是又犯了,您吃点药吧?"

张团长(佯怒地):"都什么时候了,还顾得上吃药!"

193舰和护卫舰在海龙飞机的引导下快速航行。

两舰的甲板上站满了水兵,他们已撤下炮衣。

导弹发射架威严耸立。

各作战部位严阵以待。

黄舰长、孙政委、193舰作训股长、张团长等在观察着电脑标图。

译电员跑着进来,把电报稿交给黄舰长。

众人陡然一振。

黄舰长对话筒:"各战位注意!各战位注意!我是193!我是193!现在传达上级指示:一、严格按照《国际海洋法公约》及相关国际惯例规范自己的战术动作;二、对不明国籍潜艇提高警惕,严密监视它的行动;三、如果对方对我有攻击性威胁,要及时向对方发出警告;四、如果对方不听警告主动向我实施攻击,坚决予以还击!"

孙政委:"张团长,就照这个办吧。"

张团长拿起话筒:"176,178,黄河呼叫……"

传达完上级指示,各级心中都有了底,193舰和护卫舰各部位都在按照一级战备的要求做好战斗准备,只见舰上网状天线旋转,雷达搜索,导弹发射架仰起头来,指挥用大屏幕上的画面交替切换着。

193舰和护卫舰破浪前进。

海龙176,178编队飞行。

水下,不明国籍核潜艇大幅度转向快速航行。

水獾05快速跟进航行。

海空 水下 白天

罗小海全神贯注地驾驶飞机。

领航员一边观察着磁探仪显示屏,一边发送传输数据。

刘长军驾驶海龙178紧跟着罗小海的176。

178号机组领航员操作着显示屏,向刘长军报告:"1号,176传来了目标的运动要素,攻潜位置也出来了。"

刘长军:"自导鱼雷准备好了吧?"

领航员:"处于待命状态。"

刘长军紧咬嘴唇。"好!"

而此时,不明国籍核潜艇显得有些慌张。

尖长的黑影快速掠过。

罗小海向窗外看去,与正向他看来的刘长军兴奋地相视了一眼,罗小海随即伸出了一个大拇指,刘长军也向他回了一个大拇指。

两人驾机维持战术飞行。

不明国籍核潜艇似乎犹豫了一下,继而突然180度转向,掉头加速而去。

海底顿时一片混浊。

罗小海和领航员都意识到了不明国籍核潜艇的动向,激动地相视。

领航员:"溜了?!"

"嘿!"罗小海说不上是兴奋还是遗憾,一激动,手脚把握失准,机身猛地一抖。

领航员大惊:"飞机怎么了?"

海龙176失控地摇晃机身下落。

刘长军大惊:"176!176快稳住!"

瞬间,刘长军却发现罗小海在向他微笑。

海龙176在摇摆两下后,稳住了。

刘长军:"有点得意忘形了吧!"

178飞机领航员大松一口气,嘟囔道:"这什么时候,还玩特技!"

罗小海随即向塔台报告："黄河,黄河,176报告:水下目标使尽全身解数规避不成,溜之大吉了!"

193舰指挥室内的张团长拿起话筒,猛地拍了一下桌面:"嘿!"张团长这一声"嘿",个中感受也是五味杂陈。

沈股长看看张团长,问道:"团长,你没事吧?"

张团长(莫名地):"我能有什么事!"

在193舰前甲板上,官兵们振臂欢呼。

护卫舰上的官兵也呼应着,振臂欢呼起来。

驱逐舰、护卫舰编队破浪前进。

193舰指挥室内,领导们也掩饰不住胜利的喜悦和兴奋。

黄舰长轻松地说:"张团长,也该叫你的海龙回来了吧。"

张团长接着呼叫两个机组:"176,178,我是黄河,令你们各自建立航线,返航着舰!"

无线电中传来罗小海、刘长军铿锵有力的回答:"明白!"

接到命令,海龙176、178编队返航。

空中响起欢快的口哨声,那是罗小海吹的。

水獭05也浮出水面。

高洪兵从升降口上来,韩参谋随后也走了上来。

高洪兵站在舰桥上,向空中的飞机挥舞着手中的作训帽。

罗小海看着下方的水獭05:"看,'小泥鳅'出来了。"

机组的其他人也向下望去:"他就是你海院合成班的同学吧?"

罗小海:"就是他。"

领航员:"嗯,名不虚传,够狡猾。"

高洪兵站在舰桥上,海风吹着他英俊的脸庞。

韩参谋走过来,在高洪兵身边站下:"艇长,今天的感觉就一个字:真爽!"

高洪兵并没看韩参谋:"这是一个字?"

韩参谋脱口而出:"两个字,太爽了!"

高洪兵转过脸来:"我说你小子今天这是怎么了?不识数哇

你？！"

韩参谋似是明白了："噢——对，总而言之一句话：爽！"

高洪兵拍了一下韩参谋的屁股："你哪儿不对了？吃错药了是吧？"

韩参谋（严肃地）："我觉得，今天我才算真正当了一回海军，比打了兴奋剂还令人兴奋。"

高洪兵看着韩参谋："韩参谋，我发现你自打结婚回来，好像完全变了个人似的。"

韩参谋："伟大的革命导师列宁说过：一个好女人是一所好学校。"

高洪兵："好学校？你才刚入学呐，伙计！"

韩参谋："虽然刚入学，不过……"

高洪兵："怎么不说了，不过什么？"

韩参谋："课程……还是蛮新鲜的。"

高洪兵大笑："课程还蛮新鲜，你小子……"

海龙176、178分别向193和护卫舰飞来。
航行中的193舰和护卫舰上的官兵向飞机欢呼致意。
眨眼工夫，海龙176、178飞临两舰上空。

舰载机A团 外场塔台　白天
王萍、李燕和指挥员等站在平台上议论着。
王萍（焦急地）："海上真的没事了？"
指挥员："没事了，他们的合练也马上就要结束了。"
李燕甚至跳了起来："噢，没事喽，战备解除了……"
王萍拉住李燕，对指挥员说道："也别大意了，战备这根弦还真不能松呢。"
指挥员指指停机坪上的一排飞机。"你放心吧，你看，咱们的值班飞机还没动呢。"
李燕："他们闲着没事跑到这边来干什么？"
旁边的一战士接过话来："他们是来摸鲍鱼的吧？"
指挥员："还捞海参呢！你呀，进去值班吧。哎，李医生，王队长关心的是团长，你是替谁操心？"

李燕（情窘地）："你讨厌！"

说完，跑下平台。

海上　193舰　白天

后甲板上，舰面勤务人员已将飞机系留固定。

张团长、沈股长、黄舰长、孙政委等迎上来。

罗小海等下飞机，敬礼。

黄舰长打量着他们："行，小伙子们！这一回，竟让老外的核潜艇给你们做了陪练！不过，硬咬得人家使尽全身解数，不得不溜之乎也，这也太不讲情面了吧，啊？"

众人的笑声中，黄舰长等与罗小海他们一一握手。

张团长掩饰不住内心的自豪和兴奋打量着他们："你们……"突然两手握拳分别捣在罗小海和刘长军的胸前，"干得好啊！"

罗小海与刘长军相视而笑。

黄舰长大声招呼着："同志们，走，餐厅为我们准备了丰富的晚餐，今天我们要好好地喝两杯！"

由于时近黄昏，餐厅里打开了所有的灯光，显得宽敞明亮，官兵们正在推杯换盏，一片热闹气氛。

张团长、黄舰长、孙政委等在一桌。

黄舰长给张团长倒啤酒，张团长谢绝了。

黄舰长："怎么，今天还不值得喝一杯？"

张团长："值，但我……不能喝酒……"

黄舰长："飞行员不能喝酒，倒是新鲜事了。你忘了去年咱们参加演习结束后，你把舰队单处长喝得，蹲在厕所不敢出来了。那天的劲头哪去了？"

张团长："老黄，我老婆有交代，说让我少喝酒多吃菜……我的胃不能再喝酒了。"

黄舰长（打趣地）："哦，我知道了，你回家还有任务，还要飞夜航是吧？"

张团长面露无奈之色。

孙政委打圆场道："老张真不能喝就算了，随意吧。"

黄舰长仍不依不饶:"那也得倒上呵。我们堂堂的张团长跟前没有酒不太好看吧?现在不是有那么几条规矩嘛,叫——会不会喝先倒上,会不会抽先点上,会不会唱先吼上,会不会跳先抱上……"

孙政委:"好了好了,你讲这个不如人家航空兵。"

张团长:"说实在的,今天我真的很激动。"

黄舰长:"老张,看你说的,今天谁会不激动!只要是军人都会激动。激动还不喝酒?来给张团长倒上。"

一水兵给张团长跟前的杯子倒满啤酒。

张团长:"不,我是为了我的两个机长。我没想到他们在今天的行动中表现的这么出色,配合得如此默契。"

黄舰长:"怎么?他们两人平时有矛盾?"

张团长:"老黄,你说到哪里去了!他们俩有什么矛盾?就是真有矛盾,碰上这种事也会瞪大眼睛的!"

黄舰长:"老张,这话你说到了点子上!军人嘛,这个时候不瞪眼什么时候再瞪眼!来,喝!"

夕阳西下,辽阔的大海金光闪闪。

193舰和护卫舰迎着灿烂霞光航行在返航途中,会餐也已接近尾声。

不知不觉中,皓月已是当空高悬,海天变成了一个颜色。

193舰和护卫舰在阵阵涛声中航行。

涛声中,优美的吉他音乐飘然而来。

甲板上,一个年轻的水兵弹着吉他,轻声唱着抒情而优美的水兵之歌。

不远处,罗小海和刘长军凭栏而立。

皎洁的月光,茫茫的夜色,优美的曲子,轻扬的涛声,给这凯旋之夜平添些许令人沉醉的迷人。

年轻水兵唱出的一句歌词,同时触动了罗小海和刘长军的心事。

罗小海:"你说过,训练结束后,我们可以好好地谈谈。"

刘长军:"谈什么呢?还有这个必要吗?"

罗小海:"有。你今天的表现让我震撼。说实话,我没想到你不计前嫌,表现得那么真军人、真男人。"

刘长军:"你错了,不管是作为军人还是作为男人,碰到今天的这种情况都会这么去做。"

罗小海:"你说的,那是在正常情况下。"

刘长军:"正常情况下?"刘长军说着,向唱歌的水兵看了一会,"今天的形势,我们还有工夫想那些个人感情上的私事吗?"

罗小海愧疚地低了低头。"你说得对,这也是我为之感慨的地方。不知为什么,你越是这样,就越增加我的愧疚和不安。"

刘长军:"我觉得,现在再说这些已没有任何意义。"

罗小海:"这是我的内心感受。"

年轻水兵的歌进入轻吟般的尾声。

刘长军:"看着眼前这美好的景色,听着他这动人的歌声,使我郁闷了好些日子的心情一下子似乎开朗了许多。"

年轻水兵弹出一段和弦音,结束了弹唱。

刘长军:"这歌,唱得太好了……"

罗小海:"你不必这么故作轻松——长军,我了解你!"

刘长军:"了解我?了解我什么?"

罗小海欲言又止。

刘长军:"了解我不会这么轻易地原谅你?"

罗小海:"我不是请求你原谅的。长军,我所说的了解你,是因为我知道你还有许多话没有说出来。"

罗小海的话似乎言中了刘长军的心事,他转过脸去——他们的前方,正有一排翻动着月光的海浪涌了过来……

罗小海:"我只是觉得,自从发生了亚宁的事以后,你不像以前那样向我敞开心扉。言谈话语之间总好像在绕着似的。长军,我完全可以想象得出,你曾经的痛苦、失意和危机感,还有……"

刘长军:"别说了!"

罗小海不禁一愣。

刘长军:"你还想说什么?你以为你是胜利者是吗?是不经意就取得胜利的胜利者?于是,你深负愧疚、满怀同情。什么痛苦、失意、危机感——你说你想象得出,可是你体会得到吗?如果万一既成事实,你能想象那尴尬而又可怕的后果吗?没想到,事到如今你还没有认识到这一切,居然还为自己的行为沾沾自喜!"

说到最后，刘长军的眼里湿润了。

罗小海听得也动容："长军，我知道，是我错了……"

刘长军怒气未消："我不需要你假惺惺的道歉，更不需要你的怜悯。你不要以为自己事事都是强者，在爱情上我没承认自己就是弱者，事实上你也没能战胜我。"

罗小海："长军，你说到哪里去了……"

刘长军："对不起，罗中队长，我先走一步了。"

罗小海拉住他："长军！要说对不起的是我而不是你。刚才是我说多了，请你原谅……咱谈点别的行吗？"

刘长军："你还想谈什么？感觉还不够吗？"

罗小海："长军，真的，有一个设备上的事我想请教你。"

刘长军："新鲜！罗中队长也有需要向我请教的问题？"

罗小海："海龙的搜反潜设备如此先进，其里码转换还要靠人工操作，实为多此一举，当时为什么不把它一起设计进程序。"

刘长军："哦，没想到你还在为接试海龙的事而耿耿于怀？那我可以告诉你，你说的这个问题是专家研究和决定的，不是你我探讨的问题。告辞了。"

罗小海怔怔地望着刘长军走远，拐下舱去。

月光依旧，夜色依旧，然而风似乎大了，浪涛拍打舰身的声音也大了起来……

罗小海凭栏远眺，痛苦难释。

193舰和护卫舰披着月光航行在涛声里……

市立医院　白天

市立医院大门，恢弘壮观。

罗小海手执一束鲜花，走进医院大门。

病房前，徐亚宁架着拐慢慢走出一条爬满青藤的长廊，刘长军跟在她一侧，随时准备搀扶她的架势。

前面不远是一个水池，池中奇石叠磊，并有一道人工瀑布从石上泻下。

刘长军现在显得特别温情，他对徐亚宁说："刚下床活动，走得时间不宜太长。走，到前面坐会去。"

两人来到了水池前。

徐亚宁慢慢挣脱刘长军："不用搀，我自己来。"

徐亚宁支着拐坐到池边一块平滑的石头上。

徐亚宁："你看，它们一定非常快活。"

水池里活跃着一群红鲤鱼。

刘长军的目光从鱼群移向此时温柔淑雅的徐亚宁："出了球场，没人相信你会是篮球场上的一员猛将。"

徐亚宁："怎么，是你心存芥蒂，还是你周围人的偏见？"

刘长军："不，他们中有很多是球迷，只不过由原来的只关注男子篮球联赛，改为关注女子篮球联赛了。"

刘长军的话触动了徐亚宁的心事，她的神情顿时暗淡下来。

刘长军也意识到了："你不要想多了。其实，这是一件好事。我说过我要带他们一起为你加油助威的。"

徐亚宁："你们的关系真的和好如初了？……"

刘长军淡淡一笑，算作回答。

徐亚宁："这次训练，你们不是配合得挺好吗？"

刘长军叹道："那是因为，军人身上那份特殊的使命感，是压倒一切的。"

徐亚宁："你们军人，真是豁达。"

刘长军："亚宁，这不是豁达不豁达的事。"

徐亚宁："长军，在那段时间里，没有他的帮助，我真的不知道自己现在在干什么。后来他还请来了李医生帮我做心理辅导，我真的很感谢他。"

刘长军："在这一点上，我真的很惭愧。以后你要是需要他们的帮助，我会请他们的，他们也一定会一如既往。"

徐亚宁感激地拉住刘长军的手："长军，谢谢你！"

不远处的长廊下，罗小海看着水池前的刘长军和徐亚宁，本想走向前去安慰祝福他们，但最终还是转身走开了。

罗小海正向外走，在医院大门碰上了进门的吴小丽。

吴小丽惊讶："哎，是你？帅哥！"

罗小海看一眼吴小丽，想走开，但又马上转过身来。

罗小海极力使自己显得平静，礼貌地问候道："吴小姐，你好。"

一直在原地站着没动的吴小丽静了静神："请问，是叫我吗？"

罗小海："麻烦你把这束鲜花带给徐小姐。"

吴小丽："我……"

罗小海把花塞到吴小丽手上："拜托了。"说完，转身走了。

吴小丽看着他走远，似乎还想说什么："哎！……"转眼间，罗小海已过了马路。

海边　黄昏

一片片树叶被抛进泛着金光的海水中，涌荡的海浪冲卷着片片树叶起伏沉落……

罗小海撕扯着手中的树叶向海水中抛着，最后，他把一束光秃秃的树枝也抛进海水中——树枝浮摇一阵，被一个浪花打了下去。

罗小海就这么坐在海边的礁石上，看着大海翻滚的波涛，心情渐渐平静了许多。

过了一会儿，他从脚下拣起一块石头，向远处抛去……

舰载机A团　办公楼　白天

A团常委们走出会议室，回各自的办公室。后面出来的何政委叫住走在前面的张团长："团长，你等一下。"

张团长停住，等着何政委走上来。

何政委："还有几个事跟你单独交流一下。走，就到你办公室说吧。"

说着，两人走进团长办公室。

张团长把本子放下，拉开抽屉拿出烟来，独自点上。

何政委也在沙发上坐下："听说你准备戒烟了，怎么又抽上了？"

张团长："哦，慢慢来，总要有个过程嘛。"

何政委："我看你最近的脸色可不是太好。"

张团长："没事。还是快说你的事吧。"

何政委："哦，干部调整使用的事，上会之前，我想先听听你的意见。"

张团长:"一中队长和二中队长,政治机关下去考核了没有?"

何政委:"他们按程序走了一遍。"

张团长:"有什么反映?"

何政委:"其他几个位置的人选大家都没什么意见,主要是二大队的大队长人选,不好取舍。几位常委也有不同看法。"

张团长:"他们对罗小海有什么看法?为罗小海插足刘长军对象的事?"

何政委:"这只是一方面。另外,大家觉得,罗小海虽然飞行技术好,但作为一个飞行大队的领导,还显得不够全面,也不是十分稳重。"

张团长:"他还年轻嘛,锻炼锻炼就好了。只是,他掺和战友对象这码事,确实不好服众。你的意见呢?"

何政委犹豫了一下:"刘长军改装海龙,上级首长和机关都比较满意。从大队长的素质要求来看,刘长军似乎更全面、更成熟。这次情感上的小插曲,他表现得很冷静,测试训练中能够与罗小海积极配合,也有大局意识……"

张团长思忖一刻:"其他常委都这个意见?"

何政委:"也有几位常委主张提罗小海。"

张团长:"杨副团长呢,他分管飞行,他是什么意见?"

何政委:"他主张提罗小海,认为罗小海在对作战和训练的理解方面有过人之处。"

张团长有点犯踌躇。

何政委思考了一会儿:"要不然这样,一大队宋大队长下半年要入校深造……"

张团长:"你的意思是?"

何政委:"我们来个提前进入,两个接替人选一块报,你看怎么样?"

张团长:"我看可以。"

何政委:"反正路是人走出来的,办法是想出来的。但有一条,这个方案就不要上会了,有多大把握我心里还没底。"

张团长:"政委,你呀,大机关下来的,办法就是多。"

舰载机A团 运动场　白天

李燕与罗小海在滚轮前对面站着，两人的谈话已经进行了一会儿，气氛有点不太和谐。

李燕似在规劝罗小海："不，你不但不能放弃，还应该主动去争取。"

罗小海反问道："你说什么？你是让我争当大队长？"

李燕："你要知道，大队长不仅是一个职务，更是一份责任。"

罗小海不屑地哼了一声："职务，责任，你当这是当将军呢。"

李燕："将军也是一步步当起来的，没听说有从中队长一下子干到将军的。"

罗小海显得不耐烦："你别说了，我不能再重复一次同样的错误。"

李燕："还是因为那件事？"

罗小海未置可否。

李燕："哼，没想到，原来你罗小海也是个懦夫。"

罗小海："懦夫？"

李燕："不错，懦夫！你以为不参与大队长的竞争，就等于送出去一个人情吗？你错了，罗小海，你不是一个慈善家，别人也不需要你的施舍，你是一名有理想、有抱负的军人，这注定你不可能如愿以偿。你会后悔的，后悔你今天的选择。"

罗小海一时听愣了。

"拿着！"李燕把手里的一个档案袋抛给罗小海，"这是你那位球星的心理测评和心理训练方案。"

说罢，李燕在罗小海愣怔的目光中，转身走开了。

罗小海："李燕，你站住！"

李燕站下，回头望着他。

罗小海："是因为我是你男朋友你才这样说的吗？"

李燕："要是这样理解，你小看我了！"

罗小海："那你说，你这是在高看我罗小海，还是相反？"

李燕："我告诉你：我低看你——因为高看而低看你。"

李燕又一次转身走开。

罗小海望着她的背影，眼里是那种被人理解之后的欣慰和感激……

罗小海爬上滚轮,飞快地转了起来……

市立医院　白天

徐亚宁已扔掉拐杖下床了,她一边在房间里走着,一边打手机:"不行啊,教练,再住我就要憋死了……我不管那么多,就今天出院!"

说罢,气恼地合上手机,又发泄似的踢了一下受伤的脚:"都是你!"

舰载机A团　运动场　白天

罗小海在滚轮上呈"X"形倒立,突然,他大吼一声,停了下来。

这时,丁世杰骑车从运动场边经过,看到罗小海,便下了车。

丁世杰:"小海,青天白日的,你干吗跟自己过不去?"

罗小海下了滚轮:"哎,老丁,我正好找你有事呢。"

丁世杰:"你找我?"

海鸥篮球训练场　白天

海鸥女篮队员们在教练的安排下,分组做着对抗训练。

徐亚宁在一旁的场地上做着恢复性训练。

教练走过来,看着汗流浃背的徐亚宁:"你现在还是恢复性训练阶段,不要操之过急。"

徐亚宁已停下训练。"看着她们打球,我恨不得马上上场参加比赛。"

教练:"球有你打的,你要是恢复的好,下周的主场争取让你上。"

徐亚宁鞠一躬:"谢谢教练!"

徐亚宁重新投入到训练中。

舰载机A团　营区　白天

罗小海拿起搭在旁边的衣服,与推着自行车的丁世杰一起离去,边走边说。

罗小海:"其实,只需对机上的里码转换系统进行简单改造,就可以省去机上操作的一个程序,我想得到你的支持。"

丁世杰:"我倒是很感兴趣。不过,你最好跟刘长军商量一下,海龙一直是他抓的。说实在的,动海龙还是要慎重一些。"

罗小海:"我想过了,这件事不能跟刘长军说。你也知道,长军是个中规中矩的人,出格的事他是不会干的。"

丁世杰:"你不要忘了,这可是新装备啊。万一出什么纰漏……"

罗小海:"我感觉这项改造并不复杂,在它原有的系统中加进去海里和千米的自动转换程序就可以,你说呢?"

丁世杰:"应该是这样。"

罗小海:"我们可以先在一架飞机上做个试验,然后再向团里报告,再全面改造。你看怎么样?"

丁世杰觉得罗小海这句话靠谱,便点了点头。

舰载机A团 空勤楼　白天

值班室的文书正接着电话,看到刘长军从楼梯走下来,赶紧用一只手捂住话筒,另一只手招呼着刘长军:"快点,北京的电话。"

刘长军接过电话:"喂,我是刘长军,请问您是……陈副政委的秘书,噢,唐秘书你好。"

唐秘书在电话中说道:"小刘,首长让我了解一下,你们单位最近是不是有些人事变动?你有什么想法吗?"

此时,罗小海甩弄着运动衣,吹着口哨,走进了空勤楼。

罗小海走进空勤楼门厅,看见刘长军正背对着他打电话,停止了口哨。只听刘长军对着电话说:"唐秘书,谢谢你,也谢谢首长的关心……请你转告陈叔叔好吧,好……"

罗小海不经意间放慢了脚步。

唐秘书继续说道:"小刘,你不用客气,如果你有想法,给我讲一下,不用首长出面,我给他们打个招呼就行了。"

刘长军:"谢谢、谢谢首长!"

听到这里,罗小海向刘长军这边轻蔑地扫了一眼,然后快步上楼。

刘长军并没有察觉身后的罗小海,继续着和唐秘书的谈话:"唐秘书,再次谢谢你的好意,不用麻烦你和首长了,真的。好……再见!"

打完电话,刘长军转身上楼了。

前面的罗小海却加快了上楼的脚步。

海鸥篮球俱乐部 训练中心宿舍 晚上

徐亚宁在宿舍做着上肢力量锻炼,吴小丽披着浴巾从卫生间出来。

吴小丽:"还加练呢,上午教练都给你说什么了,这么大动力啊?"

徐亚宁(气喘吁吁地):"看不出来,我都长几斤肉了?这院住的"。

吴小丽:"我问你上午教练都给你说什么了,你别打岔。"

徐亚宁:"下周要我上场啊,不练怎么能行。"

吴小丽:"你长肉可别怨我,要怨就怨你那个刘大哥,是他成天给你买那么多好吃的,连我都跟着吃胖了。"说着,吴小丽捏了捏自己的小肚子。

徐亚宁停下锻炼:"其实,他是个很细心体贴的人。通过这件事,也使我成熟了许多。"

吴小丽:"徐姐,你说以后我们还能经常见到帅哥吗?"

徐亚宁:"恐怕不能了。"

吴小丽:"不就是一场误会嘛,有什么了不起!男人总是那么斤斤计较。"

徐亚宁沉吟片刻(不无感慨地):"不,你不了解他们。其实他们是真正的男人、是纯爷们!"

吴小丽一阵懵懂:"纯爷们?"

舰载机A团 空勤楼 晚上

刘长军正在宿舍的电脑上录入《海权论》部分章节,其中重要的观点部分作了加黑处理。

罗小海手拷篮球推门进来，刘长军看了他一眼："请坐。"

罗小海瞄了一眼电脑屏幕："还是《海权论》？从飞行学院研究到现在，不知道刘中队长又有什么新的发现？"

刘长军继续录入，并不抬头看罗小海，想必是这样的争论在他们之间不止一次。

刘长军："《海权论》至少还在丰富和发展，某些人推崇的《制空权》，你不觉得战法单一了吗？最起码它的'战略轰炸理论'在战略上显得简单了吧？"

罗小海："好像只有具备了《制空权》才可能有制海权，也不知道谁的理论简单？"

刘长军明显不耐烦了："已经归顺到舰载机的人还整天抱着原来的'战略轰炸理论'不放，有意思吗？"

罗小海还在紧追不舍。"舰载机仅仅是借助一个作战平台而已，最终还是要完成'战略轰炸'。"

刘长军："你找我就是来争论制海权制空权的？这些年你觉得咱们争论的还不够吗？"

罗小海："当然不是，我只有打搅一下刘中队长了。"

刘长军存盘后，停下操作："什么事，说吧。"

罗小海："我希望我们之间是一场公平竞争。"

刘长军不明白："什么意思？"

罗小海："行了长军，咱们之间就不要'演'了。"

刘长军"腾"的坐了起来："罗小海，你是不是有点欺人太甚了？！"

罗小海："对不起，我指的并不是爱情。"

刘长军一脸的不屑："罗小海，你究竟是什么意思，你还有完没完？你究竟要干什么？说吧，你要干什么，我奉陪到底！"

罗小海（冷冰冰地）："我在篮球馆等你！"然后转身而去。

——第十七集完

第十八集

海鸥篮球馆　晚上
空旷的篮球馆内，只有罗小海一人站在篮球场地中圈内。
刘长军如约而至。两人对视一会儿，刘长军脱下外衣扔到场边。
"说吧，怎么比？"
罗小海："老规矩，半场一对一，五局三胜。"
刘长军做好防守架势："废话少说，开始！"
罗小海用脚尖把球弹起，交给刘长军："不，这次你先开球。"
刘长军接过篮球，定睛看着罗小海，没再说什么，拍打着篮球走向中圈。
篮球击打地面的沉闷声响，犹如两颗心在激烈地撞击。
刘长军控球欲突破罗小海的防线，罗小海的贴身防守却不给他留下任何机会。
罗小海死死盯着刘长军："就这样——来吧！"
刘长军似被激怒了，只见他一个翻腕转身，上篮得手。
罗小海为他鼓掌。
刘长军再次发球，欲故伎重演，被罗小海巧妙地抢断成功。
两人你来我往，互不相让。
刘长军在完成一次突破上篮以后，比分已经是3∶2，刘长军胜。

按照规则,无须再比。他有点傲慢地走到场边,拿起衣服往身上一搭,看也没看场内的罗小海高声道:"罗中队长,失陪了!"

罗小海同样大声道:"请等一等。"

刘长军站住:"怎么,对抗到底?"

罗小海未置可否地笑了笑。

刘长军:"我们已经有结果了。"

罗小海:"你错了,我们两人打球,胜负并不重要,重要的是体会一种形式。"

刘长军:"请用通俗的语言表达,我听不懂你的话。"

罗小海:"那我可以理解为你在逃避。"

刘长军:"我逃避?我还能逃避什么!罗小海同志,够了!"

罗小海:"长军,说实在的,本来,我想退出大队长的竞争。但是,下午你给北京的叔叔通过电话后,使我改变了主意。"

刘长军没想到罗小海能翻出这一档子事,很是不屑一顾:"罗小海,我鄙视你!"稍顿,刘长军接着说,"一个正营职大队长的位置,你就急眼成了这个样子,真没想到!"

罗小海:"从目前的情况看,真正急眼的不是我而是你,怪就怪那个电话打的不是时候。"

刘长军(义正词严地):"我先给你纠正一下。第一,那个电话不是我打的,是北京打来的;第二,打电话的不是什么叔叔,而是叔叔身边的一名普通的工作人员;第三,电话确实提到了大队长的问题,但是,他的好意被我谢绝了。如果你还想听第四的话,我要告诉你,谁当大队长是组织上的事,请你不要无端地猜测而污蔑了我的人格!罗小海我告诉你,我可以不当大队长,但不会失去人格!人格,你懂吗?!"

刘长军说完,甩袖而去……

罗小海被刘长军连珠炮似的一番话震惊了,当他回过神来,急忙追出门去,刘长军已消失在夜幕中……

舰载机A团 模拟训练中心 白天

纪天祥、杨光、常少伟等在模拟器上训练着,罗小海从门外走进来。

罗小海走到纪天祥跟前:"大纪,你停停,我给你说件事。"
纪天祥停下操作,站到罗小海面前。
纪天祥:"有什么吩咐。"
罗小海看看表:"大纪,你领着大家继续训练,仪表科目结束以后接着转雷达,我到团里去开会。"
纪天祥:"是不是又要合练?再有这样的机会也把我考虑进去,我也想过把瘾呢!"
罗小海:"是行管会议。"说完就朝门外走去。
纪天祥追上去:"小海……"
罗小海站住:"还有什么事?"
纪天祥:"小海,那天我说话有点情绪化,你别在意……其实,我不是有意针对你的……"
罗小海:"大纪,事情已经过去了,别说了。哎,嫂子那边的情况怎么样?她同意调出来了吗?"
纪天祥幽叹一声:"唉,她的工作倒是做通了,她那个混蛋老板就是不放,说想走可以,除了扣发半年奖金,还要田琳把参加财会培训的学费补交上,乱七八糟两万多块钱呢。这不是还心疼钱嘛。其实我知道他就是故意刁难,我他妈的真想去揍他一顿!"
罗小海:"别,你别冲动。为什么没让组织上出面协调一下?"
纪天祥:"政治处的干部干事去了一趟,牛总把田琳在培训之前和公司签的合同拿出来了,上面写得清清楚楚明明白白的,说五年之内乙方也就是我老婆,如要单方解除合同,就得赔偿公司的损失。"
罗小海皱着眉:"典型的霸王条款!现在老板和员工签的那叫什么合同?就是个制约书,责任全是员工的。这样吧,我先去开会,这个事回头再说。"说完快步走了。
纪天祥流露出感激地神情。

同上 团会议室 白天

舰载机A团首长、基层主官等全部参加会议,罗小海、刘长军、王萍、郝刚等悉数在座。
许参谋长传达完上级文件,小声征求了分管行管工作的副团长的意见，副团长表示没什么要说的，会议按计划进行。

许参谋长扫视了大家一眼："好，上级文件就传达到这里，下面请团长对近期的行管工作进行讲评。"

张团长并不看稿，说前一阶段部队行管工作好的方面就不说了，重点说说问题。

同上 飞行模拟训练室　白天

李燕对杨玉林进行心理疏导、模拟飞行着舰训练。

杨玉林走下飞行模拟舱，心情比以前显得轻松许多。

李燕敲完电脑最后一组数据："小杨祝贺你啊，你的着舰没有问题了！"

杨玉林微笑着走近李燕："李医生，我的成绩出来了吗？"

李燕将鼠标点至成绩栏。"看，两个5分、三个4分。比前两次又有进步。"

杨玉林："3个4分啊？"

李燕："怎么，还不满足啊？其实，你的成绩已经很不错了，即使是罗小海、刘长军在这里也不能保证每次都拿满分。"

杨玉林欣慰地点了点头。

李燕："不过，模拟飞行着舰还仅仅是模拟，真正的效果还在下一步的实际飞行中检验。可喜的是你的心理素质这一关已经通过了。小杨，相信自己吧，你是最棒的！"

杨玉林感激地向李燕敬了个礼："谢谢李医生！"

同上 办公楼前　白天

散会了，罗小海和张团长一起从办公楼走出来。

张团长特别叮嘱罗小海："回去抓紧时间把行管会议精神贯彻下去，中队有什么反应及时向机关反馈。"

罗小海："现在的年轻飞行员比我们更追求个性化的东西，对于生活中的一些约束，有些机动灵活的成分。"

张团长："可以理解，但不能鼓励，更不能纵容。千万别小看了行管工作，别看它不是中心工作，却影响中心工作。我不相信一支自由散漫的部队能打胜仗！这个道理我相信大家都懂。"

罗小海:"知道了团长,回去我和大家再沟通沟通。"

张团长:"什么叫沟通?就是传达教育执行。部队和地方不一样,军令如山。对了,纪天祥的情绪稳定了吧?"

罗小海:"现在好多了,就是家属调动的事有点伤脑筋。"

张团长:"政委安排政治处去人协调了,一句话,难办!现在的企业尤其是外企,人事上的事政府也不好插手。"

罗小海气不过:"什么东西!典型的垃圾!"

张团长:"这不是你管的事,有团里呢。我觉得问题的关键,还取决于纪天祥家属自己的态度。"

罗小海:"这么说,拿那个狗屁老板就没有办法了?"

张团长一瞪眼:"罗小海,也不能这么说嘛,团里一直在想办法嘛,你的任务是搞好飞行。"

罗小海气呼呼地走了。

何政委从后面走到张团长身旁,看着罗小海走远,有些纳闷:"怎么,你又批评他了?"

张团长:"要想让他成材,就得经常修理。"

何政委:"他是不是跟你说要当大队长了?"

张团长:"这倒没有。这样的事他肯定找你政委嘛——怎么,要和刘长军争当大队长?"

何政委拉着张团长往前走:"有这个想法。"

张团长站住:"刚刚和刘长军争对象,现在又要和人家争大队长,他还有完没完?刘长军知道不知道?"

何政委拉起张团长走向一条林荫道。

林荫道上,何政委心平气和地:"他们两个人好像沟通过。"

张团长(斩钉截铁地):"不行!罗小海这样,我看把他那个备份方案也拿掉算了,不能惯他这些毛病!"

何政委笑笑:"哦,我觉得他们两人能走到一起沟通,这是一件好事啊。"

张团长:"还好事?这瓢还没摁下去呢,葫芦又起来了。这事要是闹大了,负面影响可是比上次大。再说,公开争着当大队长,传出去也不大好听,是吧?"

何政委:"说实在的,原来我也有过这种担心,因为这里面毕竟有一个价值利益问题。后来一想,罗小海和刘长军的情况有点特殊,我觉得他俩的境界不在谁当大队长这个职务,而是责任!我理解了他们,也被他们感动了。"

张团长:"政委同志,你这么一说,把我也感动了。但对罗小海一定要严格要求。"

何政委:"团长,你放心,在这一点上,咱们不谋而合。"

出租车上　黄昏

罗小海、常少伟、杨光三人清一色西装革履,头型明显作了特别处理——罗小海梳着背头、常少伟和杨光作了漂染、戴着墨镜坐在出租车里,罗小海坐在前座上。

杨光拍拍罗小海:"头儿,你带我们这是到哪里去?"

罗小海一脸的严肃:"先别问,下车就知道了。"

出租车司机斜视了罗小海一眼,有些胆怯:"兄弟,你们千万不要在车上动作,我们开出租的也不容易。"

罗小海:"好好开你的车吧,没你什么事。"

出租车司机连忙:"好的好的,兄弟您说到哪?"

罗小海:"迅通公司。"

出租车司机:"好的。迅通是一家势力很大的外资企业,它的老板整天花天酒地,很风光的。"

罗小海:"你认识他?"

出租车司机:"不,不认识,我听坐我车的人讲的。"

罗小海:"好,今天我们就找这个老板,他把我们一个哥们的老婆控制了,我们就是想吓唬吓唬他,叫他放人。你配合配合我们。"

出租车司机:"我?不,不,你们把他千刀万剐我都同意,别把我牵扯进去。"

罗小海:"师傅,你想到哪里去了?我们绝对没什么事的。"

出租车司机不相信地看着罗小海。

罗小海转头对常少伟和杨光耳语着。

迅通公司门外　黄昏

一辆出租车停放在公司门外一个僻静处。罗小海、杨光、常少伟透过车窗向公司门口观察着。

不一会儿，牛总腆着大肚子从公司大门款款走出来，用遥控打开停放在一旁的豪华轿车。

罗小海向后排打了个手势，杨光迅速下车，跟着罗小海来到牛总跟前，罗小海抢先一步挡住了牛总的车门。

牛总被这突如其来的一幕吓呆了（怯怯地）："你们……想干什么？这可是在我的公司门口……你们不要胡来啊……"

罗小海（镇静地）："牛总，你不要害怕，我们当然知道是在你的门口，我们是来找你谈工作的。你说吧，是在你的车上谈，还是到我们的车上去谈。"罗小海向出租车努了努嘴。

常少伟朝这边摆摆手。

牛总（镇静地）："弟兄们，有话好说，有话好说。要多少钱，给个数吧。"

杨光："我们一分钱不要，只要你放我姐姐调走。"

牛总："你姐姐？……是谁？"

罗小海："别装糊涂，就是田琳。"

牛总："这……"

杨光："怎么，还让我们大哥来给你单独谈吗？"

牛总："不用不用，好说好说。"

杨光："多长时间？"

牛总："三天之内行吗？"

罗小海："三天？长了！"

牛总为难地："有些账目还要移交……"

杨光："好吧，三天就三天，就这么说定了。"

牛总："你们放心，我说到做到。"

罗小海闪开车门："牛总慢走。"

罗小海、杨光走向出租车。

牛总："二位兄弟，要不要我送送你们？"

杨光扬扬手："免了！"

牛总（心有余悸地）："兄弟，我可以走了吗？"

罗小海一挥手,牛总的车才慢慢地开走。

出租车上　黄昏
罗小海、杨光上了出租车。
杨光:"兵不血刃!"
常少伟:"你们刚才的样子好酷,这么简单就搞定!"
杨光:"纸老虎一个。"
罗小海:"现在的老板都一个德行:心虚。"转对出租车司机:"师傅,开车。"
出租车司机:"好嘞!你们真是好样的,今天我学雷锋了。"
罗小海:"哪能呢,我们照单付费。"
杨光:"回去我们要大纪请客。"
常少伟:"对,好好撮他一顿。"
罗小海:"回去谁也不许说,包括大纪。"
杨光:"那今天的晚饭谁负责?"
罗小海:"老规矩。"
杨光:"AA制?我身上可是一贫如洗。"
罗小海:"看把你吓的,晚上我请客。"

舰载机A团　卫生队　模拟飞行训练室　白天
　　近些天来,李燕一直在为恢复杨玉林的飞行准备着,并口头向王萍作了汇报,起草了《关于恢复杨玉林同志飞行的建议》,现在正在用电脑打印出来,以便正式呈报给团里。
　　李燕在打印好的《关于恢复杨玉林同志飞行的建议》下方郑重地签上自己的名字。

舰载机A团　接待室　白天
　　张团长和沈股长走进接待室。
　　在沙发上坐着的一男(郑万奇)一女(方主任)站了起来。
　　参谋长也站了起来,给他们介绍:"这是我们张团长。"
　　郑万奇赶紧伸手走向前:"张团长,您好!"
　　张团长:"你是……"

郑万奇："我是黄海航空俱乐部的郑万奇。"

方主任上前："我们郑总。"

郑万奇急忙纠正："副总、副总。哦，这是我们办公室的方主任。"

方主任把手伸到张团长面前："您好！"

张团长与她握了握手："你好。"

张团长让郑万奇和方主任坐下。

张团长："什么事，说吧。"

郑万奇从小包里取出一个信封，双手递给张团长："您看看这个，这是北京的陈副政委写给您的。"

参谋长让方主任喝水。

张团长打开信封，抽出里面的信看着。看了几眼，对郑万奇："怎么，你原来也在B师？"

郑万奇："说来惭愧，我和你们团的刘长军、罗小海都是一期的，后来又和罗小海一起分到了B师。"

张团长："我看你的年龄也不大嘛，怎么，光想着发财了？"

郑万奇："哪里，我是身体原因停飞的。停飞那阵子，整天没着没落的，就想着找点刺激的事做，那会儿社会上还时兴下海，我就给当时师里的陈政委一说，他也鼓励我转业到地方去闯一闯，就这么到了今天。"

张团长（揶揄地）："当大老板了？"

郑万奇显得很谦恭："张团长，您见笑，什么老板，给人家打工。"

张团长："你是怎么知道我们有模拟飞行器的？"

郑万奇："我这不是还没离开飞行嘛，这方面的信息还是了解一些的。"

张团长又看了一眼手中的信："这样吧，既然首长有交代，你和刘长军、罗小海又是同学，那就给你这个面子。不过……"

郑万奇急忙插言道："按规定付费，请张团长放心，您已经是支援社会主义经济建设了，我非常感谢。"

张团长："好了好了。"把信递给参谋长："罗小海最近训练新员任务很紧，就让刘长军配合李医生帮助他们训练吧，他们是同学,有什么事也好商量。"又对郑万奇道:"你们找参谋长吧,由他来具体安排。"

参谋长起身:"郑总,走吧。"

郑万奇又热情地握起张团长的手。

舰载机A团　空勤楼　白天

郑万奇和方主任已经坐在刘长军的宿舍里,老同学见面分外亲切,郑万奇和刘长军热烈地攀谈着。

刘长军:"万奇,这些年你跑到哪儿去了,你不是转业回天津了吗?怎么又到黄海航空俱乐部来了?"

郑万奇一口的天津话:"要不都说山不转水转,你看,我们又转到一块儿了。"

刘长军:"你还是孤身一人?"

郑万奇:"一句两句我简直跟你说不清楚,有时间我给你慢慢说。哎,小海呢,把他也找来,咱们好好叙叙旧好嘛。"

刘长军:"他……今天有飞行,中午在外场送饭吃,回不来。"

郑万奇:"嚇,现在部队的训练这么紧呐。不过,以后还有的是机会。走,中午我请客。"

刘长军:"看得出来,你是财大气粗了。"

郑万奇:"老同学,别话中带刺啊,我只是想借此表达一下心情,没别的意思啊。"

刘长军:"你到我这来了,应该我来表示。"

郑万奇站起来挽着刘长军:"老同学谁跟谁,废话少说,跟我走……"

舰载机A团　外场一角　白天

模拟平台上空,一架海猫C型飞机正在缓缓下降。

飞机上,杨光聚精会神地驾驶着飞机。

模拟平台塔台,罗小海专注地指挥着飞行。

常少伟、杨玉林,飞行员甲、乙等站在一旁观看。

在罗小海的精心指挥下,杨光"着舰"成功。

杨玉林也"着舰"成功!

一旁的常少伟、飞行员甲、乙等把头顶的帽子摘下高高抛起，嘴里大声吆喝着："成功了、成功了！"

舰载机A团　招待所餐厅　白天

郑万奇、方主任和刘长军一起就餐，从餐桌上的酒菜和现场气氛看，已经进行一段时间了。

刘长军："说了半天，你是来部队揩油来了？"

郑万奇："看你说的，嘛叫揩油，是互利互惠，双赢。你说，部队有那么多先进设备和人才，不搞点互利互惠，不是资源浪费嘛。"

刘长军："这么说，部队还得感谢你啦？"

郑万奇："也不是这意思。上午我给你们老板——张团长都汇报了，关键是我们有上边的手谕。你知道我是找的谁吗？我的老政委陈政委！"

刘长军："陈叔叔？"

郑万奇："没错。我还记得他和你爸是老战友，是吧？"

刘长军："你是真能钻营。在飞行学院时我就发现你长着一副企业家的脑子。记得那时咱们几个每到周末改善生活，轮到你坐庄你就……"

郑万奇打断了刘长军的话："哎，老同学，我那点老账你就别给抖搂了好不好？"用嘴向方主任努了努："方主任在呢，留点面子。来，喝酒！"

郑万奇与刘长军碰杯，一饮而尽。

方主任嫣然一笑："我倒是很想听听郑总当飞行员时的事儿。"

郑万奇："干吗？起哄是吧？"

方主任："郑总，看你说的，我哪儿敢呐。平时你在单位总是那么严肃，今天我才发现你的另一面，没想到你的军人情结这么深。"

郑万奇："好好好，酒过三巡了，我也听不出来你是在说我好呢还是说我坏，下面的内容就一项，喝酒。方主任，倒！"

方主任为他们倒酒，郑万奇提议："为老战友重逢干杯！"

二人一同干杯。

刘长军长叹一声："说起来，人生的价值是多方面的。万奇……哦,郑总,现在摇身一变不就成一位大老板了吗!"

郑万奇:"不,老弟,此言差矣!实际上我也是个打工的。在企业里,副职嘛权力没有,就是给老板干活。他们用人可不像部队注意培养,老板就知道榨油。今天老板看上我了,给我发高薪、塞红包;明天不用我了,立马卷铺盖走人。这就是你说的老板。"

郑万奇已明显带有醉意了,越说越激动:"实际上,就是老板又算嘛东西?要我说,这世上最不值钱的,就是这些大老板;最无聊、最空虚、最堕落的,也是这些大老板。"

刘长军一愣:"万奇,你喝多了是不是?"

郑万奇:"喝多了?你真敢说话!"又端起酒杯一饮而尽。

方主任:"郑总,你们战友之间,还是少喝点吧。"

郑万奇:"你这是嘛话?战友之间少喝点?那跟谁多喝?工商?税务?银行?质检?卫生?……"

刘长军:"万奇,你这是干什么?不就是喝酒吗?来,我敬你一杯!"

郑万奇:"嗬,新鲜!战友之间,还用这个敬字!?"

刘长军:"来,干一杯!"

郑万奇:"这就对了——干!"

两人碰杯,一饮而尽。

郑万奇:"痛快!这才叫喝酒啊!以往喝的嘛?不过是应酬罢了,那不叫酒,全是马尿!"

方主任:"郑总,注意文明。"

郑万奇:"文明?和他们打交道,我够文明的了。"

刘长军:"万奇,我原以为,你现在活得不知有多潇洒呢。看来,当老板也有当老板的苦衷。"

郑万奇叹道:"唉,这回,你算说对了……"说着,脸色深沉下来,"长军,你现在还没体会呐,有些东西,当你拥有它的时候,觉着无所谓,没嘛了不起的。可是,一旦失去了它呢,这时你才感到它是那样的珍贵,是那么不可多得,感到失去它是多么的混蛋……马上,我就是而立之年了,想想这近30年的人生之路,最值得回忆、值得珍贵的,是嘛?是军营,军人,战友!你不知道,只有这些火热的字眼,才能在我麻木的心里,重新唤起那种激情的冲动。只有这种激情、冲动，让你感到你还在活着，感到你的生命，还没有完全死去——你别打岔，让我说完。真的，除此之外，嘛金钱啊、小姐啊等等，任凭嘛东西，都激不起那种生命深处的冲动和激情了……"

刘长军："万奇，我理解你。"

方主任看出郑总谈得动情，知趣地起身出去了。

郑万奇看方主任出去（更加激动地）："就说爱情吧。这世上，这年头，爱情几乎是绝产了，感情的田野上杂草一片，长的都是一种东西——性！细想一想，只有在部队里，还有那种叫做爱情的纯种植物，还在生长着。"

刘长军："转业不久，你不是就结婚了吗？"

郑万奇："早就革命了。现在想想，除了20万块钱的青春补偿费，其他的嘛印象没了，空白一片。"

刘长军："那就没有再找？"

郑万奇："找嘛找？还再来二次革命？就这么着吧，别再去自寻烦恼了。"

刘长军沉默下来，若有所思。

郑万奇："哎，对了，你呢？还有小海，你们的登月工程怎么样了？神九都上天了，你们还靠呐！？"

刘长军："万奇……咱们说点别的吧。"

郑万奇："看样子，工程受阻了，是吧？老弟，听老兄一句忠告：你们呀，就在部队搞自产自销，地方的坚决拒绝；否则，你非苦海无边不可。"

刘长军："没想到，当初你在部队时，那么厌烦部队，吵着闹着要走，现在呢，却对部队这么充满感情。"

郑万奇："没办法，军人情结嘛。我跟你说，原先我单干的时候，我的企业里，有一半以上的员工是军人出身的。为嘛呢？我觉着当过兵的人我放心。就说穿衣服吧，什么皮尔卡丹、梦特娇、金利来，穿在身上，总感到缺少那股子阳刚气。说起来你可能不信，在家里，我经常穿起过去的军装，在镜子前敬个礼，甩两个正步。真的，我觉着对男人来说，最美的服装就是军装。"

方主任推门进来，接道："何止男人，女人也一样——一身军装，显得豪气干云！"

郑万奇抬头看了方主任一眼："女人要嘛豪气？"

方主任："嗨，瞧您说的，'中华女儿多奇志，不爱红装爱武装'嘛！您说呢刘中队长？"

刘长军："什么中队长，叫我小刘行了。方主任说得对，女孩穿军装，有一种别样的美。"

郑万奇："嘿，在这儿找到知音了——方主任，还不敬一杯！"

刘长军："不不，不能再喝了。"

方主任："刘中队长，我代表我们全体女孩，敬您一杯！"

郑万奇："哎呀，全体女孩，这无论如何得喝！"

刘长军没辙，只得端起酒杯，与方主任碰杯干了。

刘长军："哎，万奇，开始的时候你不是在那什么局干科长吗，官场上混得好好的，怎么就想到要下海经商了呢？"

郑万奇："什么科长，就是个副科级待遇。你看我这个性格能在官场混吗？官场又需要我这样的人吗？有句话叫人贵有自知之明，我惹不起，我躲得起。三十六计，我走为上计，不玩了行吧！"

刘长军一凛之间，愣住了。

郑万奇："这方面，部队可就好多了。哎，长军，你怎么了？"

刘长军拍拍脑门："哦……喝得，多了一些……"

郑万奇："嗨，这才哪到哪儿？来，再干一杯！"

刘长军二话没说，端起杯来一饮而尽。

郑万奇："好，这才是当兵的风格！再倒！"

方主任一把夺过郑万奇手中的酒瓶子："郑总，别喝了，正事还没说呢！"

郑万奇："不就是俩女孩吗，明天我就给你送过来。"

刘长军："俩女孩？"

舰载机A团 卫生队　白天

一辆豪华面包车驶到卫生队楼前，郑万奇、方主任、徐亚静和白鸽走下车。

刘长军、李燕出门迎接。

郑万奇首先走上前去，故意表现得非常熟悉："长军，咱们还握手吗？"说着早已把手伸过去握住了刘长军的手，用眼神瞟着旁边的李燕,"长军,这位是……"
刘长军:"这是我们卫生队的李医生。"
郑万奇主动与李燕握手:"李医生,你好,我叫郑万奇,都是自家人,请多多关照。"
李燕礼貌地笑了笑。
方主任跟着客气了一番。
郑万奇招呼着徐亚静和白鸽:"过来过来,我给你们隆重介绍——我的战友、你们的教官刘长军,在部队要叫刘中队长,或者叫首长。"
徐亚静看着郑万奇滑稽的样子,终于憋不住,扑哧一声笑了。
郑万奇(不满地):"严肃点,这是部队。"
徐亚静屏住笑,走到刘中队长跟前:"刘大哥,你好。"
刘长军:"你好。"
白鸽走上前:"我怎么称呼你呢?我也叫你刘哥吧。"
刘长军:"对不起,我还不知你叫什么。"
白鸽:"我叫白鸽,你忘了,上次我和亚静一块来的嘛!"
郑万奇在一旁看到后(惊诧地):"怎么,原来你们认识?"
徐亚静:"郑总,我们何止是认识!你吃醋了吧?"
郑万奇:"这世界简直是太小了……我嘛也不说了!"

纪天祥家　黄昏
纪天祥在家忙着做饭,他把刚炒好的一个菜端上来,抬头看看表又要进厨房,响起门铃声。纪天祥又转身去开门。
见是田琳,纪天祥一惊:"你今天怎么回来这么早?"
丹丹从里屋跑出来,扑向田琳:"妈妈——"
田琳抱起女儿亲了一口:"宝贝!"又对纪天祥:"这不如你的愿了吗?"
纪天祥:"你说的是……什么意思?"
田琳:"调动啊。"
纪天祥走到田琳身边坐下。
田琳:"牛总答应了,手续都办好了。"
纪天祥惊喜:"真的!他扣你的钱了没有?"

田琳:"你就知道钱!他说留我也是从工作角度考虑,既然我铁了心想走,他就不强留了。他还说我有事应该直接跟他说,不要让我弟弟带着社会上的人到公司去找,别人知道了影响不好。你说我哪来的弟弟?真是莫名其妙。"

纪天祥抱过丹丹:"管他呢,出了这个狼窝就好。这样的话,以后你就可以去市北区社保中心上班了。"

田琳:"人家确定要我吗?现在哪有这等好事。"

纪天祥:"这你不懂了,团里都联系好了,区领导特批给飞行员家属的一个名额。"

丹丹:"爸爸,这样妈妈以后就不再加班了,妈妈天天去接我。"

田琳却若有所思:"到现在我也不明白,牛总说的我弟弟带着社会上一帮人到公司去找他,我弟弟指的是谁?哎,天祥,不会是你吧?"

纪天祥放下丹丹:"说什么呢,牛总也不是不认识我。不过,我还真的想过去找牛总,我甚至想揍他一顿,罗小海劝我不要冲动……你们牛总说你弟弟长得什么样了吗?"

田琳:"没具体说,只说几个人西服革履、头型怪怪的,和电视剧中的香港黑社会似的,看得出牛总还有点后怕呢。"

纪天祥寻思良久:"难道是他……"

运动场　黄昏

罗小海和杨光、常少伟等人一起打球。

罗小海在场上吆喝着,让杨光等跑起来,场上顿时活跃起来。

丁世杰骑车来到场边,叫喊道:"小海、小海!"

罗小海超远距离投了个"三不沾",被大家起哄,罗小海才来到场边。

罗小海:"老丁,要不是你干扰,此球必进无疑。"

丁世杰(打趣地):"我看出来了,主要是篮筐太小,篮筐要是像足球门那么大,此球肯定进了。"

罗小海:"大胆的设想!想不到老丁也如此幽默。说吧,找我什么事?"

丁世杰拉起罗小海往外走:"我找你还有什么事?"

舰载机A团 外场 白天
罗小海和丁世杰正在机库里一架海龙机舱内忙碌着。
丁世杰忙了一阵停了下来,拿着说明书仔细地查看。
罗小海:"怎么停下了?"
丁世杰:"你看到了吧,我平时拆拆卸卸修修补补还可以,搞起软件来,还是显得有些吃力。"
罗小海:"你说过,能拆下来再能装起来,就能成为一个优秀的修理工。"
丁世杰:"那是我老爹说的。你知道,我爹是我们老家那一带有名的八级修理工。"
罗小海:"子承父业,你也没问题。"
丁世杰:"不,他修车,我修飞机,我比他进步多了。"

舰载机A团 空勤楼 白天
纪天祥急急忙忙走进空勤楼。文书看见和他打着招呼。
文书:"纪代中队长,大星期天的,你不在家陪嫂夫人,到这儿来找谁呀?"
纪天祥:"我早就不代了,你小子别哪壶不开提哪壶!我问你,你看见罗小海了没有?"
文书:"没注意。你找他干什么?"
纪天祥快步上楼:"没你什么事,好好值班!"
文书:"嘁,谁都指示我!"

同上 空勤楼 白天
纪天祥快步上楼来,迎面碰见常少伟。
纪天祥盯着常少伟的头看来看去。
常少伟让纪天祥看得有点发蒙:"看什么看,有什么好看的!"
纪天祥:"少伟,告诉我,小海呢?"
常少伟:"他好像拿着网球拍出去了,你找他干什么?"
纪天祥:"找他干什么?前两天你们是不是干好事了?"

常少伟脱口而出:"你怎么知道?——哦不,我不知道你说的什么意思,你还是快去找罗小海吧。" 常少伟夺路要溜。

纪天祥一把拉住他:"要找你和我一起去找。今天我和我老婆要好好请请你们。"

常少伟惊喜:"真的?"

纪天祥:"可不是真的!我老婆调动的手续全办好了。三个黑衣帮,演了一场戏,真有你们的!"

常少伟:"大纪,你都知道了?"

纪天祥(得意地):"小样,你们能瞒得了我,我是什么人!"

常少伟拉纪天祥下楼:"走,到外面去说。"

两人来到空勤营院,常少伟神情自豪,不停地用手比划着:"那天的整个过程就这么简单,为此,那几天我很有成就感。不过,罗小海不让说这事的,要不是你已经知道了,我宁愿不吃你的那顿饭。"

纪天祥:"我家属一说,我就猜出来了。"

常少伟惊诧:"什么!你原来不知道啊?我以为你已经知道了呢。糟了,我不该告诉你的!"

纪天祥笑了:"我说你小子,你紧张什么?你们是做了一件好事。组织出面都没办成的事你们略施小计就办成了,你们有功呢!"

常少伟像是做错事的小孩,全然没了刚才的自豪,声音也变得细声细气:"中队长说了,为了咱空勤家属,这样的事做了就做了,但不能说。"

纪天祥:"为什么不能说?"

常少伟:"这种事好说不好听呗!"

纪天祥:"有什么好说不好听的?一没打人,二没伤物,整个过程做到了有理有利有节,那个混蛋老板狗屁也没敢放一个。"

常少伟(嗫嚅地):"大纪,我看这事就到此为止吧,我只当什么也没说,你也只当什么也没听。我走了。"

常少伟溜进空勤楼。

纪天祥看着常少伟的背影,摇摇头:"这是好事呀,神经病!"

同上 飞行模拟训练室　白天

李燕配合刘长军指导徐亚静、白鸽在飞行模拟器上作简单飞行。

李燕调出起落飞行画面："刘中队长，现在就是初级飞行的程序，我把重点已经调到了飞行控制体验上，剩下的就交给你了。"

刘长军："谢谢。可以开始了吧？"

李燕："可以。"

刘长军指挥徐亚静："伞1号，你先来吧。"

徐亚静兴奋地上前："谢谢！"

刘长军示意白鸽到一旁："伞2号到等候区休息。"

白鸽到等候区的椅子上坐下，眼睛却始终没离开徐亚静的一举一动。

徐亚静走进机舱。

刘长军："检查机舱设备。"

徐亚静检查一遍后："检查完毕，一切正常。"

刘长军："开车。"

徐亚静按下点火开关，"飞机"发动。

刘长军继续指挥："滑行进入跑道，起飞。"

徐亚静操纵"飞机"滑行进入跑道，却没对正跑道。

刘长军纠正："调整飞机位置，垂直对准跑道中线。"

徐亚静由于对"舵"不熟悉，忽儿偏左忽而偏右，刘长军提示她轻一点后，她才好不容易将"飞机"对正跑道中线，刘长军又提示她准备好了就可以请示起飞。

徐亚静心想，部队这一套一套的程序真是麻烦，但也不敢违抗"命令"（故意大声地）："伞1号请示起飞。"

刘长军："可以起飞。"

白鸽为徐亚静加油，口中念念有词，似乎她是指挥员。

徐亚静加速滑行，飞机速度明显加快，但却达不到起飞的速度要求，眼看就要冲过起飞线，刘长军大声吆喝徐亚静推油门，但徐亚静还是没能在安全起飞距离内完成起飞。

白鸽遗憾地唉声叹气。

刘长军对李燕："对不起，从头再来。"

徐亚静有些懊丧："不是挺简单的嘛，是不是电脑程序出问题了？"

　　李燕（严肃地）："伞1，电脑程序正常，坐好了，重新开始。"

　　刘长军："伞1号，准备开始。"

　　徐亚静只好乖乖地从头开始——滑行、对准跑道，加油，拉升。

　　这次模拟飞行，刘长军在每个环节都耐心地提示着起飞要领，徐亚静终于完成了"第一次起飞"，当电脑显示飞机爬升到1000米的时候，徐亚静盯着屏幕惊呼："可以了吧？不要再上升了！"

　　刘长军："伞1，现在距经济巡航高度还差500米，继续爬升。"

　　徐亚静操纵飞机继续爬升。

　　电脑瞬间显示飞机高度2000米。

　　刘长军指令："伞1进入平飞。"

　　徐亚静松了一口气："平飞，哈哈！"

　　刘长军喝道："伞1，严肃点，注意飞行纪律！"

　　徐亚静吐了吐舌头。

　　顷刻间，飞机歪歪斜斜向下掉落。

　　徐亚静惊呼："飞机怎么啦？我应该怎么办？快点！"

　　白鸽甚至吓得不敢看了。

　　刘长军（不急不忙）："蹬舵，稳住飞机。"

　　徐亚静蹬舵终于稳住了飞机，她也长出了一口气。

　　平飞了一会儿，刘长军问徐亚静："感觉怎么样？"

　　徐亚静："感觉还行，就是太累。"

　　刘长军笑了笑："你可以开启辅助驾驶系统进入自动程序，保持平飞。"

　　徐亚静（高兴地）："是，我怎么忘了这茬了。"

　　徐亚静开启辅助驾驶，飞机进入自动驾驶飞行状态。徐亚静也腾出精力向周围看去：蓝天、白云，下面的山峦、大地、树木、沟壑都显得那么壮观……

舰载机A团 外场 白天

徐亚静、白鸽相挽走在机场公路上。

徐亚静:"原来我以为飞机飞行和咱们的滑翔伞差不多呢,看来差多了。"

白鸽:"就是啊,我飞得还不如你呢,丢死人了。"

徐亚静似乎想起了当初她对罗小海说的话:"看来蓝天还是属于他们。"

白鸽:"也别这么自卑嘛,他们哪能那么大胃口啊,他们剩下的那片天属于我们。"

徐亚静:"你知道吗,驾驶辅助系统他们是很少用的,大部分时间里他们还要完成规定的战术动作和特技飞行,要是在战时就更难了。"

白鸽:"你知道得真多,都是你准姐夫告诉你的吧?"

徐亚静:"那当然。"

白鸽:"看你得意的,你忘了刚才模拟飞行的时候他对你凶成那个样子。"

徐亚静:"你什么意思?想过河拆桥啊!"

白鸽:"怎么会呢,将来他是你姐夫,我也叫姐夫啊。"

徐亚静:"这还差不多。你承认不承认,做一个舰载机飞行员真不容易呢!"

白鸽:"郑总说过,战斗机飞行员是人中豪杰、军中精品!"

徐亚静突然问:"让我姐夫给你介绍个精品怎么样?"

白鸽:"原来我还觉得自己挺优秀的,这几天和他们一接触,我都感到高攀不起了。"

舰载机A团 营区 白天

一辆豪华轿车开到A团营门前停了下来,牛总和律师从车上走出。

牛总来到卫兵跟前,卫兵示意他退到线外:"对不起,请退到线外说话。"

牛总赶紧退到线外:"小同志,我想进去找团长。"

卫兵(目不转睛地):"请到值班室登记。"

牛总和律师又来到门卫值班室。

带班班长（礼貌地）："同志，请问你们找谁？"

牛总认出了带班班长："班长同志，那天晚上都是我不对，冒犯了你。"

带班班长摆了摆手，表示不要说了。

牛总（知趣地）："哦，我找你们团长。"

带班班长："你们是哪个单位的？请出示证件。"

两人掏出证件递了过去。带班班长接过证件仔细看过。

带班班长："请稍等，我联系一下。"遂拿起电话拨号。

带班班长："喂，团值班室吗？"

团值班室值班员接起了电话："哪个单位的，叫什么名字？"值班员拿笔记着："好的，请稍等。"

带班班长对值班员："好的，谢谢。"

带班班长转对牛总："请稍等，给您联系去了。"

牛总连连点头："谢谢，谢谢！"

团值班员跑到团长办公室汇报："团长、政委，他们还在营门等着呢。"

张团长（没好气地）："让他等着！"

何政委："我也是刚听说，否则我们还不知道这个牛总为什么这么痛快就放人了呢。"

张团长："他今天带着律师来，估计是来者不善。"

何政委思索着："现在的问题是，我们如何化被动为主动……我听说，罗小海他们几个去并没有过激的言行，他又是纪天祥的中队长，就是扮相不太雅观。"

张团长在室内来回踱着步，他突然站住："政委，你提醒了我，有办法了。让他们来吧。"

值班员回到值班室给营门门卫打了个电话，让牛总进来。带班班长放下电话，对牛总说："同志，联系好了，团长现在有时间，你们进去吧。"

牛总连声说："谢谢！谢谢！"说着走向停在一边的轿车。

卫兵摆着绿旗示意通行。

牛总开车进了营门。

来到团部办公大楼,是值班员带着牛总和律师上楼去的。张团长在办公桌前把一摞文件归拢着,值班员在门外敲门喊"报告"。

张团长头也不抬:"进来!"

值班员引牛总和律师进来。张团长依然坐在办公桌前整理着文件。

值班员(小声地):"团长,客人到了。"说完退到一边跨立站着。

张团长的稳重为办公室的气氛平添了几分威严。

张团长放下手中的文件,站起来与牛总握手:"哎呀!对不起,有几份文件要马上处理,真是对不起!"由于张团长握手时用力过大,牛总被握过的手直抖擞。轮到律师时,他有些胆怯地伸出手来,但还是被张团长紧紧握住。

律师:"团长不愧是行伍出身,你的手劲可真大。"

张团长(若无其事地):"是吗?可能是我握驾驶杆握惯了,我还没试出来呢,你就受不了了?"

牛总趁机给张团长递上名片。张团长接过,佯装在仔细看。

张团长:"噢,你就是迅通公司的牛总,前几天我本来想亲自前去拜访,因为脱不开身,就派了我们的一位中队长去了,没想到牛总这么给面子,不到三天就把我们飞行员家属的调动手续给办好了,真是有股军人的作风,我正想有时间去向你表示感谢呢。"

律师不解地看着牛总。

牛总(手足无措地):"张团长,您刚才说什么?中队长……是您派去的?"

张团长:"是啊,听说你们谈得很好呀。"

牛总镇静了一下:"您说的是那三个人……"

张团长:"怎么,他们冒犯你了吗?"

牛总已比刚才镇静了许多:"那倒没有。不过,张团长,我不理解,有那么谈事的嘛!"

张团长拉下脸来:"他们不就是在你的公司门口碰到你,和你谈谈吗!他们是有过激的言行,还是有不礼貌的举止?"

牛总想了想:"他们的扮相和谈事的形式,就是有点怪怪的……"

张团长一拍桌子:"牛总,我看你才是少见多怪!告诉你这是军营,你要对你的话负责任!"

律师提醒道:"牛总注意语言的表述。"

牛总:"张团长,别误会,我不是那个意思,我是说,他们染着发型、戴着墨镜,有损于军人形象。"

张团长:"我不这么看,我倒认为他们的扮相很酷。在他们之前,我们的干部干事,穿着军装拿着介绍信去找过你吧?你把条件列了一大堆就把他打发回来了,还要我们的飞行员家属交出两万多块钱!前些时候,你几乎每天晚上都带着我们的那位空勤家属出去应酬、潇洒,搞得他们家庭不和,闹着要离婚。她在公司的那点私事我们也掌握一些,要不是考虑对孩子成长不利,我早同意他们离了!我还准备追究那个男人破坏军婚的法律责任!"

牛总颤抖了一下。

张团长继续说:"牛总,我给你这么说吧,我们那位中队长去找你,是我们组织上派他去的,你今天带着律师来是什么意思?如果有法律方面的事,我是法人代表,由我负责。正好咱们今天把我们飞行员家属在公司的新账旧账一块理一理。你看怎么样?"

牛总:"张团长,我想我们今天是误会了,我听我的员工也就是你的飞行员家属经常说起您,说您是叱咤风云的天之骄子,曾多次随舰出访,我是特意来拜访你的。如果哪天团长大人有时间,我来安排,咱们找个地方聚一聚,您看怎么样?"

张团长:"那就谢谢你的美意了。"

牛总站起来主动伸出手来,又收了回去:"咱就一言为定。我们先走了。"

牛总示意律师快走。

张团长对值班员:"送客。"

值班员送二人出门。

张团长:"恕不远送。"

牛总说着"再见"却头也不回地下楼去了。

何政委开门看着,赶紧来到团长办公室。

何政委:"刚才我在你门口都听到了,有理,有利,有节,有力度。老张,真有你的!"

张团长:"典型的敬酒不吃吃罚酒!"

两人大笑……

牛总和律师快步走下A团办公楼。

律师:"这位团长说得有理有据啊。"

牛总(气不平地):"有什么理,简直是……秀才遇到兵,有理说不清。"

律师:"就你还敢跟他打官司?我看你见了他就先怵三分了!"

牛总出门走到车前,问律师:"今天什么日子,真他妈晦气!"

何政委在张团长办公室笑得前仰后合,张团长止住了笑:"政委,外面的事处理完了,该处理咱内部的事了吧?"

何政委:"对罗小海要功过分明,还是要批评他,搞不好会惹出官司来的。"

张团长拿起电话拨号后:"宋大队长,我是张振武,叫罗小海跑步到我办公室来!"

——第十八集完

第十九集

舰载机A团 办公楼　白天
　　远远看见罗小海一蹦三跳地跑过来，在办公楼前，他与出门的沈股长迎个正着。
　　沈股长拦住罗小海，故意问："小海，这么高兴干什么去？"
　　罗小海："团长紧急召见，是有任务吧？"
　　沈股长："任务？你去了就知道了。"
　　罗小海："拜拜！"
　　话音未落，罗小海就飞也似的进了办公楼。
　　沈股长回头看了一眼罗小海的背影（自言自语地）："这次够你喝一壶的！"

　　张团长铁着脸坐在办公桌前，门外响起罗小海的报告声。
　　何政委："倒是挺快。"
　　张团长（没好气地）："进来！"
　　罗小海一脸的灿烂，径直来到张团长办公桌前。
　　罗小海："团长，您找我有什么指示？"
　　张团长（厉声地）："严肃点，立正、站好！"
　　罗小海立时严肃起来，就地一个立正，怔怔地看着张团长。

坐在一旁的何政委忍不住要笑，但又马上止住了。

张团长从座位上站了起来，手抚着腰："罗小海呀罗小海，你让我说你什么好呢！？"

何政委："小罗，来，坐下说。"

罗小海依然一动不动地立正站着。

何政委："呵，脾气还不小！说说，你知道团长为什么叫你来吗？"

罗小海："来的时候不知道，现在知道了。"

张团长气得点燃了一支烟，大口吸着。

何政委："小罗，你主动热情地关心战友，这是应该给予肯定的。但是你所采用的手段有点出格了，搞不好是要犯错误的！……"

张团长终于憋不住了："什么犯错误，和犯罪就差一步！"

罗小海辩解道："团长，政委，对这种人就得用这种非常的手段才能解决问题，连那天的出租车司机都说这个牛总不是个东西。再说，那天我们并没有对他怎么样。"

何政委："可是你知道吗？今天要不是团长三下五除二把那个牛总和他带来的律师打发走了，说不定我们是要吃官司的！"

罗小海："说来说去还是他心虚。我觉得过程并不重要，重要的是结果。纪天祥的家属调出了这家公司，从某种意义上说，就等于我们拯救了纪天祥的家庭，也稳定了纪天祥的飞行事业，这样的好事我们何乐而不为。"

张团长掐灭了烟："罗小海，听你那意思，都是你的理了！"

罗小海："我……也不是那意思。"

张团长："那你是什么意思？到现在了你还没认识到问题的严重性，我看这就是你最大的问题！你身为中队长，把头染得花花绿绿的，像什么话！我看你就缺一把枪了！"

罗小海急忙："那是万万不可以的，那样性质就变了。"

张团长："还算你聪明！我问你，你们几个的头发怎么又染回来的？"

罗小海笑着："我们那是漂染，想要什么颜色喷上就得，回来洗洗就没了。其实没等回来，在路上我们就处理了。"

张团长余怒未消："名堂还不少，亏你想得出来！"

何政委看看手表："团长,咱们在三楼还有个会……"

张团长："我知道。"又转对罗小海:"不要忘了,我们是军人!他牛总再不是个东西,有法律呢!……我和政委还要去开年终训练考核会,今天就不跟你啰唆了。你先回去,写个检查交上来。"

罗小海仍有些不服地站在原地。

何政委调侃道:"怎么,还让我们送送你吗?"

罗小海方才举手敬礼:"团长,政委,我走了。"说完出门。

张团长:"罗小海,你回来!"

罗小海又转身回来:"团长,还有什么指示?"

张团长:"下个星期就要年终考核了,你们中队新员多,要提前做好准备。记住,这次不能出现问题,出了问题我拿你是问。"

罗小海立正道:"是!"

舰载机A团 空勤楼　白天

罗小海从外面悻悻地走进空勤楼,与兴高采烈的纪天祥碰个迎面。

纪天祥老远就叫道:"罗小海,我到处找你呢,你跑到哪儿去了?"

罗小海没有答理他,径直走着。

纪天祥打量着罗小海:"你这是怎么了?霜打了似的?"

罗小海(不耐烦地):"什么事,快说。"

纪天祥:"还有什么事?我一直想表示一下,你得给找个机会不是?哎,今天晚上怎么样?啊?"

罗小海:"不怎么样!"说完拨开纪天祥,向楼上走去。

纪天祥愣怔在原地:"这是怎么了?也太不给面子了吧?……"

同上 地勤楼　白天

罗小海与丁世杰交谈着关于在海龙飞机上改造里码转换器的事,这可是个其他人谁也不知道的秘密。

罗小海说:"好,里码转换器改造主要靠你了。"

丁世杰有点紧张:"你这么一说,我倒有点害怕了。"

罗小海:"为什么?"

丁世杰:"哦,要是出了问题怎么办?责任也主要是我的了。"

罗小海用力拍了下丁世杰的肩膀:"老丁,你怎么前怕狼后怕虎了现在?你放心大胆干吧,万一出了问题我来承担。我相信你的技术!"

丁世杰:"这次真不知是怎么了,老是有点心里没底的感觉。"

罗小海:"我看你不是心里没底,是心理有病了吧?要不要我让李燕帮你治治?"

丁世杰:"你呀,张口闭口心理有病,都职业病了。"

罗小海:"老丁,你也跟我开这种玩笑啊?说真的,这件事要是搞成功了,一定会让团长甚至全团感到惊喜的,也算是我将功补过的一个实际行动。"

丁世杰疑惑:"将功补过,补什么过?"

罗小海:"与你没关系,成功了你就知道了。"

海鸥俱乐部训练场　白天

海鸥女篮正在打一场教学赛,教练稳坐在教练席上,和助理教练交头接耳说着什么。

场上,徐亚宁左突右闯直接上篮,因用力过猛,球弹出篮筐。她"拣"到一个篮板后,一个很好的机会她没传球,而是在对方中锋上来补防的情况下,强行起跳投篮,结果被对方封盖。

教练从教练席上站起来,叫了暂停。

主裁判吹响了哨子,作暂停手势。

教练招呼徐亚宁等队员,徐亚宁等围拢过来。

教练明显不满意:"就这样打教学赛?也太放松了吧?"

徐亚宁表现得信心十足。

教练:"亚宁,你的信心倒是比以前足了,但也太自信了!刚才突破上篮那个球,对方后卫明显身高不如你,你该果断投篮才是啊?结果你冲得太猛,上篮都没进。然后你接着抢到——准确地说是你在人堆里拣到一个篮板,中锋那边明明有空当你不传球,反而在对方中锋过来补防的情况下强行投篮,那不是找盖吗?我平时怎么跟你们说的?小防大的时候要投篮,大防小的时候要突破,整个反了!下面注意啊!"

徐亚宁不情愿地叠手加油。

教练摇摇头回到教练席。

助理教练凑上来:"要我看,还得请部队那个心理医生把徐亚宁的信心调回去一点。"

教练感慨:"徐亚宁能有今天,还真得感谢人家部队的心理医生。"

当天晚上,刘长军来找徐亚宁。两人来到海鸥俱乐部训练场外。

徐亚宁(委屈地):"打得不自信不行,自信了也不行,烦死了!"

刘长军劝道:"亚宁,听你一说,我倒觉得你们教练说的战术很有道理啊。"

徐亚宁似乎在等着刘长军往下说。

刘长军:"比如,他说小防大的时候要投篮,大防小的时候要突破。因为小个防大个大个身高占优势,大个投篮小个要防身高不够,要么就犯规。而小个球员的特点是机动灵活,大个球员相对来说步伐要慢一些,在这种情况下大个如果选择突破,由于步伐不如对方灵活,突破时摆脱不了对方,有时还容易造成运球失误,在这种情况下要想得分确实很难。同样原因,大个防小个的时候,小个选择突破就占有优势了。这与许多兵法、军事战术有相通之处。"

徐亚宁有点不相信似的:"长军,想不到你对篮球也这么有研究!"

刘长军:"谈不上研究,但只要是与战术沾边的事,我还是愿意琢磨琢磨的。"

徐亚宁:"军事我不懂,但篮球战术你解释的还是那么回事的。"

刘长军愈发来了情绪:"打仗不讲战术就要吃败仗,打球不讲战术也肯定赢不了球——哪怕你们队真的有实力。说到底,篮球运动是一个整体项目,只有战术对头、技术过硬,加上互相之间的默契配合,才能赢得胜利。你说对吗?"

徐亚宁:"你们当兵的讲起战术来,总是一套一套的,可在场上防守那么凶,根本顾不上那么多……"

刘长军："还是心理素质问题，我希望你继续加强心理素质方面的训练。对了，李燕李医生前些时候有针对性地给杨玉林做心理辅导，彻底解决了他的心理障碍，现在都恢复飞行了！这样吧，还是让罗小海请李医生继续帮你做一个辅导训练方案，怎么样？"

徐亚宁想了想："还是……算了吧。"

刘长军不解："怎么了亚宁？你是不是有什么顾虑？"

徐亚宁："我是觉得，总麻烦人家李医生怪不好意思的。"

刘长军："亚宁，我知道你是担心我和罗小海的关系，事情已经过去了，我们两人没事儿了。只要对你打球有帮助，我跟他说。"

徐亚宁感激得不知说什么好。

舰载机A团 卫生队　白天

李燕、文霞在王萍办公室说着为徐亚宁做心理辅导的事。

王萍很坚决地表示："我不同意！"

李燕："队长！给徐亚宁进行心理辅导，你当时也是同意的，而且我们的飞行员都那么喜欢打篮球，这也是我想研究的课题，你怎么说变卦就变卦了？"

王萍："不是我变卦，是为你考虑。"

顿了一会儿，王萍接着说："你想啊，罗小海和你的关系已经明确了，他再掺和这件事不好。"

李燕："队长，没你说得那么复杂。另外，这是刘长军找的罗小海。"

王萍："刘长军找的罗小海？你们这些80后，让我越来越看不懂了。"

李燕："队长，咱们好事做到底吧，啊？"

王萍（无可奈何地）："但愿好事能做好。"

李燕出去了。

一直在旁边静听的文霞看李燕出门，神秘兮兮地问王萍："队长，我听了半天，您是担心徐亚宁和罗小海他们两人死灰复燃是吧？"

王萍："你小孩，不懂。"

文霞："队长，搞没搞错？我都23岁了，都快成老太太了！"

王萍:"你真好意思说!"
文霞:"队长,刚才您说这件事交给我吧,那个女的我认识,我有办法。"
王萍:"你有办法?你有什么办法?"

海鸥俱乐部公寓　白天

文霞手提笔记本电脑在海鸥俱乐部公寓前向楼上张望着,一名保安走了过来:"美女,请问你找谁?"
文霞:"你好。我想找……女篮的徐亚宁小姐,请问她在吗?"
保安:"怎么,你来之前没和她本人联系吗?"
文霞:"我从外面赶过来,没联系。"
保安:"她们下午倒是休整,你给她打个电话吧。"
文霞摸摸手机:"哦,我手机没电了。帅哥,你帮我跟她联系一下吧。"
保安(不好意思地):"就我还帅哥?请跟我过来吧。"
保安带文霞走进公寓门厅。
保安问打扫卫生的女人:"阿姨,徐亚宁在家吧?"
阿姨领着保安和文霞走到徐亚宁宿舍,告诉他们"这就是徐亚宁房间",转身又去打扫卫生去了。
文霞抬手敲门。徐亚宁正在宿舍里晾挂着衣服,听到有人敲门,顺口应道:"进来!"
文霞轻轻推开门。
徐亚宁一惊:"哦?文护士。"
文霞观察了一下房间:"徐小姐,今天李医生有事,我来给你做跟踪测试。"

舰载机A团　卫生队　白天

王萍边出门边穿上白大褂,对进门的陈医生嘱咐:"陈医生,我到舰队中心医院去一趟。"
陈医生:"去送病号?"
王萍:"是俱乐部的小苏今天出院。"
陈医生:"小苏好了?一个战士出院,还用你队长亲自去接?"

我去吧。"

王萍:"不,你在家值班吧,我必须亲自去。"

王萍上了救护车。

海鸥俱乐部公寓　白天

徐亚宁看着文霞的表情(疑惑地):"谢谢……就在这儿?"

文霞:"哦……有了前几次李医生给你做的卡特尔测验的基础,这一次,我们可以改为问卷的形式。"

文霞在床边坐下,从包里拿出一份测验卷。

文霞:"答题的原则与前几次基本一样,所不同的是,这次你听清题目后,直接回答'是'或'否'就行了;如果确实不能判定'是'或'否',可以答'说不准',但这样的回答越少越好。可以开始了吗?"

徐亚宁犹豫地:"嗯……"

文霞(郑重其事地):"注意力集中起来,把其他的事丢开,完全忘了它们,对,把心静下来,集中到你要回答的问题上……好,现在开始。"

文霞和徐亚宁开始问答,徐亚宁每回答一个问题,文霞便在问卷上勾出相应的答案——

文霞:"我喜欢看机械方面的杂志。"

徐亚宁:"否。"

文霞:"我早上起来的时候,多半觉得睡眠充足、头脑清醒。"

徐亚宁:"是。"

文霞并不看卷子:"许多事情,我做过以后就后悔了。"

徐亚宁:"否。"

文霞:"我知道我的烦恼是谁造成的。"

徐亚宁(迟疑地):"……说不准。"

文霞:"在我一生中,我从来没有感觉到像现在这么乱。"

徐亚宁延长了一下思考的时间:"否。"

文霞:"做游戏的时候,我只愿赢而不愿输。"

徐亚宁:"是。"

文霞:"我害怕单独待在空旷的地方。"

徐亚宁:"否。"

文霞:"我比较容易受异性的吸引。"

徐亚宁(敏感地):"没有。"

文霞:"还是回答是或否。"

徐亚宁:"对不起。"

文霞:"咱们接着来。即使我以为自己对某件事已经打定了主意,别人也很容易使我变卦。"

徐亚宁:"否。"

文霞:"其实,我并不喜欢球类运动。"

徐亚宁:"否。"

文霞:"我容易见异思迁。"

徐亚宁并没有马上回答,而是直愣愣地看着文霞。

文霞被徐亚宁看得也不自然起来:"怎么了,徐小姐,你总是看着我干吗?"

徐亚宁:"文护士,这些问题……我怎么觉得有些怪怪的?"

文霞:"这些问题都是从明尼苏达多项个性测验题库中专门为你选择的,可能这组题针对性比较强吧,也比较尖锐……你如果有顾虑,说明已经对你产生了作用。"

徐亚宁:"产生了作用,我怎么没感觉啊?"

文霞想了想:"比如说,你对我刚才提到的有关人生、恋爱等方面的问题比较敏感,就说明你在这些方面有问题,需要纠正或者改变。"

徐亚宁(半信半疑地):"纠正?改变?……"

文霞:"是啊,只有纠正或者是改变了,才能彻底解决你的心理问题。"

徐亚宁沉吟片刻:"我还是不太明白。"

文霞:"好了,问卷的测试情况我回去还要整理。整理好了我会及时送给你的,你只要按上面的要求认真去做,很快就会有所收效的。调整好了你的心理,说不定你还会成为世界级的球星呢。"

徐亚宁:"那我倒是没考虑过。我只想打好国内联赛。"

文霞(顺水推舟地):"是啊,打好了国内联赛,不就该打国际联赛了嘛。国际联赛打好了,你就成了世界级的球星了。"

徐亚宁苦笑一声:"世锦赛、奥运会才是女篮最高级别的比赛,就没有国际联赛这么一说。"

文霞:"管它呢,只要能改变你……的心理就行。对了,我还想给你说,我们团里都说李医生和罗小海是天生的一对、地配的一双,多少美女想追罗小海,但罗小海说他只爱李医生。"

徐亚宁:"文护士,你为什么要跟我说这些?"

文霞:"哦,李医生不是给你心理辅导吗?我就是想让你一起分享李医生的幸福嘛。"

徐亚宁沉吟片刻:"哦……"

徐家门前　晚上

徐母送刘长军和徐亚宁出门。

刘长军:"徐阿姨,您回去吧。"

徐母(热情地):"好、好,你走吧,亚宁送送。"

刘长军:"阿姨再见。"

徐母:"再见,再见。"

城市街道　晚上

徐亚宁挎着刘长军的胳膊在人行道上漫步。

刘长军:"可能李医生真的有事抽不出身,才派文护士来为你测试的。不管怎么说,罗小海还是跟李燕说了的,我们毕竟是哥们嘛。"

徐亚宁:"李医生要是真的很忙,我的事以后就不要再麻烦人家了。"

刘长军:"亚宁,你别这么想,李燕也是个热心人,我了解她。"

徐亚宁犹豫着:"我看,不见得吧?"

刘长军惊诧:"怎么了,亚宁?李医生利用业余时间为你做心理咨询服务,效果是非常明显的,你怎么这么看李医生。"

徐亚宁沉吟片刻:"刚开始的时候,我还是挺信任她的,昨天……她派来的助手,我看越来越离谱了。"

刘长军(喃喃地):"你说是文护士,她怎么了?不就是心理测试吗？"

　　徐亚宁："对，是心理测试，我看是她们哪儿不太对……"

　　刘长军站住："亚宁，这中间，是不是有什么误会了？"

　　徐亚宁："误会？才不会呢！"

　　刘长军："文护士究竟给你说什么了？"

　　徐亚宁拉刘长军继续往前走："行了，你别问了，我也不说了。"

　　刘长军看着徐亚宁："这样吧，等我找小海了解一下情况再说好吗？"

　　徐亚宁："我说了，你不要问了呀，别因为这件事再影响你们之间的关系。"

　　刘长军："亚宁，你能这样想很好，说明你比以前成熟了。不过，我和罗小海说，没事。"

舰载机A团 心理测试室　白天

　　李燕坐在电脑前，罗小海挨在李燕身边坐着。

　　李燕："我真的没事啊。"

　　罗小海："没事，你为什么派文护士去给亚宁做问卷调查？"

　　李燕："没有啊……文护士，我没派她去啊？"

　　罗小海："我想这也不符合你的工作作风嘛，你一向都是亲力亲为的。"

　　李燕："你这是在表扬还是在批评？不要话中带刺！"

　　罗小海："以前还有可能，现在是万万不能了。"

　　李燕娇嗔道："少贫嘴！对了，文护士去都说什么了？"

　　罗小海："哦，小文没跟你汇报？"

　　李燕："没有啊。"

　　罗小海："长军说，亚宁也没说别的。反正效果一般吧。"

　　李燕寻思着："文霞为什么要这样呢……"

　　罗小海："也可能是亚宁记错了，事情过去了，你也别瞎寻思了，算了。"

　　李燕："不，难道是……"

同上 营区 白天

李燕和文霞端着饭碗从饭堂走出来。

李燕看看前后没人，问文霞："你为什么要这样做？"

文霞边吃边说："不为什么，我就是讨厌她脚踩两只船，和刘长军谈着还和罗小海好！"

李燕："都什么时间的事了，再说那不是误会嘛！"

文霞："亲爱的李医生，你不要忘了，她可是罗小海推荐给你的研究标本，现在罗小海又在为她张罗这事，你觉得这正常吗？"

李燕："看不出来，你年纪不大，心事不小。"

文霞："你才知道啊，我早看出来了，危险！"

李燕："你心理变态啊？"

文霞："我心理变态？她才心理变态呢！"

李燕（气恼地）："文霞！你知道你这样做的结果吗？你可能因此毁了一个优秀女篮队员的前途，你知道吗？"

文霞停下吃饭："李医生你别吓唬我，我只听说她们海鸥女篮年年为保级而战，我不信她还能打到国家队去。"

李燕："算你说对了。徐亚宁已被国家女篮教练组选入大名单了。现在，她的状态刚有所回升，你这么一来可能又要增加她的心理压力了。如果带着这种压力参加集训，她能有一个良好的表现吗？没有良好的状态就有可能失去为国家效力的机会。你知道，对于一个球员来说，这是一个多么难得的机会啊。"

文霞（惊讶地）："李医生，我没想那么多……"

李燕："其实，徐亚宁对篮球的感觉非常好，但太情绪化了。因为状态不稳定，她甚至有提前退役的想法。罗小海的出现，使她迸发过激情，也产生过矛盾。刘长军回来后，她打球的状态才慢慢调整好了。她是我对运动员开展心理辅导的第一例，也很有挑战性。因为你的节外生枝，我的研究可能也前功尽弃了。"

文霞："李医生，我真的不知道，那你说怎么办？我去给她解释解释？要不我给她道个歉，你看行吗？"

李燕哭笑不得："小文，你呀！"

同上 飞行训练中心　白天
　　罗小海和刘长军从飞行训练中心走出来。
　　罗小海："长军，不是让你休息两天的吗？"
　　刘长军："我真的待不住。过两天就要年终考核了，我也得抓紧时间做做恢复性训练。"
　　罗小海："你们中队是任务机组，经常走南闯北，大风大浪的都经过了，年终考核，应该是不在话下。不像我们一中队，新员居多，又是第一次年终考核，心里多少有点忐忑。"
　　刘长军："忐忑？这话听着可不像是你说的。中队发生什么事了？"
　　罗小海："没事，什么也没发生。"
　　刘长军："那你……"
　　罗小海手一扬："我就是那么随便一说，没什么。"然后扬长而去。
　　刘长军不解地摇了摇头。

海鸥俱乐部公寓　白天
　　李燕坐在徐亚宁的床沿边，和吴小丽在说着话。
　　吴小丽："……前些天她缺课，这几天情绪又不好，我们那个魔鬼教练正给她开小灶呢！"
　　李燕："这样吧，我改天再来。"
　　吴小丽："不，你大老远地来了，又这么热情。你等着，我去给你叫去。"说完，一个箭步窜出门去。
　　李燕想拉住吴小丽却没拉住："还是别叫她了，影响训练。"
　　吴小丽一边跑一边回头："你不懂，我正好让她解脱。"
　　李燕笑了，然后漫无目地在房间里打量着。当扫过徐亚宁的床头柜时，目光停留在了相框里刘长军的照片上，以至于徐亚宁进来她都没有发觉。
　　徐亚宁站在李燕的身后，顺着李燕的目光看着。
　　徐亚宁（冷冷地）："李医生……"
　　李燕回过头来，略显尴尬："亚宁……你好。"
　　徐亚宁："李医生不愧是搞心理学的，看什么都是那么专注。"

李燕:"没有,我只是随便看看。"

吴小丽做了个鬼脸掩门走了。

徐亚宁:"不知道李医生这次来是测试还是问卷?"

李燕:"亚宁,我想你可能是误会了,上个星期我们文护士来,是不是做了伤害了你的感情的事?如果是那样的话,我向你道歉。"

徐亚宁搬来一只凳子:"道歉,谈不上,请坐吧。"

李燕坐在了徐亚宁的对面。

徐亚宁:"对了,李医生,文护士是你的助手吧?"

李燕:"是的,这你是知道的。可是……她还年轻,孩子气,请原谅。"

徐亚宁:"李医生,说真的,原来我是非常信任你的,我也在内心里无数次地感谢过你。这次我被选入国家队大名单,我真的像在做梦一样。所以,我……"

李燕:"好了亚宁,你别说了,我什么都知道了,请你相信我!从现在起,你只当文护士什么都没给你说过,咱们还像从前一样,好吗?"

徐亚宁疑惑地没有说话。

李燕:"在个人感情上,我希望你也能像打球一样。"

徐亚宁:"像打球一样?"

李燕:"是的。在个人感情上,你同样也需要自信。"

徐亚宁感受到了李燕说话的分量。

李燕打开笔记本电脑:"如果徐小姐愿意配合的话,今天的测评现在就开始。结果出来后,我将有针对性地为你制作一套心理挂图,供你随身携带。"

徐亚宁:"心理挂图?"

李燕:"对,简单地说,就和标语一样。它可以形象地警示你可以做什么或怎么做。但比标语效果更好。"

徐亚宁半信半疑,点了点头。

舰载机A团 空勤教室 白天

全团空勤人员集中在空勤教室,接受年终考核任务。这种会,严格地说，空勤人员只要在家，是不能缺席的。此刻，都在聚精会神地在听分管飞行训练的杨副团长布置任务。

杨副团长："根据A团年度工作计划安排，本周进行年终训练考核，考核内容是搜反潜定测，按大队长以上组、中队长组、飞行员组和新员组四个层次进行考核，其战术指数也是按照上面四个层次进行设置的；每个机组三个测点。最后分别按中队和机组计算成绩。下面，提几点要求……"

张团长、何政委坐在下面第一排小声说着什么。

罗小海、刘长军坐在下面认真听着，听到关键的地方还会拿笔记录下来。

杨副团长："第一，战术目标仍由潜艇支队配合，机组搜到并确定目标后，即可按动激光发射按钮，然后按航线退出。潜艇的激光接收装置收到飞机的激光信号，将自动记录全部信息。第二，注意里码转换。飞机在航行中，使用千米/小时计算，进入战术海区即换成海里计算，与海底目标保持同步。如果不及时转换，考核成绩将会出现差之毫厘，谬之千里的情况。第三，希望各单位、各机组、每个人都要认真准备。具体的要求，大家回去以后，可以在本团的训练网页上查询。我要讲的就这些。"杨副团长用目光征询张团长的意见。

张团长在下面站起来："我再补充两点。一是要重视这次考核，搜反潜定测是我们舰载反潜机的基本功，战时能为搜反潜赢得宝贵时间，如果这个功练不扎实，在茫茫大海上东一榔头西一锤子的乱搜一气，势必贻误战机，所以我们要练就过硬的'一抓准'。二是，这次考核将作为年底晋级晋衔的重要依据，因为牵扯到大家的切身利益，希望你们切实准备好，把我们平时练的技战术水平充分发挥出来，为中队，也为机组，争取一个好成绩！在考核中我们也可以来个竞赛，看看哪个中队的成绩好，考核完了我为全优中队发奖！"

飞行员们在聚精会神地倾听着，被慢慢地鼓舞着。

张团长："另外，根据团党委研究决定，一中队长罗小海、二中队长刘长军参加大队长组的考核，纪天祥参加中队长组的考核。还有，刚才杨副团长提到的里码转换的问题我再强调一下，去年我们考核中发现有个别同志疏漏了这一点,今年要接受教训。我讲完了。"

飞行员们开始小声议论,所谓里码转换器就是指舰载机在执行陆地和海上攻击或反潜任务时,千米与海里的转换计算方式。去年确实有机组考核时忘记切换里码转换器了,结果数据和测点相差甚远,如按实战要求,自然全部无效,最后按没有成绩处理,教训可谓深刻,所以今年团首长反复强调。

任务下达完毕,首长也作了指示,会议就算结束了。这种会议也没有必要要求大家表态发言。杨副团长宣布解散,众人有序地走出教室。

杨光和纪天祥走在一起,他拍拍纪天祥的肩膀说:"哎哎,水涨船高啊,这次可就看你的了。"

纪天祥笑笑,指了指走在前面的罗小海和刘长军:"比起他们,我这是毛毛雨啦。"

常少伟(小声地):"他们俩呀,我听说只能是二者取其一,同时这也是刘中队长到二中队之后的第一次考核,他和罗小海同志还有一拼呢!等着瞧吧,又有好戏看了。"

同上 二中队 白天

二中队的飞行员围坐在小圆桌旁听刘长军继续传达文件,把任务分解到每个人。

念完最后一段,刘长军放下文件,对大家说:"任务都分解了,大家心里更明确了,有关这次考核的重要性,团长和大队长都在昨天的会上讲了,我们二中队是A团的任务中队,一些跨区协同任务都是由我们中队来完成的,我们不能像往年那样,墙里开花墙外香,今年我们要做到墙里墙外一块香!这次考核我们不能落在别的中队的后头。"

飞行员A:"刘中队长,你是说我们不能落在一中队的后头吧?"

刘长军:"哦,当然不光是一中队,我们也不能落在其他中队的后面。"

飞行员B:"刘中队长,你放心,今年一中队新员多,我们胜过他们小菜一碟。"

刘长军:"不能这么说。不要忘了,你们的考核难度和他们也不在一个层面上。我们从思想上还是要重视,不能掉以轻心。还有里码转换器的使用问题,大家一定要引起重视。"

飞行员A:"你放心吧,中队长,只要你把罗小海PK了,我们保证让你年终上台领大奖。"

同上 一中队 白天

在一中队队部,罗小海同样不敢怠慢,早早把任务分解了下去。最后,罗小海鼓动性很强地对众飞行员说:"大家说,我们有没有信心拿第一?"

众飞行员(大声地):"有!"

罗小海:"我们中队要是得了第一,我决定——"

常少伟等瞪大眼睛:"什么?"

罗小海:"我请客!"

飞行员甲:"我赞成。哎,中队长,是吃烧烤还是吃海鲜?"

常少伟:"你就知道吃!你能不能提别的?我提议,让中队长请我们和海鸥女篮打一场球怎么样?"

杨光:"这个主意不错。"

飞行员甲:"和人家专业队打,咱不是人家的对手吧?"

纪天祥指着常少伟:"我说你小子,是典型的动机不纯。"

常少伟:"大纪,你是典型的饱汉子不知饿汉子饥!"

罗小海:"好了,请肃静,你们越说越远了,咱们言归正传。哎,大纪,你是咱们一中队的老同志,你先说吧。"

纪天祥:"我没啥说的,就一句话,不能给咱一中队丢脸。"

罗小海:"大纪,你今年参加中队长的训练考核,也不要有什么压力,你毕竟也代理过二中队中队长嘛。"

纪天祥:"别提这茬,提这茬我才有压力呢。小海,我就想,我要对得起咱们一中队,对得起你。"

常少伟:"大纪,听你这口气,就好像你马上要到哪里去任职似的,让我们好感动哦!"

纪天祥:"小常,你不知道,上次中队长和你们为了我受到点名批评,我内心有愧呀。这次是我表现的时候了,你们就看我的吧。

去年，我没及时提醒领航员打开里码转换器，差一点儿考砸了。今年要吃一堑长一智，我绝对不会再犯同样的错误。"

罗小海："里码转换，对，昨天团长、杨副团长都提到这个问题，希望……大家不要忽略了这个细节……"罗小海像是想起了什么，突然变得语无伦次，他起身对纪天祥耳语了几句，然后离开了中队部。

常少伟（疑惑地）："哎，中队长讲得好好的，怎么突然走了？不会是咱们的团花有什么遥控指挥吧？"

纪天祥："你小子别胡乱猜测，中队长有点事去处理一下就来。下面我们接着讨论。"

舰载机A团　外场　白天

罗小海急匆匆地来到机库，找寻着丁世杰，嘴里不停地小声叫着"老丁、老丁"。

叫了几声也没听到回应，罗小海走到178号飞机旁并爬了上去，果然看到丁世杰正埋着头在调试着什么，便问道："丁机械师，怎么样了？明天就要半年考核了。"

丁世杰："是全部出动吗？"

罗小海（肯定地）："全部出动。"

丁世杰停下手中的活计（不无焦虑地）："时间上有点紧，恐怕来不及……"

罗小海想了想："这样吧，你先把它原封不动地装起来，等考核完了再接着咱的改造工程，你看怎么样？"

丁世杰："我再试试看，实在不行，就按你说的，先把它装起来。"

罗小海："那就这样，我们中队还在开着会，你一定把这边的事搞利索了。记住了，千万不要影响明天的考核！"

丁世杰："你放心吧。"

罗小海临走还没忘记再叮嘱一遍："千万，不要出了差错！"

丁世杰（头也不抬地）："好了好了，你快走吧。"

舰载机A团 空勤楼 晚上

刘长军正在宿舍看书,罗小海推门而入。

刘长军转动转椅刚回过头来,罗小海已大步跨到他跟前。

罗小海抢下刘长军手中的书,翻到封面:"《制空权》,朱利奥·杜黑。嘀,现在正儿八经研究了。"

刘长军:"随便翻翻,研究谈不上,尤其在你面前。"

罗小海:"看看,又来了。"

刘长军:"我说的是事实啊。你从飞行学院时就开始看《制空权》,梦想着飞战斗机,你是战略轰炸理论的践行者。"

罗小海把书还给刘长军:"可我现在改看《海权论》了,那可是你的专利。"

刘长军指着旁边的椅子让罗小海坐下:"怎么样,喝杯水吧?"

罗小海却坐到了床沿上:"免了,咱们之间不要客套。"

刘长军随手翻着《制空权》:"杜黑的理论,对两次世界大战之间各国的空军建设,尤其对轰炸机的发展曾有过重要影响。实践证明,他的一些观点直到今天仍然值得重视。"

罗小海:"但他夸大空军的作用,认为单靠空军轰炸就能赢得战争胜利,则是错误的。"

刘长军:"看不出来,你转变得还真快。"

罗小海:"实事求是嘛。不过,他提出陆地和海洋上面的天空是一个不可分割的整体的概念还是很有先见之明的。"

刘长军:"是啊,这实际上就是我们现在所说的陆海空三军协同作战。对了,书里还有这么一段论述。"

刘长军边说边翻书查找着,终于找到了他用红线标记的一段:"创建一个既非空军又非海军的作战机构,它能洞察战争的总体,通过它的协同取得通向胜利的最大成果。这段,你是怎么理解的?"

罗小海指着刘长军笑着说:"考我呢是吧?"

刘长军:"主要想听听你的高见。"

罗小海:"就这么干说啊?"

刘长军:"你又有什么馊主意,说吧。"

罗小海:"在这月明风清之夜,喝点美酒,纵论风云,才有情趣!"

刘长军:"我就知道你要来这一套,不过,酒不能喝,马上就要半年考核了,我提议咱们出去走走吧,这么好的夜色,也不枉你一翻诗情。"

罗小海(不情愿地):"也好,恭敬不如从命。"

刘长军站起来拉了罗小海一把:"你呀!"

海滨栈道　晚上

月明星稀,凉风拂面。

罗小海与刘长军并肩而行。

刘长军:"说说看,我一直洗耳恭听呢。"

罗小海:"我理解,他说的那个机构,其实就是后来的航空母舰。原来咱们对这个问题一直视为敏感,现在也没那么讳莫如深了。"

刘长军感慨:"是啊。老杜黑写的是《制空权》,他要是写《海权论》说不定比马汉还超前呢。"

罗小海:"《制空权》和《海权论》仅仅是把战争从平面化扩展到立体化的军事理论。说到底,不管你飞机如何变化,军舰如何改进,都是为了争夺制空权和制海权,万变不离其宗。"

刘长军:"你说得对,有了制空权或制海权,就能取得战争的主动权,这才是最主要的。"

旁边一对情人对行而过,罗小海刚要接刘长军话茬,刘长军:"嘘……"

罗小海收回了将要说出的话。

待那对情人走远,罗小海抱怨道:"真打击情绪。哎,刚才说到哪儿了?咱们不是说制空权的么,怎么跑到海权论上来了?"

刘长军:"那要问你呀,你不是正研究海权论的吗?"

罗小海:"确切地说,我是在补课。到了舰载机我才真正明白制海权的重要。"

刘长军:"其实,随着我国改革开放事业的深入,对外贸易、人员交往的日趋扩大,国人的海洋意识也在逐渐增强,普通民众的眼光在中国历史上首次突破了陆地的疆域而转向深蓝的海洋。"

罗小海停下脚步:"长军,在这方面你是我的老师!"

海浪滚滚，涛声阵阵。

海空　白天
海浪滚滚，涛声阵阵。
三架海龙直升机编队飞来。
杨光、常少伟、飞行员甲在机舱内聚精会神地驾驶着飞机。
伴随着无线电（画外音）："队形散开，进入科目飞行"的指令，三架海龙直升机编队飞临某海区后，分头飞向三个不同方向。

舰载机A团　外场　白天
停机坪上，一排飞机引擎轰鸣，整装待发。
飞行员A、B等驾机起飞。

海空　白天
三架飞机编队飞来。
飞行员A、B等聚精会神地驾驶飞机。
在飞行指挥员的指挥下，飞行员A、B等驾机散去。

舰载机A团　外场　白天
罗小海、领航员和声纳员列队走向176飞机。
刘长军、领航员和声纳员列队走向178飞机。
罗小海与郝大队长交接飞机。
刘长军与丁世杰交接飞机。
罗小海不无担心地看着丁世杰，丁世杰用目光告诉他，178飞机没问题。罗小海对他打了个响指攀上飞机。
进入176机舱，罗小海显得神情兴奋，领航员和声纳员也精神抖擞，各就各位。
罗小海检查各项仪表后，打开启动开关。
飞机的螺旋桨由慢到快地旋转起来。
罗小海又下意识地扭头看了眼178飞机。

海龙178机舱内，刘长军表情严肃，领航员、声纳员在各自部位上也都不苟言笑。

刘长军转脸瞟了176飞机上的罗小海一眼，回过头来仔细地检查着各种仪表，与领航员、声纳员交换了一个眼色，将手触向启动开关。

指挥塔台内的杨副团长坐在指挥席前，目光始终紧盯着停机坪上罗小海和刘长军的两架飞机，突然无线电传来罗小海的声音：

"泰山，泰山，176请示起飞。"

杨副团长手持话筒："176，准备好了，可以起飞。"

无线电又传来刘长军的声音："泰山，泰山，178请示起飞。"

杨副团长："178可以起飞。"

罗小海与站在飞机前的郝大队长打着手势，郝大队长给他回了个手势。

176飞机缓缓离开地面，腾空而起。

刘长军与丁世杰打了个伸大拇指的手势，丁世杰回了个伸大拇指的手势。

178飞机飞离停机坪。

两架海龙直升机编队飞临指定海区后，又分头飞去。

杨副团长看着远去的178飞机，轻松地摘下了耳机。

李参谋走到跟前："杨副团长，今年的大队长组的年终考核，没有特殊情况，基本上没什么悬念了。"

杨副团长："何以见得？"

李参谋："明摆着嘛，刘长军的优势，太明显了。"

杨副团长："李参谋，你的结论下得是不是早了一点？据我所知，项链群岛测试时刘长军和罗小海也不过打了个平手。"

李参谋："背景不同，结果也许就迥然不同。项链群岛测试是他们两人双机的战术配合，今天却是各自为战。从事业和感情的接点上看，刘长军更需要一场胜利。我想，他不会再给罗小海机会。"

杨副团长："看不出来，我们的作战参谋变成预言家了。我倒感觉，就罗小海的性格，他一定会当仁不让！不信？我们拭目以待。"

——第十九集完

第二十集

海空 白天

海龙176机组的领航员一边标记一边报告着飞机的位置:"176进入指定海区,1号注意测点定位。"

罗小海回应:"明白。"

飞机按航线飞往第一测点。

领航员提示:"第一测点。"随即按下里码转换开关,显示器上出现了一行数字。

罗小海看一眼显示器,做好飞机悬停准备。

罗小海向两边扫视一眼,却没有发现刘长军的海龙178飞机。

刘长军驾驶海龙178也严格按照仪表提示在海面飞行着。

领航员照例提示刘长军:"1号,现在已进入指定海区,注意测点定位。"

刘长军作了应答。

领航员查看航图:"第一……测点。"

领航员按下里码转换开关,显示器上跳出了一行黑红数字,黑色数字表示千米或海里整数,红色数字表示小数点后的数字。

刘长军看一眼显示器,谨慎地操作驾驶。

海龙176已进入悬停状态,稳稳地降低着高度,海龙178在距

176较远的海面上也准备进入悬停,两人在目测范围内很难看清对方的战术动作,他们搞不清楚首长和机关给每个机组的战术指标,所以也就没多想。

海龙176机组声纳标图员在航图上重重地标出了定测点位置,罗小海向机组全体报告:"战术动作完成。"

领航员指令他飞往下一测点。

罗小海驾机飞去。

海龙178也完成了第一个测点的定测,领航员查看着航图,下意识地抬头寻找罗小海的海龙176飞机,却没有找到。他疑惑地问刘长军:"1号,怎么不见176的影子?"

刘长军:"找他干什么?"刘长军的这个"他"显然指的是罗小海,领航员也知道是这个意思。

但领航员表明自己的顾虑:"我感觉,这次考核的海区不会这么大吧?"

刘长军:"怎么不会这么大?杨副团长下达任务的时候说,各机组、各层次的战术指数都不一样。"

声纳标图员:"就是。咱们的1号是海龙的专家,他们的1号就是胆儿大,胜利是属于我们的!"

刘长军转头对3号:"严肃点,快看航图。"

声纳标图员:"是,1号。"随即在图上作了测点的标记。

领航员:"好,进入下一测点。"

刘长军驾海龙178机动飞行而去,但不知为什么,领航员刚才的顾虑在他脑海中一闪而过。

先期进行考核的机组已按规定的次序和程序顺利完成了考核任务,并相继返航。罗小海、刘长军机组还要继续完成下面的考核程序。

舰载机A团 外场 白天

杨光,常少伟,杨玉林,飞行员甲、乙等从飞机上走下来,上了一旁的豪华中巴车。

杨光上车落座,就把飞行图囊向空中一抛:"终于解放了,回去我一定美美地睡上一大觉。"

常少伟："伙计，你不要高兴得太早了，成绩还不知道是甲乙丙丁呢。"

杨光："我向来是只重视过程，不重视结果。过去的就过去了，一切向前看，是我的人生追求。"

常少伟拍着坐在前座的杨玉林的肩膀："哎，玉林，你今天飞得也很棒呢！怎么，现在真的不怕水啦？"

杨光："谈谈你是怎样战胜恐水症的？"

杨玉林："还不是李医生的功劳，是她给了我第二次重上蓝天的机会。"

杨光脸一拉："唉，我提醒某些同志，还有罗中队长和……（指指自己）啊！"

常少伟："我说你们两个人还有完没完？他们俩在天上较劲，你们在这也较上了！"

这时，车上的人才想起刘长军和罗小海机组的考核还没结束，他们情不自禁地透过车窗向空中看去。

飞行员乙："真正的较量才刚刚开始呢，我们只不过是垫场而已。"

飞行员甲点头称许："有道理。"

杨光："什么有道理，我看回去睡觉才是硬道理。"

海空　白天

178机组声纳标图员在海图上标出了第二测点。

刘长军："战术动作完成。"

领航员盯着快速滚动的里码转换器（犹豫地）："1号，我发现海龙的里码转换速度比海猫快得多，这正常吗？"

刘长军也倏然一惊，但很快就镇定下来。他看了看导航显示器："2号注意集中精力，据我所知，海龙的里码转换系统是在海猫的基础上改进的，技术上应当没有问题。"

领航员依然犹豫着，但不得不提示马上进入第三测点。于是，刘长军驾海龙178机动飞行寻找测点。

罗小海的海龙176动作明显快于刘长军的178，他已经在第三测点悬停了一会儿，声纳标图员在航图上用红色铅笔标注着测点。

领航员有些轻松地向罗小海报告:"1号,第三测点完成。"

罗小海也感到轻松了许多,应答了一句后,却关心起他的好友和对手,左右扫视着,像是自言自语,又像是询问机组人员:"哎,怎么不见178的动静?"

领航员顺口应道:"咱是176,人家是178嘛。"

声纳标图员:"你别看他刘长军是海龙的专家,我们是后来者居上。"

罗小海:"你们不要高兴得太早了,在海龙的问题上,我实话实说,刘长军研究使用得比我熟练。"

领航员:"小海,我这可是第一次从你嘴里听说这种长别人志气,灭自己威风的话。"

罗小海:"不,这是事实。而且,长军一贯的作风是沉着冷静。"

声纳标图员(犹豫地):"对,我们要不要再检查一遍?"

罗小海(谨慎地):"再核对一下我们的测试记录,对,还有里码转换器,看看有无差错?"

领航员检查着里码转换器和显示屏上的数字对照:"没有问题。"

声纳标图员:"我这里也没有问题。"

罗小海用力一推驾驶杆:"准备返航。"

海龙178也完成了第三测点也是最后一个测点的全部程序,声纳标图员在海图上画下了第三测点的标记。

领航员照例报告:"1号,全部完成测试任务。"

刘长军:"检查标图和记录。"

领航员和声纳标图员齐声答:"明白。"

领航员:"数据与屏显对照无误。"

声纳标图员:"标图无误。"

刘长军也表现出少有的轻松:"请示返航。"

海龙176航行在返航路上。178机组也进入航线机动飞行。

舰载机A团 外场 白天

指挥塔台上接到罗小海和刘长军两个机组传来的请示返航的报告后,杨副团长也感到轻松起来,他知道罗小海、刘长军今天也是今年团里考核的重头戏,两个机组的顺利收官,标志着年度训练任务的顺利完成,他这个分管飞行训练的副团长身上的压力自然是减轻了许多。于是,在他下令"176,178编队返航"后,一屁股坐在了指挥椅上,如同在足球大赛中赢球一方的主教练终场哨后的感觉一样。

罗小海、刘长军按照指令编队返航。在航路上,罗小海露出了他一贯调皮的神情,不时地转脸瞄向一侧的178几眼,但刘长军似乎没那么轻松,而是全神贯注地驾驶飞机。

大约半个时辰,两个机组就结束了海上航线的飞行,穿过城市边缘,A团的机场跑道已经出现在前方。

舰载机A团 办公楼 白天

罗小海机组的声纳标图员手拿经过机长罗小海签字认可的考核标图和数据盘来到作训股门前。

声纳标图员:"报告!"

值班参谋:"进来。"

声纳标图员走进作训股办公室。

值班参谋看看他手里的标图:"献图来了?"

声纳标图员交上标图和数据盘:"献图来了,还有数据盘。"

值班参谋:"感觉怎么样?"

声纳标图员(自豪地):"罗小海机组,没问题。"

值班参谋收存标图和数据盘:"回去跟他说一声,考核成绩出来后,晋级、升官都得请客。"

声纳标图员:"放心吧,原文转达。"

门外又有人喊"报告"。

值班参谋:"进来。"

刘长军机组的声纳标图员拿着标图进来。

罗小海机组的声纳标图员干咳了两声。

刘长军机组的声纳标图员:"176机组现在就提请客,是不是为时过早?"

罗小海机组的声纳标图员有点尴尬:"开个玩笑、开个玩笑。"

值班参谋接过标图和数据盘:"刘长军机组,没问题,也提前预约了啊?"

刘长军机组的声纳标图员:"我们可不敢说这个大话,还是等考核成绩出来以后再说吧。"

值班参谋讥讽道:"小气!你看看人家罗小海机组。"

这时,另一机组的声纳标图员送标图进来:"纪天祥机组的。"

值班参谋:"纪天祥今天飞得怎么样?"

声纳标图员:"满分没问题吧。"

值班参谋:"嗬,后方稳定了,前线传捷报哪!"

门外又有人喊"报告"。

值班参谋(应接不暇地):"说来一起来了,进来。"

舰载机A团 空勤浴室 白天

飞行结束以后,飞行员们照例到空勤浴室冲个澡。此时,只见浴室里水花四溅,雾气迷蒙。

众飞行员在冲澡,罗小海光着身子端着脸盆进来。

纪天祥:"哎,小海,今天你们感觉怎么样?"

罗小海:"还是说说你吧,我听说家里的支前工作都准备好了,有这事没有?"

纪天祥似乎第一次听到别人夸奖他老婆,内心有说不出的自豪和骄傲:"我们那口子倒是越来越关心我飞行上的事了。"

一旁的飞行员甲抹了一把脸上的水:"她关心你就对了!"看到一边淋浴的刘长军:"刘中队长,你说对不对?"

刘长军定了定神:"是啊。"

飞行员甲:"他呀,自打孩他妈开始恋窝以来,什么事不见彩?连买彩票都中奖了!"

飞行员乙:"这就叫一顺百顺,家和万事兴嘛。"

纪天祥乐得合不拢嘴:"不错不错,家和万事兴、万事兴!"

飞行员甲:"光乐啊?咱们飞行员的光荣传统哪去了?"

飞行员乙:"就是,纪天祥,数喜临门,这请客之事是无论如何也免不了啦!"

纪天祥:"好好好,请客,保证请客,欢迎各位赏光,啊?"

舰载机A团　办公楼　白天

"啪"的一声，张团长恼火地把考核成绩表扔在桌子上："标图！"

值班参谋把一张标图展开在桌子上，指着上面的三个测点标识："你看，除了第一点，第二、第三点都偏离不小。"

张团长犹有不信："数据盘是怎么个情况？"

值班参谋："数据盘打开看了，和标图一致。包括和塔台的标图对照，还有潜艇的电脑记录，与飞机上的标图和数据完全吻合。"

张团长："刘长军也能出这样的问题？"

值班参谋："我们也感到纳闷……"

张团长："他要是不行，那谁还能行，可是……嗨，你看，让他这一拉，二中队的考核成绩整个下来了！"

值班参谋："是不是叫他们来了解一下原因？"

张团长："通知刘长军机组、杨副团长、郝大队长，一起到外场现场办公！"

值班参谋："是！"

舰载机A团　外场　白天

仍然停放在停机坪上的海龙178飞机前，张团长、杨副团长、郝大队长及刘长军机组聚集在一起，正在查找分析原因。

刘长军一脸的迷惑不解："这，这不可能啊！"

张团长叫道："领航员！"

领航员："到！报告团长，一切战术动作都是严格按科目指令执行的，没有问题。"

张团长："那是怎么回事呢？如果是设备问题——难道是设备出了问题？这可都是清一色的新装备，别的飞机都好好的，偏偏这一架出了问题？"

大家你看看我我看看你，不知该说什么好。

郝大队长想到了什么，上了飞机。

刘长军不由得有些紧张，随后攀了上去。

郝大队长坐到驾驶座上，对外面的人："你们往外一点。"

张团长等往外退了几步，领航员也上了飞机。

郝大队长开车，检查操纵系统。

刘长军和领航员在他身后看着。

郝大队长又坐到领航座位上，检查了各种仪表后，他的目光落到了里码转换器上。接着把手触到了里码转换开关上。

领航员疑惑地注视着郝大队长。

刘长军怔怔地看着里码转换开关……

【闪回】

在测试海龙返航的193的后甲板上，罗小海和刘长军凭栏而立，两人的谈话并不顺利。

罗小海："长军，真的，有一个设备上的事我想请教你。"

刘长军："新鲜！罗中队长也有需要向我请教的问题？"

罗小海："海龙的搜反潜设备如此先进，其里码转换还要靠人工操作，实为多此一举，当时为什么不把它一起设计进程序。"

刘长军："哦，没想到你还在为接试海龙的事而耿耿于怀？那我可以告诉你，你说的这个问题是专家研究和决定的，不是你我探讨的问题。你要是没有别的事，我就告辞了。"

【闪回完】

刘长军依然怔怔地看着里码转换开关（嘴里喃喃地）："不会吧……"

飞机螺旋桨高速旋转着，在引擎的轰鸣声中，张团长、杨副团长在飞机下面议论着什么，飞机上的人什么也听不到。

郝大队长似乎找到了问题所在，他铁青着脸关车，飞机内外顿时平静下来。

刘长军（渴望地）："郝大队长……"

郝大队长似乎有点无奈地走下飞机，刘长军和领航员跟着走下来。

张团长、杨副团长靠上来。

张团长（着急地）："郝大队长，怎么样？你发现了什么问题？"

郝大队长（深沉地）："你们先回去吧，这个问题交给我来处理吧。"

张团长:"什么!交给你处理?究竟是哪里出了问题?我们现在是现场办公,有什么问题现在就说!"

郝大队长犹豫了一会:"那就把丁世杰叫来吧。"

舰载机A团 空勤教室 白天

纪天祥等一群飞行员围在一起议论着,罗小海从外面进来。

杨光显得很是自豪:"怎、么、样——刘中队长不及格,罗中队长优秀。哈哈,这下他让罗中队长PK下去了,我们一中队是名副其实的No.1了!"

常少伟(不无遗憾地):"真是不可思议!"

纪天祥推了常少伟一把:"我说你小子究竟站在谁的立场上?替谁说话呢!"

罗小海拨开人群:"谁说刘长军机组考核不及格?"

纪天祥:"确凿无误啊!团长、杨副团长、郝大队长还有刘长军机组都到外场现场办公去了!"

罗小海(疑惑地):"刘长军不及格?"

纪天祥:"刚听说的时候我也不相信,可是,莫斯科不相信眼泪,这下对刘长军的打击可是够大的。"

飞行员甲:"依我看,刘长军可能是大意了。打击一下是小事,丢了大队长才是大事呢!"

飞行员乙:"大意失荆州,骄傲失街亭,教训深刻啊!"

常少伟:"你们这是干吗呢?依刘中队长的技术,不至于在这种基础科目的考核中不及格吧?说不定是哪个环节出了问题呢。"

罗小海被常少伟的话所提醒,像是突然想起了什么,他拉住常少伟的胳膊摇晃着:"你说,哪个环节出了问题?"

常少伟(懵懂地):"我……说不好,我这不是猜嘛。"

罗小海:"不,你说得对,可能就是那个环节出了问题。"说着,罗小海飞身跑了出去。

众飞行员惊异。

同上 外场 白天

丁世杰嗫嚅地站在众人面前,头也不敢抬起来。

张团长:"说吧,这架飞机怎么回事?"

郝大队长暗暗地怒视着丁世杰。

半晌,丁世杰抬起头来:"团长,处分我吧。"

"团长,是我的责任,处分我吧!"这时,罗小海气喘吁吁地站在了众人面前。

刘长军惊愕的目光……

众人惊异的神情……

同上 空勤食堂 晚上

考核成绩出来后,正值空勤灶周末小改善,众飞行员坐在各自的餐桌前,欢愉地叙谈着、小饮着。

纪天祥、飞行员乙等与刘长军坐在一起,举杯相碰。

纪天祥亮亮手中的酒杯:"长军,这杯你得干了,不能养鱼,说干就干。你现在已经平反昭雪了,还有什么不高兴的……"

刘长军:"别说了,这杯酒,我干。"说完,一举杯,干了。

纪天祥:"够意思。来,再倒上。"

飞行员乙:"不是说我事后诸葛亮,事发之前我就曾预料,若非事出有因,刘中队长岂有不及格之理。"

刘长军端起酒杯:"好了,我真的不愿意再提起这事。来,喝酒。"说完,独自干了。

纪天祥知道刘长军的酒量,发现刘长军连干两杯后情绪有点不对,赶紧劝道:"长军,你别喝闷酒啊,其实小海的出发点也是好的……"

刘长军直愣愣地看着纪天祥:"你说什么,出发点是好的?我都不及格了,怎么出发点还是好的?"

纪天祥急忙解释道:"我是说,这事也就是赶巧,小海他不是有意的。这会儿他还在写检查呢,怕是饭也不来吃了。"

事情有时就是这么寸,纪天祥的话音未落,罗小海从外面走进了饭堂,而且直奔刘长军而来。

刘长军情绪有些激动地直视着罗小海:"我想罗小海也不是个胆小如鼠之人。"

罗小海静等着刘长军继续往下说。

刘长军一蹾酒杯："太让我失望了！"

纪天祥欲上前解释，被刘长军一把推开了。

纪天祥（小声地）："小海，你回去吧，长军喝多了。"

刘长军："大纪，你说什么，我喝多了？我喝多了刚才你为什么还跟我喝？"

罗小海终于开口："长军，你听我给你解释……"

刘长军瞪大了眼睛："解释？上次我去试飞你挖我对象的事，我听了你的解释，这次你还有什么好解释的！"

罗小海："我知道是我错了。不过，我希望你能接受我的解释。"

刘长军更加激动："够了！你的花言巧语我听够了！让我接受你的解释，好，你看我怎么接受你的解释——"

说着，刘长军挥拳朝着罗小海打去……

先是纪天祥、飞行员丁上前拉架，紧接着众飞行员围了上来。空勤灶一片混乱。

有人喊道："别打了！"还有人说："快去叫纠察队！"场面比较乱。不知什么时候，张团长站在了门口。

食堂内顿时鸦雀无声。

刘长军、罗小海愣愣地站在那里。

同上　办公楼　白天

张团长、何政委、杨副团长和几名常委都在，会议的议题就是刘长军、罗小海打架的事。

何政委是党委书记，常委会一般由他主持。

何政委率先发言："在飞行员队伍中发生这样的问题，作为党委书记，我有不可推卸的领导责任。今天主要是研究对丁世杰、罗小海的处理意见。请常委们发表意见。"

杨副团长分管飞行训练，打架的事按说由分管行政管理的参谋长先发表意见，但这件事是因私改装备影响了年终考核而起，这就牵扯到他了，最窝火的应该是他。所以，何政委刚说完，他就憋不住了：

"丁世杰的问题也不是第一次了，这次要让他长个记性。不过考虑他平时的工作，我的意见，给他个记过处分。至于罗小海，打架当然不对，但年轻人嘛，情绪易冲动，也没伤着人。我的看法是，他和刘长军这一架迟早要打，晚打不如早打，说不定这一打就一了百了了。"

张团长不满地看了一眼杨副团长："怎么，你的意思是，鼓励他们打架？"

杨副团长："也不是鼓励，我的意思是他们发泄完了就完了。但该批就批，该写检查写检查。"

张团长想说什么，又收了回去。

许参谋长："关键是在部队造成了很坏的影响，如果不严肃处理，以后兵还怎么带，部队还怎么管理？要我说，对罗小海、刘长军打架一事的处理，不能因为他们是飞行员就一味地迁就照顾，本着从严从重的原则，各打五十大板！"

政治处魏主任干咳了两声："我谈点意见。以上几位常委的意见我基本同意，还有一些想法说出来，请大家参考。"

魏主任说话总是那么圆滑，谁都不得罪，张团长一向不太赞成魏主任的圆滑。他不耐烦地看了魏主任一眼，独自点了一支烟，猛劲抽着。

魏主任接着说："先说罗小海的问题。罗小海同志平时敢想敢说敢干，飞行上很有想法，完成了不少大的任务，这是应该给予肯定的。但是，这次关于里码转换器的改造，他的手伸得有点长了，管得有点宽了，干得也有点过了！问题的严重性还在于，他和丁世杰选定实验的飞机，又恰好是他的老同学，也是他的老对手刘长军半年考核的飞机，难道说这仅仅是巧合吗？"

许参谋长打断他的话："魏主任，这个问题不能这么联想。第一，改动里码转换器的飞机是丁世杰选定的；第二，那天飞行谁飞哪架飞机是按顺序排的，正好让刘长军赶上了，应当属于巧合。"

魏主任："不管怎么说，他罗小海亲自参与了擅自改动飞机装备。对了，说是参与，其实他是主谋。用现在时髦的话说，他就是整个事件的策划。策划就是……"

张团长终于听得不耐烦了。他铁青着脸，在烟灰缸里掐灭烟蒂："好了，你们别争论不休了。我谈点意见。丁世杰的问题按装备管理条例处理，罗小海的问题，我考虑再三，为了给他本人一个教训，也为了教育大家，从现在起，罗小海停飞！"

众人惊愕。

常委会散会以后，杨副团长来到了何政委办公室继续交流看法，他对团长要罗小海停飞的处分多少还是出乎所料。

杨副团长问何政委："怎么，罗小海说停飞就停飞了？"

何政委平静地解释道："常委会之前，团长和我碰了头，我也是同意的。"

杨副团长："那下一步一中队的工作怎么办？"

何政委："我想了，就由纪天祥暂时负责。"

杨副团长："政委啊，我担心纪天祥能不能镇得住那帮小子。"

何政委："唉，要相信大纪嘛。现在她的家属也调出来了，家庭也和谐了，没有什么后顾之忧了，负责中队的工作应该没有问题。"

杨副团长还是委婉表示并保留了自己的看法："我就是觉得……把罗小海停飞，是不是重了点？"

同上 卫生队 白天

李燕在队长办公室和王萍交谈着。

王萍（有些遗憾地）："我也觉得重了点了。李燕，你可要做做罗小海的工作啊，我批你假，多陪陪他。"

李燕倒很平淡："队长，看你说的，好像他是三岁小孩似的。"

王萍："我这不是怕罗小海想不开嘛！"

李燕："从心理学的角度看，停飞命令这么突然，一般人真是有点承受不了，但团党委决定让他停飞自然有停飞的道理。"

王萍顺水推舟："是啊，我们那口子是脾气不好，可也不是他一人说了算，是常委会研究的。"

李燕："队长，你想多了吧？"

王萍："没有，我是为小罗感到惋惜，多好的苗子啊！不过，你一定帮他挺过这一关，只要他表现得好，过一段时间也许就会恢复他飞行。"

李燕（担心地）："不知道上级对他们私改装备的事会怎么定

性。"

王萍:"不管怎么说,千万不要丧失了信心。"王萍看看表:"吃完晚饭,你快去看看他,啊?"

舰载机A团 运动场 晚上
一架转梯在快速旋转着。

李燕挡在了转梯跟前:"果然是你,想必别人不会这么晚在这里发泄情绪。"

罗小海停下来:"也没什么发泄的,我是咎由自取。"

李燕:"我本来想安慰你一下的,想不到你这么快就认识到自己错误的严重性了。这样的话,有些工作我就不用做了。"

罗小海:"你最好还是痛批我一顿,可能会使我更轻松一些。"

李燕抓住罗小海的手:"你真的不担心吗?如果不能恢复飞行将是什么后果,你考虑过吗?"

罗小海:"现在考虑这些还有意义吗?现在我担心的是丁机械师,他是在我的教唆下实施的,这事对他不公平;还有刘长军,不管是如何巧合,对他造成的伤害都是无法弥补的。"

李燕:"你都停飞了,还在为别人考虑……小海,你应该正视现实,这个现实就是,无论你怎么想,已改变不了事实和结果。"

罗小海:"是啊。所以我……宁愿我自己处分的重一点。"

李燕:"你错了,处分不能分配,也不能分担。刚才我查了一下,停飞分三种:一种是政治原因停飞,一种是身体原因停飞,还有一种是技术原因停飞。你的停飞和这三种原因都不靠边,其前景也就不好分析,但我们王队长说,只要你表现得好,过一段时间也许就会恢复飞行,你要有信心。"

罗小海叹了一口气:"我可没想那么多。看团长那架势,我恐怕是没有希望了。"

李燕:"你不是自闭症患者,你不能这么想。"

罗小海抱着李燕的双肩:"你放心,我没事。对,你考研的事准备得怎么样了?"

李燕:"差不多吧,因为我参加过心理学培训而且从事过实践,有些方面挺占优势。可能会使那些跨专业的考生有一头雾水的感觉。"

罗小海："但毕竟是具有选拔性质的统一入学考试，在战术上还是要重视。"

李燕（深情地）："谢谢你这么支持我。"

两人紧紧相拥。

徐家　白天

徐亚宁站在门口焦急地看着手表，刘长军从另一条街道跑了过来。

刘长军气喘吁吁地来到徐亚宁跟前："对不起，来晚了。"

徐亚宁："还好，我说过，你忙就不要来了嘛。"

刘长军："哪能，这是你第一次入选国家集训队，而且是到海南，我一定要送送你。"

徐亚宁拉刘长军向前走着："太感人了吧？我和吴小丽只是入选国家队大名单，最后能不能留得下还难说呢。"

刘长军："看你现在的状态，应该没问题。对了，李医生给你做了个心理挂图带了吗？"

徐亚宁："亚静带给我了。"

刘长军："李医生说，这种挂图看似简单，其实它却很直观和具有视觉冲击力，通过重复的浏览和思考，就能得到一种心理暗示，信心也在潜移默化地提升，最终达到树立信心、提高技能的目的。"

徐亚宁："等我回来真得好好谢谢人家。到时候咱俩一起请请李医生和罗小海他们俩，你说怎么样？"

刘长军："没问题，你说了算。"说到这，刘长军放慢了脚步："他停飞了。"

徐亚宁（语气低沉地）："我知道了。"

刘长军："你是怎么知道的？"

徐亚宁往前面不远处开过来的车一指："你忘了，亚静不是还在你们那训练吗？"

说着，徐亚静的车已停在眼前。

徐亚静伸出头："刘哥你好！"

刘长军点点头："你好。"

徐亚静:"走吧,这也不是个亲热的地儿呀!"
徐亚宁嗔道:"少贫,我们说事呢。"
徐亚静吐了吐舌头又缩回车里。
徐亚宁:"因为飞机的事吗?"
刘长军(沉重地):"也因为我。"
徐亚宁抬起头来,咬了咬嘴唇。
刘长军:"这个处理结果也是我没有想到的。"
徐亚宁:"还有更改的可能吗?"
刘长军:"不,军中无戏言。决定一旦作出,立即生效。"
徐亚宁:"以后呢?"
刘长军:"不知道。"
徐亚宁看看表:"我得去机场了,还要接着吴小丽。"
刘长军握住徐亚宁的手:"一路平安!"
徐亚宁轻靠在刘长军胸前:"你也保重。"
刘长军有点不好意思(小声地):"亚静在看着呢,走吧。"
徐亚宁看着刘长军的眼睛:"我相信你和他还会成为好朋友的,你知道应该怎么做。"
徐亚宁上车走了。
刘长军站在原地回味着徐亚宁的话。

舰载机A团 心理测试室 白天
刘长军坐在李燕的旁边,看着李燕操作电脑,一时无言。
良久,刘长军终于开口说话:"我真后悔,没想到因为我的一时冲动,造成了如此严重的后果,也给我自己带来这么大的心理压力。"
李燕(平静地):"我不这么看。"
刘长军:"你的意思是……"
李燕:"打人固然不对,但却使你得到了释放,同时对于罗小海也是一种解脱。"
刘长军审视着李燕:"李医生,你怎么能这么说,我是相信你才来跟你说这些的?"
李燕继续敲击着键盘:"难道不是这样吗?你和罗小海虽然是

最要好的同学，在球场上还得到过金牌组合的美誉，但你们从飞行学院开始就在暗中较劲。罗小海来到A团，阴差阳错和徐亚宁相识并产生错爱，尽管你们最终达成了理解，但你心中一直郁积着一块垒。这块垒犹如我们飞机上的燃料，一经点燃就会喷发。这次半年考核中的巧合就成了你们之间的燃点。"

刘长军："不管怎么说，罗小海的停飞是因我而起。我知道停飞对于一个飞行员来说意味着什么。"

李燕停下操作："你更应该知道，停飞也是对一个飞行员的保护。罗小海现在的压力比你大，如果在这种状态下还继续让罗小海飞行，才是对他的不负责任。从这个角度讲，我认为团长是对的。"

刘长军："可停飞毕竟是对一个人的处理，它不是什么褒奖。李医生，给你说不通，我要找团长谈谈。"

李燕："你感觉有必要吗？"

刘长军："自从宣布罗小海停飞，我就有一种没着没落的感觉，在我的飞行事业中，似乎还就少不了他。"

李燕："你这些想法，为什么不能直接跟罗小海交流呢？这也许是他此时最想听到的话。"

刘长军："我……怕他不接纳我。"

李燕："你们两个人之间发生的一切，毕竟是两个男人之间，更确切地说，是两个男军人之间发生的一切，还应该由你们自己来解决。你说呢？"

刘长军站了起来："李医生，让我再考虑考虑。"

海边　晚上

月光如银，海水荡漾。

刘长军与罗小海坐在岸边的礁石上，神情沉重。

刘长军："那天是我不好，先动了手……"

罗小海："你那一拳，出手很重。"

刘长军看着远处，内心却在深深地自责。

罗小海："长军，你不必过于自责。这几天我也想了不少，其实都是我不好。还连累了丁机械师……"

刘长军："小海，谢谢你这么宽宏大量。其实，丁机械师也是一个难得的人才……这一切要是都没发生该有多好啊！"

罗小海："我也在想，那天要是我飞海龙178，也不会有后来的事了。"

刘长军："世上的事就是这么奇怪，你越想躲避却越躲避不开。"

罗小海看着远处，没说什么。

刘长军叹了一声："一切都过去了。"

罗小海："是啊，过去了，但愿一切都过去了。"

刘长军："说实在的，小海，约你出来还是李燕给我的勇气呢。"

罗小海："怎么，这事你还需要征求她的意见？"

刘长军："是的，我现在觉得，她的意见很重要。"

罗小海："不会是通过李燕这副解药来弥合咱们之间的伤口吧？"

刘长军："你想到哪儿去了，咱们之间用不着。"

罗小海："我想也是。"

顿了一会儿，刘长军问："小海，你说，我们还会像以前一样吗？"

罗小海："你说呢？"

刘长军站起来，罗小海也跟着站了起来。

刘长军握起罗小海的手："小海，谢谢你，咱们回去吧，不要忘了，你现在还不完全是个自由人呢。"

罗小海笑笑："今晚除外，我是请了假的。"

海南岛某篮球训练基地　白天

某篮球训练基地，绿草茵茵，椰林片片，一派南国风光。

海鸥女篮训练刚结束，队员们拿起球和衣服就往场外走。有几个队员还在发着牢骚。

队员甲："海南的鬼天气真是热死人了，这都什么季节了还和咱们北方的夏天一个样，皮肤几天就晒黑了，擦防晒霜也没有用。"

队员乙："黑了怎么啦，那是今年的流行色，健康。"

队员丙："咱们今年过了两个夏天哎！"

吴小丽："就是嘛，自从来到海南岛，徐亚宁都瘦了三斤四两了。"

大家开始寻找徐亚宁,她在队伍的后面,显得心事重重。

吴小丽放慢了脚步,等着走上来的徐亚宁。

吴小丽:"徐姐,你成效最明显,自然减肥疗法。你说我……怎么越减越肥,气死我了!"

徐亚宁:"就你这样,整天快乐得像个小鸟,叽叽喳喳的,不长肉才怪呢。"

吴小丽:"可我也没有办法……哎,徐姐,这些日子你心事重重的,是不是想帅哥了?"

吴小丽意识到自己说"突噜"嘴了,赶紧捂嘴。

徐亚宁却很冷静:"他停飞了。"

吴小丽:"停飞了?就像我们被停赛一样?"

徐亚宁未置可否。

吴小丽:"帅哥停飞还有没有奖金,也是只拿基本工资吗?"

徐亚宁:"你呀,什么也不懂,不给你说了!"说罢,快步走去。

吴小丽一脸的疑惑……

舰载机A团 办公楼 白天

刘长军站在张团长的办公室里。

张团长:"有什么事,坐下说吧。"

刘长军依然站着:"团长,我想给您汇报思想。"

张团长:"汇报思想?说得好听,是来当说客的吧?"

刘长军:"团长,罗小海停飞要停到什么时候?"

张团长:"这就是你的思想汇报?"

刘长军:"是的,团长。"

张团长:"那我告诉你,你回去吧,我这里不是说情的地方。"

刘长军:"我认为,罗小海同志想改造海龙的里码转换器的愿望是好的,我在试飞期间工程技术人员也谈过这个问题。"

张团长:"我知道他的想法是好的,可他的做法是错误的。这个问题你不用再作解释了。"

刘长军:"团长,有个问题我能问你吗?"

张团长点上一支烟:"什么问题?"

刘长军:"罗小海停飞是不是因为我……"

张团长:"你说呢?"

刘长军:"如果是我的原因,我想,我会让首长放心的。"

张团长:"放心?飞行是让人放心的事吗?你放心,我还不放心呢!"

张团长长吸了一口烟:"处理罗小海,很多人跟我说处理重了。可你想过没有,这一年来,在你们两个人身上发生了多少大事?不是磕磕碰碰,就是别别扭扭,再这样下去,势必影响飞行。现在有必要让你们都冷静冷静。"

张团长一番话,使刘长军感受到了沉甸甸的分量。

同上 模拟训练室 白天

李燕坐在电脑前,敲击着键盘。

刘长军、郑万奇、徐亚静、白鸽在后面静静地等待着。

屏幕上出现"模拟着舰"的字幕。

李燕转过身来,对刘长军:"刘中队长,准备好了,可以开始了。"

刘长军:"好,马上开始。"转对徐亚静和白鸽:"咱们今天进入模拟着舰训练,虽然与你们的动力伞飞行原理不同,但形式相似,都是定点降落。这也是你们模拟训练的最后一个科目。亚静,你先来吧。"

徐亚静(新奇地):"好,是!"

郑万奇(严肃地):"这是训练,注意纪律。"

刘长军:"万奇,你到一边坐着吧,不要说话了。"

郑万奇:"这样吧,我就不在这儿陪了,还是那句话,人就交给你了,我呀,到小海那儿去坐会,安慰安慰他,啊?"

郑万奇出门。

刘长军、徐亚静走进模拟驾驶舱。

舰载机A团 空勤楼 白天

罗小海在电脑前熟练地敲击着键盘。他在写东西。他的电脑桌上放着《海权论》。

电脑屏幕上显示着一行标题：试论舰载机的使命与任务，署名罗小海。

郑万奇来到空勤楼前，这里对他来说已是轻车熟路，一边走还一边抬头看着罗小海宿舍的窗户。

来到罗小海房间门口，郑万奇抬手象征性地敲了两下，就用力推门，却推不开，便再敲门。

罗小海在里面不耐烦地问："谁呀？"

郑万奇却很亲切："小海，你在呐。开门，我，老郑。"

罗小海开开门："哦，万奇？真是你小子！"

郑万奇："怎么，闭门谢客？"

罗小海拥郑万奇进屋："少废话，请进。"

郑万奇当过飞行员，知道停飞的滋味不好受，于是始终保持嬉皮笑脸和调侃的神情，也是想让罗小海放松一下心情。

郑万奇："我谨代表本人，向罗小海同志表示最亲切的慰问！"

罗小海："你都知道了，我可能没你想象得那么惨。"

郑万奇："别装了，好歹我也是飞行员出身，你的感受我能理解。"

罗小海："那我得谢谢老同学啦！"

郑万奇翻看着桌子上的书："我以为你在写申诉材料呢，原来在这做学问？"

罗小海："瞎写。"

郑万奇看电脑："让我看看，你写的什么？"

罗小海拉郑万奇坐下："谢绝参观。"

郑万奇："怎么，欣赏一下都不行？"

罗小海："不行。你现在是在商言商，本文涉及军事机密。"

郑万奇指指罗小海："你呀，还不相信我？我跟你说实话吧，我要是想叛国用不着等到今天，早就出去不回来了，但我不可能那么做。"

罗小海边关机边说："你找个外国老婆与我都没有关系。"

郑万奇："你别逗了，我毕竟也是受党教育多年的老兵，咱不是那种人，咱不干那种事！"

罗小海:"这还差不多。上次你来得不凑巧,我在飞行,今天补上。"

舰载机A团 模拟训练室 白天
徐亚静从模拟舱里出来。
刘长军:"感觉怎么样?比你们那个动力伞呢?"
徐亚静:"大不一样!"
刘长军:"这就对了!"
李燕:"下一个。"
刘长军:"白鸽上!"
白鸽走进模拟驾驶舱。
李燕:"注意,准备开始。"
徐亚静要说话,刘长军示意她小声点。
徐亚静(小声地):"对了刘哥,下个月我就拿到中国航空运动协会的A级滑翔员证了!"
刘长军:"王姨还反对你的选择吗?"
徐亚静:"好多了,上次我们邻居一对老夫妇参加了我们的空中游览,回来跟我妈大谈过瘾,对我妈触动很大。"
刘长军:"你回去代我问王姨好,亚宁走后,我一直没到家里去,哪天有空我一定去看她老人家。"
徐亚静:"你才知道啊?我妈待你比亲儿子还亲呢,她就喜欢当兵的。"
刘长军:"我给你也介绍一个当兵的怎么样?我们有许多飞行员都是很棒的。"
"给我?你饶了我吧。"刘长军是认真的,可徐亚静的性格他还不了解,军人不适合她,她也没领情。

舰载机A团 空勤楼 白天
郑万奇和罗小海的谈话继续。
郑万奇:"小海,我有句话,不知当讲不当讲……"
罗小海:"当兵的出身,别绕圈子,说。"
郑万奇:"你飞得好好的,就这么说停就停了?"

罗小海:"你什么意思?"

郑万奇:"小海,我跟你说正经的,难道你就没考虑个退路什么的?"

罗小海打量着郑万奇:"退路?向哪儿退?"

郑万奇以为罗小海动心了,顿时来了精神:"我不知你是真傻还是装傻,现在像你这样的条件,要是到民航公司去,绝对的抢手货!先说待遇,要比部队高几倍,另外还有四居室两厅两卫住房一套,上下班轿车接送。"

罗小海:"你就是为了说这个?还有吗?"

郑万奇:"还有,管得也不像部队那么严。不瞒老同学说,民航公司我认识人,你要有想法,我帮你。"

罗小海:"看不出来,你还有这路子。"

郑万奇:"小海,既然这样了,就下决心吧,现在对你来说是天赐良机!"

罗小海:"万奇,你错了。"

郑万奇:"怎么,你没想法啊?你准备继续在部队飞下去——你不是停飞了嘛!"

罗小海:"我会努力争取早日恢复飞行的,飞民航运输机,我没有兴趣。"

郑万奇:"你真这么想,我没有办法,算我没说、算我没说。"

罗小海:"万奇,我知道你说的都是实情,可我也不是在唱高调,都是我发自内心的感受,请你能理解。"

郑万奇:"小海,嘛也不说了。走,喝酒去!"

舰载机A团 办公楼　白天

张团长在办公室拿出几种药,倒出来一大把,送进嘴里。这一幕被推门进来的何政委看在眼里。

何政委:"哎,老张,你的老胃病光靠这么吃药也不是个办法。"

张团长:"没事,来,坐吧。"

何政委:"下个星期的海上合练搞完以后,无论如何你得去疗养,要不然,王队长可要找我算账了。"

张团长："看你说的，没那么严重吧。不过，疗养的事还真的去不了。"

何政委："你怎么又变卦了？"

张团长："你看，杨副团长到东海参加演习去了，李副团长一时还回不来，现在宋大队长又上学走了，你说我怎么去疗养。对了，上次报的大队长人选的事怎么样了？"

何政委："我问了，首长出差开会多，常委会开不起来。关于丁世杰的处理意见机关给打回来了。"

张团长："为什么？"

何政委："嫌我们处理得轻了，要我们重新再报。听意思，小丁这次可能留不住了。"

张团长："怎么，要他转业？"

何政委点点头："可能就这个意思。"

张团长（气不平地）："丁世杰有问题我们处分他、教育他，不能这么草率就让他转业。不行，我找司令。"说着就拿起话筒。

何政委按住话筒："别打了，干部部门把话都说死了，他们只认文件和规定。你找也没用了。"

张团长："唉！文件是死的，人是活的吧！？"然后用力扣下话筒。

海南某咖啡屋　夜

徐亚宁和吴小丽乘坐一辆出租车来到咖啡屋前。

停车交费后，徐亚宁和吴小丽下车，走进咖啡屋。

灯光迷离的大厅里播放着高雅而优美的萨克斯乐曲。

徐亚宁和吴小丽走进大厅，找座位坐下。

侍应生过来："小姐，请问二位用点什么？"

徐亚宁："两杯Cappuccino（卡布基诺）。"

吴小丽："一杯多加糖和奶。"

徐亚宁："你这是在减肥呐？我看你是在增肥！"转对侍应生："对不起，两杯一样。"

侍应生离去。

吴小丽："说好了，今天是我请你。"

徐亚宁:"我也没跟你争啊,难得你这么大方一次。"
吴小丽:"你看,人家请你还不领情。知道我为什么请你吗?"
徐亚宁若无其事地:"不关心。"
吴小丽:"为你在国家集训队的良好表现,知道你为什么现在的状态这么好吗?"
徐亚宁:"哎呀,你哪来的那么多为什么,烦不烦?"
侍应生把两杯咖啡放在了她们面前。
徐亚宁:"谢谢!"
吴小丽端起嘘了一口:"我觉得你应该感谢一个人。"
徐亚宁:"谁啊?"
吴小丽:"还有谁,帅哥呗——当然还有后来的刘哥,还有李医生。"
徐亚宁沉思片刻:"我和当兵的有缘。"
吴小丽:"不过还是挺刺激的。"
徐亚宁轻轻喝了一口:"可能对你来说是刺激,对我来说是煎熬。好在他们都是人中豪杰。"
吴小丽:"这个比喻恰到好处,我还想补充一句,他们还是军中精品。"
徐亚宁打量着吴小丽:"小丽,你变了。"
吴小丽:"是吗?我怎么没感觉出来?"
徐亚宁:"你是变了。变得……越来越像是一个女人了。"
吴小丽:"越来越像是女人?你这是什么话,难道我以前不是个女人?"
徐亚宁:"以前,你是个女孩。"
吴小丽品味着:"女孩……女人……"

舰载机A团 心理测试室 白天
李燕整理着桌子上的《飞行心理学》、《实验心理学》等书籍。
王萍推开门进来。
李燕:"队长,请坐。"
王萍拉过椅子坐下:"考完了是吧,感觉怎么样?"
李燕:"差不多吧。"

王萍："差不多就是没问题,这些日子你是工作和复习两不误,太辛苦了。不过,这段时间你还得赶紧带带文护士,保证你上学走后,这个项目还要继续开展。"
　　李燕："队长,我能不能考上还不知道呢。"
　　王萍："我相信你,一定会考上的!"

——第二十集完

第二十一集

舰载机A团 外场 白天

张团长和何政委一起走出塔台。

本来何政委是来跟班飞行的，可刚坐了一会儿，几个电话就让他坐不住了。刚才机关报告，上面通知说月底前政治部门要下来考核党委建设情况、后勤部门要评比先进场站、装备部门进行装备检查，有的通知中还明确要求单位主官必须亲自抓，这就等于点团长和政委的名了。你要不参加汇报不参加陪同到时说你不重视，扣分；你要是都参加又赶到一起，吃饭跑桌都跑不过来。为单位的事累一点事小，扣分影响了单位的成绩事大。张团长因为今天要上舰参加舰队组织的舰机协同训练，就剩何政委这个政工主官了。张团长上飞机前，让何政委赶紧回办公室和机关研究迎接检查和评比的计划方案。开始时何政委还有点不敢离开，因为飞行部队规定，军政两个主官都在家的情况下，必须保证一人跟班飞行。所谓跟班飞行就是到外场塔台坐班，以便了解和处理飞行中遇到的问题。可张团长说："哦，我上舰指挥飞行不算跟班？"何政委听了觉得也说得过去，才决定先回办公室的。

出了塔台，何政委跟团长念叨："你一上舰，家里就剩下两个战备值班机组了。"

张团长对年底的各项检查还耿耿于怀:"是啊,司政后装每年年底都压任务,凑什么热闹你说。"

何政委感慨道:"现在呀,首长的思路都变了,所有的海上协同科目没有不用舰载机的。"本来还有一句"所以导致他们这么忙",没说出来。

"这说明舰载机重要啊!"张团长就愿意听到这样的话,刚才的牢骚早就忘到脑后了:"现代战争没有制空权就没有制海权,这个道理首长比我们更明白。你听说了没有,组建E团的事,已经列入008计划了!"

何政委当然知道,008计划实际上是我国航母计划中的分计划,就是要加快发展舰载机,加速培养舰载机飞行员,并尽快生成战斗力。但何政委从政工口听到的消息是,上级正在作最后的论证,至于有什么具体动作,还要等上级的正式通知。

走到跑道边,张团长站住了:"这样的话,有关新员的训练还得抓紧。"

何政委用商量的口吻说:"是不是先恢复罗小海的飞行?前两天你不在家,大队上报了意见,他们等着批复呢。"

张团长说:"罗小海的检查我看了,有那么点意思。还有,他写的一篇军事学术论文,对舰载机的战术应用作了一些探讨,很有见地。我看这个处分他没白挨。"言外之意就是同意了政委的意见。说着,上了一旁的吉普车。

何政委提醒张团长:"老张,带药了没有,海上的气候可是变化无常。"

张团长对何政委笑着:"没事,你当我是纸老虎啊。"

吉普车一溜烟地开往停机坪。

何政委也不敢怠慢,转身向内场走去。

舰载机A团　卫生队　白天

王萍手里拿着几小瓶子药,急急忙忙从卫生队楼上下来,跑向停在楼前的救护车。

王萍一边上车一边对司机:"开车,去外场!"

司机发动车辆,向外场驶去。

在机场穿场公路上,王萍告诉司机说:"直接开到停机坪。"

舰载机A团　外场　白天
张团长已坐在海龙飞机的驾驶座上,只见他戴好耳机,检查完仪表开关,并向地面的郝大队长做了个请求起飞的手势。
郝大队长给张团长回了个手势。
飞机缓缓飞离地面。
这时,人们发现救护车从穿场公路快速驶来,而飞机已转弯进入航线。
王萍赶到停机坪,眼看着飞机起飞离去,她跺着脚,对着张团长的飞机摇晃着手中的药瓶:"老张,药——!"

海空　白天
海上舰机协同训练,在预定海域展开,波涛汹涌的大海上,我舰艇编队在航空兵的护航下,劈波斩浪,战术展开。
此次协同训练主要是围绕舰机协同攻击、反潜、侦察、布雷和超视距引导等科目展开,以检验舰艇和舰载机在协同作战中的效能。由于属于年底前比较大的一次协同训练,舰艇支队和舰载机A团基本上都是成建制出动。水下有潜艇,水面有舰艇,低空有舰载机,高空有歼轰机,三位一体,场面恢弘壮观。
海上的温度比陆地低了许多,张团长在指挥塔台里已经穿上了皮飞行服,但身上依然感到发冷,脸色发青。当他指挥完刘长军其中一次起飞的时候,本来站着好好的,竟一屁股坐在了椅子上。

舰载机A团　营区　白天
运动场里,罗小海在滚轮上飞快地旋转着。
转了一会儿,罗小海突然用力制动住了滚轮,然后把身体变换成躬身状,顺手从旁边摘了一根已干枯的蒲公英花,拿到嘴边吹着。
吹散的蒲公英花絮在滚轮旁轻轻地飘散着。

舰载机A团　办公楼　白天
何政委从办公楼出来,刚要上车,沈股长追了出来。

沈股长火急火燎地在身后叫："政委，政委——"

何政委回头看是沈股长，停下来问："怎么了沈股长？"

沈股长："任务，又来任务了……"

何政委："什么任务？"

沈股长："政委，紧急任务。"

何政委："紧急任务？"

沈股长："是的，海上110来电，我一缉私船与一走私船在17号海域发生枪战，有一名缉私队员受重伤，请求我部派飞机救援。舰队指挥所令我部紧急出动一批一架，飞赴出事海域实施救援。"

何政委顿时愣住了："一批一架？家里还有能执行任务的机组吗？"

沈股长："报告政委，除战备值班机组，没有了。"

何政委："战备值班机组我们无权动用……"

沈股长摸摸脑袋："政委，我想起了一个人。"

何政委："谁？说！"

沈股长："但我不知道他行不行？"

何政委："你是说罗小海？"

沈股长："对，罗小海。不过，他好像还在停飞期。"

何政委使劲拍了一下沈股长："什么停飞期，他已经恢复飞行了！"

沈股长："罗小海恢复飞行了，雪中送炭啊！"

何政委："通知罗小海，紧急出动！"

同上 外场 白天

外场停机坪上，一架飞机螺旋桨飞转，引擎轰鸣。

罗小海接到作训股的通知以后，以最快的速度做好了飞行准备。实际上，他一直没停止身体锻炼和技术方面的保持，经常跑到训练中心独自训练，有时还跑到李燕那里飞飞模拟器过过瘾。他虽然不知道什么时候恢复他飞行，但他知道肯定会恢复他的飞行。这不说来就来了。

罗小海已经开车，做好了起飞的准备。何政委考虑到了罗小海毕竟停飞了一个星期，若非任务紧急，他也不会动用罗小海，为此他亲自到停机坪为罗小海撑腰打气。

苏成听说团里要执行海上紧急救援的任务，凭他的职业敏感，他感到这个任务的照片肯定能上报还可能是头版，不由分说背起相机就到处找政委，因为除机组人员外，任何时候任何人登机都要经过团首长甚至更高一级首长的批准。他追政委追到了停机坪："政委，我申请上机拍照行不行？"

何政委制止道："救人要紧，马上起飞。"

苏成沮丧地跺了跺脚。政委告诉他，如果让他上去，可能就少救一个人，因为海猫直升机机舱空间有限，在海上的情况还不清楚的情况下，自然要把机会留给需要救援的人。苏成虽感有些遗憾，也不得不承认政委考虑得更加全面。

海空　白天

罗小海目光炯炯，与坐在副驾驶位置上的杨光做了简单的目光交流后，驾机起飞。

海猫飞机爬高飞去。

在17号海域，缉私船与走私船对峙着。

走私船负隅顽抗，偶尔还能听到枪声。

缉私船上，我缉私队员头戴钢盔、身穿防弹背心继续观察着走私船的动静。

有几个队员已动用催泪弹、高压水枪等武器打击对方。

喇叭里传出强硬的喊话——

"赶快放下武器，负隅顽抗，后果自负！"

"增援的飞机和军舰马上就到，快投降吧！"

缉私船医务室内，受伤的缉私队员躺在简易的医疗床上，医护人员正在为他做着吸氧、包扎止血、心电图观察等简单处理。她们的神情显得非常着急。

医生（焦急地）："海军能派飞机来吗？"

护士（激动地）："队长刚才说，他们答应了！"

医生看了看心电图机："病人的病情很危险，再拖可就不好办了。"

其时，罗小海正驾机飞行在航路上，他也接到了塔台的指令："……海上情况紧急，全速飞行，飞抵指定海区后，快速搜寻目标，全力实施营救。"

罗小海回答"213明白"后，把油门推到最大。

缉私船已缓缓靠上走私船。

走私船背面有两名走私犯拿着救生衣，偷偷摸摸地向一边挪动，想跳海逃走，被走私头目发现。走私头目大骂着，掏出枪朝着他们连开了数枪。

船舷边，一名受重伤的走私犯无力地抬头看了一眼。

几个缉私队员围在一起，缉私队长向他们作着强行登船的部署。

医生焦急地来到甲板上，向空中寻望着，被缉私队长发现后，断喝了回去。

医生退回舱室。

罗小海驾驶海猫飞机远远就发现了飘摇在海上的两艘船，料定就是通报中说的缉私船和走私船了，径直朝着目标飞去，因为缉私船上有插国旗，极好辨识。不一会工夫，飞机就飞抵缉私船的上空。

罗小海在下降高度后，终于发现了两船已靠在一起和缉私船上依稀晃动的人影。

缉私船医务室里，护士竖耳一听："我听到飞机的声音了，飞机来了！"

医生："快出去看看！"

护士一溜烟儿跑了出去。

船舷边，护士搭起眼罩向空中看去，兴奋地跳了起来。

全副武装的缉私队员开始强行登上走私船。

缉私队长在一旁指挥着。

罗小海驾机降低高度，悬停状态观察着船面。

两船吨位太小，没有可降落的平台，罗小海要杨光协助3号投放吊篮，于是杨光和3号一起将吊篮向下放去。

缉私船上的医生眼巴巴地望着飞机放下的吊篮能快点下来，不住地打着手势，嘴里念念有词："快放……快放……"

两名缉私队员和护士一起将受伤的缉私队员抬到了前甲板上。

已经登上走私船的缉私队员展开搜捕，一名缉私队员向躺在船舷边上的走私犯身上踢了一脚，走私犯没有反应。

缉私队员继续搜捕着，被踢过的走私犯微微地睁开眼睛，接着又闭上了，但缉私队员没有发现。

吊篮已放至船面，医生指导着放担架，医生示意飞机继续下降。

医生对着飞机大声地："再下一点——"

杨光打着手势，大声回答："不能再降了，你们往上抬吧，使劲！"

医生："不行啊，上不去。"

罗小海："2号，你注意观察船面的旋风，我再降一点高度。"

杨光："1号，再降很危险……"

罗小海："别说了，注意观察！"

杨光："2号明白！"

医生看到飞机很配合，直夸："这个飞行员真好。"

护士还向罗小海打了个飞吻。

走私头目和部分走私犯主动放下武器，被带出船舱。

躺在船舷边上的走私犯苏醒过来，他艰难地伸出手，摸向身边的冲锋枪……

医生指挥着将受伤的缉私队员抬上吊篮，他和护士也随即上去，打着手势让罗小海收起吊篮。

罗小海异常镇静地操纵着飞机。

苏醒过来的走私犯将冲锋枪拿在手里，勉强地抬起头。

他将目光无力地投向缉私船，因视线遮挡，他看不到缉私船上的人，他试图支撑着爬起来，终究失败……

此时吊篮已升至半空。

罗小海向指挥塔台报告："泰山，泰山，救护即将完成，请示返航。"

塔台回复："救护完成后，立即返航。"

罗小海："213明白！"

受伤的走私犯在抬头的当儿，发现了几乎在他头顶上的飞机。

他定睛看了看飞机上的飞行员罗小海，然后抓起了冲锋枪……

罗小海和其他救护人员由于精力过于集中，没人注意到走私船上的异常。

处于悬停状态的海猫飞机依然轰鸣着……

救护吊篮已升至飞机舱门。

走私犯用前胸抵着枪，向飞机一阵疯狂乱射……

罗小海听到了枪声，他看了一眼正在上机的人们，指挥着："快，下面还有漏网的歹徒！"

杨光提醒："中队长，注意！"

就在这时，罗小海突感腿部一阵酸痛，他下意识地低头一看，不禁愕然……

罗小海的小腿已是鲜血直流……

缉私队员们听到枪声后，立即跑来寻找，刚才踢脚的那个缉私队员最先发现了装死的走私犯，发狠地将一梭子子弹射向歹徒……

医生和护士将受伤的缉私队员抬上飞机，杨光关上舱门，回到前舱。

罗小海强忍着腿部的剧痛，控制住油门和舵杆。

飞机突然一阵抖动，罗小海紧咬嘴唇，控制住了飞机。

那名护士惊叫一声："飞机怎么了？"

杨光并不知道罗小海受伤，他打开机舱里的机内通话，告诉罗小海："1号，后舱就绪，可以返航。"

罗小海紧咬着牙关，几乎把话挤出来："1号明白。"

罗小海手推油门、双脚登舵，飞机爬升后转向飞去。

两个缉私队员仰望着飞机甩尾而去，刚把心放下，其中一个队员突然发现从飞机上滴下来的鲜血，失声大叫："队长——血！"

队长出来询问后确认是飞机上流下来的血，仍然纳闷："伤员已经止血处理了，哪儿来的血？"

罗小海驾驶的海猫在云层中穿行，一股气流迎面袭来，罗小海的脚使不上劲，飞机猛地抖动了一下，罗小海赶紧修正。

这一下并没有躲过杨光的眼睛，杨光转脸看去，顿时吓了一跳："1号，你的腿……受伤了？"

罗小海小声告诉杨光不要声张，否则机上人员会人心慌乱。

杨光焦急："可你……"

罗小海:"我说过了,不要声张!"
杨光:"中队长……"
罗小海:"好了,我知道怎么做。"
罗小海用力推了一下油门,飞机加速飞去。

舰载机A团　外场　黄昏

罗小海驾驶的海猫迎着晚霞,疾驶而来。
指挥员看着已经临空的飞机没有减速,不断地提醒罗小海减速飞行,可他哪里知道,罗小海是拖着被击伤的一条腿在顽强地坚持着飞行!不仅指挥员不知道,连机上的缉私队员和医护人员也不知情。
罗小海为了安全平稳地完成停飞后的首次海上救援飞行任务,还是坚持按程序及时回答了指挥员的指令,他想尽量使语气放松,但却是咬着牙挤出"213……明白"这句话的。塔台上的指挥员从无线电里自然听不出罗小海语气上的变化,但副驾驶杨光却是一直看在眼里急在心上。他看到罗小海强忍枪伤强作轻松坚持飞行,早已是忍心不止了。他"擅自"打开塔台通话,向塔台指挥员报告了实情:"泰山、泰山,311报告,213腿部受枪伤,急需救治!"
机上的缉私队员和医护人员听到这个消息都几乎愣住了,他们不知道也不相信这位飞行员为了救援他们自己居然受伤,并带着伤痛驾驶飞机把他们安全地运送回来。他们纷纷向前舱探头想看个究竟和以什么方式安慰一下这位了不起的飞行员。
罗小海瞪了杨光一眼,关闭了他的塔台通话。
杨光(惊愕地):"中队长,你这是干什么!"
罗小海:"首先要保证飞机安全降落,保证机上人员的安全,你知道吗?"
杨光几乎要流出眼泪:"可你的伤……我让地面知道做好救治准备也没什么不对啊!"
罗小海:"好了,就要降落了,保持镇静,听我的!"
指挥员听到杨光的报告其实是一头雾水,除安排救护车做好抢救罗小海的准备以外,还要了解罗小海受伤的真实情况。
"213什么时候受的伤?伤情怎么样?"

指挥员的问话，没有得到及时的回答。

指挥员着急了，又喊："213、213、311、311，请回答！"

仍然没有应答。

指挥员以命令的口吻："213、311注意，不管伤情如何，首先确保飞机平稳着陆，保证飞机和人员安全！"转而对身边的李参谋："还愣着干什么？通知抢救车、救护车紧急进场！"

李参谋回答："是！"

机场的黄昏，残阳如血。

指挥车、抢救车、救护车及120急救中心的急救车，在夕阳的映照下，一路鸣叫驶向停机坪。

何政委等从指挥车上下来，翘首以待。

罗小海的飞行靴里，已灌满了鲜血，但他还是以非凡的毅力将飞机平稳地降落在停机坪上。

李燕第一个冲了上去。

几乎同时，何政委等一拥而上。

此时的罗小海，似乎用尽了全身的力气，关闭发动机的一刹那，他的身子像散架似的躺在驾驶座上。昏了过去。

杨光眼含热泪抱着罗小海走下飞机。

舰队中心医院　夜晚

无影灯下，手术剪、手术钳在医生和护士的手中快速而有序地传递着，这是为罗小海手术的现场。

罗小海静静地躺在手术床上，接受着手术治疗。

在手术室外面的走廊里，王萍、陈医生、李燕焦灼不安地向手术室里张望着。

李燕抬起手腕看了看表："两个多小时了，队长，腿部枪伤的手术怎么需要这么长的时间？"

王萍："可能是罗小海的枪伤耽误的时间太长了，腿部淤了很多的血需要清理。你不要忘了，他是受了伤又把飞机开回来的，这中间飞了整整45分钟！"

陈医生："这可是罗小海创造的又一个奇迹！"

李燕:"我宁可不要他创造这样的奇迹。"

罗小海依然静静地躺在手术床上。
主刀医生严祥龙专心致志地做着最后的缝合。
科主任杜再平在一旁观察着,面部表情显得忧郁。
严医生终于直起腰来,长嘘了口气,对杜主任说:"先这样吧。"
杜主任点了点头。
不一会儿,几名护士推着手术车上的罗小海、举着吊瓶从手术室里快速走出来。王萍和李燕急忙上前,还没来得及看,护士们就一溜烟地推走了。
最后,严医生和杜主任从手术室里走出来,王萍和李燕上前拦住了他们。
王萍(关切地问):"杜主任、严医生,你们辛苦了,手术还顺利吗?"
杜主任(轻松地说):"严医生主刀,他辛苦。"
严医生向下摘着手套,操着一口上海普通话:"辛苦嘛,就不要说了。手术还只能说是初步的。"
王萍忙问:"严医生,你说什么,初步的?"
严医生:"王队长,你也是医生,不用我多说,你应该知道的。"说着,快步走去。
王萍怔怔地看着严医生走远。
李燕刚才不敢插话,听了严医生的话却使她更加沉重了,她问王萍说:"队长,这个严医生神经兮兮的,他什么意思啊?"

舰载机A团 外场 白天

张团长参加海上舰机协同训练结束后,搭乘海猫飞机归建。实际上,舰队首长是邀请他搭乘指挥舰回来的,但多年的飞行生涯使他养成了一个习惯,就是有快的不坐慢的,飞机当然比舰艇快多了。尽管是近海,飞机不到一个小时,舰艇却要大半天,他不愿意在海上漂着。
他们的飞机回来的时候,何政委等亲自到停机坪迎接。按说两个机组参加这样的活动,政委是没必要亲自到停机坪迎接的,可最近不知怎么了,何政委对团长的关注度和热情度格外地提升,什么原因,他自己也说不上来。

张团长第一个走下飞机,何政委上前握着张团长的手:"在海上漂泊了两天,辛苦了!"

张团长倒是和平常没什么区别,只是觉得这都是迎接机组的客套话,再说现在出海执行任务是常事,他本人也感到很习惯了。

何政委意犹未尽,边走边说:"看到指挥室传回来的画面,舰机协同训练搞得很壮观。咱们的海龙的镜头还不少呢。"

张团长头一昂:"那当然,舰机协同,咱们也是主角。"

何政委笑了:"还是团长说得对。走,上车,赶快回去休息休息。"

张团长在车门前站住:"哎,小罗那边的情况怎么样?"他在海上的时候,政委已经单独向他通报了罗小海执行任务受伤的情况。

何政委:"昨天下了飞机就送到舰队医院进行了手术,王队长和李医生一直在那边盯着呢。"

张团长追问:"手术的情况怎么样?"

何政委:"还算顺利。医院说手术还是初步的。"

张团长:"初步的,什么初步?"

何政委:"医院对没有把握的事都这么说呗。"

张团长长叹一声:"你说小海这一枪挨得冤不冤!堂堂的海上缉私队,连个走私船都对付不了,真是的!"

何政委:"现在的走私犯,武器装备都很先进。"

张团长无奈地长叹一声:"唉!什么时候我到医院去看看他去。"

何政委引领着张团长:"你不在家,我都全权代表了。先上车,正好有几个事我给你说说。"

两人上了停在停机坪边上的车,张团长和何政委一起坐在后排座上。

何政委:"下午干部处电话通知,刘长军的大队长职务通过了。"

张团长:"罗小海呢?"

何政委："他们说，已经充分考虑了咱们的意见，罗小海的问题以后再说。还有，丁世杰转业的事，已经定下来了。"

张团长有点惊讶："他们真的就这么定了？"

何政委："上边点名定的。"

张团长："我说过，文件是死的，人是活的呀！丁世杰是基层干部，我们最了解他，他们怎么就不能听听我们基层党委的意见！"

何政委："老张，上边已经定了的事，你就不要再较真了。再说，你现在也正处于关键时刻，说多了不好。"

张团长："我就是拧不过这个劲！"

舰载机A团　地勤大队部　白天

上级确定丁世杰转业的消息，何政委在和张团长通气后便通知了郝大队长，并让他负责跟丁世杰谈话。起初，郝大队长也感到突然，政委把有关情况说了后，他才勉强接受这个现实。但让他跟丁世杰谈话他不情愿，因为他自己还想不通呢，怎么做丁世杰的工作啊？他还向政委提议，谁决定让丁世杰转业的就让谁来谈话，当然受到政委的批评，政委说，干部处通知的，政治部拿的意见，常委会决定的，你说让谁来谈话？如果都要求上级谈话，司令、政委一年到头光谈话就谈不过来，还干不干别的事？在基层就是要讲政治顾大局抓落实，否则还要我们干什么。郝大队长不再说什么，只能老老实实先做好自己的思想工作，再做丁世杰的思想工作。于是，他把正在工作着的丁世杰叫道了大队部。

丁世杰显然想不通。

郝大队长："什么都别说了，上边已经定了。"

丁世杰沉默不语。

郝大队长："就这样，团里也做了不少的工作。如果按照武器装备管理条例，判你个劳教都不为过。接受教训吧！"

丁世杰："大队长，组织上怎么处理我，我都没有意见。问题是，突然决定让我离开部队，我想不通啊！"

郝大队长："部队的事你也知道，一旦决定了就改不了了。事到如今，也只能向开处想了。我觉得，你还年轻，又有技术，大胆去闯吧，有部队这些年的锻炼，到哪你也会是条汉子。"

丁世杰沉吟片刻："我自己倒是好说，我无法向我老爹交代。我爹还希望我挂上'金豆子'，这下我让他失望了。"

丁世杰说的"金豆子"是说将军肩牌上的金五星，少将一个星称为一个金豆，中将两个星称为两个金豆，依次类推。

丁世杰的爹郝大队长见过，说起金豆子的事与他还有一定关系。那是有一年丁世杰的爹来部队探望儿子，按照基层部队传统，老人来队，领导要看望老人，同时把部下的工作、表现等情况向老人汇报一下，一般是拣好的说，一是安慰老人，二是鼓励部下。当郝大队长尽述丁世杰优点后，一贯对部队有感情并对部队首长特别信任的丁父，当场表态要儿子继续努力，不扛上金豆子不要回家。当时郝大队长还顺水推舟说只要小丁好好干，大有希望。现在，如果老人知道儿子要转业了，指不定会怎么想。

想到这，郝大队长也只能走哪儿说哪儿了："不过，你到地方要是混出个样儿，老人也同样会高兴的。"

丁世杰沉默良久，没有说话。

同上 营区 白天

空勤一大队列队去空勤教室，带队的是值班员纪天祥，刘长军走在队伍最后。刘长军的肩牌已经换上了少校军衔。

纪天祥领着喊口号："一二一，一二一，一、二、三、四！"

众飞行员："一、二、三、四！"

来到空勤教室，众飞行员按顺序入座。

刘长军走上讲台。

纪天祥走到讲台下面，面向飞行员整理部队："立正！"

众飞行员立正。

纪天祥向刘长军敬礼："大队长同志，人员集合完毕，应到38人，实到38人，请指示！值班员纪天祥。"

刘长军还了个礼："请坐下。"

纪天祥转向众飞行员："坐下！"

众飞行员坐下。

刘长军："同志们，今天下午安排理科学习。学习内容：合同作战中反潜战术运用。下面，请教员同志上课。"

同上 卫生队 白天

王萍从营区道路上刚要拐进卫生队，忽见张团长的吉普车从对面驶来。她急忙摆手，示意停车。

吉普车在王萍面前稳稳停住，司机小袁动作麻利地跳下车，走到王萍跟前。

小袁："王队长，您有事吗？"

王萍伸头向车内张望着："你们团长在车上吗？"

没等小袁说话，张团长落下后门车窗玻璃，露出半个身子，生硬地："你什么事？"

王萍走到车跟前，埋怨道："你今天没有飞行，昨天晚上也不回家？噢，连个招呼也不打？"按飞行部队规定，结婚且在营区居住的飞行人员只有在战备值班或第二天有飞行任务时才不允许回家过夜，其他时间可以回家的。王萍当然知道这一点。

张团长一听老婆叨叨这事，就不耐烦："老夫老妻了，打什么招呼。快说什么事，还有个会等着我呢！"

王萍向车前又靠了一步："就你的事急，别人的事都不急！"

张团长："你看，还越说越来劲了！好了老婆，你说吧，我听着。"

王萍："我问你，昨天在海上，你的胃病是不是又犯了？"

张团长："这不是好好的吗？没事。"说完，张团长升起了车窗。

王萍伸手压住上升的车窗玻璃："你别没事没事的，下个星期，到舰队医院去检查，说定了啊！"

张团长顺口答应着："好好，我得开会去了。"

王萍拿下手，张团长对小袁："开车！"

小袁重新启动，挂挡驶去。

张团长（突然地）："停下！"

小袁一个急刹，车停住了。

小袁一惊："团长，怎么了？"

张团长打开车门，向后探出半个身子："哎——"

王萍站住："谁叫'哎'，家庭妇女还有个名呢！"

张团长："罗小海在医院怎么样了？"

王萍:"今天李医生在那呢,我也不能老是靠在那里,家里还有一大摊子呢。"

张团长:"我听政委说,怎么……手术还是初步的……"

王萍走到车边:"那天不是急嘛,舰队医院给做了简单的清创处理,被打坏的主要血管也接上了。当时他们说,没有十分把握,需要再观察。我昨天去的时候,小罗感觉小腿有点胀,我认为这也是术后的正常反应。"

张团长:"有空一定把情况弄清楚了。"

王萍:"还怎么弄清楚?这够清楚的了。你就知道下命令。"

张团长看了看表,令小袁:"快走,开会到点了。"

吉普车疾驶而去。

同上 办公楼 白天

何政委一只脚已经迈进了办公楼,后面传来刘长军的喊声,不得不又退了回来。

刘长军朝何政委跑着:"何政委——"

何政委站在办公楼前,迎着刘长军:"刘大队长,什么事?"

刘长军(有些腼腆地):"政委,你还叫我小刘行了。"

何政委:"哎?我可是按条令来的——军人之间通常称职务,或者姓加职务,或者职务加同志,没错吧?"

刘长军:"政委,内务条令还规定,首长对部属,可以称姓名,或者姓名加同志。您叫我的名就行。"

何政委:"叫你大队长还不习惯是吧?快说你的事吧。"

刘长军:"政委,有个问题想请示您。"

何政委:"复杂吗?是在这说还是到办公室去说?"

刘长军:"不复杂,我想去看看罗小海,前几天团里要求不准探视。"

何政委:"长军,我看还是等几天吧。"

刘长军:"他不是已经动过手术了吗。"

何政委:"罗小海虽然已进行了手术,医院还要观察一下再确定下一步的治疗方案。你回去给同志们解释一下,还是集中精力搞好训练。对了,这两天飞行的领导在家的不多,你牵个头,不要影响了训练，一中队新员的着舰训练让纪天祥盯紧点，小海的事有医院和卫生队呢，让大家放心。"

刘长军无奈。

舰队中心医院　白天
罗小海在病床上半躺着，李燕坐在他的床前。
罗小海向上抬了抬身子，脸上一副焦灼不安的神情。
李燕急忙上前，爱怜地："小海，慢点。感觉怎么样？疼吗？"
罗小海："剧痛还能忍，小腿这种胀痛，让人受不了。"
李燕："你坚持坚持，我问严医生了，他说观察观察再说。"
罗小海咬咬牙，忍着痛："现在正是新员着舰训练的关键时刻，我伤的可真不是时候。"
李燕："你现在着急也没有用，你现在的任务就是安心养伤。新员训练团里安排纪天祥负责，你不必担心。"
罗小海还想说什么，小腿的肿胀还是让他感到痛苦不堪，咬了咬牙又躺下了。李燕看在眼里，痛在心上。自己心爱的人身负重伤，术后出现严重的不稳定症状，而且没查出原因，她本人作为医生却无能为力！单位的事还有一大堆，还要参加考研……李燕也承受着空前的压力。

舰载机A团　卫生队　白天
李燕从医院赶回来，抽空指导文护士操作一套心理学的软件。
李燕让开："小文，你来试试看。"
文霞上机操作，点击进入程序，出来"模拟飞行"模块。
李燕指导着："对，接着进入就行了。"
文霞继续点击进入。
李燕："好了，下面按照提示操作就行了。需要注意的是，等实际运用的时候，要及时确认数据库的资料，便于存档。"
文霞显得心中没底："李医生，你不在我能行吗？"
李燕："怎么不行？我看你已经很棒了。"
文霞："我怕那帮飞行员不听我的。"
李燕："这句话说得不对，什么叫不听你的？咱们这项工作是为飞行员服务的，不是管着他们。而且，现在他们更加理解我们的工作了。"

文霞不好意思地点了点头。

同上 办公楼 白天
苏成编制上虽然属于电影组，由于政治处干部编制少，宣传干事还要负责保卫和群联，好几摊根本忙不过来，团里的宣传报道工作实际都由苏成具体干。用机关一些人的话讲，苏成比干部还好用。这不围绕罗小海的事迹又跑到政委办公室汇报上了。

苏成站在政委办公桌前："政委，电视台又来电话说想采访罗小海，您看能安排吗？"

何政委："你给他们说，罗小海现在的情况还不能接受采访，等他的伤情稳定了以后再说。"

苏成（为难地）："他们这是第二次联系了，我觉得这次事件对提升咱们团在当地的影响，是个好时机……"

何政委站起来："小苏，你说的没错。但罗小海现在确实不方便接受采访，我觉得目前保护罗小海比宣传罗小海更重要。"

苏成（嗫嚅地）："我以后发新闻，还要找他们，要不然先采访一下杨光，他也是机组成员嘛。"

何政委笑笑："你这么说我就明白了，你通知一中队让杨光做好准备，既不要夸大其词，也不要过于谦虚，实事求是地介绍当天发生的情况就行了。"

苏成高兴地敬礼："知道了，谢谢政委！"

同上 营区 白天
李燕骑车从营门外进来，收发员从收发室抱着一摞报纸、杂志跑出来，叫住了她。

收发员："李医生，等等！"

李燕回头，停了下来。

收发员走到李燕跟前，挑出一个中信封："有你的一封信件。"

李燕接过："谢谢啊。"

收发员说了声"不客气"又拐进另一营房去了。

李燕看到信封上"中国人民解放军第四军医大学"的地址，急忙撕开信封抽出里面的信瓤，"中国人民解放军第四军医大学心理学系研究生班录取通知书"赫然入目。李燕赶紧又装了起来，高兴地向卫生队跑去。

同上 卫生队 白天
　　李燕几乎是跑着上楼跑进心理测试室的，进门之后她急忙关上门，来到电脑桌前又抽出通知书看了一遍，确认无误后，把录取通知书抱在了胸前。
　　她似乎想起了什么，又展开录取通知书看了起来，当目光落到"9月15日前报到"几个字上时，整个人都定格了。那天在舰队医院手术室门外的走廊里，严医生的话让她现在还捉摸不透。严医生说罗小海的手术还只能说是初步的，显然是话里有话嘛。罗小海的伤情不稳或者说还没最后定论，自己怎么能离开呢？想到此，李燕又轻轻地把录取通知书装进了信封，放进了电脑桌的抽屉里。
　　李燕出了心理测试室，手里不停地整理着一个包装盒就来到王萍办公室。王萍（好奇地问）："你手里拿的是什么东西？"
　　李燕："我给罗小海买了个掌上游戏机，正好给他带去。"
　　王萍："你陪他多说说话，比什么都好。"
　　李燕："那也不能老是说啊！玩游戏能分散他的注意力，有效地减轻疼痛感。您知道的，他是这方面的高手。"
　　王萍："你先去吧，把陈医生替回来。心理室这边有文霞顶着，你放心。"
　　李燕把掌上游戏机放进包里，叫了声"队长"，却又说"没事"，王萍纳闷："李医生，你想说什么，说啊，别有困难自己扛着，你要相信组织，更要相信大姐。"李燕犹豫了一下，还是故作轻松："队长，没事，我去了。"
　　王萍心里犯嘀咕："有什么事及时打电话啊。"
　　李燕刚走，文霞就接到刘长军的电话，问她知不知道杨玉林的心理训练资料的事，他知道李燕主要精力在医院照顾罗小海，不好意思打扰李燕。
　　文霞见过李燕为杨玉林整理的资料盘，她答应马上回心理室去找,并答应找到后为刘长军拷一份。来到心理室后,文霞就在电脑桌前翻找着,桌面没有,文霞就拉开抽屉,看了几个盘都不是,却看到了李燕放的那个信封。部队常规,公用信封尽管写某人的名字,也基本都是公务,本人即使不在,以防误事,别人也可打开,文霞看到信封已经打开,顺手抽出一看,竟然是李燕的录取通知书。也没多想就高兴地拿着通知书跑了出去。

文霞首先冲进了王萍的办公室,王萍一惊:"小文,你毛手毛脚地干什么,着火了似的。"

文霞扬起手中的通知书:"李医生被录取了,队长您知不知道?"

王萍惊喜:"没有啊,快拿来我看看。"

文霞:"我找资料发现的。"

王萍看完(欣慰地):"好事,好事啊。我说过李燕没问题的。"

文霞:"离报到只有一个月的时间了,罗小海怎么办啊?"

王萍:"罗小海的事好说。"她想了想:"不对,这么好的事李燕为什么不说,还把信压在抽屉里呢?"

舰队中心医院　白天

李燕把游戏机放在床头柜上。

罗小海挂着吊瓶,半躺着。

李燕:"等不需要打点滴的时候你就可以玩游戏了。"

罗小海拿过游戏机把弄着:"心情不爽,试着干什么都没意思。"

李燕放下手中的书:"咱聊点开心的事吧,说,你想听什么?"

罗小海:"你考研的事有消息了吗?也该发通知了吧。"

李燕:"哦,还没呢。考研没那么简单吧。也许我没考上。"

罗小海:"不可能,你那次还说你有优势呢。"

李燕:"管他呢,等等再说吧。我正想告诉你,刘长军还有杨光、常少伟他们都想来看你,被团长和政委挡住了,怕你休息不好。"

罗小海:"别说,还真有点想他们了。成天和他们在一起皮打皮闹的,猛一离开,感觉空落落的。"

李燕:"所以让你转移注意力嘛,等你身体康复了,你也教我打游戏,咱们来个对抗赛好不好?"

罗小海（突然地）："明天你别来了，还是查查录取通知书去吧。"

李燕起身道："快打完了，我去叫护士啊。"

罗小海疑惑地看着李燕跑出门。

舰载机A团　空勤俱乐部　晚上

纪天祥整队，向刘长军报告："大队长同志，队伍集合完毕，收看新闻联播。请指示。值班员纪天祥。"

刘长军回礼后："坐下。"

纪天祥："是！"

队伍齐刷刷坐下。

舰队中心医院　晚上

罗小海仍然半躺在床上，护士进来察看病房。

罗小海："护士，看看新闻可以吧？"

护士看了罗小海一眼："按说你现在需要静养。"但还是打开了病房里的电视机。

电视机的屏幕上渐渐显出中央一套主持人的影像。

罗小海："谢谢护士！"

护士点点头出去了。

舰载机A团　空勤俱乐部　晚上

中央电视台一套正在播放有关亚丁湾海盗经常出没及美国等国家到该海区巡逻护航的消息。看到这里，刘长军的眉毛紧蹙起来。

舰队中心医院　晚上

看完亚丁湾的消息，罗小海为之一振，本想直起身子，却因用力过猛，使他疼痛难忍。他显然受了这一消息的刺激，神情突然亢奋起来。他抬手按动床头的呼叫铃，那边值班护士问："15床，有事请讲。"罗小海说："护士同志，请送一份最近的解放军报或人民日报过来好吗？"

值班护士听说罗小海要解放军报和人民日报，感到莫名其妙，她对另一名护士说:"飞行员的思维是不是和正常人的思维不一样?"

"怎么了,罗小海怎么惹着你了?"另一名护士问。

"罗小海要看解放军报和人民日报,不知他要干什么?"

"在天上飞的可能和咱们就是不一样,他们神经过敏。"

值班护士到报架上直接把放在最上面的《解放军报》和《人民日报》两个报夹一起拿着送给了罗小海,叮嘱说:"不要看的时间过长了,要注意休息。"

罗小海兴奋地接过报纸:"遵命,谢谢护士。"

护士好奇地看了罗小海一眼,出去了。

罗小海翻开解放军报头版,一行通栏黑体字标题映入眼帘:"亚丁湾呼吁宁静"。

张团长家　白天

张团长一家正在吃晚饭。

王萍给倩倩夹了一个荷包蛋:"快吃,吃完了让你爸爸带咱们去海底世界。"

张团长:"孩子不是还要复习功课吗?"

王萍:"就让她歇一天吧,昨天在家复习了一天了。现在学校的老师不知从哪弄来这么多考试卷子,天天发给学生做,累得孩子都不长个了。"

倩倩:"我们老师说了,我们小学还算少的,中学的大哥哥大姐姐做的还要多。"

王萍:"你快吃饭,别说话。"

张团长:"海底世界在哪?有什么好玩的?"

王萍:"还说呢!都建好一年了,咱也没去看看,听说可漂亮了,全世界各大洋的鱼都有,在里面参观就像是真的在海底走一样,鱼就在身边游来游去的。"

倩倩:"我好多同学都去看过了,还可以和鱼类亲密接触呢。"

王萍:"吃完饭咱们就去,啊。"

倩倩把碗一推:"我吃完了。"

王萍:"你怎么吃这么少?你现在最需要补充热量。"

张团长:"行了,现在的孩子还缺什么热量,再补都赶上飞行员的营养了。"

王萍："他们消耗的热量不见得比你们飞行员少。"

倩倩站起来："咱们走吧？"

此时，电话响了起来。

王萍："星期天一大早，谁呀？倩倩接，找你爸的就说不在。"

张团长瞪王萍："有你这么教育孩子的吗？"

倩倩接起电话："喂，请问你找谁？……我是倩倩，哦，是何叔叔，你找我爸是吧？我爸他……"

倩倩拿着电话犹豫地看着王萍和张团长。

张团长："拿过来。"

王萍："何叔叔找，给你爸吧。"

张团长拿起电话："嗯，政委呀……没事，正在吃饭，你说什么？罗小海二次手术？现在到医院……好好，你等着，我马上来。"

王萍（惊诧地）："罗小海怎么了？"

张团长扯下衣架上的军装，边穿边说："舰队医院让我和政委去一趟，商量罗小海的二次手术问题。海底世界你们去吧，倩倩，改天爸爸再陪你去，啊？"

倩倩小嘴一撅："爸爸耍赖皮。"

王萍："倩倩，你没看爸爸有事嘛。"

张团长拿着大沿帽："我先走了。"

王萍（急忙地）："等等，我也得去啊。"

——第二十一集完

第二十二集

舰队中心医院　白天

张团长乘坐的军用吉普车在医院大楼前戛然而止。

张团长、何政委、王萍从车上下来,急匆匆向医院大楼内走去。

骨外科主任办公室的门敞开着,杜主任和严医生在交换CT片看着,杜主任不停地指点CT片说着,张团长礼节性地敲门示意后,走到他们跟前。

严医生向上推了推眼镜,看着张团长、何政委:"王队长我们认识的,你们二位是A团的领导?"

何政委:"是的。这是我们张团长,我是政委,姓何,叫何旭东。请问你是……"

严医生:"我是严医生,严肃的严,其实我不太严肃的。这是我们科的杜主任。"

张团长、何政委与杜主任、严医生一一握手。

杜主任:"团长、政委,罗小海的伤情,有点复杂。"

张团长瞪大眼睛:"怎么回事?"

何政委、王萍也为之一惊。

杜主任:"严医生是罗小海手术的主刀医生,让他给你们说吧。"

严医生抖了抖手中的CT片："从手术后的情况看，不太理想。当时尽管情况紧急，出血过多，时间过长，我们还是作了最大努力。原因是病人的枪伤——应该属于穿通伤——这个你们可能也是知道的，是打到了血管上，造成大面积严重的缺血损伤，血管虽然接上了，但吻合之后不通畅，造成小腿高度肿胀，形成高压综合症……"

张团长一听急了："严医生，你别说这些了，你就说病人的病情怎么回事。"

何政委拽了一下张团长的衣服。

严医生（不太高兴地）："我这不是正和你说吗，你不要着急好不好？这么跟你说吧，他的小腿很有可能保不住。"

张团长瞪大了眼睛，嗓门也提高了几倍："你说什么！能有这么严重吗？"

王萍也求情似的："严医生，你是说……"

杜主任："老严，还没有最后下结论嘛！"

严医生："我就是要给他慢慢说的，你看他那个沉不住气的样子！"

张团长："你知道吗？他是我们的优秀飞行员！"

严医生："我不管他是什么，就是将军来到这里也是我的病人。飞行员怎么了？飞行员也是人嘛。"

王萍嗔怪张团长："你就少说两句吧！"

何政委急忙站在两人中间："严医生，我们团长的意思是，你猛然这么一说，无论是病人还是我们，都不好接受。"

张团长（激动地）："严医生，将军和飞行员不是一个概念。"

严医生（有些不屑）："当然不是一个概念，将军是高级干部嘛。"

张团长（情急地）："我是说，我们国家培养一个像罗小海这样的飞行员不容易，要花几百万元人民币……"

严医生咋咋舌："啧啧啧，还好意思说，部队还谈什么钱嘛！好了，不跟你说了。主任，我去方便一下。"说完出门。

何政委看着严医生的背影，对杜主任："严医生误会了是吧？"

杜主任："没事，他就是这么个脾气，工作还是很严谨的。"

张团长："我看他够严肃的。"

王萍（忧虑地）："杜主任，罗小海的伤情真的像严医生说的那么严重吗？"

杜主任："对病人的枪伤进行清创以后，经过这两天的观察，我们组织几个科的专家进行了会诊，认为主要是当时失血过多又没得到及时治疗造成的，必须尽快实施二次手术，进行血管再造。如果顺利……当然这是我们所希望的，但确实也要有两手准备。所以，我们必须把最坏的结果告诉你们，但我们绝对会尽最大努力的。"

张团长："杜主任，需要我们做点什么？不管多大代价，一定要把罗小海的腿伤治好。"

杜主任："这样吧，我已经向院领导作了汇报，下一步，我们就着手安排二次手术，我来亲自主刀。"

王萍有些感动："我知道主任这几年一般很少亲自动刀了。"

杜主任："为了飞行员嘛！"

何政委："主任，我们非常感激，人在你这儿，我们就听从你的安排。"

张团长："杜主任，我有个建议，详细情况最好先不要告诉他本人。"

杜主任颔首应允。

张团长、何政委从杜主任那儿出来后，又到病房看望了罗小海，无非是说些安慰的话，令罗小海很受鼓舞。但告别了罗小海，何政委又感到还是要把实情告诉罗小海的好，张团长也同意，决定由王萍去跟罗小海谈，并要她注意方式和时机。

王萍领命，感到情况紧急，不能拖延，决定抓紧跟罗小海谈开。她看到罗小海情绪还好，就委婉地跟他说了需要二次手术的事。没想到罗小海反应还是相当激烈，他不理解，自己还能坚持把飞机开回来的一枪伤，为什么还要二次手术？

王萍安慰道："小罗，当时由于你失血过多，时间过长，你又把飞机驾驶回来，受伤的腿继续受力，到医院后必须马上急救处理，这也是外伤手术常见的处置方案。你这次是个个案。"

李燕心里同罗小海一样难以接受这个现实，但嘴里也不得不劝道："听王队长的，好吗？再坚持一次，你就会好的。其实，医生和我们都不愿意看到你做二次手术。"

罗小海近似绝望："我怎么这么倒霉！"

既然定下了二次手术的方案，按照宜早不宜晚的原则，杜主任和严医生决定马上对罗小海进行手术。这次由杜主任亲自主刀。手术不大但却持续了近3个小时，杜主任下了手术台已是满头大汗。

罗小海的手术属于局部麻醉，手术的过程他一清二楚，所以回到病房后，情绪还算稳定，躺在病床上打着点滴，神情木然。这时，李燕拿一张CT片从外面进来，到病床前坐下。

罗小海头也不转："你怎么还在这里？"

李燕："我值班啊。"

罗小海："不是王队长吗？"

李燕（一字一顿地）："王队长回去开会，我替她值班，还有什么不明白的？"

罗小海哀怨一声，没再接话。

李燕："唉声叹气的，这可不像是你的习惯。"

停了一会儿，罗小海突然问："李燕，我是不是不能再飞行了？"

李燕："谁说的？你怎么能这么想？"

罗小海："我有个预感。"

李燕："你怎么也那么八卦！严医生说过，要换成别人可能就不能飞行了，没说你。"

罗小海："你别骗我，飞行员对飞行两个字最敏感。"

李燕："你要不信，我去把严医生叫来……"

罗小海伸手拉了李燕一把："算了。"

罗小海痛苦地把头转向了一边。

舰载机A团 办公楼 白天

张团长在审定沈股长拿来的飞行实施计划，不时地用红蓝铅笔在上面勾画着。

张团长："计划调整一下，第一批出动的飞机在航路上可以利用机载雷达担负低空侦察任务，到作战空域后随之解除，中高空的侦察由雷达情报网负责保障。"

沈股长："编队指挥中心急着要。"

张团长:"你们抓紧修改一下,扫描之后用军网传过去。"

沈股长:"是!"敬礼出门。

张团长拿出一支烟,刚要点燃,电话响了。

张团长:"喂,我是张振武。噢,是干部处胡处长……你有什么指示……"

胡处长在电话里说:"现在上面要求团级班子要有一名80后的,可以破格提拔,部里的意见是想把罗小海充实进来,想征求一下你的意见。"

张团长:"那好啊,我们党委上次就报他任大队长……"

胡处长:"首长也基本同意我们处里的意见,为了慎重起见,我想了解一下罗小海的伤情怎么样?好了以后会不会影响飞行?飞行部队的领导不能飞行可不行啊老张,这可不是开玩笑的。"

张团长(急忙地):"不,不会,不会的。罗小海的伤不重……他很快就会好的,我保证他能重返蓝天……"

胡处长:"好了,张团长,我就要你这句话。再见。"

张团长:"再见……"

同上 卫生队 白天

张团长大步流星进了卫生队楼内。文霞正向外走,差一点儿与张团长撞个满怀。

文霞(羞怩地):"团长……"

张团长却没在意:"你们队长在吗?"

文霞:"团长,我们队长到舰队医院去了,她没给您报告啊?"

张团长仍然不苟言笑:"告诉你们值班的医生,通知你们队长马上回来,我有急事找她。"

文霞被团长少有的严肃"震"住了:"是,团长……"

张团长急匆匆地走了,文霞赶紧找到值班医生传达了团长的指示,值班医生又把团长的意思转达给了王队长,王萍也不敢怠慢,和杜主任简单交流了罗小海的情况就往团里赶,直奔团部办公楼三楼团长办公室。

因为干部处胡处长的那个电话,导致张团长正心神不定起来。他是个直脾气,还从来没对首长和上级机关撒过谎,罗小海的事他完全是急中生智，或者说是顺水推舟，主观上也并没有撒谎的意思，但事过之后，他觉得罗小海的事还真没有把握，所以决定把王萍叫回来咨询一下。他考虑老婆毕竟是医生，在这方面懂得比自己多。

他正大口抽着烟，王萍推门而入。

张团长（老大地不高兴）："进来也不喊报告！"

王萍："行了，别跟真事似的。"

张团长："我再次提醒你王萍同志，这是办公室，不是家里！"

王萍："我还没说你呢，我在那边正和杜主任说着事，你催命似的叫我回来干什么？"

张团长："当然是急事，而且是好事。"

王萍："什么好事，给我说说？"

张团长顿了顿："现在还处于保密阶段，你不要打听。"

王萍："你拿你老婆当什么，你老婆好歹也是个中校副团干部。"

张团长："这是组织原则，保密规定怎么学的。"

王萍："你少来！什么事快说，我还忙着哪。"

张团长稳定一下情绪（轻声轻气地）："罗小海二次手术后的情况怎么样？还稳定吧？"

王萍："从现在的情况看还比较正常，李燕在那盯着呢。"

张团长："他们又请专家会诊了吗？最后怎么说的？"

王萍："专家说，如果恢复得好，不会影响飞行；如果发生病变，或术后血管愈合不好，小腿也有可能保不住……"

张团长："好了，打住，下面别说了，哪那么多如果。"

王萍诧异："怎么了，医院都这样，风险还是有的。"

张团长脸一沉："我就不愿意听这些——这么大的医院，这么多的专家，都是干什么吃的！一次没把握，两次还没有把握，他们还能干什么！"

王萍："隔行如隔山，你知道什么。病和伤的事谁也不敢打包票。"

张团长掐灭烟："行了！我是领教你们医生了。我跟你说，在罗小海出院以前，别人问起，你就说前边那些就行了。我相信罗小海没问题。你就说是专家说的。"

王萍:"专家说的?前边我怎么说的?"

张团长:"你怎么就那么笨呢!你自己刚说完还没动地方就忘了?就是专家说,如果恢复得好,不会影响飞行,就这句。"

王萍(疑惑地):"你……究竟什么意思?"

张团长走到王萍跟前,双手扳住她的双肩:"老婆,你听我的就行了。就这么定了!"

王萍回头看看办公室虚掩着的门,拨开张团长的手:"老实点,这是办公室。"

舰队中心医院　白天

李燕从外面来到罗小海病床前,发现罗小海依然熟睡着,问陪床的小战士石磊:"小石,我走后他一直睡没醒吗?"

石磊:"中间醒了一次,接着又睡了。"

李燕没再说什么,她知道罗小海这两天情绪低落,甚至连食欲都提不起来。昨天中午饭吃了一口就不吃了,护士还以为罗小海抗议病员灶达不到空勤灶的标准呢。李燕就偷偷地到外边小摊上给他买了几串烤肉串,刺激她的食欲,结果被杜主任知道了猛批她一顿,说吃坏了肚子怎么办、得了传染病谁负责,李燕很是委屈。二次手术都十几天了,罗小海的小腿还是感到胀痛,医生说罗小海的枪伤是因为大面积缺血,肌肉坏死和治疗不及时造成的,二次手术虽然完成了血管再造,但由于上述原因,又造成血循环不佳,所以出现小腿肿胀。这些话李燕可以接受,可罗小海听得多了,就多少有些怀疑。其实,知道自己要二次手术的时候,尽管罗小海自己没想到,但情绪还可以,昨天不知怎么突然冒出一句"大不了就是一条腿",令李燕吃惊不小。虽然李燕知道严医生说话比较实在,可能把一些风险因素也跟罗小海说了,作为A团的心理医生,李燕还是要做他的工作:"你为什么那么悲观呢!?那仅仅是医学上最坏的设想,而医生治病就像部队打仗一样,总是把最困难的因素和有可能出现的最坏的结果想在前面,这样才能确保万无一失。"

罗小海甚至因此对医生的话产生了逆反心理。李燕不知道应该从何下手,才能解开罗小海心里的疙瘩,以利于下一步的康复。她知道,治疗任何疾病和伤痛,都需要病人精神层面的积极配合,否则会大打折扣的。

这时,罗小海歪了一下头,嘴里嘟囔着什么,别人也听不清楚。石磊说:"刚才也嘟囔了一阵,好像喊着'爷爷',眼里还湿润润的。"

李燕问:"小石你说什么?罗小海说梦话叫'爷爷'是吗?"

石磊说:"是的,别的我没听清,爷爷两个字是清楚的。"

李燕像是突然明白了什么,高兴地对石磊说:"小石,谢谢你提供了一个重要信息!"

石磊不明就里:"重要信息,我提供的?"

舰载机A团 卫生队 白天

王萍查完房,李燕跟着王萍进了办公室。还没等王萍问话,李燕就急不可耐了:"队长,我给你汇报汇报罗小海的情况?"

王萍转过身:"我先问你,你考研的事是怎么回事?"

李燕极力掩饰:"什么考研怎么回事,队长你什么意思?"

王萍到自己位置上坐下(埋怨地):"别以为我什么都不知道,说,录取通知书什么时候来的?"

李燕欲盖弥彰:"队长,我给你汇报罗小海的情况,你扯到哪儿去了。"

王萍:"别打岔,你给我说,录取通知书来了为什么不告诉我,我还是你的队长不是?"

李燕看是瞒不住了:"队长,我不是不向你报告,我是……今年我不想去读研了。"

王萍惊讶:"为什么?你好不容易考上了,为什么不上了?"她想了想:"哦,为了罗小海,是吧?"

李燕未置可否。

王萍情急:"罗小海受点伤又没有生命危险,再说还有我们,还有团里那么多人都能照顾他,你就为这个放弃读研究生?李燕,你也太……太草率了吧!"

李燕:"我想了很长时间……罗小海现在的情况,我怎么能一走了之呢?"

王萍也冷静了许多:"这件事对罗小海打击肯定很大,但你在和你不在又有多大区别呢，还得靠大医院治疗。"

李燕："手术这一块当然要靠医院，但我觉得后续治疗和康复才是问题的关键。罗小海目前的情绪对他的枪伤治疗很不利，像他这种术后恢复，特别需要一种良好的精神状态支持，使血液的循环达到一个亢奋点，减少小腿肌肉的压力，这样才能达到最佳的康复效果。"

王萍："是这么个理儿。可你的研究生怎么办？过这村恐怕就没那店了，我的大小姐。"

李燕："我已经把我这边的实际情况给学校汇报了，他们经过研究，答应我可以顺延一年到明年再上。"

王萍："那敢情好，这一年正好你好好带带文霞。可这些你怎么不早点给我说呢！"

李燕："队长，您不是忙嘛。还有一件事请你帮忙。"

王萍爽快地："说，什么事，只要我能帮上的没问题。"

李燕："我推迟读研的事暂时不要告诉罗小海，否则，他不会同意的。"

王萍："李燕，你的心思大姐都看出来了，为了罗小海，什么都别说了……"

李燕："队长，看你说的。我觉得爱情就得付出。"

王萍："你说得对。罗小海那边我给你保密，下一步的康复方案你想的细致一点，我们全力支持你。"

李燕："为了使罗小海尽快从二次手术的阴影中走出来，我想，可以请一个人帮忙。"

王萍："只要对罗小海有帮助，你说请谁？"

李燕："罗小海的爷爷。"

王萍："他爷爷？"

李燕："是的。去年我到他老家，我感觉他爷爷对他也许有着非常的意义，好像，他和他爷爷之间还有过约定。"

王萍站起来："李燕，我以前怎么没听你说起过？"

李燕："这一直是罗小海和他爷爷回避的问题，所以，对我来说，也一直是个谜。"

王萍："你是想通过他爷爷，唤起他对飞行的渴望和治好伤的信心？"

李燕点了点头："我想试试看。"

王萍："你这个想法很好。走,你跟我一起,咱们现在就去向团长政委汇报。"

舰载机A团 办公楼 白天

团里每月一次的飞行训练形势分析会刚结束,各单位主官在会上领受了任务,陆续走出来。最后出来的张团长叫住了何政委："政委,你等等,我还有事找你。"

何政委停下步。

张团长："李燕要把罗小海的爷爷接来,你说这事靠谱吗？"

何政委："我认为她说的有一定道理。当时,李燕为杨玉林制定的心理训练计划,不到半年,杨玉林就基本恢复正常了。罗小海的事我们也应该相信她,说不定也会收到奇效呢！"

张团长（不无忧虑地）："现在,罗小海的情况还不稳定,是不是等他伤势稳定了以后再说？"

何政委："我觉得,罗小海,可以例外。"

按照团首长的指示,李燕和陈医生一起坐团长的吉普车到罗小海的老家,说明了情况,把罗小海的爷爷并由罗小海的妹妹罗海霞陪同,接到了部队。

罗海霞推着爷爷的轮椅向办公大楼走来,两名警卫战士一边一个扶着罗爷爷,李燕跟在罗海霞后面。

张团长、何政委从办公楼走出来,迎上前去,立正敬礼,然后把罗爷爷接到团部接待室,并把罗爷爷安排在中间位置坐下,张团长、何政委分两边坐在沙发上,参谋长和魏主任、李燕、王萍和罗海霞分坐两侧。

罗爷爷："二位首长,小海的事给你们添麻烦了。"

何政委："老大爷,小海的事,是我们给您老人家添麻烦了。"

张团长："老前辈,您可别称呼我们首长,在您面前我们都是小字辈,您是老革命,我们是新兵。"

罗爷爷："来到部队就得按部队的规矩来,部队是最有规矩的。该怎么着就得怎么着,首长就是首长。不能像地方上,都叫主任、局长,真假不分,正副不分,没有规矩。"

张团长打趣道:"老爷子知道的事还不少。"

罗爷爷似乎没有听见。

罗海霞赶紧解释:"张团长,我爷爷耳朵有点背了,你给他说话得大声点。"

张团长(大声地):"老爷子,你叫我张振武就行了。"

何政委:"我叫何旭东。"

罗爷爷:"对首长不能直呼姓名,要叫团长政委。"

众人大笑。

罗爷爷:"团长政委,你们这里太好了,营区像公园似的。这营房我一瞅,比我们县城都好看,真是太好了!"

何政委向罗爷爷面前凑了凑:"老革命,部队之所以发展到今天,这也有您的一份功劳!"

罗爷爷:"我算什么,都是共产党领导得好。当年我在朝鲜战场打美国鬼子开的那种飞机,早就没有了吧?路上我听李同志说,我们现在的飞机和外国的都差不多了,别提我有多高兴了。要是再退回去50年,我还要开着飞机去跟他们干!可惜,我老了。"

何政委:"老前辈,等看完您孙子,住两天,请您老给我们部队讲一课。"

罗爷爷:"政委,你说什么?"

张团长(大声地):"政委说,让您住两天,请您给我们部队讲一课。"

罗爷爷连连摆手:"不行了不行了,人老了,不中用了。现在再讲我那点陈芝麻烂谷子的事,年轻人都不愿意听了。"

罗海霞听出爷爷有所指,连忙阻止:"爷爷!"

罗爷爷:"你看,还不让说。不说了,不说了。"

何政委:"老前辈,你一定要讲。现在部队还是很需要革命传统教育,尤其是您亲身经历过战争,参加过空战,来部队现身说法,效果肯定错不了,部队是欢迎的。"

张团长:"老爷子,你就不要推辞了。"

罗爷爷:"既然你们军政主官两个一把手都这么说,我也就不客气了，等看完了小海，我听你们安排。"

　　罗海霞又欲阻止，被李燕用眼神制止了。

　　罗爷爷（意犹未尽地）："想当年，我也是经常讲的。1952年我从朝鲜战场回到长春机场，动了截肢手术之后，还没出院就被附近的学校请去作报告。那个时候，我觉当个飞行员自豪，当英雄光荣！我老伴——就是小海他奶奶——就是听我报告的时候看上我的。"

　　罗海霞终于忍耐不住，对爷爷提出了抗议。

　　罗海霞："爷爷，你怎么说起你的恋爱史来了！"

　　罗爷爷一摆手："那怕什么，都是部队的首长，没有外人。再说，这也是事实嘛！"

　　张团长："对，那个时候好多这样的情况。"

　　何政委："那是一个崇尚英雄的时代。"

　　罗爷爷："到了20世纪60年代，全国都闹腾起来了，我也回到家乡。就是那个时候，仍然有学校和厂矿请我去作报告。那时，大家愿意听，我也愿意讲，说实在的，我作报告的时候就好像我在飞行打仗一样！飞行员我没当够啊！……"

　　何政委："后来，小海当了飞行员，接了您的班，您高兴吗？"

　　罗爷爷："高兴，高兴，没想到……"

　　说到此，老人掏出手绢擦拭着眼角流出的眼泪，他不再说了。

　　张团长、何政委对视了一眼，彼此心照不宣地点了点头。

　　何政委："老前辈,您有一个好孙子啊，他是新时代的英雄，也是我们A团的骄傲。"

　　罗爷爷："你们说，我们爷儿俩怎么就那么巧呢！……难道我孙子还能像我一样吗！？"

　　张团长："老爷子，你千万不要这么想，小海的伤没那么严重，你放心吧。"

　　何政委："现代医疗技术也比您那个时候先进多了。老前辈，您不用担心。我们把您老从老家请来，就是让您和我们，以及医院一起努力，使罗小海的伤早日痊愈。"

　　罗爷爷："二位首长，你们的意思我明白了，只要能让我孙子站起来，让他重返蓝天，再搭上一条腿我也愿意。忘了告诉你们，我把我的镇家之宝都带来了，还放在车上呢。对不起，团长、政委，这件宝物我现在还不能给你们看,因为这是我和小海我们爷孙俩的秘密。"

何政委、张团长面面相觑,不解其意。

何政委:"这样吧,团长,老人坐了一路的车,也很辛苦,咱们先把老人家送到招待所休息一下,然后再去看罗小海。"

张团长:"就这样吧。"

罗爷爷一摆手:"我不累,我现在就要去看孙子!"

舰队中心医院　白天

李燕和罗海霞推着罗爷爷在走廊上走着,轮椅上放着包装着的物体。

李燕:"海霞,我这次去把罗爷爷接来,你哥哥并不知道。"

罗海霞:"你为什么不告诉他?"

李燕:"我想这样对他来说可能更震撼。"

罗海霞:"不过……"

李燕:"不过什么?"

罗海霞:"我怕爷爷会挺不住的。毕竟是八十多岁的老人了。"

李燕:"这个你尽管放心,爷爷是经历过战争考验的,他会没事的。"

罗海霞:"李医生,进去以后,最好能让我爷爷和我二哥单独待着,他们的事是不会让我们知道的。"

李燕点头:"我知道了。"

罗小海躺在病床上显得焦灼不安。

一名护士在为他量血压。

李燕和罗海霞推着罗爷爷进了病房。

李燕:"小海,你看谁来了?"

罗海霞(情不自禁地):"二哥……"

罗小海定睛一看:"海霞?爷爷?"

罗小海想要坐起来,被一旁的护士按住了:"你干什么,你别太激动好不好?小心你的腿!"

罗爷爷坐在轮椅上,直愣愣地看着罗小海,罗海霞却不敢再看,转头低声抽泣起来。

　　李燕轻轻拍拍海霞的肩头，示意她要控制住感情。

　　此时的罗小海终于忍不住，双眼顿时模糊起来……

　　李燕和值班护士也禁不住泪眼莹莹。李燕与罗海霞对视了一眼，会意地退出病房。走到门口，李燕向护士招了招手，值班护士也走了出来。

　　李燕和罗海霞在走廊慢慢地走着，王萍从对面走了过来。

　　李燕："队长。"

　　王萍："都安排好了？"

　　李燕："让他们爷儿俩单独待一会吧。"

　　王萍："罗小海的情绪怎么样？"

　　李燕："还是不一样。"

　　王萍："看来是的，罗小海和他爷爷有一份特殊的情感。不知道那件宝物，究竟是一个什么秘密呢……"

　　罗小海从床头柜上抽了一张面巾纸，轻轻地在眼角擦拭着。

　　罗爷爷："就是，这才像我的孙子。"

　　罗小海沉吟一会儿："爷爷，您是怎么知道的？"

　　罗爷爷嗔怪道："你以为你不告诉家里我就不知道了？还是人家李同志亲自带着车把我接来的呢！"

　　罗小海下意识地看了一眼自己的腿："爷爷，我……恐怕也不能再当飞行员了……"

　　罗爷爷顿时火了："乱说！谁告诉你的？啊？！在我来医院之前，你们团长和政委还跟我说，你的伤没那么严重；李医生也说，只要你自己有信心，完全可以重返蓝天。你……你难道想像爷爷这样吗！？"

　　罗小海沉默了。

　　罗爷爷："小海，爷爷来不是为听你说不当飞行员的！"

　　罗小海（痛苦地）："爷爷……"

　　罗爷爷拍了拍自己截肢的那条腿："我问你，爷爷的那条腿呢？"

　　罗小海迷惑不解，不知道爷爷要说什么。

罗爷爷:"你还没到爷爷这一步呢,你就先趴下了,思想上就变成一个残废人了?没想到,你还不如爷爷呢!"

罗小海:"爷爷,我的伤耽搁的时间太长了,小腿的肌肉都坏死了……"

罗爷爷轻轻地抚摸着罗小海的小腿:"小海,你要相信医生,要相信现在的科学,他们会治好你的伤的。"

罗小海:"爷爷,现代医学再发展,也不可能包治百病的呀!爷爷,原来您也是来做你孙子的工作的?"

罗爷爷:"爷爷现在给你看一样东西,看完,爷爷就走!"说着,罗爷爷把包着的东西抱到了面前。

罗小海惊异地:"爷爷,你这是……"

罗爷爷慢慢打开包装,里面渐渐显露出一条木制的人腿模型。

罗小海顿时愣住了!

王萍、李燕、罗海霞三人在走廊里的一排连椅上坐下。

李燕:"海霞,你不用担心爷爷,爷爷来,我跟值班医生和护士都作了通报,值班护士那边有空勤病房的监控,有什么情况她们会马上赶过来的。"

罗海霞:"你们部队医院的设施真够先进的。"

王萍:"也就是飞行员病房和高干病房,普通病房还做不到这一点。"

李燕:"队长,你说罗爷爷带的究竟是什么'神秘武器'呢?"

王萍嗔怪:"你都不知道,还问我啊。"

罗小海看着爷爷怀里抱着的木制人腿,不禁惊呆了:这不是爷爷的那条"腿"吗?罗小海当然记得。

罗小海说:"爷爷,难道您一直保留着……"

罗爷爷:"怎么?你不愿意看到它?"

罗小海:"不,爷爷。都这么多年了,为什么?"

罗爷爷:"想必你还忘不了吧?你小的时候,都快上完小学了,你还胆小的不行,一到晚上就不敢出门,上学的路上,同学向你书包里放一个虫子,你能吓得晕过去……"

罗小海默默地听着、回忆着。

原来，当年罗爷爷看到罗小海胆小如鼠的样子，心里煞是着急。大孙子罗大海也就是罗小海的哥哥先天不足，罗爷爷把二孙子小海当做继承他飞行事业的唯一希望，但一个没胆量的人，怎么可能指望长大以后当飞行员呢？为了锻炼罗小海的胆量，爷爷数落过儿媳妇，也找过罗小海学校的老师，可都没有什么效果。后来想到罗小海从小就对开飞机打空战感兴趣，总想帮助爷爷找回那条断腿，希望爷爷能和正常人一样，爬山走路下海。有一天，爷爷琢磨着加工一条和真腿一样的东西，为罗小海壮胆。那段日子，上学的走了，下海的去了，爷爷就找来一根木头，在东间屋里照着自己的另一条腿刻呀磨呀，终于加工成了和真腿差不多的一条木头腿。然后借机放到了北山的一个山洞里。有一天吃完晚饭后，爷爷单独把罗小海叫到了东间屋里……

罗小海天真地问爷爷："爷爷，你叫我干什么？"

罗爷爷一本正经地："小海，你亲不亲爷爷？"

罗小海："亲。"

罗爷爷："平时你不是最关心爷爷的这条腿吗？"

罗小海点点头。

罗爷爷："今天爷爷告诉你。"

罗小海："爷爷，你这条腿找到了？"

罗爷爷："找到了。"

罗小海（兴奋地）："爷爷，你的腿在哪里？怎么不拿回来安上？你要是把那条腿安上了，就能和好多人一样走路爬山下海了吧？"

罗爷爷："是啊。可是……可是爷爷走不动啊，你哥哥和你娘又不在家，谁去帮我拿呢？"

罗小海："在哪里？爷爷你告诉我，我去给你拿！"

罗爷爷（故意地）："你？你不行。你的胆子这么小，等一会天就黑了，你连门都不敢出，怎么能行？"

罗小海："爷爷，那我明天再去帮你拿回来。"

罗爷爷煞有介事："明天？明天就晚了。人家跟我说好的，就今天晚上能拿回来，错过了今天晚上就没有机会了。"

罗小海（犹豫地）："爷爷，你……你和我一起去行吗？"

罗爷爷："不行。人家说，只能一个人去，还不能让别的人看见,如果让别人看见了,拿来的腿就安不上了。"

罗小海再次犹豫了。

罗爷爷:"小海,算了,爷爷就是给你说着听听,爷爷知道你胆量小,拿不到那条腿就算了,爷爷继续坐轮椅拄拐杖⋯⋯"

罗小海:"爷爷!我长大了,我能行。我要让爷爷走路爬山下海。"

罗爷爷:"小海,你说的是真的?"

罗小海(坚决地):"当然是真的。"

罗爷爷:"爷爷那条腿可是在北山的山洞里。"

罗小海不由自主地打了一个寒战,但还是坚定地表示:"那又怎么样?白天我跟着我哥去过那个山洞,我们还在里面玩呢。"

罗爷爷:"你那是白天去的,还有那么多的人⋯⋯"

罗小海:"爷爷,只要能帮你安上这条腿,哪里我都敢去。现在我什么都不怕!"

罗爷爷一把搂住罗小海:"我的好孙子!"

少年罗小海真的按照爷爷的指点只身一人来到了罗家滩北山的山洞。

那天,夜幕下的北山,在月光的映照下,显现着黝黑的轮廓。罗小海急匆匆地在山间小道上走着。

四周静悄悄的,只有零星的蟋蟀声忽长忽短,点缀着这深秋寂寥的山夜。

不一会儿,罗小海摸索着走进洞的门口,他从口袋里掏出一盒火柴划着。前两根因为没护好,被风吹灭了,划着第三根的时候,他注意用手捂严实,在围拢着的两手上方留出一个口。然后借着透出的微弱的光,罗小海在洞口处寻找着。找了半天,突然他发现了竖立在洞口边的一条"人腿"。他二话没说,扛在肩头就走。

就这样,罗小海扛着爷爷的"腿",在惊悚中稀里糊涂地回到家中,一路上甚至没遇见一个人。

"爷爷,我回来了!"罗小海一进门,见家中没人,轻轻地喊了一声。

罗爷爷听到喊声,急忙转身下床,却见罗小海跳跃着冲进屋里。

罗小海将爷爷的"腿"向爷爷身边一放,急不可耐地告诉爷爷:

"爷爷,你的'腿'我给你拿回来了。爷爷,你快安上吧。你有了这条腿,就能走路爬山下海了!"

罗爷爷爱怜地看着孙子,激动地半天说不出话来。

罗小海:"爷爷你说话呀!有了这条腿,你就真的能走路爬山下海了吗?"

罗爷爷:"小海,爷爷的好孙子,你真勇敢!爷爷问你,你到北山去给爷爷找腿,把你吓坏了吧?"

罗小海:"不,我不害怕。爷爷,我问你话呢?"

罗爷爷把罗小海拉近自己:"来,爷爷告诉你。"

罗小海懵懂地看着爷爷。

罗爷爷:"小海,是爷爷欺骗了你。"

罗小海:"爷爷,你……"

罗爷爷:"小海,你真的相信爷爷能用这支假腿站起来吗?"

罗小海天真地:"我相信,爷爷你一定能站起来的。"

罗爷爷:"孙子,你还小,你不知道,这只假腿是不能让爷爷站起来的。它是爷爷用院子里的木头刻出来的。"

罗小海:"爷爷,那你为什么还让我摸黑去拿……同学们要是知道了,会笑话我的。"

罗爷爷:"为什么要让你的同学知道呢?这件事现在只有你知、我知,我们两个不说,谁也不会知道。他们只知道罗小海不再是个胆小鬼了。"

罗小海:"爷爷,你不会跟我同学说,也不会跟我娘说,也不会跟我们老师说吗?"

罗爷爷:"爷爷说话算话,爷爷不会跟任何人说的。"

罗小海伸出小手:"咱拉钩才算。"

罗爷爷也伸出手:"拉钩就拉钩。"

罗小海紧紧勾住爷爷的老手:"拉钩上吊,一百年不许变!……"

罗爷爷自打那天和罗小海拉勾盟誓,就把这条假腿包好放了起来。从此没让任何人知道,海霞问了好几次都没告诉她。

罗小海:"可是,你为什么一直保存到现在?"

罗爷爷:"为什么一直保存到现在?爷爷也说不上来。我也本以为它再也没有用场了。没想到,爷爷还是想让它再给你一次胆量!"

罗小海沉思良久:"爷爷,我现在已经不是那个幼稚天真的小男孩了……"

罗爷爷:"可你还是爷爷的孙子,爷爷还有一件事需要你去办,你能答应爷爷吗?"

罗小海:"爷爷,您说吧。"

罗爷爷:"爷爷失去的那条腿,火化了以后,就让爷爷的战友带到天上撒了。"

罗小海:"撒了?您怎么从来没说过?"

罗爷爷:"知道爷爷为什么这样做吗?爷爷心中憋着一口气呀!当年爷爷的飞机要是像你们现在这样先进,还会多打下他们几架来。爷爷是把自己没实现的理想撒在了天上,等着你去替爷爷实现呢!"

罗小海大悟:"爷爷!你不要再说了……"

罗小海一不小心把爷爷的假腿碰到了地上,发出一声闷响。

一直在门外回避的王萍、李燕等听到声响,赶紧冲了进去,当看到地上的假腿时,都被惊呆了……

舰载机A团 办公楼　白天

李燕和罗海霞推着罗爷爷来到那辆接罗爷爷的吉普车前。

张团长、何政委等跟了上来。

何政委握住罗爷爷的手:"老前辈,不多住几天了?"

罗爷爷:"不住了,你们都忙,我住这给你们添乱,我不能影响你们的工作。"

张团长:"老爷子,你这趟没白来啊,帮了我们大忙了,我们谢谢您了!"

罗爷爷:"老了,不中用了,没给你们添乱就好。"

李燕:"罗爷爷,自从您和小海见面以后,他的精神状态好多了。"

罗爷爷:"好了就好,好了就好。"

何政委:"您老放心吧,我们一定共同努力,把罗小海的伤治好,让他重返蓝天!"

罗爷爷慢慢地举起手:"那就谢天谢地了,也谢谢你们了!"

张团长："老前辈，您上车吧，有什么好消息我们会及时向您汇报的。"

罗海霞眼睛湿润了："我代表我们全家谢谢首长了！"

李燕和两个战士一起把罗爷爷送到了车上。

张团长关上车门，与何政委一起向罗爷爷敬礼。

吉普车驶去。

舰队中心医院　白天

刘长军拿着一副拐杖在走廊里走着，一护士手端药盘迎面走来。

刘长军迎上："护士同志，请问罗小海住哪个病房？"

护士："802房间。"

刘长军："谢谢。"

护士看到刘长军手中的拐杖，连忙叫住："哎，谁让你拿这个的，病人现在还不能下床你不知道吗？"

刘长军："护士同志，这是我特意买了送来的，他要是感觉没有用处，可以把它扔掉。"

护士（警惕地）："扔掉？还买它干什么？"

刘长军："这……护士同志，这么跟你说吧，他是我的好哥们……出来我再给你说。"说完抽身快步走去。

护士（埋怨地）："哎——这些飞行员，就不听招呼……"

走到病房门口，刘长军把脸贴在门的玻璃上，心情沉重地看了一会，才推开门进去。看罗小海正在躺着看书，刘长军进门后轻咳了一声。

罗小海抬头见是刘长军，这才慢慢放下手中的书。

刘长军脚步有些沉重地走到罗小海跟前，心情复杂地看着罗小海和他受伤的小腿。

两人相顾无言，冷冷地对视着。

罗小海发现了刘长军手中的拐杖，不禁一惊。

罗小海（故意加重语气）："刘大队长，你怎么有时间来了？而且你想得如此周到！"

刘长军："其实我前几天就想来看你的，团里首长有指示，怕影响你的治疗，不让大家都来。最近我听说有人不想飞行了，所以……"

　　罗小海接着说："所以你就给我送来了拐杖！你的意思是，从此我要与它相伴？"

　　刘长军："你要是想告别蓝天，这也许是老同学送给你的最好礼物。"

　　罗小海直愣愣地看着刘长军："这么说，我得谢谢你了！"

　　刘长军："谢倒不必了，我只是想对你说，咱们俩在大队长的竞争中你失败了，如果你不能站起来，在爱情上你也将是一个失败者！因为，李燕不会爱上一个只有一条腿的男人！"

　　刘长军说完，把拐杖向罗小海床头用力一放，转身走了……

　　罗小海想叫住刘长军，可终究没喊出来……

　　杜主任照例组织交接班，特别问到罗小海这两天的情况。严医生说："二次手术以后，整体恢复情况是正常的。现在的主要问题是血循环不佳，小腿仍然有肿胀现象。为了减少病人的痛苦，我个人的意见，对罗小海实行减张抗凝治疗。"

　　杜主任说："老严，减张抗凝治疗，是需要病人的配合的。"

　　严医生："他有什么不配合的？这是为他好嘛！他不是想飞行吗？如果照我说的去做，我保证他在四个月之后就能上天。"

　　杜主任："听说罗小海的情绪……不太稳定？"

　　护士："前几天是不怎么样，表现得不太冷静。他爷爷来了以后好了许多。还有昨天他的一个同学来看他，给他送来了一副拐杖，罗小海说他不愿意看见它！现在这副拐杖放在了我们护士值班室。"

　　杜主任："哦，他这个同学用的是激将法，看来也收到了效果。我们需要的就是病人的这种精神状态。如果是这样的话，严医生的减张抗凝治疗方案可以实施。"

舰载机A团　卫生队　白天

　　王萍在办公室正在打着电话，张团长不耐烦地坐到她对面的沙发上抽起了烟。

　　王萍（自顾自地）："于主任，我是舰载机A团的王萍，对，就是我昨天给你说的俺那口子的事。对，他呀老胃病了，前些日子在海上参加演习又犯了，接着就忙我们那个受伤飞行员的事，对……症状就是感到胃犯堵，反酸，胃病的几个症状他都有……好，那就去了再说……哦，这次不会的，我亲自陪着他去。好，等会见。"

王萍放下电话，对张团长："走，现在就走，于主任那边都安排好了，等着呢。"

张团长站起来，掐灭烟，拿起电话："有病没病，到了你们医生那里就都是病！"

王萍忙上前按住电话话筒："你还要干什么？"

张团长拿开王萍的手："我给政委请个假，难道都不行吗？"

舰队中心医院　白天

王萍陪着张团长下车，走向医院门诊大楼。

张团长（不情愿地）："王萍，你干了那么多年的医，你说，我真的有什么病吗？"

王萍："谁知道呢？最好是没病，做了胃镜再说。"

张团长："你就是折腾，我不信胃病还能死了人！"

王萍停住脚步，瞪着张团长："瞎说！你呀，从年轻时起就什么都不在乎，抽烟喝酒你说你那样不占？要是真有什么毛病，就晚了！"

张团长："行了行了，你越说越严重了。"

王萍："你呀……"

王萍领着张团长先是找到于主任办好了门诊的一切手续，然后来到胃镜检查室。张团长坐在胃镜室里，医生为他做插管检查。

王萍和于主任站在一旁。

在作胃部扫描时，出现比较深、比较大的溃疡面。医生反复扫描察看着。

王萍不禁大惊失色……

——第二十二集完

第二十三集

舰队中心医院　白天
张团长坐在胃镜室里，医生正在为他做插管检查。
王萍和于主任站在一旁。
在胃部扫描时，出现一片疑似癌变的阴影。医生反复扫描察看着。
王萍不禁紧张起来，甚至不再敢看屏幕。于主任悄悄拉了王萍一把，两人来到走廊。
于主任说："你都看到了，不太乐观啊。"
王萍犹豫着："于主任，难道他真的……"
于主任："但愿不是，不过你要有个心理准备。"
王萍显得心神不安："一直以为是胃病，也是照着胃病治的。"
于主任："现在什么都别说了，等全部结果出来再说吧。"
王萍陷入深深的内疚："他两年没去疗养，我哪儿知道会成这样！"
于主任："在此之前，难道就没有一点症状？"
王萍："他年轻时胃就不大好，加上他抽烟很凶，有时有应酬再喝点酒，一直就没当回事……"
于主任："唉，大意呀！"

王萍急地要流出眼泪:"于主任,你快说,现在应该怎么办呀?"

于主任:"我现在也不能下定论。你也是搞医的,你说怎么办?如果是恶性,办法只有一个:手术。"

王萍显得手足无措,眼含泪花,不知说什么好。

于主任见状,安慰道:"王队长,你这是干什么!病人现在还不知道病情,你要保持冷静。"

王萍擦拭着眼泪:"我能冷静得下来吗?"说着,又啜泣起来。

于主任:"这样吧,等会儿进去,你什么也别说,只当没事一样,我和医生碰个头再研究研究,你看怎么样?"

王萍也一时没了主意:"于主任,我听你的。" 王萍强作笑容,跟在于主任后面走进胃镜检查室。

医生和护士正在整理着胃镜检查记录。

张团长站起来边整理衣服边说:"医生,怎么样,没事吧?"

王萍抽搐了一下,但马上又镇静下来。

医生表现得很轻松,语气拿捏得也很老练:"也不能说没事,尤其是你们当领导的胃,没事的不多。这样,你先出去,我们碰碰头再向你报告。"

于主任:"张团长,和你们的飞行一样,我们也要有个碰头会诊。"

王萍上前扶张团长(故作轻松地):"就是的,这里是医院,按医院的规定办。"

两人走出胃镜检查室。

于主任和医生研究完片子,对张团长的病症基本有了结论——初步确诊为胃癌,待进一步检查确诊后制订治疗(手术)方案。于主任通知王萍到空勤科等候消息。王萍先把张团长送上车,自己来到了空勤科。

于主任和王萍也算是老熟人,所以在张团长的事上格外网开一面,也表现得更为认真细致。他告诉王队长,先不要告诉张团长实情,先用点止痛和抑制胃酸的药控制一下。

王萍知道于主任的良苦用心,所以只有感谢的份儿了。

临走，于主任特别叮嘱王队长说："我再说一遍，你不要把你的情绪带给你爱人。不然的话，无论是对他的病情，还是对下一步的治疗，都没有好处。"

王萍拿出面巾纸擦着眼泪，点了点头。

于主任顺手又从桌子上抽了几张抽抽纸递给王萍："看看，怕什么你还就来什么，平时做别人的工作会做着呢，临到自己也控制不住了不是？鉴于张团长目前的情况，建议不要从事太累的工作，也就是说尽量不要飞行了。"

王萍："不叫他飞行？还不如现在就告诉他实情算了。再说了，他要是问我为什么不要他飞行，我怎么解释啊？"

于主任："反正这个任务交给你了。他是你老公，至于怎么说，你看着办。"

王萍："啊，做他的工作太难了。"

告别了于主任，王萍走出医院大门，小袁已在车前开门等候。

王萍上车后，张团长问："怎么这么长时间？"

王萍扬起手中的塑料袋："这不是给你拿药嘛。"

张团长："说吧，我这是什么毛病。"

王萍（若无其事地）："没事，小毛病，好修。哎，小袁，咱们走吧。"

小袁："好嘞。"

吉普车驶去……

舰载机A团 卫生队　白天

李燕坐在王萍的对面，看着王萍发愣。

王萍："你干吗这么看着我，不认识啊？"

李燕（煞有介事地）："两天不见，我发现我们队长突然变得忧郁了。我可告诉你，人过分地忧郁会加速变老的。"

王萍却触景生情，这几天老公的事的确让她吃睡不安，说不想这事那是骗人，就感觉天塌下来似的。她由衷地对李燕道：

"李医生，说真的，平时在单位忙忙碌碌的感觉不出来，回家看到孩子一天天长大，才真的感觉自己老了。"

李燕："队长，你才不显老呢，和团长在一起，说你是团长的大女儿保准都有人信！"

　　王萍："你逗我开心呢是吧，我要是真那么年轻就好了。真是岁月不饶人，转眼我和老张结婚都快20年了。"

　　李燕（疑惑地）："队长，你今天是怎么了，情绪不对嘛。"

　　王萍（若无其事地）："没有啊，哪儿不对了？"

　　李燕："昨天团长检查身体怎么样？"

　　王萍犹豫了一下："嗨，你还不知道，他那是老毛病了。等他忙完了这一阵，我想让他住院彻底检查治疗一下。"

　　李燕："就是，你看团长瘦的，不知道的还以为在家里受虐待呢。"

　　王萍："别开玩笑了，说说罗小海的情况吧。"

　　李燕："医院对罗小海的小腿进行减张抗凝治疗后，效果不错。加上罗小海积极配合，恢复得挺快。"

　　王萍："那就好，看来罗小海的小腿没有问题了！"

　　李燕："今天我问严医生了，听他的口气，我感觉问题不大。"

　　王萍："哎，现在罗小海的病情也算基本稳定了，跟学校联系一下，今年你还是去读研吧？"

　　李燕："队长，都什么时候了？既然决定了，就不差这一年了。"

　　王萍："李燕，为了罗小海，你牺牲得真是太多了。我现在也把对你的支持改为敬佩！"

　　李燕："队长，你也学会捉弄人了！"

同上　飞行训练中心　白天

　　杨光、常少伟等飞行员在不同的飞行器械上做着训练，纪天祥从一边走过来，走到中间位置，面对大家站着，大声喊道："弟兄们，注意了！我宣布：现在休息！"

　　众人走下飞行训练器械，围了过来。

　　杨光："纪负责，看样子有好消息呵？"

　　纪天祥（矜持地）："那当然。说，你们想听哪方面的吧？"

　　常少伟故意对着大家："给我们每人找个老婆，你负责吗？"

　　有人起哄："就是。""像嫂子那样的。""越靓越好！""白富美！"

纪天祥有意侧耳听着："我听着有人要找白富美，可惜你们不是高富帅啊……"

杨光："我们是高、飞、帅！"

众人附和："对，我们是高飞帅！""我们是天之骄子！"

纪天祥："肃静、肃静，老婆的问题嘛，好办。不过，今天不说老婆，也不说白富美，有比这些更好的消息！"

飞行员甲："比老婆更好的消息，那是什么？难道是罗中队长要出院了？"

飞行员乙："俗话说，伤筋动骨100天，罗中队长手术才不过46天，你怎么一点医学常识都没有？"

杨光："小诸葛，你怎么记得那么清楚？"

飞行员乙："这就叫感情，懂吗？！"

纪天祥："心情可以理解。就这个问题我可以告诉大家，罗小海同志的小腿不仅保住了，而且恢复得很快，请大家尽管放心。"

常少伟："原来你说的是这个？这个我们都知道！"

纪天祥："你别急嘛！我说的当然不只是这个。"

常少伟："是什么你快说呀！"

早已站在一边的刘长军走近前来："我来说吧，你们着舰飞行的成绩出来了，全部及格，平均优秀！"

杨光："大队长，真的？"

纪天祥："那还有假！"

众人一片哄叫。

杨光、常少伟等带头把刘长军抛了起来，其他人迅即加盟，把纪天祥也高高地抛向空中……

舰队中心医院　黄昏

舰队医院主任、医生的精心治疗，加上罗小海的积极配合和其良好的身体素质，罗小海的腿伤恢复得很快，现在已能拄着拐杖下床行走了，严医生也鼓励他多下床活动。今天李燕陪着罗小海来到医院后院爬满紫萝藤的长廊下，缓缓走着，精神也好了许多，两人谈话的话题也令罗小海振奋。

罗小海："一次性着舰成功、全部及格、平均优秀，太棒了！李燕，谢谢你给我带来那么好的消息！"

李燕："你别谢我，是刘长军让我把这个消息告诉你的。"

罗小海："长军？"

李燕："是啊。他还说，这批新员着舰成功的主要功劳是你的，他正在给你请功呢。"

罗小海："还给我请功？"

李燕："对呀。"

罗小海："这个功，我不要。"

李燕："为什么？"

罗小海："我不能接受别人的施舍和怜悯。"

李燕："这就是你的不对了，刘长军是大队长，为你请功是他的职务行为，并不是你们两个人之间的个人行为；而且，如果批准你立功受奖，也是对你个人能力和价值的认可。"

罗小海用一根拐杖猛地杵了一下地："问题是，我不愿意现在这个时候接受这一切。"

李燕："干吗啊？你这是跟谁较劲呢！刘长军前些天送你拐杖刺激了你是吧？可你不要忘了，没有他的刺激，你连现在这种状态还不敢想象呢。"

罗小海停住："那又怎么样？原来你也这么看我，我不就是伤了一条腿吗？我知道你不会嫁给一个只有一条腿的人！李燕，你走吧，我不会连累你的，我也不愿意接受你的施舍和怜悯！"

罗小海用力拄拐向前走去。

李燕不知所措，愣愣地站在那里。

舰载机A团 卫生队 白天

那天罗小海对她耍性子，李燕是一肚子的委屈，她不理解罗小海现在的神经怎么那么脆弱。那天她也很生气，小战士石磊去了，她跟罗小海打个招呼就回团里了。后来一想，罗小海毕竟是个病人，怎么能跟他治这个气呢？李燕来到队长办公室，也想就此与队长交流交流，心情依然显得很沉重。

李燕："都怪我，我不该给他那么多的刺激。"

王萍:"李燕,你别这样,怎么能怪你呢?主要是罗小海情绪上比较烦躁。你想想,两次手术对他的打击还不够大吗?他话说的重了点,你担待着,啊?"

李燕:"他说我不会嫁给一个只有一条腿的人,我可从来没产生过这样的念头,也不知他怎么想出来的。"

王萍:"这个我知道,这是刘长军为刺激他有意这么说的。他知道罗小海是多么在乎你,也知道你不会嫌弃罗小海,用的是激将法。"

李燕:"激将法?怕是罗小海当真了呢!"

王萍:"不会的,罗小海傻啊,正话反话都听不出来?"

李燕:"人在逆境或悲伤的时候,心灵往往会变得脆弱,要不然罗小海不会说出这样的话。"

王萍:"你的意思是……罗小海真的怕你嫌弃他?不会吧,你的表现说明了一切,他要真那么想,可就冤枉你了。"

李燕:"但愿不会吧。"

王萍:"你也别误会了刘长军啊。"

李燕:"队长,不会的,我感谢他还来不及呢。"

王萍:"那就好。这样,明天你在家休息一天,我到医院去。"

李燕:"不用,队长。我没事。"

王萍:"就这样吧,明天我到医院找于主任还有其他事。"

舰队中心医院　白天

罗小海正在翻看着报纸,王萍提着一袋水果进来。罗小海要下床,王萍急忙上前阻止:"坐着别动!"

罗小海接过水果袋:"王队长,您这么客气。"

王萍:"今天我在这值班,李医生休息,没意见吧?"

罗小海:"王队长,您真会开玩笑,您来我可有点担当不起。"

王萍坐下:"在卫生队,我首先是医生。"

罗小海:"李燕生我的气了吧?"

王萍装作什么都不知道:"生你的气,为什么?"

罗小海挠挠头:"住院时间长了,消磨人的意志,有时情绪上真是受不了。"

王萍:"跟李燕耍脾气了是吧?"
罗小海笑笑,算是默认。
王萍:"没事的,李燕是心理医生,她能理解你。不过,你要是因此影响了康复进度,可就枉费人家李燕的一片苦心了。"
罗小海:"队长,你说的这些我心里明白。"
王萍:"你明白?有些事你还不明白。为了你,李燕的研究生都不上了,你知道吗?"
罗小海直了直身子:"什么?她放弃读研了?"
王萍意识到自己说露了,只好打着圆场:"也不是放弃,是推迟到明年再上,就是为了帮助你养好伤。"
罗小海回忆着:"怪不得我问她的时候,她支支吾吾的,原来她是在骗我。"
王萍:"小海,骗你也是善意的。这事本来李燕是不让我告诉你的,大姐还是说'突噜'了。你知道了也好,为了你,也为了李燕,好好配合医院做好康复锻炼,争取早日回部队吧。"
罗小海:"队长,实话跟您说吧,我早就想回去了。现在也没什么真正的治疗了,我回部队去康复吧。"
王萍:"那不行,咱们部队的条件毕竟不如医院的好,还要定期检查化验什么的,再坚持一段时间,到时候让团长亲自接你出院!"

舰载机A团　外场　夜晚
初秋的机场夜空,风清月明,繁星点点。
王萍挎着张团长在机场跑道上缓步走着。
王萍:"振武,今天怎么想起到跑道上来散步了?我们可是有好多年没这么走了。"
张团长长叹一声:"是啊!我只记得咱们搞对象的时候这样走过。"
王萍:"你还好意思说呢!结了婚就再也拉不动你了。"
张团长:"走走吧,以后想走恐怕也走不了了。"
王萍打了个激灵:"振武,你这是说的什么话!你……你胡说些什么!"
张团长:"王萍,你别再瞒着我了,我什么都看出来了。"

王萍（惊诧地）："你都看出什么了？啊？你说。"

张团长："倩倩妈，咱俩结婚十几年了，你心里装不住东西，全都在你的脸上，这一点我要是看不出来，我就不是你老公了。"

王萍（故作镇静地）："你在这懵事呢，是吧？"

张团长："那天你和于主任中间出去的时候，我就知道大事不妙。"

王萍直愣愣地看着张团长，一言不发。

张团长："等你再进来的时候，你的眼神就不对了。你还在那故作轻松，我看得清清楚楚。"

王萍："那你说，你都知道什么了？"

张团长："这些年和你在一起，耳濡目染都变成半个医生了。不就是长个东西嘛，没什么了不起，我都不怕，你紧张什么？"

王萍："老张，还没最后确定呢，你先别急。"

张团长："我没急，我看是你急了吧？"

王萍："我怕万一是，那可怎么办？想着就像天塌下来一样。"

张团长："王萍，你不要怕，我的脾气你还不知道吗？我张振武怕过什么！"

王萍："振武，这不是你怕不怕的事……"

张团长："还记得咱们刚结婚那次飞行吗？就是我驾机送总部首长去朝阳岛勘察定点那次，你也跟机保健。"

王萍："怎么不记得，想起来还后怕呢。"

张团长："当时从海上来的那股气流，是既突然又猛烈，飞机完全失去了控制，我一点思想准备都没有。飞机一下子掉了20多米，把总部首长也吓了一跳，还有你那声尖叫。"

王萍："还说呢，那不是你驾驶着飞机吗！再说，那会儿机上很多人都以为完了。"

张团长："说实在的，那一瞬间我也这么以为。当时我要是稍有疏忽，就有可能造成机毁人亡的一等事故！但是，我就是没有放弃飞机的正常驾驶，不管气流怎么影响，飞机的动力是正常的，结果气流一讨，飞机马上就稳住了。"

王萍："就是那次，把你的'张大胆'给叫出去了。"

张团长："也就是从那时起，在我张振武的头脑里，就没有什么可怕的事了。你想想，人世间还有什么比飞行更危险更可怕的职业？所以我说，长个东西没什么可怕的，我倒是想跟它较量较量！"

王萍："看你，说得轻松，我就怕你背上包袱。所以一直没敢告诉你。"

张团长停下脚步，看着妻子："我看我现在不是我有包袱。是你的包袱太重了。这些天看你闷闷不乐的样子，别把你也憋出毛病来。我就是真的有个三长两短……"

王萍赶紧用手捂住丈夫的嘴："不许你乱说！我昨天到医院去，于主任说再做一次物理化验最后确认，就安排手术。"

张团长："原来还没到天塌下来的时候嘛！"

王萍："现在的仪器设备都是进口的，其实已经基本定性了。"

张团长（犹豫地）："哦……"

说着，两人来到停机坪的飞机前，警卫战士跑过来，向张团长打了个敬礼又回到哨位上去了。

张团长："咱们在这坐会儿吧。"

王萍扶张团长一起在停机坪上席地而坐。

张团长："今晚的月亮真好啊……"

王萍爱怜地看着张团长："老张……"

张团长："你往天上看啊，你看我干什么？"

王萍："结婚这么些年，你什么时候像今天这样陪我了？"

张团长："那不是工作忙嘛。"

王萍："忙忙忙，你整天就知道忙！你要是每年都去疗养，身体也不至于发展成这样。"

张团长看着眼前的飞机："说起来，我在A团有20多年了。这20多年来，风里雨里，五冬六夏，一直和它们打交道，说实话，对它们还真有了感情呐。我亲身经历了我们团的飞机由岸基走向舰基、由近海走向远洋，说句文雅点的话，这叫历史性的转变，是载入共和国史册的！你知道，咱们的飞机第一次着舰成功时，我们是多么激动啊……"

王萍："我都听您说过多少遍了。"

张团长："这样的事，说多少遍也不算多。再说，以后想说，说不定机会就不多了。"

王萍："老张，你今天是怎么了？"

张团长（动情地）："本以为我还能赶上008计划第一批改装，看来是没有机会了，这恐怕是我最遗憾的一件事了！"

王萍："不是说了嘛，还没最后确诊，即使是又怎么样？还可以手术，现在你就说这种丧气话啊！"

张团长："怎么说都是你们医生的理。"

王萍："老张，这事要怪你就怪我吧，我是个不称职的医生老婆！"

张团长搂过王萍："别说了，这事怎么能怪你呢。"

王萍哽咽："我……"

张团长："王萍，我的好老婆，如果真是那样，我在部队工作的机会恐怕不多了……"

王萍（泪眼盈盈地）："老张，你别这么说……"

张团长："别说了，我们两个定个君子协定怎么样？"

王萍抹了把泪，点点头。

张团长："我的病，在医院没最后确诊之前，你要为我保密。"

王萍疑惑地看着张团长。

张团长："我是想，如果突然让我离开飞机，怕是没病也有病了。"

王萍："你这个要求，我不能答应。"

张团长："你听我说嘛。"

王萍一转身："我不听，都什么时候了，你还想着飞机！治好了病再说。"

张团长扳过王萍："现在不是还没最后确诊吗？连电视上都说，中国的癌症患者一半是被医生吓倒的，你要是现在就停止我工作，比宣布我死亡还难受啊！"

王萍心动了："你继续工作可以，我也可以给你保密，但不能再飞行了，在天上万一有个好歹，可不是小事。"

张团长："好，咱们说定了。不过，政委那里还是打个招呼，他是书记，代表组织。"

王萍："政委那里是你说还是我说？"

张团长："我说。"

两人起身离去,空旷的机场似乎没有了秋虫的鸣叫,却见数只萤火虫追逐在他们身边飞舞,仿佛被他们质朴而真挚的情感故事感动了。

舰载机A团 空勤楼 晚上

飞行一中队队部里,杨光翻着手中的报纸,指着其中一篇消息招呼着大家。

杨光:"你们看,到亚丁湾的美国海军还有西方这几个国家的海军都带着直升机呢?"

常少伟:"不带直升机那还叫海军?说的都新鲜!"

飞行员乙:"准确地说,应该叫编队。"

杨光:"你们没听我说完呢,我说的是他们能带着直升机去,我们怎么就不能去,你们说对不对?"

常少伟:"原来你想说这个,两岔了。"

飞行员甲:"咱们能不能去也不是咱们几个能定的事啊?你不是瞎操心嘛。"

杨光指指飞行员甲:"典型的胸无大志,咱们也是海军一员嘛,我们定不了,没规定想不了,我想想还不行啊,真是的!"

常少伟:"杨光同志志向远大,野心勃勃,你们不要打击他的积极性。有什么高见,说出来让我们分享。"

杨光:"高见谈不上,我就想,我们中国在世界上也是一个大国,他们都能去,我们也能去。"

常少伟:"你的想法很好,可是去也轮不到你啊。"

杨光:"俗了不是?我能不能去并不重要,重要的是展示我国作为一个大国的实力和风采。"

飞行员甲:"就是,哪怕去一艘军舰也行!"

飞行员乙:"老外了吧?此言一出,贻笑大方。"

常少伟:"嘀,又来了!"

飞行员乙:"编队要么是一驱一护一补,要么是一驱两护一补,要么是两驱两护一补,何有一艘军舰之理。"

常少伟:"学究,你累不累啊?"

杨光:"他说的有道理,舰艇编队的大致原则是这样的。但也有例外，根据执行任务不同，一艘驱逐舰或一艘护卫舰带一艘补给舰，同样构成作战单元，前提是每一艘舰上都要配一架乃至多架舰载机。"

飞行员甲："啊呀，头都让你们搞大了。"

听了一会儿的刘长军插话道："不简单，不简单，连舰艇的知识都了如指掌了。"

杨光拉着刘长军："大队长，我们瞎说，还是您给我们上一课吧。"

刘长军放下手中的报纸："你们的知识都爆炸了，我啊，都不敢给你们上课了。我宣布，读报时间结束，下面是体练时间，打篮球的跟我走。"

大家一哄而散，簇拥着刘长军一起出门。

舰队中心医院　白天

刘长军在舰队参加完一个讲座，看时间还早，拐弯到医院看看罗小海。他说病房里的空气不好，邀罗小海到外面走走。小海说出医院大门要请假，太麻烦，两人就来到医院的休闲广场散步。罗小海已不再使用拐杖，步幅和速度还不是那么自然，如果不注意察看，罗小海和正常人走路也没有什么区别了。

罗小海问刘长军："在舰队听课有什么新精神，给我这个伤员也传达传达。"

刘长军："还是很有收获，其中了解了亚丁湾一些很有价值的信息。"

罗小海停下脚步："怎么，我们在亚丁湾要有所动作？"

刘长军点头。

罗小海（急切地）："有我们舰载机的说法没有？"

刘长军："如果有动作，肯定少不了舰载机。"

罗小海："最快是什么时候？"

刘长军："这很难说，但凭我的直觉，中国决不会袖手旁观。"

罗小海："我也有同感，但听到这个信息我还是很激动。"

刘长军："医生说没说你康复期需要多长时间？"

罗小海失望了："医生？都教条着呢。"

刘长军上下打量着罗小海:"小海,说实话,我来你这里不是传达上级精神的,我觉得你现在这个康复速度,说不定还能赶上头班车呢。"

罗小海半信半疑:"你逗我玩呢,是吧?"

刘长军双手搂起罗小海的双肩:"小海,这不是开玩笑的时候,我马上赶回团里,希望你快点康复!"

刘长军与罗小海握手告别离去。罗小海暗自紧咬嘴唇,军人的敏感使他萌发了一种激情与冲动。

海南某海滨浴场　黄昏

徐亚宁和吴小丽穿着比基尼躺在细软的沙滩上。吴小丽的脸用一片硕大的椰树叶遮挡着。

徐亚宁翻身从一旁的手包里掏出手机,拨打起电话,两声彩铃过后,传来了刘长军的亲切而熟悉的声音:

"亚宁,你好!"

徐亚宁埋怨他的手机白天一天都打不通,急死人了。其实,她也知道刘长军的手机工作时间不允许开机,她就是想把自己和吴小丽被确定留在国家队的消息在第一时间告诉他。听到这个消息,刘长军很为亚宁高兴,要知道当初亚宁和吴小丽进入集训大名单竞争就是很激烈,中间还要进行至少两次筛选,最后能够留下成为国家队队员是每个篮球运动员的最高追求。

刘长军说,他要把这个消息马上告诉罗小海和李燕,让他们一起分享亚宁的快乐。这也正是徐亚宁所希望的。她心里明白,没有罗小海和李燕,自己绝对不会走到今天,更不敢奢望进国家队而且成为国家队的主力了。

徐亚宁问罗小海和李燕最近怎么样,刘长军思虑再三还是把罗小海受伤住院和李燕放弃读研的事实告诉了她。徐亚宁听后自然感到惊讶,但也为李燕的举动所感动。她问罗小海是怎么受伤住院的、现在伤势怎么样、影不影响飞行、李燕放弃读研团里同意吗,吴小丽还夺过电话问帅哥伤在什么地方、毁没毁容。刘长军让她们两人问得脑袋都大了。他当然不能都如实回答,只是说罗小海伤势不重,马上就出院了;李燕读研只是推迟了一年,明年还可以再上。

徐亚宁放心了许多,遗憾自己不能亲自去看望罗小海,她要刘长军一定代她好好陪陪罗小海,多给他买点好吃的、好玩的。刘长军都满口答应,并说自己知道应该怎么做。

末了,亚宁对刘长军说,她们可能要先回北京打几场热身赛,然后再打亚锦赛,一时半会儿回不去了,要刘长军多多保重,然后挂断了电话。

听说罗小海受伤住院,吴小丽一直闷闷不乐,她甚至后悔自己误打误撞入选了国家队。徐亚宁听不下去了,说:"小丽你别得了便宜还卖乖,你这个位置比你优秀的还有,教练是考虑咱俩是一个俱乐部的,默契程度比别人好才把你留下的,你要是不想在国家队我去跟教练说。"

吴小丽连忙求饶:"别别,人家开个玩笑还不行吗?其实,我是想如果不来国家队,在俱乐部就可以到医院陪陪帅哥不是。"

徐亚宁看着吴小丽笑了:"终于说实话了吧,你去陪床可以,帅哥身边可是有个心理医生,你考虑过没?"

吴小丽"噌"地一下坐起来,全然不顾身上的椰子叶掉在了地上:"对了,我可是斗不过她的,我还是不陪床了吧。"

徐亚宁指着吴小丽胸部:"哎呀,走光了!"

吴小丽赶紧从地上捡起树叶遮在胸前。

舰队中心医院　白天

罗小海已经进入康复阶段,吃完早饭医生查完房,罗小海在李燕的陪同下来到了康复中心,在康复器械上锻炼起来。

看着罗小海锻炼的步幅越来越快,李燕上前拉住了他。

罗小海不得不慢了下来,李燕递给他毛巾:"歇一会儿吧,今天的运动量超了。"

罗小海擦了把汗:"我感觉还行,再加点量也行。"罗小海重新运动起来,却又被李燕拉住。

李燕:"不是你说加量就可以加的,康复锻炼也要循序渐进,超了或者猛了适得其反。"

罗小海无奈地停下来:"锻炼身体也要受人制约,郁闷啊!"

李燕从饮水机接了一杯水递给罗小海,示意他到一边的休息席:"坐一会儿喝杯水,就不郁闷了。"

罗小海知道拗不过李燕,顺从地走到休息席坐下,喝了口水:"李燕,我住院三个多月了吧?"

李燕:"不多,还差一天。"

罗小海:"怎么差一天?我算着正好三个月整。"

李燕:"你住院这三个月的前两个月是大月,后一个月是小月,正好差一天,你可能都按30天算了。"

李燕的细心让罗小海吃惊,他感激地看着李燕。

李燕:"怎么了,我算得不对吗?"

罗小海直愣愣地注视着李燕:"对,非常对。李燕,你的表现让我更加不安。"

李燕纳闷:"从哪说起?你怎么了?"

罗小海:"告诉我,你推迟读研为什么不告诉我?你的无私和付出只会加重我的自责,你知道吗?"

李燕(平静地):"你还是知道了,其实我原本想在你出院以后告诉你的。你完全没有必要自责,我仅仅是推迟一年而已,而且得到了学校的理解和支持。因为我护理的不只是我的男朋友,而是我跟踪研究的对象,对,是标本。"

罗小海:"你搞心理学研究我支持,但它绝不是一切理由的挡箭牌。好在感情上的欠债我还有一生的机会来偿还。"

李燕:"不必那么沉重,能为自己心爱的人做点事,对女人来说是一件无比幸福的事情。恐怕这也是女人和男人最大的不同了。"

罗小海:"相比之下,男人倒显得渺小了。"

李燕:"看来,女人的心你还是不懂。"

突然,罗小海(冷不丁地):"我想回部队看看。"

李燕:"严医生不是说了吗,等几天给你再做个全面体检,没有特殊情况就可以办出院了。三个月都住了,这几天还等不了啊?"

罗小海(认真地):"等不了,再等下去我会崩溃的。李燕,麻烦你再跟严医生商量商量吧。"

舰队中心医院　白天

消化内科办公室里,于主任手里拿着PETCT片子,一边对着灯箱看一边向王萍交代:"通过派克CT,专家分析后倾向于良性。"

王萍惊喜:"良性?!"

于主任:"也有个别专家持保留意见,不敢肯定就不是恶性的。他们主张不管是良性还是恶性,都先动手术再说。如果是良性的,也不要后悔;如果是恶性的,正好早点切除。但最后我们还是要采纳大多数人的意见。"

王萍(激动地):"那太好了,回去我赶紧告诉老张,总算了了一块心病!"

于主任:"你也别太激动,现在一切还是靠看片子分析,内部器官的事还是不能大意,一旦有什么不适还要及时到医院来检查。"

王萍:"好的,好的,于主任,我一定提醒他按时吃药。"

于主任:"中医辅助治疗也可以试一试。"

王萍拿起包:"知道了,谢谢于主任!"说完,一溜小跑出了医院大门,她要赶紧回家亲自把这个消息告诉老公。

舰载机A团 办公楼 白天

张团长听王萍一说,更验证了他自己之前对身体的判断,情绪立马高涨了许多,今天一上班,张团长连自己办公室还没进就跑到政委办公室,跟何政委说了起来。

张团长:"我就说么,不要相信医生的话。看看,就是没事嘛。"

何政委:"一说是良性的,我看你的精神状态都不一样了。"

张团长:"精神胜利法嘛!"

何政委:"没事就好,作为老弟我还是要提醒老哥一句,以后酒可以少喝一点,烟最好戒了,百害而无一利啊。"

张团长:"政委你提醒的对,我有个计划,当然也不能一下子戒掉,慢慢戒,逐步往下减。"

何政委笑笑:"你总是有理由。"

张团长:"不,这次还是有决心的。不为了自己,还得为老婆孩子嘛。"

何政委:"这话算是说到家了。"

张团长:"对了,政委,前几天刘长军参加舰队集训带回来的材料我看了，我觉得本月的形势教育课就安排亚丁湾的内容，就让刘长军讲，你看怎么样？"

何政委："完全可以，我看就安排在周五下午吧。"

张团长："就这么定了！"

舰载机A团　空勤教室　白天

空勤教室已是座无虚席，张团长、何政委等团领导坐在第一排，纪天祥、杨光、常少伟、杨玉林等和其他飞行员悉数到场。

刘长军在讲台上已调好了多媒体，他用目光请示开始。

张团长示意"开始"。

刘长军："首长和同志们，今天的形势教育课的题目是：亚丁湾形势及多国海军护航的必要性和重要性。先看个短片……"

舰队中心医院　白天

经过李燕的软磨硬泡，杜主任、严医生终于同意让罗小海回部队看看，但考虑到罗小海的特护身份和他受伤这件事在当地的影响，医院方面还是一直承受着压力的，所以要求似乎也严格了许多。放行前，杜主任又把李燕、罗小海叫到了办公室。

杜主任："身体基本恢复正常了，回机场看看可以，但医院也有医院的规矩，晚上一定归队。"

严医生："还要注意控制自己的情绪噢？我发现你们飞行员都蛮爱激动的了。"

李燕："严医生，飞行是一项激情的事业，这是他们的职业特点。"

严医生："什么特点？我们做医生的，最忌讳激情啊、激动啊。"

杜主任："李医生，人就交给你了，你可要完璧归赵啊？"

李燕："杜主任，你放心吧。"

罗小海作揖："谢谢主任、严医生。"

罗小海、李燕出门，杜主任单独叫住了李燕。

杜主任："李医生，你过来，我还有句话要给你单独说。"

李燕回身，罗小海独自到走廊去了。

李燕："杜主任，您还有什么吩咐？"

杜主任关上门："从初步检查情况看，罗小海的身体已无大碍了，等几天安排磁共振、PETCT局部检查，如果没有问题就办理出院，回部队参加飞行了。但是，你知道，我不懂飞行，罗小海受伤的小腿究竟有多大承受力我还不敢肯定。也就是说，他下一步参加正常飞行一般没问题，如果执行特殊任务还是保守点好。这一点请你跟团里首长说一下，给予把握。"

李燕（认真地）："杜主任，我明白。"

沿海大道　白天

一辆军用吉普车疾驶在沿海大道上。

李燕和罗小海分别坐在前后排座位上。

罗小海饶有兴趣地看着车外飞速闪过的海滨风光……

李燕（画外音）："罗小海终于可以看到他朝思暮想的飞机了，还有他熟悉的机场、营房和战友。看他得意的样子，我也油然生出一种成就感和幸福感。我们的情感已不可分割，我多么希望他能尽快参加飞行啊！杜主任特意交代的事项，我却忘在了脑后。"

舰载机A团　外场　白天

张团长身穿飞行服，手提飞行图囊走出塔台，王萍迎了上去。

王萍："你决定了要飞？"

张团长（理直气壮地）："当然要飞，再不飞我的飞行指标就完不成了。"

王萍："你吃药了没有？"

张团长："按时吃了。老婆，还有什么指示？"

王萍："你少来这一套啊。对了，罗小海来了你知道吗？"

张团长惊讶："他人在哪儿？"

王萍："在下面呢。"

张团长拉着王萍："走，看看去！"。

其实，罗小海和李燕也就是刚到外场，下车正好与刘长军相遇，刘长军惊喜地竟然不知说什么，上前一把抓住罗小海的手："小海，你出院了！"

罗小海："这要谢谢你的拐杖！"

刘长军："你不恨我就行，感谢谈不上。"

罗小海（感慨地）："长军，也就是好朋友才能琢磨出这一招，你用心良苦啊。好多事只有经过了，才能看到本质的东西，包括友谊、爱情。"

刘长军："你不在的这些日子，我也想了很多。"

李燕："你们刚见面，就这么沉重啊！谈点高兴的事行不行？"

刘长军："我们这不叫高兴吗？"

三人笑。

罗小海拍拍刘长军："快上飞机吧！咱们有空再聊。"

刘长军："你既然回来了，干脆上机体验飞行吧？身体过关没有？"

罗小海做个健美动作："一路通吃！"

罗小海走进空勤休息室。看到罗小海走进来，众飞行员一拥而上。

李燕急了："哎——你们慢点！"

飞行员乙："还有女神保护呐！"

飞行员甲："放心吧，李医生，我们会轻拿轻放的。"

杨光："中队长，你可回来了，我们想死你了。"

罗小海有些激动："我更想你们。"

常少伟："中队长，你都三个多月没摸飞机了，手发痒了吧？"

罗小海："说真的，我最想的就是飞机。"

杨光："啊？中队长最想的居然不是我们，太让我们失望了！"

罗小海："你们没体会，在医院里，我一听到飞机响，手脚就发痒。"

这时，只听一声"罗小海"，大家就知道是团长进来了，室内顿时安静下来，为张团长让开一条"道"。

张团长走到罗小海跟前，仔细检查着罗小海："你小子，是偷跑出来的吧？"

李燕赶紧解释："团长，我保证，绝对是经过组织程序批准的。"

罗小海："A团的人从来都是明着跑，不用偷着跑。"

张团长轻轻地捣了罗小海一拳："住院也没改了你的毛病，还是那么不老实。"

罗小海笑了,大家都跟着笑了。

张团长:"回部队前体检了没有?"

罗小海:"报告团长,体检合格!"

张团长:"我没问你,问李燕。"

李燕稍一犹豫:"团长,他说得对,体检是合格的。"

张团长:"好,这正是我期待的结果。这么说,回来就可以参加飞行了。"

李燕点点头:"应该没问题。"

张团长:"什么叫应该没问题?飞行无小事,应该绝对没问题才行!"

李燕看了罗小海一眼:"团长,他……你放心吧,我负责!"

张团长:"好了,有你这句话我就放心了。我去飞行,你们大家好好陪陪罗小海。"

张团长转身出门。

罗小海追上去:"团长!"

张团长:"什么事?"

罗小海:"我今天能不能上机体验一下,就一下?"

张团长:"你还没出院,体验什么?一切等出院以后再说。"

罗小海:"团长,你也太不善解人意了。"

张团长:"等你出院后,我亲自为你带飞!怎么样,这样善解人意了吧?"

罗小海敬礼:"太够意思了,谢谢团长!"

舰载机A团　穿场公路　晚上

罗小海、李燕和刘长军、徐亚宁并排走来。

罗小海:"谢谢你亚宁,刚从北京回来就来看我。"

徐亚宁:"这话可是客气了,本来昨天就想来看你的,但俱乐部安排得满满的,又是媒体见面会又是参加慈善活动,那叫一个'忙'"。

刘长军:"想不到你真的成明星了?"

徐亚宁看着罗小海和李燕:"这有他俩的一份功劳呢。"

李燕:"你能有今天的成绩,主要原因还是自己。"

徐亚宁:"李医生,什么都别说了,我心里明白。"

刘长军:"今天约小海还有另一层意思。"

罗小海纳闷:"嗯?还有另一层意思,我怎么不知道?"

刘长军对徐亚宁:"罗小海同志现在已经是飞行二大队的大队长了,难道还不值得祝贺吗?"

徐亚宁惊喜:"真的?为什么不早告诉我?"

刘长军:"今天刚刚公布的命令。"

徐亚宁:"那你现在也是大队领导了!"

罗小海:"不,原来我也只是把它看做一个职务,但当我听一位让我很敬佩的人说,还是一份责任和荣誉的时候,我改变了原来的看法。"

徐亚宁重复着:"责任?荣誉?"

罗小海(郑重地):"是的,职务的责任,集体的荣誉。"

李燕欣慰地看着罗小海。

刘长军:"看来咱们又要为各自大队的荣誉而战斗了,二大队长同志。"

罗小海:"也有例外,当你我成为金牌组合的时候,我们代表的是A团。"

刘长军:"我们同时也代表各自的大队。"

徐亚宁:"你们两个人总是这样,能不能改变一下友谊的方式?"

刘长军:"不能!"

罗小海:"到现在为止,我们还没发现比这种更为有效的方式。"

李燕:"亚宁,这也许是他们对友谊最独特的注解,如果刻意让他们作出改变,他们或许就不再是他们了。"

徐亚宁点头,表示赞同。

刘长军:"不愧是心理医生,看问题总是这么入木三分。"

罗小海:"好恐怖啊,如此一来,我以后总是要面对心理解剖的危险了。"

李燕"打"了罗小海一下:"别贫嘴了,不要忘了,你明天还要参加飞行呢，还是早点回去吧。"

罗小海："准确地说，是先参加带飞。"

刘长军握住罗小海的手："明天团长亲自为你带飞，预祝你飞行顺利！"

罗小海："谢谢！"

张团长家　晚上

张团长坐在沙发上看电视，王萍在一旁为他熨飞行服。

王萍边熨衣服边唠叨着："以后你的军装和飞行服不能积攒一块再拿回家来，一次熨那么些，还不把人累死啊。"

张团长手捂腹部，没有答话。

王萍："现在军装那么精神，部队应该有个专门的洗衣熨烫室统一洗熨，那样才能穿出效果。你说我说的有没有道理，啊？"

还没听到张团长的反应，王萍转头一看，才发现张团长不适。

王萍急忙放下熨斗，跑到张团长跟前："老张，你怎么了？"

张团长拿开手："没事，可能晚饭哪口吃得不合适。"

王萍："那些药你一直坚持吃着吧？"

张团长："一点没偷懒，全部按时按量吃了。"

王萍："要不要到医院检查一下？"

张团长："不用，都几点了？再说，明天我还要为罗小海带飞，飞行计划都做了，我马上回空勤楼去。"

王萍："你要是不舒服，今天晚上就作为特例在家里住吧。"

张团长："那怎么行，第二天有飞行，头天晚上是不允许在家里住的，这是纪律，多少年了，你又不是不知道。"

张团长喝了杯水："把熨好的飞行服给我，我走了。"

王萍叠好飞行服递给张团长，仍放心不下："有什么不舒服给我打电话啊，不管什么时候。"

张团长接过衣服："你呀，都神经过敏了！"

张团长出门，王萍心事重重：她既希望张团长确实没事，又担心张团长万一出事。

——第二十三集完

第二十四集

舰载机A团 外场 白天

外场塔台前有一个气象预报板，在塔台最显著的位置，早些年是小黑板，后来换成白板，由当日气象值班员负责填写。现在已经统一换成电子显示屏了，与气象台的终端连接，半个小时更新一次。因为天气直接影响飞行安全，飞行预备会和开飞前，指挥员最关心的就是气象条件。

今天的气象预报板上清晰显示：今日上午，晴间少云，东北风6到8米/秒，海区8到10米/秒，能见度09：00前3到4千米，09：00后大于4千米。

又是一个难得的适合飞行的好天气。

张团长"全副武装"，走到气象板前看了一眼，"放心"地走进塔台。

塔台里，杨副团长、训练参谋、标图员、计时员、信号员等正在做着开飞前最后的准备，何政委已在跟班席就位。

看到张团长进来，何政委迎了上去。

何政委盯着张团长："团长，你今天的脸色有点憔悴啊，不是昨夜没休息好吧？"

张团长下意识地摸了把脸："没有啊，休息得还可以。"

何政委:"那就好,罗小海的带飞难度想必不是太大,两个架次以后,没什么问题就可以放单飞了。"

张团长:"政委,你这话可是说到罗小海心里去了。"

何政委看看天空:"连老天爷都这么配合,多好的气象啊。"

张团长:"罗小海小子运气不错,上来就赶上这么个好天气,算他有福。"

杨副团长摊开飞行计划表:"开飞第一架次先让刘长军侦察一下航线和空域气象,您和罗小海安排在第二批。"

张团长扫过一眼:"知道了,按计划实施。"

杨副团长:"罗小海准备好了吧?"

何政委:"他呀,恐怕早就按捺不住了。"

训练参谋向塔台下救护车旁努努嘴:"努,在那儿呢——"

在塔台应急保障区,罗小海正站在救护车前与李燕说着话。

罗小海:"没听说你今天跟班飞行啊,专门为我?"

李燕:"别脸皮厚了,是队长调换的。"

罗小海:"还是王队长有体会,我一定会有上佳的表现。"

李燕:"还有,团长可是带病为你带飞呢。"

罗小海:"这你说得不对。第一,团长不可能带病飞行,这对任何一个搞飞行的人来说都知道;第二,前些时候医院对团长的胃病有结论,明确说没什么大毛病。在你们医生嘴里啊,似乎总是那么危言耸听——我不夸张吧?"

李燕:"在你们飞行员眼里,科学也不能是儿戏吧?"

罗小海:"强词夺理!"

李燕:"就是嘛。我听说舰队医院为了慎重起见,前几天还是把团长的片子带到海军总医院去了,再请北京的专家看看。"

罗小海:"这也说明不了什么,如果仍然维持原来的判断,岂不是多此一举。"

李燕:"我们宁愿出现多此一举的结果。不过,这几天我看团长又消瘦了,我还是有点担心……"

罗小海:"李燕,你今天怎么了?今天团长是为我带飞,你怎么老是说些丧气的话!"

李燕:"小海,我也不知道怎么了,就是不太踏实。"

罗小海："我马上准备飞行去了，来点鼓励吧！"

罗小海把脸凑近李燕。

李燕推了罗小海一把："别闹了，上边都看着呢！"

罗小海调皮地一笑转身离去。

李燕（担心地）："小海，你和团长一定要小心，啊！"

塔台上的杨副团长校对着腕上的飞行专用计时表，宣布："开飞！"

信号员左、右手各持一把信号枪、训练参谋握有一把信号枪几乎同时击发，三发信号弹腾空而起。

今天的飞行正式开始了。

停机坪上，螺旋桨飞速旋转起来，轰鸣声四起。

刘长军目光炯炯，驾机起飞。

一会儿工夫，塔台无线电传来刘长军的报告："泰山，泰山，201已进入航线，航路一切正常。"

杨副团长："保持航线，注意气象变化。"

刘长军："201明白！"

训练参谋："杨副团长，今天天气这么好，怎么还侦察天气？这在咱们团可是少有的。"

杨副团长："这是团长在飞行准备会上专门作出的决定，为的是确保罗小海今天的带飞万无一失。"

训练参谋："哦，罗小海不就是刚提了大队长吗，至于吗？"

杨副团长："你小子，这与大队长无关。"

训练参谋："那与什么有关？"

杨副团长："还用问么，与飞行有关！"

训练参谋琢磨着："与飞行有关，这不等于没说吗？"

这时，无线电又传来刘长军的报告："泰山，泰山，201报告，海上局部出现弱小气流。"

杨副团长："201，报告位置。"

刘长军："我现在已进入52号空域。"

杨副团长："明白，继续侦察。"

刘长军："201明白。"

杨副团长："标图员，把气流位置标注上去。"

标图员:"是!"接着在航图上标注。

舰载机A团 卫生队 白天
文霞从楼上快步跑到一楼的值班室,探头问道:"看到队长了吗?"
值班的陈医生正在接诊,转头道:"小文,你急急火火地跑什么,有事慢慢说嘛,你现在也是个大姑娘了。"
文霞要出门:"什么乱七八糟的,人家找队长有急事嘛。"
陈医生大声道:"有什么急事给我说,队长到机关去了。"
文霞回头:"舰队中心医院于主任的电话,你去接吧!"
陈医生:"于主任的电话?我的级别差一点儿。你告诉他,等队长回来给他去电话吧。"

舰载机A团 外场 白天
刘长军已完成侦察气象任务,返航归来,关车后,跳下飞机,上了前来接他的吉普车,沿着机场联络道驶向塔台。
刘长军上了塔台,杨副团长马上把大家召集在一起研究天气。
杨副团长:"长军,你把侦察的气象情况说说。"
刘长军:"航路上的气象和预报的差不多,海上有些变化,但从目前情况看,对飞行不构成影响。"
杨副团长转向气象预报员:"气象台,你们还有补充吗?"
气象预报员:"海上气流这块我们的云图上没有显示,卫星也抓不着。既然首批上去侦察了,认为不影响飞行,我们意见放飞。"
杨副团长用目光征询何政委的意见:"大家对气象还有不同意见吗?"
何政委摆摆手,示意没有意见。
杨副团长合上手中的飞行计划表:"继续放飞!"
听到放飞的指令,张团长和罗小海一前一后,健步走向早已停在停机坪上的飞虎536教练机。
张团长坐在"带飞"的副座上,罗小海坐在正座上。
张团长提示:"通电。"
罗小海按下通电按钮:"通电——通电完毕!"

张团长："检查航空燃料。"

罗小海检查油料指示："航空燃料——满载。"

张团长："检查应急设备。"

罗小海的手按顺序划过几个开关："应急设备完好。"

张团长："开车。"

罗小海按下点火开关："开车完毕！"

张团长在机舱内巡视一遍："给油。"

罗小海推加油杆。

飞机顿时震颤起来。

张团长戴正耳机，打开机内通话："打开机内通话。"

罗小海打开机内通话："机内通话打开。"

张团长："201，现在连动设施已启动，第一架次操纵以我为主，以你为辅，听明白了没有？"

罗小海："听明白了！"

张团长上推油门："准备起飞！"

飞虎536教练机先是尾巴向上一翘，机身接着拔地而起。

张团长和罗小海驾机扬长而去。

杨副团长看着远去的飞机，长舒了一口气："没问题！"

训练参谋："名师高徒嘛，还能有什么问题。"

杨副团长："你小子，也学会唱赞歌了。"

训练参谋："不会唱，瞎唱。"

杨副团长："少啰唆，注意联络！"

训练参谋："是！"

李燕站在救护车旁专注地看着飞机飞远。

空中　白天

张团长驾机，罗小海与张团长亦步亦趋。

张团长看了罗小海一眼："手发痒了是吧？"

罗小海："何止发痒，已经发炎了！"

张团长："我已经察觉到了，我提醒你注意，不要影响了我的动作。"

罗小海收了收动作："对不起，喧宾夺主了。"

张团长咳嗽一声："说反了吧，现在你的位置是主驾驶。"
罗小海转头看张团长："团长，你没事吧？"
张团长命令道："坐好了，进入三转弯了——"
飞机一个大角度转向，把罗小海闪了一下。

舰载机A团 外场　白天
杨副团长几乎一直站着指挥。
无线电传来张团长的声音："泰山、泰山，01已完成航线飞行，一切正常。"
杨副团长："01，按计划返场。"
张团长："泰山，01明白！"
听说就要返场，罗小海感觉还没过瘾，对张团长说："01，我们可否申请直接转入下一科目？"
张团长并不看罗小海："201，集中精力，按计划返场！"
罗小海答："是！"
"飞虎536"稳稳地降落在停机坪上，张团长、罗小海在原座上检查着飞机。
地勤人员快速而有序地为飞机加油、充电。
郝刚走到飞机前，打开舱门。
郝刚："团长，飞机有什么问题吗？"
张团长："一切正常。"
郝刚："小海同志有什么感受？"
罗小海："不过瘾！"
郝刚："没关系，加油充电后马上起飞。"

舰载机A团 卫生队　白天
王萍刚进办公室，文霞就跟着进来。
文霞："队长您可回来了，快给于主任回电话吧，她说找您有急事。"
王萍打一个激灵："于主任找我，为什么不打我手机？"
文霞："打了，您没接！"
王萍拉开抽屉，拿出手机："啊呀，看我这脑子，真耽误工夫。"

说着，拿起桌子上的电话，按下号码。

王萍："是于主任吗？我是王萍……您说……什么？！"

舰载机A团 外场 白天
郝刚给罗小海示意可以起飞。
罗小海对坐在副驾驶座上的张团长："01，可以起飞了吗？"
张团长："本架次我的职责是为你压座，一切由你独立操作。"
罗小海："201明白。"
罗小海向郝刚回了一个起飞的手势，郝刚等地勤人员跑开位置。
罗小海驾机起飞。

刚才接了舰队医院于主任的电话，让王萍心里一下子凉了半截，她不愿意出现的结果还是出现了。她不知道自己的老公现在外场是正在飞行还是飞行间隙休息，本来她可以打电话通知外场停止张团长的飞行，但那样就把好端端的外场飞行秩序搅乱，她不愿意那样做。张团长也是一个好强的人，那样他也不会原谅她的。所以，她赶紧要了救护车赶往外场，先观察一下丈夫的情况，再单独跟他说说尽量不要再参加飞行，毕竟飞行是高消耗体能的工作。

王萍坐在车上，心却在飞机上，显得特别的焦急。

但等她赶到外场的时候，张团长和罗小海的飞机已经进入航线了，此时的罗小海正神态自若地驾机飞行，张团长正满意地观察着罗小海的每一个动作。

救护车在塔台前停下后，王萍急匆匆走进指挥塔台，她走到杨副团长身后，轻拍一下，问道："杨副团长，老张还在飞吗？"

杨副团长摘下耳机："王队长，你问团长是吧？对，他在飞。"

王萍（担心地）："没什么情况吧？"

杨副团长："很好啊！和罗小海飞得正起劲呢。王队长，你有什么事吗，要不要跟团长来个天地对话？"

王萍可没心情开玩笑，连连摆手："没事、没事，你快指挥吧。"

王萍来到何政委跟前。

何政委："王队长，你这是……"

王萍压低声音:"政委,老张的身体……"
何政委(关切地):"你慢慢说,老张的身体怎么了?不是没事吗?"
王萍:"刚才,舰队中心医院的于主任来电话说,北京那边认为老张的病还是恶性的,最好安排手术。"
王萍说着说着哽咽起来。
何政委一拍椅子:"反着正着都是他们说的!你先别着急,团长现在飞着呢,证明就没什么大不了的。等他带飞结束,我找个合适的机会跟他透露一下,你看怎么样?"
王萍点头:"我担心,这样一反复,他能不能接受得了!"
何政委安慰道:"我的意见,还是先不要告诉他结果,刚刚还飞行呢,就他的那个犟脾气,才不会相信!"
王萍犹豫着:"政委,就按你说的办吧。"
何政委走到指挥台前:"让飞虎536报告现在的位置。"
杨副团长呼叫道:"飞虎536,请报告你现在的位置。"
正处于穿云状态的罗小海报告:"201报告,536已飞抵52号空域,536已飞抵52号空域。"

何政委、杨副团长听着罗小海的报告,感觉一切都处于正常状态,也不便再说什么,两人交换一下眼色,何政委说,命令536飞行科目完成后立即返航。杨副团长原文传达了政委的指示。
张团长有点不舒服的感觉,他收紧双腿,顶着腹部,这样能好受一些,但绝没想到自己会有什么事。杨副团长指令下完,他还不理解,问罗小海:"立即返航?塔台什么意思?"
罗小海集中精力驾驶,并未觉察张团长的不适,呼叫道:"泰山,泰山,为什么要我们立即返航?"
杨副团长说:"注意飞行纪律,这是命令!"
罗小海:"201明白!"转头对张团长:"没办法,现在塔台是老大。"
张团长直直腰:"按指挥员指示执行。"
罗小海:"201明白。"
杨副团长放下话筒:"政委,你和王队长到那边坐着吧,团长飞完空域就返航了。"

何政委示意王萍到跟班席："走，王队长，咱们坐着等。"

王萍心神不安地跟在何政委后面在跟班席坐下，眼睛却始终看着跑道。

沿海的气象不比内陆，有时就是说变就变。不知从哪儿来的一股更强的气流扑向飞虎536，飞机在气流中颠簸。

罗小海用力控制着飞机，但飞机还是出现明显的抖动。

张团长坚持着直起身子，观察着气流。

罗小海自言自语："这股气流究竟从哪里来的？怎么一点预兆都没有？"

张团长呼吸明显急促，仍安抚着罗小海："海上就是这样，在这个季节，像这样的气流，来无影去无踪。但要想碰上还不是那么容易。"

罗小海："团长，我听着你说话怎么了？您坐好了，我来对付它们。"

罗小海一拉变距，飞机艰难向上爬升。

杨副团长显然知道了536的处境，说："这股气流他俩还躲过不去了？"遂对训练参谋道："去把气象值班员叫来。"

训练参谋出门，一会儿工夫，训练参谋带气象值班员进来。

何政委、王萍也起身来到指挥台前。

杨副团长："气象台的云图弱小气流抓不着，现在明显是较强气流了吧，怎么也没有预报？"

气象值班员："卫星跟踪监视显示，这股较强气流仍属局部小尺度天气系统，主要是由于海上转风向造成的。今天这股气流明显速度较快，但范围不大。"

杨副团长："气象继续监视。"

气象值班员回答"是"，出门去了。

王萍刚才认真地听着杨副团长的问询，她希望这股讨厌的气流不要影响丈夫和罗小海的飞行，保证他们能平安地飞回来。

可这股气流似乎就是跟飞虎536号过不去，好像飞虎536号飞到哪它就飘到哪。就这样，飞虎536号在气流之中穿行。但突然之间，罗小海感觉是风向变了，而且风速也加大了。他没经历过，问张团长："怎么办，我们迎上去吧？"

张团长一直观察着气流的流向和风速的变化，凭他的经验，这种情况下不能迎着上，如果风力继续加大，飞机将难以控制。他提示给罗小海。罗小海感觉团长承受不了现在的气压，认为干脆迎上去飞机还平稳一些。

张团长强打精神，装作没事似的："按计划正常飞，这样的气流一般是速度快，但时间不会长……一会儿就过去了。"

罗小海感受到了团长的气息跟不上，安慰着说："团长您坚持一会儿，没问题，我喜欢和气流博弈！"

张团长："修侧风你的右舵力度不够，加力！"

罗小海右腿发力，却一阵酸软，自己不相信似的抽回来再次发力，飞机出现间歇性偏离，张团长突然意识到什么。

张团长："你的右腿？"

罗小海："没事，团长，你看——"

张团长一伸右腿蹬出了右舵。

罗小海和张团长合作稳住了飞机。

从气象台卫星云图捕获的信息，这股气流马上就会过去。杨副团长遂呼叫罗小海，指令他们完成空域科目立即返航。

罗小海的回答清晰响亮："201明白！"

杨副团长对何政委和王萍："听见了吧，没问题，马上返航。"

王萍如释重负。

飞虎536终于冲出气流，进入平飞状态。罗小海长出一口气，转头看张团长，却发现张团长静静地躺在了驾驶座上，脸上依然是满意的笑容。

罗小海轻轻地呼叫："团长、团长……"

张团长依然静静地躺在那里，眼睛微微睁开："201，立即返航……"

罗小海终于感觉不对了，他大声呼叫："团长，团长！"

只见罗小海驾驶的飞虎536突然加速飞去。

刚才飞机与气流周旋的时候，大家没听到张团长的声音，以为是他放手让罗小海处置,现在听到无线电里传来罗小海声嘶力竭的呼叫,王萍似有不祥的预感,她赶紧跑到指挥台前,问:"振武他怎么了?"

杨副团长也急了:"201,快回答,团长他怎么了?"

罗小海沉重地:"201报告,团长他……好像昏过去了!"

何政委站到指挥席前:"不要再啰唆了,命令201加速返航。救护车做好准备!"

舰队中心医院　白天

A团的救护车一路鸣叫驶进舰队医院大门。

张团长躺在救护车的担架床上,陈医生、李燕为他输着氧气,吊着点滴。

王萍、张倩、何政委等守护在张团长身旁。

来到急救室前,医院的医护人员及时赶到救护车前接收病号,动作熟练地将张团长推入急救室实施抢救。

一阵紧锣密鼓的抢救,张团长终于苏醒了,他微微睁开眼睛,示意王萍把他的军装拿来。

王萍出门到救护车上拿张团长的军装,一直在外面等候的何政委等围上来着急地问张团长怎么样了,王萍已是泣不成声。王萍把张团长的军装送到他眼前,张团长颤抖着手,从军装的内兜掏出两枚特级飞行员勋章放在王萍手里,嘴唇翕动着。王萍赶紧将自己的耳朵凑到他的嘴边。

张团长似在轻声说着什么,王萍颔首示意她听明白了。抢救的医护人员不知张团长跟王萍说了什么,但都感觉到了这应该是他最惦记也是最需要交代的心事。王萍不断点头的同时,感情已难以控制。

当参与抢救的医生出来叫大家进抢救室的时候,只见张团长已卸去氧气,静静地躺在病床上,就那样含着欣慰的微笑,走了。

王萍紧紧攥住张团长的手,把脸贴在张团长的脸上,失声痛哭道:"老张!都是我不好,是我给你耽误了……"

张倩一下扑到爸爸病床边,大声叫着:"爸爸——"

何政委慢慢地举起手来,敬礼,后面赶来的参谋长慢慢地举手敬礼,魏主任慢慢地举手敬礼,罗小海、刘长军、李燕等慢慢地举起手……

舰载机A团 外场 白天

外场停机坪旁边,临时搭起的灵棚,肃穆庄严。

八一军旗覆盖在张团长的骨灰盒上,骨灰盒上方是张团长的遗像。

四名持枪的士兵分列两侧,一旁是何政委、杨副团长、参谋长、罗小海、刘长军和戴孝的王萍和张倩。用青松枝条扎起的灵棚上方,悬挂着"张振武同志骨灰撒放仪式"横幅。

对面是排列整齐的飞机、车辆和全团分区列队的干部战士。罗小海、刘长军、纪天祥等在空勤队列中,李燕守护在王萍身后,张倩手捧一束鲜花跟在王萍身边。

飞虎534、536直升机单独停在一边,郝大队长等站在前面。

何政委主持张团长骨灰撒放仪式,他走到话筒前,沉痛地宣布:"根据张振武同志的遗愿,他的骨灰,将在今天撒在这片他生活和战斗了22年的机场上。现在,让我们以无比沉痛和崇敬的心情,向张振武同志致敬!"

参谋长随即下令:"部队都有了,立正!——"

何政委、参谋长、罗小海、刘长军向张团长的遗像敬礼。

地勤、空勤、场站、机关的队列敬礼。

飞虎534、536直升机开车,螺旋桨由慢到快旋转起来。

何政委:"罗小海、刘长军机组,登机!"

罗小海、刘长军等跑步来到飞虎534、536前,与郝大队长等交接飞机。

罗小海、刘长军等机组人员上了飞机。

何政委双手捧起骨灰盒,交给张倩。在何政委的引领下,张倩抱着爸爸的骨灰盒走出灵棚,从队列前经过。四名持枪士兵中的两名跟在身后。

张倩等走近地勤队列。

地勤值班员:"向右看!"

张倩等经过地勤队列。

地勤值班员:"向前看!"

张倩等走近空勤队列。

空勤值班员:"向右看!"

张倩等经过空勤队列。

空勤值班员:"向前看!"

张倩等走近场站队列。

场站值班员:"向右看!"

张倩等经过场站队列。

场站值班员:"向前看!"

张倩等走近机关队列。

机关值班员:"向右看!"

张倩等经过机关队列。

机关值班员:"向前看!"

何政委引领张倩走向飞虎534。

李燕向文霞示意一眼,两个人手捧鲜花跟在张倩身后。

何政委等来到飞虎534飞机前,和王萍、张倩、李燕、文霞、郝大队长等先后上了飞虎534飞机。

驾驶飞虎534的是罗小海,这既是罗小海的强烈要求,也是团里的精心安排。张团长是在为罗小海带飞训练中牺牲的,罗小海要亲自驾机送张团长人生的最后一程。罗小海心情格外沉重,却极力控制自己的感情,他想用最平稳的飞行保证团长不再受颠簸,不再穿气流。

后舱里的何政委看着机窗外面,李燕在王萍身后、文霞在张倩身后,都已是泪如雨下。

外场全部准备完毕,只听参谋长一声令下:"警卫排鸣枪,为团长送行!"

警卫排鸣枪——枪声在机场上空震撼回荡。

震撼声中,飞虎534、536相继起飞。

枪声、飞机的轰鸣声、低回的哀乐声,全场指战员举起了右手,同声高喊:"团长走好!"

"团长走好"的回声在机场上空回荡……

两架飞机一前一后呈编队队形飞过营区,飞过张团长走过的每一个基层连队的上空，最后飞到机场上空。

飞虎534在机场上空盘旋飞行。

飞虎536飞机紧紧跟在飞虎534一侧，作护航飞行。

在534舱门前，张倩眼含热泪，双手向下扬撒着骨灰。

驾驶飞机的罗小海，把自己胸前的一朵白花摘下来，献于舱外。

舱门前，张倩向下扬撒花瓣。

蓝天白云间，灿烂的阳光，飞行的飞机，飘扬的花瓣，低回的音乐，构成了一幅凄美的画卷……

舰载机A团　张团长家　白天

何政委、魏主任上门慰问王萍及孩子。

王萍依然沉浸在悲痛之中。

何政委安慰道："王队长，张团长走得确实太突然了，我们和你一样，一时都还难以接受这个残酷的现实。"

王萍（悲伤地）："要是当时就安排手术，也许就没事了。都是我不好，总是向好的方面去想。"

何政委："事情过去了，你也不要过于自责。再说，医院也解释了，现代医学再发达，也不能包治百病。他们也尽力了。"

魏主任气不过："医院还是有责任的，那么多的专家、教授，连个癌症都确诊不了，要我说团长的病就是他们给耽误的！"

何政委："魏主任，有些病症就是难以判断，如果都是一看就准，那不成了神医了？舰队医院当时也是为了慎重起见嘛，没想到到会恶化得那么快。"

王萍："于主任打电话一再表示歉意，人都没了，还有什么用啊……"顿了顿，调整了一下情绪，又说："其实，老张的胃早就出现比较大的溃疡面，只不过是被癌症的表象掩盖了，当时医院只是把注意力放在是否癌症的判断上，最终导致了大面积转移……唉！"

何政委："不管怎么说，张团长的离去对我们、对医院都是一个教训！"

同上 外场 夜晚

皓月当空,银光似水,月色中的跑道显得静谧而安详。

罗小海和刘长军在跑道上长吁短叹,并肩而行。

刘长军:"小海,你要保持镇静。你不觉得,团长走了以后,我们肩上的担子更重了嘛。"

罗小海:"团长是为了给我带飞牺牲的,你叫我怎么能镇静得了!想起那一幕,我就刻骨铭心。"

刘长军:"飞行本来就是几代人的事业,没有前人的牺牲和奉献就没有咱们的今天。从这个意义上讲,我们更应该敬仰老团长。"

罗小海:"这个代价太沉重了,我真有点受不了。"

刘长军:"团长为了使你重上蓝天,真是想了不少的办法呢,甚至不惜隐瞒组织。"

罗小海:"隐瞒组织?"

刘长军:"你不知道吧。当时干部部门向团长征求使用你的意见时,曾问起你的伤情,团长坚信你的伤能够痊愈,而事实上当时医院对你的伤情已经做了最坏的预计。设想一下,如果当时团长放弃、李燕放弃、干部部门放弃,大家都放弃对你的希望,恐怕你就真的没有希望了。"

罗小海:"你为什么早不告诉我?"

刘长军:"其实,今天我也不想告诉你。我只是不想让你再深陷在情感的纠结中。因为,你应该感觉到,有一个机会正在迫近。"

罗小海打了个激灵:"你指的是……亚丁湾?"

刘长军:"不出意外的话,应该就在这几天。"

罗小海抓起刘长军的手:"哎呀,伙计,我差点儿耽误了工夫,你提醒过我的!不过,你对我们舰载机的机会就这么有把握?"

刘长军:"你放心,只要有编队就肯定有舰载机,重要的是我们要做好准备。俗话说,机会总是……"

罗小海接上:"留给有准备的人。"

刘长军捣了罗小海一拳:"伙计,还等什么,走吧。"

二人朝营房方向走去。

罗小海:"你说,我能搭上末班车吗?"

刘长军:"什么末班车了,是头班车!"

两个人的步伐明显快起来。

同上 办公楼 白天
办公楼内,急促的电铃声骤然响起。
接着,机关各办公室人员纷纷跑出,有的还边跑边整理军装。
几乎在同时,空勤楼内也响起了急促的电铃声。
空勤人员闻声而动,跑向门外。
不一会儿工夫,各路人员已在操场上集结——
团直机关人员在操场列队完毕;
空勤人员在操场列队完毕;
地勤大队列队跑步入场;
场站人员列队跑步入场。
舰载机A团军营上空弥漫着紧张而又庄严的气氛。
许参谋长宣布:"根据亚丁湾海域的形势需要和我国在该海域的利益要求,上级预先命令,从即日起部队进入三级战备,停止一切人员休假,装备处于良好状态,部队就地待命!根据我团的实际情况和可能担负的使命任务,特提出如下要求。"

同上 空勤楼前 白天
罗小海和刘长军并肩走来。
罗小海:"真是说来就来啊!也不知能出动几个机组?"
刘长军:"军中无戏言嘛,究竟能出动几个机组还要看任务的需要。还是那句话,做好准备吧。"
罗小海:"如果是一个机组,肯定是非你莫属了。"
刘长军:"这话不像是一个超级自信的人说的。怎么,打退堂鼓了?"
罗小海:"打退堂鼓?你说我打退堂鼓?谁都知道这对一个军人来说是多么的重要和难得,我争取还怕来不及呢。"
刘长军:"那你为什么表现得那么缺乏自信?因为你曾经受过伤?"
罗小海:"不,我已经正式恢复飞行了。"
刘长军:"那是因为……"

罗小海:"因为你。我知道你比我准备得更充分。但你放心,只要有机会,我决不会放弃的。"
刘长军:"这才是罗小海同志的性格!"

同上 卫生队 白天
李燕缠着王萍不放。
李燕:"队长,我是舰载机部队心理学医生,只要飞机去我就应该去,你得为我争取啊!"
王萍:"啊呀,我的大小姐,现在具体任务没下来,谁也不知道谁能去谁不能去,等下了任务我会积极争取的,好了吧?"
李燕:"如果有了这个经历,对舰载机飞行员心理学来说,又将填补一项空白,是有重要价值的。"
王萍:"别说你,就是我也想去啊。如果我们老张还在,他也不会放过这个机会的。"
说到伤心处,王萍的情绪低落了下来。
李燕:"队长,是我让你伤心了。"
王萍:"没有。我在想,如果你和罗小海都能去就更好了。那样,罗小海的心理研究就能从飞行训练到海上历险、从缉私受伤到神奇康复,再到接近实战的检验,这就是一套完整的心理学教学案例啊!"
李燕惊诧:"队长,真没想到你考虑得这么深刻,我也把对你的敬重改为敬佩了!"

同上 办公楼 白天
作训股李参谋正在整理电话记录,响起敲门声。
李参谋:"请进。"
推开的一条门缝里露出苏成的半张脸。
李参谋:"谁啊?进来!"
苏成把门开得大了一点:"李参谋,请问沈股长在吗?"
李参谋:"是你小子,鬼鬼祟祟的搞什么名堂,有事进来说。"
苏成走进来:"执行重大任务都是作训部门牵头,我想找股长打听点事。"

李参谋:"沈股长马上就是副参谋长了,哪有时间接见你啊?什么事,给我说吧。"

苏成掏出一支烟递给李参谋:"那您就是股长了?来,抽一支。"

李参谋接过烟闻了闻,苏成拿出打火机点烟被李参谋吹灭,放在手里把玩着。

李参谋别有意味地看着苏成:"我知道你小子什么事了?"

苏成赔着笑:"您是作训参谋——准股长嘛,火眼金睛。"

李参谋:"就你也想去亚丁湾?我还想去呢。"

苏成:"您当然,可我的岗位与您不冲突,不会影响到您。"

李参谋撇撇嘴:"别凑热闹了,你一个士官,写个报道照张相的,恐怕排不上队。"

苏成不甘心:"一点希望也没有吗?新闻报道还是很重要的。"

李参谋:"还挺执著。我也不跟你啰唆了,看你也是个有追求的人,回去给你们政治处写个报告吧,先提出申请再说,至于能不能批准,就不是我的事了。"

苏成(高兴地):"谢谢李……准股长的指点!"

苏成转身出门了,李参谋笑笑,摇了摇头。

同上 空勤楼 晚上

在罗小海的宿舍里,罗小海和刘长军面前,铺开的是一张世界地图,上面已画的"五彩缤纷"。罗小海用手中的红蓝铅笔指着印度洋一带侃侃而谈。

罗小海:"其实,从拿破仑战争迄今200多年世界霸权更迭史,不难发现,大国争霸,犹如下棋,不同的棋局用的却是同一个棋谱,一个棋谱围绕着的只有一个目标,那就是控制印度洋。"

刘长军示意罗小海继续说:"我把这个'棋谱'总结叫'一个中心,两个基本点'。"

刘长军:"'一个中心,两个基本点'?说说看。"

罗小海:"你看——一个中心,就是印度洋及其北岸地区,两个基本点,就是大西洋及其两岸地区与太平洋及其两岸地区。如果我们把英国这样的海洋国比作'矛'的话,那么其争霸的路径基本上就是：遏制两翼，围堵中亚，死保印度洋；如果把法国、德国、俄国这样的内陆国比作'盾'，那么，其争霸路径则与海洋国正奇相合，即两翼突破、决战中亚、拿下印度洋。不同的是，由于历史条件和战争手段不同，大国争霸'棋谱'中的'两翼'的概念也有差异；相同的是，不管历史条件和争霸手段多么不同，双方争夺印度洋，尤其是争夺印度洋北岸的目标却是相同的。"

刘长军眉头紧蹙："但在第一次世界大战之前，多极化浪潮并未蔓延到亚洲，大国争霸的重心多集中在欧洲啊……"

罗小海："是的。比如拿破仑战争时期，英国的发展实际上是与殖民地经济联系在一起的。对英国来说，它遏制拿破仑的法国从而控制世界的路径是，以英国为中心，联合俄国和确保地中海的海权，最终达到从北南两向钳制法国并绝对控制印度洋的目的。而拿破仑则是以法国为中心画圆，将英国赶出欧洲大陆，继而从南翼出兵地中海，占领埃及，扼住英国通往印度洋的航线，切断英国与海外市场和资源的联系，最终达到釜底抽薪击败英国的目的。到了拿破仑之后，变为英俄争霸。英国通过联合法、德遏制俄国西进，控制巴尔干和中亚地区，围堵俄国南进，以确保英国在地中海和印度洋的海权安全。俄国则以东欧为西线安全外围沿波罗的海、黑海方向突破英国遏制链条，决战中亚阿富汗以实现进军印度洋从而最终称霸世界的战略目标。"

罗小海说的行云流水，刘长军听得津津有味。

罗小海继续说："第二次世界大战实际上就扩大了规模，或者说是从大西洋扩展到太平洋的复制，但大国争霸的空间扩大并未改变双方对弈的'棋谱'和路径。"

刘长军听得饶有兴致："请继续。"

罗小海来了情绪："那就得从太平洋说了。当时日本争霸的线路几乎就是欧洲大国争霸路径在东方的复制：日本以日本岛为中心画圆，占领中国东部沿海地区后，先偷袭珍珠港，继而南下占领菲律宾、英属马来亚、俾斯麦群岛、关岛、加里曼丹岛和苏拉威西岛，其目的首先是将美国赶出太平洋。这正如法国拿破仑的目的是将英国赶出欧洲地区一样；然后夺取爪哇岛和苏门答腊岛以控制马六甲海峡东口；接着就是占领缅甸控制安达曼群岛和尼科巴群岛，从西面出口再锁死马六甲海峡,最终实现与来自欧洲的德国从东、西两面分割印度洋的战略目标。从美国方面看,它与盟国也是从东南亚突破日本在太平洋建立的环型岛屿链条开始,继而进攻日本本土,从而恢复了从美国经太平洋进入印度洋的海上通道的安全。太平洋战争结束后,日本地缘政治空间退回到明治时期,由于国际政治格局的演变,日本自此也就彻底失去了在亚太地区再次崛起为地区性大国的基本地缘政治条件。"

刘长军鼓掌:"言之有物,言之有理。小海,你什么时候研究得这么详细、这么精辟?"

罗小海:"这还要归功于那三个月的医院休养和李燕的帮忙,她帮我查找了不少资料;否则,我都不知道那一百来天怎么打发。"

刘长军:"士别仨月,肃然起敬了!有些观点我真的还是第一次听说呢。"

罗小海:"说起来,我还是受你给我的《海权论》的启发呢。当时飞歼轰机的时候,说实在的,满脑子就是战略轰炸理论;来到A团,飞上了舰载机,才知道海权对于一个海洋大国的重要。"

刘长军:"按你的观点,第二次世界大战后,苏联和美国两个超级大国,他们重复的仍然是大国百年争霸的旧'棋谱'了?"

罗小海:"原来你也没闲着啊,你也'棋谱'上了。"

刘长军:"我只是顺水推舟。"

罗小海:"接着说啊……"

刘长军:"当年,他们从西欧的柏林危机开始,接着到远东的朝鲜战争,再到中南半岛和中东地区,最终还是为争夺印度洋,双方在阿富汗一决胜负。这与19世纪英俄争霸的结局也差不多少。"

罗小海:"结果,阿富汗再次成了俄国人的'失乐园'。"

刘长军:"美国人看到了强大的苏联竟然几乎是一夜之间解体了,但华盛顿也不相信眼泪。"

罗小海:"是这样,苏联解体后,美国人并不手软,乘胜追击。'9.11'之后,美国军事进入阿富汗。在取得阿富汗战争的胜利后,美国立即宣布退出《反导条约》,2003年美国又挥师伊拉克。从中我就发现,冷战后美国面临的'棋局'虽大,但他们所用的'棋谱'却依然如故。"

他们两人谈得正起劲，何政委和许参谋长走上楼来。

许参谋长问一个出门的飞行员："刘长军是不是在罗小海宿舍？"

飞行员答："在呢，听动静两人又较上劲了。"

许参谋长笑笑："知道了，忙你的去吧。"

何政委、许参谋长向罗小海宿舍走去。

罗小海和刘长军依然谈兴正浓。

刘长军："咱们本来说印度洋的，话题有点儿远了啊。"

罗小海："一点都不远，咱们始终没有离开印度洋啊。"

刘长军："刚才我们说的是广义上的印度洋，我的意思还是从狭义上分析印度洋，使我们的准备更加具体、更有针对性。"

罗小海："哦，你指的是亚丁湾？这方面你是内行，你参加过舰队的集训嘛，你最有发言权。"

刘长军刚要说话，许参谋长敲门进来。

罗小海、刘长军立正："首长好！"

何政委走到他俩面前，看着桌子上的世界地图："画的眼花缭乱的，你们两人演的是哪一出戏？"

许参谋长展开地图看着："政委，看来他们的作业早就做了。小伙子，真有你们的！"

刘长军："小海的研究已经很有造诣了。"

罗小海："请首长指教。"

何政委："什么都请首长指教？在这方面我看我还是老老实实当学生吧。不过，亚丁湾的形势越来越复杂了，它不但是世界的黄金航道，也是我国海上运输的经济命脉。从维护国家利益的角度出发，中国海军应该是该出手的时候了。"

许参谋长："正式通知你们，战备等级已经转入二级战备，人员、装备随时准备南转出征。"

罗小海："有没有具体指标？"

许参谋长："要求我团出动两个甲类机组及其技术保障人员和指挥人员，机组及其他人员名单，团里研究了一个初步方案，已上报舰队，待批准后宣布。"

罗小海："机组是刘长军和我吗？"

许参谋长:"我只能告诉你,你们只是方案之一。另外,今天这么晚了我和政委还到你们这里来,就是想告诉你们,要抓紧利用最后的时间进行有针对性的训练,确保准备充分、万无一失。"

何政委:"机关搞了一个网上推演的软件,有一定的针对性,充满未知元素,你们都要参加,我们也想借此优中选优。"

罗小海:"许参谋长,网上推演安排在什么时间?是对抗,还是协同?"

许参谋长:"你喜欢对抗,还是协同?"

罗小海想了想:"对抗。"

许参谋长问刘长军:"你呢?"

刘长军不假思索:"协同。"

许参谋长:"你们两个,大合小开,什么时候才能真正尿到一个壶里?"

舰载机A团 作训室　白天

大屏幕上,显示着"陌生海域协同舰艇编队反'海盗'对抗演练"。

何政委、杨副团长、许参谋长等坐在主控室内。

罗小海、刘长军带领机组成员分别站在两个主控台前。

沈副参谋长宣布:"科目:陌生海域协同舰艇编队反'海盗'对抗演练",参演机组:罗小海、刘长军机组,在本次推演中作为竞争对手出任甲、乙两个舰载机编队的机长在网上分别迎战加了标识条形码的"海盗"艇(识别正确绿灯亮)。任务:在战术背景相同的情况下,以最先发现甄别和警示驱离对手为目的。原则:用时最短、损失最小者获胜。特别提示:"海盗"艇具备一定的反识别和反击能力。还有不明白的吗?

刘长军:"没有。"

罗小海:"明白。"

沈副参谋长:"开始!"

屏幕上:一望无际的大海风平浪静,几艘货船航行在万顷碧波之间。忽然间变得阴云密布,浊浪滔天。

"海盗"艇借助气象变化神出鬼没,时隐时现。

罗小海"驾"舰载机率先起飞，紧追不舍。

刘长军则在注意观察，伺机而动。

罗小海率先发现波峰浪谷间有一只小艇飘摇不定，终于在其浮起时将其"锁定"，罗小海的"飞机"上绿灯闪烁。

刘长军机组也紧跟着发现和"锁定""辖区"内的疑似"海盗"小艇，刘长军的"飞机"上也是绿灯闪烁。

两人举手示意第一阶段结束。

沈副参谋长宣布："第一阶段'演习'结束，下面进入第二阶段。"

屏幕上出现尾随大船的疑似"海盗"小艇。

刘长军机组奉命前出（字幕提示），并指挥引导编队前靠堵截"海盗"艇，在走投无路的情况下，"海盗"小艇举手"投降"。

同样是这一幕，罗小海机组在奉命前出时，即遇到"大麻烦"：飞机顶风飞不动了，海面"突然"低云笼罩，目标失踪。

罗小海的飞机好不容易飞抵目标区上空，"海盗"小艇"突然"长了翅膀，快速穿行在波峰浪谷之间，舰载机行动迟缓，顾此失彼。待编队前来增援，"海盗"小艇已逃之夭夭……

——第二十四集完

第二十五集

舰载机A团 作训室　白天

罗小海的飞机好不容易飞抵目标区上空,"海盗"小艇"突然"长了翅膀,快速穿行在波谷浪峰之间。舰载机行动"迟缓",顾此失彼。

导演室沈副参谋长看不下去了,提示道:"罗小海,你的飞机怎么跟不上去,飞机怎么了?"

罗小海没作回答。

沈副参谋长急了:"你是不是在捣什么鬼?"

罗小海精力集中,无暇顾及:"别说话,没看我在奋起直追吗?"

画面上出现增援的编队,而"海盗"小艇已逃之夭夭。

沈副参谋长终止程序:"你已经没有机会了。"

罗小海(无奈地):"我认输!"

刘长军的屏幕上,小艇被"激光"拖出画面。

沈副参谋长宣布"演习"结果:"陌生海域协同舰艇编队反'海盗'对抗网上推演结束,演习成绩:刘长军胜,罗小海负。下面请许参谋长作简要讲评。"

许参谋长站起来,走到大屏幕前:"前面说了,这是我们两个机组出征前的最后一次练兵，机会难得，意义重大。从整个推演过程看，刘长军机组战场纪律强，战术运用正确，并注意与舰艇编队的协同，在规定时间内基本完成了演习任务；罗小海机组前半部分还中规中矩，后半场给人的感觉就是在'找失败'一样，这样做的结果可能为演习的另一方增加了对抗元素，增加了练兵的难度，但却打破了公平对抗的规则。成绩的判定，对罗小海机组可能感到有点冤，但既然是对抗就要有输赢，就要按规则办事。另外，机组强调了单打独斗，与舰艇编队协同不够，这是以后需要注意和加强的。讲评完毕。"

配合许参谋长的讲评，屏幕上回放着刚才两个机组在战术细节方面的画面。

沈副参谋长宣布："网上推演结束，参演机组回去继续总结和准备。"

同上 办公楼 白天

罗小海和刘长军一前一后从办公大楼走出来。

刘长军冲着罗小海："罗大队长，等一等。"

罗小海放慢脚步："你这么一叫，总有一种生分的感觉。"

刘长军追上罗小海："你今天的表现，用一句话概括：虽败犹荣。"

罗小海："刘大队长现在讽刺人也不用打草稿了，我都败了还谈何犹荣？"

刘长军："你的想法确实很大胆，如果最终能在败中求胜，那就更完美了。"

罗小海："你说对了。如果再给我时间，我想我会的。我就觉得我们机关设置的演习方案都是几十年如一日，'我方'一战即胜，'敌方'一击就垮，对抗不激烈，战场无悬念。"

刘长军："这么多年，我们的演习理念强调的是要树立敢打必胜的信心，因为我们在武器装备方面确实与一些军事强国存在差距，所以也有其中的道理，但现在有所不同了。"

罗小海："我觉得，既然是练兵就要从难从严，都是自己人，胜败又如何？关键是通过练兵收获到了什么。兵法上说，练兵若难，进军就易；练兵若易，进军就难。都是一个道理。"

刘长军："说到底，演习只是一种练兵的方式，更大意义还在于体现出我们军队的传统、民族的精神。"

罗小海："我们完全可以通过加大练兵难度降低将来战争的成本，光大我们的传统和精神，这不是更重要吗？"

刘长军："小海，推演的结果并不重要。我只是想提醒你，你现在是大队长了，不是前几年那个毛头小伙飞行员了，到了关键时刻还是要理性一些。要知道，如果最后确定我们两个机组出征亚丁湾，面临的是首次执行最接近实战的非战争军事行动。那里不同于演习，也不同于训练，我们代表的是中国海军、是中国！容不得半点闪失。"

罗小海："我听出来了，你还是有点不相信我。既然如此，你为什么还煞费苦心给我送拐杖、鼓励我提前复出、想方设法让我和你一起参加护航呢？"

刘长军愣了："小海，没想到你能说出这样的话来？我实话告诉你吧，我为什么给你送拐杖、鼓励你提前复出、想方设法让你和我一起参加护航？那是因为，没有你我飞行没情绪！"

刘长军说完扬长而去。

徐家客厅　晚上

徐亚宁一家已吃过晚饭，正在收拾。

徐亚静在悠闲地听着ipod。

徐母对徐亚宁："跟小刘还是联系不上吗？打他单位电话。"

徐亚宁："妈，你就别催了，不就是登记吗？不登记又怎么样，还不准结婚了？现在不登记结婚的有的是。"

徐母："那不行，婚姻是一个人一生中的头等大事，不登记是不合法的婚姻。不管别人登不登，你必须登记领了红本才能结婚。"

徐亚静："如果结婚以后过不到一块儿怎么办？还得去离婚，麻不麻烦。"

徐母厉声道："闭上你的乌鸦嘴，还没结婚呢就胡说八道！趁着你姐冬歇期闲着，赶紧把记登了，把新房布置布置，结婚仪式定了，就在元旦。"

徐亚宁："啊呀，妈，你还没老呢，我真服了你了。电话我现在就打，行了吧？"

徐亚宁从茶几上拿起手机拨号。

徐母端起盘子进厨房去了。

徐亚宁手机接通："喂，你好……请接一大队……我找刘长军……什么，统一接团值班室？"

徐母从厨房出来。

徐亚宁合上手机："这回您听到了吧？打个电话像审查户口似的，还要统一接团值班室，合着说话内容也要经他们领导审查同意，可笑！"

徐亚静笑笑："有意思。"

徐母猜测着："也许小刘单位确实有什么事了……"

徐亚宁："你不要瞎猜了，有事也不至于不让打电话吧？这是侵犯个人权利。"

徐母："什么就侵权？你这一套在部队没有用。部队是执行特殊任务的集体，一切以国家利益为主，强调的不是个人权利，这个你不懂。"

徐亚宁："他们能有什么事呢，最近也没听刘长军说起过啊……"

徐亚静拔掉耳机，站起来："我知道了。"

徐亚宁："你知道，什么事？"

徐亚静："他们可能要执行重大任务！"

徐亚宁："重大任务？你是怎么知道的？"

徐亚静："你忘了，我们的郑总是当兵的了？他最关心部队的事儿了。那天他说起过，如果中国海军开赴亚丁湾，必然有A团。"

徐母一拍脑门："是啊，我怎么没想到，还老兵呢。"

徐亚宁惊讶："什么，去亚丁湾？那还结什么婚？"

徐母："那怕什么？看把你紧张的，当年在战场上结婚的多了。"

徐亚宁有点赌气："刘长军不来电话就不登记了，也不怪我。"

徐亚静："哎，姐，我说的也不见得准确哦。这样吧，我有个主意……"徐亚静拉过徐亚宁在她耳边轻声嘀咕。

徐母:"你又在那出什么馊主意?"

徐亚宁点头:"试试也行。"

姐妹两人达成共识,第二天徐亚静开着她的红色甲壳虫拉着徐亚宁直奔A团而去。

舰载机A团 礼堂　白天

部队已入场完毕,官兵们身穿新式海军冬礼服,威武庄严,已提升为副团长的许参谋长从前排站起来,走到队列前。

许副团长:"下面,请杨团长宣布参加护航编队人员名单。全体起立!"

部队"唰"地起立,如同一片松林。

许副团长:"稍息。"

礼堂顿时发出一片皮鞋摩擦地面的声响。

已提升为团长的杨副团长走到队列前,庄严宣布:"现在我宣布,我团参加第一批护航名单。他们是:

舰载机A团政治委员　　何旭东;

舰载机A团副团长　　　许大勇;

舰载机A团副团长　　　郝刚;

舰载机A团飞行一大队大队长　刘长军;

舰载机A团飞行二大队大队长　罗小海;

舰载机A团卫生队医生　　李燕;

舰载机A团卫生队护士　　文霞;

舰载机A团电影组组长　　苏成。"

被读到名单的,当读到自己的名字时,都立即回以"立正",以示尊重和庄严。

被读到名字的人中,大都表示出兴奋,唯文霞表现得有些胆怯;尽管她极力控制着自己的表情,但还是被旁边的李燕觉察到。

舰载机A团 营门　白天

舰载机A团营门已增加为双岗双哨,卫兵全部身着海洋迷彩作训服。

部队出征前,军营也增添了几分威严。

徐亚静的红色甲壳虫转进营门道路,被前面手执指挥旗的哨兵早早示意靠边停放。

徐亚静下车,来到哨兵跟前:"请问:进去找个人可以吗?"

哨兵:"对不起,部队有任务,不可以。"

徐亚宁走过来:"我找刘长军,我是他对象,我找他商量结婚的事,还不可以吗?"

哨兵:"这样的话,您可以到警卫值班室登记一下,留下电话号码,让他给您去电话。"

徐亚宁气急地:"真麻烦!"

哨兵:"小姐,这是部队的规定。"

徐亚静:"姐,你就给他留下你的电话,看刘哥他回不回。"

徐亚宁:"请问你们究竟有什么大事,这么兴师动众、戒备森严的?"

哨兵:"对不起,这是军事秘密。"

徐亚宁无奈:"亚静,你写个条留给他们,咱们走。"

徐亚静跑回车里写了个便条,送到了警卫值班室,又走到徐亚宁身边。

徐亚静:"咱们走。"

两人上车,徐亚静快速起步驶去。

舰载机A团 礼堂　白天

杨团长还站在队列前。

杨团长:"名单宣布完毕!"

杨团长回到队列的第一排中间。

许副团长走到队列前:"下面请何政委作动员讲话。"

何政委整了整军容风纪,走到队列前:"同志们!"

徐家客厅　白天

徐母在家正打扫着卫生,徐亚静和徐亚宁开门进家。

徐亚宁无精打采地把包向沙发上一扔,懒洋洋地把自己甩在了沙发上。

徐母:"你们姐妹俩到哪儿疯去了?没一个帮我干点家务的,

合着这个家就是我一个人的。"

徐亚静:"亲爱的老妈,你怎么愤青似的,整天牢骚满腹?告诉你吧,我们干大事去了。"

徐母(不屑地):"干大事?你能干什么大事?"

徐亚静:"我和我姐去找刘哥去了。"

徐母欣喜:"你们找到小刘了,他是不是有任务?他说什么时间登记了吗?"

徐亚静刚要开口,被徐母打断:"我问你姐呢,没问你。"

徐亚宁:"还登记呢,连人影都没见着。"

徐母:"为什么?你们又闹别扭了……"

徐亚静:"妈,你说什么呢,什么又闹别扭了!他们A团搞戒严呢,外人一律不让进,我还是第一次看那阵势,好紧张。"

徐母:"看看,还是我说的对吧。军人的职业就是这样,俗话说,养兵千日用兵一时嘛。小刘有任务你们就不要指望他了。刚才我找人在黄金海岸大酒店,把婚宴都订好了。"

徐亚宁情急:"你说什么妈?黄金海岸大酒店你都订了?刘长军到底怎么回事还不知道呢?你把饭店……你叫我说你什么好啊,妈!"

徐母:"你知道什么,现在大饭店里结婚的婚宴都订到明年'五一'了,我这还是托人才订上的,还交了订金呢。"

徐亚宁一头歪到沙发上,眼睛一闭:"我无语了!"

徐亚静走近徐母(一本正经地):"亲爱的母亲,你想过没有,如果刘哥——你准女婿到时候执行任务不在家,这婚怎么结?又跟谁结?"

徐母一愣:"哎呀,这我倒是没想到……不能吧?和平时期不会有这样的事吧……"

徐亚宁直起身:"还等什么,赶紧把饭店退了吧!"

徐母:"人家说了,订了就不能退;要退也行,订金也别想要了。"

徐亚宁:"你交了多少订金?"

徐母:"5000元啊。"

徐亚宁长叹一声:"这下完了。"

徐亚静:"现在都什么玩意儿,霸王条约!"

徐亚宁:"妈,你说这么大的事你也不跟我们商量一下,这下怎么办吧?"

徐母像是犯了错误的小孩,一时手足无措。

徐亚宁、徐亚静面面相觑。

这时,徐亚宁的手机响了。

徐亚宁拿起手机,看看号码,依然情绪不高地接听:"你好……"

舰载机A团 空勤楼 白天

刘长军回到宿舍,就收到了门卫转交的字条,急忙拿起手机给徐亚宁回电话。

刘长军:"亚宁,这几天实在是忙,手机基本是关闭的。上午你们来了,是吧?"

徐亚宁满腹牢骚却不知从何发起:"你终于来电话了,你要再不露面,我妈快把我吃了都,一点不夸张!"

刘长军连忙道歉:"对不起,实在对不起。亚宁,我马上要去执行重要任务……你不要问了,现在还处于保密阶段。"

徐亚宁:"我不是打听你秘密,我是想知道到时候咱们能不能按时结婚?"

刘长军想了想:"这个……我还真不好说。这样吧,你跟阿姨说说,为了保险起见,还是向后推一推吧。"

徐亚宁:"推一推?你说得轻巧。你知道吗,我妈把饭店都订了,交了订金还退不了了?"

刘长军惊讶:"啊?!这……"

徐亚宁:"我不管了,你看着办吧。"

刘长军:"亚宁,你说让我看着办?我有什么办法?……"

徐亚宁:"那你说,到时候如果你真的不在家,我跟谁结婚?"

刘长军:"这显然属于突发情况,我还真没考虑。这样吧,既然饭店订了就先订着吧,到时候再说吧,只能这样了。"

徐亚宁:"到时候再说,你也太不负责任了吧?"

刘长军看看表:"亚宁,这也是没有办法的办法,我们马上到外场准备了。这事就这么定了吧,好吗?"

徐亚宁:"好吧,拜拜!"

徐亚宁合上手机,无奈地摊开手:"你们都听到了吧,有什么办法。"

徐母:"什么有什么办法?车到山前必有路,战争年代没有新郎的婚礼还不是照样办,到时候要是小刘不在家,亲朋好友在一起吃个饭就算结婚了,新事新办!"

徐亚静(不无讽刺地):"老妈,您真有创意。"

徐亚宁生气地拿起包走向自己房间:"都什么事嘛,怎么什么倒霉的事都让我碰上?烦死了!"

舰载机A团 卫生队 白天

宣布参加护航名单后,李燕与文霞之间的谈话话题就没离开过护航。言谈话语之间,文霞依然显得有所顾虑。

李燕嗔道:"小文,大家都为能参加护航而高兴,你怎么高兴不起来呢?难道你不想去吗?"

文霞赶紧辩解:"没有、没有,我当然高兴。"

李燕:"在我记忆中,你除了有点晕船,没别的问题呀。可晕船是能够克服的啊。"

文霞:"不,我现在好多了,上次坐飞机也没事了。"

这时,罗小海风风火火地敲门进来。

罗小海(不好意思地):"文护士在啊,对不起,打搅你们谈话了。"

文霞看看李燕,起身:"要不我一会儿再来吧。"

李燕按下文霞:"不用,你坐吧。"转问罗小海:"有什么事吗?"

罗小海:"就两句话:第一句,我已经准备好了;第二句,你有什么需要我帮助准备的吗?完毕。"

文霞笑了。

李燕站起来:"你别把文护士吓着。我也回你两句吧,首先谢谢,再一句是回去继续准备。"

罗小海立正:"是,我的守护神!"

李燕:"别出洋相了,赶快回去继续准备吧。你要的亚丁湾海域的气象资料找到了吗?"

罗小海摊开手:"没有,只有印度洋的综合气象资料,而且太概括。"

李燕:"我再帮你找找看吧。"

罗小海:"十二分的感谢!"

李燕:"好了,我和文护士还有点事,对不起了。"

罗小海扬起手:"打搅,再见。"

罗小海带上门出去了。

文霞:"你们两人说相声似的,好玩。"

李燕坐下:"文霞,别打岔。昨天宣布名单的时候我看到你的表情了,你虽然在努力控制自己,我觉得你还是有一种顾虑……能说给我听听吗?"

片刻,文霞终于开口:"李医生,实话给你说吧,我爸他……他不想让我去。"

李燕:"为什么?你爸是干什么的?"

文霞:"我爸做点小生意,做钢铁贸易。"

李燕:"很有钱是吧?怪不得我看你花钱大手大脚的。"

文霞:"他是怕我万一……他就我这一个孩子。"

李燕:"现在谁家不是一个孩子?再说,我们依托的是庞大的舰艇编队,安全是有保障的,至于吗?"

文霞:"这些我都跟我爸解释了,他还是担心。他还……让我装病,我不能那么做。"

李燕:"文护士,你爸担心你的安全,这是可以理解的,可他让你装病就有点过分了。在使命和亲情之间,你的选择是正确的。这次到亚丁湾就咱们两个女的,多不容易啊!我想你还是给你爸打个电话,让他放心。要是真的有点什么'万一',也请他能够理解,因为我们是军人。你说呢?"

文霞点点头。

海滨栈道　夜晚
徐亚宁挽着刘长军漫步在海滨栈道上。

徐亚宁："出发的日子定了吗？"

刘长军："没有，可能就在这几天吧。"

徐亚宁："看来，铁定你不能参加咱们的婚礼了？"

刘长军无奈中带有几许遗憾："亚宁，对不起，我是军人。"

徐亚宁："我倒好说，关键是怎么跟亲友交代。"

刘长军："我想，他们会理解的。"

徐亚宁："你说得轻巧。不要忘了，到时候是我一个人面对。"

刘长军驻足，他扳过徐亚宁："亚宁，难为你了。回来后我一定加倍偿还。"

徐亚宁抚到刘长军胸前："本来，今天我想跟你吵一架的，那样我心里也许好受些。你这么一说，我都不知说什么好了。"

刘长军抚摸着徐亚宁："要不你打我几下，怎么样？只要你能解气，来……"

徐亚宁竟被刘长军这一着逗笑了，照着刘长军真的'打'了起来。

刘长军赶紧抱起徐亚宁，徐亚宁求饶后才放下。

两人紧紧相拥。

良久，刘长军松开徐亚宁："按你的指示，家具我都订好了，到时候我让家里的战友们帮助一块送去，请你验收。"

徐亚宁："不用了，现在都送货上门的，别麻烦了，你放心走吧。"

刘长军："不，这套家具是按你提供的图纸专门定做的，我必须倍加呵护，这也是我唯一可以表现的机会。"

徐亚宁默许。

稍顿，徐亚宁问："小海也去吗？"

刘长军："是的，我们俩缺一不可。"

徐亚宁："李医生呢？"

刘长军："也去，她是作为战场心理干预医生特派参加护航的。"

徐亚宁遐想："他们，真浪漫。"

刘长军更加内疚："亚宁，等着我……"

徐亚宁郑重地点了点头。

舰载机A团 穿场公路 白天

丁世杰确定转业了，而且决定回原籍。郝刚作为丁世杰曾经的直接领导现在的分管领导，代表组织最后再跟他谈谈话，两人一路走来，心照不宣。

郝刚："转业安置你决定回老家，不留在本地了？留本地安置你也是符合条件的。"

丁世杰："不，还是回老家安置，我已经把安置去向表交给政治处了。"

郝刚："你老家的条件可是远不如这沿海开放城市，工资待遇、教育条件也有差距的。"

丁世杰："郝副团长，说实话，我也知道沿海开放城市比内陆城市条件好，但我老家还有父母，他们的年纪也越来越大了，老了也要有个人照顾。我是他们唯一的儿子，人总不能就为自己活着，回家也好尽尽孝吧。"

郝刚："如果在本地安排，等你到地方工作稳定了，把老人接来照样是尽孝。"

丁世杰："你知道的，我副营职，在部队住的是单身宿舍，连个房子也没有，而当地的房价又那么高……再说，老人在老家生活习惯了，也不愿意离开。"

郝刚想了想："也是这么个事。我是说孩子以后别埋怨你，也要做好孩子的工作，毕竟孩子是未来嘛。"

丁世杰："我知道您的好意。我那孩子你知道是在老家生的，后来随军才到这里。他对老家还是很有感情的。再说，我们县城每年也有不少考上重点大学的。我觉得，孩子学习的事，还要靠自己。"

郝刚："你说得对，咱们周围有多少家庭条件非常优越的孩子，从小就培养学这学那，也不管孩子感不感兴趣，钱花了不少，到头来，瞎子点灯白费蜡。"

丁世杰："来到部队之后，我才知道因材施教多么重要。就像我，本来还想大干一场的，都是自己不争气。"

郝刚："不，你还是很适合干技术的，我对你的管理教育引导也有问题。部队有部队的纪律，请你理解。咱们毕竟战友一场，以后一定多保重。"

丁世杰:"我还是很感谢部队对我的培养教育,使我学到了在老家永远学不到的东西。"

郝刚:"前些时候你回老家,小海一直打听你什么时候回来,为你的事他也承受着不少的压力。"

丁世杰:"其实没有必要,我倒觉得是我影响了他。"

郝刚:"你们是惺惺相惜啊!等一会儿,我告诉他你回来了。"

丁世杰:"别,你们这几天事特别多,就不要让他分神了。反正我还没办手续、还没离开部队嘛。"

郝刚:"也是,等我们护航回来,要是你还没离开部队的话,我要亲自为你送行。"

丁世杰:"你们什么时间出发?"

郝刚:"万事俱备,只等一声令下了。"

丁世杰:"作为军人,没能赶上这次行动,是我一生的遗憾!我祝福你们!"

同上 办公楼 白天

机要室内,一名机要参谋正在收电报。

随着电脑键盘的敲击声,打印机的电报译文缓缓而出:

"A团收电:根据上级预先号令,令你团所有参加护航人员及海龙型舰载机2架,于2008年12月20日前转场至南海汇风湾军港,完成集结。"

此令!

机要参谋取下电报稿迅速呈送团长阅示,杨团长看后,批示:"立即通知部队,按时转场南海,完成集结!"

机要参谋拿起杨团长批示后的电报稿,敬礼后转身出门去了。

同上 外场 白天

两架海龙型舰载机(654、656)已停放在停机坪上。

罗小海、刘长军两个机组及何政委、许副团长、郝刚、李燕、文霞、苏成等已整装待发。

停机坪一侧站着两排整齐的队伍为他们送行。杨团长站在队首,沈副参谋长、王萍、杨光、常少伟等在送行的队列中。

杨团长在沈副参谋长的陪同下走到转场的队列前，与何政委、许副团长、郝刚、刘长军、罗小海、李燕等一一告别。

王萍在队列里使劲攥着身边一位女兵的手，大声嘱咐着："小海，长军，李燕，文霞，你们可要小心，那些海盗都是亡命徒，你们要注意安全！"

女兵抽出手："队长，你放心，他们是最棒的，他们会圆满完成任务的。"

在不远处的塔台应急保障区，站满了家属和小孩，她们获准到机场为亲人送行。

徐亚宁在徐亚静的陪同下也来到机场。

徐亚宁深情地注视着远处的刘长军，看得出，留恋中也掺杂着几分怨恨。

徐亚静安慰道："姐，别这样，你看他们多神气啊！我好羡慕刘哥。"

杨团长回到队列中，沈副参谋长指挥着队列。

沈副参谋长："全体都有，立正——"

杨团长宣布："出发！"

刘长军向塔台方向看了一眼，率先登上了飞机。

罗小海也向李燕挤挤眼，转身登机。

随着地面机械师的手势挥舞，两架飞机几乎同时点火开车。顿时，飞机的螺旋桨由快到慢旋转起来，机场上空弥漫着引擎的轰鸣。

杨光、常少伟等跳起来为罗小海和刘长军送行。

队列立时活跃起来。

罗小海、刘长军神情坚定，目光炯炯。

两架飞机依次起飞。

城市街头　夜晚

冬日里城市街头的夜晚，高楼林立，霓虹闪烁。街头行人步履匆匆。

街头LED显示屏滚动字幕提示：重要新闻，即将播出。

刚才还步履匆匆的人们，不禁驻足观望。

中央电视台新闻频道播音员："中国政府向世界宣布：近年，亚丁湾、索马里海域海盗活动猖獗，多艘中国船舶遭洗劫。海盗问题已经成为一大国际公害。根据联合国授权和索马里过渡政府邀请，为了维护我国利益，由中国舰队两艘驱逐舰和一艘补给舰组成的舰艇编队赴索马里海域为我国船舶护航。"

南海某机场空勤会议室　夜晚

会议室的电视新闻中同步播放着中国政府关于中国舰队两艘驱逐舰和一艘补给舰组成的舰艇编队赴索马里海域为我国船舶护航的新闻，何政委、许副团长、郝刚、罗小海、刘长军、李燕、苏成等在会议室组织收看。

南海某军港码头舰艇官兵在舰上会议室收看电视新闻；

椰林掩蔽下的某特战大队官兵收看电视新闻；

新闻节目过后，何政委拿起一份电报，组织学习。

何政委："这是我国首次使用军事力量赴海外维护国家战略利益，首次组织海上作战力量赴海外履行国际人道主义义务，首次在远海保护重要运输安全，对于展示我国作为负责任大国的形象和我军和平文明之师的良好形象具有重要意义，对我国海军履行使命任务能力也是一次重大锻炼和检验。"

罗小海："这些海盗也太猖狂了。"

何政委："其实，早在10世纪前后，东非海域就海盗盛行，对往来船只构成威胁。经过几番沉浮，终于在消失1个多世纪之后又在索马里出现，根子却在陆地。索马里连年战乱、民不聊生，有些不法之徒就干起了'靠海吃海'的营生。"

刘长军："看资料介绍，他们使用的装备有AK47冲锋枪、火箭筒等精良轻武器，还是很先进的。"

罗小海："那又怎么样？咱们还有特战队呢，他们的功夫天下无敌。"

刘长军："你是怎么知道的？"

罗小海："特战大队里有我一个同学，这次他也参加护航编队。"

何政委："对，我们这次要在护航编队的统一指挥下，协同舰艇、特战队员共同完成好护航任务，一般以警示、驱离为主。当确实发现海盗对我船舶或加入我护航编队的船舶包括我舰艇、飞机本身构成威胁时，在请示编队首长批准同意的情况下，方可进行打击。这是纪律！"

许副团长："另外，舰上的条件不比机场和陆地，大家要做好吃苦的准备。李医生不但要做好机组人员的心理干预，还要把握好舰艇人员的心理动态，为护航编队保驾护航。"

何政委："大家还有什么要说的没有？"

同声："没有。"

何政委："编队起航日期就在明天，今天飞机上舰。"

南海汇风湾军港　白天

现代化军港码头，戒备森严，一派忙碌。

两艘驱逐舰、一艘补给舰分别停靠在码头两侧，油、水及各种干鲜食品、蔬菜补给车辆、管道有序展开，源源不断补给上舰。

航空兵上舰的工作也在有序展开，罗小海驾驶海龙舰载机在何政委和郝刚的指挥下，稳稳地降落在188驱逐舰的后甲板上；刘长军驾驶海龙舰载机在许副团长和地勤人员的指挥下，稳稳地降落在189驱逐舰的后甲板上。

飞机上舰后，地勤人员还要采取系留等加固措施，罗小海则入住舰上为飞行员特设的"空勤宿舍"，在舱门前正好与身着反恐服的余晓龙相遇。余晓龙最先发现了罗小海，他兴奋地高声喊道：

"罗小海！"

罗小海一抬头，也发现了余晓龙："晓龙？"

两人快步靠近，先是握手，再是拥抱。

旁边的人好奇地看着他们。

罗小海松开余晓龙："没想到我们从学校分别十几年后在这里见面了！"

余晓龙打量着罗小海："不愧为天之骄子，比上学时更精神了。"

罗小海摸着余晓龙的反恐服："嗯，有几分威严和恐怖。"

余晓龙："前年就听说你找了个当兵的,军中靓妹!"

罗小海："前年是假,今年是真。"

余晓龙："这是怎么个意思,我没听明白?"

罗小海："不明白就不明白吧,她也参加护航,等会儿我给你介绍认识一下。"

余晓龙："我是叫弟妹,还是叫同志?你们办了吗?"

罗小海："还没办,不过,叫什么都行。"

余晓龙："这么有把握,看来已经是彻底拿下了。"

罗小海："听说你已经结了,在当地找的?"

余晓龙："也是北方人,不瞒你说,我都快当爹了。"

罗小海："不是刚结吗?动作够快的,不愧是特战队长,弹无虚发,速战速决。"

余晓龙："那也比不上你,你都开着飞机谈恋爱,那才叫高水平!"

此时,编队总指挥、南海舰队孙副司令上舰检查准备工作,走到罗小海和余晓龙跟前,孙副司令停了下来。

孙副司令拍着罗小海的肩膀："我没猜错的话,你就是A团的罗小海吧?"

罗小海立正："是,首长!"

旁边陪同人员介绍："这是护航编队指挥员孙副司令。"

罗小海："首长好!"

孙副司令："准备得怎么样了?"

罗小海："报告首长,一切就绪。"

孙副司令笑了："好!我到前面看看。"

罗小海："首长慢走。"

孙副司令和陪同人员继续向前走去。

余晓龙吐吐舌头："真有你的,久经考验。"

罗小海："别逗了,抓紧准备吧,咱们有空再聊。"

余晓龙："别忘了把弟妹叫来让我参观参观。"说完,向前甲板走去。

罗小海笑笑,转身进了"空勤宿舍"。

第二天一早，我某现代化军港码头，彩旗招展，军乐嘹亮。

临时搭建的会场上，已站满了海军官兵，会标上写着"海军舰艇编队赴亚丁湾索马里海域执行护航任务欢送仪式"。

舰艇列阵，官兵站坡，特战队员站在军舰的两舷。场面气势雄伟，威武壮观。

两架白色海龙舰载机分别停放在188、189舰的后甲板上，如同两只体型硕大无比的海鹏鸟站立在那里，分外耀眼。

罗小海、刘长军分别在各自的舰载机前列队。

李燕、文霞、苏成和罗小海同在188舰，也是护航编队的指挥舰上。

欢送仪式正式开始。

送行的首长在会场主席台上站成一排，威武雄壮。

海军赵副参谋长（少将）走到麦克前，敲了敲麦克，麦克发出"咚咚"的声响。他用眼神"请示"海军首长，海军首长示意可以开始。

赵副参谋长："海军舰艇编队赴亚丁湾索马里海域执行护航任务欢送仪式，现在开始！——升国旗，奏国歌！"

五星红旗伴随着国歌的雄壮节奏冉冉升起。

国歌声声，回荡在军港码头，回荡在天空、海洋……

海军首长注视着冉冉升起的国旗；

孙副司令注视着冉冉升起的国旗；

何政委注视着冉冉升起的国旗；

罗小海、刘长军、李燕等注视着冉冉升起的国旗，心潮澎湃，精神抖擞。

国旗升到顶端，国歌声止。

赵副参谋长重新走到麦克前："下面请海军首长讲话。"

海军首长（上将）走到麦克前，展开讲稿："肩负着祖国的重托，中国海军第一批护航编队，前往亚丁湾索马里海域执行护航任务，马上就要起航了。"

孙副司令在队列中；

何政委在队列中；

罗小海在队列中；

刘长军在队列中；

李燕在队列中。

海军首长继续："通过护航，充分展示出中国负责任大国的风范，展示出解放军威武之师、文明之师、和平之师的形象，展示出中国海军辉煌的建设发展成就和维护国家发展利益的坚强决心。"

文霞在队列中；

苏成在队列中；

余晓龙在队列中。

海军首长继续："当前，海盗活动十分猖獗，护航行动必将会遇到许多新情况、新问题，面临许多严峻的挑战和考验。全体任务官兵要努力践行中国当代革命军人核心价值观，以更加昂扬向上的战斗精神和更加熟练过硬的军事技术，勇于迎接一切挑战，战胜一切困难，坚决完成本次护航任务。"

官兵一齐回答："忠诚于党，热爱人民，报效国家，献身使命，崇尚荣誉！"

罗小海在宣誓；

刘长军在宣誓；

李燕在宣誓。

官兵的口号声响彻军港、码头、海空。

赵副参谋长："请海军首长下达起航命令。"

海军首长："我宣布：海军舰艇编队赴亚丁湾索马里海域执行护航任务，现在起航！"

随着海军首长一声令下，188、189驱逐舰，595综合补给舰同时鸣笛，向祖国告别，缓缓驶离码头。

三艘战舰上的官兵，斗志昂扬地分区列队，向首长和战友们敬礼、告别。

码头上的海军首长率众官兵向护航官兵挥手告别。

军舰驶出军港，向大洋进发。

舰载机A团 卫生队 白天

卫生队会议室的电视正播放着护航编队驶出军港、向大洋进发的画面，王萍等卫生队全体人员正在收看电视直播。

电视画面切换至主持人，王萍站了起来。
王萍说："直播完了，关了吧。"
陈医生用遥控关上了电视。
王萍："咱们卫生队一下走了两个，还真有点闪的慌。"
陈医生："队长，你不能重女轻男啊，不是还有我们嘛。"
王萍："没有。我是说李燕还好说一点，文霞有点晕船，也不知这几个月她能不能顶得住。"
陈医生："文霞也不是孩子了，最近进步很明显，没问题。你不要为她们担心。"
王萍："还有罗小海、刘长军他们，在印度洋上起飞降落，就那么一小块甲板，不像机场那么大、那么平整，万一有个闪失……我都不敢想象，就看他们的飞行技术了。"
陈医生："队长，我看你对罗小海、刘长军有一份特殊的关心，你对他们好像寄托着什么似的……"
王萍："不是我寄托着什么，是你们老团长托付给我的。"
陈医生："那是什么事，让你这么牵肠挂肚的？"
王萍："现在还不能说，等到那一天我会告诉你们的。"
陈医生琢磨："究竟是什么事呢？"

某大型商场　白天

难得的一个周末，徐亚宁不加练，约好与徐亚静一起逛商场买点衣服，她觉得自己好些日子没买衣服了。
亚静开着她的甲壳虫来到了商场门前，好不容易找到一个车位，徐亚静对后座上的徐亚宁说：
"你先下，我停车。"
徐亚宁下车，徐亚静倒了几把方向才把车停正了。
徐亚宁显得百无聊赖，情绪不高。
徐亚静晃着手里的车钥匙来到徐亚宁跟前。
徐亚静："姐，干吗呢？打起精神，不就是刘哥走了吗？至于吗？"
徐亚静拉着徐亚宁走进商场。
她两人来到婚纱柜前，边观看边议论着。

服务员热情地走近前来:"嗨,二位美女真是漂亮,这么好的身材模特都不换。要不要给你们介绍一下?"

徐亚静:"谢谢,我们自己看。"

服务员(知趣地):"请——"

看了几件后,徐亚宁不耐烦了:"亚静,不看了,咱走吧。"

徐亚静:"这家婚纱都是香港、台湾的,老有品位了。妈说了,看好了直接买,她拿钱。我可告诉你,这可是老革命少有的大方,不要错失良机啊。"

徐亚宁:"结婚那天刘长军肯定是回不来了,我一个人还假名假势的穿着婚纱招摇过市,你觉得有意思吗?"

徐亚静:"怎么没意思?和别人不一样就有意思。现在就讲个'另类'。哎,要不然这样,你结婚那天我来扮演新郎怎么样?"

徐亚宁:"你真能想得出来!俩女的,人家以为咱姐妹俩同性恋呢,第二天绝对爆炸性新闻。"

徐亚静:"那更好,我就打出我们航空俱乐部的广告,让我们老板掏广告费,说不定婚礼的钱都挣回来了。姐,你说我这个创意怎么样?"

徐亚宁:"不怎么样!你今天是怎么了,满嘴跑火车,吃兴奋剂了你?"

徐亚静:"我是好心好意,这不是为了逗你高兴嘛!"

徐亚宁看了看几件婚纱的价钱:"都成千上万的,太贵了。走,还是到婚纱街租一件算了。"

徐亚静:"妈说让买的。"

徐亚宁:"妈是想,越是刘长军不在场越要把婚礼办好,她是为了安慰我。到时候给妈说买了不就完了吗?"

徐亚静:"有人掏钱为什么不买?你买了送给我也好啊。"

徐亚宁拉起徐亚静就走:"就知道财迷!"

服务员不屑:"还是没钱,哼!"

海上　白天

护航编队航行在茫茫大海上。

文霞终于坚持不住,晕船反应厉害。

文霞趴在水池边吐完最后一口黄水，筋疲力尽，痛苦万分。

李燕拍打着她的后背："使劲吐吧，吐完了就舒服了。"

文霞身体一阵发软，差一点儿"突鲁"到地上，李燕赶紧把她扶到床上，为她盖上被子。

文霞："谢谢李医生。"

李燕："等一会开饭，你还要使劲吃，吃了再吐也不要紧，只有这样，才能练出来；否则，你就废人一个了。"

文霞："啊？我都成了废人了，真给我们A团丢人。"

李燕："我是说你要不吃饭就废人，吃饭就能挺过去。这都快一个星期了，你快好了。"

文霞："我不是都坚持吃饭了吗？都吐了啊。"

李燕："你吃得还不够，要强迫自己吃。你以为舰上的那些人都不晕船啊，他们刚上舰的时候大多数都晕，只不过轻重而已。诀窍只有一个，就是坚持多吃，一段时间后就会好的。"

文霞："我看着罗大队长吃得那么香，我感觉他就是有意气我似的，他的胃口怎么就那么好，气死我了！"

李燕笑笑："你这是孩子脾气啊，他是飞行员，各项平衡指标是高于我们平常人的，你要跟他治气，你就生不完的气了。"

开饭铃响，文霞动动身子："开饭了，我怎么办？"

李燕走近文霞床前："走，就是吃。"

在189号舰后甲板上，值勤的警卫战士威风凛凛守卫在舰舷两侧。

舰载机稳定在后甲板上。

刘长军独自一人来到甲板，看着茫茫大海，心绪复杂。

【闪回】

徐亚宁挽着刘长军漫步走着。

徐亚宁："出发的日子定了吗？"

刘长军："没有，可能就在这几天吧。"

徐亚宁："看来，铁定你不能参加咱们的婚礼了？"

刘长军无奈中带有几许遗憾："亚宁，对不起，我是军人。"

徐亚宁："我倒好说，关键是怎么跟亲友交代。"

刘长军："我想，他们会理解的。"

徐亚宁："你说得轻巧，不要忘了，到时候是我一个人面对。"

【闪回完】

刘长军在甲板上踱着步，他试图踢点什么，却无从下脚，又把伸出的脚收了回来。走到宽阔处，竟伏在甲板上做起了俯卧撑，以发泄心中的郁闷。

刘长军卖力地做着俯卧撑，直到累得趴在了甲板上。

许副团长轻轻拉他起来。

刘长军："许副团长，我锻炼锻炼。"

许副团长："想对象了，是吧？"

刘长军笑笑，未置可否。

许副团长："确实赶得巧，多少年一遇的事让你就碰上了，巧合得很呐。"

刘长军："巧合？什么巧合？"

许副团长："20多年前，咱们张团长也是刚要结婚——那时结婚简单，就是支个双人床，把两个人的被子放在一起，晚上大家闹闹新房，就算结婚了——张团长就奉命到太平洋打捞卫星数据舱，晚上就留下王医生——王萍一人守的空房。多少年以来，谁都不记得他们具体的结婚日期，却把打捞数据舱的日期当做他们结婚的纪念日了，这是多么有纪念意义啊。"

张团长的故事显然对刘长军有所启发，他对许副团长："许副团长，别说了，我知道哪头轻哪头重。"

许副团长："我没有别的意思，事实上你的大局观很强，我相信你。"

刘长军："许副团长，我想提个要求。"

许副团长一愣："什么要求，说。"

刘长军："护航的首飞，我希望由我来完成。"

许副团长："你怎么突然提这个问题？"

刘长军："不是突然，我已经考虑很长时间了。"

许副团长："我会考虑你的意见的，不过，要等我和政委商量以后再答复你，好吗？"

刘长军郑重地点点头。

罗小海来到188号舰健身房,李燕陪着他做加强腿部力量锻炼。

罗小海突然停下:"你也建议由刘长军首飞?"

李燕(平静地):"是的。"

罗小海:"你……你,简直不可思议。"

李燕:"我建议他首飞有我的理由。"

罗小海疑惑地看着李燕。

李燕:"不过,这个理由现在不能告诉你,以后你会明白的。"

罗小海(不屑地):"李燕同志,不要故弄玄虚了,我也是层层选拔参加护航的,重要的是我现在是在护航编队的旗舰上,有什么理由不让我首飞?"

李燕:"我不跟你没完没了了,你现在的任务是强化腿部力量锻炼。"

罗小海:"这个不用你说,飞行员保持体能是家常便饭。问题是刘长军主动跟我争首飞,不符合他的一贯风格啊?"

刘长军提出了要求,郝刚是很重视的,尽管他是机务出身,毕竟和刘长军十几年了,也算了解刘长军的性格特点。他觉得这事一定要给何政委汇报再说。

何政委也觉得这不符合刘长军的一贯作风。郝刚说:

"正因为不是他的一贯作风,所以我考虑他肯定有他的理由。"

何政委:"既然李医生也是这个意见,我看就让刘长军首飞。"

郝刚:"刘长军的婚礼好像就在这几天,他提出首飞是不是也想通过这种方式表示一种心情?"

何政委想了想:"嗯,结婚是人生的一件大事,对刘长军来说,的确留有遗憾。不过,刘长军应该是个很有理性的人,他提出首飞的目的恐怕不在于此。"

郝刚:"罗小海那边的工作还是要做的,他和刘长军不同。"

何政委:"你不要操心了,他就交给李燕吧。"

他们两人走出舱室,定睛一看,护航编队前面隐约可见两侧陆地。

不知是谁喊了一声:"我们进入马六甲海峡了!"

188舰作战指挥室　白天

孙副司令召集会议，宫舰长，童政委、何政委、郝副团长、余大队长等参加会议。

孙副司令："就要进入马六甲海峡了，舰上值更、特战队员适当增加哨位。"

宫舰长、童政委："是！"

余大队长："是！"

孙副司令："舰载机可以安排飞行巡逻，搞个适应性训练。"

何政委："是！"

从舱室里跑出来的官兵，涌向前甲板。

苏成手里提着、肩上背着"长枪短炮"冲出来，取景调焦拍个不停。

罗小海不知什么时候站在了苏成的镜头前。

苏成："罗大队，让一让，别影响我创作。"

罗小海摆个"正规"的Pose："来一张。"

苏成："以前请都请不动，现在主动配合照相，当领导了觉悟也大不相同。"

罗小海："少啰唆，快照，一会儿过去了。"

苏成："我提议，叫李医生你们一起合个影吧。"

罗小海："不，军人尤其是我们海军军人，过马六甲海峡有非常的意义，就这么照吧。"

苏成对准焦距："非常意义？准备……"

一阵急促的电铃声传遍全舰，甲板上的"闲人"立即散去。罗小海、苏成也赶紧跑回舱室。

——第二十五集完

第二十六集

188舰　白天
　　舰艇操纵指挥员的位置设在驾驶室中间，正对着舰艏，视线最为开阔。宫舰长现在就坐在上面，右边是操舵兵、航海执行官，左边是操车兵和导航兵，他们都在紧张有序地工作着。
　　孙副司令坐在最右边的椅子上，这个位置一般是为跟班首长或上级机关来人准备的。
　　前甲板和驾驶室左右舷，分别有两名火力警戒更跑步到位。
　　值日官向宫舰长报告："火力警戒更已全部到位！"
　　宫舰长："加强警戒！"
　　值日官："是！加强警戒！"
　　宫舰长下令："左满舵，两进三，全速前进！"

189舰　白天
　　在189舰后甲板，刘长军的海龙656已在舰面开车。
　　螺旋桨刹那间达到线速。
　　刘长军："101请示起飞。"
　　许副团长手持指挥话筒："可以起飞。"
　　许副团长注视着海龙656起飞。

海龙656拔地而起,掉转方向向海空飞去。

188舰　白天

何政委、郝刚、罗小海、李燕一直关注着刘长军参加护航编队的首次飞行,他们目送刘长军的第一架次安全起飞后才收回目光。

何政委:"护航途中的第一架次安全起飞了,我们舰载机A团的历史上又写下了新的一页。"

郝刚:"马六甲海峡,我上学的时候就学过。今天终于有幸目睹它的尊容。"

何政委:"西方的战略家曾把世界上五个最重要的海峡形容为'锁住世界的五把钥匙',知道是哪五个吗?"

郝刚脱口而出:"马六甲算一个吧?"

何政委:"好,算你说对了,其他四个呢?"

郝刚想了想(不好意思地):"有一个,名字太绕嘴,说不上来。"

何政委:"你呀,就知道搞技术了。小海,你说说看。"

一直"有点情绪"的罗小海被点将,不得不将注意力从空中收回。

罗小海:"政委,你说什么?"

李燕抢过话头:"政委说'锁住世界的五把钥匙',你知道是哪五个吗?"

罗小海思索了一下:"马六甲海峡……"

李燕:"这个郝副团长说过了。"

罗小海扳着指头数着:"马六甲算一个,多佛尔,直布罗陀,苏伊士运河,还有好望角,五个,对了吧?"

何政委欣喜:"还是罗小海有研究。说实话吧,我光知道'五把钥匙'的说法,你让我一个一个地数,我还真数不上来。"

郝刚:"政委,你也玩这个,还考我呢!"

罗小海:"我也是临阵磨枪,来之前才复习的。"

何政委:"临阵磨枪,不亮也有光啊,也比我们说不全的好。"

罗小海:"政委,下一个架次,该轮到我了吧?"

何政委:"我就知道你还惦记着这事。放心吧,到了印度洋,有你飞的！"

我护航编队劈波斩浪，驶入马六甲海峡。

城市某小区　白天

一个新落成的现代化居民小区，高楼林立，景观别致。

杨光、常少伟从一辆军用运输车上下来，打卡后进入小区。

军用运输车停在一幢新楼前，杨光、常少伟招呼车上的战士下车。

杨光向战士分配任务："先搬大件，再搬小件，一定小心，防止碰撞，18楼，上！"

几个战士上车卸载。

刘长军的新房已装饰一新，风格简洁明快，双人床、大衣柜、沙发等大件家具摆放已见雏形，清一色的红木家具显得雍容华贵。

常少伟问杨光："是摆在这里吗？你不要自作主张。"

杨光掏出一张图纸展开："我这有图纸，是经过嫂夫人批准的方案，没错。"

常少伟："你怎么知道得那么多，好像你结婚似的。"

杨光："这就叫责任，知道吗？大队长执行任务不在家，我们还不应该全力以赴吗？"

常少伟："当然啦，我也没说不全力以赴。问题是有些事咱代替不了。"

几个战士笑了起来。

杨光"打"常少伟一拳："想什么呢你，快点干活吧。"

几个人又动手干了起来。

常少伟边干边说："杨光，你说大队长结婚那天，没新郎那一套程序怎么进行啊？"

杨光头也不抬："照样进行呗。"

常少伟："照样进行？有新郎的词那么说，没新郎的词也那么说？那肯定不对，别扭啊——你没参加过婚礼啊？"

杨光："那才叫另类呢。你别操那份心了，有让你开眼的时候。"

常少伟："你知道那天的程序了吗？"

杨光忙说:"不,不知道,我怎么会知道。"

188号舰　白天
何政委和郝刚从通道口上来。
何政委:"马上进入印度洋了,经请示编队指挥员同意,刘长军机组完成巡逻后,直接降188舰,一起研究制定下一步的飞行计划。"
郝刚:"654还在甲板上呢。"
何政委:"654进库。听舰上介绍,印度洋的气候还是有些特点的。"
郝刚:"罗小海可是憋得够呛了!"
何政委:"我看出来了,就他的性子,憋一憋有好处。"
郝刚笑笑:"我去准备了。"

罗小海在"空勤宿舍"里,正在翻看着李燕送来的亚丁湾海域气象资料。
罗小海:"这份亚丁湾海域十年气象资料,你从哪里弄到的?"
李燕:"我妈在海洋局有一个同学,我找她复印的。"
罗小海:"比我在网上查到的详细多了。"
李燕:"人家专业嘛。听说舰上也有一份详细的气象资料,主要是航海方面涉及得多。"
罗小海:"这上面说,亚丁湾海域有高温、高湿、高盐气象特点,这'三高'对我们飞机飞行和维护有一定的影响,我们可以有针对性地制定对策。谢谢你老婆!"
罗小海欲亲吻李燕,被李燕推开。
李燕:"老实点,人家还不是你老婆啊。"
罗小海:"还有本质的区别吗?如果可能,我都想在护航期间把咱们的事办了,你说那该多有意义!"
李燕:"你想得美,现在什么时候,你还有工夫琢磨结婚的事?快把资料拿去给政委看看吧。"
罗小海还是趁机亲了李燕一下,跑了出去。
李燕甜蜜地回味着。

刘长军驾着海龙656向188舰款款飞来，这是在护航途中首降指挥舰，与罗小海的654会合，刘长军的心情有一种别样的兴奋。

何政委、宫舰长、童政委、罗小海、李燕、文霞、苏成等在等候迎接。

罗小海、李燕、文霞不停地向飞机招手。

郝刚在甲板指挥着。

刘长军驾驶656稳稳降落在甲板上，关车后，走下飞机。

何政委等上前与刘长军机组人员握手、问候。

罗小海上去"擂"了刘长军一拳："不够哥们意思啊！"

刘长军笑笑，搂着罗小海向舱室走去。

何政委安排好飞机系留的事，回到办公室（宿舍兼）召集A团有关人员马上研究飞行计划，床上、马扎等全部坐着人。

何政委："舰上条件不比陆地，大家将就一下，主要议题是把我们下一步进入印度洋后的飞行计划研究研究，此外，罗小海刚才拿来了一份亚丁湾的气象资料，对我们飞行和飞机维护很有参考价值。"

郝刚："让长军先汇报一下巡逻飞行的有关情况吧。"

何政委："好。"

开完会，罗小海、刘长军来到后甲板的舰舷边。

罗小海突然想起了什么，掏出手机，打开记事簿看了看。

罗小海："我没记错的话，明天应该是你和徐亚宁结婚的日子。"

刘长军："谢谢你的提醒。马上进入印度洋了，我只能把这些埋在心里了。"

罗小海："新郎不在现场，也许会收到别具一格的效果。"

刘长军："别具一格的效果？这可不像是一个粉丝说的话。"

罗小海："长军，我在想，徐亚宁是一个识大体的女孩，日后她会理解你的。"

这话刺激了刘长军："罗小海，你似乎比我更了解亚宁，在我结婚这件事上你表现得比我还有发言权，是吗？"

罗小海（着急地）："我是真心的，不信你等……"

李燕出来打断了罗小海。

李燕:"我就不信,你们的友谊就是在这种争吵中加深的吗?"

罗小海:"不,还有竞争。"

刘长军:"你终于说出口了。我告诉你罗小海,从时间上看,只有到了亚丁湾我才可能有所让步。"

李燕:"竞争的升级就是战争,你们知道吗?"

罗小海:"差矣,竞争是新的职业精神。"

刘长军:"新的职业精神?好一件华丽的外衣!但本质的东西是掩饰不住的,那就是你争强好胜的私心。"

罗小海:"好一个私心,让印度洋去检验吧!"

两人在护航途中的第一次会面就这样不欢而散,好在罗小海习惯了,刘长军习惯了,连李燕也习惯了他们之间的这种争争吵吵。不知不觉中,他们发现编队已经驶入了印度洋。

印度洋一隅　黄昏

辽阔壮美的海面,在太阳余晖的映照下,呈现出迷人的深蓝。

我护航编队航行在宽阔的海面上。

一阵急促的铃声,打破了黄昏的宁静,预示着中国护航编队首次护航的不平静。

188舰　黄昏

编队指挥员孙副司令在作战指挥室召集紧急会议,下达预先号令。

宫舰长、童政委、何政委等参加会议。

副指挥员:"现在,我护航编队即将进入印度洋亚丁湾海域,根据编队指挥员的指示,要求编队各部队、各部门立即进入临战状态。"

副指挥员示意播放多媒体,作战室的投影屏上出现已标注详细的亚丁湾、索马里海域海图。

副指挥员用手中的激光笔指着海图:"此次护航,我们总的任务是:保护我国航经亚丁湾、索马里海域船舶、人员安全,保护世界粮食计划署等国际组织运送人道主义物资船舶的安全。"

多媒体切换至标有区域形势图。

副指挥员手中的激光笔在A、B两点晃动着:"护航的区域为:由亚丁湾东部海区至曼德海峡东口A、B两点之间海域,并在亚丁湾以东海域设立7个巡逻区。护航方式分为伴随护航、区域掩护、随航护卫三种方式。具体的任务和需要采取的护航方式,将根据出现的形势而定。大家明白了吗?"

众回答:"明白!"

副指挥员:"下面请编队指挥员作指示。"

指挥员孙副司令根据编队面临的任务和海况、海情又强调了几点,要求各兵种部门会具体贯彻落实。

罗小海领受了何政委传达的编指首长的指示,来到舰上的健身房,按照李燕的要求继续进行腿部力量锻炼,李燕在一旁监督着。

练着练着,罗小海有意放缓了速度,直至停了下来。

罗小海对李燕:"现在已经进入临战状态了,你还逼着我在这里练腿部力量,舰上也不能打篮球,体练项目太单调了。"

李燕:"舰上当然不比陆地和机场,你就克服一下吧。你今天的活动量充其量只相当于打了半场篮球。"

罗小海从健身器走下来:"打篮球还有个暂停、换人。你好吗,就这么一个动作还没完了,你当我是机器啊?"

旁边跑步机上一名舰员打趣道:"李大夫,发发慈悲吧,罗大队都练下我们三个人了。"

李燕回道:"Sorry!要知道,飞行员体能要求和你们也不一样啊。"

舰员笑道:"这个我知道,开个玩笑嘛。"

罗小海故意压低嗓门(深沉地):"注意和兄弟部队的关系啊。"

李燕:"少来这一套。来,最后30个。"

罗小海(无奈地):"啊?!"

罗小海拉开架势正要开练,刘长军跑进来喊他说,政委叫他马上到后甲板。罗小海一个鲤鱼打挺站起来,对李燕做个鬼脸:"别怪我不配合,失陪了。"

刘长军拉罗小海走了,李燕也跟了出去。

他们三人来到后甲板时，何政委、郝刚陪同宫舰长、童政委已经站在舰载机旁边了。宫舰长："舰上的条件和你们的机场无法相提并论，还请你们多体谅。"

　　何政委："咱们现在是一个整体，在这茫茫印度洋上，甲板就是我们的机场，军舰就是我们的靠山。"

　　童政委："对，军舰是移动的国土嘛。"

　　宫舰长："我代表188舰全体官兵表个态，我们将随时做好你们起飞降落的各项准备，有什么要求尽管提。"

　　何政委对身后的罗小海、刘长军："听到了吧？宫舰长、童政委把军舰全天开放，护航期间这就是我们的家！"

　　罗小海、刘长军："谢谢舰长、政委！"

亚丁湾海域　黎明

　　黎明中的亚丁湾海域，晨曦初露，海雾迷漫。
　　晨曦中，隐约可见星星点点的货轮在海面上航行。
　　我护航编队按战术配置巡逻在指定海域。

188舰　黎明

　　只见我188舰上，身着反恐服的两名特战队员和身穿作训服的舰艇值更战士，迎着海风分别站在左、右两舷的战位上，不时用望远镜机警地注视着前方海面。

　　　188舰作战室内，作战值班人员在各自战位上严阵以待。

　　无线接收机突然红灯闪烁，警告声起，值班士官赶紧打开通话开关，周围的值班人员立时警觉起来。

　　值班士官："我是中国护航编队，请讲！"

　　无线接收机传来急促的求救报告："我们是中国远洋'广通号'，发现海盗向我船追来，请求你们保护！"

　　值班士官："你不要着急，慢点说，请报告你们的具体方位！"

　　"广通号"报告了船的经纬度，并请护航编队速速赶来，似乎还想说什么，但信号随即中断了。

　　值班士官将刚才的信息打印出来，送到编队指挥员手中。

　　编队指挥员下令："编队进入反海盗一级部署！我舰艇编队向

商船方位快速机动，舰载机一架率先前出侦察！"

总值班迅即拉响了反海盗一级部署警报！

反海盗一级部署的警报声在亚丁湾的黎明中骤然响起，紧张而震撼。

188舰两舷立即紧张起来，各类警卫人员快速到位。

几乎同时，189舰上空也拉响了反海盗一级部署的警报。

同时拉响反海盗一级部署警报的还有592补给舰。

孙副司令问何政委："你们安排那个机组起飞？"

何政委："就罗小海机组吧，他已经箭在弦上了。"

孙副司令："好，就是他了！刘长军机组备份。此外，飞机带上4名特战队员，协同完成任务。"

何政委："是！"随即令罗小海机组战斗起飞。

李燕跟在何政委身后，强烈要求上飞机。

李燕："政委，这是在亚丁湾面对海盗的第一次飞行，我申请跟机一起出动，请您批准。"

何政委为难："是因为罗小海吧？"

李燕："是，又不是。"

何政委疑惑。

李燕接着说："第一架次有可能影响到整个护航期间的飞行，即使是特战队员，也是第一次面对真正的对手，他们的心理反应肯定与之前的训练是不同的。我不愿放弃这个机会。"

何政委点头："有一定道理。这样吧，你先做好准备，待我向编队指挥员请示后正式答复你。"

李燕（激动地）："谢谢政委！"

李燕转身跑去。

舰上前后甲板、驾驶室左、右两舷已明显增加哨位，严阵以待。

罗小海机组快速登机。

余晓龙带3名特战队员全副武装随后登机。

李燕也获准上了飞机。

罗小海驾驶海龙654，在郝刚的指挥下旋即起飞，向目标海区飞去。

郝刚的表情自豪而凝重。

孙副司令、何政委、宫舰长等在视频上看着罗小海起飞。

护航编队掉转航向，向目标海域快速机动。

亚丁湾 目标海域 黎明

"广通号"货轮航行在大海上。

几艘疑似海盗小艇在"广通号"后面快速尾随着。

海龙654飞抵"广通号"上空，然后降低高度锁定几艘疑似海盗小艇。

几艘疑似海盗小艇也发现了空中的飞机，但他们还继续尾随"广通号"。

罗小海用无线电提示机上人员："就是这几艘了，余队长你们看清了吗？"

余晓龙把机舱门拉开："看清了。"

罗小海："你们先做好准备，我向编队指挥员请示下一步的行动。"

余晓龙："好的。"

特战队员快速装上弹夹、支架。

罗小海悬停飞机，向指挥员报告："编队指挥员，我是201。我机已发现并锁定疑似海盗小艇，他们对我'广通号'构成威胁，请示下一步动作。"

孙副司令看着显示屏："我看到你的舰载机传回来的视频信号了，视情警示驱离！"

显示屏上，舰载机传回来的视频中，海盗小艇清晰可辨。

罗小海回答："明白！"

罗小海继续下降高度，将机舱门对准海盗小艇。

罗小海："现在角度怎么样？"

余晓龙："很好，如果能再下降点高度就更好。"

罗小海："现在的高度是300米，我们现在还不知道海盗手中使用的是什么武器，尽量在他们的轻武器射程之外。"

余晓龙："机长，明白！"

罗小海："先发射三发信号弹，给予警告！"

余晓龙："明白！"

余晓龙移至机舱门前，端起88式狙击步枪对准海盗小艇，发射三发红色信号弹。

顿时，海面上空红光一片。

天际尽处，一缕白光驱散了黎明。

海盗小艇放慢了速度，仰望着空中的飞机。

海盗们显然在观察、犹豫，但没有退却的意思。

李燕一直在默默地观察着罗小海和特战队员们的表情。

罗小海转向李燕："心理医生同志，你帮助分析一下此时这帮海盗是什么心理？"

李燕："据我观察，他们显然是在观察、犹豫，他们想看你们直升机究竟是马上离开还是继续与他们为敌。我说得对吗？"

罗小海（欣赏地）："一语中的！"

李燕："余队长的看法呢？"

余晓龙："同意，同意，他们的表现说明了一切。"

罗小海："我再下降点高度，特战小组发射爆震弹！"

余晓龙："明白！"

海龙654慢慢下降高度。

直升机离海盗艇的高度越来越近了。

余队长和另一名队员分别端起95式自动步枪，向海盗艇上空共发射了6发爆震弹。

爆震弹在海盗艇上空礼花般散开，先是六股强光照亮了半个天空，接着响起震耳欲聋般的爆炸声。

几艘可疑海盗艇上的海盗，有的急忙捂住耳朵，有的赶紧趴下。

海盗艇终于感受到了飞机的"步步紧逼"和"不依不饶"，他们相互交流了几句，随即掉转船头逃离而去。

看着海盗艇逃离，一名特战队员高兴地举起手中的枪庆贺。

特战队员："看，海盗狼狈逃窜了！"

一名特战队员还沉浸在巨大的爆炸声中，依然捂着耳朵："太响了！"

罗小海将话筒送至嘴边："编队指挥员，201报告：经发射信号弹、爆震弹，疑似海盗艇全部逃离！"

孙副司令的声音:"继续巡逻观察,确认我'广通号'安全后,再返航。"

罗小海:"201明白!"

李燕看着罗小海,早已是泪眼莹莹。

刚才捂耳朵的特战队员朝李燕努努嘴:"美女这是怎么了?"

余晓龙拍了他一下:"瞎琢磨什么,她是机长的对象。"

特战队员:"哇噻,金童玉女啊!"

罗小海美滋滋地一个加力,飞机爬升而去。

海龙654在迅速提升高度,围着"广通号"在空中画了一个大圈。

海空中传来一声轮船的汽笛声,那是"广通号"发出的感谢。

黄金海岸大酒店　白天

氦气充起的大型拱门上,中间贴有刘长军、徐亚宁的婚纱头像,以头像为中心两边贴着"刘长军先生、徐亚宁小姐结婚典礼"字幕,舞狮队和鼓乐队交叉表演着,一派热闹景象。

188舰　黄昏

远在万里之外的印度洋上,我护航编队指挥舰的水兵餐厅内,也是一片热气腾腾,那是部队开饭的时刻,餐桌上,饭菜已摆放好,水兵们站立着等待开饭。

司务长陪同宫舰长、童政委来到水兵餐厅。

司务长:"下面请宫舰长发表祝酒词,大家欢迎!"

水兵们鼓掌。

宫舰长示意大家停止鼓掌:"同志们,为中国护航编队首次护航圆满成功,干杯!"

水兵们以特有的舰艇部队会餐碰杯方式,端起酒碗,高高举起,大喊"嗷",把会餐推向高潮。

黄金海岸大酒店　白天

多功能厅内,已是座无虚席,人声嘈杂。

在显著位置,坐着海鸥俱乐部女篮的球员和A团的飞行员。杨团长也坐在其间。

典礼台布置的中西结合，上面同样贴有"刘长军先生、徐亚宁小姐结婚典礼"的醒目横幅，一派喜庆气氛。

徐亚静忙着招呼着各路宾朋。

一位身体微胖、有点喜剧元素的资深婚礼主持人走上舞台，轻轻敲了敲话筒后，隆重宣布："良辰已到，刘长军先生、徐亚宁小姐的结婚典礼仪式，现在开始！有请新娘闪亮登场！"

在多功能厅的入口处，新娘徐亚宁在伴娘吴小丽的陪同下，踏着"欢乐颂"音乐缓缓步入大厅，一对金童玉女扮演的花童跟在后面提着纱裙。

人群中偶有不解的议论声和缺憾声发出。

有人四处寻找："新郎呢？怎么没看见新郎？"

一个年龄大点的妇女："没有新郎还举行什么仪式啊？大家坐下吃个饭得了。"

一个小伙子对身边的同事："看主持人今天怎么整词，平时他们那些主持词都是千篇一律，今天他……没法说啊？"

徐亚宁今天装扮得非常漂亮，一袭洁白的婚纱更加衬托出她修长的身材和姣好的面容，引起一阵欢呼和尖叫。

但也不难看出，徐亚宁的表情里有几分失落和遗憾。

主持人示意音乐变小："女士们、先生们，刘长军、徐亚宁的亲朋好友们：大家可能看出来了，今天的婚礼比较特别，刚才我还注意到了有些不解的议论声。是的，今天有点特别，特别还在于一向以诙谐幽默著称的我，今天却不得不改变我的主持风格。说实话，开始的时候，我不敢接手这个婚礼的主持。后来，当我知道新郎刘长军先生是因为赴亚丁湾、索马里护航而不能出席自己的婚礼以后，我毅然决然地接了，而且是免费地接了！"

下面掌声四起。

主持人（激动地）："为什么？因为我崇拜军人，我更崇敬远在亚丁湾、索马里护航的刘长军——刘大队长！"

经久不息的掌声。

徐亚宁脸上露出自豪的微笑。

徐母、徐亚静热烈地鼓掌。

主持人向大家鞠躬致谢:"谢谢大家!谢谢!所以,今天可以说是我主持生涯中所主持的最为特殊、最为崇高也是最有纪念意义的一场婚礼,也是唯一一场没有新郎的婚礼……"

此时,杨光、常少伟、杨玉林、飞行员甲、乙等身着军礼服,从舞台的一侧,整齐列队走上舞台,走到徐亚宁身边。

杨光(庄严地):"我们以新郎的名义——"

常少伟(庄严地):"我们以一大队的名义——"

杨玉林(庄严地):"我们以集体的名义——"

飞行员甲:"我们以军人的名义——"

众人半面向右转,面对徐亚宁:"我们以军人的名义,我们就是新郎!嫂子,请接受我们的祝福,请接受我们的敬礼!"

杨光喊口令:"敬礼!"

众飞行员一齐向徐亚宁行了一个庄严的举手礼。

徐亚宁惊愕了,惊愕得甚至有些惊慌了,当她反应过来的时候,再也控制不住自己的感情,眼泪夺眶而出。

徐母、徐亚静早已泪流满面;

杨团长、纪天祥等使劲鼓掌。

满场的人都站起来,为他们鼓掌、欢呼。

189舰 黄昏

军官餐厅里,司务长将一盘用萝卜、西红柿、菜花等蔬菜精心雕刻的"鲜花"送到刘长军面前。

刘长军一愣。

司务长:"这是编队指挥员让我们献给您的,祝您新婚快乐!"

刘长军看着盘中的"鲜花":"谢谢!也请转达我对编队指挥员的敬意!"

司务长(小声地):"编队指挥员还说,特殊时期就不兴师动众了,请您理解。"司务长向刘长军敬了个礼转身去了。

刘长军看着盘中的鲜花,眼睛湿润了。

饭后,刘长军独自来到后甲板,遥望着远方。

许副团长手持对讲机,递到刘长军的手上。

许副团长:"努,听听是谁?"

刘长军接过对讲机："你好！"

罗小海的声音："祝贺你，长军！"

李燕的声音："新婚快乐！"

祝福虽然简单，含义却很深刻，他们已是心照不宣。但远在祖国、在刘长军婚礼的现场所发生的一切，刘长军尚不知情。

但刘长军还是表现得很感动："谢谢！谢谢！"

黄金海岸大酒店　白天

主持人被面前的情景震撼了，也不由自主地抹了把眼泪。

主持人："对不起。下面请允许我采访一下……怎么命名呢？对，集体新郎！"

主持人走到杨光等面前："集体新郎！你们是怎么想出来的？太感人了，堪称经典，绝对经典！"

舰载机A团　空勤楼　白天

参加完刘长军和徐亚宁的婚礼，团里统一组织返回营房，杨光、常少伟等在空勤楼前下车后，似乎还沉浸在刚才的婚礼之中。

常少伟不停地重复着主持人的话："经典，绝对经典！"

杨玉林不解："你们说咱们罗大队长是怎么想出来集体新郎这个创意的？"

常少伟指指杨光："问他啊！"

杨光（自豪地）："你们不知道吧？此创意是我和罗小海同志早在一个月之前，一起研究策划的。"

飞行员乙表示怀疑："你？和罗小海一起研究策划的？鬼才相信！"

杨光："当然，主要是罗小海同志的创意，我么，重在参与，重在参与。"

常少伟："由此看来，罗大队长在确认刘长军参加不了婚礼，就开始了他的创意。"

杨玉林："不知道刘大队长知不知道？"

188舰　黄昏

罗小海和李燕凭栏而立，海风吹动着李燕的秀发，飘逸而美丽。

李燕问罗小海："你的这个主意刘长军真的不知道吗？"

罗小海："应该不会。"

李燕："我在想，场面一定错不了。"

罗小海："我想会的。怎么样，来点鼓励吧？"

罗小海把脸靠近李燕。

李燕看看周围没人，在罗小海脸上猛地吻了一口。

罗小海意犹未尽："就这么简单啊，再来一个。"

李燕："你想得美，别得寸进尺啊。"

罗小海沉醉着："太浪漫了！不要忘了，这可是伴着印度洋的海风！"

罗小海突然抱起李燕转了起来。

李燕突然听到"啪啪"几声快门响："你放下我，有人偷拍！"

罗小海定睛一看，原来是苏成正兴奋地变换着角度为他们拍照。罗小海上前要抢苏成的相机。

苏成赶紧伸手拦住："千万不要动，这有可能是二战那张吻别照片之后又一张经典瞬间，我要靠它获奖呢！"

说完，苏成高兴地跑去了。

晚上，编队指挥员召集会议，对第一批护航进行讲评。

编队副指挥员、何政委、宫舰长、童政委、郝刚等参加讲评。

会议已经进行了一会儿，编队副指挥员总结道："刚才，几个单位领导的发言都很好，谈成绩不夸夸其谈，谈问题不遮遮掩掩，比较实事求是。散会后，各单位自己也要组织讲评，讲评的情况及时上报编指。下面请编队指挥员作指示。"

孙副司令："没有那么多指示。从目前护航的实际情况看，突发情况还是要靠舰载机快速前出，利用特战队警示驱离；大的护航任务要靠舰艇编队实行伴随或区域护航的方式实施。不管采用哪种方式，目的只有一个，就是保证我护航对象的安全。同时，也要注意自身安全，对有些穷凶极恶的海盗要有足够的防备。舰载机在警示和驱离海盗时,飞行高度要控制在安全线以上。"

通信室送来一份收电,副指挥员看后交给孙副司令。

孙副司令指着收电上的一串名单:"看,第一次护航成功,就得到了祖国和国际上的认可。这些都是要求加入我护航编队的货轮名单,任务越来越重了。"

副指挥员:"还有外国的货轮呢。"

孙副司令:"只要是国际组织认可的货运船只,我们都一视同仁。"

亚丁湾海域　清晨

又是一个好天气。

从梦中苏醒的亚丁湾上空,彩云朵朵,朝霞满天;海面壮美而宁静。

海面上,在波锋浪谷间,几只渔船飘摇着。

一艘在船艉处悬挂巴拿马国旗的"HUMBER BRIDGE"("汉仲桥")(英文汉译)号大型货轮在亚丁湾海域航行。

"汉仲桥"货轮　清晨

"汉仲桥"的甲板上,隐约可见有几名亚洲籍模样的船员在做着伸展运动。

突然,刚才还在一侧伴装捕鱼的多艘"小渔船"瞬间脱离母船,呈合围状向"汉仲桥"高速驶来。

甲板上的船员发现后,有的跑去报告,有的拿起船上的高压水枪试图击退小艇,但由于货轮船体过高,对小艇的作用有限。

此时,率先靠近的一艘小艇上的海盗开枪射击。

惊恐中的两名船员急急忙忙跑到驾驶室,用英文报告:"船长先生,有……海盗……海盗!"

船长亦用英文回答:"知道了!赶快把防护网拉好,防止海盗上来!"同时令大副:"加速,加速,争取甩掉他们!"

大副加速,船底喷出两股气浪。

几名负责加固防护网的船员,不断受到海盗的射击威胁。一个船员被击伤,被其他船员驾到室内。

受伤船员被抬进驾驶室,他痛苦地捂着伤处,船长拿过一包纱布,口里不停地重复着:"意外,意外,只能简单包扎一下了,请你坚强一些。"

看到受伤船员痛苦的样子,大副灵机一动:"船长先生,咱们的处境很危险,我们为什么不求救中国护航编队保护呢?"

船长定神:"对呀,快呼叫中国护航编队!"

188舰　清晨

作战指挥室内,无线电接收机突然红灯闪烁,传来求救信号。

船长用英文求救:"我'汉仲桥'号遭遇海盗袭击,请求中国护航编队前来支援!"

值班参谋用英文询问:"你们的船在什么方位?报详细方位!"

船长报上方位,央求道:"我船处境很危险,请速来支援!谢谢你们了!"

江参谋迅速展开海图,标出'汉仲桥'所在位置,指给孙副司令看:"首长,在这呢,距我舰100多海里。"

孙副司令皱了皱眉:"太远了,我编队一时赶不过去……这样吧,我编队迅速向目标机动,咱们不是有个机组正在巡逻吗?让舰载机迅速飞往'汉仲桥'号航行海区查看情况,另一个机组也做好战斗起飞准备!"

江参谋:"明白!"随即拉响了反海盗一级部署警报,突如其来的警报声惊醒了188舰全体官兵,各部门各部队迅速按预案进入战斗状态。

188舰迅速转向,向目标海域驶去。

在"汉仲桥"一侧,有四个海盗架起软梯,登上货轮,穿过防护网,朝天开枪。

眼看情形危急,船长急忙组织所有船员进入"汉仲桥"货轮底舱,这一间舱室相对"安全"。待所有人员进去后,船长反锁上铁门,叮嘱大家:

"不管出现什么情况,你们都在里面不要出来!"

有船员大叫:"他们要炸船我们怎么办?"

"船长,你怎么办?"

船长不顾一切，上了旋梯。

已登上货轮的四名海盗，用索马里土著语说着、比划着，欲控制船长作为人质。他们统一意见后，两人一组分头包抄过去。

此时，在"汉仲桥"上空，海龙656已经临空。刘长军详细地观察着货轮周围的情况，在视线不清的情况下，刘长军降低飞机高度后，发现确有几艘小艇向"汉仲桥"号靠近。

刘长军对机舱特战队员："直接发射爆震弹！"

特战队员对准小艇上空发射爆震弹。

随即，"汉仲桥"上空火光一片，震声一片。

刘长军调整了一下飞机的位置，发现海盗们竟没有退却的意思，仍然向"汉仲桥"逼近。

刘长军随即请示："编指，编指，我是海龙656，我特战组发射爆震弹后海盗没有退却，仍然向'汉仲桥'逼近，建议实弹拦阻射击！"

编队副指挥员通过无线电回复道："视情可以拦阻射击！"

孙副司令令机组："如果海盗不听警告，适时给予打击。"

接到指令后，特战队员对着海盗前面的海面实弹连发射击，海面上立时溅起一串水柱。

海盗发现飞机打实弹，纷纷掉头逃窜。

四名海盗发现飞机打实弹，急忙躲避起来。

看着海盗逃离，刘长军驾机追了一程，又飞向"汉仲桥"上空。飞抵"汉仲桥"上空的时候，刘长军发现了系在一侧的小艇和海盗架设的软梯。

刘长军意识到问题的严重，马上向编指报告："编指，编指，656发现新情况！"

副指挥员回道："鉴于目前情况不明，你机继续在目标上空盘旋，侦察情况，形成威慑；同时，编指马上令海龙654和快艇分别载特战队员前去增援。"

刘长军回答道："656明白！"

四名海盗集中到甲板一角，看着上空盘旋着的飞机，研究对策。

一艘快艇已从188右舷放下，特战队员等滑降到快艇上，李燕也获准随快艇一起前往救死扶伤。

快艇迅即启动,飞速而去。

"汉仲桥"货轮驾驶室里,船长紧盯着甲板上的海盗,情绪极为紧张。船长拿起话筒:"报告中国护航编队……"

188舰　清晨

作战指挥室江参谋用英语安慰着船长:"船长先生,中国编队已采取多种措施对你船实施营救,我们的支援飞机和快艇也马上就到,请不要慌张。"

船长似乎想起了什么,改用汉语:"对不起啦,我忘了向你们报告,我们这艘船是巴拿马的啦,但我和船员都是台湾人,是被雇佣的啦。请问你们能听得懂国语吗?"

江参谋:"都是中国人,怎么听不懂?早知道你们是中国人,费那个劲干什么!"

"汉仲桥"的船长也轻松了许多:"那我就开始说国语了。"

江参谋催促道:"说什么都行,你哪个流利说哪个!"

船长向外看了一眼,兴奋地叫了起来:"我看到两架中国飞机了!"

海空　清晨

海龙654在"汉仲桥"上空悬停。

罗小海对余晓龙:"可以滑降了。"

罗小海:"刘长军机上的特战队员为你们掩护,一批两人,开始吧。"

余晓龙第一个抓起了滑索,另一个特战队员也抓起了滑索。

他们敏捷地滑降到甲板上,立即做出搜索和防卫的战术动作。

另一组也顺利地滑降到甲板上,他们在余晓龙的带领下,迅速展开搜捕行动。

——第二十六集完

第二十七集

"汉仲桥"号货轮　白天

　　余晓龙带领三个特战队员,分两个战斗小组,在船的货物两侧迅速展开搜捕行动。

　　余晓龙等在集装箱间通过机警、娴熟的战术动作,躲闪转移,逐一排查;当没发现目标时,他们通过集装箱间隙传递着信息。

　　我快艇也抵达"汉仲桥"附近,特战队员迅速在一侧架起软梯,攀上货轮,并通过对讲机与余晓龙取得联系。

　　特战队分队长:"沙漠,沙漠,我是草原,听到我的声音请回答。"

　　余晓龙在另一侧:"我是沙漠,草原请讲。"

　　特战分队长:"我们已登临'汉仲桥'前来增援,请指示!"

　　余晓龙:"加强警戒,向我靠拢!"

　　特战分队长:"草原明白!"

　　特战分队长带队员向另一边警惕地迂回。

　　快艇上的特战队员也加入到余晓龙的搜捕队伍之中。

　　快速搜捕并未发现海盗,余晓龙经过碰头会合,确认甲板安全,决定进入驾驶室。

　　余晓龙带头冲进驾驶室,船长急忙作揖:"救星啊!感谢啦!"

余晓龙一把推开船长,示意其他特战队员到船舱继续搜捕。

余晓龙问船长:"你是什么人?"

船长:"我是这个船的船长啦,咱们都是中国人啦。"

余晓龙:"你的船员呢?"

船长:"都被我锁进船舱里啦。"

余晓龙:"行,算你聪明。还不赶快把他们放出来!"

刚才到船舱搜捕的特战队员上来了:"队长,船舱没有情况。"

余晓龙:"他们能躲到哪儿去了呢,难道早就溜了?"

船长:"有可能的啦,他们有软梯的啦。"

余晓龙带着特战队员又冲了出去,他发现,几名海盗正由一艘小艇接送到母船。

母船加大马力向内海狼狈逃窜。

而罗小海发现了接海盗的母船,遂转向追去。

余晓龙率特战队员赶到"汉仲桥"甲板一侧,发现海盗用于攀爬的软梯还在不停地摇摆着,便掏出随身携带的瑞士军刀将其砍断。

软梯瞬间坠落大海。

海盗母船继续快速逃窜。

罗小海、刘长军两架飞机一前一后在空中紧追不舍。眼看超过海盗母船,罗小海仍然没有放弃的意思。

刘长军看了一眼仪表显示,突然意识到什么,提醒罗小海:"伙计,适可而止吧,前面不远就应该是他国领海线了。"

罗小海:"我飞机上的警示灯已经亮了,谢谢你的提醒,我马上返航。"

刘长军:"你发现没有?"

罗小海:"发现什么?"

刘长军:"你真的变了,变得成熟了。"

罗小海:"你不也一样吗?我知道,在这里我们代表的是中国!"

刚才被锁起来的船员已被放了出来,受伤的那位船员坐在椅子上,正在接受李燕的包扎治疗。

李燕:"还好,只是皮外伤,要是打到动脉上就麻烦了。"

船长依然惊魂未定:"我们真不容易啦,给外国人打工,还要承担这种风险,划不来啦,我们回去就决定回台湾啦。"

李燕从药箱里掏出一些消毒用品给受伤的船员:"这些给你留下,两天换一次就可以,防止感染。"

受伤的船员作揖道:"非常感激啦。"

海龙654、656已飞回货轮上空,并逐渐下降高度。

余晓龙对船长:"我们的飞机来了,我们的快艇也在下面等着我们。海盗被驱离了,我们的护航编队又要回到护航区域待命了,你们多保重,我们撤。"

余晓龙一挥手,特战队员迅速撤离到快艇上,接着又转送到指挥舰上去。

海龙654、656飞离"汉仲桥"上空。快艇在海面上打了一个转,也加速驶去。

船长、大副率全体船员在甲板上集体跪下,对远去的飞机和快艇不住地祈祷:"感谢上帝!感谢中国海军!"

188舰　白天

作战指挥室内笑声一片。

宫舰长屏住笑:"上帝解救不了'汉仲桥',关键时刻还要靠中国海军。"

何政委补充道:"他们要是提前申请加入我护航编队,就不会发生刚才的惊魂一幕了。"

又是一阵爽朗的笑声。

机库里,郝刚和几个地勤人员正在向甲板上拖飞机,何政委走进来。

郝刚在作训服上擦擦手,来到何政委面前。

郝刚:"政委,今天那么多货轮怎么集结?"

何政委:"作战部门正在协调,11艘速度相当的按计划集结,由我188驱逐舰集中伴随护航,这个定了。现在的问题是,我国的一艘'骑士'号货轮不但速度慢,跟不上船队,而且距离我们还比较远。编队首长十分担心他们的安全。"

郝刚:"那怎么办,也不能因为一艘船影响了大家的航程?"
何政委:"是啊,恐怕只能实行随航护卫的方式为它护航了。"
郝刚:"那个机组去?"
何政委给飞机让开位置:"刘长军跟着189到索马里海域执行区域护航了,还是罗小海出动更方便,就罗小海吧。"
飞机被拖出了机库。何政委、郝刚也走了出去。
地勤兵紧张地准备着飞机。
苏成跑过来:"政委,您在这啊,我到处找您。"
何政委问:"小苏,你有什么事?"
苏成(虔诚地):"政委,您看,护航都一个多月了,我除了在舰上还是在舰上,拍的照片、录像都没有一线特点。您跟编队指挥员说说,下次让我跟飞机上去拍点驱离海盗的东西吧。"
何政委:"你想过没有?咱们的飞机就那么大空间,特战小组四个队员一上就差不多了,他们还携带轻武器和附属装备,你上去他们就要少去一个,他们还是主要的。"
苏成:"他们再重要也要有人给他们表现出来嘛。政委,哪次任务不紧急或者说任务不重的时候,您就让我上去一次吧。"
郝刚:"哪次不紧急、哪次不重?你小子战备观念这根弦还绷得不紧!"
苏成:"郝副团长,我不是那意思……"
何政委(自言自语地):"飞机上传回来的视频毕竟距离远,图像模糊。"
苏成:"是啊,政委,飞机上的信息化再先进,也受限制。它传回来的图像都是大全景,缺的就是近距离的影像资料!"
何政委:"好了,我知道了,合适的时候我会安排你上去的。"
苏成敬礼:"谢谢政委了!"
何政委:"去忙你的吧。"
苏成跑去。
何政委对郝刚:"飞机没有问题吧?"
郝刚:"技术上没问题,就是这里的气候对飞机腐蚀太严重了。每次飞行回来都得给飞机洗澡。宫舰长说宁愿人少洗一次澡,也不能让飞机受委屈。"

何政委（感慨地）："舰上能做的都做到家了。你们快点准备吧，我还要去参加一个会。"

军事协调会议由总指挥孙副司令召集。

孙副司令："伴随护航的货轮按航海部门的排序组织，'骑士'号速度再慢我们也不能放弃，由舰载机将特战队员送上货轮实行随航护卫，到安全区域后再把特战队员接回来。总之，我们要确保申请加入我护航编队的船只全部安全顺利通过亚丁湾。"

何政委有些顾虑："只是，现在还查不到'骑士'的资料，船体结构和甲板的情况都不清楚。"

何政委的顾虑是有道理的。如果货船的甲板不具备降落直升机的条件，特战队员就无法送上去，也就无法完成随航护卫的任务。

孙副司令考虑了一下："去了以后先侦察一下，视情况而定，原则是只要具备把人送上去的条件，克服困难也要把人送上去。"

何政委回答"明白"，即把任务下达到机组。

罗小海机组紧急登机。

罗小海与郝刚交接飞机后，余晓龙率3名特战队员全副武装敏捷地登上飞机。何政委、李燕、文霞、苏成为罗小海送行。

郝刚示意飞机起飞。

螺旋桨逐渐加快速度，直达线速。

罗小海驾机起飞后转向飞去，因任务紧急，航路上必须全速飞行。

按航海部门的排序，188舰右舷的海面上，数艘大型货轮正在纵队一线排开。

航海执行官急得直摇头："地方船只，调动起来还真有难度呢。"

宫舰长拍着他的肩膀说："我的航海执行官，你要知道他们哪经过这种阵势？大都是独来独往，要不是在亚丁湾，他们才不听你招呼呢。"

航海执行官只好说："敏感海域、非常时期嘛。再说了，我们是为他们保驾护航。"

宫舰长看着舷外："呼叫第五艘船，叫它再拉开点。"

航海执行官拿起话筒。

罗小海驾机一路全速飞行，终于找到了"骑士"号货轮，并在它的上空盘旋飞行，察看该船结构和甲板情况。

余晓龙看着下面对罗小海说："201，我怎么看，'骑士'号就像不动似的。"

罗小海："不，动还是动的，只是速度慢而已。刚才我与他们联系上了，说他们现在的航速是8节，还是逆风。"

余晓龙："就这个速度，还不如渔船快呢。"

罗小海："所以，就更缺乏安全感。"

余晓龙："海盗的小艇有的居然装了两台'雅马哈'发动机，速度能达到30多节，追货轮还不是易如反掌。"

罗小海："刚才我听船长的意思，自从进入亚丁湾，他们就一直提心吊胆。"

飞机抖动了一下。

余晓龙（紧张地）："老同学，你慢点！"

罗小海："风速增大了，你们看，'骑士'上只有一块像样的平台。"

余晓龙向下探头："是啊，怎么办？"

"骑士号"货轮　白天

骑士号的船长等眼巴巴地看着空中的飞机。

船长："谢天谢地，他们终于来到了。"

船员甲："我们船上到处是桅杆，他们的人怎么下来呢？"

船员乙："是啊？他们不会转一圈回去吧……"

船长："我们中国自己的飞机，不会的。你们放心，他们会有办法的。"

船员甲："船长，你准备让飞机落在哪儿呢？"

船长（不耐烦地）："你问我，我怎么知道！他们一定要下来啊；否则，亚丁湾对我们绝对是凶多吉少！"

罗小海的海龙654继续在"骑士"号上空盘旋飞行。

余晓龙体谅罗小海的难处："实在不行，向编指如实汇报吧，不是不想降落，是确实不具备降落的条件。"

罗小海不愿意放弃："我再降低点高度，看看再说。"随即飞到了"骑士"号的一侧,终于发现玄机:"骑士"号的两个主桅杆之间,露出一个大的缝隙,下面有一块平台。

罗小海(兴奋地):"只有这个空当了,你们看到了吗?"

余晓龙看着:"空当你怎么进去?船再慢它也是在动,太玄了!"

罗小海(坚定地):"如果有引导指挥,我想试试看。"

余晓龙:"舰艇、飞机都有任务,都来不了,谁能给你引导指挥?"

罗小海:"舰艇就是过来,时间上也不行,如果656能飞过来就行。"他把自己的掌握的情况和意见汇报到了编指。

何政委:"从罗小海报告的情况看,这是唯一的办法了。"

孙副司令让副指挥员再了解一下189舰那边的情况,说如果情况允许,令656迅速飞往"骑士"号所在海域,协助654把人给我送上去!

副指挥员直接拨通了189舰长的电话。

罗小海机组在空域保持经济时速飞行,这样做是为了节约航空燃料,使飞机保持更长的留空时间。

余晓龙:"656要多长时间才能赶过来?"

罗小海:"他来是顺风,应该很快。"

罗小海还与余晓龙分析说,等会儿656来了,他的飞机在船上是不能关车的,这就要求特战队员们要在最短的时间脱离飞机,以保证飞机接着拉起来;否则,螺旋桨就有可能撞上桅杆。

余晓龙听罗小海一说,也明白了任务的艰巨和时间的短暂,他最担心的还是飞机的操控。他把顾虑说给罗小海听了。罗小海却说:"这些困难都存在,但只要大家配合默契,即使'华山一条道'我们也能走出去。"

这时,刘长军驾机快速飞来了。罗小海透过驾驶窗看到了刘长军的飞机。

罗小海(高兴地):"101,我看到你了。"

刘长军:"我也看到你了。"

罗小海:"请你迂回到我右翼,我带你熟悉一下'骑士'的进入环境。"

刘长军:"明白。"

两架飞机呈梯形编队绕着骑士号航行。

罗小海:"怎么样,看明白了吧?"

刘长军:"明白了。据我观察,这两个大塔吊之间的距离不会超过30米,船又在移动,你只能从正横方向进入了。"

罗小海:"是的,你在我对面和我保持相同高度,给我导航吧。"

刘长军:"一定要注意把握准侧风风速,瞅准进入角度。来吧。"

就这样,靠着多年的默契,他们经过短暂的交流就达成了共识,统一了思想。罗小海和刘长军立即散开飞去。

余晓龙:"你们说了些什么,太专业了,听不明白。"

罗小海:"连战术都谈不上,就是个技术活儿,一会儿你什么都明白了。"

"骑士"号的船长和船员似乎明白了飞机的意图,几乎看呆了。

不一会儿工夫,罗小海和刘长军的飞机已呈对飞状。

刘长军:"201,准备好了吗?"

罗小海:"对不起,侧风好大啊,我再稍微调整一下。"

罗小海把飞机的头部侧对着塔吊空当:"101,201准备好了。"

刘长军:"好,就这样,注意大坡度进入。"

罗小海用力控制着飞机的角度,强行进入塔吊之间。

刘长军不断地引导着:"好,好,再修修侧风。对,对,降,降。"

罗小海几乎是用尽全身力气控制着飞机,手脚并用。

罗小海的飞机开始下降。

刘长军:"收收油门、蹬转向舵,对,用力、用力……"

罗小海用力蹬转向舵,受伤的右腿却"软"了一下,罗小海的飞机突然向下滑了下去。

刘长军(急忙地):"罗小海,控制住、控制住飞机!"

余晓龙等几个特战队员也惊呆了……

罗小海重又蹬起转向舵,收紧油门,飞机终于稳住了。

刘长军来不及问原委,集中精力指挥着罗小海:"降、降,稳住。对,就这样,稳住。"

两个特战队员的脸上渗出了汗珠。

罗小海的飞机终于降落在了"骑士"的平台上。余晓龙快速打开机舱门,命令队员:"带好武器,下!"

飞机的螺旋桨依然快速旋转着。

余晓龙等特战队员快速下到平台,螺旋桨的旋风把他们的反恐服吹得唰唰作响,他们敏捷地躲在了塔吊的后面。

余晓龙打手势告诉罗小海可以"走"了。

罗小海将飞机缓缓拔起。

刘长军:"像刚才进入一样,出来也要快。稳住,你的技术没问题。"

罗小海竭力控制着飞机,找准机会"窜"了出去。

余晓龙向飞机伸出了大拇指,表示敬意。

罗小海和刘长军呈战术队形飞去,余晓龙迅速召集特战队员,分配任务,并与船长接头,了解了船体结构、物资存放等情况,然后四人分两组各自就位。

船长和其他船员看着特战队员们轻捷的动作和良好的战术素养,不禁啧啧称赞。船长一把抓住余晓龙的手:"你们来了,我就放心了。我都三天三夜没睡觉了!"

船员甲赶紧掏出手机,拨通了电话:"老婆,没事了,中国海军上船为我们护航了,你们放心吧!"

罗小海和刘长军返航路上,刘长军突然想起刚才惊险一幕,问罗小海:"201,你刚才玩什么把戏?太惊险了吧!"

罗小海:"你说什么?这是什么时候,我还敢玩?说实话,那可能是我右腿瞬间酸软的缘故,也可能是我的幻觉。"

刘长军并没感到惊奇:"好在你控制住了,你说是幻觉我觉得不太可能,要说是你对右腿信心不足还有可能。这事儿你跟李燕说过吗?"

罗小海:"没有。"

刘长军:"为什么?"

罗小海:"我怕说了就来不了亚丁湾了。"

刘长军:"等今天飞行结束,我可要跟她说了。"

罗小海:"不必要了,通过今天的历险我知道是我自己的问题了。其实,她也一直注意我腿部力量的训练。"

刘长军:"你是说,她心里也明白。"

罗小海:"心照不宣吧。"

刘长军:"是她成全了你的亚丁湾之行。"

罗小海:"错了,还有你。"

刘长军:"我知道,你会把我扯上。"

罗小海:"等'骑士'过了亚丁湾,我还要来接他们,到时候你还要为我指挥。"

刘长军:"干脆我接,你为我指挥不行吗?"

罗小海:"你不相信我?"

刘长军:"哪能呐,我也想挑战一下。"

罗小海:"还是我来吧,毕竟我积累一次经验了。"

刘长军:"到时候不是你说了算,恐怕是谁值班谁飞!"

两架飞机就这样在说笑中飞去。

亚丁湾海域　黄昏

庞大船队呈纵队一线展开,在我护航编队188、595舰的护航下,浩浩荡荡通过亚丁湾海域。

夕阳映照下的护航编队及船队航行在大海上,如同草原上放牧中的剪影,蔚为壮观。

188舰　黄昏

188舰上,孙副司令与何政委在过道对面相遇。

孙副司令:"何政委,祝贺你啊,今天在那么困难的情况下,你们罗小海和刘长军配合,终于安全地把特战队员送到'骑士'号又回来,不简单!"

何政委:"谢谢首长鼓励,我们还得努力。"

孙副司令:"嗨,你就不要谦虚了。把我的祝贺转达给他们。不过,我听说还是有点惊险,当然最后是有惊无险,我是担心飞机不要有什么问题。让郝副团长他们机务部门好好检查一下飞机,千万不能因为机械问题影响飞行安全。"

何政委:"是,首长。"

孙副司令说的情况,何政委也听说了,他现在的任务是马上找李医生了解更详细的情况。他找到李燕后,一起来到后甲板。

李燕(直截了当地):"我知道,与机械没有任何关系。"

何政委纳闷:"你怎么知道,你又不是搞技术的?"

李燕(坦白地):"政委,你批评我吧。"

何政委疑惑地看着李燕。

李燕:"是罗小海因为心理因素引起的瞬间惊悸。"

何政委:"你说是罗小海心理惊悸?不会吧?罗小海的心理素质在咱们团是最好啊,你不是也这样说过吗?"

李燕:"政委,其实在罗小海出院的时候,杜主任给我有过提醒,说罗小海受伤的腿虽无大碍,但要真正持重还需锻炼一段时间。当时为了他能按时恢复飞行,给他恢复信心,我把这条贪污了。我知道我错了。"

何政委顿了顿:"你这个检讨虽然有点晚,倒也真诚。但我还是要批评你。飞行无小事,尤其是在茫茫的大海上,只有甲板才是飞机的陆地,其他地方对飞机来说都是深渊!你和罗小海是恋人关系,更应该知道怎么爱他,爱护他的生命安全才是对他最大的爱护啊!你刚才检查罗小海的腿部力量还有什么问题吗?"

李燕(喏嚅地):"没有问题,在这之前,我一直强迫他做着腿部力量的训练。"

何政委还是有点担心:"千万不能存有丝毫的侥幸心理,这不仅仅是飞行安全问题,更是国际影响问题。如果没有十分把握,宁可让罗小海暂时停飞。"

李燕一听急了:"政委,万万不可,如果那样不但影响护航任务,小海半年以来好不容易恢复起来的信心也有可能毁于一旦,就有可能彻底毁了一个优秀飞行员啊!政委,我用人格担保,罗小海不会再出现类似问题了。"

何政委笑了:"我就是这么一说,看你急的。既然你都这么说了,我相信心理医生!"

李燕向何政委敬了个礼："谢谢政委信任！"

告别了政委，李燕就把罗小海叫到了心理咨询室，把政委的担心说给了罗小海。罗小海觉得在"骑士"上的瞬间惊险其实也检验了他腿的承受能力，使他彻底恢复了信心。但想到李燕为此承担的责任，还是过意不去。

罗小海："你为了我受到批评，我表示不好意思。"

李燕："还好意思说呢，政委的话绵里藏针，扎得我心疼。"

罗小海："别说了，这个责任在我。"

李燕："我一直认为体能锻炼已经解决了你的问题……"

罗小海："其实，经过实战检验已经说明一切，我抗住了。"

李燕犹豫了一会儿："好多事你并不明白！"

罗小海疑惑地看着李燕。

李燕："在马六甲海峡，刘长军争首飞，你知道为什么吗？"

罗小海摇头。

李燕："他知道你的伤还没恢复到最佳程度，特意不让你飞的。"

罗小海："他是怎么知道的？"

李燕："那天团长为你带飞，他就在你的上面，你们的通讯频率在一个波道上，你的那声惊叫和团长的对话，他都听见了。"

罗小海如梦初醒："想不到，刘长军还真是个有心人。怪不得，昨天他为我指挥飞行时对我的那个动作也没作强烈反应，他早就心中有数了。"

回到心理测试室，李燕开始修改材料，文霞也打开了电脑。

电脑首页上显示"通知"：编队各兵种、部门：近期，亚丁湾海域海盗活动全时化、暴力化、集团化特点更加突出，晨晚和夜间遭受海盗袭扰的危险性增大。要求各单位、部门加强对反海盗应急方案及时进行修订，确保一声令下，立即出动。

中国护航编队指挥部指挥员 孙宏昌

2009年×月×日

文霞："李医生，快看，编指在网上发通知了"。

李燕凑过来："哦，看来护航是起到作用了，海盗都改变策略了。"

文霞："咱们有什么方案好修改的？"

李燕拿起自己刚才改的材料："我这个也算。"

文霞："你这个方案，首长能批准吗？"

李燕说先送给何政委看看再说，没想到何政委一看就说好，并带着李燕一起去给孙副司令汇报。

孙副司令看着手中的材料："在舰上开通心理咨询频道？"

何政委说："首长，还是让李医生跟首长汇报吧，她说得清楚。"

孙副司令示意李燕汇报。

李燕说："首长，是这样的。我们护航编队离开祖国、离开家乡快两个月了，我经过观察了解，部分官兵不同程度地产生了思念祖国、思念亲人的思乡情绪，但由于护航任务重，而且环境局限，大都埋在心里，很少交流。我想就是通过舰上网络这个平台，给这些人开辟一个交流的渠道，让他们把心里话说出来。"

孙副司令考虑了一会："想法不错，可舰上的网络都是共享的，他们能给你说心里话吗？"

李燕："首长，这个问题我考虑了，平台上一律采取虚拟的形式，可以一对一对话，可以发帖子，也可以留言，其实就是让这些人释放一下情绪，我想对调整大家的心理会有帮助的。"

孙副司令："何政委，我看可以试一试。宫舰长，请你转告信息部门配合一下。"

宫舰长："没问题，一切为了前线。"

舰上信息部门马上配合李燕开设了平台，开设不久李燕就发现了咨询的帖子，李燕尽量一一回复"网友"的问题。

一位化名"沙漠绿洲"的留言写道："她曾经给我说，等我们结婚的时候一定坐船到大海上转一圈，那是因为她欣赏'泰坦尼克号'的浪漫。回去我会给她说，打死我也不坐船了。"

李燕指着帖子跟文霞说："你相信吗？"

文霞："我相信，因为我也不想再坐船了。"

李燕："我不相信。"

文霞:"那是因为你不晕船。"
李燕:"不是的,我相信此一时彼一时,当他们真的到那一天的时候,这位可能就不由自主了。"
文霞:"罗大队长是这样吗?"
李燕:"你怎么扯到他了?不跟你说了,我得给人家回帖子了。"
文霞:"刚才,我替你值班的时候,有一个人明明是想爱人,却非得说是想孩子,我不信。"
李燕打完字:"这个问题我没体会,但我听那些结了婚的男人说过,他们出发或执行任务时间长了——我指的是那些孩子还小的男人——他们确实是把想孩子放在第一位的,不是假话。"
文霞服软却不服输:"我不知道。"
李燕笑笑:"你先休息吧,舰上都熄灯了。"
文霞刚要出门,就被一阵警报声"吓"回来了。
文霞拍拍胸口:"呀,吓死我了!"
李燕赶紧关上电脑:"还愣着干什么?走,看看去!"

李燕和文霞冲出来的时候,看到两舷人来人往,一派紧张忙碌。特战队员已经在重点部位加了哨位,架起了机枪。

驾驶室的两侧,全副武装的特战队员和值更舰员正机警地观察瞭望,大功率的探照灯由前至后、由近至远地扫视着。

海面上薄雾蒙蒙。

李燕和文霞来到驾驶室门口,看到里面:仪器设备上的各色指示灯闪动着光亮;孙副司令手拿望远镜,神情专注地观察着前方的海面;航海、通信、导航、操舵等各部位,紧张有序地工作着。

李燕拉起文霞向后甲板跑去。

李燕和文霞来到后甲板,看到何政委、郝刚、罗小海、苏成等已严阵以待。

何政委:"刚才编队指挥室接到我'新昌'号商船的求救,发现一艘疑似海盗小艇正利用夜幕掩护快速向他们靠近,情况危急!"

郝刚:"今天安排的是刘长军机组值班,海龙654已放入机库,所以,仍由刘长军机组出动,但罗小海机组也要做好出动准备。另外,考虑到夜间的气象因素,编指令188舰上的快艇和刘长军的舰载机联合出击，配合行动。苏成这次作为摄像取证人员也参加特战小组。"

苏成既兴奋又紧张。

何政委："有任务的分头准备，苏成抓紧上艇。"

大家散开。

何政委对郝刚："了解刘长军机组的情况。"

郝刚："好！"

李燕问："政委，那我们呢？"

何政委："你们待命！"

李燕："是！"

189舰　夜

189舰后甲板上的夜航灯全部开启。

刘长军机组已登机完毕，启动开车。眨眼工夫，刘长军的飞机就飞离后甲板，瞬间就消失在薄雾之中。

188舰　夜

快艇已放至海面，艇员和苏成顺着软梯下去，特战队员直接通过滑索滑降到快艇上。

余晓龙清点人数后，令快艇出发。

海空　夜

刘长军驾机率先飞抵目标上空，虽然打开夜航灯照射，但由于视野不好，仍分辨不清海盗船。

刘长军扶正话筒呼叫："编指，编指，201报告，由于视线不好，我机虽下降高度，仍然很难分辨海盗船。"

孙副司令的命令："令你机在目标上空机动飞行，等待快艇的到来，协同战斗。"

刘长军答："201明白！"

刘长军驾机机动飞行。

快艇在薄雾中劈波斩浪，抵达目标海区。经过和"新昌"号沟通，逼近疑似海盗小艇。

海龙656也盘旋于目标上空，不停地用夜航灯照射海面。

舰载机和快艇的密切协同，局部形成了空中、海面围追堵截的态势，成功将疑似海盗小艇控制，大大出乎疑似海盗小艇的意料。

疑似海盗小艇显得惊慌失措。

余晓龙示意疑似海盗小艇上的人"老实点"，特战队员一直处于临战状态，紧紧盯住疑似海盗小艇。

余晓龙让特战队员甲用葡萄牙语向疑似海盗小艇喊话。

特战队员甲（葡语中译）："不许动！你艇刚才已经对我商船构成威胁，中国海军护航编队奉命依法对你艇实施登临检查，请配合！"

疑似海盗小艇上的人员纷纷举起手来。

海龙656在上空盘旋，夜航灯光在疑似海盗脸上扫过——一张张惊慌失措的脸。

"新昌"号商船　夜

看到护航编队的飞机和快艇，船长和船员激动地跑到甲板前面观察着。

船长："告诉大副，减速行驶。"

船员甲："减速？"

船长："海军帮我们打击海盗，我们立马走人？还懂不懂规矩！"

船员甲："知道了！"向驾驶室跑去。

亚丁湾海域　夜

快艇迅速靠上疑似海盗小艇，特战队员以迅雷不及掩耳之势，登上疑似海盗小艇。

特战队员将检查到的物品逐一拿起来，送到余晓龙面前。

特战队员甲："这是油桶……这是锚钩……还有手机，这是GPS定位仪。"

余晓龙："问他们这些东西是干什么用的？"

特战队员甲用葡萄牙语重复余队长的问话。

一疑似海盗："捕鱼用的。"

余晓龙瞪了"捕鱼"的几眼:"告诉他们,离我商船远一点儿,走开!"

特战队员甲又用葡萄牙语重复了余队长的话。

"捕鱼"的直点头。

余晓龙:"东西还给他们,我们撤!"

有人掩护,有人先撤,余晓龙最后离开疑似海盗小艇。

疑似海盗小艇悻悻地跑了。

余晓龙看看夜光表:"凌晨3点了。"

特战队员乙:"队长,为什么不没收他们的仪器?鬼才相信那些东西是捕鱼的?"

余晓龙:"只要没有枪支、弹药等杀伤性武器,原则上对商船构不成威胁,所以放了他们是对的。"

特战队员甲:"要是把他们带回去让我审问,几个回合我就让他们原形毕露!"

余晓龙:"国内办案也讲证据,没有抓到现行,在国际上也是讲不通的。我们中国是个大国,我们要对行为负责任。"

特战队员丙:"关于国际海洋法律方面的问题还得向队长请教。"

余晓龙摸了一把丙的头:"怎么办,咱们不能就这样回去吧?走,好事做到底,再送他们一程。"

特战队员甲指着空中:"看,舰载机已飞到商船前面去了!"

海龙656在"新昌"号上方,夜航灯闪烁着,明显在作引导飞行。

我快艇也追上了"新昌"号,在它的右前方为其护航。

我护航编队188、189、595舰不知什么时候也加入到了护航之中,在"新昌"号后面伴随而来。

"新昌"号货轮 黎明

快天亮的时候,"新昌"号终于发现了护航编队的"大队人马"。

船长激动得热泪盈眶,急忙招呼道:"快,到下面把我们心情拿出来!"

船员甲:"船长,把心情拿出来?词语不通吧?"
船长喝道:"少废话,快去拿来!"
船员甲跑进船舱。
不一会儿,船员甲抱着一卷红布出来,船长帮他一起拿到甲板上。
船长指挥着:"那边去个人,扯住了——"
刘长军驾机继续为"新昌"号护航飞行时,突然发现一幅巨型标语"祖国万岁"展现在"新昌"号的几乎整个甲板上。
顿时,刘长军和机上的两名特战队员的眼睛湿润了。

护航编队　黎明
护航编队孙副司令看到了;
何政委、郝刚看到了;
宫舰长、童政委看到了;
李燕、文霞看到了;
护航编队全体官兵看到了——
快艇上,苏成"长枪短炮"齐上阵,把这一切定格在了"记忆"里。
伴随着旭日东升,雄壮的《义勇军进行曲》响彻亚丁湾……

188舰　白天
心理频道的开通,成了护航编队官兵吐露心声的一件幸事,李燕和文霞成天在电脑前忙得不可开交。她们两人的心情似乎也爽了许多。
这天,李燕与文霞交流:"文护士,昨天我看了一个很有意思的帖子。"
文霞:"哪个,怎么说的?"
李燕:"你没看到啊,是留给指挥员的。"
文霞:"哦,我想起来了,你说的是那个转帖吧?"
李燕:"Yes."
文霞:"转帖的人有毛病!"
李燕:"你怎么这么认为?"

文霞："他说他们那条舰上有美女照片的杂志全部从阅览室借光了，申请上级补充该类图书，这不是有毛病是什么，他也真敢想！"

李燕："小文，你想想，护航已经两个多月了，单调的海上生活，紧张的频繁出动，繁重的战备值班，加上亚丁湾海域高温、高湿、高盐的恶劣气候的影响，年轻的水兵包括一些年轻的干部，心理上产生一些微妙的变化是正常的啊。他们向往美、欣赏女性也没有错啊，你怎么能说转帖的人有毛病呢？"

文霞："我没研究你那么多，我就觉得有点心理变态。"

李燕："你看这里，还有跟帖的说，他们身边还有人半夜起来数星星、看月亮的，这就更说明有一批年轻人心理需要辅导或者说心理慰藉了。"

文霞："李医生你就是三句话不离本行，我真服了。"

李燕："文护士，我有个想法。"

李燕把近期的帖子连同自己的建议整理好后，送到了编队指挥员。孙副司令看后觉得李医生很用心，建议可取，遂找来几个主官商量一下。

孙副司令把手中的一张纸递给何政委："李燕整理的网友给我的留言我都看了，还批注了两条意见，请李燕也发到网上去。"

何政委："首长，您还当真了。"

孙副司令："国家领导人都给网友回复帖子，我更应该多渠道倾听官兵的意见和建议。"

何政委："一会儿我让李医生给您发了。"

孙副司令："在海上时间长了，想家、思念亲人、追求美的东西很正常啊，我们都从年轻的时候过来，你们谁敢说不喜欢漂亮的女性？"

大家尴尬地笑着。

宫舰长："找对象还挑漂亮的呢。"

孙副司令："找对象还要看缘分，现在说的与找对象没关系。说李燕的建议，你们觉得怎么样？"

宫舰长："我同意。"

童政委："我也同意，我们舰还好点，整天和李医生和文护士见面，我们要充分考虑另外两艘舰的实际情况。"

孙副司令："这样吧，明天只要没有'盗情'，就安排李医生和文护士到189和595上为官兵们量一次血压，让这些小伙子近距离接触我们的军中美女。"

189舰　白天

水兵餐厅内灯亮如昼，李燕和文霞早早地来到了水兵餐厅，在临时铺设的诊疗台上，摆放着两只血压计和部分常用药。

从餐厅到过道已排起了长长的队伍，大家说笑着，有的不时探头向室内窥视。几个年轻干部排在前面。

李燕对身边的上校："舰长，开始吧。"

舰长："大家排好队，一个一个来。由于条件有限，李医生和文护士只能给大家测量一下血压。"

李燕对第一个年轻干部："请坐吧。"

年轻干部还有点腼腆地推让他身边的："你先来吧。"

李燕一把拉住他："战友，不要谦让了，你是第一个——姓名？"

年轻干部"被"坐下，李燕为他撸起袖子。

后面有人"嘘"了一声，然后是笑声。

文霞也抬高嗓门："这边也来一个！"

水兵甲机灵地"抢"着坐在了文霞面前。

水兵乙紧跟在他后面，队伍自然变成了两列。

水兵丙等起哄。

队伍里洋溢着欢快的气氛。

这时，刘长军从189舰右舷过道挤了过来，他来到李燕身旁，对她耳语了几句。李燕点头后，对大家："对不起，文护士先为大家量着，我马上回来。"

有水兵议论："飞行员就有特权啊，怎么说叫走就叫走了！"

旁边的劝道："也许是工作上的事，不要吃醋嘛。"

刚才议论的水兵："谁吃醋了，随便说说嘛。"

刘长军刚才接到罗小海的电话，有一句话要刘长军一定转达到李燕，刘长军也不敢怠慢，就把原委告诉了李燕。

在左舷过道上,他们停了下来。

刘长军:"罗小海同志让我千万当面告诉你,让你一定画上淡妆。"

李燕下意识地摸摸脸:"他什么意思?"

刘长军:"他说你一定要把最美的一面展现给战友们。"

李燕:"听意思我不化妆就不美了?"

刘长军:"你已经很美了,他是想让你更美。"

李燕:"刘大队长,我知道了,我把心里的美展示给大家就行了。"

刘长军:"他是爱屋及乌啊,也学会心理学了。"

李燕:"你现在也越来越幽默了。"

刘长军:"中午在这吃饭吗?"

李燕:"看情况吧,我得赶紧去了,排那么长的队呢。"

刘长军示意李燕快去。

李燕走进水兵餐厅。

李燕的重新出现,引起了一阵躁动,她泰然自若地走到工作台前,马上投入工作。

队伍比刚才更轻松了,人数也比刚才少了许多。

这时候,水兵丙突然尖叫起来:"哎,你们看,刚才他们两个人量过了,怎么又排上了!"

众人向队列中寻找,看到了水兵甲、乙果然又在队列中。

水兵甲(故意夸张地左右转头):"谁啊,说谁呢?"

水兵乙更是自我解嘲:"是刚才没量准吧?再量一遍就是了。"

队伍中又是一阵唏嘘、说笑、调侃,大家的表情似乎轻松多了。

188舰　夜晚

189舰一天的经历,使李燕和文霞陡然增添了一种成就感,回到188舰,李燕抓紧时间整理心得笔记,她要把这一切都记录下来,为考研积累更多的案例。

文霞却从床底下拿出用经过加工的可乐罐种植的"一盆花"(蒜苗)放到电脑旁,看得出神。李燕问:"你从哪儿变出来的?"

文霞:"走的时候那个量两次血压的水兵特意送给咱们的。"

李燕拿起来端详着:"多有心的水兵啊,这是他渴望生命、追求美的体现。"

　　文霞:"在舰上难得的绿色,生命之色。"

　　李燕看着"花",不无感慨:"心理学在最接近实战的检验中得到了战友们的认可,我好有成就感呢。"

　　文霞的手轻轻地搭在李燕的肩上。

——第二十七集完

第二十八集

189舰　白天

　　针对亚丁湾高温、高湿、高盐的气候特点，我护航编队增加了对飞机和军舰维护保养的频率。这不，刚吃完早饭，水兵甲、乙、丙就来到斯基利导弹发射架旁擦拭保养。

　　水兵甲特别卖力，乙悄悄地向丙努努嘴，潜台词是：看，量完血压人都变得不一样了。

　　水兵丙受乙的"启发"（不无调侃地）："哎哎，量完血压不一样了嘛，干活也来劲了。"

　　水兵甲并不芥蒂："就是不一样啊，你不是也一样吗？"

　　水兵丙："我……比你？差远了！我只量了一次。"

　　水兵甲："那是时间不允许了，如果允许我还要再量一次，你能把我怎么样？气死你！"

　　水兵丙："对，你说她们还能再过来为咱们量血压吗？"

　　水兵乙："不量血压，过来转转也行。"

　　水兵丙："总得有个理由吧，咱们舰下次搞联欢，我们向军花们发出邀请，你说她们会不会拒绝？"

　　水兵甲："应该不会吧……问题是她们怎么过来啊？"

　　水兵乙："咱们有舰载机啊，太简单了！"

水兵甲:"舰载机?你调动的了吗?那要指挥员说了才行。"
水兵丙:"对,咱们再在网上给指挥员留言啊,上次留言不就被采纳了吗?"
水兵乙:"哦,终于不打自招了,原来那个帖子是你的!"
水兵丙:"那又怎么样?指挥员回复说要把心理咨询网办成思想交流的平台呢。"
水兵甲:"对,我们就是提建议嘛,你发帖,我顶你!"
几个人干得更起劲了。

亚丁湾海域　白天
又是一个好天气,亚丁湾辽阔壮美,海水深邃,波澜不惊。
广阔的海面上,随处可见各国商船往来穿梭。
亚丁湾似乎恢复了往日的太平。

188舰　白天
机库旁的记事板上,清楚地写着:今日任务:巡逻飞行;机组:罗小海;协同:特战小组。
罗小海机组来到后甲板,在郝刚的引导下,仔细检查着飞机。
郝刚:"检查这么细致,是不信任我们地勤,还是对飞机情有独钟。"
罗小海:"显然是后者。说心里话,在机场的时候,还没有这种强烈的感觉,护航的这些日子,感觉不一样了。"
郝刚:"离不开了?"
罗小海:"就感觉它已然成为我生命的一部分。"
郝刚:"嚯,作诗啊!小心被李燕听到,她会吃醋的。"
罗小海:"她是我生活中的恋人,飞机是我事业上的恋人。"
郝刚:"两个恋人?新鲜。"
罗小海:"缺一不可。"
特战队员在地勤的协助下,登上飞机。
郝刚站住:"开个玩笑。准备起飞吧,看,特战队员都登机了。"
罗小海向郝刚敬礼后登上飞机。

亚丁湾海域　白天

罗小海驾机巡逻飞行。

辽阔壮美的海面上，各国商船往来穿梭，一派繁忙景象。

罗小海将飞机下降高度，掠过一只小船。小船上的人立即用鱼叉挑起一条鱼，似在告诉飞机：我们是捕鱼的。

飞机继续往前飞，又有一艘小艇上的人马上用木棍挑起国旗，向飞机示意，言外之意是：我们是有国籍的"良民"。

罗小海淡然一笑。

余晓龙对罗小海："201，一派太平盛世的感觉啊。"

罗小海："要是真的这样该多好，我们也不用到这么远的地方来了。"

余晓龙："是啊，如果天下太平，我们都可以回家抱孩子种地去了，尽享天伦之乐，美啊！"

罗小海："我看出来了，你总是憧憬田园生活，是不是想老婆了？"

余晓龙："算你聪明，我女儿出生已经一个多月了，还不知道她长得什么样儿呢。"

罗小海："等到咱们返航回国，我和你一起去看你女儿，好吗？"

余晓龙："一言为定。"

飞机转弯飞去。

188舰　白天

作战指挥室里爆发出一阵爽朗的笑声。

孙副司令边笑边说："果真如此，我们倒也轻松了。问题是太平景象的背后，可能蕴藏着不安定因素。我们只是不得而知罢了。"

副指挥员："其他国家护航编队也反馈说，他们负责的海区也收敛了许多。"

孙副司令："看来，国际护航编队的强势介入，还是给海盗形成了不小的压力，他们不得不调整自己的策略。"

宫舰长："他们不改变策略又能怎么样，我强大的护航编队对付他们还不是小菜一碟？"

孙副司令："他们当然不是我护航编队的对手，但他们一旦得手，造成的后果和影响却是巨大的。"

何政委："从罗小海机组反映的情况看，小船、小艇都是主动申明自己的身份，这本身就不正常。"

宫舰长："正常应该什么样？"

何政委："正常情况下，你捕你的鱼，我飞我的行。我们也从来没伤害过他们，何必那么主动？"

孙副司令站起来："这说明，他们越来越狡猾了。"

夜幕降临，亚丁湾一片寂静。

188舰在海上匀速航行。

两名特战队员迎着海风站在战位上，不时用望远镜警惕地注视着前方海面。

左、右两舷的探照灯不间断地扫视着附近海域。

蓦然，急促的警报声划破夜空，188号舰立即进入一级反海盗部署！

作战指挥室内，江参谋正在向指挥员汇报。

江参谋："我'大通'号报告：发现一艘母船拖着多艘小艇在夜幕的掩护下尾随该船，形迹可疑，请求护航！"

孙副司令（气愤地）："母船作掩护，小艇藏杀机。中国护航编队不能容忍他们胡作非为、为非作歹。传我的命令：编队向目标高速机动，舰载机前出侦察，快艇出击！"

江参谋答："是！"

"大通"号货轮　夜

"大通"号货轮加足马力高速行驶。

多艘小艇瞬间脱离母船，向"大通"号紧逼。

在"大通"号的前甲板上，几名船员准备好了高压水枪。

亚丁湾海域　夜晚

罗小海机组从188舰后甲板紧急出航，苏成这次获得登机取证的机会。

特战小组的三名成员和苏成一起登上了飞机。

飞机紧急起飞。

刘长军机组在189舰载特战队员紧急登机后，立即起飞。

罗小海率先飞抵目标海域上空，通过夜航灯光照射，果然发现"大通"号货轮两侧聚集了多艘快速小艇，犹如群狼围狮，情况十分危急。

罗小海赶紧将机舱门调整到最佳位置。

罗小海对身后的余晓龙："老余，先打信号弹！"

余晓龙架好机枪："放心吧！"

随即，三发信号弹从海龙654飞机上发射出来，在亚丁湾的夜空散开，海盗小艇在信号弹的光照下暴露无遗。

刘长军机组也飞抵目标上空。

刘长军呼叫："201，201，101来了，就在你的右翼。"

罗小海告诉刘长军："101，目标众多，比较分散，你可到船的右舷分头行动。"

刘长军回答："101明白，看我们的！"

海盗小艇可能考虑夜幕笼罩，他们人多势众，非但没听警告，反倒加速向"大通"号呈合围状靠拢。

罗小海（心急地）："老余，发射爆震弹！"

余晓龙："明白！"

余晓龙和另两名特战队员同时向目标上空发射爆震弹。

刘长军也把飞机调整到了最佳位置，爆震弹随即射出。

两架飞机上接二连三的爆震弹声响，使宁静的亚丁湾海域一片震颤。

出乎意料，海盗小艇抑或是认为我护航编队"光打雷不下雨"，抑或是认为有夜幕掩护，飞机对他们构不成威胁，按照他们自己的"战术进度"，已完成对"大通"号的合围，"大通"号危机重重。

罗小海当然看到了下面的情形，令余晓龙："做好实弹射击准备！"

由于是夜间"作战"，余晓龙必须为95班用机枪加挂瞄准距，同时提醒罗小海："请你抓紧向编指报告。"护航编队规定，动用实弹必须得到编指的命令。

罗小海说："我马上报告，你可以射击了！"

余晓龙有所顾虑:"还是先报告吧。"

罗小海加重语气:"顾不上那么多了,打实弹!"

余晓龙犹豫着,还是扣动了扳机。

海盗小艇的面前立即溅起高高的一条水链。

罗小海此时也接通了编指:"201报告,在警示无效的情况下,我已对海盗小艇实施拦阻射击,特此报告!"

孙副司令坐在指挥舰作战指挥室里,听到罗小海的报告后说:"这符合你罗小海的性格,本指挥员表扬你了!"

海龙656飞机上的特战队员同时也听到了指挥员的肯定,他们也端起机枪,对着海盗前面的海面就是一阵扫射。

海面上水链如线。

此时,我快艇也开着探照灯飞速驶来。

来自空中、海上的强大威慑力终于让海盗胆战心惊,他们掉头逃离。

苏成虽然被挤在角落里,仍然"见缝插针",记录下了飞行员、特战队员和海面上发生的每个经典瞬间。

得知海盗终于掉头逃离,作战指挥室里刚才还处于高度紧张状态的孙副司令与何政委才轻松下来。孙副司令:"海盗果然亮出了新花招,如果不是我们强力威慑,他们大有一不做二不休的野心呢!"

何政委明显是轻松加自豪:"机组和特战队员的处置也比较得当,回来我把您的指示都传达到了,大家很受鼓舞。"

孙副司令:"从目前的情况看,舰载机虽然出动比较频繁,但还不能掉以轻心,稍有松懈就会贻误战机。"

何政委:"只是增加了飞机保养的难度。不过,请首长放心,我们会克服困难解决这些问题的。"

孙副司令:"对了,你们小苏父亲过世的消息,你告诉他本人了没有?"

何政委:"还没呢,我想找个合适的机会再告诉他。"

孙副司令:"这样的消息我们不能瞒着他,也没有必要瞒着,谁家没有父母？做好他的抚慰工作。"

何政委："孙副司令，我代小苏谢谢首长的关心。您这一级首长能亲自关心到一个参加护航的士兵的家事，我这个团政委该作检讨了。"

孙副司令："感谢就不用了，我们哪个干部不都是从士兵过来的？具体的思想工作还靠你去做，我感谢你才是。"

何政委："司令说得对，我马上找小苏谈谈。"

何政委告别了孙副司令，把苏成叫来办公室，在作了必要的铺垫以后，把他父亲过世的消息还是委婉地告诉了他。苏成听说以后心情非常沉重。

何政委说："突发脑溢血这个病，确实有些突然，之前好像也没有什么明显的预兆。你母亲开始也不想让告诉你的，但考虑他们就你这么一个孩子，最后还是决定告诉了团里。"

苏成沉默了许久，眼睛湿润着说："我没能尽到儿子的责任和义务，我爸再也不给我这个机会了。"

何政委安慰道："你也别太难过，俗话说忠孝不能两全，军人的牺牲和奉献不光是在硝烟弥漫的战场上，和平时期也有牺牲，也有奉献，而这些往往是容易被忽略的。"

苏成："政委，你别说了，我不是为我没能在我爸身边而后悔，只是感到太突然了，我一时还难以接受。"

何政委："所以，昨天夜里你跟踪取证之前我没告诉你，我不想让你把痛苦带到那种情景之中，因为忠孝是矛盾的。"

苏成点头，表示理解。

何政委："好了，护航面临的任务还很严峻，暂时把痛苦埋在心里吧，回国后你就回家，好好陪陪你妈。"

苏成擦了擦眼泪，站起来，敬了个礼。

何政委也郑重地给苏成还了个礼，把他送到门口。

夜已经很深了，苏成所在的地勤宿舍一片宁静，偶尔传出打鼾的声音。

一个床上的身影翻来覆去，表现得很烦躁——他是苏成。

他先是坐起来，又躺下。

最后，他在床边坐了一会儿，拿起一件外衣，轻轻走出了舱室。来到了后甲板。

天上星星点点，玄月暗淡，亚丁湾的夜，进入暂时的宁静。

甲板两舷，值更的警卫在机警地注视着海面。

苏成独自一人来到后甲板，走到警卫身旁。

警卫："半夜了，怎么还没睡？"

苏成："睡不着。"

警卫："怎么了，想家了？"

苏成："是的，想起了我的爸爸。"

警卫："你爸爸……"

苏成："他……突然去世了，明天火化。"

警卫不知怎么安慰苏成："这……你……多保重……"

苏成："你说，咱们祖国的位置现在看哪个方向？"

警卫指指东北方："应该在东北方向。对，就是。"

苏成："谢谢，我准备给我爸磕个头，可以吧？"

警卫急忙："可以可以。"

苏成不想让眼前这位比自己小的战友看到自己磕头多少有点封建的祭奠方式，但又不好赶走他，于是委婉地说："麻烦你让开点，好吗？"

警卫让开了两步，他没想那么复杂。

苏成看着警卫站着不再挪动，低下头对着警卫说的东北方向跪在了甲板上，他双手合拢，嘴里念叨着什么，然后磕了三个响头。

当他起身的时候，发现警卫也跪在他的右后侧和他一起磕头祈祷。

苏成扶起警卫："兄弟，你这是……我爸他承受不起。"

警卫："咱们都是当兵的，我也不知道怎么表示心情，一起尽孝吧。"

苏成抱住警卫哽咽了："谢谢你，战友！"

这天，孙副司令起床到甲板跑步锻炼，恰巧碰到江参谋也在跑步，江参谋无意中说护航编队已经离开祖国快一个月了。孙副司令开玩笑说："小江你要是想媳妇了直接说，别遮遮掩掩的。"弄得江参谋红着脸跑开了。孙副司令转念一想直拍脑门说,自己差点忘了个大事。

吃完早饭,孙副司令就召集各单位领导参加的临时会议。副指挥员、宫舰长、童政委、何政委等如数出席。

孙副司令:"再过五天就是咱们中国的传统节日春节了,你们是不是都忘了?军委、总部和海军首长要求我们护航编队,组织官兵过一个有意义的春节。我想了想,我们就不要分单位了,在舰上我们就是一个集体,一个大家庭,大家一起过年,好不好?"

众回答:"好!"

孙副司令最后说:"你们回去跟大家打个招呼,有什么好主意献出来。"

经过几天的准备,各单位都积极献计献策,后来经过编指的统一策划编排,确定了春节庆祝方式。2009年1月26日一早,大家就来到了前甲板上,当然除值班人员外。官兵们全都身穿礼服,格外精神。大家见面互问"春节好""过年好",洋溢着一派喜庆的气氛。

孙副司令、副指挥员、宫舰长、童政委、何政委等同样身穿礼服来到甲板,和大家敬礼还礼,互致问候。

热闹一会儿,孙副司令走到导弹发射平台前,提议:"祖国惦记着我们,我们在印度洋上也给祖国拜个年吧!"

这时,罗小海、李燕、文霞、余晓龙、警卫等在导弹发射平台上挂出了一条横幅:护航官兵在印度洋上给祖国人民拜年!

大家齐喊:"祖国万岁!祖国万岁!"

祝福声在印度洋上空久久回荡……

庆祝活动进入了游戏环节,年轻的水兵们来了精神,一个个像是印度洋里快乐的飞鱼跑前跑后。之后,又分期分批来到188舰会议室,会议室正中央摆放着一个大投影仪及其传输设备。

副指挥员招呼大家坐好:"同志们,在这个传统节日里,祖国还为我们特别开通了'越洋传情'视频电话,时间有限,我们只能找几个代表。第一位,来,请我们的宫舰长。"

宫舰长推辞:"不,不,我就不占用宝贵的时间了,留给其他年轻同志吧。"

  副指挥员（诙谐地）："你家属已经在里面了，谁合适啊？"
  宫舰长无奈，被几个战士推上去。
  宫舰长看着投影屏上满脸堆笑的家属的图像，却不知说什么好。
  副指挥员："别光看着，说话啊？"
  宫舰长憋了半天："咱们儿子呢？我想儿子了！"
  大家发出遗憾声。
  副指挥员也表示遗憾："嗨，憋半天你整出这么一句，还有吗？"
  宫舰长摆摆手："没了。"
  宫舰长"猖狂"逃了下来。
  副指挥员笑笑："第一炮没怎么响。下面，请189舰载机的刘长军上来。大家来点掌声，鼓励鼓励！"
  大家鼓掌。
  刘长军倒显得落落大方，他先给大家敬礼，又给副指挥员敬礼。
  画面上出现了"刘长军先生、徐亚宁小姐结婚典礼仪式"现场的视频录像片段，刘长军惊讶了，大家惊讶了，一时间，会议室里鸦雀无声。
  投影屏上出现：
  经久不息的掌声。
  徐亚宁脸上露出自豪的微笑。
  徐母、徐亚静热烈的鼓掌。
  主持人向大家鞠躬致谢："谢谢大家！谢谢！所以，今天可以说是我主持生涯中所主持的最为特殊、最为崇高也是最有纪念意义的一场婚礼，也是唯一一场没有新郎的婚礼……"
  此时，杨光，常少伟，杨玉林，飞行员甲、乙等身着军礼服，从舞台的一侧，整齐列队走上舞台，走到徐亚宁身边。
  杨光庄严地："我们以新郎的名义——"
  常少伟庄严地："我们以一大队的名义——"
  杨玉林庄严地："我们以集体的名义——"
  飞行员甲："我们以军人的名义——"

众人半面向右转,面对徐亚宁:"我们以军人的名义,我们就是新郎!嫂子,请接受我们的祝福,请接受我们的敬礼!"

杨光喊口令:"敬礼!"

众飞行员一齐向徐亚宁行了一个庄严的举手礼。

徐亚宁惊愕了,惊愕的甚至有些惊慌了,当她反应过来的时候,再也控制不住自己的感情,眼泪夺眶而出。

徐母、徐亚静早已泪流满面;

杨团长、纪天祥等使劲鼓掌。

满场的人都站起来,为他们鼓掌、欢呼。

投影结束。

徐亚宁出现在镜头前:"长军,你看到我结婚后的样子了吧?我变了吗?"

刘长军审视着:"更漂亮了。"

徐亚宁:"你想知道刚才这段视频中'集体新郎'的策划者是谁吗?"

刘长军:"你说。"

徐亚宁:"我告诉你,是罗小海!"

刘长军愣愣地站在那里,半天没说话。

大家还在欢庆着,刘长军、罗小海一起来到了后甲板上,凭栏而立。

刘长军:"那天在舰上,我误会了你。"

罗小海:"没什么,我要在家,我直接上,才不用那帮小子呢。"

刘长军擂了罗小海一拳:"你想好事吧!"

两个好朋友紧紧地拥抱在一起。

昨天的庆祝活动举办的非常成功,中国媒体及时向世界作了宣传报道,引起了一些国家护航编队的兴趣。初二一早,孙副司令把宫舰长、何政委叫到办公室。

孙副司令:"欧盟405编队司令长官希尔将军,发报说要到我们舰为我们祝贺节日,我们得表示欢迎啊。"

何政委:"那当然,中国是礼仪之邦嘛。"

宫舰长:"我们舰上的食品可是不够丰盛了。"

孙副司令:"小气鬼,你以为你的军舰是五星级酒店啊。"

宫舰长:"我是想把接待工作搞得体面点,是大方的意思。"

孙副司令:"是啊,三个月了,该补给了。时令新鲜的东西是少了点,罐头食品也行。都是干海军的,他们能理解。但礼节要讲究。"

宫舰长:"那没问题。"

孙副司令对何政委:"你们罗小海是留过洋的,接待的时候让他参加。"

何政委:"是!"

按照外交礼仪的需要,我护航编队以孙副司令的名义向欧盟405编队司令长官希尔将军发出了邀请,希尔将军愉快地答应了邀请,并表示立即起程赴中国188舰进行友好访问。

188舰前甲板上,两排桌子上摆满了各种罐头水果及中国水饺、大枣馒头、中国干红等,也倒显得别具特色。

希尔将军在随从的陪同下,登上188号舰。

孙副司令热情地欢迎他的到来,并亲自引导他来到前甲板,为他举行了简单而隆重的、中西结合的"冷餐会"。

希尔与孙副司令侃侃而谈。

希尔:"我是给您和您的部下拜年来了。"

他的翻译告诉他:"今天是中国的大年初二了。"

希尔摆摆手:"中国人讲,有心拜年,十五不晚嘛,初二很早。"

孙副司令大笑:"很早,很早。中华民族是一个好客的民族,你看,我们特意为将军准备了中国的传统美食——水饺,还有大枣馒头,希望将军品尝。"

孙副司令把希尔带到水饺、馒头盘前。

希尔欲用叉子拿水饺,孙副司令制止道:"No。"

孙副司令拿起筷子,向希尔示范。

孙副司令对身后的罗小海:"这个应该怎么说,你来。"

罗小海走近希尔(英语):"这个餐具在中国叫筷子,努,就是两根细木棍加工而成的,它的作用大得很。这么说吧,四两拨千斤。"

希尔学着用筷子："四两拨千斤？中国功夫？太神奇了。"

希尔艰难地把一只饺子送到嘴边，还是用手帮助塞进嘴里，他咀嚼着，连连称赞："太好吃了，菜是怎么放进去的呢？"

罗小海拿张纸比划着："就这样。"

希尔恍然大悟："明白了，中国人，OK！"

孙副司令对罗小海："你不是飞行员吗，怎么介绍起来像个炊事员了？"

罗小海："从小就是吃这个长大的，信手拈来。"

海上风力增强了，甲板上的人纷纷拉下大沿帽的风带。

希尔将军在甲板上饶有兴致地品尝中国美食的时候，188舰作战指挥室收到了来自欧盟405编队的电报，江参谋接收并自动译完电报，呈送给副指挥员。

副指挥员接过电报，边看边说："准备前来接希尔的直升机突然出现故障，不能来了，还表示歉意。"

江参谋："表示歉意？意思就不管了。"

副指挥员把电报还给江参谋："先报告指挥员，然后通报给希尔将军，看他有什么高招。"

江参谋戴上帽子出门，将情况报告了孙副司令，并把电报递到了希尔手中。

希尔接过电报看完，又交到随从手中。他耸耸肩，面露为难之色。

孙副司令和何政委小声说了几句后对希尔："将军，你不要为难了，我们负责把您送回405编队。"

希尔："可是，从这里到我们负责的海域有100多海里……"

孙副司令："不，我们派我们的舰载机送您。"

希尔还是有所顾虑："现在的风力比较大，你们的飞行员没有问题吧？"

孙副司令："你放心吧，您身边的那位就是我们的飞行员，他会安全地把您送回去的。"

希尔激动地看了看罗小海，然后握住孙副司令的手："将军阁下，真是百闻不如一见，贵军不愧是一支过得硬的军队！"

孙副司令邀请客人到会议室又叙谈了一会儿，考虑到天气因素，决定尽早把希尔将军送回去更加妥当，便令罗小海机组进场准备。

罗小海机组按要求准备完毕后，孙副司令、宫舰长、何政委等陪同并送别希尔及随从登上654号海龙直升机。

希尔等摆手与孙副司令告别。

孙副司令等与希尔再见。

罗小海稳稳地拉起飞机，呼啸而去。

整个春节期间，护航编队的战备工作一直没有放松，各战位值班人员恪尽职守，保证过节、战备两不误。但亚丁湾海域并没有中国春节的概念，海盗们只不过是伺机而动罢了。

春节刚过，编队就接到了一份电报。

江参谋来到指挥员办公室敲开了孙副司令的门。没等首长问话，江涛就自报家门："作战参谋江涛，首长在吗？"

指挥员在里回答："进来。"

江参谋进来，把手中的电报递到孙副司令面前。

孙副司令接过电报扫了一眼："我一艘运送国际计划署救济肯尼亚的商船途经亚丁湾，沿线需全程护航。"犹豫了一会儿，孙副司令问道："全程护航，这要多长时间？"

江参谋："包括卸载后返回，再途经亚丁湾归队，大概需要半个多月的时间。"

孙副司令（忧虑地）："也就是说，我们派去参加护航的人这半个多月就要脱离编队，独立完成任务了。"

江参谋："是这样的，首长。"

孙副司令有些踌躇。

江参谋进一步解释："首长，我们的意见，只能采取随航护卫的方式为这艘船护航。"

孙副司令："这就要求去的人政治素质、军事素质都是最优秀的。这样吧，让特战队上报一个四人名单，必须有一名领导带队，我们编指再研究一下，以便确定最后谁去。"

江参谋："是！"

江参谋敬礼后出门。

在188舰右舷过道，罗小海迎面碰见全副武装的余晓龙。

罗小海："我正要找你去呢，送上门来了。"

余晓龙："我马上准备轻武器和弹药，明天一早就上船赴肯尼亚了。"

罗小海："怎么，队长亲自出马，够重视的。"

余晓龙："护航虽然三个月了，但一直没离开编队。这次不一样，远离编队，单独执行任务，责任重大。我是队长，理所当然。"

罗小海："你们还要跟着这艘船再回到亚丁湾，是吧？半个多月时间呢！"

余晓龙："没事，回来再见吧。"

罗小海："一定多保重！"

余晓龙："半个月，说快也快，等我们回来，说不定就要回国了，到时候你跟我一起看我女儿啊。"

罗小海："当爹的人是不一样，责任心大增！我等着你。"

某商船　白天

经过周密计划和联系，运送国际计划署救济肯尼亚的某商船按时抵达亚丁湾海域。

余晓龙等四名特战队员顺利登上该商船，即日起他们就代表中国护航编队为该船随行护航。此刻，余晓龙等四名特战队员迎着海风分别站在驾驶室两侧，正式履行护航任务。

188舰　白天

余晓龙等四名特战队员离开编队已经三天了，这天中午，水兵们齐聚在水兵餐厅，坐得整整齐齐，编指通知开饭之前要传达一个重要决定。

宫舰长走进水兵餐厅。

宫舰长面对大家："同志们，有个通知在开饭前给大家宣布一下。祖国决定组织下一批护航编队来接替我们，我们就要返回祖国了！"

水兵们一齐欢呼，有的还把帽子抛了起来。

"我们就要回国了！"

"回到家我得美美地睡上三天觉！"

"我可以探家休假了!"

"我可以天天给我对象打电话了!"

宫舰长两只手作出暂停动作:"大家静一静!在我们还没离开亚丁湾之前,不能有任何的松懈思想,我们要站好最后一班岗,直到交接完毕。只要我们还在亚丁湾,就要保证亚丁湾的安全。大家说对不对?"

水兵集体大声回答:"对!"

宫舰长也大声地说:"我宣布——开饭!"

水兵们开始吃饭。

得知就要返回祖国了,罗小海与李燕也很是激动。毕竟离开祖国三个多月了,舰上的相对狭小空间、生活物资的短缺和离开祖国与亲人后的那种距离感,是短期离开那种感受决然不同的。听到这个消息,每个人都有一种特别的想法要表达,但罗小海来找李燕可能还有例外。

李燕看到罗小海感到异样:"就要回国了,大家都高兴,你怎么高兴不起来?"

罗小海:"余晓龙刚去参加随航护卫,这边就宣布回国,他肯定是赶不上了。"

李燕:"是啊,编队不会为了他们四个人改变整个行动计划的。"

罗小海:"他们只能等回亚丁湾后自动加入下一批编队,继续护航。"

李燕点头。

罗小海:"他一直想早点回去看看他没见过面的女儿,还邀我一起去他家的,又要再等至少3个月了。"

李燕:"再过3个月,祖国就进入夏天了。"

罗小海:"回到汇风湾军港,我想去看看他女儿,你看怎么样?"

李燕想了想:"你知道他家住哪儿吗?"

罗小海:"那天他到商船去之前,把他家里的电话留给我了。"

李燕:"看来他早就有预感。据我所知,编指并没规定非要他去。"

罗小海:"我问过他,他说他是队长。这就是责任吧。"
李燕:"回到汇风湾,我和你一块去余队长家。"
罗小海搂过李燕吻了一下:"就等你这句话呢,从现在开始我们就出双入对,不能分开。"
李燕看看舱门:"文护士进来怎么办,注意点影响!"
罗小海:"她看见也不要紧,我们是两口子,怕什么?"
李燕(故作严肃状):"现在还不是啊!"
罗小海(一本正经地):"咱们的事,你猜我是怎么想的?"
李燕别有用意地看着罗小海:"我早就诊断出了你的阴谋,就是马上结婚。"
罗小海(激动地):"不愧是心理医生,一语中的!"
此时此刻,余晓龙随行护卫的我某商船上,正航行在茫茫大海上。
余晓龙带领特战队员警惕地在商船甲板上巡逻护航,他们尚不知道编队指挥部已经宣布了第一、二批护航编队交替护航的决定,虽然他们在出发之前编队首长谈话中预示到了这一点并让他们做好跟随下一批护航编队继续护航的心理准备。

亚丁湾海域　白天

亚丁湾一隅,以188、191为指挥舰的两批中国护航编队整齐列阵,准备交接。
编队舰船全部挂满旗,官兵站坡,形式隆重,威武壮观。
几乎在同时,两支编队鸣响汽笛,相互致礼!
汽笛声浑重悠长,震撼人心。
不远处航行中的几艘中国商船,也向编队鸣笛致敬,奏响了一曲辉煌的海上交响乐章。
188舰上的孙副司令大声喊着口令:"第一批护航编队全体官兵,都有了——听我的口令,敬礼!"
188舰站坡的官兵同时举起右手。
何政委、宫舰长、童政委、李燕等举手敬礼。
罗小海在飞机前举手敬礼。
191舰上的指挥员也高喊口令:向第一批护航的战友们敬礼!

191舰站坡官兵同时举起右手敬礼。

其他几艘舰上的站坡官兵也举手敬礼。

第一批护航编队副指挥员在188舰向孙副司令报告："指挥员同志，护航交接完毕，请示起航回国，请您指示！"

孙副司令："起航！"

副指挥员敬礼后："是！"

副指挥员对宫舰长下达起航命令："188起航！"

随着宫舰长一声令下，188舰舰尾翻滚一团团白色的浪花，编队正式起航返回祖国。

188带领编队航行在茫茫大海上。

接替他们的第二批护航编队191舰等在亚丁湾海域正式接过护航任务，为途经亚丁湾、索马里海域的中国船只和为国际粮食计划署运送人道主义物资的船只护航。

在188舰会议室里，孙副司令、副指挥员、何政委、宫舰长、童政委等在返航途中开会。

孙副司令："根据海军首长指示，回国后，我们编队中将有部分兵力参加中国海军建军60周年海上阅兵。为此，编指决定，在返航途中，要加紧练兵。具体方案由编指通过舰上的网络下达。"

童政委："60周年，一个甲子，对中国海军来说，意义重大。"

何政委："听说在海上阅兵活动中还要举办多国海军检阅，这也是我国第一次举办这样的活动。"

宫舰长："我们海军是国际军种嘛，合作交流是必不可少的。"

孙副司令："还有最重要的一条你们没说。"

众人疑问地看着孙副司令。

孙副司令："说明我们国家强大了，我们海军强大了！你们说对不对？"

众人连连称道。

宫舰长："对，对，要不然谁理你呀！"

何政委："有道理，国家强大，才有海军的强大。"

童政委："还是首长站得高，看得远。"

孙副司令："好了，你们就不要表扬我了，赶快去准备吧。"

众人散去。

第一批护航编队航行在印度洋上。

突然，188舰战备铃声大作。

官兵们虽然感到突然，但还是迅速跑向战位。

舰上雷达开机；

主炮、副炮迅速翘起；

导航、通信、光电侦察部位加强观察；

左右舷加强嘹望。

航海兵把小艇施放下去。

"左满舵。"——"满舵左。""两进三。""两进三。"此起彼伏。

后甲板上，郝刚地面指挥着罗小海紧急起飞。

罗小海驾机升空。

189舰上同样紧张，许副团长指挥刘长军起飞。

刘长军驾机起飞。

两架舰载机在空中巡逻侦察。

宫舰长下令："副炮对海射击准备！"

炮手快速转动着炮身："副炮射击准备完毕！"

宫舰长下令："射击！"

副炮射出三束火光，直奔目标。

"目标"燃起一团"火焰"。

与此同时，飞机也对准海上"目标"发起攻击，"导弹"击中"目标"。

海龙654、656呈梯形飞行。

罗小海："接到通知了吧？"

刘长军："你呢？"

罗小海："我们一起参加海上阅兵！"

刘长军："让我们赶上了！"

罗小海："可惜，我不能到余队长家里去看他女儿了。"

刘长军："你还没结婚呢，就这么儿女情长了。"

罗小海："不，是我和余队长的约定。"

刘长军："等我们转场飞过他家的时候，送上你的祝福吧。"

罗小海："只有这样了。"

二人转向分别飞往自己的甲板。

这是一次返航途中的战备演练,旨在锻炼部队突发情况下的应急反应能力,收到了预期效果。

黄海某海域　白天

经过十几天的航行,护航编队顺利回到了祖国的怀抱,舰艇部队、航空兵部队、特战部队等兵种各自归建,护航官兵们受到了祖国人民和部队官兵的热烈欢迎,三个多月的护航经历也成为他们人生中最宝贵的精神财富。护航人员中唯独舰载机A团的罗小海、刘长军在回归之后,马不停蹄,接着又投入到海军阅兵合练之中。

在预定的时间、预定的海域,盛大的海上阅兵活动正在举行。

胡锦涛主席站在检阅舰上,接受海军司令的报告。

舰载机A团　白天

卫生队会议室里,王萍带领陈医生及卫生队的官兵正在收看海上阅兵现场直播。

王萍:"看,胡锦涛主席亲自检阅。"

陈医生:"罗小海、刘长军他们起飞了吧?"

王萍:"什么时间了,现在早到阅兵海域待命了。"

陈医生:"他们太幸福了,好事都让他们给赶上了。"

王萍:"谁让你不当飞行员的。"

陈医生:"这不能怪我啊。"

众笑。

王萍:"安静,看直播。"

徐家客厅　白天

与此同时,徐母和徐亚宁、徐亚静也在收看电视直播,徐母显得更加聚精会神,口中不停地强调手握遥控器的亚静:"亚静,不能换台啊,一会小刘就飞过来了。"

徐亚静(无奈地):"妈,我也没说换台啊,我姐还没说呢,看你紧张的。"

徐亚宁目不转睛:"别说话了。"

黄海某海域　白天

海上分列式正在进行。

潜艇群过来了——

胡锦涛主席:"同志们好!"

潜艇群鸣笛——回敬主席问候。

驱逐舰群过来了——

胡锦涛主席:"同志们辛苦了!"

驱逐舰群站破官兵:"为人民服务!"

护卫舰群过来了——

胡锦涛主席:"同志们好!"

护卫舰群站坡官兵:"首长好!"

导弹艇群过来了——

胡锦涛主席:"同志们辛苦了!"

导弹艇群站坡官兵:"为人民服务!"

舰艇编队以单纵队通过阅兵舰,接受胡锦涛主席的检阅。

接着,电子侦察机编队飞过来了——

胡锦涛主席目视着战机通过。

舰载机A团　卫生队　白天

王萍带领陈医生及卫生队的官兵目不转睛盯着电视看,有两个战士着急地站了起来:"怎么还看不到咱们的飞机啊?"

王萍安抚道:"马上就是了,这是电子侦察机编队。"

陈医生:"在它后面的是……警戒机吧?"

黄海某海域　白天

警戒机编队飞过来了——

歼击机编队飞过来了——

胡锦涛主席目视战机通过。

直升机编队飞过来了——

徐家客厅　白天

徐母(高兴地):"看,是不是小刘他们的飞机。"

徐亚宁:"没错,是他们。"
徐亚静:"也不给个特写。"
徐母:"只要参加检阅就行,要什么特写。"
徐亚静:"看看他们有多帅嘛!"
徐母:"帅,当然帅,没有比他们更帅的了……"

黄海某海域　白天
直升机编队飞过来了——
罗小海专注地驾驶着飞机,神情坚定而自信;
刘长军专注地驾驶着飞机,表情严肃而自豪。

舰载机A团 卫生队　白天
王萍看着画面上的直升机编队,大声叫了起来。
王萍:"这是咱们的飞机,看还拉烟了,彩色的!"
陈医生冷不防被王萍的大声吓了一跳:"队长,你让别人安静,你这一惊一乍的,你吓着我们。"
王萍并不理会,依然故我:"看,看啊,是罗小海和刘长军。"

黄海某海域　白天
直升机编队飞过来了——
胡锦涛主席目视着直升机编队通过。
直升机编队拉的彩烟在海空飘舞,如同数道霓虹在天空中飞舞……

海鸥篮球馆　白天
电子记分牌显示:海鸥60:58水星。
对阵双方和比分显示这里正进行一场激烈的女篮比赛,海鸥女篮徐亚宁、吴小丽参加国家集训队的经历,使海鸥整体水平大幅提升,球迷粉丝数量也大大增加。随着比分的胶着上升,现场的气氛也升温了不少。如果用词形容,就是沸腾的观众、激越的球场。
比赛还在激烈进行中,身穿24号球衣的徐亚宁和身穿18号球衣的吴小丽在场上表现最为抢眼。

观众席上，罗小海手举"激情"、刘长军手举"飞越"，为海鸥女篮加油。

比赛还剩下最后18秒，球权掌握在对方手中，发球队员在海鸥队两名队员的包夹下勉强出手，却被吴小丽抢断，吴小丽接着传给了后场的徐亚宁。

杨光大声喊着："'三步曲'——"

徐亚宁接球后，转身跨出三大步直接上篮球进，海鸥队锁定胜局。

罗小海与刘长军对击一掌，与所有的观众一起欢呼。

徐亚宁兴奋地跑到吴小丽跟前，与她撞了一下肩。

罗小海和刘长军向她们挥舞手中的纸牌。

徐亚宁和吴小丽向他俩挥臂致意……

比赛结束，观众渐渐离场。

看台上，只有李燕还坐在原地，注视着球场。

罗小海和刘长军回来找李燕。

罗小海："你怎么还坐在这啊，想什么呢？"

刘长军看出了李燕有心事，示意罗小海别打搅她。

良久，李燕转过身来："知道你们为什么喜欢篮球、喜欢球星吗？"

罗小海："这话问的……"

刘长军虔诚地："为什么？"

李燕指着篮球场的中圈："看，它多像甲板上的着陆点啊！"

罗小海、刘长军恍然大悟。

罗小海琢磨着："像，确实像。"

刘长军："对啊，我们怎么没发现！"

李燕："这几年一直困惑我的问题，终于找到答案了。"

罗小海拉起李燕："今后，你就是我的着陆点，无论我飞多高多远，都要回到你这个着陆点。"

三人笑了，笑得是那样开心。

舰载机A团 运动场 晚上

皓月当空，银光似水，月色下的运动场也显得特别安静。

像春风吹拂一样静静响起的音乐。

罗小海和刘长军分别握住转梯的一头。

刘长军:"现在,我终于明白了你过去说过的一句话。"

罗小海:"什么话?"

刘长军:"激情飞越。"

罗小海:"激情飞越……"

刘长军:"最近我读了一本传记,描写世界十大军事家的,书名就叫铁血激情。"

罗小海:"铁血激情……"

刘长军:"'铁血'两个字,很有意境,好像,是专门属于军人的。还有'激情',这两个字也是军人才有的,是军人所必不能少的精神品格,尤其是对飞行员而言。"

罗小海略显诧异地打量着刘长军。

刘长军:"怎么这样看我?这不都是你平常说的吗——飞行是青春的事业,是充满激情的事业。"

罗小海:"长军,来A团这几年,忽然让我成长了许多,我要感谢你。"

刘长军拉罗小海:"走吧,咱们还用说这些吗?"

两人快步走去。

舰载机A团 地勤大队　清晨

地勤宿舍内,丁世杰已整理好了一个大拉杆箱,准备出门时,他的手机响了。

丁世杰接手机:"你好,哦,都准备好了,我马上到。"

丁世杰出门。

舰载机A团 办公楼　清晨

丁世杰转弯来到办公大楼前的操场上,眼前的一幕让他愣住了。

送他的车旁,站了两排送行的战友,有杨团长、何政委、郝刚、罗小海、刘长军等。一个地勤兵从他手里接过拉杆箱,搬到了车上。

丁世杰(激动地):"团长、政委,你们这样隆重,我怎么担得起啊？"

　　杨团长："战友共事一场，送送还不是应该的嘛。"

　　丁世杰："我一个技师，我什么都不说了，要是有来生，我还要当兵！"

　　杨团长喊口令："我们向丁技师：敬礼！"

　　众人敬礼！

　　丁世杰泪如雨下。

舰载机A团　俱乐部　白天

　　苏成高兴地从俱乐部走出来。

　　小袁跑到他跟前："听说你被保送进军事院校上学去了？祝贺你梦想成真！"

　　苏成："谢谢，也要感谢我这次的护航经历。"

　　小袁："走之前一定打个招呼啊，我送你。"

　　苏成："不用客气，毕业之后我还会回A团的。"

　　小袁："你回来的时候，我可能就退伍了。"

　　苏成："我们还会见面的。"

　　两人握手。

某火车站　晚上

　　罗小海帮助李燕拉着当年的那个迷彩旅行箱，在刘长军、徐亚宁的陪同下，送李燕上火车。

　　李燕停下："你们回去吧。"

　　罗小海："来得及，再送送你。"

　　刘长军："要不我们回避一下？"

　　罗小海："没有必要，该亲热的都亲热了。"

　　李燕（嗔怪地）："说点正经的好不好？"

　　罗小海立正："祝你学习进步，愿你早日归来！"

　　大家都笑了。

高速铁路　夜晚

　　李燕坐在窗前，俊俏的面庞上流露出几分留恋的神情。

"和谐"号高速列车呼啸远去。

舰载机A团 外场 白天

停机坪上,飞机成排,人员成列,一派威武壮观景象。

杨团长、何政委、刘长军、郝刚等站在队首。

一辆中巴驶来,在队列不远处停下,已配戴中校军衔的罗小海带着常少伟、杨光、杨玉林等从车上走下来。

罗小海站在队列前,下达了"立正"的口令,接着转身向杨团长跑过来。

在杨团长面前,罗小海行了一个标准的军礼。

罗小海:"团长同志,转场赴航母基地人员集合完毕,请您指示!副团长罗小海。"

杨团长还礼:"按计划进行!"

罗小海:"是!"

何政委和刘长军等走上前来与罗小海握手。

刘长军捣了罗小海一拳:"伙计,你是航母基地的人了,我们是兄弟部队!"

罗小海:"刘副团长,只要还没离开A团,我现在还是二大队长。"

何政委:"怎么,你们又较上劲啦?"

罗小海:"政委,哪能呐?我们是兄弟。"

罗小海:"是啊。"

何政委:"别忘了,你们还是'金牌组合'呢。我希望你们以后继续成为'金牌组合'!"

罗小海、刘长军会意一笑。

罗小海:"政委,您什么时候到航母基地上任?"

何政委:"等新政委一到A团,我就交班。"

罗小海:"政委,我们在航母基地等着您。"

何政委用两只手拍着罗小海和刘长军的肩膀:"我等着你们的好消息。"

罗小海向何政委敬礼。

罗小海刚转身,后面传来王萍的喊声。

王萍:"等一等!"

罗小海、刘长军、何政委一齐回头,见是王萍急急忙忙赶来。

刘长军、罗小海:"王队长?"

何政委:"老王,你……"

王萍从口袋里掏出两枚精致的勋章:"这是老张在临终前向我交代的,他要我把这两枚特级飞行勋章送给你们两人。"

说着,王萍将手中的两枚勋章分别递给了刘长军和罗小海。

刘长军和罗小海激动地用双手将勋章接过。

罗小海:"王队长!"

刘长军:"王队长!"

王萍(泪眼莹莹地):"老张他一直等着的,就是舰载机强大的这一天!……"

罗小海、刘长军一齐向王萍敬礼:"王队长,我们给老团长敬礼了,请您代他接受吧。"

王萍泪流满面地举手还礼。

何政委看了一眼手表:"转场的时间就要到了,准备起飞吧。"

顿时,整个外场引擎轰鸣,军乐高奏……

海空　白天

波涛汹涌的大海……

辽阔的蓝天……

海天之间飞过的海龙飞机……

海龙飞机叠化为固定翼飞机从我自行研制的航空母舰上依次起飞、降落。

罗小海、刘长军分别驾驶固定翼飞机在航空母舰上起飞……

——第二十八集完·全剧终

2002年7月初稿于海军独六团
2008年11月修改于青岛
2010年5月再次修改于三亚
2011年8月定稿于北京

后　记

年轻时，每个人都有自己的梦。

有的梦现实，有的梦虚无缥缈，不着边际，仅仅是个梦而已。一个有梦想的人，生活充实丰满，富有激情，充满乐趣；没有了梦想，便没有了激情，没有了激情，做任何事情都会大打折扣，就像雄鹰失去了翅膀。生活如此，创作亦如此。

我的梦就是写电影、电视剧。这个梦缘于何因、起于何时已无从考证，现不现实也不好说。反正从1980年初参加海军文艺创作班（笔会）开始，我内心就从来没安分过，不好好写小说，成天惦记着构思电影、写电影剧本（那时国内还没有电视剧）。在那个不管是人生积累还是写作基础都堪称青涩的岁月里，我的不切实际和好高骛远虽然也得到过个别电影厂文学编辑的回信鼓励，但大多收到的是统一格式的退稿信。即使这样，也没能浇灭我对电影创作的激情。直到总后勤部为全军军以上后勤机关配发了在当时属于较为先进的摄录像设备，并明确要求各单位要选配会写脚本的同志参加录像学习班时，我的梦想才出现了转机。当时机关领导其实并不知道什么脚本，只知道应该和电影差不多，考虑到我平时的不安分，就说"就让马运山去吧"。

从此，我拥有了接近梦想的独立空间——录像室，经常沉浸在写脚本——拍摄——编辑制作的声像世界里。当然，所谓录像室其实并无编制，实际上就是我一个人在"经营"（任务当然是领导下达），从撰写脚本到下部队拍摄录像再到回来编辑制作包括音乐插曲、字幕合成，除了配音不能胜任，其余角色全由我一人承担。而且，每一部片子我都试图运用我想象的画面结构也就是所谓的蒙太奇手段编辑制作，当然也收到了一定的效果——我拍摄制作的汇报片、专题片，由于形式和手段上借鉴了许多电影艺术元素，在海军、济南军区组织的评选中大都获了奖。那段时间里，我自以为，录像室就是我梦开始的地方，不管多苦多累，我都乐此不疲。那时，我的实际职务是战勤参谋，录像工作实际上是我的"副业"。后来我被提升为战勤处副处长、处长，我们的录像设备也随着科技发展和摄录设备的更新换代而被逐渐淘汰，上级一度倡导的用录像汇报工作的形式也不再被视为时髦和现代，我的"脚本"也无用武之地。中间有几次，宣传部门的领导有意调我做宣传文化工作，后勤部的首长跟我说"还是在后勤部好，你想写小说没人拦着你"。我从当战士开始就在后勤部机关工作，对后勤部的人和环境都有一定的感情，首长如此开明和包容，我没有别的选择。

后勤部战勤处是一个综合处，军内称其为后勤部的司令部，组织协调、开会出差、学习教育、演习训练、查铺查哨、写材料下部队有时还要接待陪同喝酒吃饭等等，忙得简直不亦乐乎，那些日子，甚至连一部小说都没完整地看过。文学对我来说已经成为可望而不可即的奢侈品，影视创作更是与我渐行渐远。唯一能够聊以自慰的是，我在独立策划的海上救护演习（代号蓝盾4号）中，对演习科目之间的衔接完全使用了情节化结构，一环扣一环，而且创造了舰队航空兵兵种演习带动舰艇部队的先例（以前的演习航空兵都是作为配角出现），此举得到了司令部和海军、总部机关的肯定。除此之外，间或从我所执笔起草的材料、文件的字里行间能找到点文学的影子。就这样，我的军旅生涯与战勤工作结缘整整26年，直到有一天——

记得是2001年4月的一天，当时我正参加党委中心组政治学习，冷不丁接到一位当年与我一起参加海军文艺创作班的朋友从天津打来的电话，他说他已从当年写小说转到了影视创作，并试探性地问我是否还有时间搞创作。后来我们见面时才知道在给我这个电话之前，他已在"圈内""混"了2年。有一次他与一个部队年轻导演谈及军事题材电视剧创作，得知他也曾当过海军，便邀他写一个有关海军航空兵水上飞机题材的电视剧，说这个题材有看点，水上飞机的飞行员再加上他们和女军人之间的爱情，老百姓看着肯定新鲜。他说自己虽然当兵属海军航空兵，但属于海军航空兵地面训练部队，甚至当兵4年都没真正见过军用飞机。但他对年轻导演说，他有一个海军文艺创作班的朋友（就是说我），听说现在当处长了，说我熟悉飞行部队还经常跟班飞行呢，也会讲故事，不知还写不写，建议请我写写试试。所以，就有了后来他试探性的电话。也就是这个电话，几乎改变了我的人生走向。

为此，我的这位文学朋友给我寄来了他写的电视剧分集大纲样本，让我参考着写一个20集围绕水上飞机飞行员事业与爱情题材的电视剧大纲。20集是个什么概念？多少人物？怎么个故事结构和长度？当时我并不清楚，更不知道电视剧不够20集很难卖出价钱，什么贴片广告都不愿意跟上去这些圈内规则。我只是按照电影剧本扩展的手法，设置了十二三个主要人物以及人物之间的关系，围绕事业、情感两条线开始编故事。故事编织好了以后，我很认真地进行了充实、修改，并且征求了身边曾经当过飞行员的一些领导和战友的意见，然后就发给了我的那位文学朋友，文学朋友又转给了那位部队年轻导演，年轻导演看后感到新鲜，就说写吧。与此同时，我的一位首长也向他结识的一位制片人推荐了我的电视剧大纲，并引起这位制片人的浓厚兴趣，不久还带着导演和央视影视部的责编到青岛面谈合作一事。他们也十分看好我作为机关处长在这个事情上与机关和部队的协调作用，那将节省他们许多的精力和银两。那时，我也不知道什么创作合同协议之类的，就这么一句话，我精神抖擞、信心百倍、摩拳擦掌就上阵了，大有"我家有女初长成，两个婆家争相娶"的良好势头。我的那位文学朋友也愿意与我一起合作,因为当年我们曾经一起合作过小说,创作中有过默契,他认为写这个题材"有戏",更增加了我的信心。于是,我找到一个部队的领导,他们非常热情地接待和支持我和我的朋友住下来,为我创作电视剧提供方便。

尽管我在投入创作之前跟领导请了假,尽管我也跟我的副职做了诸如日常工作和经费开支上的交代,尽管我也没把处长这个位置看得那么重,但我毕竟是在职处长,有些工作和责任的问题依然存在,我意识到了这个问题。为此,我曾经不止一次地给领导提出为了不耽误或者说不影响副职的使用,也为了工作,请把我的职务免掉(部队有服役年龄,而当时我还没到),领导并没有立即表态。大部分领导还是支持和肯定我的爱好和选择的,一些了解和理解我的人就说:"马运山一个军事后勤干部写电视剧,可以。""他有这个基础。"但包括一些领导在内的许多机关干部对我的行为持有怀疑:"马运山行不行?值不值"?机关里更有几个平时比较"铁"的处长哥们当面跟我说,"你好好的处长不当,写什么电视剧?""人家为了多当几年处长正想办法改年龄呢,你好么,神经!"但我当时就是一门心思写电视剧了,"神经"了。

转眼到了年底,创作过程和与投资方的沟通一样几度起承转合,希望如同故事悬念一样在那勾着我的梦想。我因为年龄到"杠"被组织照顾先免职(在职不在岗)。按说年龄到了应安排转业、退役或退休,免职之前组织上报我为推荐使用干部算是对我任职处长期间的鼓励和肯定。但这并没有多少实际意义了。至此,我终于可以全部身心投入到电视剧创作之中了。中间有首长提出,写水上飞机未免单调了一些,其任务使命并不突出,要写就写舰载机,舰载机事迹一大串,荣誉一大堆,叫得响,立得住。首长考虑得对,因为部队题材大都与主旋律挂钩,主旋律当然要叫得响、立得住,于是我便改写舰载机。其实,改写舰载机对我来说没什么难处,无非是把背景换成舰载机、舰载机场而已,其他无须改变,对人物来说不受任何影响。为此,我带着我的文学朋友一起到了舰载机团体验生活,受到了该团领导和场站领导的热情接纳和大力支持与协助。卸掉了行政职务和那份责任,那段时光对我来说是极其自由轻松的，剧本创作也按故事大纲结构和脉络一个字一个字地积累着。这时，我与投资方已经签订了创作合同，投资方故意把稿费压得很低，她们知道我的职业经历并不在乎这些。

然而，正当剧本创作如火如荼之时，投资方却突然降温，由原来的一个星期主动联系一次询问剧本进度变成一个月联系一次了，对剧本的进度似乎也不那么关切了，到后来干脆失去了联系。而这时我才发现所谓创作合同中，竟无一条我可以制约制片方的条款。此时，我的文学朋友也因为接到一个活儿离开了，我不得不独自面对"撕毁合同、撤走专家"的困难局面。由于我在部队一直"挂着"，机关干部部门在征求我意见的同时为我办理了退休手续，他们说你反正还是部队的人，想写写吧。

有一次，我好不容易主动联系上制片人，问其缘由，才知道他们正式与军方主管电视工作的领导接触谈及支持合作一事时，军方对剧本、对题材、对人物、对装备都有很严苛的要求和他们自己对舰载机题材的想法，地方公司、地方导演想表现自己对军事题材电视剧和军人职业的一些想法和个性追求，要完全服从于军方的政治和军事要求。还有，也是至关重要的一点，部队在拍摄方面需要动用的人员、装备都要计入军事预算和投资，并不是一句简单的配合支持就能协调解决的事，其主动权完全掌握在军队主管部门手中，而且对于使用演员甚至一些重要部位的职员都要参与意见，这大大出乎他们之前的预期和想象，使他们产生了畏惧和无奈，忙着拍商业剧去了。

至此，我已是骑虎难下。我唯一的选择是坚持梦想、知难而上，继续坚持把剧本写完。那段时间我是怎么过来的现在看来已经不重要了，重要的是我独立完成了全部剧本创作，而且比原计划的20集还多出了3集。那一刻，我如释重负，不亚于我之前组织的任何一次军事演习成功后的鸣锣收兵。

但写电视剧与写小说不同，剧本出来了并不能说明什么，关键是有人把它拍成电视剧。这里面就有个投资的问题，没人投资一切都是空谈。这时与我签订创作合同的投资方已经转向商业剧的拍摄，而我们的合同也已经到期。后来，海军电视艺术中心的两任领导都曾接手我的剧本,并于2010年初安排我到执行首批赴亚丁湾索马里海域护航的有关舰艇部队、航空兵部队和特战大队采访。他们说海军是个国际军种,一定要把护航这块内容加上。这样,剧本就在原来的基础上增加了赴亚丁湾索马里海域护航的内容,剧本由原来的23集扩展到了28集。修改后的剧本得到了他们的认可,但每次围绕投资与合作问题似乎总是一波三折。可能现在的影视圈就是这样,利益最大化是最终的根源。我只能说,作为作者,除了遗憾,我无能为力。

其实,普通读者和观众或者说不曾涉足影视圈的朋友可能有所不知,部队题材的电视剧是很不好做的,它要受到许多因素的制约,诸如题材、主题、人物、武器装备包括一些故事情节和保密性等都要受到方方面面的局限,若非首长下达(创作、拍摄)任务或军种创作室年初制定创作计划或电视艺术中心立项,一个业余作者哪怕写得再好恐怕也很难最后投拍。这些年来,包括一些舰队创作室专业作家创作的海军题材的电视剧作品也很少真正投入拍摄。加上军事预算投资与地方影视公司的期望值毕竟存在差距,而现在影视投资风险也在逐步加大,《激情飞越》所经历的沟沟坎坎便在情理之中了。我时常这样宽慰自己,心理上也不再像当年那样的浮躁和虚荣,慢慢地学会了淡定和笑对现实。

海军航空兵副政委马国超将军(民族英雄马本斋之子、全国政协委员、将军后代合唱团团长)不止一次提示我,别在一棵树上吊死,学会两条腿走路,剧本可以先出版啊。于是,我恍然大悟。这样,《激情飞越》才有了今天。在剧本创作之初,海军航空兵后勤技术兵训练基地已故司令员陈兴明,沧口场站站长孙寿普、政委肖爱军给予了极大的支持与协助;还有海军特战大队喻政委和在特战大队采访期间一直陪伴我的小张干事,也做了许多协助工作,在这里表示诚挚的感谢。海军、海航、北航一些老首长一直关注和关心并鼓励我,在此一并表示谢意。需要特别感谢的还有我的爱人和女儿,在我离职十几年的创作中给予我理解、包容和支持。他们认为作品成不成功没关系,做我自己愿意做的事才是最重要的。女儿更是在读研期间和繁重的工作之余,为剧本中有关偶像剧的时尚元素提出了不少有价值的意见和建议。没有他们的支持与理解,我恐怕也很难坚持下来。

有的梦有头有尾,有的梦有头无尾,还有的梦甚至无头无尾。弗洛伊德认为,梦代表了做梦者想要实现的潜意识愿望。一个人如果长期无梦睡眠,倒是值得警惕的事。当然,若长期噩梦连连,也是身体虚弱或患有某些疾病的预兆。我不知道自己属于哪一种,但至少还处于有梦状态;至于什么梦以及梦境与现实有什么联系,已经不那么重要了。

人生又何尝不是这样呢,只是一切要用平常心对待。

作 者
2012年深秋于家中